江湖無招

● 卷一
鬱成神技

王駿 著

推薦序　俠的記者再度發功！

◎財信傳媒集團董事長　謝金河

從事新聞工作三十幾年，心中一直有一個圖像，一生才華洋溢，又有俠氣，自由自在，毫不受拘束的那個人影子一直在我心中，這是我對三十年前工商時報記者王駿一直以來的印象。

我來談談一件往事。一九八四年，我到財訊雜誌上班，當時雜誌社草創之初，整個雜誌社採訪工作由我獨挑大樑；大家都記得那時候的財訊是二十五開本的月刊，每一期都將近三百頁，為了完成那麼厚實的內容，我只好四處邀稿，王駿正是我邀稿的對象。

一九八五年一件影響台灣金融業非常深遠的十信風暴爆發，整個蔡萬春家族都受到波及，那個時候的財政部為了救援十信，從部長徐立德，到次長何顯重都成了救火隊成員，而蔡辰洲為了擴大影響力，又在立法院成立十三兄弟會，一時之間，政商網路錯綜複雜，全台灣報導的焦點都集中在十信事件上面。

八〇年代有一群採訪央行、財政部非常優秀的記者，像是採訪央行的李孟洲，財政部記者有很多人，像是工商時報的王駿、中國時報俞允之，新生報吳克剛、中央日報陳正毅，到聯經系統的林雨鑫，當年都是我大力邀稿的作者。

那個時候，我們每個月在漢口街一家咖啡廳聚會，大約在月中交稿，我請大夥兒一起喝咖啡，順便收稿子；到了月初雜誌出刊，我來發稿費，順便交付下一期稿子內容，這樣的日子過了很多年，這是我們年輕時代歡樂的時光。

王駿當記者才華洋溢，他是當時採訪財政部最卓越的記者之一，他對財稅政策非常專業，最難能可貴的是他對主導政策的人掌握得非常精準，在他的筆下，他寫的郭婉容、徐立德、陸潤康、錢純到何顯重、白培英、林振國、賴英照等都非常到味。

王駿的筆端行雲流水，他的用字非常優雅，他交來的稿子，通常我都直接拿去打字，可以一個字不改。我常常在想，過去三十年來，我心中新聞工作的第一支大筆恐非王駿莫屬。向王駿邀稿，持續了很多年，直到我不再擔任總編輯為止，但是我一直都是王駿最好的讀者。

他從採訪線上退下來，後來擔任主筆，除了寫社評外，我記得王駿也是搖滾樂的高手，有一次我在路上看到他戴著耳機，騎著摩托車滾動著身子，看起來非常陶醉在其中。後來王駿也寫過搖滾樂的專欄，也出版過很多財經人物的傳記。王駿寫人精彩度無人能出其右，在我的心目中，他一直是既頂尖又出類拔萃的新聞記者。

後來慢慢沒有看到王駿的大作，我跟很多人打聽，才知道王駿移民海外，離開台灣。這次鏡文學聯絡到我，要我幫王駿出版的新書寫序，我以為是王駿個人記者生涯的回憶錄，沒想到是歷史武俠小說，這又印證了我說的王駿才華洋溢的一面。

王駿以財經之筆來寫清末亂世，他以浪跡天涯的遊子來看大時代的民生興衰，這可以看出一生俠氣的王駿終於走上武俠的創作之路，也許這是王駿一生創作之路。故事的主人翁儲幼寧一生經歷許多不可思議的事，王駿在小說中，撮合了傳奇與掌故，將歷史與武俠重新詮釋，這一幕幕的中國文明與西方文化碰觸的火花，再來看今日美中貿易戰，在政守當中，留下很多令人深沉思考的脈絡。

要刻劃大時代，必須對歷史有深沉的造詣，這些年王駿旅居在外，我沒有機會與他切磋，但可以看出他的功力深厚，這次端出《江湖無招》，恐怕只是序曲，我很期待王駿是下一個金庸，透過他的生火妙筆，也許他會製造出更多的郭靖、令狐沖、段譽、楊過。

恭喜王駿大作出版，我現在最期待的是王駿回台灣，我請他喝酒話當年，這次鏡文學為王駿出版《江湖無招》，我真的很希望下一個金庸的誕生。

推薦序

暴力世界生活史——閱讀王駿《江湖無招》

◎沈默

活在可怕的暴力時代

如果說一九九〇年代的黃易，推進、演化一九六〇年代司馬翎武俠的精髓、奧義，則王駿可謂柳殘陽的升級版，當然了他同時還融入金庸、王度盧的武俠元素，讓老武俠的演繹做出全新的翻騰極限。

以《天佛掌》（即是後來耳熟能詳的《如來神掌》）聞名的前輩柳殘陽，一世人沒有寫別的，就是熱中於愛與暴力的故事，一方面是愛人絮語、親友動情、非常軟綿的甜膩膩感應，另一方面則是竭盡所能的殘戮酷殺，各種匪夷所思的血肉噴飛遍地屍骸之景，其代表作《梟霸》、《梟中雄》、《玉面修羅》也無不如此，這就有暴虐與柔情一起作用的意思。當然柳殘陽武俠不及《教父》揉合神聖性與地獄感的藝術高度，但雙向性指涉在武俠領域畢竟有值得玩味的獨特。

而《江湖無招》也有類似的意趣，一邊寫主人翁儲幼寧因肝鬱突如而有了看穿一切武技破綻的異能，遂能破關也如在江湖闖蕩，殺仇剋敵，各式斷肢爆腦血腥不絕，王駿的暴力之筆真乃直逼昆汀．

塔倫提諾《黑色追緝令》、《追殺比爾》或鍾孟宏《停車》、《一路順風》的肉傷翔實；一邊也描繪著與各類人等交遇的感情故事，愛情、親情、友情全都是儲幼寧的拚戰動力與後盾，尤其是與原配劉小雲、韓燕媛的三角關係——韓燕媛幫重傷的儲幼寧洗身三日的情節，很難不想到《天佛掌》姜青（舊名：江青）、夏蕙和全玲玲，全玲玲也同樣為受毒傷的火雲邪者洗淨全身。

但實話說，王駿的文字拿捏，比柳殘陽好得太多，他沒有矯情浮濫教人雞皮疙瘩怒凸的對白，關乎決鬥的描寫，也是精準到位，簡約、節制，沒有動輒橫跨十幾二十頁的陋習。此外，柳殘陽的暴力就是單純的以暴制暴、復仇情緒滿溢，沒有任何反思，讀起來實在與不講道理、只動刀動槍見真理和情愛的《死侍》略微近似。

可王駿卻費了心意，探想暴力與人的關係，「……我本性不願殺生，只可恨，有那樣多人形獸披著人皮幹畜生之事，鬧得我沒法選，只好痛下殺手。……這世道人心，到底是哪兒搞錯了？怎麼會有這樣多人欺人、人吃人之事？照理說，以暴易暴絕非正道，砍砍殺殺只會愈弄愈糟。但氣人的是，許多人，許多事，講理根本講不通，講理反而受欺侮……。」

我也就想起日本大小說家大江健三郎《萬延元年的足球隊》所寫：「……被逼入想逃也逃不掉的窘境，被可怕的暴力困住了。屍體和發狂是最顯著的暴力。因此，我希望能藉細舔麥糖，像把傷口埋在鼓起的肌肉內一樣，把自己的意識嵌入肌肉內，來逃避外在的暴力。於是，構思了一種符咒。……但是一想到暴力，我總覺得很不可思議，祖先抵抗他們的四周暴力，都能夠活下來，還把生命傳給我這個子孫。因為他們活在可怕的暴力時代啊……。」

《江湖無招》或者長久以來眾多武俠書寫者對江湖的想像與摹寫，不也正是一種符咒？一種安放自身於暴力時代的裝置？乃至將傷口藏起來，藉由武俠世界的構築，阻絕外在暴力的入侵？

一個人和黑暗的對話

比張北海《俠隱》、慕容無言《大天津》、《楊無敵》所著墨的民初時代更早，《亂世俠影》寫的是太平天國內憂與歐美列強入侵的清末，是暴力與義理還能並存的世界。王駿筆下的清末，還存有俠氣豪情，惡徒遍地皆是，但好人也不乏見。就卷一看來，這是挺古老、人性未全面摧毀的世界觀，雖然王駿處處有所疑慮地指出正邪之間的灰色界線，比如花子幫究竟是好或壞，難以說準（花子幫向天橋藝人收費，但也擔任保護者云云），但整體而言他筆下的時代，還有希望，以及互信互助的色彩。

《江湖無招》另一特殊點是清末生活的描寫，包含料理（活驢切片、鵝掌活烤等）、麻醉拔牙、輸血治病、郵信、娛樂、執事（劊子手）傳承、貧民區、鹽號生意乃至於強盜、官府與黑幫組織的結構等，可謂是鉅細靡遺，知識性十足。

此外，我想到漫長的、至今仍在進行式的八部曲漫畫《ＪＯＪＯ的奇妙冒險》，最教人驚艷的是替身能力的開發，但最早的第一部、第二部並沒有替身，僅有波紋氣功，到第三部荒木飛呂彥才開發出幽波紋（替身），此後成為鮮明標誌。唯到第七部《飆馬野郎》又有替身以外的奇特能力，即是主角之一傑洛．齊貝林家傳絕學的鐵球迴轉技術，但這名人物也因聖人遺體的右眼與自身右眼融合，獲得替身能力「掃描」，亦即鐵球長出眼球（像是裝上攝影機），能夠藉由振動波，徹底透視敵人的內部構造與弱點。

儲幼寧的鬼神之眼也類似於此的功能，當然往前推你可以說《笑傲江湖》令狐冲與風清揚獨孤九劍的有招就有破、《天龍八部》王語嫣盡知天下武功的化影，抑或好萊塢電影裡的《私刑教育》、《福爾摩斯》那種強大判斷、預演與其後完美複製的動作，乃至內設人體攝影機如《武俠》、《致命羅蜜歐》般，親睹暴力如何碎骨裂肉，召喚死傷之臨。

我以為，儲幼寧的能力，恰是王駿對武俠的暗反，以及關於亂世的清明視線。儲幼寧既不雄壯也不強悍，他只是能看破、預測動作。這很難說不是王駿對武技的諷笑，他可不想費精力去營造武功招式，他改用更功夫或黑幫電影的論述去展現破壞力。至於幼年時遭受暴力創傷的儲幼寧，同時具備使用暴力的依賴，與及照射暴力的可疑，也隱隱呼應《分裂》、《異裂》唯有精神遭受傷痛者方是下一輪進化力的邏輯。

張大春《城邦暴力團》寫著：「……至少在我的感覺裡，自己好像是在和一整個黑暗的世界，或者說一整個世界的黑暗在講話。而那黑暗還會發出對應、回答的聲音。……我喜歡這樣——在無際無涯的黑暗之中，說一些於對方而言並無意義的話，聽見一點輕盈微弱的應答；也以輕盈微弱的應答來對付自己所聽到的、沒什麼意義的語言。事實上我一直相信：絕大部分的人類的交談好像都是如此——不過是一個人和黑暗的對話。這是交談的本質……。」

是了，王駿也是一個人對著黑暗說話，說出他的內心話：「但時光最是無情，無論情誼有多濃，感念有多深，都敵不住時光碾壓。」、「這亂世啊，亂世裡頭，人命好比芥菜籽，飄到哪兒，就長在哪兒……。」，此所以俠是夢幻泡影啊。

推薦序

一幅清末的風俗畫卷——讀《江湖無招》有感

◎趙晨光

初見《江湖無招》，我以為會是一部以亂世為背景，描寫俠義的小說。可是打開一讀，卻和想像中的不盡相同，蓋因其原名為《亂世俠影》，但更注重的卻是「亂世」二字，這也正是這部小說的獨特之處，與其說是武俠小說，更似一幅清末的風俗畫卷。

這個故事，發生於同治中期，由主人公儲幼寧的身世牽引開來。而儲幼寧的身世，又引發了太平天國時期，湘軍克復南京一系列描寫。之後，隨著儲幼寧逐漸長大，由華北到揚州，由京城而至上海一路行來，牽涉到的事件和人物亦是不在少數。不過，我個人以為，宏大的事件固有可觀之處，可更有趣味的，則是其中那些細碎的風俗人情。

比如為著儲幼寧失手打死人命一事，閻桐春要將其送到私鹽販子金阿根處，談起私鹽的由來；又如金家幾人隨口閒聊，便知清末的鐵路、電報情形，及尋常人對其看法。又有蓋喚天與儲幼寧講述琉璃廠古玩店內幕。尋常人看來，琉璃廠不過是淘換書畫古董的地方，可其中另有千秋，竟可賣官鬻爵。比如某人想買一官位，詢問長官出價多少，公開賄賂不妥，便由該長官拿一不值錢字畫放到古玩店，欲買官之人高價買下，如此流轉，就無痕跡可尋了。

這是清末的一等賄賂辦法，記得高陽先生也記述過類似情形。不過，《江湖無招》又將其轉換了一下，綁票的綁匪為了從人質家屬那裡拿到銀子，又不被發現，也將一幅畫寄在了琉璃廠，看來這位綁匪先生的心思也很是巧妙，用官場的手段，做自己黑道的買賣。

因為我本人對美食很有興趣，因此在這一幅悠長的畫卷之中，最喜歡的反而是儲幼寧初來揚州時，金阿根請他吃的那一頓刀魚全席，長江刀魚聞名天下。我自己去江南的時候，也吃過一次刀魚，可是，現在市場常見的刀魚多半是湖刀，即在長三角湖泊中生長的刀魚，並沒有經過洄游，味道雖然不錯，卻不能與真正的長江刀魚相比。不過，現下的長江刀魚數量既少，價格更高達數千元（編註：人民幣）一斤。想像一下書中的儲幼寧，真要感歎一聲好口福了。

同時，因著清末這個獨特的歷史時期，書中雖有許多打鬥，但也與一般的武學比拚不大相同，而是帶了更多時代的烙印。卷二裡，武功最高的儲幼寧被抓，他的友人前去救他，論理當有一場惡戰。但此處卻並非如此，儲幼寧的外國友人洋神甫帶著八桿洋槍前去救人，先將七桿洋槍送給對方，自己拿著剩餘的一桿，卻是往石頭上開了一槍，子彈撞上石頭，反彈後傷了對方的首領。其餘人等一看不好，想要開槍，沒想手裡的洋槍已被關了保險，因此輕而易舉便把儲幼寧救出，一場大勝。這樣的場面，也只有清末這個獨特年代，熱兵器與武術並存之時方能出現了。

還有一處細節很有趣味，文中寫到一樣武器，長條彎曲，銀光閃爍。乍一看好似飛鏢一類暗器，可是打向人後，竟能自行拐彎飛回。借書中人物之口，讀者得知這武器叫做步馬浪，乃是大海之南，大清帝國幾千里外極南之處，英吉利國屬地阿斯抓利亞生番的獨門武器。這一串生僻名詞讀下來讓人納悶，可細一琢磨就明白了，這不是澳大利亞土著的「飛去來」（編註：迴力鏢）麼！

回歸到故事本身，這許許多多的風土民俗，傳奇演繹，皆是由主角儲幼寧串聯起來。他似一條線索，帶起大事小情，各等人物；又似一葉小舟，身不由己隨著巨浪向前而行。

從頭看儲幼寧的經歷，很多時候，他並非自願選擇了什麼，而是身不由己向前而行，童年時上山寨是因身世被揭露，下揚州是因為誤殺了人命，進京城則是為了報仇。他也不是那種十項全能型的主角，從武學看，書中明言他並未修習任何門派武術，不過是仗著眼捷手快、精於估算；從見識看，他沒聽說過唐朝十三棍僧之事，反要洋神甫講給他聽，對國家大勢也並無多少了解；他在少年時殺過未必該當死罪的人，成年後亦有過不合時宜的心軟——可是，這正是當時那個時代的寫照，或者說，儲幼寧的個性、經歷恰與清末的時代潮流相吻合。他已是冷兵器時代最出色的高手之一，可是仍被時代所挾捲，身不由己地前行。

這種身不由己，在第三部中尤其明顯，之前發生的許多事情，雖然亦是不得不為，但畢竟還有儲幼寧個人的意志在裡面，所為亦可稱一個「俠」字。可是到了這時，連儲幼寧自己也想：到了上海，他完全淪為外國人的打手；而在感情上，他與韓燕媛本已切割乾淨的情愫又攪成一團，糾結不已。《江湖無招》一書並未完結，令人不得不憂心，第三部之後的儲幼寧，當如何走出泥潭之中？而時間的巨輪並未停歇，這樣的儲幼寧，又當何去何從？

除卻主角，故事中的一些配角也很有意思。比如第一部裡出現的義律，這就真是個清末俠義小說中才能出現的人物。蓋因他是個西洋人，槍法高超，原是英吉利洋槍隊中的成員。照一般想像，這樣的背景出身，多半就是個反面角色。可是義律又與眾不同，他喜愛江浙風味，留在中國二十年，做了一個浪人。後來，更成為僱傭兵一類人物。說他是惡人，他幫過主角一夥；說他是好人，他可不是平白無故的幫忙，純是主角義父金阿根用錢堆出來的。作戰時殺人不展眼，但與昔日同事阿斯柏達決鬥之時，卻又頗講究騎士道精神。可惜在第三部中，義律同儲幼寧一般成為了哈同的打手，不知日後他又會有怎樣的結局。

從第一部到第三部，儲幼寧由一個孩童長成了有妻有子的成人，而時代的變遷亦是遠超人的想像，故事至此尚未結束，想必日後還有第四部，第五部，借用一句說書人的套話，正是：「欲知後事如何，且待下文分解。」

目次

第一章：開糧行喪門弔客悄然來訪，拉肚子儲大老闆暗中被綁

初春三月，華北大地猶未脫寂寒抖峭，地上殘雪處處，樹梢碎冰壓枝。一大清早，山東省沂州府府城西南角，豐記糧行夥計們忙著卸門板，抬糧包，餵牲口，打理一天活計。

這糧行，占地頗廣，前後共有三進院落，最前面是三間門臉前廳，應付批發，兼而料理街坊零售。前廳之後，則是院落，布置了驢馬棚子、水井、雜役土屋、碾子、推車等事物。

至於二進院落，則是糧行管事、護院武師居住之處，並有廚房、兵器房。時為清同治年間，國家吏治已壞，雖未至民不聊生地步，但總免不了宵小橫行，民間稍有資財之輩，往往自行豢養武師，看宅護院，並且，底子雄厚人家，更同時養著數名武師。不怕一萬，只怕萬一，豢養武師，所費有限，倘若疏於預備，一旦遭逢變故，就是家破人亡慘事。

這豐記糧行東家儲懷遠，原是外鄉人士，八年前才定居臨沂州府城，開起了豐記糧行。儲老闆生意清白，不欺童叟，斤兩實在，與下手零售小店往來寬和，處世也算合理，待手下管事、夥計並不刻薄，每年按時納糧完捐，與官府無糾無葛。就這樣，地利人和，八年來豐記生意愈做愈發，即便前幾年紅槍會聚眾生事，一度攻入臨沂城裡，豐記糧行因為鄰里口碑不惡，並未受到洗劫，僅被紅槍會會

眾搬光前廳與後院幾十包存糧而已，家人未受驚擾。

饒是如此，儲懷遠還是在事件之後，派帳房管事閻桐春親赴河北滄州，請回了兩名武師。這兩位武師，一個叫鐵背熊佟暖，一個叫花皮豹夏涼，兩人同出自直隸滄州查家武館，是老拳師查琨悌門下弟子。兩人姓名套著季節，自是入查家武館習藝後所改，原先本名並非如此。

儲懷遠一家五口，住第三進院落。正房與兩旁廂房，住了儲懷遠、儲妻鄢氏、長子儲仰歸、次子儲仰寧、么兒儲幼寧。院落一角，另有一間小屋，單擺浮擱，住了儲家師爺兼帳房閻桐春。

這天清早，前院夥計們正忙和著，二院也不清閒，儲家三子外加左近大戶人家弟子，分列兩排，屈膝挺腰，正蹲著馬步。一旁，佟暖與夏涼，一個擎著一桿長槍，一個舉著一把單刀，繞著諸弟子來回走動，點撥姿勢。

邊走，佟暖邊念著：「練拳不練功，到頭一場空，下盤釘得穩，上身不怕衝。加力在兩腿，拿樁不氣餒，大氣調勻給，溫吞如過水。」

佟暖接著講解：「這幾句話，便是入門練功口訣，要想武藝出眾，必得先站馬步打樁，樁打穩了之後，再練吐納呼吸。等站得穩了、氣息調勻了，和人動手，才能以靜制動，看似溫吞如弱水，其實強勁賽奔牛。」

老掌櫃儲懷遠一旁聽了，不住點頭，對群兒說道：「這才是武學正宗，講起來有根有據，絕非街上那些泥腿子、二混子使蠻力打架可比。你們可聽好了，好好跟著佟、夏兩位師傅練，將來都學會了武藝，就不怕人上家裡來搗亂了。」

說到這兒，有前院夥計過來，說是外頭新到一車糧食。儲懷遠起身，跟著夥計去了前院。儲掌櫃的這才一走，幾個孩子就不老實。長子儲仰歸才十四歲，已經長得膀大腰圓，個頭高人一等，他伸出一腳，往身旁么弟儲幼寧後膝蓋眼點去。儲幼寧才八歲，身子還沒長成，細胳膊，麥桿腿，吃了大哥一傢伙，立刻身體歪倒，斜躺在泥地上。

儲幼寧一咕嚕翻身爬起，就往大哥身上撞去，儲仰歸兩臂一振，又讓小弟摔了個觔斗。儲仰歸大笑：「你就像隻小螞蚱，身重不過三兩三，小爺我翹翹小指頭，就能讓你摔個四叉八仰的！」

儲幼寧連吃兩虧，心裡怒極，要是別的孩子，早就放聲大哭，他卻不做聲，睜大了眼睛，死盯著大哥那張圓臉龐看，打算再撲上去。一旁，二哥儲仰寧好像沒事人似的，動也不動，繼續半蹲拿樁。

佟暖過來，拉住儲幼寧：「別鬧了，都回到位子上站樁去。你看你，幼寧，你就是站樁不專心，沒把樁釘死，才會被你哥哥踢倒。」

練了個把時辰馬步站樁，兩位武師散了晨練。早飯之後，儲家三名子女，到了管家閻桐春房裡。閻桐春支起窗欄，透進光線，要三個孩子就座，開始了日課，不外是三字經、百家姓、楷書臨摹之類的文房基本功。

這天午飯之後，儲幼寧想著上午被大哥欺負之事，心裡忿忿不平，窩到院落屋角，撿起一根楊樹細枝，不斷往牆邊大石塊上抽打，打得石塊上鮮苔紛紛墜落，打出一條條鞭痕。驀然間，儲幼寧聽見身後有人講話：「受了欺負，光打石頭，濟什麼事？」

儲幼寧回身一看，見是閻桐春，忙道：「閻夫子，您是瞧見了，我大哥這樣欺負人，也不是一天兩天的事。我和他一個爹娘生的，我從不和他搶，也不和他爭，他卻總和我過不去，他老禍害我，究竟是為了什麼？」

閻桐春答道：「世界上很多事情，也不一定是為了什麼，反正就是這樣，沒什麼理由。你還小，不懂這道理，將來長大了，就會明白的。」

儲幼寧言道：「他個子比我高，身子比我沉，力氣比我大，我打他不過，告訴爹爹，爹爹只是笑，說大哥這是和我玩兒。我只能受他欺負，卻又沒辦法，真是氣死人。」

閻桐春彎下身子，坐在那塊鞭痕累累石塊上，慢條斯理，從腰間抽出旱菸桿，從懷裡掏出個皮兜，又從皮兜裡捻出幾撮關東金堂碎菸葉，裝進旱菸桿頂端菸鍋子裡，再用打火石點燃了火摺子，歪著菸鍋子，燻點金堂菸葉。猛吸幾口，閻桐春吐出老大一朵煙雲，瞇著眼睛，瞧著儲幼寧道：「依我看，佟師傅與夏師傅所教的把式，其實稀鬆平常。要知道，蹲馬步站樁用來健身子強體魄，固然有用，要說能釘穩下盤、不怕衝撞，卻是胡說。兩人動手，身子互撞，壯實者恆勝，體輕瘦小之人，怎麼也擋不住，必然搖晃退卻。你大哥比你重幾十斤，你就是馬步紮得穩，他撞你，你還是得摔跤。」

儲幼寧滿臉狐疑問道：「照閻夫子這樣講，豈不是不必練武，反正體輕之人一定打不過大肚漢？」

閻桐春微笑道：「這你就不知道了，只要懂得竅門，四兩可以撥千斤，螞蚱一樣可以撼大樹。這訣竅，就是一個巧勁，總之，就是以虛應實，以實擊虛。你看，招式必然是一環接著一環，每一招都是由微轉強，再由強轉微，勢頭趨微之後，漸至消無，然後，換招再來，繼續由微轉強。如此，循環不已，反覆起伏，只要你能抓著縫隙，趁對手一招已盡，二招未起之際，猛擊其間，就能把對手打躺下。」

儲幼寧道：「閻夫子，這話太玄了，我聽不懂。」

閻桐春抽盡一鍋菸葉，在青石上磕出菸灰，站了起來，撿起地上一根麻繩。儲家做糧食生意，各種繩索在所多有，這根麻繩長約五尺，大約用久了，表面起毛，賣相破爛，遂被人扔在牆角。閻桐春右手握著麻繩一頭，拿麻繩繞過後背，手擱在右腰眼上，指指麻繩另外一頭，要儲幼寧撿起來，同樣拿右手握住，繞過後背，拉緊麻繩。如此，兩人臀部都抵著麻繩，右手都握著麻繩，放在腰間。

閻桐春說：「咱們倆互拉這繩子，誰動了腳步，誰就算輸。我比你重，我不使力，你右手抓緊繩子，使力用屁股往後頂，拿屁股力量扯這繩子，看能否扯得我站不穩摔倒。」

儲幼寧依言使力，他身子弱小，臀部連頂幾下，都無法撼動閻桐春。連頂幾下之後，閻桐春趁儲幼寧一頂之後，欲換力再頂時，稍微施力，儲幼寧就不支，向前幾個碎步，伏倒地上。閻桐春上前，扶起儲幼寧道：「看出來了嗎？我趁你兩次使力氣中間關口，稍微用力，你就趴倒了，這就是以實擊虛，就是我剛才說的『一招已盡，二招未起之際，猛擊其間』。」

閻桐春拾起繩子，交到儲幼寧手中，說道：「再來，再教你一套道理。」

這一回，閻桐春還是不使力，任由儲幼寧用力拉扯，然後，趁儲幼寧全力拉扯之際，突然右手離開腰際，往右後臀伸去，手所握繩索，就此突然鬆動。儲幼寧正全力拉扯，繩子原本緊繃，此時突然變鬆，於是重心不穩，身子後仰，腳步後退，向後仰天摔倒。

閻桐春道：「這一招，卻是以虛應實，與剛才相反，我根本沒使力，都是你用力拉扯，我卻能虛晃一招，讓你自己使力自己摔。這以實擊虛，以虛應實，道理深邃，剛才這兩下子，只是粗淺入門，你得用心體會，處處揣摩，才能吃透個中道理。」

儲幼寧此時對閻桐春大表佩服，小小心靈卻還是疑竇滿腹：「閻夫子，實在看不出，您是個書生，竟是武術高手。」

閻桐春聞言大笑：「呵呵，我哪是武術高手了。實話實說，我真不會武功，只不過，練武也有練武的道理，但練武之人好像腦袋都少根筋，不會動腦子想道理，只是一味苦練，一味瞎練，練得一點章法都沒有。這就好像上等吃客能說得一嘴好菜，對廚子手藝說東道西，自己卻從來不曾下廚，也從來不曾洗手做羹湯。」

說到此處，前院傳來滴答蹄聲，然後有人聲如洪鐘，大聲向店主儲懷遠問好。閻桐春拉著儲幼寧，到了前廳，見儲懷遠站在店門口，抱拳向兩名路客問好。兩名來客，滿臉沙塵，正從驢車後頭，往店裡搬蒲包。儲懷遠支使夥計，用臉盆打來涼水，擱上毛巾。兩名來客搬完了蒲包，摘下草帽，接過手巾把兒，吆喝道：「哎呀，老哥哥，不敢當，久沒見了，老哥哥還是這樣精神健旺，這糧號生意，愈發興隆了。」

這兩人，一個叫齊益壽，一個是孟慶凰。豐記糧行開張沒多久，有次兩人夜裡來敲門，說是貪趕夜路，誤了打尖住宿之地，自己帶的有乾糧，只求糧行東家賞碗熱湯，並准許在前院打地鋪睬上一宿。當時，儲懷遠見兩人駕著驢車，上頭推著草藥貨物，並未帶兵器，自己店內夥計人手不少，心中無畏，就收了兩人。

攀談起來，齊、孟兩人自道，是結拜兄弟，祖籍河南，因為家鄉冬旱夏澇，沒法活了，往東邊逃荒。闖蕩多年後，做了藥草營生，定期下關東，收購長白山一帶山產、藥草，迤邐南下，邊走邊賣藥草，邊走邊買各地特產，再往南邊轉賣，一路可以南下到蘇北。

在此之後，大約每隔一年半載，不定什麼時候，齊、孟兩人就拉著篾棚驢車，路過臨沂，拜訪豐記糧行東家儲懷遠。每次來訪，兩人都會打尖住宿一兩天，致贈土產，與儲懷遠相談甚歡。今天，兩人又來，還搬下兩個蒲包，說是關東特產。

這天晚上，儲懷遠特別交代廚房，多弄了幾個菜，搬出一罈黃酒，把前廳門板拉上，擺了兩張桌子，一張坐了儲家五口、齊孟兩人、帳房閻桐春以及兩位護院武師；另一張桌子，則是夥計雜役。

眾人分賓主坐定之後，廚房送上四盆冷盤，其中三樣分別是香椿拌豆腐、涼拌白菜心、花生芫荽拌豆腐乾，都是華北城鎮人家常見小菜。第四樣則顯特殊，紅豔豔一盆蔬菜，有白菜，有蘿蔔，也有大蔥，噴著一股子既辛辣又甜香味道。

除了三個孩子之外，其他人面前都斟上了酒。齊益壽舉起酒杯，向儲懷遠敬了敬道：「大哥，咱們兄弟倆多年來承蒙大哥照護，心裡十分感激。」說畢，一仰頭，把酒乾了，復把酒斟滿了，指著桌上那盆紅菜說：「上次過中秋時，我和慶凰剛好路經錦州，碰上了幾個高麗參客，和這幫人廝混了幾天。他們飲食起居都和中土之地不太一樣，每飯必有這種拌菜。後來混熟了，他們給了我一包滷子，囑咐了炮製之法。」

「這種高麗醃菜，說起來也沒啥希罕的，總之，就是拿經霜打過的白菜、蘿蔔，佐以大蔥、老薑、大蒜，再把嫩梨搗碎了，擱在一塊兒，拿紅滷子給泡上，醃個三天，就能嘗鮮。這盆菜，還是我三天前，在萊蕪一家客棧裡所做，一路上，在驢車裡搗了三天，現在剛好，拿來孝敬大哥。」

「這玩意兒吃起來酸中帶鮮、辣中帶甜，雖然有點偏鹹，但吃過了之後，不會叫渴。可有一樣，這東西火氣太大，身子差點的，可能抵擋不住，所以，大嫂與三位少爺，還是別吃，就由大哥吃個過癮吧！」說罷，夾了一大筷子高麗拌菜，往儲懷遠碗裡堆。

四冷盤之後，接著則是熱炒、海碗燉煮，眾人酒酣耳熱，吃得暢快。

孟慶凰斟了杯酒，敬過儲懷遠，一仰脖子，把酒喝乾，接著說道：「大哥，這回來，沒帶什麼好東西，也就是兩個蒲包，一個裝的是這高麗醃菜。另一個，則裝的是盛京皇陵左近，守陵莊戶所精心配製的六味安神湯。這湯，說是用六味長白山藥材，按家傳方子，先慢工出細活研磨成粉，待喝湯前，再兌入高湯。我和齊大哥也就是在盛京喝過一回，覺得滋味夠，硬是用兩面從天津紅毛番人那兒得來的鏡子，換了這麼一包六味安神湯粉。」

說罷，廚房端來兩海碗六味安神湯，兩張桌子各擺一碗，眾人聽孟慶凰說了此湯來歷，紛紛舀湯嘗鮮，喝罷都讚不絕口，都說是人間美味。

酒過幾巡，儲懷遠漲紅了臉，舌頭都有點大了，對齊、孟兩人表示：「兩位老弟如此有心，千里迢迢趕來探望，老哥哥心裡實在高興啊！說起來，我從小貧困，活得夠嗆，沒過過幾天好日子。直到七、八年前，從南邊遷居到此，開了糧行，這才有了這麼個局面。現在糧行生意還過得去，有子三人，妻賢子孝，夥計們做事也麻俐，雖稱不上富貴榮華，卻也是殷實快活。其實，老哥哥我心裡還有個疙瘩事，至今揭不過去，時時想到，時時不安，咳，有時候還真難受啊！」

帳房閻同春聞言，放下筷子，偏著腦袋，摩挲著酒杯道：「我到豐記糧行五年，跟了東家五年，怎麼從來沒聽東家說過，心裡有不快活事情，時時折磨著？」

儲懷遠道：「不說了，今天喝多了，酒上了頭，攪得腦子都渾了，言語不清，講起話來三不著兩的，實在抱歉。」

說罷，推開酒杯，伸手要了碗飯，悶聲不響，埋頭扒飯。他喝得好好的，轉眼間卻愀然不樂，眾人見他如此，也都噤聲無語，一頓飯草草結束。飯後，各人歸房，早早睡覺，齊、孟兩人與閻桐春聚做一處，同室榻而眠。

儲懷遠睡下去未久，就覺得腹鳴如鼓，不斷放虛屁，輾轉迷糊之際，下腹一股內壓急攻而至，尾椎穀道刺痛非常。他立刻轉醒，提氣收小腹，憋著這股內壓，棉鞋半穿半套，顛顛沛沛，就著外頭月光，一腳高一腳低，奔至牆角茅房，才剛蹲下去，放鬆穀道，就聽見淅瀝嘩啦，如黃河洩洪，拉了個滿堂彩。

好不容易完事，走出茅房，打算回到裡屋，上炕再睡。月色底下，就見護院武師佟暖掖著一把單刀，前院後院來回遊走守夜。佟暖見儲懷遠忙道：「喲，東家，這可是吃壞了，怎麼大半夜跑茅房？」

儲懷遠答道：「不知道怎麼回事，就是肚子裡發燙，好像著火一般。」

佟暖說：「東家，我想這是那罈子高麗醃菜作怪，那東西太辛辣，您平常沒吃慣，今晚吃多了，所以肚皮作怪。」

儲懷遠回房，上炕躺下，見身旁妻子鄢氏睡得死沉，自己上炕下炕，偌大聲響，都沒把鄢氏驚醒。睡下去之後，迷糊之際，內壓又至，只好再跑茅房。

如此來來去去，從二更初起，鬧到五更天，足足鬧了將近四個時辰，鬧得儲懷遠體虛氣衰，頭昏腦脹。奇的是，自己走馬燈一般跑茅房，出來進去的，妻子鄢氏卻還是沉睡不醒。不但鄢氏沉睡，前後院落也是漆黑寂靜，除了之前碰到佟暖一次之外，其他時候，每次跑茅房，外頭都是無聲無息。五更天，儲懷遠再跑茅房，這一回，洩洪數量大減，覺得腹中沉積之物已然排泄乾淨，心中慶幸，雖然折騰一夜，但總算完事，可以回去好好補上一覺。

邁步回屋，才走幾步，儲懷遠背後有人悄然掩至，伸手橫臂，用力收緊，勒住了儲懷遠脖子。這人湊著儲懷遠耳朵，低聲說道：「別吭聲，要是吵醒了旁人，就是滅門之禍。」

儲懷遠一聽，就知道這是齊益壽，當下稍微點頭，表示曉得。當下，另外有人拿皮繩從背後捆住儲懷遠兩手，齊益壽張開五指，緊捏儲懷遠面頰，逼儲張口，塞進麻核，再用羊肚毛巾綁緊摀嘴。此時，就聽見前後院落柴門打開，諸人躡手躡腳，步履雜沓，進進出出，除了齊益壽、孟慶凰兩人之外，還有佟暖、夏涼、閻桐春，都併作一塊兒，五人手腳俐落，往篾棚驢車上搬物件。

眼見閻桐春進了主屋，抱出三子儲幼寧，輕輕擱入篾棚驢車，儲懷遠心頭輕震，心裡有了底，大致明白了這是怎麼回事，就微嘆一口氣，閉上雙眼，任人擺布。此時，佟暖從前院過來，細聲對閻桐春說道：「師爺，前院牛車已經備齊，天色就快亮了，咱們也該走了。這個貨色，要不要敲昏了，免得作響壞事？」

閻桐春低聲對儲懷遠說道：「好漢做事，好漢當，我們當家的要找你報仇，連帶取走故人骨血，與其他人不相干。你要識相，不另生事故，與我們方便，我們就與你方便。否則，只好不客氣，現在先把你打個半殘。是福是禍，你現在給句話？」

儲懷遠依舊閉目，微微點頭，嘿然不語。見此，閻桐春轉頭對餘人說：「他昨天晚上酒上頭，都說出心底話，這些年，大約有點悔意，應該不致再搗亂。就這樣了，把他腳也捆上，頭上弄個布袋套上，抬上牛車去。後院那罈銀子，挖出來了嗎？要是挖出來了，帶上個人衣物用品，趁著天色還黑，咱們得趕路了。」

就這樣，夏涼打開前院大門，驢車、牛車悄悄拉了出去。關上大門，兩輛車拉著眾人朝城門走去，走著走著，天色大亮，城門已開，兩車走出城門，緩步朝北邊行去。

第二章：走山道幼年少主初聞身世，進山寨眾家兄弟報仇雪恨

這時節，正是清同治中葉，太平天國勢衰力頹，髮匪由中原地區遁往西南，漸漸油盡燈枯。而捻匪主力也被湘、淮兩軍窮追猛剿，西捻被湘軍左宗棠包圍，東捻則被淮軍李鴻章堵死，幾陣激戰，潰不成軍，猶如釜底遊魂。整個山東境內，匪患遠颺，齊魯大地總算徹底綏靖。

然而，兵焚戰亂十餘年，匪來如梳，兵來如篦，雙方拉鋸鏖戰，平頭百姓生靈塗炭，生計活力大受斲喪。此時戰火雖已平歇，市面仍未恢復，亟待休生養息。府城之內，猶稱昌盛，離了城池，左近四鄉八鎮，卻是百業蕭條，人氣欠旺。兩輛車出了城門，景致與城內大為不同，不見人煙，道路之上，寂寥清靜。也因此，出城門後，雖行官道，卻無人矚目。

兩輛竹篷車迤邐而行，不及一個時辰，地勢逐漸走高，兩輛車一前一後，走進了山路。此地位處山東東南，沂蒙山區面積廣袤，當地人自誇，蒙山沂水甲天下。車進山區，路行顛簸，加上晨光清亮，驢車裡，那儲幼寧睜目而醒。醒來之後，眼見人在車中，車在山中，心裡覺得奇怪，撐起身來，往前略爬幾步，高聲問道：「閻夫子，這是哪兒？我怎麼在車裡？娘呢？爹呢？怎不見我娘哪？我爹上哪兒去了？」

昨夜一場巨變，全由閻桐春操持，居間調度，運籌帷幄，這才了了幾年來念茲在茲大業。他一夜未曾闔眼，這時候，正坐在車夫位子上，與齊益壽並肩駕車。前邊另一輛牛車上，則是佟暖與夏涼並肩駕車，孟慶凰待在車廂裡，守著儲懷遠。

閻桐春見儲幼寧已醒，乃對齊益壽說道：「孩子醒了，不能這樣一直走下去，得歇歇。」

齊益壽聞言，以手撮唇，吹聲口哨，接著發一聲喊：「都停了吧，閻夫子說，大夥兒歇歇腿。」

兩輛車行至彎道，駕車人側拉韁繩，牲口乃在路邊停住，眾人下車，尋拾石塊木樁，堆疊車輪後方，穩住車身，免得下滑。

齊益壽下了車台，繞到車後，伸手舒臂，把儲幼寧抱下車來。儲幼寧四面環看，卻不見父母，於是放聲大哭：「娘，爹爹，你們在哪兒？」

閻桐春對諸人說：「折騰了一晚上，大夥兒又餓又累，益壽，你去驢車底下，把那布捲子取下來，裡頭有大餅、饅首，你們先吃點，墊墊肚子。我先和孩子講講，這事總得有人做。唉，造孽啊，這事教我怎麼啟口？」

說罷，他牽著儲幼寧，往林子中走去。走了幾十步，在林中一塊大石前站定，雙手攬住儲幼寧腰際，運勁上舉，把孩子抱上了大石，然後說道：「來，睡了一夜，憋了一肚子尿，站在石頭上，朝前頭飆尿，看你能飆出幾尺地去？你不是每天大清早一起來，就和兩個哥哥比賽飆尿嗎？在家飆尿，不小心就會撒在糧食上，招你爹媽罵。這兒麼，左近沒人，全是枯枝樹葉，隨你飆，看你能噴多遠。」

儲幼寧畢竟年紀幼小，聽閻桐春這樣講，童心大起，真的馬上褪下褲子，上身微微向後仰，挺腰凸肚，小腹運勁，使力噴尿。童子之身，腎強汁多，儲幼寧這泡尿，撒了出來，碰上了冷風，熱氣蒸騰，好似銀鏈飛瀑，噴發了好一陣子，這才散盡腹中存貨，收勢回神，穿上褲子。撒完尿，兩腿略屈，使勁一彈，自大石上竄下，儲幼寧又想起了爹媽，兩嘴一癟，就要發聲大哭。閻桐春搶在頭裡，一把攫住儲幼寧臂膀，柔聲說道：「別哭，我的小祖宗，你先別哭，讓我慢慢講給你聽。」

說罷，拉著儲幼寧，在草地上盤膝坐下。閻桐春問儲幼寧：「孩子，你想想，我和你爹，誰對你比較親？」

儲幼寧想了想答道：「閻夫子教我讀書，不讓我兩個哥哥欺負我，常講故事，對我比我爹還親。不過，爹爹就是爹爹，閻夫子您不是常講什麼天地君親師嗎？親在師前，我爹是親，您是師，按理說，爹爹還在您前面。」

閻桐春彈嗽一聲，接著又道：「那麼，要是這人不是你爹爹呢？我是說，你每天喊著爹爹，當成爹爹那人，要是不是你爹爹呢？」

儲幼寧聞言大奇，兩眼直瞪如銅鈴，小嘴大張似個門，睜眼張嘴，過了半晌，這才又問道：「不是我爹？他怎麼不是我爹？他從小抱我長大，和我娘一起養活我，怎麼會不是我爹？」

閻桐春用力嘆了口氣：「嗐，孩子，鹽打哪兒那麼鹹，醋打哪兒那麼酸，事情都有根有底，我一時之間，也說不清楚。反正，那人不是你爹，你爹另有其人，你才八歲，還弄不懂這裡頭虛玄。別怕，孩子，跟在我身邊，先別哭別鬧，過兩天，等到了地頭，你就會明白。」

儲幼寧此時八歲，年紀幼小，難以明瞭人世間悲歡離合，但八歲之年，已非懵懂豎子，聽了閻桐春這番言語，儲幼寧心中隱約明白，自己身世另有隱情。於是，就此悶聲不響，牽著閻桐春，慢慢走出林子。

回到大車旁，眾人正吃著大餅、饅首，夏涼拿著個皮水袋，裝盛了山泉，灑倒在諸人手掌心，權充飲水，暫解口舌乾渴。閻桐春順手撕下一片大餅，蘸了點水，遞給儲幼寧。這時，儲幼寧卻不伸手接餅，卻是定睛瞧著前面牛車，望著車上儲懷遠。兩車出城之際，為防儲懷遠喊叫求救，頭上給罩了布套。等進了山區，荒瘠無人，孟慶凰就摘了儲懷遠頭上布套，解了羊肚毛巾，又摳出嘴中麻核。此時，這儲懷遠，卻是眼觀鼻，鼻觀口，口觀心，低頭垂首，不言不語，只是看著眼前木板。

儲幼寧低聲喊了聲：「爹爹！」

儲懷遠聞聲，還是不哼不哈，身子文風不動。

見這光景，儲幼寧心裡有底，曉得閻桐春所言不虛，只是，實在不曉得個中關節，不知道為何這人突然不是自己親爹。儲幼寧心中悲愴，不禁低聲啜泣。諸人見狀，都覺不忍，齊益壽走過來，張手拍拍儲幼寧頸項說道：「別哭了，到了山裡頭，你自然會知道自己的親爹是誰。」

這時，儲懷遠突然發聲說話，他頭不抬，身不動，只是低聲言道：「孩子，實話實說，我真不是你親爹。我拿你當親生兒子疼，但我不是你爹，我做了歹事，對不起你親爹。」

儲幼寧淚眼婆娑，抬頭望著儲懷遠問道：「爹爹，這到底是怎麼回事？媽呢？怎麼不見媽啊？」

儲懷遠還是低首垂眉，依舊小聲言道：「你媽，也不是你親媽。別哭，聽閻夫子及幾位師傅的話，過兩天，你就明白了。」

話說到這兒，儲幼寧曉得，再問下去也是枉然，於是收聲不響，黯然啃起了大餅。

打尖已畢，眾人復又上車，兩車同行輪聲轔轔，雙牲拉車蹄聲蕭蕭，在沂蒙山區日復一日轉悠。

這沂州府之下，轄有蘭山、郯城、費縣、沂水、蒙陰、日照、莒州等六縣一州，山區腹地廣大，一牛一驢，兩車連日趕路，行行復行行。途中，偶爾蹦出綠林好漢，頭紮彩巾，腰纏布帶，手執兵器，橫刀立馬，攔在路中。然而，攔路好漢每次見到閻桐春，無不躬身哈腰，喊聲：「閻師爺好！」

閻桐春也客氣，溫言客套應酬幾句，雙方拱手而別。幾次之後，儲幼寧禁不住好奇，問閻桐春緣由，閻桐春只說，那是江湖上朋友，都是英雄好漢，只因時運不濟，才會在山上設寨劫道。

這天，天色將晚，一行人行至險徑，左右兩邊俱是陡峭山壁，只剩中間窄道，勉強通車。前頭不遠處，卻是此路盡頭，盡頭處，另有草繩木板所搭寬面吊橋，連接對岸。兩輛車得上橋，才能跨越深淵，抵達對岸山路，繼續前行。兩輛車緩緩前行，將將趨近吊橋口之際，就見對面晃晃悠悠，走來三人。

當頭一人，是個樵夫，頭戴寬邊草帽，大冷天，身上只穿麻布葛衣，腳踏抓地草鞋，腰間別著一柄板斧，肩上扛著一捲粗柴。這人身後，則是個農戶，也是頭戴草帽，身上卻披著蓑衣，腳踏一雙毛窩，背後竹籃裡，堆放高粱包穀。第三人，則是個壯碩婦人，背後一條粗辮子，身上棉襖到處是口子，棉花全翻了出來，活似女叫化子。

這三人，自吊橋那頭，搖搖晃晃，慢慢蹭了過來，擋在橋當間。這頭，牛車座頭上，佟暖發一聲喊：「喬三、喬四、喬四娘，別裝了，都是自己人，沒外人，領路回去吧！」

原來，那樵夫叫喬三，農夫是喬四，婦人則是喬四妻。此三人，都是對岸山裡山賊翻天笑手下人等，山賊寨子距吊橋不遠，翻天笑派人長川守在橋口，若見對岸有人車過來，就假扮路人，阻塞橋道，與來客攀談，盤底子、問路數。這天，由喬三、喬四、喬四娘當班，守在橋口，就碰上了閻桐春一行人。

眾人見面，彼此相熟，說說笑笑，車行不遠，彎進一條更窄山道，未久，就到一處入口。這入口，渾然天成，一個環形山谷，四面全是峭壁，唯有這出口，寬約兩丈，可容人車通行。如遇攻襲，只要關上柵門，在門後推上石塊，寨子易守難攻，可支撐許久，無虞淪陷。

車到門前，柵欄大開，兩車入內，倚傍山壁停放。這山寨，四面皆是峭壁，當中則是平坦乾泥地，所有房舍，都倚山壁而建。正中一寬敞大廳，竹子樑柱，茅草鋪頂，無門無牆，一面為山壁，三面俱通敞，山壁上掛著個木匾，上書「聚義廳」三字，字體歪七扭八。聚義廳旁，則是兵器架子，粗木欄架，一層疊過一層，上頭遍擱二、三十具白蠟桿尖頭槍與大砍刀。蠟桿槍頭常有鏽蝕，大砍刀也缺口處處。

兵器架子過去，又是個靠山壁空敞棚子，棚子當間，擱著石鎖、石擔、木人、梅花樁等諸般事物，牆上又是一塊木牌，寫著三個拙劣黑字「演武堂」。

再過去，則是連串茅廬，小間為山寨當家並管事檔頭所住，大房則為眾嘍囉所居，全是茅草通鋪。之外，另有女房，予女賊並女雜役居住。

倚靠山壁空地上，則開墾出數畦田畝，種了菜蔬、包穀、辣椒等等農作。此外，又養了幾群雞鴨禽類，滿地亂走。

眼前這景況，讓儲幼寧想起說書先生所講江湖演義。沂州城裡市集上，常有說書先生說書，講些七俠五義、刀客、劍客之類江湖故事。儲幼寧年紀雖小，蹲在地上聽市集說書，卻頗有年月。大車停妥，眾人下車後，儲幼寧見兵器架上鏽槍破刀，就偏著頭問閻桐春：「閻夫子，不是說英雄好漢占山為王，劫富濟貧，打家劫舍，都有各式兵器嗎？什麼刀槍劍戟斧鉞鉤叉鞭鐧錘爪，一種好漢使一種兵器。怎麼這兒，就只有破槍與爛刀？」

閻桐春聞言，噗嗤一笑答道：「孩子，你這是聽書聽多了，以為習武之人都使不同兵器。要知道，兵器可稀貴著哪。就說棍吧，七俠五義陷空島五鼠裡頭，有個徹地鼠韓彰。韓二爺有個義子，叫韓天錦，江湖上人稱霹靂鬼，這人膀大腰圓力不虧，能扛能頂，吼聲震天，慣使一根熟銅棍。另有人說，這人使的是熟鐵棍。」

「不管是熟銅棍還是熟鐵棍，你想，那得要多少銅、鐵澆灌，才能鑄出這根兵器？那樣多銅，那樣多鐵，得要多少銀子，才能辦到？虧好韓天錦是韓二爺義子，陷空島五鼠，家大業大，銀子多的是，這才能給這霹靂鬼，鑄了這條銅鐵之棍。要是平常人家，在江湖道上混，哪能負擔得起。」

「再說了，銅棍、鐵棍，其實還不如棗木棍好使。棗木到處都有，找條好棗木，細細收拾，慢慢摩挲，自能炮製出一條好木棍，成了好兵器。這棗木棍，遠比銅鐵棍輕盈好使，與人交手，運轉如意，除非鋒利寶劍，一般刀劍，削砍不斷好棗木棍。被棗木棍砸上，一樣是傷筋斷骨，腦袋開花。更何況，只要自己摸尋，找條好棗木棍一點銀錢都不花，遠比銅棍、鐵棍高明。棗木棍就算打折了，再換一根即是，不耗銀兩。」

「孩子，江湖路豈是一個慘字了得，餐風露宿，飽一頓餓一頓，今日不知明日事，隨時都有性命之虞。就算平家小戶，只要日子過得去，誰願意離家漂泊，走這江湖險路。」

「就說這寨子裡，從上到下，三十多口人，人人都是心中有苦，蒙冤受迫，生計無著，無路可走了，這才上山，落草為寇。人是落魄人，兵器是破槍爛刀，湊合著用。當山賊討生活，靠的是講江湖規矩，非萬不得已，不會拉傢伙放對，兵凶戰危，刀槍不長眼睛，兵器對上了，就有性命之憂，沒事誰會使兵器與人放對？」

邊說邊講，眾人邁步往聚義廳行去。儲懷遠還是皮繩束手，由佟暖、夏涼推搡著，顛顛沛沛跟著走。儲幼寧忍不住，朝儲懷遠瞟了幾眼。儲懷遠低頭望地，不視左右。

聚義廳前，站著個中年漢子，中等身量，久沒剃頭，辮子盤在頭頂上，滿頭寸許雜髮，國字臉，黑面皮，落腮鬍，穿著一襲灰棉長袍，袍子上多處地方都開了綻，露出線頭。這人，就是寨主翻天笑。眼見閻桐春一行人漸行漸近，翻天笑兩手合攏抱拳說道：「師爺，諸位賢弟，請了！」。說罷，右手由拳變掌，掌心上翻，延請諸人進廳。

這時，天色暗了下來，聚義廳內點起了松脂火把，樹脂入火，嘶嘶作響，略冒黑煙。微風吹來，火焰飄搖，映得地上人影不住晃動。翻天笑與諸人相認已畢，指著儲懷遠，對身旁人瞪道：「把這人帶下去，押在空屋裡，飯食管飽，別苛扣了他，讓他吃飽睡足，明天再審，把當年那筆帳算清楚。」

帶走儲懷遠後，翻天笑命人開上晚飯，吃的不過是高粱米、包穀米、山蔬野菜、醃菜醬蘿蔔之類粗食，都裝在粗陶土缽裡，外加幾塊烤山羌。除了儲幼寧之外，每人碗裡都裝上自釀黃酒。

翻天笑衝眾人端起碗道：「諸位辛苦了，我哥哥被奸人陷害而死，全家遭難，唯一骨血，卻被奸人擄去，認賊作父。全靠各位幫忙，辛苦多年，這才用計擒住奸人。明天，我要挖出這奸人心肝五臟，祭我哥哥在天之靈。」

說罷，他轉臉看著儲幼寧說道：「這孩子，你叫吉仁凱，你爸爸叫吉平山，我叫吉平海，是你叔叔。這翻天笑，是我開山立寨的江湖渾名。你父親原來是江南大營綠營千總，後來你爺爺過世，你爸得報，遵古制，請假三年，回鄉丁憂。咱們老家，在安徽安慶兩百里外吉家圩。」

翻天笑一口氣說到這裡，暫時打住，仰起脖子，就著碗口，一飲而盡。喝完，擦擦嘴，看著儲幼寧。儲幼寧這時又驚又怕，拿眼睛看著閻桐春。閻桐春看著儲幼寧，微微搖頭，示意儲幼寧先別作聲，接著往下聽。

翻天笑接著又道：「那時，髮匪攻陷安慶，安徽全境震動，吉家圩也告急。江南大營垮掉之後，綠營兵丁潰散，朝廷無兵可派，只好藉助地方仕紳與封疆大吏，自行籌餉練兵，是為團練。曾制軍那時在湖南辦團練，後來人馬充實，成了湘軍。我哥哥之前在江南大營當千總，懂得兵事，乃出頭呼應曾制軍，也在家鄉辦團練。」

「當時，他鳩集左近二、三十個村圩，集數百男丁，教習戰技，有事則呼嘯吹哨示警，迅速聚集壯丁抗敵。太平天國小股兵力幾次來犯，都被我哥哥擊退。咸豐十一年，湘軍攻下安慶，髮匪潰逃。之後，曾家兄弟數十萬湘軍，兵臨南京城下，克復南京，指日可待。南京城，髮匪稱為天京，是太平天國國都，地位最是重要。湘軍圍城，髮匪心焦，匪首洪秀全命各地太平軍回援天京，集結二十萬兵力，大戰湘軍四十多日，雙方死傷累累，卻未能分出勝負。然而，天京無糧，偽忠王李秀成下令，全線太平軍傾力搶收糧草，運往天京。」

「於是，安徽又告吃緊，數路太平軍竄入安徽，燒殺擄掠，搶奪糧草。我哥哥賣力保鄉，髮匪啃不下吉家圩並左近幾十個圩村，兩司馬薛文忠出鬼主意，向師帥廖維悅獻策，找尋奸人，派入吉家圩，通訊息、報機密、獻圖冊，裡通髮匪，夜襲吉家圩，打啞警哨，全殲民軍團練，徹底屠城，吉家圩老幼良賤，八百餘口，全數遭戮。」

「髮匪屠了吉家圩，就是殺雞儆猴，讓附近幾十個村莊曉得，不獻糧，就納命。果然，各莊子望風披靡，全都低頭，讓髮匪搜刮大量牲口、糧食而去。天可憐見，這些牲口、糧食，後來並未運入天京。因為，曾九帥已先一步，克復南京，打爛髮匪根基。那時，我在九帥陣中，血戰數日，殺入南京城後，百戰方歇，就聽說安徽吉家圩老家出事。」

「我向九帥求情，讓我回家。九帥不肯，我就連夜棄逃，帶著幾位兄弟與閻師爺，離開南京，一路向西，奔往安徽。半道上，機緣湊巧，碰上了髮匪兩司馬薛文忠，這人已與髮匪隊伍走散，孤身亡命，背後拖了條假辮子，一瞧就知道是長毛。於是，擒住薛文忠，拷問吉家圩景況。這膿包，沒等我動手，就自己先招，一五一十，把內情給說了。」

說到這裡，翻天笑雙目瞪圓，兩手握拳，猛擊桌面，砰然作響，看著儲幼寧，接著續道：「我這才知道，吉家圩有了細作，那吃裡扒外，害得我哥哥全家，連同吉家圩所有百姓丟了性命的奸人細作，就是儲懷遠。」

講到這裡，閻桐春站起身來，伸手攔住，不教翻天笑再說：「大人，別嚇著孩子了，有話慢慢說。這孩子也是可憐，從小由儲某撫養長大，認儲為父，幾天前，我們拿下儲某，告訴這孩子，他爹不是他爹，這孩子也受了驚嚇。我恐怕孩子受不住，有話，明天慢慢再說。」

這時，儲幼寧已是淚眼汪汪，用力咬住下唇，只差沒哭出聲來。他才八歲，沒法把翻天笑所言，聽得全懂，但大致意思，卻能聽出個約略，心裡愈發明白，這是怎麼回事。

翻天笑抿一抿嘴，說道：「師爺，這大人兩字，可休再提起。為了給我哥哥報仇，我不告而別，就被曾九帥報得朝廷，除了名籍，早就不是吃糧軍爺。現在，在這鬼地方落草為寇，為的就是替我哥報仇。那兩司馬薛文忠，已被我了結，取了性命。他上頭那師帥廖維悅，聽說也已戰死。現在，就剩下這儲懷遠，今天且讓他安逸一天，明天我要食其肉，寢其皮，這才甘心。」

翻天笑不管儲幼寧感受，繼續自顧自往下講：「後來，我們哥兒幾個，抽絲剝繭一般，四處查訪，慢慢把牽絲絆葛、糾結不清事情，理出頭緒，從安徽一路往北邊追，到了山東。追到後來，還是閻師爺明察秋毫，說是只要四處查訪新到殷實人家，就必能找到奸人。最後，終於在沂州府找到奸人，開了豐記糧行。」

笑翻天轉臉，看著儲幼寧說：「依我意思，當時就動手，白刀子進，紅刀子出，衝進去，把一家子都料理了，再把我哥根苗骨血吉仁凱，就是你，救出即是。但閻師爺思慮周密，說是要看看奸人是否還有同夥，查查奸人詳實底細，於是，閻師爺就進糧行當了帳房並教書先生，我則帶著餘人，占山為王，取個渾名，叫翻天笑，招攬左近貧困人等，當山賊過日子。後來，師爺派人傳訊，要佟、夏兩位下山。這兩位師傅，早年出自直隸滄州查家武館，是老拳師查琨悌門下弟子，進糧行當護院武師，正合適。」

「至於齊、孟兩位賢弟，則是一面南來北往，做買賣賺銀兩，貼補山寨生計，另方面，每年定期進糧行作客，傳遞訊息，明白情況。」

「直到一個月前，閻師爺才傳訊，說是時機成熟，可以動手拿人。於是，齊、孟二人，先把什麼高麗醃菜、安神湯材料預備下來，然後動身前往，大家一起動手，把奸人拿到，送來此處。老天有眼啊，血海深仇，不是不報，只是時辰未到。明天上午，就是報仇時辰，時辰一到，我殺奸人還我哥哥公道。」

講到此處，翻天笑臉肉抽動，喉頭翻騰，略嘔幾下，猛然張口大吐，酒水穢物，吐了一地。他邊吐邊哭，又哭又嚎，聲震屋瓦，幾百尺外，儲懷遠在小屋裡囚著，也充耳可聞，曉得明天上午，就將畢命。

第三章：說分明階下囚徒細數當年，切腕脈被罪之人一命嗚呼

經翻天笑一鬧，同席諸人都覺得惻然，就此悄悄散席。這時，時辰已晚，眾人睏意湧上來，各自回屋就眠。這一夜，儲幼寧還是跟著閻桐春，兩人進一小房，同榻而眠。初春時節，夜裡天寒，小屋裡有炕，山上樹多，燒炕不愁柴火，各屋夜裡都有熱炕。外頭寒風颼颼，屋裡炕上溫暖適意，閻桐春上床後，很快沉睡，鼾聲連連，有如拉起了風箱。

儲幼寧躺在閻桐春身邊，雖然也是疲憊困頓，但卻怎也睡不著。愈是想睡，愈不能睡，睡眠路上，好像築起了道高牆，每當睏意升起，頭昏腦鈍，慢慢下墜入睡時，就撞上一堵高牆，驚然而醒。然後，繼續睏意升起，繼續頭昏腦鈍，繼續慢慢下墜入睡，就繼續再撞高牆。如此這般，顛來倒去，往復不止，儲幼寧心中焦慮大起，煩躁不安，一股莫名悸動纏繞全身，輾轉反側，不能入眠。

到了後來，就覺得小小身軀之內，好像遭閃雷擊中，嗡然作響，軀體顫動不已。其實，並無嗡然之聲，軀體也並未顫動，但儲幼寧卻彷彿聽到嗡然之聲，彷彿渾身顫動，並逐漸發熱。儲幼寧小小年紀，從未遭逢此等異事，心中頗受驚嚇，身上更覺苦楚。就這樣，一夜未眠，苦苦支撐，眼睜睜看著窗櫺之外，天色漸轉明亮。

又過了許久，閻桐春睜眼而醒，一夜好睡，此時神智格外清明，見身旁儲幼寧面如白紙，眼神驚懼，直勾勾望著自己，曉得事情要壞，伸手按住儲幼寧額頭道：「不好，發燒了，許是受了風寒。不過，還不燙手，應該沒關係，多休息休息即可。夜裡睡了多久？」

聽閻桐春這樣問，儲幼寧癟了小嘴，哇地一聲，哭了出來，啞著嗓子道：「閻夫子，我中邪了，一晚上都睡不著。沒法子睡，翻來翻去，一下子仰著，一下子側著，身上難受，很難受。」

閻桐春問：「怎麼難受？」

儲幼寧答道：「不知道，閻夫子，就是不舒服，說不上來怎麼不舒服。不痛，不癢，但很難受，心裡難受，身上也難受。閻夫子，我這是怎麼了？」

這批人裡頭，就數閻桐春讀過書。這人原籍江蘇泰州，秀才出身，鄉試考了幾次，運道欠佳，都沒過門檻，於是，絕了考舉人念頭，另謀出路。先是在老家開館收徒，後來離鄉投軍，入綠營，任文牘師爺，結識了吉氏兄弟，才有了後來經歷。閻桐春雖然僅是秀才，腹笥卻頗寬，各路典籍皆有涉獵，胸中頗多雜學，天文、地理、兵事、武技、醫事藥理，皆有火候。

聽儲幼寧這樣講述病況，閻桐春心裡已有計較，當下也不多言，只簡略言道：「孩子，別怕，有我在。待會兒審那人時，你貼著我坐，別怕，要是不舒服，就倒我懷裡躺著。」

這時，天色已然全亮，閻桐春給儲幼寧穿好衣服，牽著孩子，推門而出。舉頭看天，彤雲蔽日，是個大陰天，眼看著，就要降下春雪。

山寨子裡，二、三十號人等，俱都起身幹活，燒火煮飯，挑擔汲水，劈砍柴火，打掃門戶，澆水種菜、飼雞餵鴨，不一而足。那翻天笑，這時正吆喝著幾個嘍囉，把聚義廳裡那張瘸腿大八仙桌，抬到外頭空地，又抬出太師椅、長條凳、圓板凳、矮樹樁等，繞著場子擺設。

翻天笑見閻桐春帶著儲幼寧，就衝閻桐春說道：「賢弟，你瞧瞧，在山上這幾年，買賣沒少做，進項卻不怎麼樣，連個像樣稱頭桌椅都沒有。這八仙桌並太師椅，還是三年前一個告老回鄉知縣，雇著鏢局人等，保著他一大家子人，由北往南，前往徐州，路過此地，被我攔了下來。都說三年清知縣，十萬雪花銀，我看那告老知縣，過得也夠嗆。咱們照規矩，逢十取一，鏢局護車的也沒反對，就取了這麼張瘸腿八仙桌與搖背太師椅。」

「其他什麼長條凳、圓板凳，也都是路過商旅車上所取。只有那矮樹樁，是自家所製。都說開山立寨當大王，日子快活好過，可怎麼咱們落草當了強盜，卻是這般糗樣子，有一搭，沒一搭，叫化子似的？要不是齊、孟兩位賢弟，經年走南闖北走道買賣，賺點錢貼補，山上這日子根本沒法過，寨子非得關門散夥不可。」

閻桐春答道：「大哥，莫這樣講，所謂盜亦有道，咱們雖然抹下了臉當山賊，但凡事按著規矩來，一不姦淫，二不擄掠，只是對過往商旅路客，逢十抽一，取點過路稅，不傷陰德，不做缺德事。我估量，往來客商心裡早已有底，曉得行經這地段，得逢十交一，繳交一成財物。這麼多年，沒聽說過咱們驚嚇商旅路客，更沒與各鏢局趟子手拉傢伙對著幹，這都是大哥領導有方，山上日子雖苦，卻是心安理得，寧靜平順。」

翻天笑接著道：「賢弟所言，固然不錯，架不住地面上那起子髒官汙吏需索。年年月月都要咱們報效，咱們辛辛苦苦，攔路取財，左手拿點貨色，右手都交給了官面上這缸子混蛋，這才真叫氣人哪！更何況，這地面山頭多，山上綠林好漢也多，過往商旅逢山失財，遇寨抽稅，時候久了，誰也受不了。但得有點辦法，商旅過客寧可雇船走運河水道，甚或搭洋商海船，也不走這陸地山道。這兩年，商旅愈來愈少，生意愈來愈難做，日子愈來愈難過。」

閻桐春道：「這次來，臨走前，把那點子家院落所埋藏一袋銀子，也起了出來。這銀子本來就是令兄家私，被這賊人取去，現在拿了回來，還放在車上，待會交給大哥，夠管一陣子開銷了。」

閻桐春又道：「年年難過，年年過，日子是苦了一點，但還是過得下去，眼前先這麼混下去，等料理了今天這檔子事，以後怎麼幹，咱們再從長計議。對了，那點子昨天晚上可安分？吃睡如何？」

翻天笑道：「昨晚交代了，咱們吃什麼，也另外弄一份，給送到屋裡去。兩手皮繩解開了，門上了鎖，門外頭安了人看著，屋裡有夜壺馬桶，不讓他出來方便。至於睡得好不好，等下看氣色就知道。」

閻桐春放低了聲量，當著儲幼寧面，緩緩對翻天笑道：「大哥，這人給長毛髮匪當細作，害死吉千總，死有餘辜，罪無可逭。不過，此人逃到沂州府後開糧行，作為還算老實，對幼寧也盡為父之道。我想，是不是待會辦事時，給他留點顏面，死罪難逃，活罪就少受點。」

翻天笑聞言，兩眼凝視閻桐春，半晌，這才嘆了口氣：「唉！老弟，我非暴戾恣睢之輩，但這人三刀兩面，哄得我哥哥信了他，他卻背後弄鬼，害得我哥哥家破人亡，這深仇大恨，非得挖了他心肝五臟，祭我哥哥在天之靈不可。」

說到這裡，翻天笑看了看儲幼寧，繼續言道：「不過，既然你這樣說，讓我多想想。倘若等下這人夠硬氣，把事情交代清楚，未嘗不可賞他一個全屍。他要是推諉不認，那我可不客氣了，非要他開膛破肚不可。」

大半個時辰後，山寨眾人食畢早飯，翻天笑命大小山賊，在場中落座，尤其，要閻桐春摟著儲幼寧，坐在太師椅上。翻天笑卻不坐，負手立在八仙桌後，清清嗓眼子，喊道：「來啊，把那點子拖出來。」

一旁，自有嘍囉去了儲懷遠居留之室，開了房門，把儲懷遠押了出來。儲幼寧一夜沒睡，早飯粗糲，加上身體鬧得慌，粒米未進，只勉強喝了點清水。這時，見他爹爹被人牽了出來，上法場一般，牽到場子當間，矮身坐在黃土地上，他更覺委頓，半靠半癱，倚在閻桐春身上。

儲懷遠盤腿坐下，仍是兩眼望地，不肯抬頭環視眾人。翻天笑戟指點向儲懷遠，厲聲喝道：「姓儲的，你也有今天。現如今，你落入我手中，要殺要剮，全憑我作主。莫說我心狠手辣，我現下給你條路子，只要好好交代此事來龍去脈，說不定，我發了善心，賞你一個好死。」

儲懷遠這時反而閉上雙目，緩緩言道：「好漢做事，好漢當，我做了什麼孽，心中清楚，我是罪有應得，也不必求饒。這幾年來，我心中難受，好生後悔，但事已如此，做了就是做了，沒法子重頭來過，因此，饒是心中難過，也只能忍著，好生一天天往下過日子。自從被擒，這幾天裡，我也想透了，儘管到頭來難逃一死，但心頭重擔反而卸去。」

翻天笑一搥桌面，砰地一聲，接著喊道：「好，你就好好交代清楚，當年到底是怎麼回事！」

儲懷遠睜開雙眼，朝遠方天際凝視，嘿然說道：「當年忠王李秀成被人拿住，送交湘軍曾九帥大營，後來在牢籠裡寫親供，寫完親供，這才被曾制軍送上法台，砍了腦袋送命。如今，換我被拿住，也坐在這兒，口述親供，講完親供，也得送命。別擔心，像我剛才所說，好漢做事好漢當，我這親供，完整無缺，不像忠王那親供，只有前面七十四頁，後頭供詞被人撕去。」

儲懷遠說：「我老家在直隸通州，這儲，本來就是北方大姓，在南方不多見。幼年時，也讀了點書，但幾次考秀才落地，終這一生，也就是個童生。十五歲那年，對科場死了心，打算外出找活計。正巧，有洋人到通州宣教，因緣際會，我吃了洋教飯，跟著法蘭西教士，在教堂供職，也學會了點法蘭西言語。後來，華洋相處不睦，教案屢起，我一個華人，卻給洋人幹活，夾在中間，總不是辦法，於是，就另謀出路。」

翻天笑聽得不耐煩，打斷儲懷遠道：「別那麼多虛言屁話，撿要緊的講，就說你怎麼陷害我哥哥一大家子人。」

閻桐春轉臉，衝著翻天笑道：「大哥，莫打岔，讓他說，讓他說得仔細清楚。」說罷，眼睛看著翻天笑，下巴卻點向儲幼寧。翻天笑見狀，曉得這是要讓儲幼寧明白事情來龍去脈，就收聲不語，讓儲懷遠繼續敘說。

儲懷遠依舊眼神迷離，吸一口氣，望著遠方天際，繼續道：「洋人之間，聲息互通，法蘭西教士見我有心求去，也不為難我，還為我媒介去路，說是上海有家法蘭西洋行，買辦需要下手幫忙。於是，我取道天津，搭海輪去了上海，到徐家匯，進一法蘭西洋行。未久，也把家眷接來，安置上海。」

「好運不終朝，壞事連番到。到了上海沒多久，就出了大事。咸豐十年仲夏，太平天國忠王李秀成，率軍殺到上海。上海諸洋商聯合出資，資助英吉利與法蘭西兵將，並招攬各路紅毛浪人及天竺錫克教人等，組洋槍隊，器械精良，與忠王決一死戰。上海城綠營無用，一殺就逃，潰逃殆盡，只剩洋槍隊保城。雙方對戰，洋人山炮發威，手榴彈厲害，洋槍洋炮，殺得忠王大軍一佛出世，二佛涅盤，少屁股沒毛的，呼爹喊娘四下竄逃。」

「數日後，忠王整軍經武，另派新隊伍，再與洋人鏖戰。這一回，忠王學了乖，太平軍不再成群嘩然衝鋒圍攻，改而單行出擊，連人成線，魚貫而行，冀求內縮被彈面，等到了洋槍隊陣地前，再變動陣式，聚攏人數，衝鋒猛攻。詎料，忠王變換戰法，洋人也有不同對策，海軍炮艇在江面發炮，夥同地面洋槍隊火炮，百門火炮齊發，炮艇火炮尤其口大彈巨，粉碎忠王隊伍。」

「之後一年多，忠王始終沒捨棄上海，隔三差五，就派隊伍打上海，也次次都打不出結果。到了同治元年，忠王又大舉出動，與英吉利、法蘭西兩國海陸兩面聯軍決戰。末了，太平軍殺了法蘭西海軍大將，但依舊大敗。忠王想打下上海，終究是鏡花水月一場空。」

「那場戰事，原本與我無關，我在洋行供職，與洋人同進退，受洋兵保庇，身家性命無虞。可我妻小卻另住他處，有人向太平軍密報，說我在洋行當差，因之，太平軍將我妻小擄去，又派人裝了假辮子，化妝混入徐家滙，尋到我住處，一五一十，詳說分明，要我當細作，密報洋兵布置。太平軍所派來人，就是兩司馬薛文忠。」

「我妻小被擄，身不由己，只能從命。然而，沒等我打探洋兵布置，英吉利與法蘭西兩國洋兵，已經把太平軍徹底殺退。薛文忠見事不能遂，只好脫走，臨走前，要我儘快辭洋行差使，趕赴蘇州，投刺面見師帥廖維悅，說是另有要事交代。」

「薛文忠走後，我隨即向洋行東主表明去意。洋東告知，離去之前，還有事情未了。此事，就是親臨法場，觀看淮軍殺戮太平軍俘虜。上海決戰，法蘭西海軍統領大將為太平軍流彈所殺，法蘭西人為報復，不但屠平太平軍所占村鎮，還擄獲大批太平軍眷屬，轉交朝廷淮軍。那天，淮軍在法場屠戮髮匪俘虜，英吉利並法蘭西兵將、各紅毛國商旅、洋行，都派人親觀，我躲不掉，只好隨著洋行諸人，前往法場。」

「這批俘虜，有男有女，有老有少，吃奶娃兒、八十衰翁、少婦、長女，不一而足。那真是人間地獄，淮軍劊子手手段兇殘，不但砍人頭，還另有專門人手，剖人胸腹。淮軍劊子手力道捏拿精準，剖開人胸腹之際，只切皮肉，不傷臟腑。切開胸腹，伸手進身軀腔子，掏出心肝腸胃，而受難人仍吐納正常，並不斷氣，眼睜睜看著自己五臟六腑被劊子手掏出。」

說到這裡，儲懷遠兩行清淚，淌下臉龐。場中幾個心智較弱徒眾，忍不住而發驚駭呻吟聲，躬身蹲踞，兩手撐地，猛力嘔吐。

此時，天色晦暗，慢慢飄下細碎雪屑，眼看著，就要下大雪。

翻天笑也沒料到，儲懷遠竟說出如此駭人聽聞慘事，一時呆在當場。儲幼寧把頭藏在閻桐春胸前，渾身發抖。閻桐春則是使勁吸氣、吐氣，勉力支撐。

儲懷遠強忍悲痛，繼續往下敘說：「吉寨主，您府上安徽安慶是吧？嘿嘿，安徽，正是淮軍起源軍興之地。淮軍將領，也多是籍隸安徽。自李鴻章李制軍以下，劉銘傳、張樹聲、周盛波並周盛傳兩兄弟、第一悍將程學啟、潘鼎新、吳長慶、唐殿魁並唐定魁兩兄弟、丁汝昌、聶士成等等，淮軍叫得出字號將領，哪一個不是你們安徽老鄉？簡單點說，除了郭松林湘軍轉淮軍，是湖南人之外，哪一個湘軍將領，不是安徽人？」

「我本對安徽人沒意見，但在上海法場，親睹淮軍殘酷屠戮太平軍老弱婦孺，不禁對安徽大起反感。看完屠戮大戲，辭別洋東，趕赴蘇州。那時，太平軍譚紹光守蘇州，廖維悅在譚大帥底下任師帥，手下約有兵將兩千五百人。薛文忠則是廖維悅身邊兩司馬，供廖奔走驅使。趕到蘇州，經薛文忠引見，見了師帥廖維悅。廖說，我妻小隨在營中，一家均安，並要我先回家瞧瞧，再回來商談大計。」

聽到這裡，翻天笑瞪大了眼罵道：「什麼商談大計，就是陷害我哥哥一家奸計。」

儲懷遠復又閉上雙目，略吸一口氣，接著往下說道：「薛文忠引我回家，見到妻子鄢氏，併同仰歸、仰寧兩個幼子。妻子鄢氏說，隨同太平軍隊伍，從上海撤往蘇州，一路上沒吃什麼苦，除了把兩個孩子髮辮剃掉之外，別無他擾。我見妻小安好，復又回到廖維悅營中，與廖、薛商議出處。」

「廖師帥言道，湘淮兩軍將聯手圍攻天京，上頭有令，須廣集糧草，運往天京。那時，安慶已為湘軍攻下，但四周鄉野仍在拉鋸，太平軍四處遊走流竄，與湘軍捉迷藏，依舊保有實力，拚命搶糧。安慶附近幾百里內農莊，就劃歸廖師帥搶糧。然而，吉家圩一帶，有在籍丁憂千總吉平山，召集壯丁，成立團練，又與周圍諸莊子、圩村聯手互保，一村有事，諸村齊應，是塊硬骨頭，十分難啃。因而，太平軍要我裝成流離書生，入吉家圩，通報防守訊息，以為內應。」

「太平軍早有預備，交我厚實大疊金絲格毛邊信紙，上頭全以金絲線條打好空格。又出示一張金絲格毛邊信紙，每一行，都挖出幾個空格。傳遞訊息時，廖、薛兩人要我背誦記熟空格位子。如此，將來傳遞訊息時，先在空格內，寫上機密訊息。然後，再在其他格子亂以他文。這樣，信入旁人手中，仔細閱覽，信中所言，都是不相干瑣事。要等拿了那張挖過空格信紙，覆蓋來信之上，只顯露空格下頭，來信紙上字眼，才能連貫意義。如一張信紙不足以言盡所傳訊息，再寫一張即是。」

「太平軍允我，打下吉家圩之後，可與家小團聚，就此離去。我記熟了空格位子，又回家探視妻小一回，隨即啟程，奔赴安慶。到了安慶，問了途徑，逕自去了吉家圩。到了吉家圩，就說是戰亂流離失所之人，到這兒找口飯吃。那時，吉平山在圩莊裡，已成氣候，召集人馬，編組團練，好生興旺。不但在吉家圩練民團，還朝四鄉八鎮走，以哨音、煙火為號，聯莊互保。那時，他局面拉得大，需人孔亟，見我通文墨，馬上留在身邊，幫忙料理文牘、書信之類文字差使。他拿我當師爺，要我住在他家前院小屋裡。」

說到這兒，翻天笑冷笑一聲：「哼，這點子，總算說到要害上了。孩子，別睡啊，這人要講謀害你親爹爹之事了，你可得睜大了眼睛，仔細看著；張大了耳朵，仔細聽聽。」

儲幼寧一夜沒睡，早飯沒吃，這時已經支撐不住，靠在閻桐春身上，金雞亂點頭，打起瞌睡來。閻桐春緊一緊手臂，把儲幼寧摟得更嚴實，儲幼寧微微睜開眼睛，旋又閉上兩眼，似睡似醒，就覺得儲懷遠聲音飄飄忽忽，時有時無。

儲懷遠接著言道：「那時，吉平山每天顛來倒去，布置防務。他是回鄉丁憂千總，曉得布陣打仗之事，在莊子圩口外，挖了陷阱，密插尖竹，上鋪棚蓆蓋住，棚蓆上遍撒浮土遮蓋，掩人耳目。要是不察，為浮土、棚蓆所欺，掉進陷阱，渾身十七八個窟窿，必死無疑。他又聚集硫磺、硝石、碳粉，攪和而成槍藥，雜以碎木、裂石、竹篾片，以麻布裹成圓包，再插入導索。如遇敵攻，點燃導索，擲出麻包，可傷敵無數。」

「總總欺敵、禦敵、傷敵、殺敵設置，不一而足，我每天跟著他四處轉悠，早將各處機關一一記住。莊圩每天都有書信進出，吉家圩所有書信，由我打點。藉由信牘進出，我逐日撰寫軍情密報，夾在其他書信裡，寄送而出。每次寄信，收信人位址不一，今天寄信給張三，明天寄信給李四，後天王五，之後劉六，其實都是太平軍暗樁。所有信件，都是無關痛癢問候之語，無虞人觀。廖維悅這時也已移師安慶附近，邊與湘軍打游擊，邊向村鎮鄉莊搶糧。信到廖維悅處，覆上空格信紙，露出指定空格字眼，就是重要軍情。」

「有來有往，廖師帥那兒，也有信來，也是表面上泛泛空言，待看了指定格子，才是指示。就這樣，兩個月之後，接到訊息，曉得太平軍準備妥當，次日天亮之前，吉家圩兵丁沉睡之際，廖維悅將全師盡出，兩千多太平軍發動猛攻。次日清晨，太平軍掩至，勢如破竹，猛不可當，避掉了圩外尖竹陷阱，也搶先衝至圩內武備庫，拿水桶澆潑，浸溼麻布火藥包，殺得圩子措手不及，更毀了警哨與舉火台，四周莊子沒來得及派人，一個時辰內，太平軍就底定局面。」

「可恨啊，我昧於大局，為太平軍所欺。我一直自忖，太平軍打圩莊，為的是搶糧，壓服了民軍團練，搶了糧食，自會退去。到時候，我跟著撤離，一家團聚，離此是非之地。事與願違，那天我才知道，估錯了局面。廖維悅壓根就打算屠村，殺雞儆猴，樹立榜樣，驚嚇其他莊子。」

「太平軍攻進莊子，兩方面翻騰廝殺之際，吉平山在外指揮，我躲在屋裡，眼窺耳聽，注意外頭動靜。未久，吉平山渾身浴血，衝回家裡，要妻子霍氏收拾細軟，抱上襁褓幼兒，準備殺出重圍。」

說到這兒，儲懷遠終於抬起了頭，定神朝儲幼寧看著道：「孩子，我終究不是你親爹爹，你親爹爹是吉平山，你親娘姓霍，名字我也不知，只知是霍氏。孩子，你在我家八年，我待你如親兒，你上頭兩個哥哥，大哥仰歸曉得你不是親生弟弟，他有時欺負你，但究其本性，其實不壞，他守口如瓶，從不提你來歷。至於二哥仰寧，你到我家時，他還不曉事，他始終當你親弟弟。講起來，你們也是親兄弟一場，以後要是見了兩個哥哥，看在我撫養八年分上，還當他們是哥哥。」

儲幼寧似睡實醒，聽到這兒，哇地一聲，痛哭出聲，緊緊抱住閻桐春。閻桐春看著翻天笑道：「我怕這孩子支撐不住，要不要先緩一緩，先把孩子送進房去，回頭再料理這廝？」

翻天笑答道：「不成，難熬也得熬，這孩子八歲，不是三、四歲不記事渾孩子。現在正在緊要關頭，他自己親爹、親媽怎麼死的，他身世是怎麼回事，這來龍去脈，要他自己聽個清楚分明，別讓旁人聽了之後，再轉說給他。別停，要他留在這兒，聽聽自己身世。」

翻天笑轉過頭，對著儲懷遠暴喝一聲：「別滴滴答答了，就說我哥哥家發生了啥事！」

儲懷遠眼神黯然，嘆了口氣，繼續往下說：「事情來得太急，吉平山身上帶傷，鮮血直流，就惦記著保著妻兒衝出去，沒閒工夫顧得上其他閒人與閒事。他夫妻二人，吉平山一手提著厚背砍刀，另一隻手護著懷裡所掖一袋銀子，他妻子霍氏則抱著孩子，從主屋出來，走過前院，正要出門，就在我小屋外頭，一陣亂箭射來，吉家夫妻倆身中多箭。霍氏把孩子抱得緊，這女人身上、腿上、頭上、兩臂都中箭，但兩臂之箭沒射穿臂膀，因而襁褓幼兒毫髮無傷。」

「原來，兩司馬薛文忠率親兵小隊，一路跟了下來，在吉平山家門口擺了陣式，吉平山夫妻走到前院，正要出門，薛文忠一聲令下，亂箭齊射，把吉家夫妻射成了刺蝟，當場躺下，兩人直叨氣喘著。沒多大工夫，兩人就嚥氣了。至死，霍氏都把孩子抱在懷裡。」

說到這裡，就聽轟然一聲，翻天笑一拳搥在八仙桌上。八仙桌桌面坑窪不平，起毛多刺，翻天笑一拳砸上去，拳頭外緣為刺所插，霎時流下鮮血。翻天笑舉著流血手掌，戟指點向儲懷遠，連點幾次，顫聲說道：「你、你、你，你幹的好事，害我大哥、大嫂慘死，把你剮了都不冤屈你。好，好，好，就這樣辦，來啊，把這混帳王八羔子，給我拖到演武堂，綁在木人樁上，給我拿把利刀，我要親自送這小子歸位。」

儲懷遠絲毫不懼，聲音依舊平穩，繼續說道：「寨主，容我把話說完，自會還你吉家公道。這幾年，我心裡過得並不舒坦，今天雖難逃一死，心裡卻感著踏實，有欠有還，當是如此。但我還有話沒說完，吉平山夫妻死後，薛文忠進了前院，對我屋子喊叫，要我出去。我走出去，薛文忠說，吉平山懷裡所掖銀子賞我，給我當花紅。說完，從霍氏懷裡，取出襁褓幼兒，高高舉起，打算往地上一掄，讓小命了帳歸天。我見了不忍，央求薛文忠高抬貴手，放孩子一馬，說孩子還在襁褓，啥事不知，讓我帶走，以後當作親兒慢慢撫養。」

「大約攻圩順手，薛文忠也沒言語，就讓我帶走孩子。就這樣，我由兩個太平軍保著，離開吉家圩。走時，見圩子裡屍首遍地，有護圩民團壯丁，有太平軍。吉家圩男丁經此一役，殲滅殆盡。而老幼婦孺，則皆以麻繩縛手，用長繩串起人龍，踉蹌蹣跚，搖搖晃晃，由太平軍驅使，往圩外行去。當時，我不知所剩活口，後來盡遭屠戮。到了廖維悅營中，見著家人之後，只覺得自己死裡逃生，閻羅殿上轉了一圈。之後，攜妻帶子，往北邊逃命。」

「江淮之地，兵焚太烈，不宜久待，一家五口，兩大三小，間關奔逃。路上，碰見其他難民，這才曉得，吉家圩全莊遭屠，不留活口。之後，一路向北，後來，才在山東沂州府安頓下來，刻苦自勵，經營糧行。從吉家帶來那袋銀子，不敢多用，剩下銀兩埋入土中，不知為何，被這幾位得知。咳，那些年，你殺我，我殺你，屠城、殺俘，有如切瓜剁菜。我見淮軍屠戮太平軍家眷，心有忿懣，加上妻小為太平軍所執，這才答應出任細作，替太平軍打下吉家圩。」

「我原先以為，就是攻城奪糧，壓根沒想到，竟是屠盡吉家圩，殺雞儆猴，壓服周圍莊圩，便於取糧。取了周圍幾百里莊圩糧草，又有何用？糧草還不及運往南京，九帥就攻下南京，又是屠城。什麼師帥廖維悅，什麼兩司馬薛文忠，不都照舊成了湘淮兩軍刀下亡魂？」

翻天笑罵道；「不對，薛文忠沒戰死，這糗貨後來被我宰了。要沒拿住這人，我還不知道，是你搞鬼，賣了吉家圩，讓我哥哥家破人亡。」

儲懷遠不理會翻天笑叫罵，繼續言道：「那天夜裡，被這幾位拿下，我已知，自己斷無生理。在此，只想知道，我家眷鄢氏，併同兩個孩子，是否也遭了毒手？」

翻天笑看著閻桐春道：「賢弟，這事我還沒細問分明。你們這事，是怎麼幹的？」

閻桐春看看懷裡儲幼寧，這時，儲幼寧已經哭得聲嘶力竭，無力再嚎，只是抽抽搭搭，邊飲泣邊喘氣。閻桐春拍拍儲幼寧道：「那天，齊、孟兩位所帶來六味安神湯裡，擱上了五鼓迷魂香粉末，我們五人都沒喝那湯，也沒讓這點子多喝，其他人等，則是貪圖這湯美味，把兩碗湯喝了個底朝天。這點子所吃高麗醃菜，本來就辛辣，齊賢弟坐在點子隔壁，趁點子不注意，又些微加了點巴豆粉。如此這般，一家上下，併同工役人等，俱都沉睡不起，只有這廝，三番兩次跑茅房泄陳貨。等天色將亮之前，這廝跑肚拉稀，委頓不成了，就給拿下，綁了，兩輛車離了城。」

翻天笑又問道：「那麼，他家女人與孩子呢？」

閻桐春答道：「事前安排好了，我在這廝家當帳房並教書先生，早學會了這廝筆跡，以這廝口氣，寫了封信，就說半夜得悉緊急訊息，吉家兄弟知悉他在此處，派人來拿。冤有頭，債有主，事不關鄢氏與長、次兩子，對方只要他性命，取回幼子。因此，來不及喚醒妻兒，就先攜幼子逃逸，並請帳房、佟、夏兩位護院武師保駕，隨齊、孟，逃往關外。」

雪愈下愈多，場中諸人頭上、身上，都見白雪。聽閻桐春這樣說，儲懷遠長吁一口氣，緩緩抬起頭，看著閻桐春與儲幼寧道：「這樣，我就放心了，一人做事，一人當，我作孽，我抵命，不關妻兒什麼事。孩子，我對不起你爹娘，我無心害他們性命，但他們性命畢竟是我所害，現在，我去了，你改回原來姓名，好好跟著師爺好好過，我到了九泉之下，這才安心。」

說罷，坐姿不變，頸項癱軟，腦袋慢慢垂了下去。這時，就見儲懷遠身下白色雪地，慢慢浸出紅潤血跡。孟慶凰喊了聲：「不好，這廝自盡了！」說罷衝進場中，撥直儲懷遠身子，就見他右手手腕開了個深口子，鮮血咕嘟咕嘟往外冒，他左手捏著一塊利竹片。原來，儲懷遠自知難逃一死，早就在途中趁機撿拾竹片，慢慢磨利。講最後幾句話時，他雙手攏在衣袖中，瞞住眾人耳目，以竹片使力割開手腕血脈，鮮血激射而出，噴得孟慶凰下半身斑斑點點。

工夫不大，儲懷遠面如白紙，已無血色，身軀支持不住，側身歪倒而下，斜臥在薄薄積雪之上。血愈流愈慢，脈息漸消，儲懷遠就此一命嗚呼。

翻天笑原先打算轟轟烈烈，先辱後殺，取了儲懷遠性命，給親哥哥報仇。沒想到，最後卻是如此結局，心裡怒氣就此消散，覺得好沒意思，沒精打采，要嘍囉把儲懷遠屍身拖出去，在山寨外找個山頭，拖進林子裡，刨個坑，埋了了事。

第四章：習吐納八歲童子抵擋肝鬱，承香火儲小少爺改名換姓

眾人散去後，閻桐春抱起儲幼寧，回到屋裡。這時，儲幼寧缺睡少吃，又遭逢喪父巨變，先得知生父死因，繼而見養父死在眼前，才八歲年紀，幾天來遇上連番慘事，有如五雷轟頂，這時已身心痲木，兩眼無神呆滯。閻桐春將孩子放在床上，除下鞋履，用手慢慢摩挲儲幼寧兩腳，先是捏揉腳趾，繼而以掌心來回往復繞圈摩拭腳心。

漸漸，儲幼寧緩過氣來，眼神轉活過來，看著閻桐春道：「閻夫子，我沒了爹娘，以後怎麼辦？」閻桐春答道：「沒事，孩子，有我就有你，你跟著我，咱們先在這兒住下，過一陣子，再琢磨以後該怎麼辦。」

說罷，移過身子，坐到床頭，抬起儲幼寧腦袋，放在自己腿上，用手緩緩摩挲儲幼寧頭部頂門與兩側穴脈。時候不長，儲幼寧呼吸漸沉，胸口一起一伏，睡了下去。閻桐春緩緩將儲幼寧腦袋放回枕上，站起身來，輕輕推開門扉，走了出去。放眼望去，不見翻天笑，於是，閻桐春緩步走到翻天笑房外，輕聲問道：「大哥在嗎？」

房裡，翻天笑答道：「進來吧。」

閻桐春推門邁入，只見翻天笑呆坐床沿，兩眼直勾勾看著閻桐春，語氣無奈言道：「師爺，這是怎麼回事？這幾年，咱們哥兒幾個，處心積慮，花了多少心血，用了多少計策，要把奸人拿下，給我哥哥報仇。現在，奸人死了，大仇報了，怎麼我一點也不痛快？就覺得心裡虛得很，空蕩蕩的，很不受用。」

閻桐春答道：「大哥，您雖行伍出身，入綠營掙了功名，但並非暴烈嗜殺之輩。只因吉千總為人所害，幾年來，大哥滿腔報仇怒火，一心要為令兄報仇，這才會激越昂揚，念茲在茲，要痛懲元兇。然而，您聽也聽了，見也見了，曉得那儲懷遠並非大奸大惡之人，他害令兄，也是另有別情。咳，這亂世啊，亂世裡頭，人命好比芥菜籽，飄到哪兒，就長在哪兒，老天安排了運道，鋪了路途，誰都沒得選，走什麼路，就做什麼事。」

「別多想了，反正害令兄者，今天已經歸天，也算給令兄吉千總一個交代。事情就此了結，就此揭過，該怎麼過日子，咱們繼續往下過日子，就這麼吧，別多想了。」

翻天笑一拍兩腿，大聲喊道：「照啊！夫子就是夫子，說起話來，一套一套的，道理全給你說完了。你說的，也有道理，我只是沒想通。現在聽你所言，再想想，也就是這樣，也只好這樣。我說啊，那孩子，你打算怎麼辦？難道，就此養在山寨裡？」

閻桐春道：「我都說了，亂世裡頭，人命好比芥菜籽，飄到哪兒，就長在哪兒，老天安排了運道，鋪了路途，誰都沒得選。現如今，這孩子親生爹娘、後養爹娘，全都沒了，他沒招誰惹誰，卻落得這個下場，我當然不能撒手不管。更何況，這孩子現下疾病纏身，我更不能拋下他。」

翻天笑聽閻桐春此言，不禁奇道：「疾病纏身，這孩子昨天還好好的，今天怎麼就疾病纏身？」

閻桐春道：「您不知道，這是肝鬱之症。常人若受連番劇變衝擊，五臟六腑運轉不順，怒氣或驚嚇積於肝脾，鬱悶不舒，就成了憂忡之症，食少睡難，身形消瘦，精氣神俱委靡。若不投以藥石，不施法減消症頭，到了最後，病者甚至自戕而亡。此病，一般都是弱冠之年始發作。抑或，弱冠之前，三年、五年，都有可能。這孩子現下才八歲，卻有了肝鬱之症，卻是少見。愈是年少沾染此症，愈是難治。」

「又，此病常是胎裡帶，祖祖輩輩往下傳，一代傳過一代。此輩中人，若是諸事順風順水，猶能逃過此病劫難；若是際遇坎坷，心神大受衝擊，則會誘發先天病根，招來病徵。敢問大哥，您家裡有人得過這毛病嗎？」

翻天笑抓抓後腦勺言道：「怎麼這等麻煩，讓我想想。是了，先祖第三個兒子，也就是我三叔，從小不愛女色愛男風，整天泡在戲園子裡，和相公廝混。家裡給他找媳婦，他不願意，我先祖一怒之下，將三叔圈禁在家。結果，三叔不吃不喝，不言不語，眼看著身形消瘦，先祖心急，但也無法。鬧到最後，我那三叔竟然上吊。」

閻桐春道：「這就對了，這孩子的病，肯定是胎裡帶，起小就註定如此，先天已然不良。如今，又碰上喪父之痛，後天跟著失調。如此這般，內外夾擊，水火相激，就爆出了病情。眼下，我暫時教他吐納之術，穩住心神。其他，還是得靠藥石濟助。齊、孟兩位賢弟，何時下山做買賣？」

翻天笑答道：「眼前還不知曉，我想，報仇大事已了，他二人也該下山做生意去了，山上吃喝，還得靠他兩人貿易挹注。」

閻桐春說：「先不忙賺錢，請他二人先下山，往城鎮市集，買點香附、白芍、柴胡、川芎、枳殼、陳皮、甘草。我用這幾味藥材，炮製柴胡疏肝湯，或許能救回這孩子。」

翻天笑又說：「還有件事，現下那奸人已死，這孩子是我哥哥骨血，也是咱吉家根苗，總不能還跟著奸人姓，這名字，總得改回來吧？」

閻桐春答道：「這是當然，等下孩子醒了，我慢慢和他商量。他剛受打擊，此事不能操之過急。」

隨後，閻桐春找上齊益壽與孟慶凰，交代兩人，速速下山，買回所需藥材。交代已畢，復又回到住屋，推門進去，見儲幼寧已然醒來，兩眼圓睜，看著屋頂。見閻桐春進屋，儲幼寧轉頭望著閻桐春道：「閻夫子，我睡了多久？」

閻桐春答道：「不久，頂多就一個時辰。沒關係，你夜裡沒睡好，現在是大白天，你這算是補覺，補昨天夜裡不足。等今天夜裡，你再好好睡上一覺。」

隨即，閻桐春大致講了肝鬱之症兆頭，說是儲幼寧不能睡、自覺渾身通電顫動、不進飲食，都是肝鬱緣故。講完，閻桐春說：「沒關係的，孩子，有我在，今天，先教你一套吐納之術，能解你軀體難受。」

「孩子，你躺著別動，身體放鬆，兩眼閉上，先緩慢使勁吸氣，邊吸氣，邊把兩腳十個趾頭用力向內蜷縮。邊吸氣，邊蜷縮腳趾，心裡邊想著，你頭頂開了個天門，一股清氣打這天門吸進腔子裡。然後，憋著這口氣，心裡想著，這口氣在你身軀腔子裡繞圈子。繞了幾圈之後，接著，很慢，很慢，把氣吐出去，邊吐氣，邊慢慢把十隻腳趾頭放鬆，心裡想著，這股氣從你手指尖、腳趾尖慢慢流了出去。」

「這樣，反覆吸氣、吐氣，練上大半個時辰，看看身體能否舒服點。我在這兒，陪著你，咱們爺兒倆，一起練這吐納氣功。」

說罷，閻桐春坐在床邊椅上，兀自吐納氣息，練將起來。儲幼寧也跟著照做，果然，時候不久，他就覺得兩腿略有酥麻之感。再練一陣子，儲幼寧覺得身在大海之上，隨波濤起伏，每次使勁吸氣，就有清新元氣隨波濤進入身軀，在體腔內運轉如意，然後，自手腳末處緩緩流逝。愈到後來，愈覺得神智清明，心裡把幾天來所經世事，重頭細想一遍，雖仍不能明白全部關節底蘊，但已知大略輪廓，曉得命運弄人，自己成了孤兒，以後只有閻桐春可倚靠。

倏然之間，儲幼寧彷彿大醉而醒，豁然睜開兩眼，見閻桐春正兩眼定神，瞧著自己。儲幼寧心中瞬間生出孺慕之情，對著閻桐春說：「閻夫子，我兩個爸爸都沒了，以後你當我爸爸吧！」

閻桐春聽了啞然而笑：「孩子，這話可不能隨便說，天地君親師，是什麼就是什麼，不是什麼，就不能當成什麼，我是你師，不能當你父。講到這個，我說，你這幾天也該明白了，你親生爹爹叫吉平山，你親生娘姓霍。至於你親娘閨名，我問過寨主，他說，他和你爹雖是親兄弟，但委實不知你親娘姓霍叫啥。至於你，是吉家骨血，倒是姓名清楚，你叫吉仁凱。你家人丁單薄，你爺爺生女多人，但就只有你親爹爹與寨主兩個兒子。

「寨主這些年先是在營裡當差，後來又上山當大王，沒來得及成親，因而無後。講起來，你們吉家門，就你一個孤根獨苗。要不要，你改了名字，此後就叫吉仁凱吧？」

這些話，全說在理上。儲幼寧這才更深一步，曉得自己身世。然而，他畢竟在儲懷遠家養了八年，從小在豐記糧行長大，認儲懷遠為父、鄢氏為母，上頭還有兩個哥哥。幾天之間，父母換人，父親成了仇人，在自己眼前自盡；母親與兩個哥哥沒了；豐記糧行三進大院生涯沒了；天天吃住一起熟識夥計也沒了；閻夫子亦師亦父，佟、夏兩位護院師傅，反而綁了爹爹出逃。幾天之間，天地易位，風雲變色，他明白這是真事，但一時間，還沒法子全然接受。

他畢竟是孩子，思路不雜，乃天真問道：「閻夫子，你不當我爹，可我也不姓吉，我跟著你，也姓閻。」

閻桐春不禁噗嗤而笑：「嚇，別瞎說，英雄好漢，坐不改姓，行不改名，你明明姓吉，豈能亂改姓氏，不怕被人恥笑？」

儲幼寧聞言，低了頭，又點了點頭。就此，儲幼寧就成了吉仁凱，在山寨裡留了下來。

第五章：觀比武肝鬱之人元神出竅，進密林夫子先生傳授武技

山裡乾坤大，寨中日月長，春走夏來，夏去秋至，時光荏苒，轉眼間，吉仁凱在山寨裡，已經待了堪堪半年。這半年裡，閻桐春悉心照料，定時炮製胡柴疏肝湯，調理吉仁凱抑鬱之症，再加上吐納氣功從旁打理，吉仁凱肝鬱毛病已受控制。然而，此症糾結甚深，無法根治，只是圍堵控制，不讓氾濫惡化而已。

半年之間，吉仁凱長身量也長肌骨，與半年前大有差異。但隔三差五，還是鬧肝鬱，晨間醒來，就覺心頭有如鉛壓，鬱悶不舒，少吃少動，欠缺精氣神，沒精打采。然而，等到未時，最遲申時，肝鬱之症就豁然而去，霎時間，吉仁凱又活蹦亂跳，精氣神全俱上身，能吃能喝，能說能道。如此這般，已成規律，閻桐春與吉仁凱都熟悉此症，曉得即便發作，也就是大半天之事，傍晚前自會轉好。

這當中，有次發病，吉仁凱就覺得兩眼之間眉心那兒，有點說不出的難受。那感覺，既非癢，也非痛，而是有點暈眩，但又不是真切暈眩。反正，就是感覺不適。尤其，愈是心念想著眉心那地方，這種不痛、不癢、有點暈眩、又不是暈眩的古怪感覺，就愈強烈。一陣子之後，念頭散去，不再想那地方，不適感覺才告消散。

山中歲月雖苦，但諸事運轉順遂，翻天笑及手下二、三十口山賊，緊貼規矩辦事，與地方官面、行旅客商、鏢行趟子手、綠林同道，都各有行事規矩。守規矩，則行事自有方圓，彼此各自相安。

翻天笑與左近山寨互有默契，幾百里山道之間，凡過路商旅，只能一家山寨劫道。各家山寨，照日子排順序，好似趕集一般，哪處山頭哪天開劫，全有順序。過往商旅被劫之後，插上劫道山寨標記，這家寨子劫過，其他寨子不會動手。過往商旅，無論從南往北，或從北往南，事前無不知曉，過此幾百里山道，必有山賊打劫，但山賊各有寨子，盜亦有道，只對所攜資財十中取一，劫走一成財貨，不傷性命，更無姦淫。

過商旅客雇鏢局趟子手，意在防抵飄忽不定翦徑小賊，與山寨山賊無涉。商旅動身前，鏢局即把規矩細說分明，告知商旅，準備一成資財，就當買路錢，繳予山賊。碰上山寨劫道，鏢局趟子手不拔兵刃放對，反而先安撫車夫、腳夫，要眾人抱頭蹲下，靜待了事。然後，安撫商家，兩邊說合，趕緊了結事情，繼續往前趕路。

至於地面官府，則是按時分赴各山各寨，抽取少量資財。每家山寨所納資財雖少，但官府衙門遍向所有山寨抽取資財，積少成多，數目仍舊可觀。就這樣，沂蒙山區山賊設寨劫道，究其本質，有如設立關卡，抽取過路稅。這沂蒙山區商旅，絕少豪門鉅富，山賊劫道，難有肥厚油水，但勉強仍可度日。

中秋剛過沒幾天，這天下午，吉仁凱剛發過肝鬱，還沒完全回過神，坐在閻桐春小屋外頭小樹墩上，曬著午後秋陽，想著昨日閻夫子所教幾首唐詩。此時，就見佟暖、夏涼、齊益壽、孟慶凰四人，各自拿著兵刃，走到黃土場中站定，圍成一圈。

佟暖手執一把厚背砍刀，抱拳對餘人說道：「這都許久沒練功夫了，齊、孟兩位哥哥，經年走南闖北做生意，常不在家。這趟，兩位哥哥從外頭回來，還得了新穎兵器，狀似一對寶劍，卻是劍身圓鈍，不開劍鋒。咱們自家兄弟，練練，練練！讓兄弟們開開眼，瞧瞧這雙劍能耐。」

齊益壽笑道：「佟賢弟，這話見笑了。這哪是什麼新穎兵器，這不是寶劍，這叫鐵尺，一般都是成雙使用，兩支同使。這玩意兒，是上個月在蘇北道上，巧遇幾個扶桑浪人，對方使倭刀，但隨身帶著這對鐵尺。浪人嗜酒，我就用兩罈紹興，換了這對鐵尺。論兵器，還是刀槍好使，這鐵尺，拿著玩兒，當不得真。」

孟慶凰兩手摟著一桿槍，笑著言道：「齊哥，就別客氣了，你要真不會使，就不會帶在身上。沒事兒，咱們哥兒四個，今天就來個四季發財一對三，人人都是以一抵三，混戰一場，如何？」

夏涼則是一手一把薄刃短刀，舞起雙刀道：「來啊，有刀有槍，刀又分單雙，外帶兩支鐵尺。有道是一寸長一寸強，一寸短一寸險，到底是長的威力強，還是短的本事大，大家打打，手下見真章，三位兄弟，一起上吧。」

佟暖接著夏涼話碴子道：「哥兒們，別悶了，大家熟門熟路，下手都知道深淺，不會傷了身子、壞了交情，遞兵器吧！」說罷，前腿躬，後腿繃，左手捏個訣，右手舉刀向後，擺了個夜戰八方藏刀式。

吉仁凱在山上半年，寨子裡每天日子平淡，從寨主到嘍囉，不分男女，每天都是東跑西顛，忙著諸般農事與雜務。好不容易，有商旅過山，拉出隊伍去劫道，也是動嘴不動手，做生意一般了事。今天大約黃曆顯靈，竟見到這四人放對，心想，閻桐春曾言及，佟、夏武藝平庸，但不知齊、孟手段如何，今天，正好看個分明。

正動念想著，身旁就聽閻桐春低聲說話：「單刀看手，雙刀看走，要和佟師傅放對，得看他臂掌揮刀手勢；要和夏師傅過招，要看他兩腿游動走勢。怎麼，他們不曉得這道理，彼此一味互看對方眼睛。光看眼睛，能看出什麼蹊蹺？」

此時，日影西斜，涼風颼颼，吉仁凱覺得兩眼之間，眉心那塊地方，又出現有點暈，卻又不太暈的感覺。驀然之間，竟覺得飄飄忽忽，明明人在當場，卻覺得不在當場，我不是我，體內無我，靈肉分家，元神漸漸外移，慢慢向上飄浮，飄至場中，浮於四人頂端。轉頭遠望，吉仁凱見自己軀體端坐小樹墩上，一動不動，身後，閻桐春屏氣凝神，細看四人械鬥。低頭近望，四人各使兵器，乒乒乓乓，打得正熱鬧。

吉仁凱元神飄浮在上，頓覺耳目格外聰明，能聽見遠處山崖壁上樹葉沙沙聲，並從沙沙聲中，辨知前頭某樹汁液枯竭，葉瓣不出兩三天，即將落光；後頭某樹，則是樹汁充裕，葉片飽滿，風吹葉搖，聲音不同，可以支撐十天半個月，不虞落葉。往下近看，他能分辨四人腳下步伐、手上招式、眼神趨向，也聽得出四人呼吸喘氣。他頓時知道，四人當中，齊益壽功夫最高，腳步最穩，氣息綿長，不急不喘，兩支鐵尺使得進退有節，眼看著就占了上風。

不過，稍微細看，吉仁凱卻又十分不解。他見佟暖右臂舉刀，對著齊益壽，臂膀稍向左偏，刀刃左上右下，分明就是要由左向右，砍齊益壽左肩，齊只要稍微向左歪歪身子，閃掉這一刀，繼而遞出鐵尺，就能擊中佟暖小腹。然而，佟暖一刀砍出，齊益壽卻是雙腿屈膝後躍，避開佟暖這一刀，失了反擊機會。

接著，他見夏涼腳步虛浮錯亂，只剩兩手胡亂掄舞雙刀，這時，只要孟慶凰平舉槍桿，直入中宮，就能點至夏涼胸口。但孟慶凰不做此舉，只是不斷搖著槍桿，拿槍頭去碰雙刀，邊碰，嘴裡還不閒著，喊道：「夏賢弟看分明了，我這是金雞亂點頭，勾魂帶鎖喉，專破你這雙刀陣。」

這時，朔風野大，風聲蕭蕭，四人邊鬥兵械，邊鬥言語，因為風聲大，只有四人聽得見。吉仁凱居高臨下，先見四人張嘴說話，尚未聽到聲音，只憑雙唇開闔，就能知話中言語。之後，耳朵才聽見四人講話聲。蓋因光影傳送快，聲響傳送慢，因而吉仁凱先見嘴形，知其所言，再聽聲響，印證嘴形無誤。

吉仁凱元神看得一頭霧水，不知為何四人捨求勝正道不走，淨在那兒兜圈子耍招式。末了，這四人鬥得滿頭汗水，鬧了個不分勝負。一陣涼風吹來，吉仁凱定睛一看，自己又回到了小樹墩上。

這天晚上，吉仁凱一五一十，把傍晚所經歷神奇事由，詳盡告知閻桐春。閻聞言後大奇，雙眼盯著吉仁凱看了良久，呼了口長氣說道：「孩子，這真是奇事一樁。神鬼之說，我並不信，元神出竅云云，早見於怪力亂神記載，但無人能證明確有其事。我看，你那不是元神出竅，而是肝鬱之症演化而來。這毛病，讓你心神分家，誤生錯覺，以為你不是你，你已飄離體外。但後來，你又心神附體，應該事不要緊，下次小心即可。」

「奇的是，你心神分家時，竟能耳聰目明，聽人所不能聽，見人所不能見，這可是前所未聞。孩子，你多說點，說細點，講清楚點，這到底是怎麼回事？」

吉仁凱道：「閻夫子，我也不知道為何如此。那時候，就覺得特別寧靜清爽，覺得肝鬱症頭難受感覺全消了，心裡很平靜，好像什麼煩心事都沒有，一點也不毛躁。還有，覺得風吹得慢，他們四人動手比武，動作也慢，手慢，腳也慢。他們都還沒去幹啥之前，我都瞧出他們下一步要幹啥。到了後來，佟師傅刀砍偏了，夏師傅腳踏歪了，齊師傅兩支鐵尺自己絆自己，孟師傅舉槍有氣沒力，我都看得一清二楚，但他們彼此卻看不出來。」

閻桐春道：「此事古怪，你還不到九歲，竟然有此能耐，耳聰目明，還能讀唇語，實在是古今奇事。我也算讀過幾本書，卻從沒在典籍上，見過此類異象。孩子，這事可千萬別對外人說去，這道理，說出來你也未必全懂，總之，別讓旁人知道你有這本事就是。」

吉仁凱道：「為啥不能讓人知曉?是怕他們偷學嗎?」

閻桐春露齒笑道：「傻孩子，這哪能學得來。這事情，必然與你肝鬱之症有關連。至於有何關連，我也說不上來。要緊的是，如果讓旁人知道你有這本事，心存歹念之人，必然會將你拿住，迫你幫著去做歹事。」

吉仁凱想不透，這裡頭有何險惡，偏著腦袋想了想道：「做什麼歹事?」

閻桐春道：「就比方說，齊、孟、佟、夏四位師傅與人動手，旁人看不出高低，你卻一眼就看穿四人破綻，曉得怎麼把這四人打趴。要是這四位師傅有對頭，那對頭又知道你有這本事，一定會把你押了去，逼你說出四位師傅破綻罩門。倒不是四位師傅真的有什麼對頭，我這只是打個比方，讓你知曉，人心險惡，江湖道上處處都是風險，不定什麼時候，就會跑出什麼禍事。」

吉仁凱道：「倘若有人逼我說四位師傅破綻，我不說就是。」

閻桐春道：「你這傻孩子，既是歹人，自有歹毒手段，逼你就範。莫說江湖道上大奸巨惡之人在所多有，就連官府，也是黑燈下火，贓官遍地。你想，要不是贓官遍地，怎麼會鬧太平天國髮匪。

要是有衙門黑官，曉得你有這能耐，不定會出什麼歹毒計策，拿了你去，逼你就範，要你參和各路歹事。」

吉仁凱又問道：「那麼，閻夫子，要是我一個不小心，讓人知道，我能元神離身，聽見旁人聽不見聲響，見得到旁人見不著事物，那要怎麼辦？」

閻桐春道：「是囉，你這話就說到點子上了。打明天起，咱們爺兒倆參和參和，看看能不能點撥你幾路防身招數。」

次日上午，閻桐春去演武堂，拿了根棗木棍，領著吉仁凱，走出山寨，在附近林子裡，找到避人耳目之處，兩人站定腳步。閻桐春撿起地上一根枯枝，交到吉仁凱手裡，指著一棵矮樹道：「孩子，這樹分出好幾條岔枝，你拿手上這枯枝，遞出去，點第三條岔枝。」

吉仁凱依言，用手輕輕伸出枯枝，點向第三條岔枝，卻點偏了，點了個空。閻桐春道：「剛才你出手點這岔枝，想了想，瞄了瞄位置，出手比較慢，結果，沒點中那枝條。這次，換個法子，還是用手裡這枯枝，點那岔枝，但別用心想，別瞄方向。就好像昨天，你說你元神出竅，耳朵、眼睛格外清明，現在，你讓自已變成昨天那樣，就靠感覺，別多想，直接出手。」

言罷，吉仁凱想了想，將心思集中兩眼間眉心那塊地方，頓時，又出現似暈非暈不適之感。說時遲，那時快，這感覺一出，吉仁凱快速遞出樹枝，頓時點在矮樹第三條岔枝上。此時，耳旁就聽閻桐春道：「第五根岔枝！」吉仁凱順手又點，又點中第五根枯枝。

閻桐春話語愈說愈快，先是不斷報出樹枝位置，繼而要吉仁凱點樹葉，每次，吉仁凱都依言施為，次次都神準點中。更甚者，一叢茂密枝葉，吉仁凱能依閻桐春指令，點中特定葉片。閻桐春愈見愈奇，心中大駭，不解為何吉仁凱有此能耐。稍加轉念，往深一步想，頓時明白，吉仁凱是不世出武學奇葩，如走正道，則行俠仗義，除奸懲惡；若是走了邪道，天下蒼生勢遭血楣。

在那之後，閻桐春帶著吉仁凱，三天兩頭，找時機出寨子，到山林裡習練各種武技。閻桐春習文出身，並無武藝，但腹中典籍豐厚，雖無武技，卻懂武學精髓。就這樣，吉仁凱受武術白丁指點習武，日積月得，竟卓然有成。

閻桐春指點吉仁凱武技，並非一招一勢細說分明，而是講述武學道理。

這一日，兩人又去了密林深處，閻桐春撿起地上一塊雞蛋大小石塊，交給吉仁凱道：「孩子，前頭地上，有塊尖石，拿這石塊，對準那尖石頂部，用力扔過去。」吉仁凱依言，抬臂舉腿，扔出石塊。他年紀還小，身量尚未長成，臂力不足，石頭飛出，砸在尖石頂部。扔完，吉仁凱對閻桐春道：「準頭還夠，但我人小力微，這石頭砸出去，好像給那塊大石頭撓癢癢。」

閻桐春再撿起一塊石頭，放交吉仁凱手中道：「這一回，不扔，改往上拋，高高拋起，石塊落下去，正好落在尖石頂上。」

吉仁凱收束心神，把念力集中於兩眼之間眉梢，但覺似暈非暈感覺又來，順手就往上拋出石塊，不偏不倚，石塊就落在尖石頂部。

閻桐春拉著吉仁凱，坐於草地之上，緩緩言道：「孩子，莫說你年小力微，要知道，你兩次扔出去的石塊，都有雞蛋大小。尋常人，被這種石塊砸中，即便力道不強，也是輕者皮開肉綻，重者當場倒地。這當中，又有區別。頭回，你用手使力扔出，石頭力道，出自你手。第二回，你輕輕用力，把石頭高高拋起，那石頭往下砸落，卻用的是老天爺的力道。換言之，只要你估量得準，只要稍微使力，把石頭高高拋起，則石塊墜落時，仍有千鈞之力。這就叫借力使力，你借老天之力，使石塊重如千鈞，但你卻沒使幾斤力。」

吉仁凱當即領悟，說道：「閻夫子，我懂了，就是動腦筋比動手重要，取個巧勁，可以克敵。」

之後，閻桐春講了一大套，讓吉仁凱聽了如醍醐灌頂，茅塞大開。閻桐春說：「孩子，所謂江湖，江湖，又是江又是湖，有江也有湖，你想，江能有多寬？湖能有多大？江再寬，寬不過長江，湖再大，大不過洞庭。然而，不管長江還是洞庭，拿去和大海比，那可就差遠了。這意思是說，在江湖道，走南闖北，好像天地廣闊，其實範圍有限，那規矩嚴實得很，不是自己想幹啥，就幹啥。真正無拘無束的，那是大海。至於江湖，拘束可多了，照著規矩走，順風順水，要是我行我素，走不了多久，就會翻船，輕則受傷，重則喪命。」

「所以，規矩最重要。你天賦異稟、資質聰穎，將來無論幹哪行，都會出頭露臉，但記得我話，要守規矩，否則必出大亂。」

講完行步規矩，閻桐春繼而講述武學精要：「市集上，說書的常講俠義故事，英雄好漢武藝高強，鐵打的身子，苦熬的力氣，好像有金剛之身，千錘百鍊，受人拳打腳踢，刀砍劍剁，金創藥擦擦，拿布包上，休息個幾天，就沒事了。這真是胡說八道，人體軀殼最是脆弱，無論四肢或腔體，稍受搥打，就會沒命。你將來如行走江湖，下手千萬要知輕重。」

「有些地方，鮮血直流，其實無妨。像是鼻腔，一拳敲下去，鮮血直噴，但傷不了性命。有些地方，輕輕擊打，就能致命，像是後腦勺，莫說用棍棒敲打，莫說用拳頭猛擊，只要豎起手掌，拿掌緣當手刀，稍微使勁，直劈下去，受擊者馬上暈卻。倘若力道再大點，就一命嗚呼。再如雙眼，瞳仁最是柔弱，只要用手輕輕插入，立刻報廢，成了盲人。再如男子喉結，軟骨一塊，稍微用力敲擊，打碎了就沒命。」

「其他，像是胸前肋骨，也是稍微敲打，立刻截斷。如對斷骨二次敲打，則斷骨內陷，戳進心肝臟腑，立刻送命。我講這些，一來告訴你，下手小心，莫傷無辜；二來則是提醒你，如遇巨匪大惡，必須出手制裁，就撿要緊部位下手，一出手，就取對方性命。」

「與人動手，力氣大小非關重要，還記得我大半年前，在糧行裡，拿草繩教你使力道理嗎？力氣大，有力氣大打法；力氣小，有力氣小打法。重要的是，出手快，認得準，或先發先至，或後發先至，總之搶在對手之前，一招就打掉對手，這才是頂頂重要之事。」

第六章：索賄款墨鏡師爺墜驢身亡，誤殺人吉家根苗再改姓名

山中歲月，翻翻滾滾，又過了多年。這段時日，寨中生涯一如往常，日出而作，日入而息，逐日而過，少有起伏波動。閻桐春，在山寨仍是師爺，承擔文墨之事，山上少有書信文牘，若有，則交予閻桐春料理。翻天笑行伍出身，行事粗略疏獷，但腦筋清楚，不犯糊塗事，如遇緊要關頭，則找閻桐春共議大計。就這樣，閻在山寨裡，地位超然，除了翻天笑，旁人不會與他囉嗦，他帶著吉仁凱外出，到密林練功，旁人也不以為意。

這一年，已是光緒初葉，吉仁凱已長成十五歲少年，與閻桐春情同父子，閻教他讀書，點撥他練武。這時，吉仁凱身量大體長成，柳條葉般細長個頭，面色白皙，容貌俊朗，但相由心生，面上總帶陰沉之氣，少言寡語，除閻桐春外，鮮與他人對話。其武技，由閻桐春口授綱要，自行摸索熬練，沒家沒派，更不使固定兵器，手中抓到什麼，就拿什麼當兵器。唯閻桐春，曉得吉仁凱武藝出眾，其他人等並不知曉，吉仁凱也從不展現武技。山中書少，吉仁凱隨閻桐春讀書，讀的也是粗淺文字，併同幾本破爛章回小說，腹中文墨，仍屬有限。

這一天，四月末梢，天氣欲熱還涼，下午時分，天色明亮，師徒二人又在林子裡修習武技。閻桐

春不斷繞圈遊走，邊走，邊輕聲喊著：「咽喉，左膝蓋眼，脾、肝、頂門、上臂、腰眼。」

吉仁凱跟著閻桐春，繞著閻身子，迅速出手輕點閻所呼部位。這樣，練了一盞茶工夫，兩人都頭上見汗，乃暫時罷手休息。閻桐春對吉仁凱道：「剛才，你出手力道捏拿準確，但部位還是有點偏斜。脾臟位在腔體左側，肝則在腔體偏右。脾硬，肝軟，使力一拳打在肝上，因肝軟，較能受力，或許沒多大關係。如打在脾上，就不一樣。脾硬，一拳打下去，說不準，就會爆裂出血，幾個時辰就送命。倘若力輕，一拳打在脾臟上，稍許破裂，緩緩流血，對方當時沒多大感覺，以為沒事，要過個一天兩天，這才會一命嗚呼。」

「你這武技，也就是靠著先搶快，然後認準位置，接著使出巧力。光是這幾下子，依我看，已經無人能及。不過，山外有山，人外有人，小心點總不會錯。要記著，你膀不大腰不圓，若與人動手，絕不可拚比力道，一擊不中，翻身便走，切莫死纏爛打、苦鬥不休，那非你所長。當然啦，能逃過你一擊的武師，恐怕不多。」

吉仁凱道：「閻夫子，練武之人常說，有什麼輕功，可以穿房越脊，兩腿一蹬，就能竄上牆頭，咱們怎麼不練這門功夫？」

閻桐春道：「傻孩子，這世界上哪有什麼輕功？老天爺規矩擺在那裡，年輕氣盛、身強體健之輩，使出吃奶力氣，用力往上蹦，也就是蹦個幾尺，然後落下。人不比貓，不比虎，沒法子四肢著地，只有兩腿兩手，怎麼可能像貓虎那樣伏低竄高。不過，爬樹攀牆、穿房越脊之事，還是可練，那得備齊了飛爪、鉸鏈、布繩、掛鉤等等器械，才能成事。尤其，那是末等盜賊勾當，堂正習武之人，不屑去弄那些勾當。」

吉仁凱想了想，又問道：「閻夫子，您以前在糧行當師爺，一個人住糧行裡。現在成天待在山上，為何沒見您有妻子、子女？」

閻桐春嘆了口氣道：「唉，孩子，我就知道，遲早有一天，你會問我這問題。你還小，不知男女之事，我一時間也說不清楚。總之，我是個天閹，沒法子娶妻。」

吉仁凱奇道：「什麼是天閹？」

閻桐春答道：「我沒法子生男育女，即便娶妻，也是只有夫妻之名，沒有夫妻之實。與其那樣，還不如不娶。否則，娶了女子回家，卻無法生男育女，徒然讓妻子扛下世俗禮教千鈞壓力，這種慘無人道之事，我不願幹。」

聽閻桐春這種說法，吉仁凱更是不解，心想，再問下去，也是枉然。於是，轉了個話題，又問道：「那麼，寨主怎麼無妻？齊師傅、孟師傅、佟師傅、夏師傅呢？怎麼不見他們娶妻。您瞧瞧，寨子裡有些人，就是夫妻，像是喬四與喬四娘。為何喬四有妻，而寨主與四位師傅，卻是無妻？」

閻桐春答道：「怎麼你今天淨問怪話，老想著娶妻之事。寨主無妻，是他生性疏闊，不喜家小羈絆，就愛來去自如，無牽無掛。至於那四位師傅，其實在山下都各有相好的，只是不帶相好的上山而已。」

吉仁凱道：「閻夫子，什麼叫相好的？」

閻桐春有點啼笑皆非，無奈答道：「有夫妻之實，無夫妻之名，兩人彷彿是夫妻，但卻沒夫妻名分，這就叫相好的。」

吉仁凱此時十五歲，正是說大不大，說小不小的半大小子，聽了閻桐春這一大套說法，但覺糊塗迷惘，鬧不清楚什麼有夫妻名，無夫妻實；有夫妻實，無夫妻名。內心正雜亂糾葛，極力分辨其中差別之際，耳中就聽見林子外傳來爭吵之聲，人多口雜，吵成一堆，但聽不真切。這時，閻桐春也聽到吵鬧喊叫聲，乃偕同吉仁凱，一起出了林子。

出了林子，就見翻天笑氣急敗壞，站在寨子門口，對著兩個來客喊道：「這還有天理沒有？還讓不讓我們活啦？這山上，二三十口子，就指著這一點點進項，缺吃少穿的，這樣苦挨著過日子。照你這樣講，錢糧全都給你了，我們吃什麼？這豈不是逼我們上梁山嗎？」

翻天笑身旁站了佟暖、夏涼，並同七、八個嘍囉。齊益壽與孟慶凰下山做生意去了，此時不在山上。

翻天笑對面，站著兩人。其中一人，是山下沂水縣捕快頭子魏鳴亭，人稱魏頭。這人，一年裡，總有一兩次，帶著手下人等，在山區奔走查案，如路過山寨，也會進來歇腿。這人，處世尚明，與山賊相安無事，不會拿捕頭架子威嚇逼迫。

另外一人，則十分面生，閻桐春與吉仁凱之前沒見過。這人，身上穿著長衫，腳上卻套著一雙淮軍兵丁所穿皮靴，頭戴草帽，鼻樑上架著一副深茶色大圓墨晶眼鏡，騎在毛驢上，高人一等，手搖摺扇，大剌剌講話：

「我不管你穿衣吃飯，你要是缺衣少食，自己想辦法去。不管前任怎麼和你們說的，我就這一條，除了給縣裡公費之外，每個月，我另外收十兩銀子。你說，我逼你上梁山，別忘了，你已經上了梁山，要不是老爺體念蒼生，曉得你們生活不容易，早就派親兵小隊上山，把你們全給盪平了。」

閻桐春邁步向前，站至翻天笑身旁，低聲問道：「怎麼回事？這點子是什麼人。」

翻天笑脾氣火爆，大聲應道：「什麼人，直娘賊，這廝是縣裡新到文案師爺，說是以前在淮軍營裡幫過文書，現下不打仗了，淮軍裁了人，就把這寶貨塞到沂水縣衙門，當了師爺。這才上任，就巴巴地帶著魏頭上山，要咱們每個寨子，每月多孝敬紋銀十兩。」

閻桐春聞言，緩緩向前幾步，躬身作揖，道一聲諾：「兄臺請了，敝人草姓閻，賤名桐春，此廂有禮。敢問兄臺尊姓臺甫？」

那人道：「看樣子，你就是這山寨裡頭師爺。也別跟我跩文了，什麼尊姓，什麼臺甫，我姓秦，名善北，你叫我秦善北得了。你那姓氏，是哪個字？顏色之顏？還是嚴厲之嚴？還是閻羅王之閻？要知道，我這姓名，秦善北，念白了，就是擒山賊，專門上山，擒拿你們這起不知好歹山賊。我管你姓氏是哪個字，我全都通吃。你要是顏色之顏，老子今天就給你們點顏色瞧瞧。要是嚴厲之嚴，我要讓你們知曉，老爺我的規矩，天下最嚴，講不得半分價錢。要是閻羅王之閻，那更好了，你們要是不從，我回去調齊兵丁，上得山來，把你們全宰了，送到陰曹地府，見閻羅王去。」

閻桐春也算見過場面，卻未曾遇過如此蠻橫兇狠文人，當下，耐了耐性子，堆了笑臉，正想繼續往下講，就聽見翻天笑爆喊一聲：「還要臉不要?你們這起當官的，吃百姓肉，喝百姓血，各山寨每個月都有固定銀兩孝敬你們，我們粗衣礪食，你們錦衣玉食。現在，還要加價，讓不讓我們活了？」

秦善北聞言，呸地一聲，自驢上往地下吐了口黃濁濃痰道：「虧你還是開山立寨做沒本錢買賣的，連這點粗淺道理都不懂。今天，老爺我就開導開導你，好讓你曉得，老爺合該吃定了你。要知道，狼行天下吃肉，狗行天下吃屎，狼是狼，狗是狗，狼生來吃肉，狗生來吃屎。我就是狼，你就是狗。別問貓為何吃老鼠，也別問老虎為何吃綿羊，天公地道，老鼠生來就是貓糧食，綿羊生來就是虎口飯。這裡頭，哪有什麼道理好說。」

「你就是山裡一個毛賊，爺爺我，就是衙門裡師爺，衙門師爺管束山寨毛賊，就像貓吃老鼠，虎吃綿羊，天經地義，活該如此。有本事，你下輩子換個胎投，去當縣太爺，那你就能吃我。」

閻桐春對著捕頭魏鳴亭道：「魏頭，這是怎麼回事？縣裡大老爺曉得這事嗎？」

魏鳴亭一臉尷尬，還沒來得及出聲，秦善北就嘿嘿兩聲，厲聲接著說道：

「不對，縣太爺也吃不了我。縣太爺，縣太爺也得瞧瞧，我是哪兒薦來的。淮軍，懂嗎？淮軍。我朝開國之初，那是八旗軍天下，後來，綠營當道。髮匪、捻軍之後，綠營名存實亡，眼下，大清朝就靠著湘、淮兩軍。要論器械精良，戰功顯赫，淮軍又在湘軍之上。老爺我就是老淮軍，出生入死，打了多少仗，死人堆裡爬出來的，到這清水沒油的縣分，當個師爺書辦，已然委屈萬分。縣老爺也曉得我苦處，我這趟出來，老爺是知道的。再說了，老爺靠山還沒我硬，我有淮軍撐腰，每個月多收你們這起子毛賊十兩銀子，也是應該。」

吉仁凱一旁看了，怒氣漸生。每個月多十兩銀子月費，到底有何困難，他並不真正知曉，但他視閻桐春為父，眼看著秦善北拿姓氏消遣閻桐春，閻夫子受辱，吉仁凱自然大怒。驀然間，他眉間一緊，似暈非暈感覺上頭，眼耳瞬間空明異常，他聽秦善北言語，曉得他底氣不足，講話氣虛，肺部過往受過傷；又見魏鳴亭站姿左實右虛，看出魏捕頭隨秦師爺走山路，右腿風溼發作，無法久撐站立。

這關口上，只見閻桐春又跨上兩步，行至秦善北所騎毛驢之前，抱拳低首，懇言求道：「秦師爺百戰沙場，殺平反賊，令在下好生佩服。唯，山寨裡人口多，糧食少，商旅過客近年也愈見稀貴，尤其，現下各山各寨每月均有定數孝敬縣衙裡各位老爺。可否請秦老爺格外……。」

閻桐春話沒說完，就聽見刷地一聲，秦善北手起扇落，把扇子併攏，居高臨下，一揮而出，正好打在閻桐春臉上。扇頭尖銳，劃過閻桐春額頭，又割過鼻樑。霎時間，閻桐春滿頭滿臉全是鮮血。

秦善北邊揮扇子，邊出言痛罵：「你們這些泥腿子，給你點顏色，就要開染坊。老爺我已經說了，沒得商量，沒得加價，你們沒完沒了，就這樣討價，哎喲，哎喲。」

吉仁凱見秦善北手起扇落，閻桐春滿臉鮮血，不及多想，伸手從身旁嘍囉手中，搶過一根棗木棍，然後彎下腰去，另隻手抓了點泥沙。之後，邁連環步，欺進驢前，用手抹驢眼，驢眼睛進了沙子，立生疼痛，撅起屁股，踢騰後腿。秦善北騎在驢上，猛不防驢踢後蹄，一個不穩，滾下驢身。他身子還沒落地，吉仁凱就一棗木棍點了過去，勁頭不大，但相準了位置，就點在左胸肋骨上。

吉仁凱並無神力，使起力來，勁道平平。但棗木棍結實硬朗，即便勁道平平，點在肋骨上，還是威力頗強，當場，秦善北左胸肋骨受棍擊，即綳出小小裂縫。肋骨綳出小裂縫，本不是大事，休養幾天，即可平復。然而，吉仁凱招數迅捷，以棒擊中秦善北左胸肋骨後，又舉腳踹去，也就是輕輕一踹，就踹斷秦善北肋骨。斷骨內凹，戳進心口，秦善北落地後，大墨晶眼鏡跌落一旁，張口瞪眼，舉手戟指，點向吉仁凱，胸前鮮血湧現，喉頭上下滑動，嘔嘔嘔幾聲，躺在地上，眼見著不成了。

在場諸人皆大駭，要知道，開山立寨，落草為寇以來，無論山賊、官府，還是過往商旅，都照規矩行事，從未兵刃相見，更別提傷人性命。寨子裡所擺刀槍兵刃，也如聾人耳朵，擺著好看而已，從沒開張吃血。頂多，也就是幾位師傅閒來無事，憑空比劃比劃。現如今，十五歲半大孩子吉仁凱，當場擊斃縣衙門師爺秦善北，眾人當然俱感驚駭。這裡面，捕頭魏鳴亭最是尷尬，他身在官府，照理說，與山賊分屬正邪兩道，本就不該來往。更何況，山賊殺了本縣師爺，他身為捕頭，不能裝聾作啞。

然而，魏鳴亭生性怯懦，脾氣平和，雖當捕快頭子，其實也是尸位素餐，並無衙門捕快悍氣。如今，碰到這關口，魏捕頭抓耳撓腮，說不出話來，不知該如何是好。

吉仁凱也是呆在當場，他萬萬沒想到，習武之後，從未出手，今天首度開張，就釀成命案，所殺者，還是衙門師爺，背後有淮軍撐腰。一時間，這半大孩子無計可施，就趨前拉著閻桐春道：「閻夫子，閻夫子，怎麼辦？怎麼辦？能不能把他救活。」

閻桐春也是心中栗六，腦袋裡跑馬燈一般，想方設法，找尋對策。他用衣襬擦掉臉上鮮血，彎腰低身，察看秦善北傷勢道：「不成了，碎骨破心，沒得救，這人死定了。」

言罷，心裡轉了幾轉，就生了計較，轉臉先看看翻天笑，繼而瞧瞧魏鳴亭，然後對眾人說道：「我有一計，可保大家無事。就說此人為少年山賊吉仁凱所殺，吉仁凱與秦師爺口角，出手誤傷，秦師爺因此殉命。」

翻天笑是粗人，魏鳴亭軟弱無用，瞧著地上秦善北氣息漸消，眼看著就要嚥氣，兩人都沒了主意，拿眼看著閻桐春，等著閻桐春往下說。

閻桐春道：「這裡十幾口人，大家都看到了，這師爺秦善北，確實為少年吉仁凱所殺，別無內情。要緊的是，大家得記明白了，這少年山賊，姓吉名仁凱。」

說罷，看著魏鳴亭道：「魏頭，你趕緊回去，稟報縣太爺，就說你到了山寨，入聚義廳，與山上眾人商議繳納每月定規與維持地面秩序之事。後來，聽見外面寨門口有爭吵聲，出來察看，就見秦師爺倒地而亡。兇手，有人瞧見，就是與我同房少年吉仁凱。吉某行兇後，已棄械潛逃，你往前追趕，不見所蹤。兇器，是這根棗木棍。證人，則是佟暖、夏涼兩位。等你走後，我們這兒自有布置，總之，一不牽連你魏頭，二讓縣大老爺能在公事上交差。」

魏鳴亭這趟出來，本來就不願意。他右腿鬧風溼，行走不利索，偏偏，衙門裡沒有多餘牲口，讓他騎乘。秦善北拿定主意，要走這趟山路，押著他當隨從。他不願，秦善北就拿話激他，譏諷他與山賊串通，蛇鼠一窩，逼得他只好瘸著孤拐，跟著驢子，走這趟山道。現下，出了人命，把個新上任師爺，給弄死在山裡，他心中慌亂，正不知如何是好。如今，聽了閻桐春這番吩咐，頓時點頭如搗蒜，閻桐春咋說咋好。

就這樣，魏鳴亭一瘸一拐騎上秦善北所遺那頭驢，下山而去。閻桐春命嘍囉，把秦善北屍身拖到山頭林子裡，給埋了。埋屍之處，距七年前埋葬儲懷遠之處一箭之遙。

回到寨裡，閻桐春先要吉仁凱回房待著，接著去找寨主翻天笑，對翻天笑言道：「大哥，事情不好，吉家這唯一血骨根苗，沒法再在這兒待下去了，我打算帶他走，把他送到揚州去。大概個把月，把事情交接了，再回寨子裡。」

翻天笑問道：「你打算怎麼辦？」

閻桐春道：「我在揚州有個熟人，原是老家泰州同鄉，自小一起長大。這人現下在揚州，幹著買賣私鹽勾當。我打算把仁凱送到那兒，暫且棲身。待會兒天黑後，你傳寨中眾人到聚義廳。記著，一個都不能漏，全都傳到聚義廳，給眾人編派說法，要眾人記著，下午那事，實話實說，就是吉仁凱以棍擊斃秦善北。」

「眾人齊赴聚義廳之際，我安排仁凱先出寨，在外頭找個隱蔽處先蹲著。然後，我回聚義廳，裝作找尋仁凱。仁凱不在聚義廳，就要眾人寨子裡到處尋覓。我會另外寫張紙據，拿仁凱筆跡、口氣，寫下文字，說是對不起寨中人等，就此離去。」

「之後，我明天一大早離寨，尋著了仁凱，帶他遠走揚州。屆時，你對寨子裡眾人編派說法，就說我下山找尋吉仁凱去了。還有，此地除佟、夏兩人之外，餘人只知仁凱原來姓吉，是大哥你侄兒，跟著儲懷遠八年，本來姓儲，卻不知他原名儲幼寧。」

「這次帶他出去，他不能再用吉仁凱之名，要他另外再改新名，照著我對這孩子了解，他肯定不願，因為，那樣等於又換了新爹爹。他曾說過，願意當我兒子，跟著我姓閻，但我不能占你們吉家這便宜。因此，我想，還是讓他重用舊名，還是叫儲幼寧吧。」

翻天笑聽閻桐春這一大套說法，趕忙搖手道：「都好，都好，隨便師爺怎麼處置，我就依著師爺所言，天黑後，把所有人召到聚義廳集會便是。不過，可有一件事情，你得在意，你說，要下揚州，盤纏夠嗎？你們爺兒倆又沒牲口，又沒保駕的，這一路走過去，可得受多大的苦哇？這樣，我手邊還有點碎銀子，你先帶上。」

閻桐春道：「大哥，這些事您就不必掛心了，我到時自有辦法。碎銀子，我身邊也有。」

閻桐春把翻天笑這兒打理完畢，翻身回到自家小屋，見吉仁凱兩眼直睜，在那兒發呆。閻桐春伸手按住吉仁凱額頭道：「還好，沒有發燒，也沒犯肝鬱。如犯肝鬱，身上必有微燒。」

吉仁凱曉得自己闖下滔天大禍，心中有如吊了十五個水桶，七上八下，不知如何是好，只能依閻桐春所言，先待在屋子裡。如今，閻桐春回來，吉仁凱心裡一鬆，哇地一聲，哭了出來：「閻夫子怎麼辦？我殺人了。我不是故意的，那時我見這姓秦的把您打得滿臉是血，也沒多想，馬上出手，其實我用力不大，沒想到，竟把人打死了。」

閻桐春拍拍吉仁凱背脊道：「孩子，別怕，有我在。早就說過了，人體不過就是皮囊包血肉，一汪子水，禁不得敲打，稍微碰碰，就是性命之憂。這事情，也算給你一個教訓，下次出手，力道要更拿捏得當。今天被你打殺這人，究其言行，殺了也不為過。」

「不過，孩子，這人畢竟身在公門，也是官家人物。再者，縣衙門捕頭也在當場，眼見你打殺秦師爺，他回去後，必然稟報縣太爺，寫入官府文書。一字入公門，九牛拔不出，事情立了案，地面官府不會善罷甘休，必會派兵上山，專程來拿你。」

「就算在山上沒拿到你，也會畫影圖形，到處張貼你面容，明令通緝。為師的已經預做安排，把事情全推在你一人身上，只要你不在，不會牽連山上其他人等。今天晚上，就得預備下去，把你送走。你趕緊收拾收拾，帶上衣物，待會兒寨主召人進聚義廳議事，我帶你先出寨避難。」

「這趟避難，遠走揚州城，遠離山東，就算衙門畫影圖形，貼了你面容，到處通緝，也查不到揚州。過幾年，等你更大了，面容改了，再回山東，就沒人認得你了。」

「還有一事，你打殺秦師爺之事，眾人全都目睹，當場，我刻意說了，這是吉仁凱行兇，與旁人無涉。我連說幾次，那意思是把兇徒定為吉仁凱。將來，畫影圖形文書上，寫的通緝兇犯名稱，也是吉仁凱。我帶你出亡後，你不能再用這姓名。現下有兩個選擇，其一，你另外再改姓名；其二，你還是用原先姓名，還是叫儲幼寧。你想想，是另行改名呢？還是轉回去用儲幼寧？」

吉仁凱低著頭，低聲道：「我兩個爹爹，一個性吉，一個姓儲。現在，不能姓吉了，那還是姓儲吧。」

閻桐春道：「也好，那儲懷遠，雖然害死了你親爹爹吉平山，但好歹養了你八年，畢竟有養育之恩。你轉回去，還叫儲幼寧，也不辜負他八年養育之恩。」

說罷，爺兒倆悉悉索索，將儲幼寧衣服，併同幾件平常用慣事物，聚攏成一堆，用塊方布，當作包袱皮，給包了起來，打成一個包袱。這時，就聽外面呼哨連連，腳步雜亂，人聲彼落此起，都道：「寨主有令，快去聚義廳，有大事要商議。」

等人聲盡逝之後，閻桐春悄然開了房門，遠遠望去，聚義廳裡人影搖晃，隱約聽見翻天笑扯著嗓子，喊些什麼。他回身對儲幼寧招招手，要儲幼寧跟著他，兩人悄然而行，慢慢走出寨門。到了外頭，滿天星斗，清風明月，夜涼如水，就著月光，閻桐春引路，一老一少，一前一後，轉到山前吊橋附近，彎進一處小徑。小徑盡頭，有間簡陋茅廬。

山賊做翦徑強梁生意，得派人放哨，發現商旅，再呼叫寨中其他賊人，出寨攔路打劫。翻天笑這寨子，就在吊橋這頭埋伏暗哨，多年前閻桐春等人，拿下儲懷遠，帶著儲幼寧，翻山越嶺回寨時，就在這吊橋上，碰上喬三、喬四、喬四娘等哨卡。而這茅廬，則是暗哨休息之處。要知道，隆冬臘月之際，天氣酷寒，暗哨不能鎮日待在戶外，得有打尖取暖之處，故而有此簡陋茅廬。

這時，四月末梢，白天不冷不熱，到了夜裡，還是頗有凍意，因而，閻桐春將儲幼寧安置於此，一避蚊蚋，二避風寒。進了茅廬，閻桐春四下察看，摸摸茅草墊子，拍拍屋頂四壁，又從懷裡掏出一個小布包，對儲幼寧道：「且在這裡將就一夜，這包裡，有兩塊包穀餅，有一皮壺涼水。餓了，渴了，將就對付著。明天一大早，我就過來，接著你，咱們一起走，帶你離開山東，到揚州去。」

儲幼寧道：「揚州？揚州在哪兒？遠嗎？」

閻桐春道：「揚州不算遠，十天半個月的，可以趕到。揚州可熱鬧了，有得吃，有得玩，到了那兒，咱們再做計較。」

說罷，閻桐春出了茅廬，摸黑回到寨子，直入聚義廳，對眾人言道：「有誰見著仁凱嗎？我遍尋仁凱不著，這孩子，可別做了傻事。」

翻天孝笑跟著假惺惺道：「一人做事一人當，怎麼可以跑了？以後官府衙門找上了門，可不好交代哇！各位，都幫忙去，在寨子裡四處找找。」

二、三十人一哄而散，在寨子裡四處尋找，閻桐春故意帶著夏涼，到小屋裡察看，就見小桌上，擺著一張草紙，上頭拙劣字跡寫著：「閻夫子，我走了，欠債還錢，殺人償命，但我怕上法場砍頭，還是自己了斷好了。」

閻桐春拿起紙條，看過之後道：「不好，這孩子要尋短。」說罷，偕夏涼回到聚義廳。這時，寨中眾人找尋不著，回聚義廳向寨主覆命。閻桐春當眾出示草紙，諸嘍囉多半不識字，就要閻桐春口述草紙上文字。閻桐春讀完文字，眾人議論紛紛，有人說，應該去寨子外尋找。

閻桐春回道：「夜黑風高，山野寬廣，又沒燈火，找也是白找。要是人沒找著，反而不小心落下山崖，多傷人命，更是不值，還是等天亮之後再說。明天一大早，我就出寨，非要找到這孩子不可，這一去，可能十天半個月，不找到孩子，我不回山寨。」

第七章：下揚州老幼二人乘舟遠颺，剮活驢鹽號東家飯館擺譜

次日天才剛露曙光，濛濛微亮之際，閻桐春就悄然出了寨門，到了茅廬。儲幼寧一夜沒好睡，這時早已等在廬內。爺兒倆一腳高，一腳低，在群山中愈行愈遠。閻桐春心裡有計較，曉得一起頭這幾十里地，最是重要。

因為十幾里地之內，其他山寨賊人，與翻天笑寨子互有往來，彼此人面都熟，曉得吉仁凱。閻桐春帶著儲幼寧往外走，倘若碰到左近山寨人等，被對方瞧見，曉得他帶著孩子遠行，將來保不準，會向官府衙門吐露訊息，說是閻桐春帶著殺害秦善北兇徒一同遠行。

幸好，天濛濛亮就趁早趕路，左近山寨人等尚未起身，無人瞧見。等天色大亮之後，兩人已經走出十幾里遠，無虞碰上熟人，這才放下心來，緩步前行。兩人在山區裡繞來繞去，出得山區之後，一路向西南，往徐州方向而行。

閻桐春久在江湖行走，這等趕路之事，應付有餘。一路上，兩人有車搭車，無車走路；有店住店，無店露宿。閻桐春自有門道，想方設法，謀得零碎錢財進項。每到人煙較密之處，他弄個竹木支撐，貼上紙片，上書「走方郎中」，穿街過巷，與人看病。閻桐春讀過醫書，略曉醫術，自有一套

望、聞、問、切手法，加上深諳病家心念，往往能賺得可觀療疾之資。

又或者，如遇早集、晚市，人煙輻輳，商旅往來之地，閻桐春又能擺攤算命，替人卜卦，看面相、問吉凶，把昔年所讀雜學閒書，全都搬弄出來，換取食宿之資。

一路上，兩人買齊了生活所需之物，添增了點行李。到了徐州之後，兩人棄陸路，改水路，買舟南下，乘一葉扁舟，自徐州銅山藺家壩啟航，一路南下，直放揚州六圩運河口。這段水路航程，全長八百里，足足走了十天。

這段航道，正處京杭大運河南段，乾嘉盛世時期，商旅繁盛，往來興隆，兩岸城鎮也是人煙稠密，市街昌盛，茶館遍布，酒肆林立，往來船隻首尾相連。尤其，江浙兩省財富甲天下，江南絲綢、糧食、漆器等重要事物，都靠漕運船隻，由南往北，通往天津。到天津後，下船改走旱路，運往北京。道光年間，第一次中英鴉片戰爭，英軍艦艇自海面竄至上海吳淞口，溯長江而上，攻陷鎮江。鎮江位處長江、京杭大運河交口，英軍攻陷鎮江，封鎖京杭大運河，切斷漕運，北京供需大受震動，道光皇帝被迫迅速求和，並簽訂中英南京條約。

其後，咸豐年間，太平天國之亂，太平軍占領南京至安徽間長江兩岸，長達十餘年，再度切斷大運河漕運。太平天國軍隊與綠營、湘軍、淮軍惡戰連連，長江及運河兩岸城市屢遭重創，大量城市被焚，成為廢墟。戰亂重創運河南段，黃河決堤改道，致使山東境內運河淤積，則重創運河北段。至咸豐末期，漕運改以海運為主，京杭大運河勢遂陵夷。到了同治末期，清廷勵行西化，是為洋務運動，李鴻章在上海成立招商局輪船公司，全盤承攬漕運業務。就此，京杭大運河一蹶不振。

閻桐春攜儲幼寧搭扁舟，於徐州上船，直放揚州之際，大運河已然式微，鮮見長途商隊，只有零散旅客。長日漫漫，船上時光悠閒緩慢，閻、儲二人同住一舟，情同父子。一路上，閻桐春不住講述世間百事，併同江湖見聞，儲幼寧眼界為之大開。舟子乖覺，見父子二人常低首密語，似在商議大事，也不多打攪。

這扁舟，每日必定停靠口岸，採買飲食，供二人食用。這天，扁舟已行七日有餘，差兩三日就到揚州，閻桐春對儲幼寧道：「孩子，再過幾天，船到揚州，你我就要分手。趁著今天，我講講那揚州朋友。」

閻桐春那朋友，姓金名阿根，原籍浙江餘姚，卻在江北長大，與閻桐春少年訂交，後來各分東西，閻投綠營，金則去了揚州，拉幫結派，成了私鹽販子，當地江湖人物稱之為「無煙炮」。

講完幼年舊友根柢，閻桐春接著講私鹽由來。

鹽由海生，只有內陸四川、雲南幾處稀有地段，有深井湧出鹽滷，得以燒煮滷水，逼出白鹽。又或者，西北大漠之地，偶有鹽灘，可刮除地表鹽分，鍛鍊成鹽。除此之外，唯有濱海之地，才能闢出鹽田，或日光蒸騰，曬出鹽粒，或以大鍋慢煮，熬出鹽粒。鹽為飲食根本，亦是生存要物，天下萬民不可一日無鹽。濱海之地畢竟狹隘，皇天后土，黎民百姓，居住之地距海遙遠，卻又需鹽殷切，小小白色鹽粒，遂成天大利藪。

漢唐年代，朝廷即壟斷鹽品，售鹽之利，早成朝廷挹注財源要角。明清兩代，更進一步，授與鹽商絕對壟斷權柄，經營食鹽買賣之事，遂落入少數鹽商手中。鹽商憑朝廷賦予特權，大發鹽財，但也受朝廷各級衙門盤剝，上自北京中央政府，下至州縣地方政府，無不重利壓榨，自鹽商手中奪取銀兩。簡而言之，明清兩代朝廷無力全盤鎖死庶民財富，無力親手壓榨百姓精髓，乃以外包授權形式，將重利盤剝權柄，下放鹽商，由鹽商壓榨庶民，然後，朝廷壓榨鹽商。

明清時期，欲經營食鹽買賣，成為鹽商，需先向官府衙門繳納鉅額銀兩，取得「引窩」，始具鹽商身分。「引窩」，類似營業執照。取得「引窩」後，始能加入獨占專賣體系，有權買賣食鹽。取得「引窩」執照後，鹽商須再向鹽運司交納銀兩，名為「鹽課」。繳納「鹽課」之後，得以領取鹽引。所謂「鹽引」，類似提貨倉單。鹽商繳納鹽課銀兩予衙門之後，購得鹽引，才能憑鹽引取貨。鹽商取得鹽引後，赴指定之區，向煮鹽灶戶買鹽，再販往指定區域銷售。

如此制度，使鹽商壟斷食鹽銷售，得以任意壓低買價、抬高賣價，獲取巨額利潤。然而，背入者，必然背出。

朝廷針對食鹽買賣，設官分職，涉事衙門與官員頗眾，各個衙門，各種官吏，全都伸手插足，自鹽商處撈好處。貪官汙吏視鹽商為圈中豬羊，任意宰割，明索暗扣，無止無休。鹽商負擔，不止於檯面上繳鹽稅納鹽捐，檯面下還要應付各色規矩，額外奉獻鉅額銀兩，形成雙層盤剝。枝枝節節，扯平估算，不計法令明定稅捐，鹽商暗地支付各式賄款，幾達成本一半。

官商兩面交相徵集，黎民百姓直接受害，底層貧民掙扎度日，只能無鹽淡食，苦不堪言。於是，私鹽隨之興起。私鹽販子既不必繳納巨款取得引窩，亦無須購買鹽引，而是直接私下向沿岸海邊煮鹽戶購鹽，甚或尋覓沿海隱蔽地點，私設棚戶，自行煮鹽。如此，成本低廉，即便仍須奉獻銀兩，打點官面，成本仍較正規鹽商所販鹽品低上一截。

利藪所在，角逐必眾，販售私鹽有利可圖，有心有力者，自然下海角逐。如此，則生摩擦，既有摩擦，必有械鬥。到後來，私鹽業者拉幫結派，成為江湖組織，幫派內江湖人物眾多。這金阿根江湖渾名「無煙炮」，即為揚州知名私鹽幫派「盛隆昌」幫首。這人口才便給，長於肆應，手腕圓滑，手下雖有幾十號幫眾，但行事穩健，盡力與各方和睦相處，做四面人，發八面財。

這人雖賣私鹽，卻別走蹊徑，並不單幹獨行，而是投入正規鹽號「盛隆昌」，承包鹽商購鹽、運鹽差使，算是「盛隆昌」鹽號夥計。蓋因無煙炮附身盛隆昌，因而，無煙炮在江湖道上運犯私鹽，拉幫結派，就號稱「盛隆昌幫」，其手下幾十號幫眾嘍囉，對外報名號，也自稱「盛隆昌」。

閻桐春一口氣講到此處，稍加歇息，點起菸桿，喝起盞茶。一旁，儲幼寧問道：「閻夫子，聽您說了這一大套，我都聽懵了。就您那朋友，名字奇怪，竟然叫阿根。」

閻桐春吐出一口菸氣，往下說道：「孩子，這你就有所不知了。咱們大清朝，地大物博，一個地方，一個民情。江南之地，像是杭州、上海、寧波等等地方，男子之名，常帶有根字。山東人士，有獨特姓氏，像是仲、亓。嶺南廣東之地，則多見梁、譚、鄺等姓氏。久遠年代之前，中原板蕩多事，居民一路迤邐南下逃難，人稱客族。」

「嶺南廣東東部梅州、惠州一帶，客族人齊聚群居，其間，頗多羅、傅、范姜、彭、邱等姓氏。而客族女性名字，則常見妹字。至於黃河以北，男子姓名當中，則常帶喜字。」

儲幼寧又問道：「為何您這朋友，江湖名號叫無煙炮？難道，他會西洋技法，研磨釀造洋人無煙槍藥？」

閻桐春答道：「不是這樣講，這無煙炮，表示炮仗發作爆炸前，沒有黑煙，事前毫無徵兆，就突然猛烈爆發。這是說，金阿根這人，倘若發怒，事前臉上不會顯出怒色，旁人沒法子察覺，他就突然暴怒。不過，這綽號言過其實，無煙炮這人，其實是個場面人物，四面八方，總能應酬得面面俱到，遇事能屈能伸，絕少動怒。至於他為何有這江湖渾名，我就不知了，大概總有因頭，才會這樣。」

「他做私鹽生意，講究和氣生財，他不是另立門戶，單幹獨行，而是跟著鹽號一起。表面上，他是盛隆昌鹽號大夥計，拿著鹽號向官府衙門所取得鹽引，下鄉赴濱海鹽戶購鹽。購得了官鹽，又親力親為，督促車隊，跟著運鹽馬車、驢車、牛車、雞公車等車隊，往內陸行走，到售鹽區賣鹽。售盡鹽品，取得大量銅錢，再就近找尋錢莊票號，將銅錢折換為白銀，再將白銀折換銀票，攜回揚州。盛隆昌鹽號東主，仰賴無煙炮購鹽、售鹽，汲取利藪，官面上，也由他繳付明、暗兩路銀兩。」

「另方面，無煙炮手下另外購買低價私鹽，也加入雞公車隊，也跟著官鹽同行。不過，到了售鹽區域，官、私兩鹽卻是各走各路，官鹽在四鄉八鎮販售，私鹽則專鑽窮鄉僻壤，售予窮苦人家。」

儲幼寧問道：「閻夫子，賣私鹽，豈不是搶了官鹽生意，鹽號怎麼會同意？」

閻桐春道：「要知道，官鹽價昂，窮鄉僻壤窮人，本來就沒錢買官鹽，本來就吃不起官鹽。就算沒有私鹽，此輩貧苦百姓，也買不起官鹽，只能自己想辦法，在野地裡刮尋土裡鹽分，勉強湊合。所以說，官私兩鹽各有銷路，私鹽進價低，低價賣給窮鄉僻壤貧苦人，仍有收益。這樣，貧苦人有鹽吃，私鹽販子有錢賺，吃虧的，只是國家鹽稅收入。」

「這無煙炮金阿根，行事周延，他大賣私鹽，發了私鹽財，但他曉得規矩，對盛隆昌鹽號東主，及相關衙門官吏，都各有點綴。所謂有錢大家賺，有財大家發，花花轎子人人抬，你幫我，我也幫你，於是乎，官鹽號子叫盛隆昌，私鹽幫派也叫盛隆昌，在揚州城裡，還真是字號響噹噹，既昌盛，又興隆。這人，不只販賣私鹽，不只是盛隆昌鹽號夥計，也是盛隆昌鹽號股東，有分子錢放在鹽號裡，也在鹽號裡管事。」

儲幼寧聽閻桐春幾次提及「雞公車」，十分好奇，乃問緣由：「那雞公車，是公雞拉車嗎？公雞哪有神力，可以拉大車？」

閻桐春道：「雞公車，就是獨輪小車。這車，前頭是個獨輪，上頭鋪設木板平台，平台上擱置貨品，也可以坐人。車後方，是兩個手把。停止時，兩把手置於地上，車頭翹起。推行時，推車者一手握住一具把手，抬起雙把手，車頭放平，往前推動。四鄉八鎮道路較寬，可用牲口拉車，販運鹽品，至於窮鄉僻壤，山間野地，或者道路狹窄，或者根本沒路，只好靠人力雞公車運鹽。」

一路談談講講，這一日午後，船到揚州，閻桐春開發了船資，又雇了輛小車，爺兒倆乘車，去了盛隆昌鹽號。這鹽號，位在揚州鬧市，揚州城內鹽商處處，無論是揚州幫，抑或徽州幫，無不揮金如土，繁榮市面，到處可見歌台舞榭、茶樓飯館、妓院戲台、旅館澡堂。揚州城內，幫閒人等，滿大街四處亂走，人氣暢旺。

到了鹽號，下得車來，開發了車資，兩人提著簡單行李，邁步往裡走去。這鹽號，外頭是熱鬧馬路，門口左邊有個下馬石，右邊有個拴馬樁，門口有石階門檻，門外左右兩邊圍牆邊，擺著幾輛雞公車。兩人邁步過門檻，就見裡頭是個頗大廳堂，正中央是個櫃檯，有個帳房，戴瓜皮帽，正在那兒一五一十，撥著算盤記帳。一旁，有張長條案，兩邊各有長板凳，幾個夥計坐著推牌九，牌聲嘩啦啦，好不熱鬧。

閻桐春走到帳房面前，舉手打躬，唱了聲諾：「敢問，金阿根是否在此？」

那帳房抬起頭來，老花眼鏡擱在鼻樑上，兩眼自眼鏡上方，瞟向二人問道：「你是什麼人？找無煙炮何事？」

閻桐春道：「敝人姓閻，草名桐春，與金阿根自幼訂交，是鄉里故人，如今有事，前來投靠，煩請代為通報一聲。」

那帳房說：「無煙炮現下不在此處，你且等著，我找人幫你傳話。」

隨即，帳房喊了個店夥，前去無煙炮家傳話。這兒，閻、儲爺兒倆，只好在鹽號裡坐等。天色漸漸黑了下來，鹽號夥計收了牌九，到後頭吃飯，並把夜飯送到台前，給帳房獨吃。無人招呼閻、儲二人，兩人百無聊賴，只能空腹枯坐等候。一頓飯工夫左右，眾夥計吃完了夜飯，復又到前廳，耍起牌九。那帳房，也吃完了飯，小夥計收走碗筷，帳房接著撥算盤寫帳簿。

這時，就聽見門外聲如洪鐘，有人操著揚州腔喊道：「閻老哥哥來啦，太好了，太好了，多少年沒見了！」說著，跨進一個中年漢子，身穿法蘭西呢布長衫，腳踏絨鞋，腰帶上別著一桿旱菸管，腦袋卻是毛髮全無，精光發亮。這人，就是無煙炮金阿根。這人進屋後，直趨閻桐春，兩人相見歡，四手相握，互道安好，繼而叨叨絮絮，講些彼此想念，多少年沒見之類寒暄話。

談話稍畢，金阿根問道：「老哥哥帶著孩子，大老遠跑一趟，到揚州來，一路辛苦，真不簡單啊！吃夜飯了嗎？」

閻桐春笑笑，沒往下搭腔。金阿根見狀，就曉得爺兒倆還餓著肚子，於是轉頭，厲言數落帳房道：「崔老三，你也太狗眼看人低了。這是我少年訂交拜把老哥哥，千里迢迢，從山東到這兒尋我。號子裡每天準時開夜飯，夥計不懂事，你也跟著犯糊塗，就不招呼一聲，讓他們也給我哥哥開上飯來？」

那帳房崔六，做人最是勢利不過，這次陰溝裡翻了船，以為閻桐春只是不相干閒人，混得夠嗆，到此告幫，因此，起初根本沒多答理。現在，挨了頓臭罵，這才知曉，閻桐春與無煙炮關係密邇，非同小可。於是，立刻堆上笑臉，站起身來，又打躬又作揖道：「小的該死，小的眼瞎，小的有眼不識閻先生泰山，該打，該打，該打！」

金阿根拉著閻桐春道：「算了，別和這幫不長眼睛的混帳一般見識，走走走，和老哥哥吃頓好的去！」

說罷，要跟班將閻桐春、儲幼寧所帶行李，搬回自宅去。之後，三人緩步而行，不遠之處，就是揚州城知名館子狀元樓。進了狀元樓，店夥見金阿根攜朋帶友，堆滿了笑臉，格外巴結：「金爺，您久沒來了，正好今天進了批新鮮刀魚，江裡頭才撈上來，就送來小號。您帶著貴客，正巧趕上，要不要弄點新鮮刀魚嚐嚐？」

揚州自古即為江北富庶地段，飲饌之道博大精深，早於南宋時期，文人墨客即有「腰纏千萬貫，騎鶴下揚州」之語。每年春季，刀魚、河豚自長江入海處，往上迴游，一路衝抵揚州地段江面，正是肉質最為鮮美豐腴時。烹調刀魚，有套講究，刀魚出水後，魚身由軟變硬，兩鍋旱菸左右時辰，魚身硬至極致，猶如小木棍。此時下鍋，口感最佳，錯過這時辰，魚肉又復轉軟，滋味打了折扣。

店夥巴結差使，鞠躬哈腰，把三人帶入角落一張桌子，然後道：「這樣好了，給金爺來個刀魚全席，清蒸、紅燒、糖醋、椒鹽，各上一份。之外，再上刀魚圓子與刀魚餛飩火鍋。金爺看看，這樣可好？」

金阿根淡淡言道：「這也還成，其他還有什麼好菜，盡量往上端，別替我疼惜銀子。這是我拜把老哥，多少年沒見了，有什麼好的，全拿出來。還有，燙兩壺陳年紹興，拿兩個酒杯來。」

店夥躬身而去，閻桐春道：「老台弟，可別破費了，來日方長，今天別擺顯過頭了。」言罷，仔仔細細，從頭說起，把儲幼寧身世，全鬚全尾，告知無煙炮金阿根。

幾道刀魚菜式，早就送來，兩人邊吃刀魚，邊飲陳紹，邊敘舊。末了，閻桐春道：「山寨裡，現在還不知道怎麼樣呢。我那幾位綠營行伍舊友，不曉得是否安好，不曉得是否受秦善北之死拖累。我得早早回去，編個說法，謊稱在外尋找月餘，始終沒找到吉仁凱。多年沒見賢弟，本該多盤桓幾天，敘敘舊情，但時勢所迫，金賢弟這兒，我實在不能久留。」

此時，刀魚火鍋端上檯面，裡頭魚圓、餛飩，併同新鮮菜蔬，隨熱湯上下翻滾，桌面上熱氣蒸騰。隔著霧氣，金阿根道：「老哥哥這故事，直比古人，有趙氏孤兒氣魄，我這當兄弟的，自然不會洩老哥哥的氣。這孩子，就交給我了，只要我有一口飯吃，就絕不會虧待這孩子。」

閻桐春聽金阿根竟然抬出趙氏孤兒故事，曉得他肚子裡墨水有限，只靠看戲聽說書，略知古事，自己搭救儲幼寧之事，與趙氏孤兒典故，根本搭不上邊，但也不願說破。於是，閻桐春笑笑，對金阿根拱拱手道：「有老弟這句話，當哥哥的，這就放心了。今天晚上，和老弟喝個痛快，明天酒醒了，就得上路回去了。」

這時，就聽見這狀元樓後進套間裡，傳出眾人轟然爆笑聲。金阿根聽著，對閻桐春道：「無巧不巧，今夜幾家鹽號老闆，在此吃飯，盛隆昌大店東路逢潤也在內。」

這路逢潤，人稱路三胖子，祖祖輩輩都是鹽商，路家在兩淮鹽區，字號響，名頭亮，幾代下來，傳到路逢潤，盛隆昌鹽號生意更是暢旺。路逢潤自小吃慣見慣，居移氣，養移體，生活極其講究，踵事增華、錦上添花之事，優於為之。揚州城內，都知道路三胖子有錢有勢愛擺譜，遇事愛出新花樣。

鹽商自成一圈，既攜手又爭鬥，有利則合，無力則離；利多則分，利少則爭，彼此關係忽友忽敵，變換多端。

這天，揚州城頂尖八大鹽商，包下狀元樓最大套間，轟飲取樂，並各自提調稀奇菜式。

金阿根耳聞套間爆笑聲，招來店夥，詢問此事。夥計答道：「春來興鹽號老闆陳潤三請客，其他七家鹽號大掌櫃全都到了，說是每人提一道菜，要稀奇古怪、別開生面、爭奇鬥妍，看誰的菜式高明。這死約會，上個月就訂下了，陳老闆早說了，其他七家鹽號，一家提一樣菜式。他說，不怕價錢貴，只怕菜色差，因而，眾老闆都各出奇計，幾天前就各自派家廚到敝小號來，言明所要菜式，還打探其他鹽號菜式。」

「咱們櫃上早交代了，各鹽號所提菜式，只有廚房總司務知曉，其他人不得打探，也不得洩予其他鹽號。而總司務只是要雜役採買各種食材，並不洩漏菜式內容。這食材，我在廚房見過，可真是稀奇古怪、無奇不有，有好幾大缸各式游魚，有幾大籠各式飛鳥，更怪的是，竟然還買了隻活驢。」

閻桐春不禁好奇，問道：「到底，鹽老闆點了哪些奇菜？」

夥計道：「您老只要在這等著，終能看出廚房端出哪些菜式。」

儲幼寧終究是少年人，好奇心更甚，離座而起，慢慢蹭到套間門口，趁夥計忙進忙出，掀起套間門口布帘之際，往裡張望。只見套間內一張大桌，圍坐七、八人，均是錦衣緞帽，身上穿金戴玉，身後貼牆處，站著各人聽差跟班，屋內煙氣朦朧，十分熱鬧。此時，就聽送菜僕役高聲喝道：「借光，讓路，借光，讓路，出菜，出菜！」

就見送菜僕役高舉個精緻瓷器小缸，內裡堆滿黃澄澄金色米飯，米香撲鼻，還帶著蛋香氣，一路送進套間。

儲幼寧回坐，就聽店夥過來，向金阿根稟告：「這是東來順鹽號所提菜式，名叫金裹白玉珠。這道菜，食材其實不貴，就白銀五十兩，食材不希罕，也就是雞蛋加白米，但費工費活。廚房說了，今兒上午，就先打蛋。打出來的蛋，把蛋黃給分出來。分出幾十個蛋黃，之後，把蛋黃全給攪勻了。之後，舀出上等白米，慢工細活，拿細眼篩子，篩盡白粉、米糠、細石，篩出潔淨純米。」

「之後，把廚房所有案板擦抹乾淨，把米粒一顆一顆擺在案板上。得一顆一顆慢慢擺，不能攪和在一起。擺好了米粒，用筷子沾蛋黃汁，一趟沾一點點，滴在米粒上。不能多滴，每顆米裹上蛋黃汁後，不能沾黏其他米粒，得粒粒皆清楚，每顆米都不碰上其他米。等所有米粒全弄好後，擺一個時辰，讓蛋黃去了水分，緊緊沾裹米粒。等上菜前，再把米粒小心取下，在鍋裡放雞油，使大火爆炒米粒。這米粒，全沒蒸煮，裹了蛋黃汁，再風乾了，米粒死硬，得用雞油大火炒，炒到後來，米粒炒酥了，外表黃澄澄地，一口咬下去，裡頭卻是白米，外黃內白，外焦裡脆，既中看，又中吃。」

果然，套間裡爆出驚嘆聲浪，眾人七嘴八舌，都說這金裹白玉珠中看又中吃。

金阿根道：「就算費工，就算費活，也就是雞蛋加白米，不至於五十兩白銀吧？」

夥計道：「您不曉得，那雞蛋有名堂的。說是下蛋的雞，拿人參、蒼朮等藥材當飼料，有專人服侍，每日幾次，給雞胸腹按摩，當祖宗伺候。說是下出來的蛋，有藥材異香之氣，炒出來的雞蛋米飯，味道特別香。因為這緣故，所以，要五十兩白銀。」

正說著，送菜僕役又呼喝而出，這次，則是端著一大罈熱湯，送進套間。

店夥接著對金阿根等三人說道：「這湯可有名堂了，叫百魚獻瑞。這湯裡頭，計有鯽魚舌、鰱魚腦、鯉魚白、斑魚肝、黃魚膘、鯊魚翅、鱉魚裙、鱔魚血、鯿魚划水、烏魚片等等，全是魚身上零碎。您想，魚舌、魚腦、魚肝能有多大？這碗湯裡，卻滿滿都是這些魚零碎，這要殺多少魚，才能取足這些零碎？」

聽夥計如此敘述，閻桐春不禁嘖嘖稱奇，轉頭對金阿根道：「老弟，聽過黃梅戲嗎？」

金阿根道：「聽說過，也曉得曾有戲班子在揚州唱過，但沒研究。」

閻桐春道：「這黃梅戲，起頭出自湖北黃梅縣，後因乾隆、嘉慶、道光年間，旱澇連年，災民四竄，這黃梅戲，就隨災民流向安徽，在安慶一帶扎根發芽，慢慢興旺。」

說罷，閻桐春指指儲幼寧，接著又道：「哪，這孩子親生爹爹老家，就是在安慶，講起來，這孩子籍隸安慶，但在山東長大。安慶黃梅戲裡，有齣戲碼，叫梁山伯與祝英台。這齣戲裡，有幾句唱詞，提到十味珍奇藥材。現在看來，這揚州鹽商飲饌之精、食材之奇，讓我想到黃梅戲梁祝裡那幾句詞兒。」

金阿根問道：「哪十味珍奇藥材？」

閻桐春道：「一要東海龍王角，二要蝦子頭上漿，三要萬年陳壁土，四要千年瓦上霜，五要陽雀蛋一對，六要螞蝗肚內腸，七要仙山靈芝草，八要王母身上香，九要觀音淨瓶水，十要蟠桃酒一缸。」

金阿根聞言大笑：「哈哈，老哥哥，我猜套間裡那起子鹽商大老，大約沒聽過這黃梅戲。否則，必然是有樣學樣，也要點個什麼螞蝗腸子、陽雀蛋、蝦子漿之類稀奇古怪食材。」

說到這兒，就聽得狀元樓後頭，傳來驢馬悲鳴聲。再細聽，是驢子哀號，聲聲淒厲，奮力悲嚎，不斷嘶鳴，並夾以急促喘息聲。好一陣子之後，才慢慢平息。

閻桐春聞之，轉眼瞧著儲幼寧，就見儲幼寧咬緊下唇，眉頭深鎖，十分難受，於是問夥計道：「為何會有驢叫？」

夥計答道：「唉，這道菜最稀奇，待會兒應該最叫座，不過，做菜之法，可就有點缺德了。」

閻桐春道：「願聞其詳。」

夥計道：「今天這局，是春來興鹽號老闆陳潤三請客作東，他有心壓倒其他鹽號老闆，於是，出了奇招。他指明要買健驢一頭，並要廚房備下碳爐、平頭鐵鏟。這菜，是新鮮驢背肉。因為講究新鮮，所以，不能自死驢身上取肉，得找條活驢，現割現炰。所以，把碳爐燒旺了，擱進鐵鏟，把鐵鏟燒得通紅。然後，拿繩把驢拴緊，四肢、頭頸、身子，全拿一條又一條繩子，給捆緊了。然後，拿利刀，自驢背上，把驢肉片下一塊。片完，驢背鮮血直冒，馬上拿燒紅鐵鏟，把鏟面平貼傷口，茲茲作響，把傷口燙實了，止住了血。」

「如此，一而再，再而三。今天，那驢背上，共片了八塊肉。片下來鮮驢肉，立刻切掉皮毛，然後放上火紅鐵板，當場燒炙。」

果然，八個送菜僕役分持八個木架，架子上有鐵板，鐵板上擺著驢背肉片，青煙直冒，香氣四溢。

之前驢子悲鳴嘶吼之際，閻桐春就擔心儲幼寧心神受激盪，此時，更是凝神看著儲幼寧。只見儲幼寧眉頭深鎖，眼神呆滯，靜止不動。閻桐春曉得，儲幼寧八歲親見儲懷遠自盡，十幾日前又誤殺秦善北，加上幼年就受肝鬱之症折磨，心神本來就脆弱，禁不住折騰，眼下聽聞活剮健驢慘事，恐怕已經當場犯病。於是，溫言問道：「孩子，怎麼了？不舒服嗎？咱們要不要回去了？」

金阿根見狀，也覺蹊蹺，乃問緣由。之前，閻桐春已將儲幼寧身世，並幾年來事由，一五一十，都詳說予金阿根。然而，閻桐春沒講肝鬱之事，更沒提儲幼寧自得肝鬱之症，即有莫名異能，並以此為根柢修習武藝。此時，他見儲幼寧心神晃蕩，而自己明日起早就走，儲幼寧還須金阿根照應，因之，就把肝鬱纏身之事，詳實說了。

金阿根聽了，乃安慰儲幼寧道：「孩子，別難過，世道就是這樣，驢馬是牲口，拿來馱人運貨，推磨拉車。等年老力衰，沒法拉馱之際，卸磨殺驢，送去湯鍋店，一刀宰了，煮成熟肉，滿大街去賣。這都是命，牲畜投胎，成了牲畜，就是這種上砧板被人宰殺的命。你要是心疼這驢，那樣，每天有多少雞鴨鵝豬牛羊，都進了屠宰房，豈不是心疼不完。真要那樣，難道要大家都改吃素，把這雞鴨鵝豬牛羊，併同牛馬驢騾，全都供起來，當祖宗養著？」

金阿根接著續道：「這卸磨殺驢，其實也是句江湖話，意思是說，事情講究眼前利益，有利有益，就好生相處，好生對待。等事過境遷，沒了利用價值，就一腳踢開，甚至壞了性命。做人，不能這樣，不能卸磨殺驢。但對驢，可就天經地義了，驢子有用，拿去推磨幹活兒，推不動石磨盤了，留著反而浪費糧食，就把驢自石磨上卸下，送去湯鍋店殺了。」

說到此處，店夥剛好過來給火鍋添湯，聽金阿根此言，也跟著狗尾續貂道：「是啊，小少爺，人分三六九等，物分高低貴賤。就說人吧，同樣是人，人與人卻不一樣，像金老爺這樣，就是人上之人，每天吃香喝辣。像我這當夥計的，就是人下之人，只配在狀元樓帶座端盤子。」

「那驢子，今天是受了苦，但苦不了多久，明天，陳老闆還在這兒請客，說是還要在活驢身上，片下多少鮮肉。片完之後，照樣拿火紅平鏟給封住傷口。後天，就把那驢給宰了，要辦個全驢大宴。所以說，這驢再痛，也就是痛個兩天，後天宰了之後，就不痛了。那也是驢子的命，誰叫他上輩子沒修好了福氣，這輩子投胎做了驢。」

儲幼寧之前聽聞驢叫，心神即受震盪，鬱氣慢慢湧了上來，心中糾結難過，身上微微發起燒來。這時，聽店夥說，這驢明天還要受活剮之罪，更是鬱氣衝腦，頓時間，天旋地轉，人事不知，暈了過去。

第八章：扔肥肉火紅炭爐燒死鹽商，拋石塊帳房崔六死於非命

悠悠忽忽之間，儲幼寧睜開兩眼，見眼前一人，正俯身看著自己。這人，是個小夥子，高額頭，大圓眼，頭頂刮得精光發亮，辮子烏黑油亮，穿著一身洋服，白長袖襯衫，外帶藏青色呢子長褲。見儲幼寧醒來，這人朝外喊著：「秀蓮，這沒知覺的醒了！去前面告訴爹媽和閻伯伯。」

儲幼寧躺在床上，稍稍抬頭，兩面瞧瞧，曉得這是個房間。隨即，進來個女孩，十八、九歲模樣，長髮結辮，頭上還蒙著一塊綢布，身上穿著薄夾襖、花襖褲，風火雷電一般衝進房來，瞧見儲幼寧轉醒，馬上又風火雷電一般衝了出去，邊跑，邊喊著：「爹、媽，閻伯伯，小兄弟醒了。」

未久，閻桐春與金阿根進得房來，閻桐春馬上拿手按上儲幼寧額頭，然後道：「不好，有點發燒。他這肝鬱之症，發作時，身上就會些微發燒。」繼而又對儲幼寧道：「孩子，覺得怎麼樣？」

儲幼寧道：「不舒服，就覺得煩躁，好像有個爆竹在身上炸了，全身慌得很。」

閻桐春轉頭，要其他三人先出去，然後對儲幼寧道：「慢來，慢來，孩子，閉上眼睛，咱們一起練練吐納之術。蜷起腳趾，吸氣，想著氣自頭頂灌入，在體內繞圈，然後，吐氣，想著氣從手指、腳趾洩出。」

儲幼寧練了一會兒，對閻桐春道：「閻夫子，不管用，腦袋裡頭還是咻咻轉，好像滿山跑馬，還是慌得厲害，想坐起來，和人講講話。現在是什麼時辰了？我迷糊了多久？」

閻桐春道：「你在狀元樓暈厥，我們把你送回來，這兒是金阿根家裡。沒多大工夫，大概也就是小半個時辰，你就醒了。剛才兩人，一個是無煙炮兒子，今年剛好二十。另一個，是無煙炮女兒，今年十七，比你大上兩歲。都是年輕人，要不，你就起來，到外頭去，大家講講話。」

閻桐春扶起儲幼寧，走出客房，沿著外廊，走到前廳。金阿根販私鹽致富，雖比不上鹽商奢豪，但這宅邸仍頗具規模，有廳有房、迴廊花園、亭台樓閣，俱都不缺。

到了前廳，大家相見，除了金阿根及子女外，尚有一中年婦人，圓盤臉，腦後梳個髻，上穿衫襖，下著長裙，眼神溫潤。閻桐春對儲幼寧道：「過來見過金伯母！」

儲幼寧暈頭轉向，身上彷彿水煮火燎，還是過去，耐著不適，躬身行禮道：「金伯母好！」

那婦人是金阿根妻子莫氏，她溫言回道：「別客氣，孩子，就拿這兒當你家。你的事情，我都聽閻大哥說了，可憐哪，小小年紀吃了這樣多苦。」

金阿根指著兒女，對儲幼寧道：「這位哥哥，大你五歲，叫金秀明。這位姊姊，大你兩歲，叫金秀蓮。你們三人，年歲差不多，你就在我這兒住著，拿這兒當你家，拿他們當你哥哥、姊姊。以後，看看吧，看看有什麼活兒，你可以幫忙。橫豎，你別擔心，先住下來再說。要是身子不舒服，我給你找大夫瞧瞧。」

莫氏瞧出，儲幼寧身子實在難過，就對金秀明兄妹說道：「你們倆，領著幼寧，到隔壁套間那兒耍耍，看看有什麼新鮮事物，拿出來給幼寧看看，陪幼寧講會子話。」

這大廳隔壁，是個套間，如有場面上朋友，交情不夠，不能引入後頭水上樓台密會，就在此宴飲。兩兄妹拉起儲幼寧，轉到隔壁套間，唧唧咕咕，講起話來。

金家兩兄妹，個性俱都外向，尤其金秀明，對西洋事物格外喜愛。揚州城雖不如上海洋化，但畢竟位於江浙兩省精粹地段，洋教、洋商、洋人經常可見。此時，清帝國已經歷近二十年同光自強運動，有形建設，無形體制，俱都模仿歐美列強。清廷中央政府，以總理各國事務衙門，處理涉外事務，另於上海設立江南製造局、招商局。

官方如此，民間亦然，大自宗教信仰，小至生活習慣，逐漸受列強影響。此一趨向，於通都大邑更為明顯，上層豪門鉅富普遍桌上擺洋酒、屋上點洋油燈、手上擦洋火棍、嘴上吸洋菸捲、牆上安洋掛鐘、胸前藏洋懷錶，更有那信洋教者，禮拜日上洋教堂。流風所至，社會階級漸漸分出土、洋，不同領域，不同思潮，彼此交相激盪，紛爭屢起，終至肇生義和拳之亂，招來八國聯軍禍害。

揚州城，距上海不遠，幾百里路，如搭洋輪，朝發夕至。因之，上海十里洋場諸般事物，在揚州城輕易可見。這金秀明兄妹，長於揚州，耳濡目染，對西洋事物格外喜愛。

儲幼寧自幼顛沛流離，八歲之後，只在山寨生活，簡樸單純，略帶土氣。金家兄妹見了儲幼寧，覺得有趣，不斷盤問儲幼寧山寨生活，聽得興趣大起，金秀明道：「啥？山寨二、三十口人，只有生鏽蠟桿槍和缺口砍刀？這怎麼像話，蓮妹，把我那把芮明吞拿來。我就揣著這把芮明吞上山，把山裡寨子全掃平了。」

金秀蓮道：「要拿，你自己去拿。要是讓爹知道了，待會兒問下來，曉得是我拿的，我又要挨罵了。」

儲幼寧聽了，心中狐疑問道：「芮明吞？那是何物？」

金秀明答道：「一種短洋槍。」

儲幼寧道：「洋槍我知曉，小時候，鬧髮匪，朝廷派兵圍剿，兵匪兩邊都用洋槍。但只聽過長槍，沒聽過短槍。」

金秀明閃身而出，未久，又重入套間，身上多穿了件夾襖。神祕兮兮，掀開夾襖下襬，露出褲腰帶，只見腰際皮帶上，插著一支短槍。金秀明得意洋洋道：「揚州城內，有條街巷，有洋商、有洋館子，也住洋人，我常去逛。有次，有個美利堅浪人缺盤纏，拿了這槍，外加十二顆子藥，賣我十兩銀子。當時，我身上沒那樣多銀子，趕忙回家，向娘要得了銀子，回去找那洋人，買了這槍。」

儲幼寧聽金秀明言道，買洋槍缺銀兩，回家向其母討得十兩銀子，不禁想到，就是為了十兩銀子，他誤殺秦善北，落得星夜逃逸，與閻桐春離鄉背井，脫走山寨。想到這兒，心中不禁黯然。他神色改變，一旁金秀蓮瞧出，趕忙問道：「怎麼啦？哪兒不舒服。」

儲幼寧與金家兄妹初見，但不知為何，覺得分外投緣，與兩兄妹相處，工夫不大，身上熱潮已然退去，心裡煩躁也大為減少。因而，話也轉多，一五一十，說了誤殺秦善北之事。

金秀蓮聽了，一拍案桌道：「這種人，就是該殺，殺他十次都不為過。要是教我碰上，沒得說的，也是要殺。」

金秀明接著言道：「要教我知道了，向爹爹討回子藥，把這起子什麼貪官全給殺了。」

說罷，把那芮明吞洋槍交到儲幼寧手上。儲幼寧接過，但覺這東西物小體沉，放在手上挺壓手的。這事物，精鋼打造，前面是鋼管，後頭有轉輪，轉輪內有六個穴，用以安放子藥。

把玩已畢，復又把槍交回金秀明手上。金秀明轉回話碴子，還是說那芮明吞：「洋人說，這槍大有歷史，十幾年前，美利堅國南邊幾省造反，北邊朝廷出兵，兩邊鏖戰，雙方都用這槍，可威風了，瞄哪兒，打哪兒，只要挨上了，馬上送命。洋人說，這子藥有壽命，頂多就是五年，時間久了，藥效失了，就沒法發射。」

儲幼寧長於荒山野地，哪見過這洋事物，興趣大起問道：「這槍，你射過了嗎？」

金秀明道：「就一回，我央求爹爹，跟著雞公車，送鹽上山，到了深山野地，拿這槍，對著山上石頭射了一槍。砰地一聲，彷彿打雷，我耳朵眼都發麻。那子藥，分兩截，前頭那段，是個實心銅頭；後頭那節，是個空心小銅筒，銅筒裡有槍藥。射這槍，小銅筒炸開，把實心銅頭噴出去，打在石頭上。那石頭，被打得碎屑紛飛，旁邊有個雞公車推手，靠著石頭近，腿被石頭渣噴著了，石頭渣子扎進皮肉，還流了血。」

「後來，爹爹曉得這事，不准我再玩這槍，媽替我求情，爹就把剩下十一顆子藥收走了，就剩了把空槍給我。」

「沒關係，這芮明吞，小家小戶的，還不是真正狠角色。前幾天，我在洋商街，碰到個上海洋行買辦，帶貨到此，批售予洋人街洋行。這人說，上海江南製造局，從美利堅國引進一種機器槍，狀如山炮，把十條槍管，綁成一束，架在兩個輪子上，四處推著跑。每到一處，架好了輪子，插上子藥匣子，發射之人左手壓著子藥匣子，右手抓緊曲柄，用力旋轉這曲柄。這樣，十管槍條不斷旋轉，子藥不斷連續噴發，前面不管有多少人，全得躺下。」

「洋行買辦說，這厲害傢伙，叫格林炮，江南製造局進了幾尊，打算照方抓藥，也學著鑄造這機器槍。什麼時候，我能弄到一尊，那才夠擺顯呢。」

說到這兒，閻桐春、金阿根、莫氏走進套間，閻桐春道：「孩子，時辰不早了，該回房睡覺了吧？」

儲幼寧道：「閻夫子，我不睏，適才和金家哥哥、姊姊講會子話，現在覺得好多了，您要睏了，您先去睡。我還想和哥哥、姊姊再談談。」

金阿根道：「好吧，你們三人，就在這兒聊聊吧。天色已晚，可別出去外頭。」

莫氏對著金秀蓮道：「丫頭，妳不一樣，妳是女的，不好這樣深夜不睡，妳先回房。」

金秀蓮撒嬌作嗔道：「媽，妳別管我，爹都不管，妳還管。」

金阿根嘆了口氣，對閻桐春道：「大哥瞧瞧，我這閨女，可慣壞了呀！不做女紅、不下廚房、不學規矩，整天顛來倒去到處跑，水裡來，火裡去的，哪像個閨女。她小時候，她娘還打算給她照規矩來，和旁人一樣，裹小腳，結果，這閨女殺豬一般，貓哭狗叫，我和她娘只好罷了。」「這兄妹兩人，整天也沒個正幹，就在家裡養著，常給我添麻煩。尤其是這姑娘家，現下都十七了，也給她找人，咳，誰家敢要這姑娘呀！」

金秀蓮回嘴道：「爹，您別這樣講。就說您吧，頭上一根毛也沒有，別人禿了，總會想辦法，安根假辮子，您可好，假辮子都懶得裝。大家都有辮子，就您沒有。所以，我是您女兒，大家都裹小腳，就我不裹。」

金阿根被女兒一頓搶白，一臉苦笑，對閻桐春道：「你瞧瞧，我才說兩句，她就一套一套的，這丫頭嘴巴，可真是厲害。」

閻桐春看看儲幼寧，語重心長道：「孩子，我去睡了。明天一早，我就上路，此後不知何時才能再見。你在這兒好好待著，金伯伯不是外人，你在這兒，幫著鹽號裡事情也好，或者另外學些什麼手藝也成。要是不舒服，喝點柴胡疏肝湯，勤練吐納之術。我回山東後，會寫信過來，告知山上諸事。」

儲幼寧自記事起，就與閻桐春緊不分離，閻雖非他父，兩人卻有父子之實。如今，閻桐春即將離去，儲幼寧心中悲痛，但仍強忍，兩眼根本不瞧閻桐春，口中冷然言道：「閻夫子晚安，明日一路順風。」言罷，低頭不語，一室寂寥。

莫氏曉得輕重，明白儲幼寧這是故意如此，遮掩悲痛。於是，推著金阿根道：「走吧，走吧，別在這兒礙事了，讓孩子們聊聊。」說罷，偕同金阿根、閻桐春一起離去。

三人走後，儲幼寧這才卸下心頭大鎖，開了心防，低聲飲泣。金家兩兄妹，俱都外向，生性愛結交朋友，兩人見此，你一言，我一語，安慰儲幼寧，要他勿再多想，此後在揚州重新過活。

金秀蓮問道：「儲賢弟，你身上不舒服，是怎麼回事？」

儲幼寧自八歲上，跟著閻桐春在山寨過日子，身邊欠缺同儕，只與閻桐春親近，與他人則是少言寡語，生性也轉陰沉。現下，與金家兄妹格外投緣，覺得彼此年紀相仿，格外契合，口風鬆動，話語漸多。於是，就全鬚全尾，敘說自幼身世。這頓話，足足說了小半個時辰。等話說完，金家兄妹聽得瞠目結舌，大感詫異，對儲幼寧更覺同情。

金秀蓮又問道：「在狀元樓是怎麼回事？怎麼昏過去了？」

儲幼寧將春來興鹽號東主陳潤三剮活驢之事說了，邊說，還邊顫抖。說完了，金秀蓮撇著嘴，一臉不屑道：「那傢伙，不是好人，對店裡夥計特別苛，從來不拿人當人待，對牲口，自然更心狠了。這人，大家背後喊他陳剝皮。光聽這匪號，就知道他是個什麼人物。這人可惡，明的、暗的和爹爹過不去，幾次讓咱們吃大虧。其實爹爹心中極怒，但為了大局，只能隱忍，說是以和為貴。」

儲幼寧道：「和兩位兄姊扯扯，我心裡好受得多，身上也不難過了。可是等會兒回房睡覺，我一想到那驢子被活生生片下肉來，心頭又會糾結，身上又會鬧病，連覺都沒法睡。這裡頭，有些道理，我怎麼也想不透。」

金秀明問道：「什麼大道理，如此難想通？」

儲幼寧道：「在山寨時，縣衙門師爺秦善北到山上鬧，每個月多要十兩銀子。寨主名叫吉平海，是我親叔叔，江湖名號翻天笑，他見秦善北要錢，發大脾氣。秦善北就罵我叔叔，說什麼狼行天下吃肉，狗行天下吃屎，他是狼，我叔叔是狗，狗活該就要被狼吃。幾個時辰前，在狀元樓，金伯伯與店夥計都說，驢子是牲口，生來就是拉車推磨，等拉不動推不動了，就一刀宰了當肉吃。」

「我一直想，想不透，為何世間之事，就會這樣？我一直想，想不透，我該如何？我並無殺秦善北之意，但如能重來，該不該殺他？從山東跑出來，一路上，就想這些道理。偏偏，在狀元樓，又碰到同類之事，更教我難以想透，到底該怎麼辦？」

金秀明還沒開口，金秀蓮搶著答道：「儲弟弟，你真是腦袋讓石頭撞著了，這麼簡單道理，都想不透。這裡頭，沒有什麼學問，就是強者吃人，弱者被人吃。那秦善北說他是狼，其實他不是狼，他真要是狼，就不會被你一棍子戳了肋骨，一腳把肋骨踹進心口。秦善北以為他是狼，但他碰到兄弟你，他就是狗，你就是狼，所以，你把他殺了。那驢子，就是弱者，就得被人吃，倘或驢子不是驢子，而是獅、是虎，人要吃牠，就沒那樣簡單了。」

金秀明繼而言道：「沒錯，沒錯，就像我，有管芮明吞短洋槍，倘若爹爹還給我子藥，裝進洋槍裡，我到哪兒，我就是狼是虎，誰都得怕我。我要沒了芮明吞，要是碰上了一群對頭，我非得被打趴不可，那樣，我就落了下風，成了弱者。這世道，就是這樣，大欺小，強吃弱。」

金秀蓮接著往下說：「儲弟弟心裡難受，大約是驢子被剮之事。這事情，陳潤三做得確實過頭了。這牲畜，生為人食，天生就是人口中之糧。三字經不是說了嘛，馬牛羊，雞犬豕，人所飼。這些牲畜，都是人所養，養了之後，當然是殺了吃。那驢嘛，嘿嘿，天上龍肉，地上驢肉，驢可好吃了。要說陳潤三這事情做得過頭，是他要吃驢肉，就該一刀把驢殺了，讓驢死得痛快，不該這樣慢刀活剮，讓驢受活罪。」

經金家兩兄妹一番排遣，儲幼寧心裡稍感好受，對著二人道：「我這就是塊心病，想到那驢子凌遲受活罪，就渾身難受。」

金秀明雙手用力一拍，繼而一掌拍在桌案上道：「沒事，沒事，我曉得該怎麼辦。這心病，還得要心藥醫。我說，閻伯伯那套打坐什麼的，疏肝湯什麼的，都沒我這帖心藥管用。」

金秀蓮聞言大奇道：「你什麼靈方妙藥，能治儲兄弟心病？」

金秀明站起身子，對二人道：「天機不可洩漏，二人附耳過來，讓小爺我細細說分明。」

於是，三人聚首，金秀明窸窸窣窣，講了一大套。說完，儲幼寧雙瞳竟然放出活跳眼神道：「要是真能如此，我就不難過，今天晚上必然睡得著。」

這時，子時早過，三人各自回房。儲幼寧回到客房，在閻桐春身旁躺下，心想，下次要見閻桐春，恐怕要等到驢年馬月，心裡不禁悲戚。但轉念想到適才金秀明所言妙計，心緒又轉而活絡。就這樣，迷迷糊糊之際，睡了過去。

次日轉醒，已過辰時，睜眼一看，身旁床位已空，閻桐春已然離去。爬起身來，正在怔忪之際，金秀明飄然而進，手裡提溜個白花花銀色小圓盤，圓盤上頭，還綴著鏈子。金秀明晃動那銀色小圓盤道：「瞧瞧，這是個啥子東西。」說罷，一壓按鈕，小圓盤蓋子跳開，現出琉璃蓋。琉璃蓋下，卻是三枝鐵針，各有長短，最長鐵針，不住繞小圓盤邊緣而轉。

儲幼寧不解此是何物，一臉迷茫。金秀明得意道：「這叫懷錶，揣在懷裡，要知道時辰，拿出來瞧瞧。哪，這水晶琉璃蓋子底下，有十二個數字，每個數字，就是半個時辰。每天，這短針要繞著十二個數字，轉上兩圈，每轉一圈就是六個時辰。這數字，不是中土文字，而是西邊天方國數字。現在是辰時，看這指針，八點半。」

「咱們大清國是中土大國，卻只用十二個時辰算早晚。洋人這懷錶，卻有二十四個時辰，每個時辰又分六十個小時辰，可比咱們的天干地支強太多了。哪，這稀奇玩意兒送你，拿去玩兒。」

儲幼寧堅拒不收，說是自己看不懂天方國數字，也無須知曉精確時辰。如此，金秀明收回懷錶，隨即又從身邊袋子裡，取出一具事物。他將此事物拉長，拉成三節長筒，遞給儲幼寧，拉著儲幼寧出房門，到大街上，指著大街盡頭道：「這東西，一頭大，一頭小，你把小的那頭，湊到眼前，往裡瞧瞧。」

儲幼寧依言而為，將那長筒物小頭那端，放到眼前，才瞧一眼，立受驚嚇。透過這圓筒往前瞧，遠方微小人影，卻是面目清晰，如在眼前。

見儲幼寧驚嚇，金秀明大有得色道：「這叫千里鏡，也是西洋事物，但這東西並非洋人所給，而是我爹上回幫鹽號運鹽到淮軍大營，用兩包鹽換來的。朝廷弄洋務運動，軍營裡各式洋槍、洋炮、洋鼓、洋號，多的是洋人事物。這東西，你就留著玩兒吧，別再推了。現下，我得走一趟，去洋人街，找家洋藥房，弄點洋蒙汗藥，咱們晚上見。死約會，不見不散。」

這天，金阿根要夥計帶著儲幼寧，到盛隆昌鹽號裡，前後轉悠了一趟，讓儲幼寧與鹽號上下人等相認，說是以後就在鹽號幫忙。

天色將晚之際，儲幼寧回到金阿根家宅，金秀明、金秀蓮兩兄妹已經等在那兒。見儲幼寧歸來，金秀明面帶得意之色，悄然從懷中抽出個小小茶色琉璃瓶道：「寶貝到手，憑這個，就能放倒那驢，我們把驢子殺了，給這牲口一個痛快，也挫挫陳潤三的氣燄。」

說罷，三人出門，在大街上並肩而行。金秀蓮是個閨女，與金秀明、儲幼寧同行，知道的，曉得這是盛隆昌鹽號大夥計金阿根閨女，金家門風特異，見怪不怪。不知道的，見個大腳閨女，和兩年輕男子一字並肩而行，都覺詫異。

三人邊走，金秀明邊敘說那茶色琉璃瓶來歷：「聽過嗎？歌羅芳，洋藥，洋人釀造的蒙汗藥，比咱們大清朝自家人弄的麻藥，厲害多了。咱們土方麻藥，或者得燒了，拿煙把人迷倒。或者，摻進水裡，喝進肚子裡，把人迷倒。這洋藥，叫歌羅芳，沒色沒味，神不知鬼不覺，只要滴出一點點，撒在手絹上，放在鼻子前嗅兩下，就能把人迷倒。」

「我從家裡拿了塊麻布，待會兒，到狀元樓後頭去，找到那驢，把歌羅芳倒一點在麻布上，蒙住驢鼻子，把驢子迷倒。然後，拿這根洋釘，自驢腦門子後頭戳進去，那驢馬上得死。」

說罷，從隨身布袋裡，摸出一塊麻布，一根足有五寸長洋釘，放在手中，搖了搖。之後，又把兩物，放回袋中。

進了狀元樓，還是昨天那店夥接著，還是帶往昨夜那角落桌子。坐定後，金秀明要了幾碟小菜，盤問店夥道：「春來興鹽號陳老闆今天又宴客？」

店夥道：「是啊，還是昨天那套間，但客人換了班，昨天是八大鹽號，今天換了角兒。」

說罷，壓低了嗓子眼，俯身趨前，哈著腰，低著臉道：「這起子人從直隸長蘆來，也是鹽商。剛才聽鹽號管事的說，直隸長蘆產鹽，但規模沒咱兩淮鹽區大，長蘆鹽商很多事情，還沒個定規，因而到咱們揚州來，找兩淮鹽區鹽商問道學經，好把咱們這兒行事規矩，帶到北方去。昨天，春來興陳老闆弄了條活驢，片下八份驢肉。今天，還要再片，要等明天，才把驢殺了，辦個全驢大宴。」

「幾位爺，可來晚了，錯過了好戲。剛才，那屋裡已經唱了大戲，陳老闆請長蘆客人抓鬮，抓到鬮那位，今天有分獨食，只有這位客人能吃，其他人只能乾瞪眼，有福瞧，沒福吃。」

金秀明問道：「什麼大戲啊？又是抓鬮，又是獨食的。」

店夥道：「起先我也納悶，後來，幾次過去瞧熱鬧，這才知道是怎麼回事。起先，弄個小爐子，生著炭火，抱進那屋裡去。炭火生煙，嗆人，還特別找七八個夥計，拿著大蒲扇，從外頭往裡頭搧風，掉換空氣，免得裡頭悶死人。小炭爐子抱進去之後，又弄個平鐵板，鋪在炭爐上。更妙的在後頭，居然有人滴溜個大鐵籠，像個大碗似的，平家小戶後院裡用來關雞關鴨的。」

「弄完了這些，又抱了條大活鵝進來。把醬油、香油、花椒、大料、生薑、蒜頭、長蔥等等調味作料，調製成稀湯薄泥，用刷子慢慢在鐵板上刷一層。然後，把活鵝放在鐵板上，上頭用鐵籠罩住。

那炭爐，底下炭火極小，活鵝放上去，初初不覺得燙，後來，火氣慢慢滲上來，鐵板慢慢發燙，活鵝就在鐵板上四處亂走。邊走，邊就沾著那層調味醬料。」

「那鵝愈走，沾在鵝掌上醬料，被鐵板炭火烤乾，桌旁廚子就透過那鐵籠罩子孔眼，繼續往鐵板上倒醬料。到了後來，鐵板熾熱，鵝想逃命，搧翅膀想飛，飛不起來，上頭鐵籠罩住了。」

「到後來，鵝掌都烤熟了，那鵝還不死，還搧著翅膀。這時，廚子掀開鐵籠，一隻手抓著鵝脖子，滴溜起活鵝，另隻手，收攏兩隻鵝掌，稍一用力，就把兩隻鵝掌給折取下來了。廚子說，經這麼一烤，活鵝在鐵板上四竄逃命，全身筋肉緊繃，都柴了，吃起來味粗。這鵝全身精華，就在掌上，只吃鵝掌，鵝肉粗柴，不能吃。那鵝，沒了兩腳，扔在地上，還不死，搧著翅膀直叫喚。」

「後來，中爾那人吃了一雙鵝掌，說是人間美味，經鵝掌在鐵板上這麼一走，調味醬料全都滲進鵝掌內裡去了，滋味好得很，比死鵝掌好吃多了。」

「現下，裡頭這起客人正吃著小菜，待會兒，就要吃活剮驢肉了。今天，彷彿還是八片。」

聽到這兒，儲幼寧渾身又告發抖。金秀蓮見狀，輕輕拍了拍儲幼寧肩頭，小聲道：「沒事，沒事，等下想個法子，給驢子和鵝報仇。」

金秀明道：「怎麼報仇？咱們到此，就是把驢弄死，給驢子一個痛快，免得今天再被活活片下肉來。要說報仇，我還沒想到計策。」

金秀蓮道：「管他的，且戰且走，慢慢想主意。」

金秀明拉大嗓門自顧自說道：「哎呀，這片活驢，可有意思啊，但光聽人說，沒意思，得親自瞧瞧去。那夥計，咱們去去就回，這座頭，你替我們看著。」

說罷，三人一同起身離席，往後頭走去。途中，經過宴客套間，儲幼寧扭頭往裡看，卻為布門簾所阻，啥都沒瞧見。往後走，是個大廚房，大廚房後頭，則是後院。後院靠牆那兒，立了兩排六根木樁，左右兩排，一邊三根。兩排木樁中間，就是活驢。這驢，俱被重重繩索綁死。利刃片活驢，驢子吃痛，必會使勁蹦竄，為防蹦竄，昨天先用繩子捆死。

這驢子，經昨夜活剮，片下背上八塊鮮肉，再用火紅鐵鏟封死傷口，到眼下，已足足一日，一條命已經去了半條，此時奄奄一息，若非四肢、身軀俱為繩索所縛，早就趴下了。現在，就是靠著繩索之力，勉強半站半靠，苟延殘喘而已。

距驢子不遠處，就是個大炭爐子，爐火興旺。爐子裡頭，擱著一根長柄鐵鏟，平扁鏟頭，向下插在炭裡，燒得紅通通的，長長鏟柄，則向上翹起，倚靠著爐邊。

儲幼寧心軟神傷，不敢正眼瞧那驢子，金家兄妹倒是百無忌諱，定眼細看，金秀蓮馬上看出破綻：「不對啊，昨晚連主帶客，總共八人，片了八塊驢肉。怎麼，這驢身上卻有九個傷疤？」

金秀蓮如此說，金秀明馬上舉著手，點著指頭，口裡數數。數完，金秀明也說：「可有鬼了，真的是片下九塊驢肉。多的那一塊，不知便宜了誰？」

講到此處，廚房裡出來個人，邊走，嘴裡邊罵罵咧咧道：「幹什麼，幹什麼，你們是幹什麼的？這兒是廚房內院重地，閒人免進，你們上這來幹麼？全給我出去。」

金秀明聞言，拉下臉來回罵道：「你是什麼東西？敢跟小爺這樣講話？你個不長眼睛的路倒屍，去打聽打聽，小爺我是誰？」

說罷，刷地一下，從腰間皮帶上，拔出那枝芮明吞。他身上披了洋掛子，遮住腰間洋槍，儲幼寧都沒注意到，他把洋槍給帶出來了。

那夥計也算見過世面，一瞧這芮明吞，就知道是短洋槍，當即嚇倒，趕忙躬身道：「小的該死，沒長眼睛，講話沒分寸，該死，該死。」邊說，邊拿手搧自己耳光。

金秀明一瞧，見這廚房夥計能屈能伸，前倨後恭，變臉飛快，就知道這是個油混子，不嚇他兩下，他不知道厲害。於是，當即喝道：「少給我來這套，我問你，這驢子背上，怎麼多片了一塊肉？」

那廚房夥計急了，高聲辯道：「哪有？這都是有數的，外頭沒人能來，裡面人也都規矩，怎麼會多片下肉來？」

金秀明邊揮舞短洋槍，邊威嚇道：「還嘴硬？還不老實交代？實話告訴你，我叫金秀明，盛隆昌的人，你去打聽打聽，小爺在外頭名聲如何？昨天晚上事情，我全知道，別以為你瞞得了別人，就瞞得了我。小爺對你們這起子沒心沒肝的夥計，一清二楚。現下，你好好交代事由，我聽聽是否老實。要是不老實，叫我爹派人，拿張片子送到衙門去，派公差來，把你們這起子混蛋，全給捆了去，一人五十板子，打得你哭爹喊娘沒人應。」

這番威嚇，可嚇著了這店夥，於是，一五一十，全都招認：「爺，我只是小角色，這都是廚子張結巴出的主意。昨天夜裡，陳老闆請客，請完客，走了之後，又來了撥廣東客人，聽說有剮活驢可吃，就說要吃。那驢，可是陳老闆的驢，前面夥計不敢應承，就到後頭來，問張結巴，說是那撥廣東吃客，願出十五兩銀子，就為了吃一塊現片驢肉。就這樣，張結巴應承了下來，又剮了一片。」

「小的們心想，今天陳老闆再片八塊肉，明天就宰驢辦全驢大宴，只要今天再能片出八塊，陳老闆又不會到後頭來瞧這頭驢，多片一塊肉，無人知曉，卻能掙十五兩銀子，大家分分。於是，就答應了。天可憐見，那銀子，還沒分到我手裡呢！」

店夥說完這一大套，金秀明把槍插回腰際皮帶，隨手掏出歌羅芳瓶子並麻布片，對店夥說：「哪，我現在幹件事，你裝著沒瞧見，小爺我就不說你多片驢肉之事。總之，你裝聾作啞，我也裝聾作啞。」

說罷，跨步上前，走到驢頭旁，用力猛吸一口氣，憋著氣，隨即旋開那茶色琉璃瓶，拿麻布片堵住瓶口，稍微傾斜，就見麻布片溼了一塊。之後，金秀明飛快將茶色琉璃瓶蓋旋上，復又放入隨身布袋中。放妥琉璃瓶，金秀明憋著氣，一手壓著驢頭，一手拿麻布片堵住驢鼻子，時候不大，就見那驢子身子癱軟，兩腿一鬆，竟垮了下去。驢身上遍綁麻繩，麻繩又拴在六枝木樁上，驢身癱軟，原該躺下，但因繩子拽著，變成半躺。而驢身笨重，壓得繩索下沉，竟把幾根木樁都拽歪了。

金秀明先把麻布片放回袋中，繼而手起釘落，五寸洋釘對著驢子後腦門插下。洋釘入驢腦後，金秀明又拔出芮明呑，用槍柄連敲幾下，鋼釘沒入驢腦，驢子呼出一聲長氣，驢臀糞門那兒，噗地一聲，放了個響屁，並噴出驢屎。這驢子，就此沒命，不再受苦。

金秀明向後連跳幾步，邊使勁呼吸，然後道：「咳，咳，憋死小爺了，差點憋得沒氣了。」

那店夥見狀大驚，嚇得說不出話來，指著金秀明道：「你，你，你，你幹什麼？」

一旁，金秀蓮幫腔道：「指什麼指，都對你說了，你裝糊塗，我們就裝糊塗，昨夜你們偷偷多剮一片驢肉這糊塗帳，就此糊塗了。你還不明白麼？還叫些什麼？」

店夥急道：「怎麼辦？待會兒陳老闆要片活驢，這驢死了，怎麼辦？」

金秀明笑道：「怎麼辦？你們照樣片驢肉，片這死驢的肉，」

店夥道：「不成，片活驢，驢會叫。片死驢，驢不叫。裡頭沒聽見驢叫，就知道不是活驢。」

金秀蓮笑罵道：「你們不會學驢叫嗎？」

店夥道：「還是不成，這事情，我一個人作不了主，就算我學驢叫，旁人也知道。只好這樣，我進去稟報，說是不知為何，這驢就死了。沒辦法了，也只好這樣了。」

說罷，這店夥扭頭就往裡走，金家兄妹也不攔著，儲幼寧一旁看著，心裡憂慮道：「金家哥哥、姊姊，這下怎麼辦？」

金秀明道：「別怕，他不敢供出咱們。咱們站一邊去，瞧熱鬧。」

這時候，就見那店夥領頭，身後跟著一串人，自廚房處走了過來。那店夥邊走邊說：「小的剛才從廚房出來，想翻翻爐火，磨磨刀刃，備著待會兒片活驢，卻見這驢死了，也不知是何原因。」

邊說，店夥邊拿眼溜過金、儲等三人，假作不認識。

店夥身後就是陳潤三，這人外貌腦滿腸肥，長衫上滿是金線所繡元寶，沒戴帽子，腦後拖著花白細辮子。陳潤三身後，跟著幾人，領頭的，貌似管家，又像隨從，身形枯瘦，但是衣著華麗，附著陳潤三耳邊，嘀嘀咕咕出主意。

金秀明悄然低聲對金秀蓮、儲幼寧二人道：「這人姓名，我記不得，但知道此人綽號花皮貓，是陳潤三身邊頭號跟班，我聽爹爹講，這副活驢、現烤驢肉點子，就是這花皮貓向陳潤三獻策。」

陳潤三見店夥拿眼神溜過金、儲等三人，也定眼瞧了三人，心想，這三人穿著打扮，應是店裡客人，來這院落瞧熱鬧，也沒多想，就步向驢子。

這驢子，已然斷氣，渾身綁著繩子，半躺半掛，歪在那兒。

陳潤三見狀，皮笑肉不笑道：「死隻驢子，不必大驚小怪。但這驢子，可是在你們店裡死的，找你們店東去，限你們一個時辰內，給我再買隻活驢來，老爺我今天請外地客人吃活片驢肉。這驢死了我不管，你們得趕緊再弄一條活驢來，否則，我送張片子進衙門，保管你們從東家到夥計，全給鎖了去，大板子打得你半死。」

說罷，扭頭就走，往廚房走去。這邊廂，儲幼寧一聽，還要再弄活驢，還要再剮驢肉，當下也沒多想，運神於兩眼間眉頭，霎時間，眼耳清明，他見身旁地上有塊肥豬肉，就慢慢蹲下，撿起這小塊肥豬肉。

這豬肉，其實也非肥豬肉，而是豬肉筋頭，非肥非瘦，刀切不斷，人嚼不爛，又稱滾刀肉。狀元樓為揚州第一大餐館，食饌精美，材料講究，滾刀肉這等下雜食材，自然不會入饌，被廚子挑出扔掉。這塊筋頭滾刀肉，此時恰好就在儲幼寧腳邊。儲幼寧慢慢蹲下，撿起滾刀肉，夾在指間，又慢慢站起身子。此時，陳潤三走沒幾步，儲幼寧拿捏好勁道，算準遠近，五指繃彈，那滾刀肉恰好落在陳潤三身前一步之處。

陳潤三下一步，恰好踏在滾刀肉上，就覺得腳底滑動，身子向牆邊傾倒。人若摔倒，身子初初傾斜時，必會伸手抓物，身邊有什麼，就抓什麼，希冀抓住身旁物件，阻住傾倒之勢。此時，陳潤三即是如此，他身子向牆邊傾，隨即伸手抓身邊人。他身邊，恰好就是花皮貓。詎料，陳潤三肥壯，花皮貓枯瘦，陳潤三抓著花皮貓，非但未能阻住跌勢，反而帶著花皮貓一同倒向牆邊。

不偏不倚，那牆邊就坐著紅火炭爐，陳潤三胖胖身軀，拉著花皮貓，往牆邊地上砸去，腦袋恰好砸在炭爐邊上。身軀下墜力道沉厚，腦袋碰上炭爐，炭爐受力，整個翻轉，騰空稍許，繼而整個扣在陳潤三身上。陳潤三吃痛，於地面翻滾，甩動身軀，抖動炭爐，炭爐再度騰空。

這炭爐裡，群炭燒得通紅，炭塊之下，則是厚厚積陳炭礫，並夾以灰燼。莫小覷炭礫、灰燼，此二物係火紅炭塊所生，自火紅炭塊剝落，個頭小，火力強，稍一散布，就成火幕。

陳潤三炭爐扣身，吃痛掙扎，二度彈起炭爐，炭爐再度翻身，嘩地一聲，爐底積陳炭礫、灰燼當空撒下，遍布陳潤三及花皮貓身上。

說時遲，那時快，就見兩人慘叫連連，身上衣物全都著火，兩人掙扎，想起身站立，但烈火將二人裹繞，二人死命嘶喊嚎叫。事起倉促，二人瞬間即入火海，身旁人等，先是不假思索，往旁騰跳，免得惹火上身。繼而慌張驚嚇，稍後才回過神來，趕緊衝進廚房，打水入桶，提桶來救。等涼水澆熄兩人身上火勢，陳潤三與花皮豹已無聲息，兩人衣著盡焚成燼，顏面、四肢、軀體，燒得焦黑脆爛。

見此光景，金家兩兄妹也為之大駭。二人原本只打算殺掉活驢，毀了陳潤三飯局，挫挫陳潤三威風，並無壞人性命之心。尤其，陳潤三與花皮豹，竟是當金家兩兄妹之面，幾步之遙，燒成火人，死前淒厲呼號，撼人心神。兩兄妹畢竟年幼，未經大陣仗，此時已被嚇呆，無法言語。

儲幼寧卻是氣定神閒，顏色正常。燒死陳潤三並花皮貓，早在他計算之內，他扔出滾刀肉時，即已計算清楚，後來必然會有此後果。原本，他也無壞人性命想法，但昨夜至今，心神飽受活驢被剮折磨，只要想到活驢被剮，即痛苦不堪。才一日之差，儲幼寧已不是閻桐春身邊那溫馴少年，而是心中戾氣洶湧翻騰十五歲煞星，殺氣騰騰。他心中所想，就是為歹之人，劣於畜生，對此輩中人，下手絕不容情。

扔滾刀肉之際，儲幼寧心中所想，是閻桐春所教，明末流寇張獻忠所書七殺碑碑文：天生萬物以養人，人無一物以報天，殺殺殺殺殺殺殺。

自徐州搭扁舟赴揚州途中，閻桐春遍講古今時事，先說故事，繼而講道理。閻桐春講述張獻忠七殺碑時，一再解釋，七殺碑義理偏頗、激越自溺，為人行事應該中正平和，避免蹈此覆轍。

然而，儲幼寧身世悲涼，自幼即壓抑苦楚，只因閻桐春常相伴隨，因而言行尚能不偏規矩。現下閻桐春遠去，肝鬱之症又復發折磨，活剮驢肉苦念更是糾纏不去。今日又到狀元樓，竟再聞活鵝走鐵板慘事，最終，儲幼寧滿腔苦楚委屈，倏然勃發，滿腦子七殺碑碑文，扔出滾刀肉，結果陳潤三、花皮貓兩人性命。

好好一齣片活驢肉大戲，鬧得兩具焦屍收場，自然大煞風景，眾人一哄而散，有人奔衙門報案，有人赴陳家報喪，有人跑街串巷報見聞。金家兄妹並儲幼寧，則是回到前頭，草草吃了點東西，即行回家。路上，儲幼寧突生新念，心裡有個計較，乃對金家兄妹道；「兩位哥哥、姊姊，我適才想到，有件小事得跑一趟。你們先回去，我隨後就到。」

金秀蓮道：「什麼事情，這樣風火雷電的，這光景，時辰不早了，還急著去弄？」

儲幼寧笑笑道：「沒什麼，就是想去春來興鹽號外頭，瞧瞧他們報喪之後，是怎麼個光景。」

金秀蓮聞言道：「好啊，有意思，哥哥，咱們也去，三人一起去看熱鬧。」

儲幼寧道：「金姊姊，這不妥，我才剛到兩天，他們不識得我。你們不一樣，他們一定曉得，你們是你爹兒女，是盛隆昌的人，被他們瞧見了，總是不好。」

金秀蓮想想道：「好吧，我們就不去了，你一個人去。明天，你告訴我們，是怎麼個景況。」

儲幼寧與二人分手後，就著月光，獨自往盛隆昌鹽號方向踽踽行去。

殺了陳潤三並花皮貓後，儲幼寧心頭如電，轉動迅速，想到自己才十五歲，卻已殺了三人。殺秦善北，雖是誤殺，但秦行事兇狠，逼迫山寨清苦眾人，又出言不遜，打得閻桐春一臉鮮血，就算殺了也不屈枉。殺陳潤三與花皮貓，則是一為被烤活鵝、被剮活驢出口氣，二為其他牲口保性命，免得這人繼續凌遲活剮其他牲口畜生。

如此，雖壞三人性命，但儲幼寧自覺壞得有理，壞得好，壞得妙，壞得聒聒叫，壞得憋憋跳。想到此處，又想到昨天初到揚州時，與閻桐春去盛隆昌鹽號，受帳房崔老六欺負。欺負他儲幼寧也就罷了，還欺負閻桐春，對閻桐春沒好臉色，有夜飯也不讓二人吃，爺兒倆餓著肚子等人。想到此處，心中不禁酸楚，不知閻桐春去了何處。才分手一日，已然思念閻桐春。

思念閻桐春，就記恨崔六，於是，怒從心上起，惡向膽邊生，想到今晚已經殺了陳潤三與花皮貓，乾脆，一不做，二不休，也結果崔六。

若論罪行，崔六那點事，與活烤鵝掌、活剮健驢，相去甚遠，罪不至死。然而，儲幼寧年方十五，自幼命運多舛，兩度死了父親，如今閻桐春又離他而去，等於三度失怙，心中想法自然激越。

一路想，一路走，堪堪將達盛隆昌之際，儲幼寧四下梭巡，撿拾三枚石塊。這三枚石塊，大逾鵝卵，分量俱沉，他將石塊捧在手上，慢步行至盛隆昌大門前。到了門口，定神往裡看，長條案桌旁，沒有夥計賭牌九，只有帳房崔六，低首伏案，臉朝下，後腦勺朝上，邊撥算盤，邊寫帳目。

儲幼寧稍稍運神，兩眼間眉宇之處，似暈非暈感覺又上來。隨即，連環向上拋出三塊鵝卵石。這三塊鵝卵石，落點都對準崔六後腦勺。首拋鵝卵石，拋得最高；次拋鵝卵石，比首塊低；第三拋鵝卵石，則為最低。

三枚石塊分次拋出，向上奔去，奔至最高點，繼而先後朝崔六後腦勺落下。因頂點高度不同，落下分先後，力道亦有大小之別。第三拋鵝卵石，高度最低，最先落下，砸中崔六後腦勺。崔六悶哼一聲，身子還沒來得及傾倒，次拋石塊隨即又砸中崔六後腦勺。隨即，首拋鵝卵石緊接而至，再砸崔六後腦勺。

三枚石塊，墜落雖有先後，但嚴絲合縫，毫無間隙，一枚緊跟一枚，但聽得砰砰砰三聲連響，崔六已然後腦開花，死於非命。

第九章：葷充素廚子劉五戴枷示眾，耍淫威葛大侉子命喪柴房

時光匆匆，驀然回首，五年時光已然消逝。這一年，儲幼寧年方二十，已是弱冠之年。五年間，身量續有增長，容貌則稍有不同，卻依舊是面如冠玉，俊朗有神，氣色則較前大為鮮活。蓋因五年前初到揚州時，一舉擊殺陳潤三、花皮貓、崔六，大去心中塊壘。

此後，若遇不平之事，或遇不平之人，動輒出手，懲奸除惡，或打或殺。每次出手打殺惡人，事後心中即感快慰。如此這般，出手傷人成了治病良方，肝鬱之症病狀漸消，偶有不適，則以吐納之術因應。五年來，儲幼寧但覺無論身心，均較十五歲前鬆動快活。

尤其，隨年歲日長，儲幼寧武術功力鳥槍換炮，大有長進，較前截然不同。此時，他如欲動手，事前已不必集中念頭，冥想兩眼間眉際，無須等候似暈非暈感覺，即能感觸靈敏，耳聰目明。

抵揚州一年後，齊益壽併同孟慶凰，曾到此貿易。當年儲幼寧誤殺秦善北之際，齊、孟二人正巧在外貿易，不在山寨。後來，兩人回到山上，繳交買賣所賺銀錢，始知事件始末。之後，閻桐春回到山上，數月後，才又與齊、孟聚首，暗地裡敘說，私密告知儲幼寧下落，並交代二人，下次外出貿易，順道前往揚州。因而，距今四年前，齊、孟二人四處輾轉貿易，南下至揚州，尋至金阿根宅邸，

見著儲幼寧。

齊、孟二人向儲幼寧訹說一年來景況，言及那秦善北，雖然出自淮軍，但為人卑劣，在淮軍內樹敵無數，只因念著他是淮軍老人，乃薦往沂水縣衙門，算是送鬼出門，眼不見為淨。秦善北命喪山寨後，捕頭魏鳴亭騎驢下山，向縣大老爺稟報此事，言明兇手係十五歲少年吉仁凱。縣太爺無奈，只好點起親兵小隊，併同縣衙捕快，命魏鳴亭率領，上山緝拿吉仁凱。

眾官差衙役抵達山寨後，遍尋吉仁凱不獲，並得知吉仁凱當夜已然潛逃，下落不明。於是，在山上好吃一頓之後，收兵下山，回稟縣太爺。末了，縣太爺寫了公事，畫影圖形，派人分赴四鄉八鎮張貼，又呈文山東提刑按察使司衙門，建請山東通省之內各州府縣，一體緝拿吉仁凱。隨即，此案即告揭過。淮軍方面，隨後亦知曉此事，眾人早視秦善北為潑出去的糞水，無人願意再沾，此事遂寢。

之後幾年，齊益壽與孟慶凰二人，又來過兩次。每次來，均代轉閻桐春口信，要儲幼寧安心過日子，好生養病，並交代幾句為人處世箴言，盼望儲幼寧能平平穩穩，跟著金阿根學本事。齊、孟二人，每次到揚州，除面見儲幼寧，告知山寨景況，並為閻桐春傳話外，亦會拜見金阿根，為閻桐春傳話，問候老友。每次離去，金阿根都贈與私鹽數袋，兩人一路往北，一路零散販售私鹽，賺取豐厚利潤。

五年來，儲幼寧心中，仍時時念著閻桐春，但時光最是無情，無論情誼有多濃，感念有多深，都敵不住時光輾壓。對閻桐春，儲幼寧心中雖仍時時念著，印象卻愈來愈模糊，感覺愈來愈淡薄。反之，他與金家上下，則是相處如家人，金阿根待他視如己出，金妻莫氏對他亦呵護有加。故而他對金阿根夫婦改了稱呼，稱金阿根為金爹爹，稱莫氏為金媽媽。

年紀漸長之後，儲幼寧常回頭思索自己身世，覺得自己命運詭譎，先後有吉平山、儲懷遠、閻桐春三人，是自己生父、養父、無名分之父。如今，又多了個沒名分、有親情父親，金阿根。

五年間，金秀蓮已由金阿根作主，指婚許配予揚州城聚寶錢莊少東丁鵬飛，並生下一女。金秀蓮自小即未裹足，尋常人家根本不敢要此大腳姑娘，幸而那聚寶錢莊老闆丁錦文，亦是洋派作風，不在意天足媳婦，故而有此姻緣。

金阿根長子金秀明，此時二十五歲，亦娶妻李氏，且生一女，但並未分居另過，而是仍住金家老宅，與金阿根夫婦同住一家。金秀明已成金阿根重要臂膀助力，可獨當一面，督領雞公車隊，下鄉販售私鹽。

五年來，金秀明、金秀蓮兄妹與儲幼寧交情緊密，宛如親手足。儲幼寧始終未告知金家兄妹，自己身懷絕技，能輕易取人性命。無論是陳潤三、花皮貓、崔六，亦或後來其他奸惡之輩，儲幼寧懲奸除惡，均瞞著金家兩兄妹，兩兄妹始終蒙在鼓裡。

至於陳潤三、花皮貓、崔六命案，後來均不了了之。狀元樓兩人為炭爐燒死，後來定案為失足滑倒意外。崔六，則定案為私人恩怨，導致仇殺，兇手不明。

這一年，正逢隆冬臘月，時日漸近農曆新年，正是家家戶戶醃鹹菜、灌香腸、炒八角、花椒鹽醃臘肉時節。這時期，鄉里需鹽孔亟，耗鹽大增，因之，各鹽號都抓緊時機，趕運食鹽下鄉，盛隆昌亦不例外。

幾年來，盛隆昌鹽號營運順風順水，東主路逢潤對金阿根愈加倚重，大小事務均交予金阿根經手。金對路亦誠懇以對，官鹽、私鹽涇渭分明，互不混淆，兩方買賣各行各路。正因如此，路逢潤對金阿根愈加信任，東夥雙方互睦相處，鹽號事務運轉如意。

這天，金阿根稟知東主路逢潤，點起幾十輛雞公車，堆放數百包白鹽，由金秀明領頭，儲幼寧隨行，浩浩蕩蕩，自盛隆昌鹽號堆棧起運。臨行前，金阿根照例打點檢視雞公車隊，察看腳夫車手，並叮嚀金秀明與儲幼寧注意事項。稍後，車隊啟程，直奔運河碼頭。碼頭邊，早已雇妥大型木船十餘艘，盡數裝上雞公車、白鹽、並腳夫與車手。

揚州城以北兩百里大運河兩岸，皆為盛隆昌鹽號售鹽範疇。船隊一路向北，逢鄉遇鎮，就停駛靠泊，放雞公車隊上岸，或向油鹽醬舖批發，或向鄉里村民零售。官鹽之外，另有私鹽雞公車，專往窮鄉僻壤鑽，專找貧困百姓售鹽。待白鹽售罄，空雞公車推返船上，拔錨啟航，繼續向北。

一路順暢，這天正午，到了高郵。照例，繫妥船隻，推車上岸。河面上航行一夜，此時金秀明正感氣悶，見到了高郵，岸上人煙輻輳，頗為熱鬧，就對儲幼寧道：「儲賢弟，待在船上氣悶得很，咱們上岸走走吧。雞公車隊自有夥計照管，不必我操心，找個小館，咱們坐坐去。」

兩人下船，一路向前，見這高郵城規模雖然不大，但畢竟傍靠運河，人來人往，市面頗有生氣。正走著，就見大街上，路旁有個人犯，蹲踞在地，蓬首垢面，枷號夾著脖子，脖子上掛了條鐵鏈，鏈子鎖在路旁樹幹上。這人犯身邊，有個妙齡女子，一手端碗，一手持匙，正往人犯嘴裡餵湯食。

那枷號，是兩張厚木板，邊緣各挖半圓，將兩張厚木板合攏，兩介半圓拼成圓狀。使用時，將兩張木板合攏於人犯頸項，上鎖。這人所戴枷號，左右兩邊，各有一張封條，封條上書「江蘇按察使司衙門」。枷號下邊，則另貼一張官府文書，寫道：「欺世盜名慣犯，以董作素哄騙老弱」。

這時，已是臘月，天氣寒冷，那人犯蹲在地上，滿頭亂髮，一臉泥垢，辮子早不成模樣，穿著個厚棉袍，但兩手已凍得通紅，邊喝妙齡女子所餵湯水，邊鼻涕口水直流。

不遠處，兩個衙役模樣差人，拄著水火棍，彼此談笑，狀頗歡愉。這水火棍，半截紅，半截黑，紅主火，黑主水，水火交濟，取其不容私情之意，自大明皇朝起，即為各級衙門衙役所用，到了大清朝，亦是如此。

金秀明與儲幼寧正瞧著有趣，轉眼一瞧，又見兩個衙役身旁不遠處，店家門口外頭，擺張桌子，桌旁坐了兩人，都是皮袍裹身，瓜皮帽罩頂，手裡俱捏著旱菸，邊吞雲吐霧，邊喝茶閒聊。金秀明定眼一看，其中一人面生，另一人卻是熟面孔，是揚州城另家鹽號通四海大夥計蕭誠旺。

這蕭誠旺，為人機靈，長於肆應，在揚州城內，方方面面都兜得轉，頗有能耐，替人說事項、解紛爭，常能大事化小，小事化無，因而，有個「小城隍」名號。金秀明見蕭誠旺，乃拉著儲幼寧過去，對蕭誠旺道：「喲，小城隍，怎麼到高郵啦？做生意嗎？這高郵地面，不是你們通四海鹽號販售地面啊！」

蕭誠旺答道：「喝，小兄弟也來啦，年底需鹽孔亟，這筆買賣，你們盛隆昌可發啦！我到這來，非為生意。做生意講規矩，通四海自會在自家地面賣鹽，不會越區過水搶你盛隆昌生意。來來來，給小兄弟引薦引薦。」

說著，用手一指另外一人道：「這位是葛大哥，省裡臬台衙門文案委員，是臬司跟前紅人，就要過年了，臬司衙門有了事情，有勞葛大哥親自出馬，到此坐鎮，親視人犯戴枷。葛大哥可辛苦了，天天得在街上待著，要待足十天，這才能回省裡覆命。」

這姓葛之人，北方口音，北方相貌，說得一口山東東部臨海煙台、威海一帶濃濁土話，講起話來，侉腔侉調，在臬司衙門裡也只是末路小角色，人稱葛大侉子。其實蕭誠旺並不認識葛大侉子，只因通四海鹽號老闆徐良皋出了家務事，走了臬司門路，將這戴枷人犯，先送進縣衙門大牢，繼而戴枷示眾十日，徐老闆派蕭誠旺到場監督，臬司老爺派葛大侉子監督，兩人這才聚在一處，抽菸、喝茶。

蕭誠旺邀金、儲二人同桌飲茶，兩人反正無事，乃就座聽新鮮事消遣。蕭誠旺原原本本，一五一十，將事件始末，說了個一清二楚。

原來，蕭誠旺東家，通四海鹽號老闆徐良皋有個老娘，中年守寡，個性孤寒，每日裡就是青燈古佛，念經度日。徐良皋是個孝子，為了孝敬老娘，特別在宅子裡西北角另外築牆，修了個園中之園，名為禮佛園，專供老娘所居。那禮佛園中，除了老太太居室之外，還修了座佛堂，再來，就是個小廚房。老太太除了吃飯睡覺，整天就窩在佛堂裡，敲木魚、誦經文、燒紙錢、許願頭、數念珠，不一而足。

徐老太脾氣古怪，絕難伺候，底下人跟著倒楣，徐家無論丫鬟女侍、婆子僕婦，在禮佛園都無法久待，不是被徐老太斥退，就是頂不住責罰辱罵，自請離去。不但丫鬟女侍、婆子僕婦難以久任，伙夫廚工也走馬燈般，三天兩頭換人。徐老太茹素，一點葷腥沾不得，就算巧婦也難為無米之炊，更何況伙夫廚工。因為一點葷腥沾不得，蔥、薑、蒜、韭菜也不能入菜，弄得食材單調，難以入味。

於是，飲饌自然差勁，其子徐良皋是揚州城大鹽商，親生老母卻是每餐食無味。因之，徐老太常發廚子脾氣，嫌菜難吃，嫌廚子手藝低劣。就這樣，三天兩頭換廚子，時候一久，徐老太名聲在外，廚工同業口耳相傳，好廚子視徐府禮佛園為水深火熱之地，誰也不肯應承差使。於是，就只能延聘次等廚師，手藝更差，味道更劣，徐老太脾氣更大。到了後來，徐良皋頗以為苦，只要想到老太太飲食，就頭疼萬分。

某日，有廚工到府自薦，說是願意進禮佛園任廚師。徐良皋一聽，自然大喜，親自接見。廚工自稱姓劉，在家排行第五，人稱劉五。徐良皋問劉五，是否聽過老太太茹純素，脾氣欠佳，難以伺候？劉五則稱，自己手藝高強，必能如徐老太所願。

之後，廚子劉五入禮佛園，主持徐老太一日三餐。原本，徐良皋以為，這劉五過不了徐老太關卡，幾日之內，必遭遣退。詎料，三日之後，徐老太親到前廳，面告徐良皋，說是新進廚子劉五本事奇大，所調製各色菜餚，風味絕佳，遠非其他廚師所能及。

然而，時日稍長，就有好事僕婦，在徐老太面前嚼舌根，搬弄是非。好事者謂，飲饌滋味決於食材，如今，食材依舊，仍然全素，滋味卻較前大相逕庭，其中必有文章。三天兩頭，就有嚼舌根僕婦，暗示徐老太，廚子劉五每日採買食材入園，菜籃當中必然夾帶葷腥，才能整治出如此鮮美菜餚。

徐老太心地窄、耳根軟，最會偏聽偏信，聽身邊僕婦如此搬弄，心中立刻疑雲大起。某日，廚子劉五自外採買食材，回到徐宅，轉入禮佛園，就見徐老太率同僕婦，大馬金刀，攔於路中，一把奪下菜籃，細吹細打，將所有食材翻撿檢視。

擺弄半天，卻未查獲絲毫葷腥食材。偏偏，那日劉五所整治幾道全素菜餚，卻更加可口。就此，徐老太全然折服，確信劉五手段高明，有易牙之技，專擅美味，天下無敵。至此，徐老太心境大好，鎮日喜孜孜，每逢吃飯，輒哼哼吟唱，喜樂非常。此事傳至徐良皋耳中，亦隨之歡喜，幾度傳召劉五，多有賞賜。

數年後，徐老太得享天年，駕鶴西歸，廚子劉五結束徐府差使，退休返鄉。臨走前，徐良皋特為傳見，大賞紋銀五百兩，感謝劉五役於禮佛園多年，令徐老太歡享晚年。

這劉五，自幼即在外奔波，十餘年前，回鄉娶寧氏為妻，生女名劉小雲，復又外出闖蕩。徐老太歸天，徐良皋贈銀，劉五退休返鄉之際，才五十開外，距耄耋之年尚遠。此人籍隸江蘇高郵，離開揚州徐府後，回歸故里，以歷年徐府工薪並賞賜，併同臨走時所獲五百兩紋銀，買地一方，鳩工建宅，在高郵過起寓公生涯。

劉五返高郵，起造宅院次年夏季，其母與其妻寧氏，俱染上時疫惡疾，雙雙一命嗚呼，留下劉五與女兒劉小雲相依為命。

劉五在高郵有宅有地，衣食無缺，生活優裕。時候一久，戒心全去，劉五無意間，吐露於徐府禮佛園當差祕訣。原來，劉五當差那幾年，十十足足，讓老太太吃了幾年葷腥，但除劉五外，無人知曉。劉五得意洋洋與人言道，自己到徐府當差之初，即購入羊肚粗布手巾一批。每日下工返抵住處，即動手熬煮高湯。高湯之中，拋入豬骨、雞骨，間或雜以下雜碎肉，同鍋而煮。

高湯煮得後，扔入粗布毛巾數條，續火再燉，燉至湯汁收乾，撈出羊肚毛巾。繼而，將毛巾分而晾之，直到乾爽。次日上工，將毛巾搭於頸項，作為擦汗毛巾。勞力之輩，常在頸項掛有毛巾，事屬平常，毫不起眼。劉五每日上工，頸項吊掛毛巾，持菜籃採購食材，赴徐府禮佛園小廚房上工。

入廚房後，以小鍋燉煮清水，水裝半滿，待水滾後，扔入粗布毛巾，將毛巾所含濃郁高湯，全數逼出，溶入清水，復原為鮮美高湯。凡烹調，或事前以高湯浸泡食材，或烹調時澆以高湯調味，或起鍋後以高湯調製醬汁澆裹。如此，無論煎、煮、炒、炸、蒸、悶、煨、滷，無論任何食材，都起用高湯祕技，舀進高湯數勺。

此事原本僅劉五一人知曉，從不外傳，自然嚴絲合縫，裡裡外外，瞞得滴水不漏。然而，劉五告老還鄉後，歲月一久，老驥伏櫪，髀肉復生，每日與女兒劉小雲相依為命，無所事事，遂將往日絕密之事，不經意對外吐露。好事不出門，壞事傳千里，這劉五高湯騙徐老太之事，很快傳至揚州，好事者奔走徐府，未久即為徐良臯所聞。

究其本性，徐良臯並非涼薄寡情之人，對待手下人等，亦稱寬厚，但此事涉及作古老娘，自又另當別論。徐良臯思及，徐家待劉五不薄，劉五卻哄騙老娘，吃了多年葷食，如今老娘歸天，地藏王菩薩那裡，不知是否因此懲治老娘吃葷之罪。走念至此，徐良臯不禁大怒，親自跑了一趟蘇州，赴臬司衙門，訪江蘇臬司。

臬司衙門，全稱提刑按察使司衙門，為司法重鎮，管一省刑名，舉凡糾姦發伏、懲治盜匪，俱是執掌。提刑按察使司衙門，由按察使統領。因按察使司衙門，又稱臬台衙門，因而，按察使就又名臬台。徐良臯帶著證人、證據，親赴省城蘇州，一陣折騰，末了，按察使出具公文，派出文案委員葛大侉子，併同衙役，帶著枷號刑具，遠自蘇州趕赴高郵，將劉五拿下，劉宅充公。劉五，先送高郵縣衙門，一陣拷打，挨了幾頓板子，令其交出口供，又關進大牢。之後，則是於街口戴枷號，示眾十日。

蕭誠旺一陣敘述，講清此事來龍去脈，金秀明仍有不明之處，乃問道：「那餵食湯女子，想必就是劉五之女劉小雲。為何要當街餵湯？」

蕭誠旺瞧了瞧葛大侉子道：「這戴枷十日，裡頭學問很大，有伸縮餘地。比方說，最寬容者，僅日間戴枷，夜裡卸枷休息。亦可在家戴枷，或在偏僻處戴枷。即便日間戴枷，亦有再伸縮之地。比方說，三餐之時，可卸枷休息，稍進飲食，吃喝之後，再復戴枷。此外，大小便溺，亦可額外通融。不過，既是伸縮彈性，則必然是可伸可縮，可大可小，可嚴可寬。」

「這一案，劉五可惹火了咱東家徐老闆，因劉五暗地裡讓徐老闆老娘吃葷，老娘升天後，這筆爛帳，在閻王老爺面前，可有點說不清楚。故而徐老闆恨透劉五，特別在臬台老爺那兒說清楚了，要從嚴懲處，因而，臬台衙門派了這位葛委員，一路跟了下來，督促本地高郵縣衙門從嚴法辦。因而，這劉五戴枷，就無食可吃，全靠他閨女劉小雲侍奉。」

「戴枷辛苦，劉五這枷，才十幾斤重，還不算要命。有那罪惡深重人犯，戴三十斤枷號，不准飲食，不准睡眠，三天就能送命。饒是如此，劉五這十幾斤枷，也要了他半條命，他閨女想方設法，熬了參湯，一口一口餵下去，給她老子續命。抄家之後，他們身上沒多少銀錢，現在買參熬湯，大概把剩下點老底，也都搾乾了。」

儲幼寧一旁冷眼觀察，就見那葛大倴子眼神不正，不斷拿眼尋摸那劉小雲。劉家閨女，年方十八，細下巴頦瓜子臉，杏兒眼，柳葉眉，膚色白皙，烏黑頭髮向後梳攏，紮成油亮大辮，足下一對三寸金蓮，小巧玲瓏。那邊廂，劉家閨女專心致，餵著老爹劉五喝參湯；這邊廂，葛大倴子一雙賊眼，直勾勾地，盯著劉家閨女瞧。這光景，連蕭誠旺都看出不妥，發一聲咳，提醒葛大倴子道：「葛委員，別發呆了。」

儲幼寧問道：「戴枷十日，今天，是第幾天了？」

蕭誠旺道：「今天第九天，等明天一過，這事就完了。咱們東家，事起之初，那可是把劉五恨透了。眼下，這劉五板子也挨了，枷號也戴了，宅子也沒入充公了，咱們徐老闆不為已甚，也就算了，打算放劉五回去，父女團聚，好生過日子去。」

金秀明又問：「這大白天的，蹲踞路邊，為的是示眾。那麼，夜裡呢？這臘月寒冬的，難不成，還在街上蹲著？兩位也跟著受累，一起挨凍？」

蕭誠旺道：「那當然不會，我和這位葛委員，都住在客棧裡。那客棧就在這街旁巷裡，客棧挺大，後頭院裡，有個柴房，到了夜裡，她父女倆，就窩柴房裡。」

「當然啦，咱們葛委員宅心仁厚，官面上，是不准飲食，各位瞧瞧，這大白天的，劉五女兒不是在那兒餵參湯嗎？到了夜裡，葛委員睜隻眼，閉隻眼，那劉小雲，還是能餵食她爹吃點飯食。都九天了，那劉五只是身上骯髒，頭臉汙穢，精神卻健旺，靠的就是夜裡飯食，白日參湯。」

說到這兒，天色漸晚，四人分手，蕭誠旺偕同葛委員，帶著衙役，將劉五父女送回客棧。金秀明與儲幼寧，也回到碼頭邊，清點雞公車隊當日售鹽斤數，當場記帳，核對銀兩金額。事畢，已到掌燈時分，金秀明對儲幼寧道：「賢弟，咱們找家小館，喝兩盅，吃點飯，今天夜裡，還要上船趕路。」

兩人找了家沿河小店，打了一壺黃酒，要了四碟小菜，點了兩份炒飯，就此吃起夜飯。平日裡，兩人對坐吃飯，總是言語不斷，今天卻兩樣，二人對坐而食，俱都無話。半晌工夫，儲幼寧抬頭道：「哥哥，這事情有蹊蹺。」

金秀明道：「何事蹊蹺？」

儲幼寧道：「那葛大侉子，一雙賊眼，淨在劉五女兒身上打轉，賊忒兮兮，我怕這人沒安好心。」

金秀明聞言，一拍大腿道：「照啊！講得有理，正講在我心坎上。適才，我也正想著這事情，恐怕劉五父女倆，會著了葛大侉子的道。」

儲幼寧道：「別吃了，咱們瞧瞧去。」

說罷，兩人推盞而起，開發了酒飯錢，先回碼頭，金秀明向雞公車隊管事交代一聲，說是去去就回。隨即，二人快步而行，找到那客棧，進去之後，只對櫃檯說，兩人到此訪友，就悄然前行，直奔後院。那院子，頗為寬廣，靠後牆根那兒，有座簡陋木板屋，就是柴房。這時，柴房裡露出微弱燈光，並有人聲。

兩人躡手躡腳，潛行至柴房貼牆處，湊著縫隙，往裡窺視。就見柴房地上擺了盞油燈，角落裡，劉小雲端著粗陶碗，用陶匙舀著湯飯，一匙一匙餵著劉五。一旁，葛大侉子站在油燈旁，兩手叉著腰，侉聲侉氣，對劉小雲道：「我說了這幾天，妳倒是給我句切實的話，到底願不願意？」

劉小雲道：「葛大人，您這是怎麼說話的？切實的話？打從第一天到現在，我始終給您切實的話。我奶奶、我娘，都不在了，就剩我和我爹相依為命，我爹出了這事，我不怨誰，只盼著事情了了之後，守著我爹，另找地方，安分過日子，這就是我切實說法。」

葛大侉子道：「妳不要敬酒不吃，吃罰酒。我在臬台衙門當文案委員，大小也是個官兒，家裡有僕婦丫鬟，妳到了我那兒，不愁吃，不愁穿，絕對虧待不了妳的。至於妳爹，我自有安排，可以行文給高郵地方官，責成他們安排住房，安頓妳爹。又或者，妳不願意，我也可以將他一起接回，便宜了他，讓他當個上門丈人老頭。」

說到這兒，就聽劉五一聲悶哼，啞著嗓子道：「臭美，我們寧死不屈，你們這起臭當官的，就會欺負民女。」

葛大侉子向前跨上一步道：「別給臉不要臉，我這是好話說盡，別逼我壞事幹絕。我再問一次，最後一次，劉小雲，妳到底答不答應？」

劉小雲哀聲求道：「葛大人，您就行行好，放過我們吧！」

話語才畢，葛大侉子就欺身而上，彎腰拉扯劉小雲。剎那間，劉五暴起發難，猛然上衝，舉著十幾斤枷，由下往上，猛砸葛大侉子腰部。葛大侉子冷不防，腰間被枷號衝擊，疼得往後跳開。隨即，劉五又癱回地面。這劉五，已經戴枷九日，關節僵硬，活動不便，雖猛然上衝，活力畢竟有限，後勁不足，摔回地面。

葛大侉子腰間挨了一傢伙，雖然吃痛，但未傷著要害，吃驚之餘，惱羞成怒，一腳踹向劉五。就聽砰地一聲，劉五腦袋砸在牆上，隨即軟軟癱倒。劉小雲見狀，撒手扔下碗匙，俯身察看劉五傷勢。就見劉五兩眼緊閉，腮幫子不住抽搐，已然昏死過去。這時，劉小雲就覺得背後一緊，已被葛大侉子緊緊抱住，滿嘴蔥蒜氣息，襲鼻而來。劉小雲正待高呼，口鼻已被葛大侉子用手封住。

正在緊要關頭之際，就聽見又是砰地一聲，柴房門扉被人踢開，兩條人影搶入。這二人，自然是金秀明與儲幼寧。二人在外窺視，見葛大侉子踢翻劉五，就曉得事情要壞，於是，趕緊自角落繞過柴房，至柴房門口，踹開木門，衝了進來。

那葛大侉子並非武官出身，也非江湖人物，但身手竟也不凡，聽見身後有人闖進，當即站直身子，猛然轉身面對金、儲二人，並且，順手自腰間長衫褲帶下頭，拔出一支匕首。這兵器，江湖上人稱攮子，短小精幹，所謂一寸短一寸險，最是鋒利不過，常趁人不備，猛然傷人。

葛大侉子手中這攮子，精鋼鑄造，在油燈照耀下，燦燦然放白光。葛大侉子定眼一看，是下午所見金、儲二人，不禁露出猙獰奸笑道：「天堂有路你不走，地獄無門你進來，既然來了，就別想走，葛爺我今天，哎喲，疼死我了。」

打從踹門進屋，儲幼寧就放鬆耳目，眼前景物、行動立即轉慢，他耳聽葛大侉子滔滔然大放厥辭，雙瞳裡卻見葛大侉子雙唇慢速開闔，嘴巴緩慢移動，口中舌頭上下吞吐。於是，他測準時點，拿捏方位，猛然伸出右手，手掌張開，自下往上，托了葛大侉子下巴一下。

儲幼寧這由下往上一托，掌力平平，任何弱冠男子都辦得到。但，他這一掌，捏拿精準，相準了葛大侉子舌尖伸向兩排牙齒當中之際，因而，一掌托上去，葛大侉子舌尖遭上下兩排牙齒狠咬，立刻鮮血直冒，連連呼痛。這血，連著吐沫口水，直往下流，流得葛大侉子上半身長衫血漬斑斑，殷紅一片。

儲幼寧到金家五年，從未公然顯現武技，他殺陳潤三、花皮貓、崔六，無人知曉。這次，卻是利錐破袋而出，讓金秀明瞧了個正著。金秀明雖非武人，但久在外頭行走，江湖門道知曉頗多，他一瞧，就知道儲幼寧這一掌，並非隨意為之，而是修為深厚。這時，他拍拍儲幼寧頸背道：「好兄弟，有你的，這麼多年，我倒看不出，你是個武術大行家。」

儲幼寧苦笑兩下，並未出聲，隨即趨前俯身，探視劉五景況。這劉五，已經不成了，氣息愈來愈弱，眼看著就要斷氣。一旁，劉小雲哭得淚人兒似的，爹啊，爹啊，喊個不停，儲幼寧聽在耳裡，格外感同身受，想起他八歲那年，養父儲懷遠當眾切腕脈自盡之事，也陪著掉了幾滴眼淚。這時，就聽見身後有人快速移動聲，接著，金秀明啊地一聲，喊了出來。

儲幼寧趕緊回頭，就見金秀明摀著肚子，葛大侉子刀尖帶血，猙獰奸笑。原來，葛大侉子咬舌噴血後，雖然一時猛痛大驚，但隨即平復。蓋因舌頭最是遲鈍之物，受傷之初，覺得苦楚疼痛，但旋即疼痛漸減，痲痺漸增，雖流血，亦無大礙。於是，葛大侉子揮刀進擊，儲幼寧距已較遠，金秀明就在身旁，於是，一攮子刺向金秀明小腹。

金秀明並無防備，但葛大侉子猛然刺出之際，金秀明亦本能後退，因而，攮子雖刺中金秀明腹部，但刀口不深，未達臟器，只傷皮肉，雖流血，但無礙。

儲幼寧見狀，站起身來，向葛大侉子邁進兩步，見葛大侉子對著自己，右手後縮，頭身微前傾，曉得他右手攮子隨即將向前猛刺。儲幼寧不及多想，斜身向右，移向葛大侉子左手邊，隨即伸出右掌，以掌緣作刀，砍向葛大侉子脖子。儲幼寧與葛大侉子身量相當，個頭平高，他這一手刀，斬出去，正好斬到葛大侉子喉結。就聽喀啦一聲，葛大侉子喉結破裂，軟骨內縮，刺破氣管並食道，葛大侉子應聲癱軟，慢慢倒地。

葛大侉子氣管崩裂，吸不進氣，只能更用力吸氣，更用力吐氣，一時間，柴房裡就聽見葛大侉子躺在地上，咻呼，咻呼，咻呼，咻呼，不住喘氣，嘴裡又湧出大量鮮血。這葛大侉子，先是利牙咬舌，滿嘴鮮血淋漓，繼而食、氣兩管破裂，鮮血自喉嚨湧出。舌血、管血，兩血交會，弄得葛大侉子一臉、一身，全是鮮血，貌如鬼魅，躺在地上直叨氣，喘著喘著，愈喘愈慢，就不喘了，人也沒了氣，就此一命嗚呼。

不過一盞茶工夫，這柴房內，就多了兩具屍首，劉小雲起先還哭她爹，後來見葛大侉子渾身鮮血，地上亦是血流汩汩，已嚇得渾身發抖，抖得像個糠篩子似的。還是金秀明有計較，他搗著肚子道：「快走，再不走就遲了，到時候，想走都走不了，三個人被一鍋端，誰都跑不了。」

劉小雲又想起了她爹，復又翻身撲倒，跌坐劉五屍身旁，抽泣不已。金秀明果敢從事，一把拉起劉小雲，牽著往外就走，身後儲幼寧跟著。到了柴房門外，金秀明屏氣凝神，察看四周，只見四面一片漆黑，後院無人。於是，金秀明豎指於唇，示意兩人別出聲，繞過柴房，就是客棧圍牆。幸好圍牆也就一人多高，到了牆角，金秀明使勁一躍，雙手攀上牆頭，兩腳踏住牆壁，繼而右手胳臂翻過牆面，壓住牆頭，兩腳使勁，慢慢爬上了牆頭。

金秀明翻身坐於牆頭之上，使手勢，示意劉小雲將雙手舉起，並要儲幼寧將劉小雲抱起，往上推舉。如此，金秀明於牆頭抓住劉小雲兩手，用力上拉，儲幼寧在下頭，則用力上推，就把劉小雲弄上牆頭。如此這般，三人都翻過牆去，到了客棧後巷。三人才落地，就來了條肥壯黑狗，衝著三人高聲猛吠。儲幼寧想都不想，隨手抄起一枚包子大小石塊，看準了黑狗四腳移動態勢，照著狗腦袋右後方半尺之處，猛力砸出。

那狗見石塊飛來，四腳使力，向後跳躍，以避來石。詎料，狗腳跳躍方位，早在儲幼寧意料中，因而，那黑色肥狗向後一躍，剛好以頭就石，石塊砸中狗腦袋，狗子哀號一聲，立刻暈死過去。金秀明面帶驚駭詫異之色，瞧瞧儲幼寧，儲幼寧聳聳肩，腳步加快，在前領路。

就這樣，一腳高，一腳低，三人顛顛沛沛，連走帶跑，總算回到碼頭。上船後，三人驚惶未定，金秀明還摀著肚子，馬上下令開船。幾艘大船，連夜駛進大運河，原本尚有餘鹽未售罄，現在也顧不得了，船隊當即掉頭，往揚州駛去。

鹽號夥計並雞公車車夫、腳夫等，見事情詭異蹊蹺，金秀明受傷，又多出一妙齡女子，眾人心裡都存疑問。但一來金家待下人不薄，底下人遇事也會替金家老少想想；二來，誰也不敢說，這裡頭牽扯到什麼江湖恩怨糾葛，自然是明哲保身，別捲入糾紛為上。

因而，眾人並不多話，管事夥計只就售鹽公事，報與金秀明知曉，並無其他話語。而金秀明傷勢，其實並不嚴重，出外行走販鹽，身邊自然帶有各種丹、膏、丸、散等藥品，以備不時之需，這時，清洗傷口，抹上金創藥膏，拿乾淨腰帶捆上，也就止了流血。

舟行二日，到了揚州城，金秀明先要儲幼寧陪著劉小雲，在船艙裡待著，莫要露面。繼而，派管事夥計雇快馬奔入金宅，之後，則是督促雞公車隊下船，空車各自由車夫推返自家，尚有食鹽雞公車，則推返鹽棧存放。

時候不大，諸事即料理完畢，就見金阿根領頭，率兩輛騾車而至，妻子莫氏亦跟著出來。金阿根見金秀明腰際鼓起，多纏了根腰帶，裡頭隱約可見紅色血痕，又不見儲幼寧，心想事情不妙，臉上就透著焦慮之情，低聲問道：「怎麼回事？幼寧呢？」

金秀明道：「噓，爹爹，先別問，趕緊回家。媽媽，艙裡頭有位姑娘，待會兒與您同車。」說完，輕拍兩掌，儲幼寧聞聲，牽著劉小雲出來，幾人迅速上車回家。

天色尚未全黑，就到了金宅，車子駛進前院，關上大門，眾人這才下車。金阿根領著眾人，一路向後走，進入後花園。這後花園，有個水榭，建在池塘當中，只有一條小路通往岸邊。眾人進了水榭，金阿根要廚房先開上晚飯來，繼而要家丁守在岸邊通往水榭小路路口，不許旁人靠近。如此，在水榭內議事，外人無從耳聞。

金秀明並要家丁到後院，轉告妻子李氏，自己雖已歸家，但有要事要留在後花園水榭商議，事畢後，自然會回到後院自家。未久，僕役將夜飯送進水榭，旋即悉數退出，並守住岸邊路口。水榭內，金阿根、金秀明、莫氏、儲幼寧、劉小雲，共五人，同桌吃飯。邊吃，金秀明與儲幼寧二人，你一言，我一語，將高郵所遇之事，徹頭徹尾，說予金阿根與莫氏知曉。

說畢，金秀明一指劉小雲道：「爹，娘，這劉姑娘命苦，奶奶、媽媽染上時疫亡故，她爹昨天又被葛大侉子一腳踹死，她無處可去，只能留在咱家了。」

說到這兒，劉小雲放下碗筷，低聲飲泣。莫氏見狀，溫言安慰道：「別哭了，孩子，到了咱家，就當是自己家。待會兒，到後頭去，給妳撿幾件衣服，咱家有個姊姊，是秀明他妹妹，嫁出去了，在娘家還留了許多衣服，給妳換上。還有個姊姊，姓李，是我媳婦，等下與妳引薦。」

金阿根是場面人物，吃鹽飯幾十年，官鹽、私鹽闖蕩了幾十年，大小場面見過無數，胸中自有城府。只見他稍微沉吟，就有了計較：「劉姑娘，要是妳不嫌棄，我們兩個老的，願意收妳作義女，今後就在咱家待著。」

「這事情，很難善了，臬台衙門辦案委員死於客棧，怎麼都說不過去，省裡面一定會大加追究。秀明與幼寧，那天下午才到高郵，人面不熟，不怕追比。劉姑娘就不同了，在街面陪著戴枷親爹，路人皆見過。如今，葛委員與劉姑娘爹爹，一齊陳屍柴房，劉姑娘是重要人證，卻下落不明，省裡必要追查。」

「我估量，幾年之內，劉姑娘都不方便拋頭露面，不但得待在咱家，而且，得待在內院與女眷同住，少讓外人瞧見。對外，就說是秀明媳婦李氏娘家妹妹。」

自此，劉小雲留居金家，已成定局。這當中，不同人，卻有不同緣故。在金秀明與儲幼寧，兩人親眼目睹劉小雲受葛大侉子威嚇逼迫、劉五戴枷受辱喪命，激起兩人俠義心腸，自然主張收留劉小雲。

在莫氏，這婦人最是心慈，母性極重，天性就愛呵護幼小，五年前母性大作，收了儲幼寧，視如己出。如今，又是母性大發，見了劉小雲楚楚可憐模樣，心裡軟了，又要當媽。

在金阿根，則是出於利害考量，為了獨子金秀明，他非收劉小雲不可，倘若不收，劉小雲流落他方，為官府拿獲，威逼拷打，問出口供，整個金氏家族都要一鍋端，勢必家破人亡。

想到此處，金阿根略略休息，扒了幾口飯，吃了幾口菜，喝了幾口湯，才接著往下講：「這裡頭，還有兩個重要點子，不能疏忽了。」

莫氏問道：「是誰啊？」

金阿根道：「通四海鹽號東家徐良皋，還有大夥計小城隍。你們想，那天下午，四人一起喝茶，看著劉五戴枷，當天晚上，葛大侉子與劉五俱暴斃，幼寧與秀明去向不明，這裡頭，雖然沒有什麼糾葛，但讓人想起來，總是起疑。」

「小城隍回揚州後，必然會將此事稟報東家。這多年來，揚州八大鹽號各走各路，井水不犯河水，咱們盛隆昌和他通四海鹽號無冤無仇，咱們老闆路逢潤，與通四海老闆徐良皋，關係也不壞。不過，知人知面不知心，還是得防著點好。這樣好了，過兩天我下個帖子，請小城隍吃夜飯，探探口氣，看他是何說法。」

金秀明道：「給爹添麻煩，我和幼寧都過意不去。不過，那天情況特別，除非我們不顧小雲死活，否則，最後就是那樣。」

講到此處，劉小雲放下碗筷，跪了下去，給金阿根與莫氏叩頭，莫氏馬上一把拉起道：「這是幹什麼？別哭，都說了，到了咱家，就安全了，別跪了，別跪了。」

金秀明續道：「我和幼寧本無害人性命想法，那葛大侉子，都把劉姑娘爹踢死了，幼寧只拍了他一掌，本無傷他性命之心。誰知道，那賊廝拿刀捅了我肚子，幼寧這才取了他性命。事情就是這樣，現在想想，好像也無迴旋餘地，一點都沒法子避開，定然就是這樣。只不過，沒想到後來這樣麻煩，劉姑娘自此不能露面，爹還要低聲下氣，去請小城隍吃飯探口風。」

金阿根笑道：「哈哈，你們這些孩子，從小聽說書，聽多了，以為江湖人物就像七俠五義、七劍十三俠那樣，人人都有武藝，見了面就拳打腳踢，動刀舞劍，耍輕功拚內力。又有什麼劍仙、神拳、武林高手，輕功高強，能飛天遁地，又會什麼內功，金鐘罩，鐵布衫，達摩老祖易筋經，碰上了歹人，見一個殺一個，見兩個殺一雙。傻瓜，世界上沒那樣的事。這世界，有官府，有衙門，只要出了命案，衙門就到處追，發下海捕文書，滿世界通緝，躲都沒得躲。」

說罷，金阿根收起笑容，轉臉對著儲幼寧道：「幼寧，你說說，這是怎麼回事？」

儲幼寧曉得，金阿根這是問他武藝之事。於是，他元元本本，從八歲親見儲懷遠被綁，誘發肝鬱之症講起，一路講到閻桐春口頭教授武技、見齊益壽、孟慶凰、佟暖、夏涼比武，而元神出竅、兩眼間眉宇出現異狀即耳聰目明。儲幼寧講得清楚，金阿根聽得明白，儲幼寧講完，金阿根又問：「就這些了？沒有其他內情？」

儲幼寧答道：「金爹爹，就是這些了！」

金阿根聞言不語，他心中深切懷疑，五年來揚州城若干莫名命案，都出自儲幼寧之手。此類命案，包括陳潤三、花皮貓、崔六，以及其他同類案件。只不過，既然儲幼寧拒不承認，他也不好多問。

第十章：沉炮艇疙瘩父子勤苦發財，奪產業洋行買辦辣手害人

高郵客棧柴房兇殺之案，餘緒兀自蕩漾，經歷相當時日，這才平息。果如金阿根所料，葛大侉子命喪客棧柴房，事涉省城臬司衙門，高郵地方官不敢壓下，即刻報呈省城，臬司衙門責成高郵地方官，剋期破案。然而，關鍵人物劉小雲下落杳如黃鶴，高郵縣衙門下轄捕快，把高郵地面翻了過來，也沒找到劉小雲。金秀明及儲幼寧，與高郵素無淵源，那天僅為打尖大半日，兩人進入客棧時，腳程迅速，客棧內無人記得兩人。

至於小城隍蕭誠旺，金阿根稍後折柬邀約，喝酒吃飯，外加看戲。談起劉五命案，小城隍只說，劉五死得冤枉，蓋因通四海鹽號老闆徐良皋不為已甚，劉五戴枷示眾，已足夠矣，聽說劉五喪命，徐老闆頗為惻然。關於葛大侉子，小城隍則說，那人好色，非善良之輩，死於非命，也是預料中事。就此，金阿根才放下心來，曉得徐良皋暨蕭誠旺並未疑心金秀明與儲幼寧涉及此事。

客棧柴房兇殺案另一餘韻，則是金阿根妻子莫氏，念茲在茲，要撮合儲幼寧與劉小雲。莫氏對金阿根道：「你沒聽他們講嗎？那天逃離客棧，咱家秀明騎在牆頭，拉小雲兩手；幼寧卻是在地上，把小雲往上舉，嚇，那樣一舉，不是身上都碰了，都摸了，豈不是好比成親了？」

金阿根聞言，總是談笑回應道：「都什麼年代了，天津到上海，都鋪好了海底粗纜線，兩邊都設電報局，通電報了，你還講些什麼碰了姑娘身體，就得娶姑娘那一套。妳啊，這是戲看多了，公子落難，小姐贈金，進京趕考，中狀元回鄉娶老婆，全是些老套把戲。」

莫氏狐疑問道：「什麼電報？什麼海底什麼線？」

金阿根道：「電報，寫封信，拿信上的字，變成明碼數字，滴滴答答，靠電線傳遞，千山萬水，瞬間可到。黃曆已經翻到光緒七年，年頭變了，日子也變了，賢妻。五年前，幼寧來咱家那年，上海到吳淞修築了鐵路。現在，直隸李鴻章李制軍，又在唐山修築鐵路。將來，這鐵路到處修築，往來貿易方便，貨殖便利，海鹽一日之內，可往內陸運幾百里，鹽價必然大落。到時候，咱們好日子也到頭啦。」

莫氏道：「聽你個老頭子胡說八道個什麼？什麼鐵路一天跑幾百里？你發羊角瘋啦？」

金阿根道：「我就說，妳們婦道人家，啥都不知道。剛才說了，天津到上海，鋪了海底電纜，一路上都設電報局，咱們揚州隔江對面，就是鎮江，鎮江就有電報局。李制軍在唐山修築鐵路之事，就是靠電報傳過來的。京裡有個什麼大事，天津很快知道，天津洋人多，一通電報，往南邊拍，一路上有電報局城池都能知道。昨天晚上京裡朝廷發了什麼奏摺，快馬跑跑，今天上午天津就收到，拍了電報，上海中午之前就知道。」

莫氏驚道：「啊，昨天西太后批了啥折子，今天中午上海就知道啦？」

金阿根道：「是啊，不單是上海知道，沿路上凡設電報局地方，全都知道，像是鎮江、蘇州，馬上都知道。咱們揚州，隔著長江，就是鎮江，鎮江知道了，揚州很快也知道。夫人，這是電報時代啦，妳還要幼寧與小雲結親，只因幼寧舉著小雲上牆？」

莫氏一陣無言，隨後又道：「那不一定，說不定瞎貓碰上死耗子，兩人對上了眼，自然會有姻緣。」

莫氏不死心，嗣後，多次與儲幼寧言及許配劉小雲之事，儲幼寧都是亂以他言，不願順著莫氏話題往下扯，既未說可，亦未說否，讓莫氏頗為心急。在此同時，莫氏探詢劉小雲意向，姑娘卻是明快乾脆，一張口就是：「請乾娘作主。」如此，愈發使莫氏心裡既著急又帶勁，三天兩頭詢問儲幼寧。

對此，儲幼寧沒啥反應，也沒說喜不喜歡小雲，只講自己身世坎坷，身有肝鬱之疾，不願拖累好姑娘。此事來回推拉，莫氏拉，儲幼寧推，推推拉拉，沒個結果。這節骨眼上，來了事情。

又過一年，端午剛過，天氣悶熱，梅雨該來卻未至，鬧了個五月大旱，揚州城被老天爺都快曬乾了。這天上午，金阿根宅子來了人，來人個頭矮小，圓滾壯碩，十七、八歲年紀，辮子裹在頭巾裡，一頭一臉的汗，在大門外就高聲哭喊：「小叔爺，小叔爺，不好了，家裡出事情了！」

這人嗓門大，音量宏，幾下子喊過，聲震屋瓦，金阿根這天尚未出門，聞聲趕緊出門，到了外頭一看，連忙道：「小靈通，你怎麼來了？家裡出了什麼事？」

金阿根原籍浙江餘姚，但家族早就遷居江北泰州，自小在泰州長大，故而與閻桐春幼年訂交。金阿根上頭還有三位兄長，長兄已逾七旬，眼下這十七、八歲少年，即是金阿根長兄孫子，因自小機靈，遇事機變靈巧，故綽號小靈通。金阿根雖在揚州以販鹽維生，隔三差五，每隔幾年總會回泰州老家，探訪家人。這小靈通，他看著自幼長大，今日見小靈通慌慌張張到此，曉得家裡出了變故。

金阿根隨即引小靈通進門，到了大廳，命僕役打涼水、送毛巾、送茶水、送點心，要小靈通盥洗飲食，並問道：「怎麼，泰州老家出事啦？你爺爺病故了？」

小靈通道：「不是泰州老家，而是通州，通州出大事了，我跑了幾百里路，請小叔爺到通州去幫幫我爹。我爹爹，我爹爹，我爹爹讓人打傷了，躺在床上，起不來，家裡產業都讓人占了，要請小叔爺去，替我們主持公道。」

原來，金阿根長兄有個獨子，這獨子面上疙瘩多，故而綽號金疙瘩。二十餘年前，金疙瘩離開泰州，赴上海討生活，上了漁船，在河海之上捕魚。幾年後，薄有積蓄，又轉遷至崇明島居住，在長江與黃海交會地帶捕魚維生。道光年間，英吉利並法蘭西兩國，因大清國禁絕鴉片，派兵來華，是為英法聯軍。

當其時，英吉利海軍艦隊群集長江口，攻陷吳淞砲台，入上海，大掠四天而去。其後，溯長江而上，過崇明島，攻陷鎮江。英吉利國艦隊攻打吳淞口砲台之際，兩艘小炮艇，夜間迷失方向，於崇明島外，長江與黃海交界處，觸礁擱淺，艇上洋兵洋將，皆盡為其他兵艦救獲。戰後，兩艘觸礁擱淺英軍炮艇，仍棄置原處，英吉利國並未處理。時間一久，兩艘炮艇水面下船身遍長海草、藤壺暨諸般貝類。

有草就有蝦，有蝦就有小魚，小魚帶來大魚。久而久之，崇明島漁民知曉，這兩艘英吉利炮艇周身，俱是魚蝦豐富之地。金疙瘩、小靈通父子心思靈敏，腦筋轉得快，竟有樣學樣，去了上海，購買破舊待廢鐵殼船三艘，拖回崇明島及黃海交界處，在兩艘英吉利炮艇旁，鑿沉坐底。之後，出資鳩工，繞著五艘坐水船周圍，於水底遍插籬笆，圍起竹籬笆牆。竹籬笆有門，關門，則盡捕五艘廢船周邊各類魚蝦蟹蛤。捕完，再開籬笆門，引入各類海鮮。

本此心法，數年之間，金疙瘩並小靈通不斷振作，接力增放廢船坐底，增圍海面竹籬笆牆範疇。又越數年，金家父子倆心思更密，竟改捕為養，雇漁工於海面捕捉各式魚苗，繼而投入籬笆牆漁場，從事養魚大業。崇明島荒涼偏僻，人煙稀少，金家父子魚蝦事業愈發興旺後，乃改遷幾百里外通州。通州亦靠長江沿岸，與崇明島漁場之間，行舟兩日可達。大清朝南北各有通州，北通州，就在京城外緣。而南通州，則在江蘇長江沿岸。

此後，金疙瘩家在通州，養殖漁場在崇明島長江與黃海交會處，金疙瘩併同小靈通，兩地奔波，兼顧崇明島諸海鮮產地，與通州批發、零售店面。

金家父子夜以繼日拚搏版圖，雖未稱日進斗金，但也就此騰達，在通州置田產、起大宅。時候一久，樹大招風，財大招忌，就引來了對頭。上海有家洋行，名為博斯通，東家為英吉利商，行內大買辦為上海人唐世豪。唐通英吉利語，非但為博斯通買辦，亦為上海洋人租界工部局、大清朝上海道等華洋衙門舌人。此人長袖善舞，人面通透，華人與博斯通洋行往來、博斯通洋行與上海其他洋行往來、博斯通與大清朝上海道往來、洋人工部局與大清朝上海道往來，這人往往居間當舌人，兩邊翻譯，兩邊取利。

數月前，唐世豪知悉，早年鴉片戰爭之際，英吉利國艦隊兩艘小炮艇擱淺，如今已成金疙瘩父子搖錢利藪，因而專心鑽研此事，弄清來龍去脈，就向英吉利洋東稟告，告知金家父子養殖漁場係由英吉利海軍擱淺炮艇起家，主張英吉利國有權行使部分占有權，要求金家父子返還利益。博斯通洋東聞言，認為言之在理，於是，檢具英吉利文公文書，報呈英吉利國駐上海領事館。上海領事館派專人至博斯通洋行，與洋東面商，取得一致協議，由英吉利領事館為後盾，由博斯通洋行出面，與大清朝上海道衙門興起訴訟。

博斯通則以唐世豪為代理人，赴上海道衙門磋商此事。當其時，大清國屢為西洋先進國所敗，上自朝廷，下至州府縣，均視洋人為洪水猛獸，避之唯恐不及，每遇涉外事務，輒不戰而屈，洋人啥說啥好，大清朝衙門但求無事。這樁崇明島擱淺炮艇之事，上海道見博斯通洋行有英吉利領事館撐腰，不敢替自家百姓出頭，乃傳喚金疙瘩父子。兩造對陣，當面鑼，對面鼓，官司打下來，金疙瘩父子竟然輸了個淨身出戶，上海道判金家父子撤出，十幾畝養殖漁場，全歸博斯通洋行。

金疙瘩私下走門路，見了上海道衙門師爺，師爺收了金疙瘩五百兩銀票，說是能打包票，不會派兵強制逐金家父子出門，改由金家父子與博斯通洋行打交道。這就叫官面上一套，私底下一套。官面上，上海道衙門已然判決博斯通勝訴，而崇明島在上海道轄下，照理，上海道應出頭，替博斯通驅逐金家父子。但私底下，上海道收了銀票，卻裝聾作啞，不理會博斯通。

博斯通洋行幾次催促，上海道繼續裝聾作啞。因而，博斯通轉而再請英吉利國駐上海領事館出頭。詎料，此時英吉利駐上海領事已然換人，新領事打聽清楚，曉得博斯通洋行大買辦唐世豪挾洋自重，欲併吞金疙瘩所有產業。新領事改變態度，謂英吉利國只能針對兩艘擱淺炮艇，主張所有權，無權占取金疙瘩父子崇明島全部漁場產業。

至此，博斯通洋東亦感疲憊，對取得崇明島金家父子漁場，勁頭轉弱，意態轉冷。就剩下買辦唐世豪，於上海道衙門、英吉利領事館、博斯通洋行三面受挫，仍堅此百忍，屹立不搖，繼續出死力驅趕金疙瘩父子。官面助力已無，唐世豪遂轉趨私家武力，在上海租界歌台舞榭，廣結紅毛浪人，與西洋各國江湖人物常相往還，出示上海道判決公事，講述官司緣由背景，許以重利，邀得多位紅毛浪人助拳。

十天前，唐世豪探知金家父子行程，乃糾結歐西浪人，並同上海本地嵊縣幫地痞流氓，共百來人，在上海搭鐵殼船，直放崇明島。一夜工夫，到了金疙瘩養魚海面，靠岸搭板，唐世豪當先，率眾土洋助拳浪人、混混上岸。上了岸，隨即動手砸場，又拆又毀，並放火燒漁工守夜草廬。那養魚場占地頗廣，漁工亦有百來人，一面派人直奔後方管事屋宅，稟報金家父子，另方面，則是列陣護產，與唐世豪人等放對。

兩邊僵持，雙方叫囂對罵，各路華洋言語，隔空叫陣。那邊廂，洋槍、土炮、東洋刀、大砍刀、蠟桿紅纓槍，不斷揮舞；這邊廂，則是魚鉤、魚竿、大鐵鏟、齊眉棍、鐵耙子，亦是前後晃動。須臾，金家父子趕到，壓住己方陣腳，並與唐世豪口角駁火。唐世豪言及，今天就得接收漁場，金家父子自然不准。唐世豪見所求不遂，當場揮手，己方華洋混混全都就地臥倒，岸邊海面所泊鐵殼船，拉起布捲簾，露出機器槍，朝漁場後方岩壁連放。

霎時間，聲如奔雷，彈如雨下，打得岩壁土石紛飛，百名漁場漁工面如土色，驚在當場。連放之後，土洋混混起身站立，收繳漁工器械，驅逐漁工至漁場角落，令其坐下，不得亂說亂動。

唐世豪見場面已穩，面告金疙瘩、小靈通父子，趕緊收拾行李，即刻掃地出門。金疙瘩不堪受辱，悲憤交加，暴起拚命，揮舞魚鉤，衝向唐世豪。唐身邊有一金髮碧眼護衛，直揮一拳，砸中金疙瘩面門，金疙瘩鼻樑斷裂，滿臉鮮血，癱軟昏厥。就此，金家辛苦經營十數年養殖漁場，落入唐世豪手中。小靈通驚惶之餘，攙其父金疙瘩循水路回歸通州自宅，稍事安頓，即趕赴揚州，找上小叔爺金阿根。

講述至此，小靈通倏然跪倒，叩頭如倒蒜，大聲嚎道：「小叔爺，我爹爹被唐世豪找洋人打中面門，到現在都沒醒過來，家裡亂成一團。後來聽說，崇明島那兒漁工，都被唐世豪壓服，不得離去，依舊在漁場勞作，給唐世豪當僕工。」

金秀明道：「格林炮，格林炮，那鐵殼船上所裝，就是格林炮。十根槍管，捆綁成束，上插子藥匣子，槍手轉動曲柄，槍管不住轉動，槍子不斷噴出，所向披靡，當者立死。前幾年，美利堅國鬧內亂，南方省分叛變，北方朝廷出兵剿叛，雙方都出動格林炮，死傷無數。我在揚州洋人巷，曾聽人說，上海江南製造局，引進格林炮，打算自家仿製。未知，這唐世豪弄到的，是美利堅國所鑄，抑或是江南製造局所造。」

金阿根稍稍沉吟，隨即道：「小靈通，你先起來，不要急，那崇明島漁場已然被唐世豪拿去，咱們慢慢想計策，慢慢想辦法，總能報仇，拿回產業。我和你爺爺是親兄弟，你爹是我親姪子，一筆寫不出兩個金字，咱們血脈相連，你這場子，我終究會給你討回來。我問你，那唐世豪搶了場子，又傷了你爹，你們怎麼處置？是否向上海道稟告此事？」

小靈通道：「我送爹回通州前，已著人去上海道，私下告知師爺此事。上海道師爺說，上海道道台老爺早就說了，這事情兩不相幫，洋人打贏了官司，上海道不幫洋人驅逐咱家；但咱家自己守不住家業，讓洋人給端了鍋，上海道也不管，不會插手幫咱們打洋人。」

金阿根道：「照這言語，將來我們自己想辦法，再殺回去，奪回產業，上海道也不會過問。好了，這下子，就剩下博斯通洋行與英吉利領事館，須得探明白態度。小靈通，你別急，先在家裡歇著，我這就想辦法去。秀明，幼寧，你倆跟著我，咱們上洋人巷去。」

金秀明道：「洋人巷，那是我常去之地。爹，您上洋人巷幹麼？我怎麼不知道，您和洋人巷有關聯？」

金阿根撇撇嘴笑道：「小孩子就是小孩子，瞧瞧你，都二十五了，娶了媳婦兒，生了孩子，還渾不知事。為父的，走南闖北，總是有點交遊，華洋人等總認識一些。只不過，爹總不能認識一個，就告訴你一個。爹還有些交遊關係，你不清楚。這洋人巷裡，爹就有熟人。」

原來，無煙炮金阿根深諳馭人之道，多年來，以贈鹽手法，廣築人脈，廣結人緣，積蓄可用之力。金阿根深信，平常多結奧援，日後遇事，則多肱股臂膀助力。鹽號銷售官鹽，又是引窩，又是鹽引，本錢太厚，難以靠贈鹽堆砌人脈。金阿根除官鹽外，亦出售私鹽。那私鹽，私自在海邊偷設窩棚，熬煮白鹽，要煮多少，就有多少。

因而，金阿根每次販售私鹽，均會預留若干，以備做人情之需。譬如，齊益壽、孟慶凰幾次到揚州金宅探視儲幼寧，離去時，均獲金阿根贈白鹽數包。莫小覷白鹽數包，齊、孟二人一路往北，待進入蘇北、魯東之際，白鹽稀貴，能賣好價錢，獲利甚豐。齊、孟獲贈私鹽，並不白拿，二人常將各地見聞，報知金阿根，並受金阿根之託，代為傳遞訊息。

同樣，揚州城洋人巷內，亦有金阿根白鹽賙濟對象。這人，為英吉利紅毛番人，洋名義律，與鴉片戰爭第一次英法聯軍，英吉利領兵都督義律同名。

這揚州城洋人巷英吉利紅毛番人義律，現下三十六歲。二十年前，第二次英法聯軍攻打大清朝，義律彼時年方十六，在英吉利入侵華遠征軍，隨軍攻進北京。當其時，義律役於英吉利遠征軍工程兵營，其督統名為戈登上尉。戈登為工程兵堂官，諳屋宇結構，奉命火燒圓明園，義律在其麾下，亦參與焚園大業，毀掉北京勝景。

二次英法聯軍之役完結後，義律追隨戈登，轉戰江南，助朝廷清剿太平天國髮匪。義律役於戈登所率洋槍隊，襄助李鴻章所率淮軍，先戰常熟，進而保住上海，屢戰皆捷。

其後，戈登得悉，太平軍將領納王郜永寬等，與主帥譚紹光有隙，即對李鴻章提建言，謂應挖太平軍牆角，離間納王郜永寬。李鴻章首肯，令麾下淮軍將領程學啟，密通郜永寬。於是，郜永寬願降，並與程學啟訂下降約。此一降約，由戈登作保。納王郜永寬等太平軍將領，起始不信李鴻章、不信淮軍、不信程學啟，後因英吉利洋將戈登居間作保，太平軍諸將才願簽下降書。蓋因洋人素來講究信用，太平軍諸將信了戈登，因此才簽降書。

其後，郜永寬、伍貴文、汪安均等八名太平軍降將，赴淮軍大營，面見李鴻章。李鴻章，設午宴，款待八降將。詎料，席間淮軍將領程學啟率淮軍槍兵百餘名，闖入午宴之地，當場格斃太平軍八降將，並剁下八太平軍降將人頭。事後，程學啟親提八人首級，四處高呼：「八人謀反，已遭伏誅！」

淮軍殺俘之事，惹惱洋將戈登，痛罵程學啟無信，並斷絕洋槍隊與淮軍程學啟部協防關係。嗣後，戈登怒提洋槍，率義律等英吉利洋兵，赴淮軍大營，親覓淮軍大統領李鴻章。李鴻章事前聞訊，四處遁逃。戈登遍尋李鴻章不著，愈發忿懣，發哀的美敦書，謂李鴻章若不辭淮軍大帥職位，將率洋槍隊，與淮軍決一死戰。當其時，義律為戈登親兵，隨戈登追緝李鴻章。末了，李鴻章無奈，央求清帝國海關總稅務司英吉利國人赫德，出面調停。

戈登告知赫德，李鴻章須發公文布告，言明殺太平軍八降將之事，居間保證人戈登事前無所知悉。李鴻章照辦，此事遂寢。

清剿江南髮匪，抵擋太平軍攻陷上海，戈登大有貢獻，因而，西太后慈禧特頒旨意，賞戈登黃馬褂。義律追隨戈登，於大清國轉戰南北，先攻北京火燒圓明園，繼而開往江南，血戰太平軍，亦屢獲清廷嘉獎，賞金頗多。嗣後，英吉利帝國調戈登並其部隊，前往阿非利加洲英吉利國屬地，但義律愛戀江浙風味，不願遠離，因而脫離洋槍隊，於蘇杭江南一帶輾轉漂蕩，成了紅毛浪人。

義律既成浪人，生活自然放浪不羈，血戰經年所獲薪餉、賞賜，逐漸揮霍殆盡。因而，只能逐日廝混，如水面浮萍，東飄西晃，間關闖蕩，後來，飄至揚州城，入洋人巷羅剎人餐館，於廚房任打雜下手。這義律，在華已逾二十載，早能操流利華語，南腔北調都能應付。

金阿根經人引介，結識義律，賞識義律膽氣，因而，每年三節，總有心意。所謂心意，亦不過薄薄賙濟。金阿根知曉，此輩浪人，逐日而過，有今天，沒明天，不能贈予重金，否則一夕間揮霍殆盡，只能逐次薄予些微資助。

如今，長兄獨子金疙瘩有難，其中又涉及洋人，金阿根當下有了計較，決定次日赴洋人巷，找義律助拳。

次日，金阿根率金秀明、儲幼寧、小靈通，赴洋人巷而去。到了羅剎人番菜館，請人傳話進去，找英吉利打雜下手義律，出來講話。未久，義律出現，五人立於番菜館外大樹下談話。金阿根將金疙瘩、小靈通之事，詳細述說，並言明，自己將率金秀明、儲幼寧、小靈通等，先赴通州，探視侄兒金疙瘩，繼而將往崇明島，奪回漁場。

聽畢金阿根所言，義律道：「紅毛番人對紅毛番人，那唐世豪手下有紅毛番人，必有紅毛火器，得由我這紅毛番人前往對付。金大哥願出多少銀兩雇我助拳當傭兵？」

金阿根直言道：「倘能奪回漁場，我願付白鹽十大包，但你須負責準備洋式火器。」

義律道：「白鹽二十包。」

金阿根豎起五隻指頭道：「平日我陸續贈有小包白鹽，因而，頂多再加五大包，共十五大包，不能更多。」

義律道：「一言為定，十五大包鹽為定，我素有信用，說到做到，必然豁出性命，助金大哥奪回漁場。」

金阿根道：「我兒金秀明，有美利堅國芮明吞短洋槍一支，並帶有十一枚子藥。唯，子藥壽命已逾六年，不知是否仍能發射。你能否購得更多洋槍？更多子藥？」

義律道：「金大哥何時啟程赴通州？」

金阿根道：「我侄兒金疙瘩受傷，未能轉醒，我幾日內就得動身，前往通州，無法多費時日等候西洋火器，必須當下買入現貨。」

義律道：「雖說有現銀，即有現貨，但揚州城畢竟不是上海，如有急需，沒法子馬上到手，還得自上海轉運而來。如今，金大哥短期內即啟程，已然無法取得洋槍並子藥。然而，子藥內所藏槍藥粉，揚州城卻可找人現配。這樣，金大哥先交十一枚芮明吞子藥予我，我另找工匠，將實心銅頭彈體起下，察看銅殼胴體內槍藥粉，是否失效。倘若失效，則另配新槍藥粉，傾入銅殼胴體，再將實心銅頭栽回去。如此，可保子藥管用。」

「其他，我可尋覓霹靂閃雷材料，咱們自己動手做，多了不敢說，總能做個十幾、二十枚。」

金阿根道：「霹靂閃雷？那是啥物？」

義律道：「哪，先以硫磺、硝石、炭粉，調製黑色槍藥粉，再將洋釘、鐵絲、碎石、破鐵片等物件，混入槍藥粉，再澆入藥水，攪成糊狀。之後，拿張油紙，包包子那般，將此藥糊置於油紙之上，拿油紙裹住藥糊，慢慢揉成揚州第一名菜獅子頭般大小，再拿細繩切實環繞紮緊。弄得了，放在陰涼處，慢慢陰乾。用時，拿出來，朝人扔，朝天上扔，隨便朝哪兒扔，只要落地，當即爆開，槍藥粉化成火光，洋釘、鐵絲、碎石、破鐵片飛速射出，方圓十幾尺內，當者立斃，被轟成蜂窩。」

金阿根道：「這，這，這，這種東西帶在身上，豈不是與虎謀皮，一個不小心，沒炸著對頭，反而炸了自己？粉身碎骨，肉渣都找不到。」

義律道：「這東西，溼糊糊之際，並不危險。亦即，拿鐵釘等物，混入槍藥粉，只要沒火，就沒危險。加入藥水，溼糊糊地，也不危險。待這火藥獅子頭陰乾了，裡頭槍藥粉硬了，那可就危險萬分，只要大力觸碰，就能引火，誘發爆炸。沒關係，我去尋覓鐵釘、鐵絲、碎石、破鐵片、槍藥粉、藥水、油紙、細繩。咱們到了通州，停過通州後，搭船啟程前赴崇明島時，咱們在船上製作這霹靂閃雷，在船上陰乾。只要下船時，格外小心，就不會爆炸。」

雙方就此講定，言明三天後，在長江碼頭邊會合。金阿根返家後，妥善安排諸事，遣人至盛隆昌鹽號，向東家路逢潤告假，說是長兄獨子在通州染上重症，必須親自前往探視。又交代妻子莫氏，他不在家時，低調度日，不可張揚，如有人上門囉唆，就說當家的去通州探視重病侄兒。此外，金秀明對妻子李氏，亦有話別之語。

至於儲幼寧與劉小雲，一無名分，二無關係，劉小雲心中擔憂，但苦無機緣與儲幼寧對話。在儲幼寧，此時心裡並無劉小雲，壓根沒想到，該與劉小雲話別。

三日後，金阿根領頭，率金秀明、儲幼寧、小靈通，攜帶輕簡行李，至長江碼頭，迅速進入先前所雇木舟，等候義律。義律為紅毛洋人，動見觀瞻，此番至長江碼頭，肩上、手上、背上，各有麻布袋，顯係攜帶重物，因而，一路上引人矚目。金阿根等人，候於船艙，未在船板上顯露容貌，因而，碼頭眾人只見洋人上船，未注意金阿根等。

義律上船，舟子即揚帆啟程，順流而下，直放通州。途中，義律開啟所攜三具麻布袋，顯現其中諸物，均為霹靂閃雷材料。此外，義律亦取出芮明吞短洋槍子藥十一枚，謂此批子藥，內裡黑槍藥粉，藥效逾期，已經結塊，不堪使用。經他取出藥粉，重新絞碎打散，細心置於紙板上，擱在屋外避風處，慢慢烘乾。之後，將黑槍藥粉，復又注入十一具銅彈筒，繼而裁回實心銅彈頭。如今，十一枚子藥已活過命來，得以發射。說畢，將十一枚子藥交還金秀明。

金秀明拔出腰間芮明吞短洋槍，以手掰出槍身中段圓筒，將六枚子藥，一一置入圓形小室，復又把圓筒推回槍身。而剩下五枚子藥，也妥慎放入隨身布袋。

第十一章：定兩策華洋二人直奔上海，邀決鬥金氏一門登岸復仇

英吉利國異族紅毛洋人，與大清國華夏子民分屬兩支，不但語言不通，風土人情亦兩樣，原本無法往來。然而，義律在中土遷徙流浪二十年，早已習得華夏語言，並通曉嫻熟中土人情世故。此外，這人生性跳達活潑，性喜閒扯，因而，在木船之上，與眾人攀談扯淡。上船後，眾人將所攜物件妥善擱置，各人也尋覓自家位置，將自己安頓。

諸事停頓之後，義律開了話匣子，對金阿根、金秀明、儲幼寧、小靈通等人道：「猜個謎，前幾日，在市集上，看人演上海滑稽戲，裡頭有個中國謎，有點意思，說給諸位聽聽。這謎，說是猜四味漢方藥材，各位可有興趣聽聽？」

小靈通先答腔曰：「什麼？中藥材也能當成謎面？說來聽聽。」

義律道：「堪堪來到五月中，佳人買紙糊窗櫺，丈夫出外三年整，一封書信半字空。就這四句謎語，答四味漢方中藥材。」

金阿根此行，既要探視侄兒金疙瘩，又要策劃復仇大計，還要親赴崇明島，奪回漁場產業，此時心中頗亂，根本無心弄這猜謎戲耍。其他三人，則是少年心性，聽義律將謎面說得古怪，自然想曉得

謎底。幾人胡猜，義律都說不對，末了，三人認輸，求義律揭示謎底。

義律道：「聽好了，堪堪來到五月中，這就是中藥材半夏。四月、五月、六月，是為夏季。時序到了五月中間，夏天就過一半，因而，這謎面影射中藥材半夏。」

儲幼寧道：「欸，有理。那麼，佳人買紙糊窗櫺呢？」

義律道：「這講的是中藥材防風，佳人買紙，把窗櫺糊上，就是怕風從窗櫺裡滲進來，所以拿紙糊住窗櫺，就是防風。」

小靈通道：「喂，喂，喂，這不對啊，上頭說堪堪來到五月中，講的是半夏，夏天都過一半了，天氣死熱，幹麼佳人還要買紙糊窗櫺？那都是隆冬臘月，天寒地凍之際，為了堵住寒風，這才用紙糊住窗櫺，防止寒風吹進來。你這兒不對啊，都半夏了，炎炎盛夏，汗流浹背，家家戶戶都在院子裡搭起天棚，擋陽遮陰了，怎麼這小娘兒們俏佳人，還買了紙，把窗櫺擋住，這不是要悶死人嗎？」

義律道：「那你就別管了，反正，那天市集上，人家演上海滑稽戲，就是這樣講的。繼續往下講，第三句，丈夫出外三年整，這指的是中藥材當歸。蓋因丈夫出外太久，都三年多了，家裡媳婦兒思念他，望他早點回家，說他早應當回家了，卻還沒回家。所以，這是影射中藥材當歸。」

金秀明道：「那麼，最後一句呢？」

義律道：「一封書信半字空，講的是漢方藥材白芷。你想，一封信上頭，空空如也，半個字都沒有，不就是白紙嗎？白紙與白芷同音，所以，這一封書信半字空，影射的就是白芷。」

三人聽完，都覺不可思議，都說這上海滑稽戲有點名堂，能編出如此絕妙好謎。

小靈通本事大，事事靈通，一點就通。聽完義律解析，小靈通道：「這齣上海滑稽戲，真是胡說八道，哪裡這樣編排，根本說不過去。剛才我說，都夏天過半了，還要糊窗櫺防風，這說不過去。現在，四句聽完，進一步想想，我看，這四句謎語，講的是少婦失節偷人之事。」

「那當歸，其實是當龜。你們想，這女人丈夫出外三年整，整整三年沒回家，這婦人卻在大夏天裡，買紙糊窗櫺，這是為啥？因為，這女人偷漢子，肚子裡有了野種，懷孕怕吹風，所以把窗櫺給糊死了，因而，這在外三年丈夫，戴了綠帽子，當了烏龜。」

眾人聽了無不大笑，連義律都笑得折了腰。金阿根原本思緒低沉，淨想著復仇大業，現下聽聞眾人大笑，這才回過神來，問明究竟，亦跟著眾人一起狂笑。笑完，金阿根接著道：「這最後一句，也有問題，試想，一封書信半字空，是張白紙。既然是白紙，上頭沒字，自然沒地址，這白紙信怎知道寄哪兒？怎知道怎寄給坐月子俏佳人？」

金阿根接著道：「看這事情，可知世事曲折，表面聽來，言之成理，心裡多想想，卻漏洞百出。義律，你是英吉利紅毛人，竟能聽上海滑稽戲，這門道，也算夠精的了。」

義律道：「打從十六歲，隨戈登工兵隊在天津登岸，打進北京，燒了圓明園，我就迷上中土百事。後來，到上海打長毛，更覺得江南之地，遠勝華北。之後二十年，就在長江兩岸來來去去，漂泊流浪，我這下半輩子，定然是留在大清國，將來，說不定還要埋骨此地。」

說罷，義律開了一瓶羅剎人所釀浮卡烈酒，就著瓶口，仰頭大飲一口，並傳遞給餘人。金阿根搖搖手道：「華洋不同，你們紅毛人隨時可飲酒，咱們中土華人卻是以菜佐酒，只有吃飯時，這才喝酒。」

義律喝完一大口浮卡酒，拿手抹抹嘴，接著道：「再說一個，再說一個，也是在市集上，聽說書之人所講，說是有個上下聯對子，是古今絕對，再沒有第二個對聯，能如此上聯下聯字字緊貼，一個字對仗一個字，嚴絲合縫，一點扞格都沒有。」

眾人問道：「是何絕對？」

義律道：「仔細聽好了，上聯，三星白蘭地；下聯，五月黃梅天。前者，講的是法蘭西國名酒；後者，講的是江南五月天氣。」

金秀明道：「照啊，三對五，星對月，白對黃，蘭對梅，地對天。沒錯，真是個絕配對子。」說說笑笑之間，船行一日一夜，駛抵通州。眾人攜物下船，雇車至金疙瘩宅院，家丁迎著，往裡通報，並說金疙瘩已然轉醒。小靈通聞言大喜，領頭往裡衝。眾人到了金疙瘩居停，見金疙瘩斜躺床上，神情委靡。小靈通詢諸家丁，得知金疙瘩已醒兩日，但仍虛弱，不得下床。

金疙瘩見金阿根，當即激動流淚，邊哭邊喊：「阿叔啊，完啦，全完啦，那姓唐的好狠，帶了上海地痞流氓，外加西洋浪人，把我金家崇明島漁場產業，全給占了。我挨了打，還是小靈通這孩子，把我搶出來送回通州。阿叔啊，上海道管不著，英吉利領事館並博斯通洋行不想管，我這委屈啊，沒地方說去。」說完，抽抽搭搭，不停哭泣。

金阿根見狀，對眾人說：「這兒不是說事地方，先出去，找地方談。」隨即，單獨往後堂走去，見了金疙瘩妻子等女眷，囑咐家眷：「緊守門戶，進出小心，並趕緊給金疙瘩打水擦身，重編髮辮，把頭臉弄乾淨，別這樣一副淒慘相。」交代完事情，走到前廳，示意眾人跟著，到了後園，在假山旁亭子裡，大家坐下說話，金阿根有條有理，分派差使。

他自懷中掏出一疊銀票，交予金秀明道：「秀明，你帶著義律，二人趕緊離開，找船去上海。到了上海，先給義律找家澡堂子，好好洗洗刮刮，把身上並頭臉清理乾淨，之後，至洋行買西洋禮服。給他買，也給你買，你二人都要衣著光鮮稱頭。」

「接著，你二人先去英吉利領事館，告知崇明島漁場實況，問清楚，倘若咱們前去崇明島收復漁場，英吉利政府是何立場。繼而，去博斯通洋行，面見洋東，也問清楚，那唐某在崇明島所為，究係替博斯通洋行所為？抑或唐某私人所為？」

「又，如能更進一步，問明白其他歐西洋人國家，對這事情態度如何，自然更好。如須送禮、送門包、請客吃飯，放手去做，毋庸顧念銀子。這一疊銀票，夠你二人在上海各項開銷。」

言畢，又對小靈通道：「你趕緊派人，潛回崇明島漁場，察探現況，儘速回報。察探內容，鉅細靡遺，愈細瑣愈好。」

分派完畢，金秀明、義律及小靈通所派家人，隨即動身啟程。金阿根復又率小靈通、儲幼寧，去了金疙瘩居室，四人商議大計。

金阿根問金疙瘩道：「賢姪，先說這唐世豪，過去與此人是否有過節？」

金疙瘩道：「沒有啊！過去從無來往，亦從來沒聽過此人，也不知是從哪兒鑽出來的。上海租借洋場裡，這類人物本來就多，見縫插針，遇柴放火，我那漁場招他覬覦，所以招了華洋地痞流氓硬奪我產業。這兩日，我醒來之後，有漁工逃離漁場，到我這兒來哭訴，說是姓唐的拿他們當奴隸，稍有不從，就挨皮鞭受杖擊。」

金阿根問道：「那批華洋地痞流氓，又是怎麼回事？」

金疙瘩道：「華人混混，據說都來自浙東嵊縣一帶。浙東之地，山多，民風強悍，在老家日子苦，就往浙西富裕之地討生活。在上海，嵊縣幫頗多車夫、苦力，人多勢眾。這次姓唐的出了大錢，招募這批嵊縣流氓隨他去搶漁場。這批人，心狠手辣，上陣拚搏，勇敢爭先，毫不怕死，自己不怕死，對旁人生死更不在乎，動手就傷人性命，凶殘無比。」

金阿根道：「那麼，那批洋浪人呢？」

金疙瘩道：「聽說成分龐雜，各國都有，但似乎羅剎人占多數，領頭的那人，叫羅曼諾夫，高壯彷彿座鐵塔。唐某以重金買得此人，此人常隨唐某左右，成了護法保鏢。這人，最是兇狠，當日迎面給我一拳，讓我數日人事不知。」

金阿根道：「此番前去討公道，行止究竟該當如何，還得等他們兩撥人，從上海與崇明島返來後，才能定奪。」

次日，金阿根找儲幼寧密商，金阿根道：「幼寧，此番前往崇明島，必將有惡戰。這幾年來，揚州城出了幾樁莫名擊殺案，亡者皆為作惡多端之輩，死有餘辜，官府始終難以破案，亦無法知悉下手人身分。我猜，這幕後替天行道之人，應該就是你。我說了，這是我所猜測，現下，你不必承認。我這樣說，你這樣聽，你聽聽即可，無須置可否。無論如何，這趟去崇明島，不同於過去，對頭並非單槍匹馬，而是成群結隊。」

「到時候，咱們下手不必容情，該殺就殺，該打就打。洋人那兒，我沒把握，但憑經驗，華人這兒，大約沒有官署衙門會為這批瘟神出頭。這批兇徒，天不收，地不管，我們到了崇明島，不動手則矣，一但動起手來，就得痛下殺手，搶先廢掉這批浙東強梁。我知你有武技絕藝，到時候，還要仰仗你動手卻敵。」

儲幼寧道：「金爹爹放心，我在金爹爹家住了五年多，早把金爹爹當父親，把秀明哥當兄長，到了崇明島，我必有絕招，對付這批人。只不過，屆時恐怕手段殘酷，會嚇著金爹爹、秀明哥哥。」

金阿根道：「有你這句話，我就放心了，覺得勝算又多了些。至於說嚇著云云，倒不至於，我行走江湖數十年，兇殺之事也見過不少，血流成河場面也曾經歷，不會受驚嚇。」

又過一日，赴崇明島探子返抵通州，面見金家叔侄三人並儲幼寧，稟報崇明島實況。探子稱，唐世豪常駐崇明島漁場，指揮漁工操作。漁工每日工時，較前大幅延長，每日除深夜外，均不停勞作。

唐世豪貪念盛，不顧海邊水窖大小有限，多放魚苗，冀望將來多產大魚。水窖內養殖魚量，有其限制，不能過多，如過多，則魚兒游動範疇減少，有礙魚蝦健康，如同揠苗助長，反而不利。然而，唐世豪壓根不顧養殖規矩，逆勢而為，猛增魚苗數量，指望提高每窖產魚數量。

唐某所率土洋浪人，約百餘人，其中華洋各半，雙方各住各處。唐世豪令漁工於養魚之暇，加班趕工，築造兩間大房，俱是通鋪，分別供華、洋浪人居住。此外，又令漁工在漁場後方小土坡上，以麻布袋填土，壘成穩固基座，將格林炮置於其上。每日任何時辰，都有專任槍手於土坡上，持格林炮對下警戒，威嚇漁工。

一百多漁工，起始之際，曾逃逸若干，嗣後，唐世豪令華洋浪人嚴厲監視漁工勞作，避免漁工再逃。這探子亦不能進入漁場，只能在外圍，趁漁工出恭，浪人警戒較鬆時，才得以與漁工交談，探得虛實。

聽畢探子回報，金阿根眉頭深鎖道：「嘖，嘖，嘖，麻煩，那格林炮是個麻煩，如不除此物，只要發射起來，我們幾個根本不是對手，瞬間全遭掃中，全都命喪黃泉。」

儲幼寧聞言，淺淺微笑道：「金爹爹，別為這事犯愁，我已有計較，屆時必然能除去這機器快槍。金爹爹放心，我已有良策。」

金阿根仍不放心，繼續問道：「你能有何良策妙計？」

儲幼寧湊過去，低首暗暗講述，金阿根邊聽邊點頭，聽完道：「聽起來，卻是良策，但你真有那本事?能在幾十尺開外，把小石子扔進方寸圓管？」

儲幼寧道：「金爹爹，我幼時在山寨裡，跟著閻夫子過，他三天兩頭帶我進密林，就是練這些技法，我早練熟了。」

金阿根道：「不過，這些年你又沒常練，若技法不靈，又怎辦？」

儲幼寧道：「金爹爹，這就同泅水、騎兩輪洋車同樣道理。您想想，人幼年時，學會泅水，之後，幾十年不下水，等再下水時，會不會忘掉泅水之術?您想想，那兩輪洋車，幼年時學會了，之後長年不騎，下次再騎，會不會忘記?會不會跌下車來？」

金阿根聞言道：「但願如此，但願如此，可別臨時不靈光，翻了船，那可是要丟性命的。」

又過兩天，金秀明並義律回到南通，簡報上海之行詳情。兩人甫抵上海，即至澡堂，洗澡、洗頭、搓背，全套揚州師傅手藝，兩人煥然一新。之後，赴洋服號，兩人購足場面西服。此行，可謂結果圓滿，英吉利領事館暨博斯通洋行兩方面，均獲充分訊息。兩人先去博斯通，詢諸洋東，對崇明島漁場是何態度?此行，由義律主談，與博斯通洋行洋東以英吉利番文對話，邊講，義律邊翻譯為華語，告知身旁金秀明。

洋東答曰，博斯通方面對唐世豪早有疑慮，後雖聽從唐建議，以司法訴訟謀取崇明島漁場並獲勝訴，但稍後洋行總稽核稽查帳務，查獲證據，唐世豪買空賣空，五鬼搬運，挪用洋行資金。事發後，唐世豪下落不明，洋行遍尋不著。嗣後，洋行具文報呈租界工部局，傳喚唐世豪，兩造當面鑼，對面鼓，釐清全案，但唐世豪依舊下落杳然。如今，洋行已委請西洋訟師，入稟工部局，立下文案，與唐世豪一刀兩斷，爾後唐某在外言行，概與博斯通洋行無關。

如此結果，自然極佳，金家上下可嚴厲對付唐世豪。

至於英吉利領事館，則由義律出資，賄予領事館書辦，安排飯局，延請英吉利領事，於義大利番菜館餐敘。席間，針對義律所提，英吉利國對唐世豪官司勝訴，逼迫金疙瘩遷移，強占金疙瘩所有產業一案，英吉利領事答曰，英吉利國僅關注兩艘坐底擱淺炮艇產權，對於兩艘擱淺炮艇周邊漁場，並無利益關注。只要華人未動兩艘坐底炮艇，維護兩艇完整，則英吉利政府不介入大清帝國崇明島漁場事務。

然另一方面，唐世豪率西洋浪人，登島占產之事，英吉利領事卻有另外一番說法。英吉利領事指出，英吉利國駐上海領事館，有保護英吉利國子民安危之責，如崇明島紅毛浪人中，英吉利人受死傷，則英吉利領事館不能坐視，必將督促上海道，緝拿、懲處涉案華人。當場，義律並金秀明，初聞英吉利國領事之言，狀似金家如欲奪回漁場，無法傷及洋人，兩人頗感無奈。

大約英吉利領事吃人嘴軟，隨後又提出但書，為上述法理開後門、留尾巴。英吉利領事強調，根據英吉利、法蘭西、美利堅、德意志、奧地利諸歐西國家慣例，如兩人光明正大，公平決鬥，未曾出下三濫暗算手法，並有公正證人，一旁觀看，則決鬥兩造各自為己方安危負責，如有死傷，各安天命，不得追究。

亦即，如以決鬥方式，一對一與英吉利洋人放對，並有證人在場，則無論打死打傷，英吉利領事館不追責任，清風明月，水波不興，一點事都沒有。其他國家領事館，對各該國家洋人，亦是如此，一體比照。

聽畢簡報，金阿根兩眼放光，凝視儲幼寧。儲幼寧則躊躇滿志，頗有摩拳擦掌模樣。幾年來，儲幼寧殺氣漸漸累積，如遇不平之事，碰上不滿之人，常想出手制裁，然囿於金家父子，不方便為所欲為。如今，金家父子親自下海，參與奪產復仇大計，邀自己助拳，終於可大開殺戒，懲凶罰惡，打得痛快。

金秀明稍稍細想問道：「那麼，爹爹，上海道衙門呢？崇明島上，浙東嵊縣幫混混，倘若有死傷，那上海道，是否會追咱們？」

金阿根道：「放心，沒事，兒子，這裡頭扯上了洋人，鬧出了事情，上海道一聽，裡面扯到洋人，必然是裝聾作啞。咱們這些衙門啊，從京裡頭總理各國事務衙門，到省裡各督撫衙門，到道州府縣衙門，全都一樣，聽見洋人就害怕，見到洋人就發抖。」

「崇明島上那樣多洋人，我們殺進去，挑了唐世豪那攤子，放倒眾紅毛洋人，上海道知曉了，只會望風觀色，就怕洋人找上他，哪還有餘裕，緩過手來追咱們？大夥兒早點睡，明天一早，我們就上船，發兵崇明島！」

次日上午，金阿根告別金疙瘩，要金疙瘩好生養病，等著好消息。隨即，率眾人並十幾名家丁，各帶慣用兵器，上船出發。船上，義律要家丁將麻袋裡黑槍藥粉拿出，放於大陶缽中，又把洋釘、鐵絲、碎石、鐵片等事物倒進缽中，謹慎攪和均勻。又拿出藥水，緩緩倒入，在缽中慢慢攪拌，將黑槍藥粉與其中夾雜碎物，攪拌成濃稠黑糊。

繼而，則是攤上一張張油紙，包包子一般，將黏稠黑糊置入油紙當中，再拿細繩密密裹好。就此，製妥二十餘顆霹靂閃雷。末了，將自通州取來大量棉花，平鋪於甲板艙面，鋪成厚厚棉花床，軟綿綿，不受力。最後，將二十餘顆霹靂閃雷，置於棉花床上，穩穩安置。一天一夜，霹靂閃雷內含槍藥粉，已然乾涸。義律又指揮家丁，將眾霹靂閃雷，分置三具紙箱。紙箱內亦是棉花鋪底，棉花蓋頂，棉花隔間，以防霹靂閃雷爆發。三具紙箱，由專人抱持，三人緊跟義律，聽義律號令。

儲幼寧殫精竭慮，搜索枯腸，苦思是否尚有未竟之處。他自小少讀詩書，腹中文墨有限，此時此際，心中驀然想到，閻桐春曾授過一句警世銘言：「凡事豫則立，不豫則廢」，乃抱頭省思，思索更多對策。此時，他一眼瞥見金秀明腰際所插芮明吞短洋槍，又瞧瞧義律，發言問道：「義律，這芮明吞短槍，會用嗎？」

義律答道：「這槍，沒用過，但天下槍火道理皆同，芮明吞為美利堅國轉輪槍，英吉利國沒有，但英吉利國亦有相似轉輪短槍，我當兵出身，自然會用。」

槍是金秀明之物，儲幼寧顧忌金秀明不快，轉頭對金阿根道：「金爹爹，這義律當過洋兵，使過各式洋槍，咱們要不要把這芮明吞，交由義律操持？」

金秀明聞言，未待金阿根出聲，即道：「哎呀，拿去就是，反正我沒把握射得準，就借給義律好了。」說罷，自腰間拔出短槍，手握槍柄，槍頭朝前，遞給義律。詎料，義律非但不接槍，反而閃身躲到一旁道：「小少爺，別這樣，這樣交槍，犯大忌諱。槍這東西，兵凶戰危，射出去就要人命。玩槍，切忌槍頭朝人，若要交槍，得槍柄朝人。」

金秀明笑道：「好大洋道理，咱不知者無罪，諾，這般擺弄，應該可以，拿過去吧！順便，這剩下五枚子藥，也交給你。」邊說，邊將芮明吞短槍，柄朝前，遞給義律，義律這才小心翼翼收下。金秀明並將身邊袋中五枚子藥，亦交予義律。

儲幼寧心細，對義律道：「上回，你瞧過十一枚子藥，說是藥效已過，交予你重新整備。如今，雖重新整備過，但究竟是否能用，尚屬未知，可否現在試射一枚，瞧瞧是否管用。」

義律聞言表示：「有道理，這就試射一枚。」語畢，舉起芮明吞，槍指水面，並揮手作勢，警示船上諸人。轟然一聲巨響，義律右手些許震動，百餘尺開外水面，爆起一朵水花。義律喊道：「管用，管用，我重新搗弄過子藥內黑槍藥粉，果然有用。」

說罷，右手持槍，左手掰出轉輪，繼而右手舉槍向上，轉輪內滑出六枚子藥。義律左掌接著六枚子藥，右手放下槍，將其中一枚空殼取出，扔於船艙地板上，又自袋中取出一枚子藥，將六枚未射子藥，又重新填入轉輪空膛，並將轉輪推入槍體。

儲幼寧問義律道：「紅毛洋人使短槍，將槍置於何處？」

義律道：「幾乎都在腰間，有那講究的，訂製牛皮槍套，掛於腰間皮帶上。那簡陋的，像我這樣，則直接將槍插入腰際皮帶。」

儲幼寧聞言，悶頭不語，四處張望，末了，自船頂帆布上，抽絲剝繭般，抽下幾條細麻線。這船，油布篷罩頂，那油布，係由麻線織成，浸予桐油，曬乾而成，堅韌耐用。然而，經年累月使用，油布邊際自會磨損起毛。儲幼寧即自磨損起毛處，慢慢抽出幾條麻線。

儲幼寧示意義律，將芮明吞自腰際抽出，置於右腿外側，膝蓋上方兩寸處。之後，以兩條細麻線，將短槍緊緊捆在義律腿上。儲幼寧做到一半，義律即知其意，不禁大笑道：「妙哉，妙哉，此計大妙，的確高明。」

蓋因短槍如置於腰際，則拔槍時，手臂須先內縮，將手掌往上提，提至腰際，這才拔槍。拔槍之後，手臂又須前伸，伸直了，這才能放槍。這手臂一縮、一伸之間，雖耗時甚短，但如兩人對陣決鬥，勝負決於電光石火之間，則這耗時甚短動作，足以予對手可乘之機，釀成致命結局。如將短槍置於膝蓋上兩寸之處腿外側，則手臂下垂時，恰好手掌觸及槍柄，抓了槍往上提，即能射出。

儲幼寧拿細麻線，將短槍緊緊綁在義律右腿外側，膝蓋上兩寸之處。綁好，要義律站直，然後拔槍。義律依言站好，兩手下垂，右手掌恰好就在槍柄處。倏然間，義律抓槍上提，槍體當即綳斷兩條麻線，由義律抓起。見此光景，儲幼寧啞然而笑，又自油布上，撥下兩條麻線，重新將短槍綁於義律右腿膝蓋上方兩寸外側。

第十二章：開殺戒揚州援軍奪回漁場，挨悶拳唐大買辦嘔血而亡

次日午後，船隻駛至崇明島東端，長江入黃海處，立於船面，往岸邊眺望，遠處英格蘭炮艇，並十餘艘坐底鐵殼船船身，隱然在望。義律聚集眾人，交代戰法道：「待會兒靠岸，那幫人必然早已發現咱們，紅毛浪人必然端著洋槍，到船邊戒備，咱們不能妄動，否則他們在岸上，有遮蔽；我們在船上，沒法子躲，因而，下船前勿輕舉妄動。」

「我在船上，發聲遠颺，告知諸紅毛浪人，說是金疙瘩邀人助拳，到此決鬥。紅毛浪人雖為流氓，亦有流氓規矩，只要是叫陣決鬥，就會照決鬥規矩來，也不會輕舉妄動。」

儲幼寧問道：「紅毛浪人，分屬各國，你講英吉利語言，他國浪人能否聽懂？」

義律道：「小爺你有所不知，英吉利國雖小，但在全世界到處占地，屬地之多、之大，勝於其他紅毛國總和。英吉利國有句銘言，這銘言說，凡有日照之地，就有英吉利屬國，英吉利是日不落國。因為英吉利國屬地遍天下，英吉利語言也能滿世界通用。再加上美利堅國，亦是使用英吉利語，愈發令英吉利語成為各國通用語。其他紅毛國番人，亦都聽得懂英吉利語。」

說話之間，船慢慢靠岸，岸上徒眾早已察見，並通報唐世豪。唐率華洋浪人，已占妥位置，將泊

船處圍住，多枝洋槍指定來船。船未靠岸，義律即高聲以英吉利語呼喊道：

「我名義律，揚州城英吉利國人，受金疙瘩之邀，與金家朋友，到此討公道。江湖事，以江湖辦法解決，我身旁這幾位好漢，均是中華武學高手，武技高不可測，到此一會歐西各國高手，一對一比武，是死是傷，生死有命，旁人不得異議。這話，各位歐西各國英雄好漢，可有異議？」

唐世豪洋行買辦出身，通歐西多國語言，當即以英吉利語反擊：「什麼公平決鬥，沒有這種事，這裡除了歐西各國英雄好漢，還有我們大清國兄弟，就算洋人答應比武，大清好漢也不答應。是強，是弱，大家手上見真章，自然是群集互鬥，哪裡講究什麼一對一決鬥。」

唐世豪手下，計有紅毛傭兵暨嵊縣流氓兩幫人，兩批人各自團聚，互不混同。金阿根船一靠岸，義律與唐世豪皆以英吉利語對話，嵊縣幫見事不關己，乃群聚一旁，袖手靜觀。

唐世豪上述言語一出，身邊諸洋人群中，有數人大表異議，七嘴八舌，各有意見，唱唐世豪說法反調。

洋人好鬥，其文化係勇於公戰，怯於私鬥，講究一對一正大光明決戰，以為如此具有騎士精神，勝固喜，敗亦榮，最不齒以大欺小，以多勝少。其他，如背後黑槍、不宣而戰、卑劣偷襲等等，俱為洋人大忌。

因而，即便唐世豪為花錢金主，數名浪人仍唱其反調，附和義律講法。唐世豪見狀，心想，己方人多勢眾，還有機器火器格林炮，對手不過金家三人、儲幼寧、洋人義律，其他家丁十餘人，更不在眼中，就算比武，己方穩操勝算。想到此處，唐世豪心思已定乃道：「也好，比武就比武，先劃下道來，如何比武？」

其實，唐世豪所率眾紅毛洋人，以羅剎人居多。羅剎人，沒什麼一對一決鬥規矩，只因其中少數歐西國洋人叫囂，主張一對一決鬥，羅剎浪人未表反對而已。

儲幼寧踏上幾步，站到雙方之間，抬手戟指，指著遠處格林炮，對唐世豪暨眾洋人道：「你們選個槍手，站在那格林炮前，我站在這兒，你們發一聲喊，炮手與我，同時往那格林炮衝。如炮手動作夠快，及時發射格林炮，自然將我斃於槍下。如我速度夠快，則衝上炮位，制服炮手。」

那格林炮，究其本質，實屬機器連發槍，但因威力龐大，故清軍稱之為炮。義律以英吉利語，翻譯儲幼寧所言。言畢，唐世豪身邊左右眾洋人，轟然一陣訕笑。眾紅毛浪人之所以訕笑，理由簡單：就算儲幼寧腳程勝於炮手，衝上炮位，還是得與炮手拚死活。儲幼寧這身量，遜紅毛浪人遠矣，無論比兵刃，抑或比拳腳，怎麼看，均無勝算。

唐世豪一臉獰笑，點手指向一大鬍子洋人，以英吉利語道：「羅曼諾夫，就是你了，這炮一直是你所管，你去當炮手，給我把這渾球，轟成肉醬。」

小靈通見這洋人，連忙上前，附耳對儲幼寧小聲道：「就是這人，是唐世豪護衛，那天打傷我爹爹。」說完，又退到一旁。

那大鬍子羅曼諾夫，也是羅剎人，早年係羅剎國火槍營兵丁，後來脫隊，在上海廝混度日。月餘前，唐世豪重金招募紅毛傭兵，羅曼諾夫為錢而來。這美利堅國格林炮，就是由他輾轉設法，勾結上海江南製造局所偷運而出。眼下，唐世豪命他當炮手，他笑咪咪瞧定儲幼寧道：「你這黃猴子，要我站在哪兒?可不能站得太遠，你們中華武術有什麼輕功，你可別會輕功，奔得比我快，占我便宜。」

這話，由義律翻成華語，儲幼寧聽了，沉吟不語。其實，他早即相準距離，他所站之處，正在格林炮正前，距炮位約一百五十步。此時，他彎下腰身，在地面撿起一枚扁平石塊，又撿起一顆小石子。那扁平石塊，有醬油碟大小，而小石子粒，則只有骰子大小。儲幼寧右手揮起，那扁平石塊向前飛躍，於格林炮前，距格林炮約三十步之處落地。儲幼寧指著那石塊落地處，轉頭對義律道：「告訴他，要他站在那落石處，我站這兒，聽號令，同時奔向格林炮。」

羅曼諾夫聽了義律翻譯，依舊嘻皮笑臉，慢步向前，行至圓扁石塊落地處，回頭瞧著儲幼寧。儲幼寧對唐世豪道：「你發號令吧！」

眾人皆不曉儲幼寧葫蘆裡，賣的是何膏藥，連義律、金秀明均沒頭緒，獨有金阿根曉得。蓋因儲幼寧之前已私下告知，打算以此法行險。金阿根見儲幼寧捻了顆骰子大小石頭粒子，心中即知，儲幼寧祕技竅門，就在這小石子上頭。

儲幼寧所站位置，羅曼諾夫所站位置，皆係儲幼寧精心算計。關鍵，在於不能太晚衝抵槍口前，否則，將為格林炮轟得粉身碎骨，屍骨無存；亦不能太早攻至格林炮，否則，將與羅曼諾夫徒手格鬥，耗費心身精力。

雙方眾人皆鴉雀無聲，就聽得近處海浪拍岸，濤聲洶洶；遠處寒鴉盤旋，啼聲嘎嘎。驀然間，就聽唐世豪以英吉利語爆喊一聲，遠處羅曼諾夫拔腳就跑，往格林炮衝去。這兒，儲幼寧也使出吃奶之力，死命往前奔。岸邊至格林炮位，為一緩緩斜坡，儲幼寧邊朝斜坡上疾馳，邊測方位，不停估測。須臾，只見羅曼諾夫已奔至炮位，翻身進入炮前麻袋包護壘。繼而，又見其矮身，自地面摸出子藥匣，左手扶槍，右手將子藥匣自上而下，插入格林炮槍身。

此時，已至生死交關之處，儲幼寧離格林炮尚遠，他用力吸氣、吐氣，雙腿死命奔馳。儲幼寧雖有絕世武技，然其精氣神與常人無異，體未稱壯碩，力未稱雄健，行動坐臥均屬平常，奔跑之速，亦無甚可觀之處。如今，遭逢生死交關，自是狂命飛奔，氣喘連連。

眼見著，羅曼諾夫笑吟吟，將子藥匣插入槍身，右手拉動槍身側面鐵桿，將子藥送入槍膛，只待右手抓住曲柄，使勁下搖，即可發射。說時遲，那時快，儲幼寧突然飛身前撲，身軀落地前，右手中指暨拇指，夾住小石粒，中指使勁，將小石粒彈射而出。這小石粒，早經儲幼寧相準方位，不偏不倚，鑽進格林炮正中槍管。

格林炮計十根槍管，炮手搖動曲柄發射時，十根槍管輪流轉動，轉至正中，則子藥由其射出。儲幼寧彈射這小石粒，不偏不倚，飛入正中槍管。此時，羅曼諾夫正好搖動槍柄，發射格林炮。就見轟然暴響，響聲遠較火槍發射為大，轟隆聲可謂驚天地泣鬼神，那格林炮轟然而炸，十根槍管並槍身，化為碎片，四散激射。

那羅曼諾夫坐於槍後，首當其衝，腦袋瓜子當場先被被碎片削掉天靈蓋，隨即頸項也被橫飛碎片切過，剩下半個腦袋，也與脖子分家，猶如半個爛西瓜，向前飛騰而起，墜落格林炮前地面，順著斜坡，咕嚕咕嚕，滾了下來，恰好滾到眾人站立處，這才止住。

就見羅曼諾夫這破爛腦袋，天靈蓋已然掀飛，腦勺子像個水瓢，裡頭紅血漿暨白腦汁攪成一團，有如紅白糨糊。這金髮羅剎大鬍子，兩眼圓睜，充斥詫異之色，大約當場尚不知發生何事，天靈蓋即被削飛，繼而腦袋瓜子亦掉了下來。

眾人遠望，那格林炮已不復存，僅剩一堆破銅爛鐵，猶兀自煙霧繚繞，冒煙不已。那羅曼諾夫屍身，仍坐於格林炮位前，屍腔遭無數碎鐵片衝擊，成了米店篩米糠篩子，渾身到處是孔眼，不斷冒出鮮血。遠處，但見儲幼寧緩緩起身，爬了起來，往岸邊走回。

金阿根、金秀明、小靈通等金氏家族人等，看得一頭霧水，獨有義律張口叫好，鼓譟呼嘯。金秀明問義律緣故，義律答道：「真沒想到，儲兄弟有此見識。不僅格林炮，凡洋槍，槍管中皆刻有陰線，由槍膛至槍尖，整條槍管內，皆有螺旋陰線盤繞。子藥發射後，彈丸緊咬槍管螺旋陰線，並受螺旋陰線規範，飛速旋轉。如此，彈丸噴離槍管後，因不斷旋轉，始能定向飛行，精準擊中標的。如槍膛無螺旋陰線，則子藥飛離槍管後，將偏移飛行，無法擊中標的。」

「然而，正因彈丸緊咬螺旋陰線，故而彈丸於槍管內高速飛行之際，槍管已被彈丸塞滿，彈丸須暢通無阻。如槍管內有異物，則彈丸觸碰異物後，動向偏移，高速亂轉，等同炸藥，炸開槍膛，射手必死於非命。此現象，稱為膛炸。這格林炮，共十根槍管，當中一根膛炸，其餘九根槍管亦隨之膛炸，十管齊炸，鐵片紛飛，猶如幾百具飛鏢、飛刀，同時飛速發射，所向披靡，當者必死。那羅曼諾夫老兄，瞬間畢命，他直到死，都不曉得，自己死了。這死，還死得真痛快。」

語畢，儲幼寧已走近，金家三人均面帶笑容，上前迎接，拍背拉手，不一而足。那邊廂，唐世豪面色鐵青，本想發作，說是儲幼寧作弊，但見己方諸洋將倒有驚懼之色，於是住口不說。此時，唐陣營洋人堆裡，一人邁步而出，這人也留鬍蓄鬚，但頭面較整齊，不似羅曼諾夫那般邋遢。義律見此人，覺得面熟，隨即想起，用英吉利語道：「阿柏斯達，竟然是你，久沒見你，竟當傭兵，到了這兒。」

原來，這阿柏斯達，為美利堅國人，當初，太平天國打到上海，洋人紛組洋槍隊，與清廷淮軍攜手剿長毛。當其時，洋槍隊不只一端，除英吉利國武將戈登所率洋槍隊外，美利堅國武將華爾亦組洋槍隊，陣中官兵一度多達一萬兩千餘人，為銀兩而戰，受清廷厚祿，助李鴻章淮軍，在上海並江南一帶，征討太平軍。

然而，某次與太平軍交戰，兩軍駁火，彼此炮擊連連，洋槍隊隊長華爾運蹇，竟中太平軍炮火而亡。華爾陣亡後，美利堅國洋槍隊群龍無首，一陣混亂，之後，由另一美利堅國武將，原洋槍隊副隊長白齊文接手，繼續統領美利堅國洋槍隊。

這阿柏斯達，原係美利堅國洋槍隊員，於華爾麾下效命。華爾死後，洋槍隊隊長出缺，副隊長白齊文入替前，洋槍隊紊亂，若干隊員脫離，轉身而成上海紅毛遊民，阿柏斯達即為其中之一。

義律、阿柏斯達，一為英吉利洋槍隊員，一為美利堅洋槍隊員，同說英吉利語，雖不同國，但同文同種，又同在上海當浪人，彼此熟稔。其後，義律浪蕩江湖，輾轉漂泊至揚州，與阿柏斯達即無聯繫。多年不見，不想，眼下竟在此相遇。

那阿柏斯達越眾而出，主動上前，對義律道：「眼下，你我同為傭兵，卻各為其主。我等浪人，拿錢辦事，我倆過去無仇，甚且同吃同喝，同為天涯淪落人。然而，往者已矣，今時不比往日，我見你腿上繫著本國所產芮明吞轉輪短槍，恰巧，我亦有一柄。」說罷，掀開洋大氅衣擺，露出皮腰帶，上頭亦插著一柄一模一樣芮明吞。

阿柏斯達道：「拿人錢財，與人消災，汝等上門尋仇，我等自應出面應戰。眼下，既是決鬥，與其和生人決鬥，不如咱們哥兒倆以相同轉輪槍決鬥。你我並無私仇，這全是各為其主，拿錢辦事，誰死誰活，老天註定，沒啥好怨。」說罷，除下身上洋大氅，兩腿不丁不八，隨意擺個輕鬆架式，兩手則抖動不休，似在活絡筋骨，便於拔槍。

儲幼寧見狀，邁步走向義律，附耳低聲言道：「我見這人走路步伐，兩腳長短不一，右腳較短，左腳較長，而他短槍插於右邊腰際，顯是右手使槍。如此，待會兒他拔槍時，身體必然稍向右前方傾斜，成了左高右低態勢。如此射擊，子藥射出後，路途必些微向左偏，亦即，射向你右半邊身軀。因而，兩人互射時，切記，你身軀要向左移動。」

義律聞言，點頭低聲道：「多謝提醒，我受教。」

言罷，義律面帶微笑，向前緩行幾步，恰與阿柏斯達正面相對，兩手鬆軟下垂，右手掌緩緩張開，恰好貼於芮明吞槍柄，緩聲以英吉利語言道：「阿柏斯達，老友，久違了，從未想到，你我竟然如此重逢。丁是丁，卯是卯，咱們雖決鬥拚生死，但交情依舊。可有一件，待會兒拔槍，雙方只能各射一枚子藥，不得持續連射。」

阿柏斯達道：「那是自然，既是決鬥，就是一枚子藥定生死。」

兩人相互凝視片刻，俱是全神貫注。倏然間，唐世豪又發一聲怪嘯，義律暨阿柏斯達同時拔槍。論靈敏，竟是阿柏斯達占上風。之前，他已見義律將槍置於膝蓋上兩寸腿部外側，較置於腰際，更易於拔槍，但他始終不哼不哈，不置一詞，蓋因此人係美堅國出類拔萃快槍手，對自家藝業素來自負。

如今，兩人同時晃動拔槍，義律槍擱手邊，占先天便宜，但手臂沒阿柏斯達靈巧，拔槍較慢；阿柏斯達拔槍較快，但槍擱腰際，動作較大，費時較久。如此，兩人優劣相互抵消，竟然拔槍同等快慢，同時舉槍，同時瞄向對方，同時射出。

義律依儲幼寧點撥，拔槍後，身軀瞬間朝左傾倒，並壓下槍舌，子藥噴射而出，直奔阿柏斯達。與此同時，阿柏斯達槍口亦噴火，彈丸奔義律而來，卻錯失義律身軀，直向義律身後飛去，噹，擊中岸邊木船。而義律子藥，則竄入阿柏斯達右膝上方，前腿入，後腿出，銅彈丸穿越阿柏斯達右腿，打入泥地，揚起塵埃。

義律見阿柏斯達雖傷，但命可保，不禁雀躍，奔上前去，扶起阿柏斯達，撕下其褲腿，使勁裹住膝蓋傷口道：「快壓緊傷口，莫讓鮮血再流。這兒有扁葉小舟，趕緊找舟子，渡你去上海。你我已決鬥，你拿人錢財，替人辦事，如今，事已辦完，快去上海治傷，日後我但得有空，必去上海探你。」說罷，架著阿柏斯達，往前挪蹭，到了岸邊，扶阿柏斯達上一葉扁舟，並喊來漁工，囑咐飛速趕往上海。

扁舟離岸，義律回過頭來，走向儲幼寧，抓住儲幼寧右手，使勁一握道：「小兄弟，你乃真勇士，先冒險上衝，端掉格林炮，廢了那羅剎武夫。繼而又火眼金睛，識破阿柏斯達腿腳缺陷。阿柏斯達槍術勝我數籌，若非兄弟你指點，我早已成了槍下亡魂，你真神準，一語道破阿柏斯達罩門。」

儲幼寧不解問道：「我已瞧出，適才你刻意射偏，這是何故？」

義律道：「小兄弟目光如電，沒有參不透的關節，我真是無所遁形，讓你看透。我為何射偏？這是西洋義氣，我們叫騎士道，很難對華人說得清。總之，類似你們江湖人物所說，英雄惜英雄，大概就是這意思。」

這時，就見唐世豪身旁洋傭兵群中，走出一人，長相猙獰，眼神兇惡，身高如塔，體壯賽牛。這人，下身穿著寬鬆褲子，赤著上身，光著膀子，手中揮舞一柄古怪彎刀。那刀，較尋常刀要長，較尋常刀要彎，顯係西洋精鋼鑄造，白燦燦放光芒，好不嚇人。這人，口中嘰哩咕嚕，講些怪話，大步邁向場中。

義律見此人，對儲幼寧道：「小兄弟，人生何處不相逢，相逢盡在擂台上，何其巧合，這人又是個往日上海灘舊識。這羅剎人，是哥薩克騎兵出身，這刀，就是哥薩克騎兵彎刀。這人，名叫渥巴斯基，但中國人背後都喊他王八死雞。這一場，還是讓我上，你給我掠陣，在旁看著，倘若我不行了，換你收拾他。要是我命喪他手，務必替我報仇。這人不比阿柏斯達，這是個奸佞賊胚子，慣會耍陰謀搞偷襲，要是你與此人動手，切不可心軟，務必下辣手，徹底剪除此人。」

說罷，義律邁步朝這人走去，相隔兩步之遙，義律停步，也以羅剎語，與這人滴滴答答，敘起舊來。就聽得王八死雞高聲應答，一會兒「涅，涅，涅」，一會兒「大，大，大」。

二人正講著話，尚未擺架式放對，眾人以為，這與之前和阿柏斯達決鬥一般，先敘敘舊，話話昔日淵源，之後，再出兵器決鬥。詎料，卻非如此，二人講著講著，那羅剎人哥薩克騎兵王八死雞，驀然間暴起發難，猛然起腳，踹中義律小腹，將義律踹至地上，繼而高舉彎刀，猛劈而下。

義律倒地時，腹部已受內傷，哀號一聲，倒地不起，眼看著，羅剎惡漢王八死雞舉起彎刀，猛劈而下，義律當即就地翻滾，但求要害避開刀鋒，而手腳遭彎刀砍斲，已勢無可免。然而，義律一聲哀號之後，繼而立即又現哀號聲，這哀號，卻是王八死雞所發。原來，儲幼寧依義律所言，站在一旁掠陣，手中早扣石塊一枚，相機出手。待見義律遭暗算，王八死雞舉刀剁下，儲幼寧當即出手，以石塊砸向惡漢王八死雞右手握刀處。

雙方距離頗近，加上石塊沉重，因而，即便儲幼寧勁道平平，這一石頭，砸中王八死雞握刀手掌背後，依舊疼得他大喊一聲，齜牙咧嘴，彎刀去勢歪斜，力道大減。饒是如此，彎刀落處，還是輕微砍中義律右腿，拉開寸許長口子，鮮血隨即冒出。義律翻身而起，瘸著腿忿然道：「你這羅剎鬼，我適才還與你敘舊話當年，你卻猛然偷襲，如此怎算公平決鬥？」

那羅剎惡漢王八死雞，厲聲以英吉利語笑道：「只有你們英吉利、法蘭西、美利堅等國笨蛋，才相信騎士道公平決鬥這套鬼話。要決鬥，不是你死，就是我活，哪那麼多鬼道理好講？現下，你腿腳受傷，站都站不直，就算靠這中國小子扔一塊石頭，打中我手背，還是改不了結果，我這就先宰了你，再回頭收拾這中國小子。」

說罷，大步向前，朝義律行去，義律情急，用漢語朝儲幼寧高喊：「兄弟，下手不容情，廢了他，讓他死得淒慘，殺雞儆猴，殺這王八死雞，給其他羅剎傭兵做個榜樣。」

說時遲，那時快，儲幼寧自側面搶上兩步，正好搶到王八死雞右側面。那羅剎惡漢王八死雞，見儲幼寧搶過來，邊右手揮刀砍向儲幼寧，邊繼續朝義律行去。儲幼寧衝勢不歇，身子後仰，上身彎腰，下身則兩膝觸地，向前滑行。如此，王八死雞右手彎刀自儲幼寧顏面上幾寸之處，虛砍而過，儲幼寧左拳揮出，擊中惡漢王八死雞右腿膝蓋後方。

儲幼寧耳聰目明，早精準估算羅剎惡漢步履，算準了這惡漢左腿邁出，虛懸在上，僅剩右腿支撐在地那一瞬間，以左拳擊打惡漢右腿膝蓋眼，即右膝蓋後方關節處。依舊，打擊力道不大，但惡漢王八死雞當時左腿懸空邁出，右腿直立支撐身軀，待右腿膝蓋後方，膝蓋眼受擊，右腿膝蓋當即彎曲，惡漢身軀癱軟撲倒。

王八死雞身軀傾頹，將倒未倒之際，儲幼寧已站直身子，一把搶過彎刀，先拿刀刃在惡漢肚皮上，自上而下，倏然一劃，繼而搶到王八死雞身後，使勁拽住他頭髮。如此這般，王八死雞後腦勺頭髮為儲幼寧所持，身軀下沉，不向前傾倒，而是兩膝著地，直立跪於地面。這時，儲幼寧舉腿，用力踹向惡漢背後。羅剎惡漢王八死雞背後為儲幼寧猛踹一腳，當即聽見嘩啦啦聲響，惡漢前胸開花，內臟自胸膛刀痕處蹦突而出，稀里嘩啦，流了一地。

儲幼寧那一刀之劃，自上而下，於惡漢胸口開了條口子，深有寸許，割開肌肉紋理，但未觸及內臟，血流不多，貌似輕傷，無關緊要。然而，經這一劃，胸膛門戶已開，如未再遭踹，只須裹住傷口，止住血勢，拿針縫上傷口，頂多兩旬時日，即可癒合。

偏偏，此人奸佞邪惡，不講信義，偷襲暗算，無所不為，激起儲幼寧心中嫉惡如仇怒火。加上義律所言，此處羅剎傭兵多，羅剎人不比英吉利、美利堅人，素來不講信義，須殺人立威，以力服人，因而，儲幼寧才下此辣手。儲幼寧自惡漢王八死雞背後猛踹一腳，震動五臟六腑，衝擊胸膛傷口，內臟隨即崩開傷口，蹦出體外。

此時，只見這羅剎惡漢王八死雞胸腹間一團糊塗，身前地上汁液遍地，汁液中，則是一圈又一圈大腸、小腸。腸子後頭，拖出兩顆腎腰子，出了腔體，但未落地，就懸吊空中。其他，胃肚子、肝花子，則將掉未掉，堵在胸口。惡漢王八死雞遭此重擊，一時卻不死，反而神智清楚，低頭望著下腹，兩手不停往上擼，希望能將大腸、小腸、腎腰子、胃肚子、肝花子，擼回胸腔內。擼著，擼著，動作漸慢，體力不支，頹然坐倒，眼神遲滯。

儲幼寧見狀，心中也覺不忍，有點後悔。動手之際，他念茲在茲，就想著義律受此人偷襲受傷，想著義律所言，要下辣手，殺雞儆猴，給其他羅煞惡漢立個榜樣。待下手之後，見此慘狀，心中又覺不忍，於是，撇開目光，環視他人。他見義律眼中竟是詫異之色，想必，義律亦為眼前景象所驚。再瞧金阿根、金秀明、小靈通，亦均張口結舌，萬萬沒想到，儲幼寧竟有如此本事，將羅剎惡漢王八死雞打得五臟六腑蹦出體外。

這時，義律已將腿傷裹住，隨手抓根棍子，權充拐杖，前行幾步，走到唐世豪身後諸紅毛浪人之前，高聲喊道：「都看見了啊！都看見了啊！這中國好漢有仙法，把你們羅剎國哥薩克騎兵第一好漢，連腸子都揍出來了。你們當中，還有哪個人，認為自己本事高過這哥薩克騎兵老哥，不妨站出來，和這位大清帝國英雄好漢比比武。我保證，他能把下一個比武傢伙，腦漿也揍出來，打得他肝腦塗地，死都不知道怎麼死的。」

說罷，連連叫陣，眾洋傭兵如鋸嘴葫蘆，鴉雀無聲，俱都嚇壞了。肅颯之間，寧靜無聲，就聽見刷地一聲，被儲幼寧開膛破肚那羅剎惡漢王八死雞屍身，俯倒於地面。義律又先後指向儲幼寧、金家三人，朝眾洋傭兵，以英吉利語高喊道：「這人叫儲幼寧，其他三人，都姓金，是儲幼寧同門。」

義律繼而舉起右手，豎起小指道：「這儲幼寧的功夫，在門派裡，只是排名第二。那年紀最大的，叫金阿根，才是排名第一。看到沒有？他腦袋上一根毛都沒有。咱們西人，常見禿頭，而大清國華人，少見禿子。這人之所以頭頂全禿，是修習滿州長白山脈最高神祕武術所致。哪個要是不信，站出來，站出來，和這光頭比比。」

義律東拉西扯，胡言亂語，極盡恫嚇之能事。諸紅毛傭兵親眼見到那哥薩克騎兵好漢王八死雞慘死，因而，對義律之話，盡都信了。諸傭兵一陣交頭接耳，七嘴八舌，紛紛對唐世豪道：「唐老闆，你這渾水，我們蹚不了，再待下去，命都沒有了。這清國青年，會使神祕手法，先爆了格林炮，把羅曼諾夫腦袋炸飛，又把哥薩克騎兵好漢渥巴斯基開膛破肚，腸子與內臟流了一地。我們打不過他，再打也是白打，我們不打了，就此別過，我們走了。」

風捲殘雲一般，眾紅毛傭兵奪船而走。夕陽漸斜，人影漸長，漁場這兒，颳起了風，吹得餘人衣物啪啪作響。唐世豪萬萬沒想到，儲幼寧一人即搞定全體紅毛洋傭兵，然而他心中仍有所恃，他指望那幫嵊縣流氓，打跑金阿根等人。他爬上魚箱，衝著嵊縣幫流氓大喊：「來啊，把這幾個人給我拿下。紅毛洋人都是怯種，竟被嚇走，咱們嵊縣英雄好漢，可不怕這個，咱們這兒有幾十人，大夥兒一擁而上，當場就把這幾個傢伙砍成肉醬。」

儲幼寧見機極快，他距嵊縣幫雖遠，無法聽聞嵊縣幫言語，但他能讀唇語，見嵊縣流氓頭目不斷吩咐左右，某幾人佔何方位，另幾位佔何方位，四面八方都安置好人，要將金阿根人等合圍殲滅。時機緊迫，間不容髮，他猛衝至義律身邊。之前，義律早已備妥三具紙箱，箱內棉花鋪底，棉花蓋頂，棉花隔間，擺置大量霹靂閃雷。三具紙箱，由專人抱持，三人緊跟義律，聽義律號令。

儲幼寧衝至義律身邊，不發一語，出手如電，迅捷奪過一具紙箱，兩手舉箱，奮力猛然上下搖晃。紙箱上下一晃，箱內所有棉花並同霹靂閃雷，悉數拋出。儲幼寧繼而兩手運轉如意，千手觀音一般，雙掌掌心認準方位，半空中在每一枚霹靂閃雷底部稍一托舉，使出軟綿綿勁道，將霹靂閃雷擲入天際。這當中，勁道捏拿恰到好處，精準神妙，每一枚霹靂閃雷拋擲高度皆有不同。

待所有霹靂閃雷皆盡直奔天際，儲幼寧又奪過第二具紙箱，如法炮製。之後，則是第三具紙箱。前後，三具紙箱幾十枚霹靂閃雷，盡被儲幼寧朝上拋擲。動作雖是繁複，費時卻甚短暫，電光石火之間，所有霹靂閃雷全都上天。最後一枚霹靂閃雷擲出之後，第一枚霹靂閃雷猶未朝上奔至極點，尚未朝下墜落。

這手絕活，多年前也曾使過，用來擊殺帳房崔六，然而，此次較擊殺崔六，更精緻複雜。擊殺崔六，係於屋內，共拋三枚石塊，上有屋頂為限，拋擲不高，距離不遠。這回，卻在室外，無屋頂上限，嵊縣徒眾又星羅棋布，佔地頗大，而拋擲霹靂閃雷，則接二連三，多達數十枚。其手法，可謂出神入化，先是迅捷不斷猛拋，繼而，所拋出霹靂閃雷，有高有低，亦有不高不低，而其撒布範疇，則是老大一片，將嵊縣幫徒眾全都涵蓋在內。

嵊縣幫幾十名徒眾，見儲幼寧千手觀音一般，自三具紙箱中，拋擲出大量黑越越、圓忽忽之物，不斷往己方頭上拋擲，不明所以，均抬頭向上瞧看。繼而，數十枚霹靂閃雷同時落地，只聽得轟然一聲，嵊縣幫就此遭逢全殲，一個不剩，俱都被洋釘、鐵絲、碎石、碎鐵片，穿得滿身是洞。天可憐見，這幫悍匪直至死，均不知曉，自己是如何而死。二十餘枚霹靂閃雷，爆炸不分先後，沒有第二聲轟隆，也就是一聲巨響，數十枚霹靂閃雷同時炸開，嵊縣幫徒眾同時全體報銷。

爆炸過後，偌大一片場子，硝煙亂冒，嗆鼻味兒四處亂竄，滿地均是破爛屍首，斷截四肢隨處可見，屍腔則缺胳膊少腿，隨地分布，地面石頭縫裡，樹上枝岔間，則遍佈碎爛屍肉。

轉瞬之間，陰陽顛倒，適才唐世豪尚趾高氣揚，指東打西，吆喝嵊縣幫全殲金阿根徒眾。未料，一瞬間嵊縣幫反遭儲幼寧全殲，死得乾乾淨淨，死得屍骨無存。金阿根等，瞧完嵊縣幫滅絕大戲，轉頭再瞧唐世豪，卻見這人竟然已奔往岸邊，欲奪船而走，就聽金阿根一聲暴喝：「拿下了！」身邊家丁，如狼似虎，撲了上去，擰臂揪辮，將唐世豪架了過來，扯到金阿根面前，使勁痛擊唐世豪兩腿膝蓋眼，這橫行上海洋場，不可一世博斯通洋行買辦唐世豪，即行矮下半截，雙膝著地，跪於金阿根面前。

此時，天色已暗，金阿根先不瞧唐世豪，起身吩咐小靈通，率家丁並漁工，遍點氣死風燈，掛於各處。這氣死風燈，外罩琉璃，內置洋油，不怕風吹，照明最是有用。各處掛上氣死風燈，並多燃火把，漁工靠氣死風燈暨火把照明，趕緊打掃戰場，清理羅曼諾夫、哥薩克奇兵惡漢王八死雞、幾十名嵊縣匪幫屍首，將所有破碎屍塊皆盡扔進海裡餵魚。

此外，天色已晚，眾人饑腸轆轆，小靈通吩咐漁工煮上大鍋飯，又自魚池中撈魚為菜，準備夜飯。繼而，亦是由小靈通率隊，分赴受虐漁工居住之處，宣達慰問之意，要諸人安心，繼續為金疙瘩家族當差。

小靈通率漁工並家丁辦事之際，金阿根、金秀明、儲幼寧、義律則一旁休息，稍事喘息。回想適才午間惡戰，四人仍心有餘悸，金阿根、金秀明、義律不斷揄揚儲幼寧，謂若非儲幼寧，金家人等並義律，今日死無葬身之地。

晚飯煮得，小靈通招呼眾人用膳，眾人盤腿席地而坐，稀里呼嚕，日間百戰餘生，此時吃得爽快，慶祝重生。

吃喝已畢，諸事安置妥當之後，唐世豪已跪了足足一個時辰，兩腿麻痺，身子發抖。此時，漁工取來藤椅，置於唐世豪身前數步之遙處，數人執火把，站立一旁，靜候金阿根審唐世豪。金阿根站起身來，行至椅前，坐於椅上，金秀明、儲幼寧、義律等，則立於金阿根身後。

金阿根不語，拿兩眼逼視唐世豪，唐世豪此時蔫了氣，頹然坐倒，嘆了口氣道：「事到如今，要殺要剮，悉聽尊便。」

金阿根道：「你常在上海混世，大約不知我是誰。我叫金阿根，是這漁場主子金疙瘩之叔。在揚州，江湖上稱我為無煙炮。這名號，叫開之後，揚州滿城朋友都誤會，說這稱號意思，是講我脾氣爆裂，彷彿炮仗裡裹了西洋無煙槍藥粉，點燃之後，連個煙都不冒，說炸就炸，嚇眾人一跳。」

儲幼寧立於一旁，心想，當年與閻桐春一同搭船，自徐州下揚州時，閻桐春在船上，言及金阿根綽號無煙炮，就是如此形容這綽號義理。

金阿根接著道：「其實，揚州朋友們都誤會了。最早，一起始給我取這綽號的朋友，見我脾氣好，事事講道理，為人沒殺氣，好像個假爆竹，裡頭根本沒槍藥粉，根本不會冒煙，也根本不會炸開，才給我取了這綽號。所以，我這無煙炮真正意思，是我這炮仗絕對不炸，脾氣硬是好。」

「不過，我這樣好脾氣，今天見你，還是忍不住生氣。我只問你一句話，為何你要這樣黑心使壞，搶奪我侄兒產業，唆使紅毛浪人，打傷我侄兒？人生在世，不可能事事公正，所謂人不為己，天誅地滅。但，這裡頭也有個分寸，不能這樣矇著良心，這樣壞事幹絕。我就是一句話，問你為何要如此？」

唐世豪聞言，臉帶不屑之色道：「今天落你手裡，料無生路，就敞開了告訴你答案。為何如此？你癡活了這把年紀，連這都不知道。簡單點說，強吃弱，大欺小，人吃牲畜，貓吃老鼠，就是這麼回事。十幾年前，西洋有個大學士，叫達爾文，發明一種學說，叫物競天擇，適者生存，意思是說，這世界本來就是你吃我，我吃你，吃來吃去，只有厲害狠角色，才是贏家。」

「我能說英吉利語，在洋行當康白度，上海洋場上檯面人物，我都識得，又和歐西幾國領事都有交情。我吃這漁場，天經地義，只不過，人算不如天算，我著實沒算到，金家請了這麼個幫手，打遍天下無敵手，趕走了紅毛傭兵，又全殲嵊縣江湖好漢。我和他比，他比我狠，他是適者，所以他生存，我滅亡，今天就喪命於此。」

儲幼寧聞言，不曉得「康白度」為何物，乃轉頭問金秀明，金秀明答道：「康白度就是買辦，這康白度之詞，係由西洋語言照發音，翻成咱們中國話。」

就聽金阿根道：「照理說，你這行為，殺了你也不為過，但上天有好生之德，我和他們商量商量，瞧瞧是否放你一條生路。」

言畢，金阿根起身，走到一旁，聚攏金秀明、儲幼寧、義律、小靈通等人，低首小聲商議，如何發落唐世豪。

小靈通先發難道：「小叔爺，這貨一刀砍下去算了。這漁場裡，老老少少，從漁工到家屬，都是受夠這貨欺壓，不拿人當人，由著紅毛浪人與嵊縣土匪作賤漁工暨家屬。把這貨一刀砍翻了，扔進海裡餵魚，一點也不冤屈他。」

金阿根瞧瞧義律道：「義律，你說呢？」

義律道：「騎士道不殺手無寸鐵之人。」

金秀明接著道：「倘若殺了，有無後患？」

金阿根道：「後患嘛，那倒不會有。要知道，這廝在洋行手腳不乾淨，博斯通已和他斷了關係。英吉利國上海領事館方面，只關心兩條坐底擱淺炮艇，其他不問。這人不是英吉利人，英吉利領事館自然不會管。我們這漁場，只是養魚，從沒動那兩條炮艇半分，英吉利國不會找咱們麻煩，也不會管這廝死活。畢竟，這廝不是英吉利國人。至於上海道，怕洋人怕得要死，這事情扯進洋人，倘若上海道要追究這廝死因，歸根結底，順著因，去找果，勢必得和博斯通洋行、英吉利領事館打交道，上海道除非吃飽了撐的，否則必然不會捲入，避免與洋人打交道。」

儲幼寧道：「金爹爹，當年在山寨誤殺秦善北前，秦某就一套又一套，講他為何要欺壓山寨。那秦某所講，也是這一套，什麼大欺小，強欺弱，狼吃肉，狗吃屎之類道理。後來初到揚州，碰上春來興鹽號老闆陳潤三剮活驢、烤活鵝，當時金爹爹也說，牲畜生來就是咱們人口中之食，命中註定，要被人吃。怎麼人世間，淨是這種歪理，只要我本事比你大，我就把你吃了？」

金阿根見儲幼寧突然發起書獃瘋，鑽進牛角尖裡轉不出來，曉得這是因儲幼寧今天大開殺戒，連殺羅曼諾夫、王八死雞、全殲嵊縣土匪，殺戮太多，死狀太慘，心神震動，情緒激盪之故。因而，他語氣溫厚，緩緩言道：「孩子，今天這陣勢，不是他們死，就是我們亡。這幫人，無惡不作，殺了也不為過。你不把羅曼諾夫炸得粉碎，他就會用機器連發槍，將你打得粉碎；你不殺王八死雞，將其五臟六腑全都踹出，就壓不住陣腳，嚇不走幾十號紅毛浪人；你不把嵊縣匪徒全炸死，他們就把我們砍成肉醬。孩子，你為所當為，別往牛角尖裡鑽，手段雖然酷烈，但你這是行善。」

金阿根這番開導，儲幼寧聽在心裡，頗為受用，但旋即轉念又想：「總是這樣，我怎麼老是如此，動手時，義憤填膺，意在懲奸罰惡，斬除奸佞之徒，但每次殺完，有時頓感輕快，像是殺帳房崔六，以及之後幾次暗中出手，事後都覺暢意快慰，肝鬱症頭大幅減輕。但有時卻又心境低盪，自責所為過火，像是這次漁場殺戮。」

金阿根見儲幼寧又低首凝思，腦袋裡滿山跑馬，就用手拍拍儲幼寧肩膀道：「孩子，別想那麼多了，聽金爹爹一句話，你幹得好、幹得對，你替金家收回漁場，你救了大夥兒命，若不是你，眾人這會兒全死絕、全死僵了。你是這兒所有人救命恩人，你不殺他們，他們就把我們全殺了。」

此話一出，果然收效，儲幼寧收神攝魄，不再胡思亂想，專心一致思尋該如何處置唐世豪。繼而，儲幼寧道：「金爹爹，如把這人放了，他能繼續為惡嗎？」

金阿根道：「放不得，放了之後，他回上海，依舊為惡，必會鳩集華洋浪人，東山再起。甚而，依這人個性，哪裡跌倒，哪裡爬起來，極可能率眾重回這漁場。屆時，小靈通與他爹，恐怕性命不保。我們有家有業，遠在揚州，總不能一年到頭，待在這漁場裡當保鏢。不過，之前殺人，是為保命，當著眾漁工暨家丁面，殺羅剎人、殺嵊縣匪徒，都沒關係，那是為了保命。現在，局面已然穩住，如在漁場這兒，把這點子給開發了，漁工暨家丁看在眼裡，恐怕會有閒話。」

義律帶著腿傷，向前瘸拐兩步，小聲道：「唉，真麻煩，既想幹了他，又畏首畏尾，不敢下手。我來，你們去漁工棚子那兒，給我找來棉被、枕頭什麼的。我這芮明吞，今天只打了一槍，槍裡還有五枚子藥，再給這槍開個張。拿棉被、枕頭來，把這廝腦袋摀住，我用芮明吞抵住棉被枕頭，一槍打下去，沒啥聲音，漁工與家丁聽不見。打完，這廝腦袋開花，死絕了，我們幾個，悄然將他拖走，扔到海裡即是。漁工或家丁要問，就說放他走了。」

小靈通對義律道：「你剛才說，西洋騎士道不殺手無寸鐵之人，怎麼現在就要拿槍殺人？」

義律道：「你就別管了，今天不對這賊廝講騎士道，他不配，我來，我幹了他。」

金阿根道：「不妥，這樣還是瞞不了漁工、家丁耳目。再想想，有何良策。」

儲幼寧道：「金爹爹，我有一策，可廢這人性命，但這人當場不死，還可行動自如，毫無異狀，要三、五日後，這才會身亡。」

金阿根聞言奇道：「此話如何說起？怎麼會有此奇技？」

儲幼寧道：「這也無啥古怪，當年在山寨密林子裡，閻夫子曾教我，說是肝軟脾硬，肝受小小撞擊，可保無事，脾即便受小力，亦可微微破裂，慢慢流血，數日後方發病，遷延許久方死。要不，我給他脾上輕輕一拳，他當時不覺多痛，但幾日後將內臟出血而亡。」

金阿根聞此，雙掌用力合拍道：「甚妙，就這麼說定，孩子，等下給他一拳。」

儲幼寧又道：「金爹爹，這裡頭，有個難處？」

金阿根道：「有何難處？」

儲幼寧道：「閻夫子教我認內臟方位，年代久遠，我已不復記憶，想不起來，脾臟到底在左胸還是右胸？」

金秀明道：「我也知，一個在左，一個在右，但不敢說哪個在左，哪個在右。」

義律道：「這都是廢話，你不會賞他兩拳，一拳在左，一拳在右？小兄弟，你省省事，讓我來，兩拳打翻這賊廝點子。」

儲幼寧道：「所言甚是，兩邊各打一拳即是。旁人不可，還是得由我來，我知道捏拿力道。不能重，重了當場躺下。不能輕，輕了不濟事。」

眾人商議已罷，金阿根要小靈通，將漁工、家丁聚攏，之後，用手點指，指著唐世豪道：「這人，是罪魁禍首，所有殺戮，皆因此人而起。照說，廢了他性命，也不為過。然，上天有好生之德，現如今，惡人或殲或走，漁場已然奪回，這人，就此免死。不過，死罪可免，活罪難逃，讓他肚子挨兩拳，大夥兒評評理，這樣可好？」

眾漁工並家丁，七嘴八舌，都說這樣便宜了這姓唐的，又講出多少種侮辱折磨之道，要唐某人嚐嚐味道。末了，金阿根震臂示意眾人安靜，隨即，點手要儲幼寧上前，準備下手搥擊唐世豪胸口。唐世豪萬萬逆料不到，竟然逃得一死，心裡暗喜，面上卻仍鎮定，擺出威武不能屈模樣，站起身來，伸伸腿腳，活動筋骨，繼而挺胸凸肚，往儲幼寧行去。

儲幼寧連揮兩拳，擊中唐世豪胸脅之間，左右各一拳。拳頭擊著之後，儲幼寧當即察覺，這唐世豪竟然運勁於胸肌，聚肉成塊，硬梆梆抵禦拳擊。當下，儲幼寧加大力道，左右各一，又是兩拳。金阿根等見狀，心中略感詫異，但皆無話。唐世豪連挨四拳，逃得性命，心中暗喜，不願多事，也沒吭氣，抬腿拔步，向內陸走去。

蓋因天色已黑，加上漁工家丁皆為金家所屬，無人替他操舟，因而，他走向內陸。連夜步行，找尋其他漁村，暫歇息一宿，次日，再找扁舟暨舟子，渡他返回上海。之後，此人返回上海，初時尚好，五日後，脾臟裂縫擴大，出血不止，臥床數日，延醫救治無效，最後嘔血成升而亡。

漁場奪回，小靈通調度指揮，恢復先前生計，金阿根則率金秀明、儲幼寧、義律等人，併同家丁，循長江水面逆流上行兩日，返抵通州。船到通州，義律另行雇舟回揚州，臨走前，金阿根出具單據，寫明支付義律白鹽二十大包。原本，義律要價二十包，金阿根還價十包，最後講定價錢，十五包。如今，眾人生死與共，交情自然不同，金阿根主動抬價，寫明白鹽二十大包，等同義律最初要價。

義律執此單據，赴揚州盛隆昌鹽號棧房，憑單據提領白鹽二十大包。日後，金阿根自會以自家私鹽，補足鹽棧二十包虧空。臨走前，義律與金秀明、儲幼寧殷殷話別。尤其，對儲幼寧，義律格外親熱，囑咐儲幼寧，回到揚州後，常與金秀明，一齊至洋人巷玩耍。

金阿根、金秀明、儲幼寧至通州金宅，見金疙瘩較前又有好轉，已能下床，四處行走。漁場惡戰之後，當天夜裡，即有家丁搭小舟飛速趕往通州，將光復漁場之事，報予金疙瘩知曉。故而金阿根一行抵達金疙瘩宅院時，金家喜氣洋洋，設宴款待，殷殷致意。依金疙瘩意思，要三人多待幾日，好盡地主之誼，但金阿根等離家已久，加上生死交關，自閻羅殿前走了一回，心中依舊戰慄，總想早早回揚州老家，這才能全然放鬆。

因而，在通州宿過一夜，次日又搭舟，沿長江逆流而上，返抵揚州。

三人歡喜返家，才下車，進了大門，就見劉小雲帶著兩個小娃子，在前院嬉戲。這兩個小娃娃，一為金秀明千金，另一為金秀蓮閨女。兩娃兒一見金阿根，爺爺、公公叫個不停，金阿根大喜，咧嘴呵呵大笑，金秀明亦喜孜孜，摟著自家孩子。儲幼寧站在一旁，見劉小雲望著自己，乃點頭微笑回應。

眾人擁簇，金阿根往後院走，妻子莫氏笑咪咪迎上來道：「通州那兒，前兩天就有消息傳過來，說是事情辦妥了，我猜，依你個性，不會在通州多待，一定是隔天就啟程回家。所以，算準了，你今天到家，我特地派人去秀蓮婆家，把女兒並外孫女都接來。」

金阿根奇道：「小雲呢？怎麼跑到前院去了？不是說，她身分要緊，不能讓人見到，免得牽扯到葛大侉子之事。」

莫氏道：「哎呀，你不知道，我們也是前幾天才聽人說，通四海鹽號那大夥計小城隍，前幾天他帶著小妾去上海玩耍，逛上海城隍廟。結果，一個不小心，在上海城隍廟台階上，摔了個觔斗，把腦袋給砸壞了，此後睡在床上，都睡了多少天一直沒醒。你想，揚州城裡，除了秀明、幼寧，就是小城隍見過小雲，曉得她面目。現在，小城隍都半死半活，睡在床上醒不來，不怕有人認出小雲，所以，我就准她到前院活動。」

金阿根嘆了口氣道：「唉，人生無常，真是說不準啊，這人綽號小城隍，沒想到，最後竟然栽在城隍廟台階。這人，還是挺不錯的，大家同在揚州做鹽買賣，他是通四海鹽號老闆徐良臯跟前紅人，徐老闆對他言聽計從，他在通四海鹽號，也算是運籌帷幄，和同業相處，也算公正。我聽人說，當初徐良皋對廚子劉五恨到骨子裡，非要弄死劉五不可。後來，還是小城隍講了好話，說是劉五家破，又戴枷示眾，已然受夠懲罰，徐良皋才放了一馬。要不是葛大侉子，小雲現在應能和他爹劉五，在鄉下找個地方，過平安日子。」

「我說，秀明啊，明天替我去小城隍家瞧瞧，問候問候，有什麼能幫忙的，我們也盡點力。」

聽金阿根此言，儲幼寧心裡想著：「做事容易，做人難，好壞之間，善惡之間，正邪之間，常混淆摻雜，似無黑白界線。金爹爹對唐世豪，一句真話沒有，明明說要放唐世豪一馬，卻暗中使殺手，要我拿陰拳打唐世豪，打到他日後脾臟破裂，嘔血而死。」

「轉過頭來，金爹爹對小城隍卻是另一番態度，送溫送暖，情意深厚。可見，當好人，但不當爛好人，該狠心下殺手時，自應狠心下殺手。然則，下回我下殺手之後，事後大約又要悔恨，實在麻煩。」

正尋思之際，就聽見莫氏吆喝道：「來啊，都把預備好的東西拿上來。」語畢，就見丫頭僕婦，拿椅子的拿椅子，端熱水桶的端熱水桶，拿毛巾的拿毛巾，並取來剃刀、梳子、蓖子、洋胰子、花露水等物件，後擺於後院。

金阿根見狀，邊笑邊問道：「喲，這是幹麼，要開剃頭店嗎？」

莫氏道：「我問你，你們出去這些天，上過澡堂子嗎？好好洗過澡嗎？好好剃過頭、洗過頭、編過辮子嗎？」

金阿根道：「妳急什麼？待會兒，我們上澡堂子去。早上皮包水，下午水包皮，現在辰光還早，我們上茶館去，吃吃喝喝，茶水入了肚皮，算是皮包水。等茶館吃飽喝足了，就上澡堂子去，好好泡泡，熱水泡著這臭皮囊，算是水包皮，再請捏腳師父敲敲打打，就更舒服了。咱們揚州捏腳師傅，遠近馳名，不上澡堂子去，找捏腳師傅敲敲打打，在自家後院子剃頭、洗頭、編辮子，這是啥話？」

莫氏過來，抓著金阿根手，用力一捏，使個暗號道：「老頭子你就別管了，今天都聽我的，你們三個爺兒們，今天就在後院裡剃剃洗洗，自家人大團圓，聊聊扯扯，比什麼都快活。那個，秀明家裡的，妳給秀明刮刮洗洗。老頭子，你就歸我招呼了，你頭上一根頭髮都沒有，刮頭、編辮子都免了，我就給你洗洗擦擦好了。那個，小雲啊，妳招呼幼寧。瞧瞧幼寧這風塵僕僕模樣兒，一頭一臉的沙，小雲哪，妳可用點心，給好好弄乾淨了。」

於是，金家後院成了剃頭店外加澡堂子，丫鬟僕婦分成三堆，先倒熱水入盆，拿毛巾浸溼了，把溼毛巾在腦袋上摀著，摀一陣子，等熱氣散了，毛巾拿起來，腦袋上寸許長頭髮也就泡軟了。這時候，拿剃刀刮，一刀一刀刮下去，把腦袋刮乾淨，除了辮子，滿腦袋精光青頭皮，特別精神。刮完腦袋，把辮子鬆開，先拿熱水稍稍潤溼，繼而拿洋胰子擦擦，擦完了，用手搓，搓出胰子泡泡，洗淨髮辮灰土油垢。

髮辮洗淨後，再拿熱水慢慢往下沖，沖掉胰子泡泡。之後，拿毛巾稍微擦擦，擦完，拿蓖子自上往下梳理，刮掉枯乾髮線。之後，抹上點花露水，晾乾，再打辮子。打完，就成了條油鬆大辮，光鮮得很。

這天上午，莫氏調度金家後院場面，笑語盈盈，闔家歡聚，好不熱鬧。金秀明妻子李氏、劉小雲，各自為金秀明、儲幼寧剃頭洗頭；莫氏則給金阿根洗頭、刮臉，金秀蓮則帶著兩個娃兒，在旁遊逛戲耍，好一幅其樂融融闔家歡景象。

儲幼寧此時二十一歲，到金家六年，已是金家上下救命恩人。他在高郵旅店柴房，救過金秀明、劉小雲；他在崇明島漁場，救過金阿根、金秀明、小靈通、義律。金家上下，早視他為自家親人，也視劉小雲為儲幼寧未過門妻子。然而，儲幼寧與劉小雲，一年多來少見面、鮮談話，更談不上來往。如今，劉小雲十九歲，服侍儲幼寧剃頭、洗頭，手腳輕盈，舉動溫柔，一旁莫氏與金阿根、李氏與金秀明，唧唧咕咕，談話不休，而劉小雲與儲幼寧，卻始終無話。

雖無話，卻是無聲勝有聲。劉小雲芳心可可，都在救命恩人儲幼寧身上，兩手在儲幼寧頭頂上輕巧移動，細膩刮，輕柔洗，彷彿用兩手代替雙唇，以手說話，傾倒情愫。儲幼寧八歲喪父，此後即與閻桐春相依為命，閻桐春待他如親生兒子，但父子之情究竟不比母子之情，更與男女之情不同。現下，劉小雲兩手柔軟，在儲幼寧頂上移動，先剃後洗，儲幼寧只覺得身上與心裡，俱是異樣感受，又似觸電，又似沐於春風。

儲幼寧幼時缺母愛，即長，又缺異性之愛，這天這頓剃頭、洗頭大典，讓他頓感不同，但覺通體舒暢，對劉小雲大有好感。

當日稍後，四下無人之際，金阿根問莫氏道：「這後院刮頭、洗頭，究竟怎麼回事？妳葫蘆裡賣什麼膏藥？搞什麼鬼？」

莫氏道：「老頭子，你就不懂了。我問你，你不也贊成，將小雲許配給幼寧嗎？這兩人，一不見面，二不談話，你要怎麼牽這紅線？所謂男女有別，兩人不見面，不談話，又無肌膚之親，你要他們怎麼結為夫婦？我這一招，可高了，在後院，當著丫鬟僕婦的面，也算大庭廣眾，就讓他二人，有了肌膚之親。」

金阿根道：「什麼肌膚之親？刮刮頭，洗洗頭，編編辮子，就是肌膚之親啦？」

莫氏道：「你個死老頭子，別飽漢不知餓漢飢，人家手都沒碰過，現下，讓小雲兩手在幼寧頭上摳摳摸摸，就是肌膚之親。」

金阿根道：「鬼扯淡，沒有肌膚之親？去年在高郵客棧，幼寧都把小雲推舉上牆頭了，怎麼沒有肌膚之親？」

莫氏道：「那不一樣，那是逃命。別忘了，你兒子那會兒還騎在牆上，拉著人家姑娘兩隻手，硬往上拽呢！」

金阿根道：「那麼，你還有啥奇謀妙計？下一步又要幹啥？」

莫氏道：「不知道，反正，走著瞧。這兩人，都住咱家，都是咱們家人，我要怎麼捏他們，容易得很。反正，以後你別再讓幼寧去剃頭店，隔三差五的，就讓小雲給幼寧剃頭、洗頭、編辮子。」

此後，莫氏處心積慮，精心擘畫，就是把儲幼寧與劉小雲湊在一塊兒。儲、劉二人，亦都曉得莫氏用心，兩人心知肚明，但皆不說破，默然照著莫氏步子走。果然，隔三差五，劉小雲就在後院，替儲幼寧剃頭、刮臉、洗頭、編辮子。那光景，四周丫鬟僕婦環繞，並非兩人私會，但丫頭僕婦受莫氏之教，均遠遠站著，看得見儲、劉二人動作，卻聽不見二人談話。就這樣，既顧及禮教，不算是私會，卻又頗像私會。

莫氏緊盯此事，常要劉小雲替儲幼寧織雙襪子、鉤條圍巾，劉小雲欣然受命。襪子、圍巾織得了，儲幼寧則欣然穿戴上。間而，女眷出門，上胭脂店買胭脂、鴨蛋粉、花露水等等閨房事物，莫氏吆喝女兒、媳婦，又帶上劉小雲，搭棚車前往，但也囑咐金阿根，偕同金秀明、儲幼寧，步行伴隨前往。逛完胭脂店，再逛布疋店；逛完布疋店，尋間大館子，弄個套間，帘子一拉，闔家男女齊聚而食。

購物、外食，莫氏均安排儲幼寧與劉小雲共處，自金阿根以降，金家老少均知，女主子極力撮合義子儲幼寧與義女劉小雲。不僅家人知，闔府上下丫頭僕婦、家丁長工亦皆盡知曉。劉小雲，自高郵被救之夜，即已心屬儲幼寧，唯儲幼寧心意不定，蹉跎經年，直至崇明島惡戰歸來，莫氏命劉小雲替己剃頭、洗頭、編髮辮，這才體會女性柔情呵護，亦默然接納劉小雲情意。

這天，中秋已過，秋老虎發威，兩人又在後院，就著樹蔭之下，剃頭、刮臉、洗頭、編髮辮，丫鬟僕婦遠遠站著，儲、劉兩人密邇細談。兩人身世，對方大致知曉，但仍欠細節。因而，此時正聊著身世，儲幼寧先把自幼迄長，身世內情細說分明。自太平軍攻打吉家圩，親生父母亡故起，一直講到閻桐春攜己至揚州，投奔金阿根為止。

劉小雲察覺，儲幼寧今日話多，因而，刻意放慢剃、洗、編動作，下手更輕，更柔。儲幼寧邊講，劉小雲邊烘托，順著儲幼寧話語，不時同聲悲痛、同情、驚詫、讚嘆，叫好。末了，儲幼寧講完，要劉小雲也多講講自家身世。劉小雲邊給儲幼寧編織辮子，編自怨自嘆道：「像你，會武術真好，打遍天下無敵手，不受人欺負。我到金家之前，可真命苦，受盡苦楚。要不是你，我早受那臬台衙門官差之辱。要不是金爹爹，我早流落街頭，死都不知道死了幾次。」

儲幼寧道：「說說，妳怎麼受苦的？」

劉小雲道：「我爹出生貧寒，幼時學藝，一直給飯館當廚子。那時，我家在高郵鄉下，租人家房子住，家門口有株槐樹，樹高幹粗，枝岔繁密。那時，我才十三、四歲，鄉里有個無賴，叫淨街張，在街面唱小曲，討小錢維生。這人姓張，自誇嗓子眼獨一無二，唱腔傲視高郵，唱起來，鄉里父老都湧到他周圍，聽他唱曲，街上都沒行人了，因而，自稱叫淨街張。」

「這人是個浮誇無賴，有次我陪我娘到廟裡上香，被這人瞧見，死皮賴臉跟著下來，跟到家裡。之後，天天在我家門口唱小曲，唱得左鄰右舍全講閒話，說我命帶桃花，上個廟會，都能招回浪蕩子。那淨街張，還常爬上我家門前槐樹，朝我家窺探。我爹很不高興，把我娘與我罵了一頓。後來，我爹找人，請淨街張喝酒吃飯，央求那人，別再來我家騷擾。」

儲幼寧道：「結果呢？妳爹又請客，又央求，那人放過妳了嗎？」

劉小雲道：「沒有，那人愈扶愈醉，不央求他還好，愈央求他，他愈來勁。到了後來，幾乎每天夜裡，都爬在槐樹上，朝我們家唱小曲，又在紙上寫些無賴話，朝我家院裡扔。所唱，所寫，都是些郎啊、妹啊的，全是瞄準了我說事。」

儲幼寧道：「這不是沒有王法了？妳爹報官沒有？」

劉小雲道：「怎麼沒有，去縣衙門，找師爺疏通。師爺張口就要錢，又要酒，又要飯。我爹一個小廚子，哪有那些閒銀子，應付衙門打抽風。末了，有個人，姓左，是個潑皮無賴混混，高郵百姓很怕這人，稱這人叫左討債。」

「這人不是真的討債維生，而是街面混混，但他手段兇、行事狠，一旦沾上了人，就好像債主沾上了欠債的，沒完沒了，非要滿足了需索，這才罷手。人都怕他，所以喊他左討債。有天，他在街上碰見我爹，說是知道淨街張胡鬧之事，他會替我爹擺平這人。我爹知道左要債名頭，哪裡敢沾他，當時哼哼哈哈，沒說什麼，就趕緊走開。」

「有天，淨街張突然不見了，也不在街面上唱小曲，也不到我家門前胡鬧。又過了幾天，有人在門外敲打叫門，我爸去應門。門一開，就見淨街張跪在地上，頭上、身上都裹了布條，隱約滲出血跡。淨街張跪在地上，對我爹說，他以前不對，以前耍無賴，被人痛揍一頓，要他到此道歉。因而，他特地來道歉，說是以後不敢了，再也不會到我家門前，尋事胡鬧。」

「那時，我家上下都高興，我娘還說，天可憐見，老天有眼，惡人終究有人治他。我那時還小，道理想不透，只覺得這世界奇怪，好好講道理，根本講不通，嘴巴說破了，都沒用。倒是揍人有用，不聽話，不講理的傢伙，痛打一頓，這就乖了。」

「我爹卻說，事情沒那樣簡單，恐怕會有後患。果然，真有後患。幾天後，左要債來敲門，我爹出去，左要債說，是他暴打淨街張，現下，淨街張乖了，不敢來鬧事，他要我爹把我許配給他。他說，給三天時間準備，三天後來迎娶。」

聽到這兒，儲幼寧雙眉緊皺，兩眼瞇起道：「這是什麼世道，怎麼淨出這種混蛋。是我沒碰上，我要碰上了，取他性命。」

劉小雲聽儲幼寧如是說，兩手編髮辮動作更柔，更慢了，她接著道：「我爹說，淨街張只是寡廉鮮恥混混，只敢鬧鬧，不敢真的動手。但左要債不同，這人兇狠蠻橫，衙門裡有他親戚，他不怕衙門，簡直是天不收，地不管，我們惹不起。於是，連夜收拾細軟，當天晚上就悄然搬家，連房東都沒通知。搬家後，我跟我媽，到她山裡娘家去住，我爸則遠走揚州，給鹽商老太太當廚子。」

「鹽商老太太過世，我爸拿了銀子，回到高郵，聽人說，左討債有眼無珠，耍無賴訛上了個外地人，敲詐一百兩銀子。那外地人，其實是駐軍提督丈人，那人向女婿訴苦，說是才到高郵地面，就被地痞訛詐，索要一百兩銀子。那提督，聽說是朝廷一品武將，當然權大勢大，就派兵把左討債押進營內，拷打而死。左討債死了，我爹放心，就把我娘和我，從山裡接出來，在高郵城內起造宅院，一家定居。在那之後的事情，你都知道了。」

儲幼寧道：「我幼年命不好，連喪兩爹娘，但閻夫子護著我，待我如親生子。此外，我又在山寨裡過日子，寨主是我叔叔，寨子幾十口人，也都是命苦之人，大家相依為命，沒聽過什麼人欺人之事。但自誤殺秦善北，逃離山寨之後，這多年來，聽過、見過極多人欺人之事。我雖有武藝，也擊殺過不少人，但我本性不願殺生，只可恨，有那樣多人形獸，披著人皮幹畜生之事，鬧得我沒法選，只好痛下殺手。」

「我常想，這世道人心，到底是哪兒搞錯了？怎麼會有這樣多人欺人、人吃人之事？照理說，以暴易暴絕非正道，砍砍殺殺只會愈弄愈糟。但氣人的是，許多人，許多事，講理根本講不通，講理反而受欺侮。那些油混子，你和他講道理，他拿你當耳邊風，該搶照搶，該偷照偷，該欺你照欺你。反而你打他一頓，揍個賊死，他倒乖了，不敢再施故技了。」

劉小雲輕拍儲幼寧天靈蓋道：「別生氣，別生氣，你現在在金爹爹家後院，我好生給你刮臉洗頭編辮子，你好生坐著，別生大氣。」

儲幼寧不禁啞然失笑：「是啊，我現在犯不著生氣。只是，不曉得以後啥時候，又會跑出事情，我又得出手傷人，甚至殺人。我不喜歡那樣，但好像每次都沒得選，必得那樣殺人，才能扭正惡局。金爹爹也說，我想得太多，該動手就動手，只要殺所該殺，就問心無愧。」

劉小雲道：「是啊，聽金爹爹的，準沒錯。你不知道，有次秀蓮姊姊對我說，他們金家欠你可多了，要不是你，金家門恐怕要死不少人。可見，你要不殺那些人，那些人倒過頭來，就會殺金爹爹一家人。」

儲幼寧道：「是嗎？我倒從來沒這樣想過，金爹爹並金媽媽，對我恩重，拿我當親生兒子。在金家住著，這才覺得像個家。以前在山上，只有和閻夫子同處一室，才覺得像家，出了那斗室，就沒家感覺。我住金家，能幫點忙，料理那幫混帳，也是應該。」

兩人說說講講，情誼日漸深厚。時日一久，兩人即便年輕，不曾想結為夫妻，一旁莫氏早就按耐不住，催促金阿根，出手辦事，將兩人結為夫妻。

秋去冬來，冬至前後，天寒地凍之際，這天，金家父子並儲幼寧，甫自售鹽區結束買賣，售磬官鹽、私鹽，收穫頗豐，回到家裡，洗刷乾淨，闔家歡聚，齊在前廳吃夜飯。莫氏向金阿根遞個眼色，金阿根彈嗽一聲道：「幼寧啊，你到我家幾年了？」

儲幼寧道：「金爹爹，我十五歲到此，那時秀蓮姊姊十七歲，秀明哥哥二十歲。現下，過了年，我就二十二，到您家有七年了。」

金阿根道：「是啊，時光飛逝，七年時間，一晃就過去了，你都要二十二了。這樣啊，你瞧，你秀明哥哥在你這年紀，已經成家娶親。你秀蓮姊姊在你這年歲，孩子都生了。我想，你也老大不小的了，也該成親了。」

不等金阿根說完，莫氏搶話，接著道：「就是說啊，秀蓮嫁人，生了孩子，卻是婆家丁家門的，不干我們金家什麼事。秀明嘛，結婚多年，至今只養了一個孩子。」

說到這兒，金秀明妻子李氏眼都紅了，莫氏忙道：「媳婦兒，這不是說你，我是說我自己兒子秀明。媳婦兒，妳是好媳婦兒，沒再生養，是金家門的事，是秀明的事，不關妳的事。」

金阿根聽妻子愈扯愈離題，趕忙導正話題道：「嚇，妳就別亂扯了，明明是講幼寧的事，妳卻滿山跑馬，胡亂扯，扯歪了，扯到秀明媳婦那兒去了。言歸正傳，就是講幼寧的事。」

莫氏道：「是，是，就是講幼寧的婚事。幼寧啊，你看，咱家宅院大，廳房多，除了我和老頭子，就是秀明夫妻，還剩多少廳房空在那兒，等你成家了，不用搬出去，仍舊住這兒。」

金阿根夫妻二人扯這話題，儲幼寧心裡有數，曉得這是要把劉小雲許配給自己，心裡頗受用，不禁嘴角略有笑意，拿眼斜斜瞥過去，就見劉小雲兩頰泛紅，垂首低頭，默默吃飯。

這場夜飯，敲定儲幼寧與劉小雲婚事。飯後，女眷聚齊，找來劉小雲，商議婚宴細節。這邊廂，金阿根、金秀明偕同儲幼寧，留在前廳，喝茶閒談。金阿根問道：「幼寧，你大婚之事，要不要派專人，北上山東，去寨子裡，通知你閻夫子？」

儲幼寧道：「閻夫子待我，恩重如山，如今與小雲結為夫妻，自然應稟報閻夫子。然而，秦善北那檔事，不知如今是否雨過天青。前幾年，山東省地面，還到處貼有畫影圖形緝拿吉仁凱告示。如派人上山寨，倘若事機不密，招來注意，山東省知會江蘇省，到揚州緝拿，反而不妙。可否暫時壓下此事？待齊益壽、孟慶凰兩位叔叔再度來揚州時，請兩位叔叔回山後，悄悄告知閻夫子。」

光緒九年，春節過後，金阿根給儲幼寧、劉小雲辦了婚宴。這婚宴，金阿根以義子、義女成婚名義，廣發英雄帖，遍邀揚州城八大鹽號大小東夥，足足熱鬧了五天，這才完事。此後，儲劉二人，結為夫妻，依舊住於金阿根宅邸，於金阿根夫妻眼中，儲幼寧亦子亦婿，劉小雲亦女亦媳，一切融樂，萬事俱安。

然而，天有不測風雲，人有旦夕禍福，儲、劉才完婚未久，那年春天，又跑出大事，小倆口被迫分離。

第十四章：遇雙煞寨主師爺同場殉命，折傘骨金冠銀冠皆受重創

儲幼寧與劉小雲婚後，琴瑟調和，如膠似漆，好日子甜甜蜜蜜過了三個月有餘。這天，清明才過，天陰多雨，霪雨紛飛，青苔遍地，地溼路滑，水高河漲，金家男丁俱赴盛隆昌鹽號堆棧，督促鹽工堆積沙包、抬高貨架，以防水患。此時，金家宅院來了人。此人辮髮渙散、衣衫破舊，不知幾日沒洗澡，渾身一股酸味。

來人敲門，家丁應門，見這人風塵僕僕，神情委頓，身髒體臭，不禁心生嫌棄，揮手叫道：「去，去，去，主人不在家，沒人施捨你銀兩，去別處要去。」

來人低聲下氣，對家丁道：「煩請通報你家主人一聲，就說山東臨沂佟暖求見，有要事稟告。此事攸關貴府儲幼寧，請務必儘速通告。」

家丁聽佟暖之言，不敢怠慢，將佟暖迎進，並請人往後院通報。未久，莫氏迎出，接著佟暖，一面要家丁趕赴鹽號堆棧，召回金家三人，一面要人快快送上飲食。佟暖食不下嚥，勉強扒下幾口飯，放下碗，說是幾日沒盥洗，望能洗把臉、擦擦手。於是，莫氏交代家丁，就在家丁住屋裡，讓佟暖沐浴更衣，換上家丁乾淨衣裳。

大半個時辰後，佟暖弄乾淨了，金家三男丁也趕回家來。佟暖見金阿根年長，乃打躬作揖，拜了下去：「在下佟暖，自臨沂山寨來，有事報知儲小少爺。」

金阿根扶起佟暖，安排就座，儲幼寧一臉急切，焦灼問道：「佟師傅，出了什麼事？山上怎麼了？閻夫子好嗎？」

佟暖當即高聲哭喊道：「沒有啦，沒有啦，都沒有啦，寨主沒了，閻師爺也沒了！」

儲幼寧聞言大驚道：「什麼沒有了？閻夫子怎麼沒有了？」

佟暖邊哭邊道：「十幾天前，來了輛大車，兩頭驢子並轡而拉，看得出車上物件沉重，是筆好買賣。寨主呼嘯，傳所有人出去，把大車圍住了。大車裡坐的是婦道人家，當時沒下車。車外，還有兩個點子，各騎驢子，跟在一旁。

「一個點子，粗黑結棍，黑臉堂，臉上有個酒糟紅鼻子，身後插兩柄薄背利刃刀；另一個點子，則是一張白臉，一身錦繡華服，脂粉氣重，穿得好似戲臺上小生。其他，就是驢車上兩個車夫，另外幾個走路隨從，連個保鏢的都沒有。」

「寨主把車攔下，還是照老規矩，喊江湖口訣，此山是我開，此樹是我栽，若想打這兒過，留下買路財。這號兒才喊完，那白臉呼地一下，從身上拔出個洋傢伙，短短一截，看著是把短洋槍，衝著天上，轟地一聲，放了一槍。這下，山寨夥計們都懵了，呆在當場。」

「這小白臉說了，他姓白，叫白鵬飛，綽號玉面小專諸，前面車上坐的，是他姊姊白氏。他說，他姊夫是清江浦漕運衙門裡漕運郎中薛鳳培，現下，他和他姊姊，從清江浦，走陸路回山東德州老家，要我們識相點，肅立一旁，讓他們過去。又說，在咱們山寨之前，走這趟山路，已經碰過好幾起劫道山賊，都被他洋槍逼退，要我們識相點，別當槍下亡魂。」

說到此處，儲幼寧急道：「快講，我閻夫子怎麼沒了？」

金秀明道：「賢弟，別急，讓這位師傅慢慢講，把事情講清楚，別亂了套。」

金阿根瞧著金秀明道：「怎麼又是短洋槍？現下江湖人物都靠短洋槍混世了嗎？」

佟暖邊流淚，邊接著道：「當時，閻師爺瞧出厲害，小聲對寨主說，好漢不吃眼前虧，就放這撥人過去，少做一筆買賣沒關係，別惹禍上身。但寨主聽不進去，發了牛脾氣，八匹馬都拉不住，非要較勁不可。當時，寨主就說了，英雄好漢，要比真功夫，靠犀利火器撐腰，不是好漢，讓江湖上笑話。」

「那白臉人說，他玉面小專諸，不是江湖人物，不講江湖規矩。但那酒糟鼻說，他以前待過鏢行，幹過鏢師，算是江湖人物，他願守江湖規矩，和寨主手下見真章。」

「說罷，那人下驢，就要和寨主放對。寨主發了彆勁，不顧閻師爺勸，拿了柄厚背大砍刀，就衝了過去。那紅鼻子真有本事，只見他不慌不忙，拔出兩柄刀，雙手執刀揮舞，繞著寨主轉了個圈，就見寨主臉上挨了一刀，脖子挨了一刀。脖子那刀，切了大血脈，一股血箭自寨主脖子飆射而出，寨主晃了兩晃，就倒地不起。」

「大夥兒還沒緩過神來，就見那小白臉拔出短槍，朝咱們連射，閻師爺衣著不同，瞧著有學問，第一個中槍。跟著，夏涼也中槍，其他夥計也跟著中槍。我那時站得較遠，那小白臉也衝我射一槍，沒打中我，嚇得我趕緊躲到寨門後。連打幾槍後，槍聲停了，但隨即槍聲又響。不知過了多久，我才回過神來，到寨門口外一看，連閻夫子帶夏涼，躺了十幾個人。」

說到這兒，儲幼寧渾身顫抖，語不連貫，斷斷續續道：「報仇，金爹爹，我要去報仇，我要去給閻夫子報仇。」

金阿根道：「幼寧，鎮定點，鎮定點，這仇一定要報，不急，我們一定報仇，但先商量定了再說。」

金秀明道：「那廝究竟是什麼來路？怎麼子藥那樣多？佟師傅說，槍聲停過，然後又響，那是轉輪槍六枚子藥射完，這廝又繼續填裝新子藥。這短槍在手，就是天王老子，除了幼寧之外，誰也擋不住，任你功夫多強、刀法多厲害，碰上了也只好躺下。幼寧，你要報仇，可得小心在意啊！」

佟暖接續道：「我聽外頭槍聲停了，到外頭一瞧，地上躺了十幾人，到處是血。兩個點子與驢車、隨從，都已不見。地上所躺十幾人，僅有少少幾人已經沒氣，其他人，未傷要害，當時還醒著。閻師爺傷在腿上，已經用衣服裹住，但血還是往外冒。山上沒什麼金創藥，那光景，有藥也沒用，傷口太深，腿都打穿了。其他人也差不多，都是傷口流血，止都止不住。」

「閻夫子交代我，說方圓幾十里沒個大夫，這槍傷沒法子醫，他遲早要死。他說，要我安頓寨子裡剩下人等，並要我到揚州找盛隆昌鹽號金阿根，說是小少爺在這兒。閻師爺也說，小少爺改名了，早不叫吉仁凱，早改回儲幼寧了。閻師爺並其他受槍傷夥計，都叫渴，都要喝水。等水拿來，各人喝下去，不到一盞茶功夫，就全都斷氣了。」

「那天晚上，大夥兒忙著刨墳，就在山寨外頭山上，挖了十幾個墳，把寨主、閻師爺並夥計們，全都埋了。那墳堆，旁邊就是多年前儲懷遠、秦善北埋屍之處。那天晚上，我找來剩下的夥計們，在聚義廳商議，願意回鄉的回鄉，想繼續幹山賊的，投往附近其他寨子。還有幾位，既不願回鄉，也不想繼續幹山賊，就留下來，守著寨子附近那幾畝旱田，當農民過日子。」

「將來，不定什麼時候，齊益壽、孟慶凰兩位師傅，往來貿易得了銀兩，會轉回山寨。屆時，就由留在寨子守著耕地的夥計們，把事情始末，告知齊、孟兩位師傅。我告訴夥計們，說我要離山，此後不回去了。現如今，到了這兒，將實情稟報，我事情已了，這就要去了。」

金阿根道：「佟師傅，意欲何往？」

佟暖道：「我在河北滄州，還有幾位同門師兄弟。這些年，我和夏師弟情同手足，同進同出，現如今，夏師弟沒了，我心裡難過，哪兒也不想去，想先回滄州，見見同門，再做定奪。」

金秀明道：「請問佟師傅，那逞兇之徒，除了上述言語之外，還有沒有其他內情？像是那紅鼻子點子姓啥叫啥？像是他們此去，將往何處？那清江浦漕運總督衙門漕運郎中薛鳳培，現下人在何處？為何未與其妾白氏同行？」

佟暖道：「我所知之事，已經言盡，無有其他內情，可供奉告。」

佟暖接著對儲幼寧道：「小少爺，我要走了。你起小，我就看著你長大，如今你身量、體態、容貌，都較過去不同，英氣逼人，俊朗蕭颯，你親生爹爹、養生爹爹、閻師爺，在九泉之下，可以安心了。我走後，你一切保重，將來到北方去，替閻師爺報仇。」

說罷，站起身來，拱手而別。金阿根奉上銀票五百兩道：「佟師傅，別推讓，一點小心意，一路平安。」

佟暖走後，三人續留大廳，密商對策。儲幼寧此時心境依舊激盪悲痛，倡言立刻起身，奔赴德州，尋覓殺師仇人。金阿根則不斷安撫，勸儲幼寧稍安勿躁道：「幼寧，別急，別急，人死不能復生，這仇是一定要報，但復仇大計得慢慢合計。正巧，今天就有機會，晚上過江去，我心裡有個人，能問出點東西。」

揚州鹽商，奢華成風，年年都有各式節慶儀式，齊聚歡慶。其中，每年此時，眾鹽商都要準備大量金箔，金箔上雋刻自家姓名，並出鉅資賭注。之後，到長江對岸鎮江金山寶塔，居高臨下，撒下金箔，拋入長江。繼而，在長江對岸水面，派專人守候，撈取第一張漂至對岸金箔，金箔主人，榮獲冠軍，贏得全額賭注。此一節慶，名為「金箔花月夜」。

每年此夜，鎮江北面地帶，城開不夜，火樹銀花，極為熱鬧。天上有煙火，地上有煙花，遊人如織，飯莊、酒館、戲園、賭窟、煙館，俱都生意興隆。煙花柳巷亦跟著起鬨，藉機選花國大總統。各路煙花女子，籠絡火山孝子報效，堆砌珠翠、戒指、項鍊、指環、玉佩、手環，競相展示，行頭最多者，選為花國大總統，繞行不已，引來各路遊客，紛擾不休，好似正月十五鬧元宵。尤其，這金箔花月夜不禁女眷，少婦長女，皆可參與，共襄盛舉。

今天夜裡，恰好即為金箔花月夜，金阿根之前早早預備妥當，揚州宅邸至長江碼頭驢車、長江水面船隻、鎮江地面轎子，均已備好。要不是佟暖來訪，闔府早已出發。待佟暖走後，莫氏乃指揮家丁、僕婦、丫鬟，將物件備妥，舉家男女分上幾輛驢車，朝碼頭而去。天陰雨細，路滑露濃，一行數輛驢車，行至長江邊碼頭。此時，天近黃昏，碼頭上大小船隻亂竄，遊人擁擠，都要趕去對岸瞧熱鬧。

幸而金阿根早有預備，眾人順利渡江，到了鎮江碼頭，轉換轎子，去了金山。這金山，原係長江當中一小島，幾百年來，長江水面逐漸北移，金山遂緩緩與鎮江合攏。此時，兩地已慢慢合為一處，自鎮江可行至金山。而寶塔，建於幾十尺矮坡上，白蛇傳裡，法海和尚大戰蛇精白娘娘；宋代傳奇女將梁紅玉擊鼓戰金兵，都與這金山寶塔有關。

金阿根早在寶塔旁臨江飯莊訂了套間，這套間開了大窗，可臨窗瀏覽江面。眾人到了寶塔，金阿根等護送女眷入飯莊套間，由家丁僕婦陪著。儲幼寧知曉，自己不日將啟程北去，撇下劉小雲，此時心中格外依戀新婚娘子。劉小雲也得知夫婿將北去，為閻夫子報仇，自是離情依依，兩人依偎，共撐一把油紙雨傘，隨著眾人，到了飯莊。

之後，三男丁入寶塔，登至塔頂。就見揚州八大鹽號東夥，將塔頂擠滿，人聲鼎沸，熱鬧非凡，就等時辰到了，往下比賽扔金箔。金阿根四面張望，找到了欲找之人。這人，叫周永祥，係春來興鹽號大夥計。多年前，這春來興鹽號，東主陳潤三並同大夥計花皮貓，於揚州飯館狀元樓後院為爐火所燒，雙雙畢命。嗣後，陳潤三遺族無力賡續經營鹽號，乃將鹽號引窩出價轉售，換了新東家。這新東家，則延請周永祥為大夥計。

周永祥，之前曾在清江浦漕運總督衙門，任總督清客，替總督送往迎來，雖無職等品級名位，但位置至關重要，尤其，熟悉漕運總督府衙門上下人等。要打聽漕運郎中薛鳳培一家大小事務，這人最是適合。

金阿根將周永祥拉至寶塔一角，兩人攀談，金秀明與儲幼寧在旁聽著。金阿根道：「周兄，現有一事，想向周兄請教。我有個遠房親戚，想至清江浦漕運總督衙門謀幹差使，四處鑽營，到處打聽，說是衙門裡漕運郎中薛鳳培在大帥跟前最說得上話，因而，想走這薛郎中門路，報效幾百兩銀子。我知周兄曾役於漕運總督衙門，熟稔衙門上下人等，因而，想請教周兄，這條門路，可否走得通？」

周永祥聽罷，當即皺著眉頭，搖著兩手道：「罷，罷，罷，幸好你今天問了我，否則，這幾百兩銀子扔到水裡去了，撞了木鐘。不對，不對，撞不了木鐘，因為，這薛鳳培根本不在清江浦，你要撞木鐘，都找不到鐘了。」

金阿根道：「此話怎講？」

周永祥道：「金兄，虧你還是場面上跑跑的人物。你不知道嗎？漕運總督換人了。原本，去年正月間，總督周恆祺走人之後，朝廷就沒派正選總督，而是要旗人慶裕署理，也就是個暫時替代的意思，是個暫時局面。現如今，兩個月前，今年二月，朝廷來了旨意，把慶裕派去關外，當盛京將軍去了。這漕運總督，派了楊昌濬。」

「這新任楊制軍還沒到任，官場上就有傳言，說是楊制軍對漕運衙門很有意見，說是風氣敗壞，上下交相為賊，待他到任後，必要切實整頓。這話傳了出來，漕運總督府裡頭，前任周制軍、慶制軍所重用人等，心裡焦躁害怕，就有些人早早辭了差使，帶著這幾年攢積家產，離開清江浦，各奔東西去了。這薛鳳培，即是其中之一。」

金阿根道：「這可有意思了，這薛鳳培，到底為啥這樣害怕新任楊制軍？」

周永祥道：「你不知道，薛鳳培雖然官位不大，也就是個漕運衙門郎中，但這人，在前兩任制軍大帥跟前，很說得上話。就像兄弟我吧，早前在漕運衙門裡當差，也算是左右逢源，可說是吃得開，但我碰上薛鳳培，還是要讓他三分。但這人身邊有掃把星，整天給他惹麻煩，前兩位大帥還能容他，新任楊大帥一定辦他，他有自知之明，所以，早早開溜。」

金阿根問道：「薛鳳培身邊，怎麼會有什麼掃把星？」

周永祥道：「那都是他小妾害的，按理說，薛某正房夫人，待人挺好，識得大體，但薛某不知為何，在勾欄妓院裡，找了個姘頭。起先只是在勾欄院雙宿雙飛，後來，索性金屋藏嬌。要光是養個小妾姘頭，倒也沒什麼，要命的是，那小妾有個娘家弟弟，叫白鵬飛。這人，人如其姓，一張圓盤臉，膚色慘白。這白鵬飛，是個紈褲，整天遊手好閒，在外廝混，不幹好事，卻給自己取了個匪號，叫玉面小專諸。」

金阿根道：「這稱號，不是小五義裡，白芸生稱號嗎？」

周永祥道：「是啊，七俠五義裡頭，陷空島五鼠，老五錦毛鼠白玉堂，有個侄子，叫白芸生。後來，在小五義裡，這白芸生，綽號就叫玉面小專諸。這白鵬飛，就拿小五義白芸生名號，安在自己頭上，到處為非作歹。」

「他不光一人橫，還有個江湖兄弟，長得小半截黑塔似的，一張黑臉上，安個酒糟紅鼻子，這人叫畢楚龍，外號過山虎，原先在鏢行裡混日子，當趟子手，後來不知怎地，被鏢局撵了出來，就和白鵬飛攪做一堆，仗著薛鳳培勢力，在清江浦橫行霸道，當地百姓恨透了這兩人。」

「要沒這白鵬飛、畢楚龍，薛鳳培原本大可安安穩穩，在楊大帥底下接著當差。只因這白、畢二人，為非作歹，在清江浦早已名聲在外，地方父老早就等著漕運衙門換總督，打算新總督到任後，推派地方仕紳到總督府轅門擊鼓，親控白、畢二人。前陣子，有朋友自清江浦來，說是薛培鳳已辭了差使，回山東德州老家。」

「並且，因白、畢兩人聲名在外，怕回鄉途中，有仇人翦道攔截，因而，薛鳳培想了對策，他帶元配夫人一家，就地在清江浦上船，沿大運河一路往北，直抵德州。至於小妾白氏，則帶著她兄弟白鵬飛，另外雇車，走陸路，慢慢走，也是去德州。據說，白氏為此很不高興，鬧了一陣子，薛鳳培直勸，說是道路危險，他一路北上，怕有仇人中途攔截。

「倘若兩邊分開走，他被攔到，仇人見白鵬飛不在船上，就無關係。白氏無法，只好依言，另外雇車走陸路回德州。清江浦朋友到此，言及白鵬飛隨姊姊白氏北上前，猶四面騷擾，到處勒索。最要命的是，據言這廝臨走前，闖了漕運衙門軍械庫，盜走洋槍洋械洋彈洋藥。此外，不單是他隨白氏北上，亦拉著過山虎畢楚龍混做一堆，兩人一起路上作伴。」

講到這兒，金家三男丁俱明白，山寨師爺閻桐春、師傅夏涼、併同其他十餘名山賊，係死於清江浦漕運衙門軍火庫所藏洋槍與子藥。

金阿根接著又問：「這薛鳳培，家在德州何處？要如何找他？」

周永祥道：「老金，你這是怎麼啦？都說了，薛鳳培已然辭官，不濟事了，你還要找他。難道貴親戚銀子多得沒地方花，非要散給薛某不可。那薛某，只知道老家山東德州，只知道他和小妾白氏，分兩路歸鄉，其他的，我就不知道了。」

說罷，就聽那頭諸人眾口一聲，爆出喝采喧譁，周永祥道：「哎呀，淨與你說話，都錯過撒金箔了。快走吧，一起過去，看看鹽老闆們比賽撒金箔。」

周永祥走後，金家三人均感失望，未能問得更多訊息，自然無心看拋撒金箔。金阿根道：「唉，問了半天，只多曉得那紅鼻子叫畢楚龍，綽號過山虎，以前待過鏢局。最重要，要知道到了德州後，要怎麼找人。這檔事，卻是狗啃烏龜，無從下嘴。」說罷，三人在這寶塔頂層，順著人潮移步往面江那兒蹭過去。

但見眾鹽商接二連三，往下朝江面拋撒金箔。金箔體輕，漫天飛舞，有些落入江水中，有些落至江岸地面，有些則為風吹回，落入寶塔其他層級。無論江面、岸邊、寶塔上，好事者揮舞各式長短網具，攔截金箔。這金箔上頭貼著十足赤金，分量雖極微，但積少成多，亦能換錢，故眾人以網具搶攔金箔。金箔撒畢，塔上人潮退卻，往塔下而去。金家三人回到塔邊飯莊，接著女眷，帶著家丁僕婦朝外行去，準備搭轎至江邊碼頭，搭船過江，回揚州宅邸。

塔邊路窄，人潮洶湧，雨已止住，儲幼寧收起油紙傘，右手提溜著傘，左手攙扶著劉小雲，與金家男女人等，碎步往停轎處行去。此時，就聽見前面婦人堆裡，尖叫連連，眾口七嘴八舌罵道：「別亂摸，別亂碰，走開，你個不要臉的浪蕩痞子。」

繼而，就眼見人群堆裡，歪歪斜斜，有兩個年輕匪類，兩手亂揮，往這兒逆向行來。燈光火把照耀，亮如白晝，見這二人，衣飾一模一樣，俱是身穿紫色長衫，卻不繫釦子，敞著胸口。長衫上，以金線繡滿元寶、牡丹花，胸膛上則畫著西洋裸婦，下身是純白絨褲，腰身繫著腰帶，腳穿雙樑緞鞋，渾身匪氣。所差者，一人頭戴金冠，腰繫金腰帶，另一人頭戴銀冠，腰繫銀腰帶。兩人兩手上下、左右亂揮，專找少婦長女碰。

儲幼寧偕劉小雲，走在頭裡，金家其餘眾人跟在兩人身後。眼看著，這兩潑皮無賴，就要磨蹭到儲幼寧跟前，劉小雲心裡懼怕，右手抓緊了儲幼寧左臂，儲幼寧察覺，嬌妻身子微微顫抖。儲幼寧兩手下垂，將右手油傘，交至左手掌握住。繼而，右手撕開油傘傘面油紙，輕輕掰斷一根傘骨。這傘骨，為竹枝所製，掰斷之後，猶如一根尖竹籤。

說時遲，那時快，才掰斷傘骨，兩名潑皮已然掩至，金冠潑皮，高舉右手，往下拍落。這人算準了距離，這一掌拍下來，恰好拍到劉小雲胸膛。這一巴掌落了下來，堪堪要觸及劉小雲胸膛之際，儲幼寧悄然將油傘橫向提高，斷竹枝上下直立，那一巴掌，剛好落在竹枝上。那金冠潑皮拍落手掌時，用足了十成力氣，此時落在掰斷傘骨上，竹枝透掌而過，手掌穿過竹枝，落勢不停，繼續墜落，一路插到傘骨根處。

此時，這潑皮痛得大叫，右手插著竹枝亂揮，結果，掰斷竹枝傘骨另外一頭，整條傘骨與傘具分家。這人吃痛，再揮右手，由左向右揮動，正巧，右手手掌所帶起斷竹枝，插進身邊銀冠潑皮左眼。那銀冠潑皮大叫一聲，正想搗著左眼，掌帶斷竹枝這金冠潑皮，還是繼續舞動手掌。因而，竹枝自銀冠潑皮眼窩中拔出，銀冠潑皮連聲慘叫，原來，這竹枝將銀冠潑皮左眼珠，整個帶出。眼珠子滴著殘血，銀冠潑皮則是手搗左眼，委頓倒地，在地上打滾，不斷呼號慘叫。

儲幼寧略施小技，剎那間接連重創金冠、銀冠兩潑皮。四周人潮洶湧，聲浪鼎沸，僅有近處遊人目睹慘劇，才曉得事態。遠處地方，如織遊人全不曉得有此慘事。即便金銀兩潑皮身邊人等，只見兩人受重創，卻無人瞧得分明，沒人曉得這是儲幼寧暗中作法。金阿根並金秀明，跟走在後，亦不見儲幼寧施法，但二人見兩潑皮受重創，心知肚明，這應與儲幼寧有關。

劉小雲，亦未見儲幼寧掰折傘骨，但也明白，這是心上人施法懲惡。一行人匆匆上轎，到碼頭由轎換船，到揚州又由船換驢車。待回抵宅院後，天色已晚，女眷各自回房，金阿根、金秀明、儲幼寧在前廳喝茶談話。金阿根問：「適才金山寶塔那兒，兩潑皮事情，是你所為？」

儲幼寧答道：「竹枝插掌，是我所為，算準了如此。至於後來又插進眼睛，則非我所估算，純屬意外。」

金阿根道：「孩子，我早說過，只要是懲奸除惡，就為所當為，手段酷烈，也無所謂。今晚這事，幹得漂亮。要換做是我，早把這兩個混混浪蕩子給廢了。你們可知，這兩人是誰？」

金秀明道：「是誰？難道是高官巨賈，大人先生之後？」

金阿根道：「那當然，普通人家，普通流氓地痞，哪有膽識在金箔花月夜這晚，去金山寶塔地面騷擾良家婦女。這兩個寶貨，雙胞胎，一叫金兒，一叫銀兒，是鎮江府知府大老爺親侄兒。那鎮江府尹是個天閹，雖娶妻妾，但依舊無後，膝下無兒無女，就拿這兩個寶貨，當親生兒子養。只養不教，長大了成禍患，在鎮江地面聲名狼藉，背後都被鎮江百姓罵臭了。沒想到，今天遭了天譴報應，被幼寧穿了金兒右掌，又挖了銀兒左眼，真是大快人心啊！」

「這會兒，鎮江府衙門一定滾開了鍋，衙役捕快全都上街，到處緝拿兇手。這事，幼寧幹得隱密，小雲等女眷並不知曉，秀明，記得，誰也不能說，揚州與鎮江，一水之隔，要是話傳到鎮江府尹那兒，咱家就是家破人亡的麻煩。」

金秀明與儲幼寧，俱都唱諾，說是曉得厲害，知道事情嚴重，不會再傳這事。儲幼寧聽金阿根言到，這鎮江府府尹是個天閹，心中想到，當年閻桐春亦對他說，自己為天閹。當時，自己年幼，不明所以。現在，自己已然成年，又已娶妻，才曉得這天閹，是何所指。

之後幾日，金阿根忙於布置儲幼寧北上德州，為閻桐春復仇之事。金阿根雖常住揚州，以販鹽為業，但對天下大事熟稔，中華大地風土人情、能人異士，他亦有所知。多少年來，他人不離揚州，卻輾轉於各地結交友人。幾年來，齊益壽、孟慶凰二人，一年幾次到揚州，都會探望儲幼寧，並拜訪金阿根。每次，金阿根除致贈白鹽數包外，亦都會請齊、孟二人，四處代為傳遞訊息，代為致贈禮物。

因而，此次儲幼寧向北遠行，金阿根細細叮嚀，將歷年築構人脈，清楚點交予儲幼寧，囑咐儲幼寧，如在某處遇危難，則可找某人，助脫蹇局。莫氏則是母性大發，顧慮旅程辛苦，深怕儲幼寧缺吃少喝，偕同劉小雲，預備各色旅途用品。末了，金阿根瞧不過去，喝止莫氏，說是儲幼寧這趟北上，是為復仇，而非遊歷。

儲幼寧與劉小雲，新婚燕爾，卻因復仇之事，棒打鴛鴦兩分離，自是難分難捨，情話綿綿。

第十五章：投旅店萍水相逢共赴擂台，施巧計替天行道翦除二霸

這天上午，是為儲幼寧乘船北上之日，他於後院屋裡，與劉小雲話別後，往前廳而去。劉小雲帶雨梨花，哭得稀里嘩啦，自是不在話下，然當別則別，儲幼寧畢竟踏步離去。到了前廳，金阿根鄭重取出一柄如意道：「這如意，是我與德州順德鏢局老鏢頭鐵桿蒼熊胡延海定交之物，見物如睹本人。這人，我只與他見過一面，內情如何，你見到了他，他自會與你細說分明。」

「總之，你拿著這如意，小心在意，好好收藏。到了德州之後，尋覓順德鏢局，找老鏢頭胡延海。你對他可知無不言，無須隱瞞內情，他自會助你尋人報仇。這一路上，都走水路，際遇較單純，但你須專注報仇之事，途中如遇不平之事，務須忍耐，不得插手。這幾句話，你切實記住了。」

言罷，又掏出一疊銀票，並一包碎銀子道：「窮家富路，在家千日好，即便貧家小戶，亦可安心度日。出外事事難，縱是殷實之家，也怕路上缺銀少錢，吃虧受罪。因而，我給你寬置銀兩，這都是五兩一張小額銀票，隨身藏好，途中慢慢使。小地方，不收銀票；就算收了銀票，也找不出碎銀子，因而，這兒是包碎銀子，一併收好了。」

隨後，金阿根、金秀明送儲幼寧上路，一路送到碼頭邊，待儲幼寧上船後，始揮手而別。揚州暨

德州，皆濱大運河，照理而言，揚州上船，可直放德州，然而，光緒年間卻非如此。此時，上海暨天津，已成南北兩洋海運重鎮，上海並成立招商局輪船公司，南北貨運盡入其手。與大海相較，運河水淺道窄，船小量少，一艘鐵殼海船，運量直逼幾十艘木殼河船。就此，大運河地位急遽墜落，南來北往漕運，已交由海運承擔，自上海起運，至天津下船，再循陸路入北京。

大運河式微，沿線官府就怠於疏濬維修，運河狀況更加不堪。自揚州到德州，一千多里路，儲幼寧多次碰上淤積，只好捨船就車，待繞過淤積之地，復又雇船走運河水路。如此，行行復行行，走了將近兩旬，這才抵達德州，此時，已近五月，天氣漸熱。這德州，位在山東省北面，再往北，即為直隸省。

德州地處華北平原，多少年來，都是運河大碼頭。往北，是為華北武術之鄉直隸滄州；往西走，入山西；往南走，偏東有濟南，偏西有洛陽、鄭州，自古即為交通要道。因是交通要道，造就德州鏢局生意，鏢局多，鏢師趟子手也多。尤其，北邊滄州武館林立，習武者眾多，更為德州平添鏢師趟子手。

這天上午，儲幼寧到了德州，下了船即問明道路，提著簡便行李，走去順德鏢局，叩門求見老鏢師鐵桿蒼熊胡延海。門房應道：「胡老鏢頭走鏢去了，這趟鏢，去濟南，路途不遠，走了三天，過幾天興許就回來了。您找家客棧，稍微等等，幾天後，應能見到老鏢師。」

人生百事，往往是動如參與商，你走我來，我走你來，來來去去，就是碰不上面。儲幼寧面見胡延海不得，意態蕭索，只好作罷，回頭到街面上，找家客棧投宿。這客棧，名曰「悅來客棧」，房外挑著老大兩條布招貼，左邊寫著「未晚先投宿」，右邊寫著「雞鳴早看天」，這是個旅途江湖對子。

這旅途江湖對子，全文六句，每句五字，共三十字，講的是旅途趨吉避凶之道：「未晚先投宿，雞鳴早看天，過橋須下馬，有路莫登舟，多少冤死鬼，都在道途邊」。

這悅來客棧，門面稍嫌骯髒，出入人等頗雜，也就是個尋常百姓走道奔波，暫且歇腳，打尖過夜之地。儲幼寧尋人不著，悶悶不樂，也不多挑，就進了悅來客棧。

進了客棧，要了房間，進房倒頭就睡，醒來已是午後，但覺餓腸轆轆，於是，藏好了銀兩銀票，揣著點碎銀子，到了前廳，要小二下碗打滷麵。這前廳裡，已然坐了不少食客，儲幼寧只好與人拼桌而食。這桌，已坐了兩人，一個是行商打扮，頸項後掛著大草笠，一臉漬泥，還沒顧上洗臉洗手，就先稀里呼嚕吃起了炸醬麵。另一人，則瞧起來是個落魄書生，手指細長，一臉愁容，吃著麵片湯。

奇的是，這兩人都帶兵刃。像行商那人，身旁放了把帶鞘單刀，那皮刀鞘蓋有年矣，都已斑駁，裂紋遍布。那書生，則是腰間緊束寬布帶，布帶裡插著兩把鐵筆。

儲幼寧坐下，與兩人打聲招呼，等著小二送麵。此時，店門口進了人，是個和尚，腦袋上頭髮有半寸長，穿著灰布僧袍，夾著個長條布袋，照形狀看，裡頭應有劍囊。這和尚進來，稍事梭巡，就朝儲幼寧這張桌行來，剛好把僅剩空位給坐了。

這和尚，則是要了碗素麵。和尚話多，要了素麵之後，舉手作揖，團團一繞，對桌面三人說：「諸位請了，請教諸位，這擂台比武大會，是在何日？我在路上聽說，德州幾日之內有比武擂台，我雖是行腳掛單僧侶，卻自幼練武，聽說有擂台，就想來瞧瞧，會會諸位武林同好。」

三人沒來得及搭腔，這和尚又說了：「我法名明道，但生性魯鈍，既不明事理，也不懂佛道，也就是藉著這身僧服，雲遊四海，遇寺隨喜，見廟掛單，隨遇而安，四海為家。我手裡這劍，卻有點名堂，說是前明時期，王命旗牌所用之劍，亦即是尚方寶劍，後來流落鄉野。」

「有次，我在河南鄭州，給一大戶人家放焰口，渡亡魂，那家人一高興，就把這寶劍給了我。我就拿這劍，閒來無事時，自己耍耍，自創劍法，強身健體。這自創劍術，到底靈不靈光，沒法驗證，因而，聽說德州有比武，就來瞧瞧。」

這一套話說完，儲幼寧這才曉得，德州近日有比武擂台。驀然間，他轉念一想，想到畢楚龍耍雙刀，白鵬飛也好舞槍動刀，說不定兩人會現身比武擂台。念頭轉到此處，儲幼寧也一拱手，對桌上三人道：「敝人小姓儲，草名幼寧，自揚州到此尋人不獲，說是還要枯等幾日。現下初次聽說，德州有比武擂台，橫豎要在此等候，不如去擂台瞧瞧熱鬧。」

說罷，轉頭看著行商與書生道：「瞧著兩位，身邊都有兵刃，是否也與大和尚一樣，要上擂台一顯身手？」

書生此時吃盡了麵片，正喝著湯，喝得嘩啦作響。喝兩口熱湯，書生用手背擦擦嘴道：「我姓裘，名秉和，家在直隸滄州，一個多月前，就聽說北派潭腿宗師蕭宗瑞，卯上武當山俗家弟子武當神拳馮森傑，兩人爭論拳與腳孰者較強。」

「蕭宗瑞是潭腿宗師，自然主張『手是兩扇門，全憑腳踢人』。而馮森傑出身武當，善打武當拳，自然說『拳為腳開路，無拳必受辱』。兩人本事都大，說僵了，就訂下比武之議，選在德州，公平比武，找武林望重耆宿評斷高下。」

「詎料，訊息傳開後，事為濟南府府尹孫大老爺知悉。這德州，歸濟南府管，府尹孫大老爺一向主張滅洋，說是中國凡事都好，何必用洋人事物，武備也不必師法歐西，紅纓槍、大砍刀，遠比洋槍洋炮強。故而孫大老爺聽說蕭、馮兩位高人要在德州比武，就把事情給攬了下來，成了濟南府衙門出頭，德州縣衙幫辦，弄了這大頭大腦大場面比武之事。」

說到這兒，那行商吃盡炸醬麵，抹抹嘴，接著道：「哈，起勁啊，小的也湊個熱鬧，來說個嘴。我姓陳名敬業，是這德州揚威鏢局鏢師，剛跑完趟鏢，也聽說這比武擂台，左近沒事，就來瞧瞧。我幹著鏢師行當，身邊當然帶著兵器。但說起我這武藝，可是稀鬆平常，不值一笑。要知道，這走鏢行當，口才比武藝重要，走到哪兒，都用講的，把話講通了，路就走通了。」

這四人，均無同行友人，皆是孤身在外，湊在一塊兒，你一言，我一語，談得熱鬧。時不時，四人又接其他桌子旁人話碴子，抑或其他桌客人接這四人話碴子。這番扯淡，足足講了兩個時辰，這才散去。這番扯淡，讓儲幼寧知曉，這比武之事，就在次日上午，擂台則擺在廢棄綠營大校場。

此時，綠營已名存實亡，昔年德州綠營駐地，已然荒廢。營區大校場荒草漫脛，為了這次比武，德州縣衙門特為雇工，斬盡芒草，搭建擂台，鋪設木椿，擺置看台。

眾人閒扯，所言皆與比武有關，言談話語繞著擂台打轉，直至亥時，天色已晚，眾人才回房。這一夜，儲幼寧不得好睡，房上有耗子，床上有臭蟲，蚊子繞著飛，臭氣熏蒸，又溼又悶。在家千日好，出外處處難，儲幼寧受了一晚上罪，大清早帶著滿臉蚊子疙瘩，到前廳通風處，拉條板凳，靠牆坐著。如此，背靠牆，低手垂肩，又迷糊了個把時辰，待天色大亮，日頭高照，客棧人來人往，這才真正轉醒。

相逢自是有緣，儲幼寧睜開眼睛，就見昨夜同桌三寶，書生裘秉和、和尚明道、鏢師陳敬業，又同桌而食，左手端碗，稀里呼嚕喝粥，右手拿著粗麵捲餅，一口粥，一口餅，吃得熱鬧。於是，儲幼寧亦加入三人，跟著喝粥吃餅。

吃罷早飯，四人抬腿邁步，去了綠營大校場。此時，時辰尚早，比武未開始，但場內已然是人滿為患，人聲鼎沸，嗡嗡然如群蠅亂舞。這大校場周圍，搭起了連串帳篷，每座帳篷內，均擺放高度不等長板凳。最前面者，盤腿坐於地面；其後者，則坐矮板凳；再往後者，則坐較高板凳。板凳共三層，一層連著一層。單座帳篷，約可容百餘人，共置帳篷十餘座，擠滿湊熱鬧人等，人數逾千。

儲幼寧等四人，都是孤身，四人結伴，到得此處，東張西望，明道眼尖，見偏左一座帳篷，因受烈陽所曬，尚未擠滿人潮，地面土地上，還有丁點空位，於是，四人連擠帶蹭，也就陸續落座，全盤腿坐在乾泥地上。

場子正中，搭了座擂台，這擂台不高，也就離地一尺左右。台子四四方方，約二十餘尺見方，台子後頭左邊插了根桿子，桿子上頭掛著個招貼，上書「出將」；台子後頭右邊也插根桿子，上頭掛著個招貼，上書「入相」。

書生裘秉和見狀道：「明明是比武打擂台，怎麼弄得像是跑碼頭戲班子唱野台戲，又是出將，又是入相，左邊上場門，右邊下場門。」

明道和尚道：「人生如戲，戲如人生。焉不知，這濟南府府尹孫大老爺，擺這比武擂台，明的說是發揚武學，召武林高手擺顯絕藝，骨子裡，這是衙門展威風，他一個府尹，就把一堆武人推上台去，你死我活，殺得難分難捨。這不是戲，什麼是戲？」

那擂台左右兩邊，各又搭設四方大帳篷，帳篷裡並擺上幾張長桌。兩座帳篷，俱有兵丁守著，不讓閒雜人等進入。左邊這帳篷，長桌上擺著金盾、銀匾、銅牌、錦旗之類物件，各物件上頭俱都刻得或寫得有字，無非是「武學泰斗」、「技壓群雄」、「散打宗師」之類辭句；右邊那帳篷，絨布桌面，絨布靠背椅，桌上則置文房四寶，顯係地面官府主管並比武裁判所坐。

尚未開場，場內已人山人海，尤其，場內東一堆、西一堆，多的是和尚、道士、尼姑、傷殘、乞丐之屬，看來頗礙眼。

鏢師陳敬業見狀，衝著明道和尚道：「大師，這兒人多，這傷殘、乞丐叫花子之流跑來湊熱鬧，要點小錢，發點小財，這還說得過去。怎麼佛道兩路出家人，如此熱中武林競藝之事？難道和尚來念經，道士到這兒來打齋，超度比武丟命倒楣鬼？」

明道和尚道：「這我就不知了，我昨夜已說過，自己是掛單行腳和尚，自幼練武，喜好此道。這些個和尚、道士，與我無關，不曉得為何聚集如此多和尚、道士。大約，這些出家人中，有人會武，想到此顯顯身手，一如在下。」

裘秉和道：「這裡恐怕超過上千人，幾乎人人都帶著兵刃，真要比起來，幾天幾夜打不完。不曉得，這比武規矩為何？」

陳敬業道：「眾人多多少少，應該都會點武術，嘴上都講想下場試試。不過，行家一出手，就知有沒有，屆時倘若高手上場，顯露絕藝，其他眾人，大約都會識相，不致跳上去獻寶，免得被踢打下來，出醜露乖。」

眾人你一言，我一語，正講得熱鬧，就聽見前頭擂台邊，劈里啪啦，放了串長炮仗。炮仗放完，擂台右面帳篷長桌，陸續坐了七、八人。正中那人，全套官服，素金頂戴，胸掛青色朝珠，胸口上則是鸂鶒補子，鼻樑上架著副大圓墨晶眼鏡。正襟危坐，凝視場中。此人兩邊，則俱是留鬍蓄鬚年長之輩。

儲幼寧瞧著那墨晶圓眼鏡，想到了秦善北。這秦某當日到寨子訛詐之際，亦是戴此眼鏡。清朝末年，官場風氣如此，大小官兒外出，常戴大圓墨晶眼鏡，一來隱藏面目，平添神祕，塑造官威。二來追趕時髦，人戴己戴，庶幾免於落伍脫節。

書生裘秉和道：「瞧見沒有，那穿官服的，就是德州縣令，他左右那堆人，就是這附近有名武學耆宿前輩，今天特為到此，給比武定輸贏。」

這時，比武擂台上，自「出將」招貼下，走上來一人。這人年約五十，頭臉乾淨，身穿短打衣褲。此人拿個硬紙殼所紮大喇叭，扯著嗓子，高聲大喊，邊喊，邊轉動身子，喇叭自左而右，又自右而左，朝場內各個帳篷喊話。這人所說，不外是誠摯歡迎各方武學菁英，蒞臨德州武藝競技大會，並指陳現場壓陣者，為地方官德州縣令；左右裁判，則是何處武館、何處鏢局、何種門派德高望重之輩云云。

末了，這人道：「比武競技，意在以武會友。比武前，有請高人，展現驚人藝業，供眾人觀摩切磋。」

說罷下去，換個高胖中年人上來。這人，高逾七尺，渾身鼓脹，似胖非胖，似壯非壯，年紀已然不輕，但膀子、脖子卻是肌肉糾結，一副孔武有力模樣。這人站在那兒，抱拳向場中環繞一圈，張嘴講了些話，儲幼寧等四人距著遠，沒聽清楚。就見個徒弟模樣年輕孩子，端著個木盆，盆裡裝著水，走上台來，將水盆置於擂台松木地板上。那盆中之水，約有兩寸深。

這擂台，僅一尺高，即便坐於地面者，亦能清晰識得台上種種。就見這高大武人，抬頭挺胸，用力吸氣。這氣，吸得悠遠綿長，遠處都能聽得吸氣嘶嘶聲。就見這人邊吸氣，胸口邊鼓大，顯係氣入胸膛，肺腑擴大。須臾，這人止住吸氣，略頓一頓，繼而低首對準水盆，距水盆約一尺左右，張嘴吐氣，不疾不徐，緩緩吐氣。就見得那盆中之水，水面中心，出現凹陷圓點。

這圓點，持續下陷，慢慢再往下凹。到了後來，圓點衝至盆底，繼而圓點不見，現出盆底木頭。場內千餘人見此奇景，無不鼓譟叫好。這人光靠吹氣，就把兩寸深盆中水，自面吹到底，現出盆底木板，這一吹之力，實在驚人。尤其，這氣綿延不斷，似乎後繼無力，氣息將絕，卻是將絕不絕，沒完沒了。直到許久之後，這人才收口，立直身體，舉手抱拳，自左而右，又自右而左，躬身致意，然後下台。

這手氣功，震撼場中，此人下場後，場中千餘人嗡嗡然，議論不絕。明道和尚道：「真是撼人絕藝，真沒想到，血肉之軀，竟然吹出如此悠遠綿長真氣。這手功夫，真是技壓群雄，這獨一份本事，莫說沒看過，以前聽都沒聽過。」

儲幼寧心中則想到：「這氣功，固然神勇，但臨敵之際，有啥用處？又或者，這人靠這氣功，另外練成了什麼特異武術，可以克敵致勝，亦未可知。倘若不另外練武，光靠這氣功，一點用沒有。他吐氣時，我只要用手指，飛速在他頸側戳一下，他非得岔了氣不可。這樣吹氣之際，倘若岔了氣，肯定受內傷。」

正在思索之際，就聽見如雷叫好聲，轟然而響，儲幼寧這才回過神來，見台上有一挺胸凸肚大漢，光著膀子，用右手將杯口粗鐵棍，在左手臂上纏繞，繞出一圈又一圈，彷彿巨蟒一般。之後，此人將左臂自環狀鐵棍抽出，將環狀鐵棍扔於擂台松木地板上，就聽見匡啷一聲，彎曲鐵棍落地，眾人再度呼號叫好。

儲幼寧不禁又想：「這鐵棍也奇怪，那樣彎曲環繞，卻不見其斷。一般鐵棍那般彎曲，早該拗斷了，這鐵棍，有點古怪。」

此時，就聽鏢師陳敬業道：「不好，這是跑江湖賣藝的，我之前在北邊，看過這種把式。那鐵棍，不是一般兵器鐵棍，而是特為鑄來弄這把戲的。尋常兵器鐵棍，這樣繞弄早斷了。並且，他之後會把那彎曲鐵棍，再拉直了，下次還可以再用。否則，這麼獻一次寶，就耗掉一根鐵棍，那得多大本錢哪？這裡面，不知道有什麼門道，反正，這不是普通兵器，表演之人，也不是普通武人，這是打把式賣藝的。可嘆，場中這樣多人，卻瞧不出門道，如此撒歡叫好。」

下頭，又上去一人，腦門額頭上，鼓起一塊腫包，一瞧就知道是鐵頭功練家子。台上，擺了一疊瓦片，每片瓦約有半寸厚，總計疊了十層瓦片。每一層瓦片上頭，兩邊都各個擱上一條松枝。如此，第一層瓦片，兩側各擺一條松枝。之後，第二層瓦片，架於第一層瓦片兩條松枝上。第二層瓦片上，又擱兩條松枝，然後放第三層瓦片。

如此反覆，計擺放十層瓦片，壘起厚厚瓦片堆。就見那鐵頭功練家子，運氣使勁，大喝一聲，以頭砸瓦，稀里嘩啦，十層瓦片俱告斷裂。繼而，場中千餘人又是暴喝如雷，高聲叫好。

於此，陳敬業又議論道：「這鐵頭功，也算不錯了，但各位瞧見沒？這關鍵事物，不是那鐵頭功小子腦袋，而是那一層又一層松枝。要知道，松枝架起瓦片，則瓦片與瓦片間，就有了縫隙。如此，只要砸破第一層瓦片，破瓦向下，透過松枝縫隙，又砸向第二層瓦片。」

「如此這般，一層砸一層，所有十層瓦片都碎裂。倘若有真本事，不用松枝架疊嘛，就直接把十層瓦片，堆在一起，壘成瓦片山，叫這小子用腦袋砸砸看，保證瓦片不破，這小子腦袋開花，鮮血長流。」

聽陳敬業如此編派，儲幼寧心想：「不經一事，不長一智，沒想到，這裡頭有這樣大學問，要不聽他這樣講，我倒是信了，以為那鐵頭功真的能破十層瓦。」想到這兒，隨即又尋思：「如何破這鐵頭功？這人要是以鐵頭撞來，我又該如何？」

整個比武擂台，無論表演，抑或交手，儲幼寧無不苦苦思索其中道理，並用心推知破解之道。短短幾個時辰之內，儲幼寧武學造詣，又有超山跨海長進，但他渾然不知，只是一味苦思。

這武術表演，一齣接著一齣，到了後來，上台獻藝武師甚且把廣告招貼搬上台去，大牌子、大旗幟、大匾額，寫的什麼包治百病、強身健體、有病治病無病強身、祖傳祕方丹膏丸散。

這時，台上一個壯漢，挺胸凸肚，把鐵條頂住擂台地板，身子前傾，拿喉頭頂住鐵條另端，兩手手臂張開，雙腿一前一後，運勁於頸，兩腿使力，暴吼幾聲，竟然把鐵條給壓彎。繼而，這人平躺在肚皮上擺張四方大木板。這人同夥，招手要場邊看倌，上台踩人。一連上去十餘人，七、八人站木板左側，另七、八人站木板右側。十餘人站上木板，木板不偏不倚，不靠地板，全都壓在這壯漢身上。須臾，諸人下來，揭起木板，壯漢站起，一點事沒有。

這還沒完，之後，同夥將十餘柄單刀，分量約莫二十餘斤，拿布條捆成一束，擺置擂台地板上。這人彎腰低首，張嘴咬住這布條，就用牙齒，提起這二十餘斤單刀，左右甩動，好一會兒之後，這才把單刀捲子放下。

書生裘秉和道：「我知道，這是外家氣功，硬碰硬。練這玩意兒最是傷身，醫書上講得明白，練這外家氣功，頂多大力道，多大力道就回擊身軀。那人拿脖子壓彎鐵條、拿胸膛硬頂十幾人踩踏、拿牙齒咬起二十餘斤單刀，其頸項、胸腹、牙齒，都已受傷，只是現在年輕，症頭還不顯，過幾年，就知道厲害了。練武，還是以練內家氣功，習吐納之術為宜，這外家氣功，太損了。」

儲幼寧聞言，想到自己當年為肝鬱折磨，就是閻桐春教授吐納之術，壓抑症狀。今天，聽裘秉和講起，這才曉得，自己那是練了內家氣功。

至此，武術表演暫告終止，先前拿紙紮大喇叭之人，又提著大喇叭上台，依舊是腦袋左右搖轉，大聲宣布事情：「武術表演完了，下頭，擂台比賽正式開始。有句話，先在此講明白，既是打擂台，就是擂台上定輸贏，無論是贏是輸，擂台上江山已定，不得有異議。」

「倘若對手認輸，即須罷手，有什麼恩怨情仇，另外找地方比劃去，不能在台上黏纏不休。還有一件，台上比武，兵器拳腳俱不長眼睛，流血死傷勢所難免，是死是傷，各自認命。這比武，就是車輪戰，一個個上來，與台上勝者比武，直到勝者落敗，打出新勝者為止。」

眾人一聽，就覺得這比武法則古怪，竟是個車輪大戰。如此，愈早上去，挑戰者就愈打愈多，愈吃虧。因而，那大喇叭下去之後，好一陣子，均無人上台。比武台右邊帳篷裡，那縣令見無人上台，就招手把大喇叭召去，面授機宜。

之後，大喇叭又上台喊道：「縣太爺有令，上台者，只要能抵住五輪挑戰，就能得銅牌。待累積五名銅牌之後，由這五人再相互對比，最後，前二名分得銀匾與金盾。」

縣太爺改了比武規則，場中台下轟然叫好，馬上就有兩人同時躍上台去。這兩人，均是繭綢白衣白褲，頭紮繭綢白頭巾，手執三尺青鋒劍。兩人動作劃一，手腳一致，繭綢衣褲隨風擺動，一派飄逸俊雅模樣，看得台下場中眾人齊聲喝采。此二人，是北通州太極劍門師兄弟，今天到這兒，其實並非為比武爭名頭，而是亮相尋新鮮。兩人上場，相互作揖，彼此擺個起手勢，繼而開始對打。

這對打，明眼人一瞧，就知道是套路，一招一勢，早就演練過，進退有節，攻防有度，眩人耳目，極其好看。這兩人在台上快速跑跳奔竄，兩把劍舞成一片銀光，密不透風，煞是好看，眾人看得如癡如醉。待二人打完，又擺個落場式，眾人這才爆出如雷掌聲。兩人打完，一齊下台而去，並未留人手在台上，接戰後續者。

看看不是辦法，大喇叭又上台喊話：「諸位好手，這是擂台，不是戲臺，要擺顯套路招式，一邊找地方去，別在這兒攪和。」

之後，這才真正開始打擂台。然而，這擂台打的，卻有氣沒力，光說不練，光比劃不動手，看得台下眾人哈欠連連。連續幾場，都是如此，一名武師上去，接著另一名武師挑戰，兩人各執兵器，在台上擺架式對陣，兵器對兵器，就那樣對著。偶爾，這邊虛砍一刀，那邊虛還一槍，兵刃壓根沒碰著，然後，一方就拱手鞠躬，認輸下台。

台上勝者，接著打下一輪，依舊是雙方繞著台子轉圈子，驀然出一拳，驀然踹一腳。無論是拳是腳，都沒沾到對手身子，就有人認輸下台。一個持紅纓槍老者，槍都沒扎著對手，就連敗五名挑戰對手，領個一具銅牌。如此這般，台下諸帳篷中眾人，開始呼嘯喊叫，都說比武太冷，要上台者真槍真刀，真拳真腳，狠狠打一架。

儲幼寧這邊，書生、和尚、鏢師，也跟著鼓譟不滿，說是這比武太沒意思。儲幼寧卻心裡明白，適才場上每一場比武，他都瞧得真切，曉得勝者為何而勝，敗者為何而敗，但他沒對其他三人言明。

這三人，素昧生平，只因昨日萍水相逢，今天才混作一處，一起來看比武。他想起閻桐春以前教誨：「逢人但說三分話，未可全拋一片心」。因而，始終沒說破為何台上比武人，虛晃幾招，就分出勝負。

他看得明白，之前上台比武諸人，武學都頗有造詣，與人對陣，稍微比劃，就曉得誰高誰低，沒必要真的打到分出勝負。這就像下棋，高手下棋，雙方棋子擺開陣式，再走幾步，高手就能看出布局優劣，明白誰會贏，誰會輸，沒必要真的廝殺，殺到最後，這才棄子認輸。

想到這兒，儲幼寧心中突然靈光乍現：「我能輕易看出上台比武者招數高低，曉得縫隙漏洞，那麼，如換我上台，豈不是能輕易擊敗此輩，奪個金盾。」

想到這兒，他心中貪念油然而生，覺得自己有把握能擊敗場中所有武師，成了擂台大贏家。然而，這貪念僅一晃而逝，他曉得，自己到這兒看擂台，是期望能尋得蛛絲馬跡，找到殺師仇人。

武學之人，畢竟謙沖恭謹之輩少，狂妄無知之輩多。頭幾輪拚比，都是點到為止，虛應故事，稍微虛晃幾招就分出勝負，結果，引來眾人叫囂。之後，台上比武就真刀真槍，打得乒乒乓乓，一會兒這個腦袋開了，一會兒那個腿腳拉了口子，又有人被重拳狠腳打得悶哼連連，倒在場上。工夫不大，這擂台上松木地板，已經血跡斑斑，鮮血噴得到處都是。

儲幼寧這兒，書生、和尚、鏢師都先後上場。書生裘秉和使一雙鐵筆，起先贏了一陣，鐵筆插入對手腰際。之後，碰到使大鎚猛漢，硬碰硬，連連兩鎚，把裘秉和兩枝鐵筆筆尖都砸歪，裘秉和兩手虎口都震裂流血。就這樣，傷了兵器也傷了手，黯然下台。

明道和尚，上得台去，對手是個使厚背大砍刀愣小子。這和尚上了台，才把寶劍拔出來，愣小子就使出吃奶力氣，高高舉起厚背大砍刀，大吼一聲，自上往下，泰山壓頂般狠劈下來。和尚見狀，就拿寶劍去頂，結果，嗆啷一聲，那寶劍活生生被劈成兩截。和尚見機快，劍斷之後，趕忙向後竄，一咕嚕跳下台來，認輸不比了。

明道和尚那寶劍，自云是放焰口做法事時，喪家所贈，還說這劍是前明時期，王命旗牌所用尚方寶劍。結果，厚背大砍刀一斲，竟爾斷成兩截。和尚垂頭喪氣，回到帳篷，一屁股坐回地上，對其餘三人道。「他娘地，下次放焰口，喪家無論送什麼東西，都不敢要了。這還王命旗牌尚方寶劍呢，害我差點送命。」

鏢師陳敬業也上得場去，卻不正經八百挑戰，既不面朝對手，也不拔兵刃，卻沿著擂台邊緣，繞行一圈。他繞著擂台外緣走，一邊走，一邊抱拳喊道：「諸位好朋友請了，小弟是德州揚威鏢局鏢師。咱揚威鏢局，名鎮燕山，技壓齊魯，北五省沒有走不通的地方。各位，但凡經商旅行、告老回鄉、探親訪友，請光顧揚威鏢局，在下陳敬業，能為各位爭個好價錢。」

走完一圈，回身朝對手拱手鞠躬，自稱落敗，然後下台。如此這般，逼得大喇叭又跳上台去，重申擂台規矩，就是上台比武，不得吹噓廣告。

這一上午比武，就此告一段落，休息一個時辰，下午再比。眾人多半不願離去，免得失了位子，下午回來，還要重覓坐處。於是，眾人或吃起自備乾糧，或者推派人等，外出購買飲食。儲幼寧這處，鏢師陳敬業自告奮勇，揣著其他三人所湊銅錢，去找吃食攤子。

儲幼寧這趟出來，臨走前，金阿根給了他幾百兩銀票，又給一包碎銀子。一兩銀子，可換一吊制錢。一吊制錢，拴著一千枚銅錢。一般零碎花費，不好使銀子，拿銅錢付帳較方便。然而，銅錢體沉，壓分量，隨身帶著不方便。職是之故，儲幼寧把銀票藏好，身上只帶若干碎銀子，再將部分碎銀換成銅錢。客棧可換銅錢，但索取經手耗費，一兩銀子，常換回九百七十枚銅錢，得貼三十枚銅錢經手耗費。

不多大工夫，陳敬業揣著個破包袱皮回來，包袱皮裡裹著八個驢肉火燒，又拿著個皮水袋，裡頭裝著涼水。陳敬業跑得一頭汗道：「一堆餓鬼，趕著投胎，都把客棧擠爆了。要挨著等，等到驢年馬月，都等不著這午飯。我這是跑到廚房裡，央求大師傅，這才搶先截下這批驢肉火燒。這皮水袋，也是廚房大師傅的，待會兒別忘了還他。這人情，可欠大了，今天晚上回去，得多給大師傅點錢。」

說罷，四人吃喝起來。儲幼寧從沒此種經驗，以前在山寨裡，諸山賊窮困，不可能如說書唱戲那般，大碗喝酒，大塊吃肉，但卻也是大碗喝粥，大塊吃山芋，豪情不減。但儲幼寧在山寨，總是依偎著閻桐春過日子，不曾與眾山賊廝混。到了揚州，在金阿根家，過的也是少爺生活，沒這種野地經驗。現如今，和三人素不相識，昨晚才在客棧大廳吃麵結識，今天就一起席地而坐，一起看比武，一起吃火燒，一起喝涼水，儲幼寧覺得別有滋味，與這三人頗投緣。

時辰已到，大喇叭又上台，宣布重起比武。大喇叭才下台，就見場外一人大步向前，走上台去。這人，並非出自帳篷內，而是自場外走入。邊走，場邊眾人就發出嗡嗡議論聲。儲幼寧這兒，身後板凳就有人高聲說道：「正主來了，這人就是蕭宗瑞，北派潭腿大師。今天這比武，一起始，就是他所倡議，後來才被衙門接了過去。今天他來，就是等著和武當山俗家弟子武當神拳馮森傑比個高下。」

就見那蕭宗瑞站上台去，仰面挺身，倨傲不恭，也不抱拳行禮，也不說場面客氣話，就大剌剌言道：「這比武，本來是為我與武當派馮森傑而設，我們兩人有過節，本來要靠這擂台分出高下。然而，我昨天才得到訊息，武當山當家天門道長，聽說馮森傑在外頭大吹法螺，說什麼『拳為腳開路，無拳必受辱』，胡吹大擂，壞了武當派名號，已經派人下山，把馮森傑帶回武當。」

「各位，馮森傑回武當山，聽憑天門道長發落。這武，比不成了，也不必比了。我所說『手是兩扇門，全憑腳踢人』，就是武學正宗，就是武學天理，哪位要是不服，現在就上台。」

他連喊數聲，都無人上台，就自顧自仰天大笑道：「哈，哈，哈，哈，我就說嘛，北派潭腿，傲視武林，無人可及。既然無人敢上台挑戰，我這就是勝了。」說罷，逕自去了擂台旁獎牌桌，取下金盾，執於手中，往右側帳篷行去。就見他進了帳篷，先向縣太爺作個揖，並與縣令身旁左右武學耆宿點點頭，搖搖下巴，繼而在一張椅子上坐下，儼然也成了耆宿級裁判。

這時，場中帳篷裡，走出一人，長得小半截黑塔似的，一張黑臉上，安個酒糟紅鼻子。這紅鼻子走上台去，大聲喊道：「金盾有主，銀匾還沒個姓名，倘或無人反對，在下就要了這銀匾。」說罷，從背後拔出雙刀，擺了個俊俏起手式。儲幼寧一見這人紅鼻子，心裡就起了疑，再見這人使雙刀，心裡就八九不離十，有了底，心想：「天可憐見，踏破鐵鞋無覓處，得來全不費工夫。」

就見儲幼寧迅速拔身而起，兩腳虛踢幾下，活動腿部筋脈血路，繼而邁步上了比武台。那紅鼻子見有人上台，雙刀一錯，兩柄刀尖指著儲幼寧道：「怎麼，小爺我拿銀匾，你有意見？」

儲幼寧也算跑過江湖，曉得這時該如何應對，於是，他抱拳作揖道：「在下江南儲幼寧，路過此地，躬逢德州擂台比武之盛，有心瞧瞧熱鬧，因此入座觀賽，並無奪取盾、匾、牌之意。只因兄臺雙刀刀法嚴謹，必然師出名門，在下興起，想來討教幾招。敢問兄臺尊姓臺甫？」

這尊姓臺甫，詞意文謅謅，酸溜溜，儲幼寧自小少讀詩書，肚子裡文墨有限，但跟著閻桐春過日子，耳濡目染，自然有樣學樣。這「尊姓臺甫」四字，當初秦善北向山寨諸人勒索十兩白銀時，閻桐春就曾以此四字，詢問秦善北姓名。儲幼寧也是那次，才學會這四字文意。如今，他又拿這四字，詢諸紅鼻子姓名。這四字一出口，儲幼寧心裡一酸，想到閻桐春，更想到，對面這人，十之八九，就是陪白鵬飛上山，砍死寨主翻天笑那人。想到此處，心裡又是一陣酸楚。

此時，就見對面這紅鼻子，仰天長笑道：「哈哈，小爺我，行不改姓，坐不改名，我姓畢名楚龍，在山西地面，江湖上人稱過山虎。如今，我這過山虎，翻過了太行山，從山西，來到貴寶地山東，要在山東打出一片天下。來來來，咱們比劃比劃，讓你領教領教小爺的旋風金銀刀。」

說罷，兩手不住晃動雙刀。儲幼寧這才注意到，紅鼻子左手刀以金線纏繞刀把，右手刀則以銀線纏繞刀把，難怪紅鼻子稱這叫旋風金銀刀。儲幼寧依舊不動如山，打的還是以靜制動、後發先至主意。

那紅鼻子畢楚龍見儲幼寧傻站不動，不耐久等，忽地一聲，兩刀齊舞，就攻了過來。儲幼寧早經閻桐春教過，曉得「單刀看手，雙刀看走」，如對手使單刀，看刀法就得看手勢，盯著握刀之手瞧，準沒錯；至於雙刀，則看腳法，腳步移動，左右雙刀威力。這時，就見畢楚龍步伐輕而碎，兩腳飛快邁著小碎步，方向變幻莫測。

儲幼寧愈瞧，愈曉得這畢楚龍在雙刀武藝上，下過苦功夫，難怪只繞著翻天笑轉了一圈，就讓翻天笑臉上挨了一刀、脖子挨了一刀。脖子那刀，切了大血脈，飆出血箭，隨即送命。想到此處，儲幼寧更不敢大意，愈發仔細盯著紅鼻子畢楚龍腳法看。看著看著，就見畢楚龍自右而左，繞著自己轉圈子。儲幼寧見狀，心想：「來了，來了，那天砍了翻天笑的老招，又來了。」

場中眾人自台下往台上看，就見紅鼻子雙刀舞成兩團白光，彷彿把儲幼寧裹住，看得眾人眼花撩亂，禁不住叫好。儲幼寧，裹在白光之中，眼神犀利，瞧得分明，那兩把刀舞的全是虛招，只是上下左右虛晃，並不真正砍下。他心中明白，這虛招只是晃人心神，兼誘人耳目，看著是虛招，不定什麼時候就會跑出實招，趁人不備，兩刀齊至，一招砍臉，一招斬頸，那翻天笑就是這樣著了道兒。

儲幼寧武藝高強，但一沒有招數，二不使兵器，就是仗著眼明，靠著手快，外加力道捏拿準確。他見紅鼻子刀法，曉得得儘快收拾這紅鼻子，否則，必然挨刀。說時遲，那時快，儲幼寧倏然兩腿一軟，身子往後仰，矮了下去，兩手各在畢楚龍膝蓋後頭敲了一記，隨即，仰躺在擂台松木地板上。那畢楚龍，兩腳飛速跳躍之際，突然膝蓋眼被儲幼寧各擊一下，也是兩腿一軟，俯身摔下。

紅鼻子畢楚龍俯身摔倒，尚未觸及地板之際，儲幼寧雙手齊伸，左手架住畢楚龍胸口，右手則掐住畢楚龍喉結。這時，畢楚龍兩手雙刀被隔在外頭，砍不進來，就覺得喉嚨奇痛無比，不禁大聲哀號。這變化，快如電光石火，台下眾人皆以為，這是畢楚龍砍倒儲幼寧。繼而，又聽見畢楚龍大叫，皆以為這是畢楚龍奮力使勁，吼叫助威。那當口，痛苦哀號與吼叫助威，確實模稜兩可，頗為類似。

儲幼寧左手頂住畢楚龍身子，右手用力緊貼畢楚龍咽喉，頗耗體力，不易支撐。因而，只好速戰速決，他低聲問道：「問你，白鵬飛在哪兒？只要說了，饒你一命。」其實，他壓根沒想到饒紅鼻子性命，這人殺了他叔叔翻天笑吉平海，他今天非給叔叔報仇不可。他這是師法金阿根，對人說人話，對鬼說鬼話，對好人說實話，對歹人說謊話。

問過這話，儲幼寧稍稍鬆開右手，那紅鼻子畢楚龍好容易喘了口氣道：「不知道他現在去了哪兒，我們倆到了德州後，他就去了北京。」

說到這兒，儲幼寧又緊捏右手，畢楚龍又大聲吼叫，底下眾人則高喊：「砍了他，砍了他！」為畢楚龍助威。

儲幼寧頂著畢楚龍，自覺體力耗損飛快，於是又道：「還記得臨沂山寨嗎？你砍殺那人，是我親叔叔。白鵬飛槍殺那人，是我義父。」

說罷，右手更加運勁，瞬間死命擠壓畢楚龍喉結，隨即兩手皆鬆，畢楚龍摔在儲幼寧身上，儲幼寧又推開畢楚龍，站起身子，一副逃得性命模樣，不住向畢楚龍打躬作揖道：「謝謝英雄不殺之恩。」

其實，儲幼寧那一捏之勁，恰到好處，擠壓畢楚龍喉結，向內伸展，剛好些微扎中氣管，微微刺出極小一孔。刺過，喉結軟骨隨即彈回，並未損壞，望之如常，不似受傷。但那氣管，已有小洞，徐徐流血。血流不急，不至往上湧出喉嚨，不會吐血，而是向下，緩緩滲入肺囊。

畢楚龍受此玄妙之傷，起初不察，俯倒儲幼寧身上，儲幼寧掙脫起身後，畢楚龍亦隨即站起，又舞起雙刀，打算砍翻儲幼寧。然而，才舉起雙刀，就覺得氣管有異物，繼而激烈猛咳。這咳嗽，驚天地泣鬼神，一咳再咳，沒完沒了，聲震屋瓦，淒厲無比。場中眾人起先還說笑扯淡，說是大英雄武藝高強，耍雙刀耍岔了氣。隨即，眾人也覺不對勁，就見那紅鼻子畢楚龍咳彎了腰，咳岔了氣，還是不依不饒，沒完沒了，依舊慘咳。

末了，就聽見畢楚龍厲聲拋出一串短咳，繼而就倒地不起，胸口不斷起伏，大聲喘氣。喘著，喘著，氣息漸微，一命歸西。蓋因肺囊裡積血愈來愈多，畢楚龍兩個肺囊泡在血水裡，終於，自己被自己血汁，給淹死了。這擂台開打之初，大喇叭就曾言明，上台比武，是生是死，各安天命。打從上午開打至今，傷人不少，台子上血跡斑斑，但尚未出人命，如今，總算開了張。畢楚龍原打算拿銀匾，當亞軍，沒想到，竟然一命嗚呼。

眾人都道，明明已經贏了，把儲幼寧打得又鞠躬，又作揖，感謝不殺之恩，卻不知為何，岔了氣，猛咳，咳到送了性命。眼看著，場邊仵作就要來收屍，卻見擂台右邊帳篷裡，北派潭腿大師蕭宗瑞邁大步而出，風火雷電，衝到畢楚龍陳屍處，指著儲幼寧道：「你別走，這裡頭有點古怪。旁人看不清楚，都以為他勝你敗，是他自己岔了氣，自己把自己咳死了。我火眼金睛，能斷毫釐之差，不對，是你搞鬼，弄死這人。」

儲幼寧心中一凜，心想道：「這人能當北派潭腿宗師，果然有點門道，竟然發現畢楚龍沒勝。」隨即，儲幼寧低首垂肩，對蕭宗瑞恭敬回道：「宗師，我確實敗了，這都是後來他咳嗽，才會暴斃，與我無關。」

蕭宗瑞彎腰俯身，察看畢楚龍屍身，東瞧西看，東摸西捏，沒找到異狀。於是，又掰開畢楚龍雙唇，往喉嚨瞧去，也沒找到古怪。之後，蕭宗瑞乾脆蹲在地上，兩手箕張，以雙掌按住畢楚龍屍身，用力壓擠。這蕭宗瑞，武功雖高，畢竟不是公門裡差役，不明瞭人身五臟六腑屬性，這人只是東嘗西試，看不出名堂，就用手壓壓擠擠，看能否弄出點徵兆。

沒想到，這一擠，擠壞了。他兩掌用力壓在畢楚龍屍身肺囊上，恰好將肺囊裡所積蓄血水，全都壓迫而出。就見畢楚龍屍身嘴部，突然大張，一股血箭，激射而出，噴得蕭宗瑞一頭一臉，全是紅通通鮮血，看上去，貌如鬼魅。

儲幼寧一旁看著，見機極快，乃高聲大呼道：「壓死他了，壓死他了，本來只是咳昏過去，我在旁邊，看得清楚，這人本來沒死，只是昏了，沒想到，現在被潭腿宗師給壓死了。」

他邊喊，心裡邊想到：「寨主叔叔翻天笑，被這廝砍殺而死，死前，頸項大血脈被切，飆射血箭而亡。天可憐見，這廝被我弄死後，屍身還被人逼得飆出血箭，真是一報還一報。」

一來，眾人距離遠，先前沒法確知，畢楚龍究竟是死還是昏；二來，眾人早已先入為主，認為畢楚龍勝，儲幼寧敗，壓根沒想到，儲幼寧會機智搞鬼。因而，場邊眾人全都嘩然，原本多數坐，少數站，此時全都站起，湧出帳篷，圍住擂台，想近觀畢楚龍屍身。儲幼寧再煽風點火道：「台上比武，死活各安天命，但這卻是在台下，把人壓得噴血而亡。」

眾人聽聞此說，無不用力附和，那潭腿大師蕭宗瑞，出道幾十載，走南闖北，未嘗吃過虧，因而生性倨傲，目中無人慣了，沒想到，今天栽在二十啷噹後生小子儲幼寧手裡。當即，想都沒想，蕭宗瑞暴喝一聲：「哪個敢來？」

正在僵持之際，就聽見大喇叭又上了擂台，拿著紙紮大喇叭道：「肅靜，肅靜，縣大老爺有令，將畢楚龍屍身暨蕭宗瑞，帶回衙門，由仵作驗屍，再做定奪。」

蕭宗瑞一聽，就曉得事情不妙，也不多想，舉腿就踹，見一個，踢一個，踢得身旁眾人七葷八素，倒掉一片。這蕭宗瑞，武藝高強，沒吃過虧，上陣從未輸過，因而，遇事不多思考，也不會思考，就是一條線打到底。這時，他就一心一意，打算用潭腿踢出一條血路，殺出重圍而去。沒想到，他這頭踢得起勁，那頭儲幼寧隨手從身旁人等手裡，抄起一根齊眉棍，慢慢蹭了過來。

蕭宗瑞潭腿功夫了得，兩腿飛速輪流起腳，左腿踢完，換右腿踢；右腿踢完，又換左腿踢。然而，無論踢得多飛快，總是得起腿、踢腿、收腿、再起腿，輪轉而為。起腿踢出去之際，下腹襠部大開，無險可守。只因他動作飛快，常人無法抓準時機，直擊襠部罩門。儲幼寧不一樣，電光石火瞬間，對他而言，都有如天長地久。因而，他提著齊眉棍，慢慢蹭向蕭宗瑞，相準時機，就趁蕭宗瑞抬腿踢出之際，猛然以棍尖，點向蕭宗瑞鼠蹊襠部。

當年，在山寨過日子時，閻桐春帶儲幼寧進林子練功，最常練的，就是要儲幼寧持棍點樹葉。在一片密林裡，相準某片樹葉，倏然出棍，點中那片葉子。這手功夫，儲幼寧已是練得出神入化。因而，眼下一棍伸出，立即點中蕭宗瑞鼠蹊襠部。男人那部位，最是柔弱，最是不堪，蕭宗瑞襠部被齊眉棍點中，當場慘叫一聲，倒地打滾，痛得他兩手護住襠部，不斷大聲呻吟哀號。

眾人剛才吃他潭腿飛腳猛踢，這時，紛紛上前，又踹又踩，幾十人輪番蹂躪，邊踢邊罵：「你不是潭腿宗師嗎，怎麼讓個年輕少俠給點了子孫堂？你不是狠嗎？現在子孫堂被戳，就成了孫子，滿地打滾。」

工夫不大，蕭宗瑞被眾人一陣踢、踹、踩，已經成了一堆爛泥，人事不知，隨即就一命歸西，向閻王爺報到去了。

亂腳踹出了人命，眾人怕麻煩上身，一哄而散，儲幼寧也顧不得回到帳篷，去尋找書生、和尚、鏢師，逕自隨著人潮走出大校場。今天一場比武，他先殺一人，第二人雖非他所殺，但卻是因他而被殺。連殺兩人，心裡思潮起伏，一腳高，一腳低，走回了客棧。

那邊廂，好好一場擂台比武，鬧成了雙屍命案，德州縣大老爺意態蕭索，啟駕離去。這比武，是濟南府府尹老爺一頭熱所推擠而生，並由德州縣令代為出頭主持。現如今，鬧成這副灰頭土臉結局，江湖上揚傳出去，於濟南府尹面上，自是十分不好看。為此，一頓排頭發作下來，少不得要上折子，痛參德州縣令才具有限，人地不宜，非摜德州縣令烏紗帽不可。

儲幼寧回到悅來客棧，旅途孤寂，本想等候和尚等三人一起吃頓夜飯，不想，剛進客棧，就見店夥領著一個半大小子過來道：「您老可回來了，他是順德鏢局小徒弟，人家等了半天了，說是老鏢頭鐵桿蒼熊胡延海，請您到鏢局裡去。」

儲幼寧沒想到，胡延海今日即已回德州，乃對鏢行小徒弟道：「稍微等等，我取了行李物件，開發了房錢，就隨你去。」

離去之前，儲幼寧心想，與和尚、書生、鏢師萍水相逢，雖相識才僅一天，但大家皆是天涯淪落人，有幸在這悅來客棧聚首，先是一齊吃夜飯聊天，繼而一起盤腿坐地看比武，也算是有緣修得同船渡。如今，突然離去，話都不留一句，頗說不過去。本想留張字條，但自己肚皮裡文墨有限，也就罷了，只好請櫃檯夥計帶話，說是自己有急事，先行結帳離去。

說完，隨著鏢局小徒弟，邁步離開悅來客棧。

第十六章：喜相逢老少二人觀砍人頭，上法場布莊小開身首異處

儲幼寧隨鏢局小徒弟，行至順德鏢局，就見鏢局門口站著個精神矍鑠老者。這人七十上下，身形虎背熊腰，光頭剃得青裡透亮，赤紅臉膛，鼻下有鬍，頦下有鬚，穿著坎肩，腳上是一雙黑皮快靴。這人兩眼一大一小，小的那眼，還不住抽搐閃動。此外，兩眼眼珠均有些許白色眼翳，瞳仁顯現渾濁之氣，顯係年歲已高，才有此眼病。

儲幼寧見此人，急忙拜倒道：「揚州弟子儲幼寧，拜見胡老鏢頭，您老人家安好。我義父金阿根問您好。」

胡延海兩手扶住儲幼寧，稍稍使力，往上抬道：「好，好，真是英雄出少年啊，你義父可有事物，要你轉交予我？」儲幼寧只覺得一股力道，在自己兩臂間往上衝，就不由自主站直了身子。胡延海這一抬之力，讓儲幼寧大感詫異，這樣一個老者，竟然膂力如此驚人。儲幼寧急忙自懷中，掏出金阿根行前所交那柄如意，兩手執住，恭謹遞了過去。

胡延海接過如意道：「是囉，我和你義父當年約定，見如意如見本尊。你義父一定有話告訴你，說是你凡事皆可對我說，不必隱瞞絲毫，是吧？」

儲幼寧道：「是，義父的確如此說過。」

胡延海將儲幼寧讓進鏢局，行過前廳，轉過迴廊，到了後院胡延海居處。胡是鏢局總鏢師，鏢局東主長年不在，就由胡延海主持鏢局上下事務。胡這住處，係於鏢局後院，另起一處院中院，進去之後，別有洞天，地方不大，但卻也是有廳有房有院有庭。兩人入了胡延海住處，自有下人接著，端茶倒水，上毛巾送點心。

胡延海抽著旱菸，對儲幼寧道：「諾，這如意還給你，你好好收著，哪天回揚州，把這東西交還給你義父。說不定，下次你義父又著人到德州來見我，還是得帶著這信物。」

說完，把如意遞給儲幼寧，儲幼寧接過如意，貼身收好。胡延海接著又道：「我和你義父只見過一面，二十餘年前，你義父那時還年輕，在魯南道上販售私鹽。未料，被一夥地痞遊民沾上，一路追打，不但搶鹽，還要人性命。要知道，真正翦徑強梁，無論是土匪還是強盜，都是盜亦有道，搶劫有搶劫的規矩，不能亂了套。那天，你義父所碰上的，不是翦徑強盜，而是地痞遊民。這幫人，不講道上規矩，只是一味硬幹。當時，我正好保鏢路過，見此局面，說不得，只好出手，料理了這批渾球雜碎。」

「你義父感念我幫忙，就要與我結為異性兄弟，我們約好，到濟南會面。他售完私鹽，我走完鏢，在濟南會面，他送我一枝紅珊瑚，我給他一枝玉如意，視為結拜信物。兩邊言明，以後天南地北，只要碰上大事，派人攜帶信物向對方求援，見信物，如見本尊。孩子，你現下帶著如意到這兒來，就如同你義父，親自上門求援，無論你所求為何，我赴湯蹈火，都會辦到。不過，你得先說說，說說你自己的事。」

之後，一老一少，兩人喝過茶吃飯，吃過飯，秉燭夜談，講了足足一個半時辰。

儲幼寧一五一十，詳盡交代自己自八歲起，所遭逢諸般百事。胡延海聞言大奇，不斷插嘴，詢問儲幼寧相關事項，儲幼寧也一一作答。

胡延海年歲已大，鮮有機會與少年之輩往來閒談；儲幼寧自幼喪父，欠缺孺慕之情。如今，一老一少，兩人談得入港，愈聊愈起勁，兩人皆大樂。尤其，儲幼寧昨晚夜飯，與和尚、書生、鏢師徹夜清談，今日又碰上大鏢頭胡延海，接連兩日，皆遇上對談良伴，心裡高興莫名。此等經驗，過去所無，令儲幼寧格外快慰。

儲幼寧到此，當然意在打聽告老漕運郎中薛鳳培下落，追索其小妾之弟白鵬飛。對此，胡延海道：「孩子，別急，跑得了和尚，跑不了廟。這薛鳳培，在德州地面，叫得出字號，他老家在哪兒，不難打聽。你既來之，則安之，先住下來，我明天就派人去打聽。」

這兩人，一個久住德州，一個以揚州為家，兩人所知之事大相逕庭。因而，胡延海大講江湖掌故，聽得儲幼寧悠然神往。儲幼寧講江浙兩省新鮮事，老鏢師聽了，亦是嘖嘖不斷，連連稱奇。

儲幼寧指著胡延海眼睛道：「適才向您稟告過，長江口崇明島之戰，虧得英吉利國洋人義律，這才有了霹靂閃雷，全殲嵊縣幫強徒。這義律，見聞甚廣，常講不可思議之事。譬如，老爺子您眼睛所長白霧，照義律說法，可延請西醫，動刀割除。」

胡延海聞言驚道：「這不要了命嗎？拿刀割眼，豈不是把眼珠子都割出來了？」

儲幼寧道：「非也，老爺子，洋人有麻藥，說是拿銀針把麻藥打進您血脈，您就啥事不知。等醒來了，眼翳也割了，病也好了。當年我義兄金秀明，就是拿洋人這蒙漢藥，在狀元樓迷昏了驢子，才一鋼釘把驢子給殺了，免得再受活剮之痛。不但動刀割眼翳，還可以拿琉璃片，東磨西磨，然後嵌進琉璃架子，成了眼鏡，戴上之後，能見原先所不能見。」

胡延海道：「是啊？那我得找個時間，到揚州去，見見這洋人，看他能否替我配一副鏡子，讓我這昏花老眼重見這世界。以前年輕時，老人家常說，三十八，花一花。那光景，不知此話是何意思。後來，等自己到了三十八、三十九，反正就是四十關口，那眼睛，說看不見，就看不見。不是都看不見，而是看遠不看近。就說磨兵刃吧，以前磨幾下，用眼睛瞧瞧，就能知道，磨得夠不夠鋒利。眼花之後，磨了半天，怎麼瞧，就是一片模糊，刀刃都看不清楚。這只好用手去試，在刀刃上橫著指頭刮過去，要感覺澀澀地，這才算完事。拿手指頭橫著刮刀刃，一不小心，就拉了手指頭，當場開彩。唉，老嘍，不中用嘍！」

儲幼寧見狀，拿話哄老頭道：「老爺子，不講這個了，您且說說，德州最近有什麼趣事？」

胡延海道：「有趣之事？撿日不如撞日，這有趣之事，明天就有，而且，是天大有趣之事！」

儲幼寧問道：「是啥事情，這樣有趣？」

胡延海道：「砍人頭，有沒有趣？」

儲幼寧奇道：「砍人頭，讓人看？我在揚州多年，聽過法場砍人頭，但金爹爹一家人，沒聽說去法場看砍人頭。」

於是，胡延海講起了這砍人頭之事。

有清一代，儘管吏治腐爛，風氣敗壞，但其刑名制度卻頗嚴密。州、縣一級政府，僅對民事案件，具有終極裁量權柄。凡刑事案件，州、縣政府審畢後，必須往上呈報。以死刑案件而言，州縣政府判定死罪之後，全案須逐級往上呈報，先送知府，繼而再送省按察使司。之後，則是呈報督撫。若總督、巡撫無異議，依舊維持死刑判決，則須向北京朝廷稟報。

每年秋季，朝廷就所有地方督撫所呈報死刑案件，由皇帝親自裁決，名為「秋決」。如罪大惡極，赦無可赦，則批為「斬立決」，公文往下傳遞，到得羈押人犯之處，當即行刑。其他，尚有「斬監候」、「絞立決」、「絞監候」等種種名目。

胡延海道：「明天伏法之人，叫史財昌，他爹爹是德州第一號布商，家大業大，德州人稱史百萬。史百萬會生兒，不會養兒，生了個史財昌，從小就嬌生慣養，只差沒把天上月亮摘下來給他寶貝兒子。這兒子自小不學好，吃喝嫖賭、偷拐矇騙，壞事幹絕。史百萬銀子多，他寶貝兒子天天惹事情，他就天天拿銀子塞狗洞，給他兒子收拾善後，惹出了事情，就拿銀子去擺平。」

「就這樣，日復一日，年復一年，這史財昌愈發不像話。兩年前，這史財昌正走道，見路邊有倆走街串巷鄉下人，叔侄二人在那兒擺攤賣布。莫看那叔侄倆是鄉下人，人家可會喊生意了。賣黑布，就說什麼這布東山挖過煤，西山取過炭，不讓張飛，氣死李逵。那話兒，喊得一套一套的，招得滿街人看熱鬧，生意挺好。」

「這史財昌，二百五一個，見鄉下人賣布，生意好，人都圍了幾圈，心裡不高興了。他想，他爹史百萬是德州第一布商，他就不容鄉下人到德州賣布。於是，他從地上搬了個下馬石，一路往人群裡擠過去。擠到兩個鄉下人跟前，話也不說，舉起大石塊，當頭就砸。那叔叔，當場腦袋就開了，紅的，白的，流了一地。那侄子，當場嚇壞了，也不知道跑。他又再搬起下馬石，再舉高，又把侄子給砸了。也是腦袋砸成了水瓢，橫劈半截葫蘆瓜一般，凹下去一大片。」

聽胡延海如此說，儲幼寧道：「老爺子，這德州，還有王法沒有？我在南邊，也聽過不少殺人放火之事，但從沒聽說，有人這樣橫，話都不講，就直接連殺二人。」

胡延海道：「都說了，這是從小慣的，他還當他爹爹這次依舊能撒銀子擺平人命。這次不一樣，大庭廣眾，眾目睽睽，拿石頭把兩個鄉下人腦袋給砸扁了，那民憤啊，呼啦呼啦高，縣太爺也壓不住，只好把這史財昌押在衙門。他爹爹當然依舊使銀兩，讓寶貝兒子在縣衙牢裡過好日子，並高價從濟南請來山東第一訟師梁孝文，給他兒子想辦法。」

「結果啊，這梁孝文給出了主意，一千兩銀子送進縣衙去，把公文改了兩個字，死棋肚子裡出仙著，讓他兒子小命得保。」

儲幼寧道：「老爺子，怎麼改兩個字，就掀掉了死罪？」

胡延海道：「是這麼著，原來呢，那縣太爺所寫刑案節略，上頭說，這史財昌落石斃人，也就是說，這人拿著石頭，把石頭落下去，殺了人。梁孝文出的主意，把落石斃人，改成石落斃人。那意思是說，一個不小心，石頭落下去了，殺了兩人。」

「這落石斃人，是有心殺人，故意如此，把人給殺了。而石落斃人，則是舉著石頭，只是有意嚇唬，無意殺人，但一個不小心，石頭滑落，掉了下去，才殺了兩人。同樣是殺人，落石為有心殺人，石落為無心殺人。兩字之差，這史財昌小命保住。」

儲幼寧道：「那麼，怎麼明天又要砍史財昌腦袋呢？」

胡延海道：「你聽我說啊，史百萬找了山東第一訟師梁孝文，出了鬼主意，花一千兩銀子，要縣太爺改了兩個字之後，史財昌逃得了性命，但死罪雖免，活罪難逃，還是押在縣衙門大牢裡。案子一層一層往上送，從府台衙門，到省裡臬台衙門、巡撫衙門，一路都是百官伸手，都向史百萬討他兒子買命錢。這史百萬，端得是百萬家產，一路打點，竟把案子送出山東，送往北京。」

「朝廷裡，對地方事務隔閡得很，督撫怎麼說，朝廷刑部多半都跟著判。但史財昌殺鄉下布販之事，在德州眾人親見，如今凶神惡煞逃得性命，地方仕紳看不過去，就有人寫信給京裡山東籍御史大夫，敘明實情。御史大夫最好令名美譽，這樁事情，最是博取令名美譽良機。這幫御史大夫，沒事還搞事，現下家鄉出了如此大事，豈會放過？」

「因而，御史大夫寫了大文章，一狀告進軍機處，把山東撫台、臬台、府台、縣令，全告在裡面。軍機處不敢大意，面稟慈禧老佛爺。這一鬧，朝廷當然另外束派大員，親到德州查案。這所派的欽差查案大人，是另外一個御史大夫。偏偏，這御史大夫，與之前告狀御史大夫是對頭。於是乎，史百萬又大花銀兩，重新打點，而縣、府、省三級衙門，也都妥為敷衍這查案欽差。」

「末了，欽差回京覆命，兩邊各打五十大板，說是山東通省衙門輕縱刑案，但案情又未如先前告狀御史所說那般嚴重。因而，最後朝中間走，判得比山東各衙門所判為重，但又不至立即拖出去砍了，這判的就是個斬監候。」

儲幼寧說：「這樣，事情不是完了嗎？怎麼又弄出個砍頭結果？」

胡延海道：「別忙，聽我往下說。去年秋決，皇帝受命，依著西太后老佛爺旨意，判了個斬監候，發回省裡，人不能放出來，還是關著，但死罪可免。詎料，事情後來又有翻覆。原來，慈禧老佛爺身邊，有個公公，叫李蓮英。大約這德州布商之子殺人案，鬧得太大，京裡李公公都耳聞此事，曉得從御史大夫，到山東省三級衙門，都拿了好處，那意思，也要分一杯羹。」

「然而，案子已定了斬監候，李公公再出來攪和，自然難有豐碩收穫。於是，李公公不知道使了什麼法子，又過一年，竟然把這審定案子重新翻了出來。慈禧老佛爺大怒，從查案欽差御史、山東巡撫、山東臬司，到濟南府府尹、德州縣令，全都吃了處分。至於那史財昌，又改判回斬立決。本來是死棋肚子裡出仙著，現在變成神仙肚子裡出閻王，這小子，死而復生，生而復死。這回，跑不了了，明天上午，要拖到德州菜市場去，當眾砍頭。」

「現如今，德州街面上三尺豎童小娃兒，紅嘴白牙，都編了歌，數落這史財昌。最絕的是，說這人名字不好，生來取個『史財昌』之名，結果，落了個『死菜場』之命，明天要砍腦袋，死在菜市場。」

這時，時辰已晚，胡延海摸摸鬍子，勒勒長鬚道：「時辰不早了，去睡吧，明天咱倆一起去看砍頭。看完砍頭，還有別的節目，帶你去見掌刀老爺。」

儲幼寧問道：「掌刀老爺？」

胡延海道：「就是拿刀砍人頭的劊子手，那是我拜把兄弟。」

一夜無話，次日一大早，老少二人吃過早飯，相偕出門，朝大菜市行去。路上，胡延海問道：「孩子，你想，這砍頭是怎麼個幹法？」儲幼寧答道：「就是拿把大砍刀，出死力揮出去，把死囚腦袋給砍下來。」

「哈哈哈哈。」胡延海大笑道：「沒錯，問十個人，十個人都這樣答。那你可就說錯了，這砍腦袋，其實不是砍。你想，一刀砍下去，要是腦袋不掉，那死囚吃痛，滿地亂滾，哭爹喊娘高聲呼叫，那成什麼體統？劊子手顏面往哪兒擱？監斬大員會怎麼受窘。」

儲幼寧道：「那麼，老爺子，劊子手如何砍腦袋？」

胡延海道：「其實，那不是砍，而是先切，後拖。先拿刀，相準了位子，切進死囚脖子骨節中間。切進去之後，再用力拖。這一拖，就把刀刃從脖子後頭，拉到脖子前頭，腦袋就掉地上啦！」

儲幼寧道：「老爺子說得很清楚，我聽得很迷糊。沒關係，待會兒看過了，就知道是怎麼回事。」

兩人說說笑笑，就到了大菜市。這地方，已圍出一塊法場，有公差拿著水火棍，在法場四周彈壓，擋著看熱鬧百姓。法場，四四方方，後頭擺了案桌，桌後有椅，桌上有文房四寶。這，就是監斬台。此時，法場空無一人，只有公差彈壓地面。監斬台正前，立了根木樁，這木樁栽進土裡，穩穩站著。法場之外，監斬台後頭，是家中藥店，店上掛著招牌，名為「慈航藥店」。

胡延海帶著儲幼寧，繞過法場，進了藥店。就見這藥店門前，擺放三張矮腳板凳，排成一列。店裡，則將幾張桌子併攏，桌上擺了張兩寸厚松木板，松木板上則居高臨下，又擱了兩張桌子，每張桌邊，各擺兩張竹椅。兩人走進店裡，就有小夥計過來，指著松木板上桌椅，衝著胡延海哈腰道：「胡鏢頭，您請上座。」

於是，胡延海示意，要儲幼寧先踩著地上小板凳，踏上松木板，選定松木板上右面那張桌子，坐於桌後竹椅上。隨即，胡延海亦邁步抬腿，踏著小板凳，上了松木板，坐於儲幼寧身邊。

這松木板，架於幾張併攏桌面上，離地約莫半人高。上去之後，在竹椅上坐定，又更往上攀高。這慈航藥店，門面寬敞，屋頂頗高，因而，坐於松木板上所置竹椅上，坐得高，看得遠，能全覽整個法場。未久，店前矮腳板凳上，陸陸續續有人站定。站在矮腳板凳上，約較常人高出一個腦袋，亦是登高看遠，但卻又不遮蔽店內松木板竹椅上看倌。

胡延海歪著身子，對儲幼寧道：「那矮腳長板凳，一個人五十枚銅錢。我們這兒，兩張桌子，共容四人，每人五錢銀子，也就是五百枚銅錢。我們這位子，比門前矮腳凳貴十倍。」

儲幼寧道：「老爺子，怎不見您付錢啊？」

胡延海道：「哈哈，我於這家藥店有恩，他們不會收我錢。但其餘人等，可是得繳了錢，這才能上板凳或上桌子。」

果然，又有兩人進店，向管事繳了銀兩，然後，也登凳上松木板，在左邊那張桌上，坐於兩張竹椅上，並向胡延海並儲幼寧拱手招呼。說話之間，就見幾乘官轎，抬到法場後頭監斬桌那兒，陸續下來幾位大員。這時，就聽見左邊桌後一人道：「原本這監斬差使，該由縣老爺擔下，但這一案牽連太多，從省到縣，好幾位太爺都吃了處分。因而，這次派了布政使監斬。」

另一人道：「這可奇了，按察使司掌管刑名，應該是臬台大人來，怎麼把掌管民政、財政的布政使給派出來監斬了？」

剛才那人又道：「這不是都說了嗎，臬台衙門被搞得臭不可聞，臬台老爺都撤職聽參了，據說撫台日子也不好過，弄不好，會丟烏紗帽，現在就剩個布政使沒事，只好能者多勞，派這藩司老爺來監斬了。」

這時，就聽見場外眾人騷動喊叫，衙役差人不停晃動水火棍，朝圍觀百姓虛晃打去。繼而，聽見車輪轉動聲，終於，來了輛無棚大車，車上五花大綁，癱著個死囚。這死囚史財昌，頭臉倒整理得乾淨，衣著看著也是才換過沒多久，但就是嚇昏了，癱在車上，似乎已人事不知。無棚車駛到法場當中止住，公差自車上，把死囚拖下。就見這死囚褲襠部溼了一大片，已經嚇得尿褲子了。

慈航藥店門口短腳長板凳上，已然站滿圍觀百姓，其中就有人大聲喝倒彩，噓聲連連喊道：「都嚇得尿褲子啦，要上法場，怎麼這副熊樣？沒關係啦，砍了腦袋，不過碗大的疤，十八年後，又是一條英雄好漢。」

又有人高聲叫罵道：「當初拿石頭連砸兩人，那威風有多大啊？現下，到了法場，怎麼就蔫了？」

你一言，我一語，不僅藥店內外圍觀百姓群情激憤，法場外幾千百姓，亦是喊聲連連，咒罵不已。胡、儲二人，坐在藥店松木板椅子上，居高臨下望去，那藩司老爺顯然緊張，怕激出民變，因而動作加快，持筆沾墨，振筆疾書，寫就砍頭執法令，交予下屬。繼而，劊子手帶著幫手現身。

胡延海瞧著那胖大劊子手，對儲幼寧道：「這劊子手姓趙，真名沒人知道，眾人都喊他趙一刀，蓋因他砍頭手藝卓絕，一刀就能把人頭俐落切下來。前兩天，這趙一刀告訴我，史百萬拿銀子買他，要他一刀切下去，別全切斷，喉嚨那兒，多少留點皮肉黏著，好落個全屍，免於身首異處。這史百萬啊，為了這寶貝兒子，這兩年，家底大約也抖漏光了。」

儲幼寧問道：「趙一刀應承了嗎？」

胡延海道：「不知道，他當時沒對我說答應不答應，只說要想想。」

儲幼寧又道：「老爺子，我還真不曉得，連砍人頭劊子手，都有門路可賺意外之財。」

胡延海道：「別小看砍人頭，裡面學問大得很哪。死囚家人，都望能留個全屍，別讓腦袋分家，這裡頭，就得看劊子手下刀輕重，裡面很有講究的。」

說到這兒，就聽見法場上眾生齊吼，那死囚史財昌，已被連拉帶抬，弄到木樁旁。木樁上，有根繩，拿來拴住死囚腰際，免得死囚癱倒地上。這死囚史財昌背後，插著個標，標上寫著「欽命死囚史財昌」。

劊子手趙一刀，回首望著監斬官布政使。布政使怕夜長夢多，趕忙揮了揮手，趙一刀轉過頭來，右手倒握著厚背大砍刀。那大砍刀，整條刀背，緊貼著趙一刀右手手臂，刀把由趙一刀右手倒握著；一長條刀刃，則是衝著外頭，刀尖則在趙一刀手肘那兒。這時，趙一刀對幫手使個眼色，那幫手悄悄抓起史財昌背後辮子，暴喝一聲：「看前面，誰來了？」

史財昌這時早已嚇成一攤爛泥，晃晃悠悠，魂都沒了，就聽見一聲暴喝：「看前面，誰來了？」於是，也沒多想，就抬頭瞧前面。就在這當兒，幫手使勁扯住史財昌辮子，將史財昌腦袋拉直，就見趙一刀矮身半蹲，右手由後向前推出。趙一刀右手反握厚背大砍刀，刀背貼著右手臂，刀刃朝外，刀把在前，刀頭在後，由右後向左前推，刀刃吃住史財昌後腦頸項，咬住之後，切進頸椎兩骨之間縫隙。繼而，趙一刀右手抓著刀柄，右臂往前，先推後劃，一揮而過，刀刃由史財昌後頸，推到前頸。

刀刃所過之處，史財昌一顆腦袋，就掉在地上，咕嚕咕嚕滾了幾下，這才止住。此時，史財昌屍腔裡，血箭飆出，滿地皆是。那屍身，因腰際為繩所綁，倒是依舊跪著，沒有傾倒。這時，就見諸多圍觀百姓發了狂般，衝進法場，個個手裡都拿著個撕開的饅頭，蘸著地上鮮血，蘸出幾十個血饅頭。

儲幼寧才二十啷噹，見這大砍活人頭場面，卻是不驚不訝，不詫不異，蓋因他年紀雖小，卻經過大小惡戰無數，昨天才在比武擂台上，殺了紅鼻子畢楚龍，又親見潭腿宗師蕭宗瑞，慘遭亂腳踩死。故而他看了史財昌斷頭而死，並不驚詫。胡延海見儲幼寧處變不驚，頷首點頭道：「好小子，好樣的，孺子可教。」

兩人離座而起，踏著小板凳，自松木板而下。此時，就見人群湧進慈航藥店，擠在櫃檯那兒，出售手中血饅頭。胡延海見儲幼寧眼神詫異，乃說道：「你看人砍頭，不驚不訝，反倒是看了賣人血饅頭，卻是不明道理。教你個乖，這東西，曬乾了，據說能治癆病。是真是假，我就不知了，反正，你我不信，自有人信。每年，這菜市總要砍個把人頭，每次砍人頭，砍完了，都是眾人爭相拿饅頭蘸血，蘸完了，就來這藥店賣人血饅頭。」

兩人步出藥店，法場已然散了，兵丁衙役差人已然不見蹤影，監斬桌那大小官兒，早乘轎離去。史財昌首級並屍腔，也已交還家屬領回安葬，只剩下場中地上，鮮血兀自發著臭味，並有蒼蠅繞著血窪子亂飛。

胡延海嘆了口氣：「嗐，殺人，被人殺，這究竟是為了哪樁？走吧，看我那劊子手老友去。」

第十七章：喝烈酒刑部執事回首當年，淋髒水新劊子手怒斬侍郎

二人離開法場，找家小飯館，胡亂吃了點東西，權充午飯。飯後，爺兒倆坐在飯館門口長條凳上，胡延海掏出隨身菸葉包，取出幾撮菸葉，裝進旱菸管，拿打火石擦著火捻子，點燃了，再拿火捻子點了菸。兩人並排坐著，曬著午後太陽，有一搭沒一搭聊著，儲幼寧驀然間湧上孺慕之情，歪頭看著胡延海，就見老者滿臉皺紋，兩眼一大一小，眼珠子瞳仁上，有層白色薄霧，正眯著眼睛，吞雲吐霧。

一鍋菸抽完，胡延海把旱菸管倒過來，在地上將菸灰磕盡，收起旱菸管，插進腰帶裡道：「走吧，找趙一刀去。」

兩人走了約莫小半個時辰，來到一處窄巷，往巷裡走，盡頭是個大雜院。這大雜院，院子裡住了七、八戶人家，這時正值午後，住戶多在睏午覺，只有幾個孩子在院子裡嬉戲，並有幾隻放養雞鴨，也在院裡隨處轉悠。兩人走到左手第三戶，胡延海稍稍提高嗓音道：「趙一刀，在家嗎？」就聽見屋裡回答道：「老保鏢的，你來啦。」

胡、儲兩人抬腿邁步往屋裡走，邊走，胡延海道：「不單我來，還給你帶個小朋友來，聽你擺顯

擺顯一刀神功。」

走進這屋裡，就見黑越越地，瞧不真切。外頭陽光耀眼，屋裡卻既不開窗又不點燈，從外頭進屋，一時間眼神轉不過來，覺得分外漆黑。胡延海熟門熟路，在牆邊摸起一根推桿，往外一推，就把窗戶板給推了出去，再把那桿子支在窗戶台上，屋裡就有了亮。亮光撒進屋裡，就見屋角桌邊，坐著趙一刀，神情委頓，一壺酒，一只杯，在那兒自斟自酌喝悶酒。

胡延海道：「喲，這是怎麼啦，一聲不吭，也沒言語，就一個人窩在這兒，黑漆漆地喝悶酒。怎麼啦，上午才精精神神砍了人頭，怎麼這會兒工夫，就變了個樣？」

趙一刀道：「精精神神砍人頭？你道砍人頭是好耍的嗎？我那是沒辦法，祖師爺留下來的規矩，上法場砍人頭，就得那樣，得露殺氣，全身繃緊了，殺氣騰騰，那兒跪幾個人，我就砍幾個腦袋。吃這行飯，就得這樣。可下了法場，那氣就洩了，心裡那份窩囊勁，可就別提了。年輕時，火氣旺，福大命大，什麼都不怕，橫豎那些挨刀的，全是江洋大盜、姦夫淫婦、貪官汙吏、奸商爛賈，砍了也是活該，砍完了人頭，回家吃三大碗飯。」

「可這江湖，卻是愈走愈心虛，到了後來，每次砍完人頭回家，總想著剛才人頭落地景象，心裡漸漸難受。這不是，五年前，我改吃素了，所有葷腥，一概不沾。這輩子，殺生太多，死了準下十八層地獄，到了閻王殿，都不曉得該怎麼說。吃這行飯，殺人，沒辦法，沒得選，但總可以選吃素吧，不讓雞鴨豬狗牛羊魚，因我而死。」

胡延海道：「住，住，住，打住別說了你，你這是幹麼，吃了槍藥粉是吧，怎麼見了我們就劈里啪啦一大套？」

趙一刀那心境，儲幼寧卻稍能體會，自從十五歲上，在狀元樓殺了陳潤三與花皮貓之後，這幾年來，每逢取人性命，事後心性都受激盪。每次，都得用力想藉口、想理由，想不得不殺緣由，這才能勉強壓下心裡不安。自己殺人，所殺者與己均有仇恨過節。而這趙一刀砍人，雖是施行國法，砍的都是罪無可赦、罪大惡極之人，但畢竟死囚與趙一刀素昧生平，人生何處不相逢，相逢卻在法場上。難怪他上午才砍了史財昌，現在就關在這兒，黑漆漆地喝悶酒。

胡延海道：「你要喝酒，咱們一塊兒喝去，找個大酒缸，咱們爺兒仨人一起喝去。」說罷，就拉起趙一刀，順手抽掉窗台支桿，關了窗戶，又拉上了門，三人朝外走去。街口外，有家小店，門臉不大，店內不深，擺不上幾張桌子，倒是當門之處，地上一連擺了四個極大陶瓦缸子。那缸子極大，肚子裡能容兩個壯漢蹲踞在內。這四具大酒缸，並排擺放，上頭則鋪了老大一張厚木案板。這案板，擺在酒缸上，但沒全遮酒缸，酒缸朝屋裡那頭，還有空隙，容得下店家拿長柄酒勺，伸進酒缸裡舀酒出來。

大酒缸朝店外這面，擺了一張長凳子，酒客喝酒，就坐在長凳上，酒缸上那厚木案板，就是桌子，將酒杯、菜盤等，置於厚木案板之上。這大酒缸，起自北京，後漸漸朝華北各地散布。德州位於山東北面，再往北，就是直隸，距離北京幾百里，因而，德州也開起了北京大酒缸。

凡大酒缸店外，必有小吃攤並小吃挑子環繞，酒客向小吃攤或小吃挑子點菜，就著大酒缸，滋兒一口酒，叭噠一口菜，吃得溝滿壕平，所費不多，至為享受。今天，胡延海、趙一刀，外帶儲幼寧，就到了街口大酒缸，坐定之後，胡延海要了半斤燒刀子。店家夥計拿著長柄勺，伸進左起第二具酒缸，正要彎腰探身，舀起燒酒，胡延海高聲道：「別，別，別舀那缸。」

說罷，用手指指右起第一具酒缸道：「從這缸子裡舀。」

趙一刀撇撇嘴道：「死老頭，就有那樣多講究。」

胡延海道：「你們不知道，左邊那缸，裡頭壓缸寶剛放沒幾天，味道太衝。得右邊這缸，壓缸寶放了有個把月，味道這才夠醇和。」

儲幼寧奇道：「老爺子，啥叫壓缸寶？」

胡延海還沒來得及回答，趙一刀接著儲幼寧話碴子道：「就是鴿子屎，凡這大酒缸，必得往裡頭扔鴿子屎，這樣，酒勁才夠。屎這字難聽，所以，就換個名兒，叫什麼壓缸寶。」

儲幼寧又問道：「那為何剛放進去難喝，放久了才好喝？」

胡延海道：「不是這樣講，不是說放久了才好喝。這鴿子屎，剛放進去，新鮮勁大，弄得這酒勁頭太大，喝起來嗆。要等個把月之後，勁頭下去點，這才好喝。但也不能太久，要是太久，酒就沒勁了，那時候，就得要重放鴿子屎。」

儲幼寧繼而問道：「老爺子，你怎曉得那缸酒鴿子屎太新，這缸酒鴿子屎剛好？」

胡延海大樂，勒著長鬚道：「小娃娃，這是老夫祕密，天機不可洩漏，不能告訴你。」

趙一刀撇撇嘴道：「什麼祕密，什麼天機，老傢伙幾乎天天來，幾個缸子輪流喝，喝來喝去，自然喝出門道，曉得哪缸酒味道如何。」

說罷，胡延海又向一旁小攤、小挑子，買了醬爆牛肉、燻魚、滷豆干、五香花生、五十個素煎餃，外帶一整隻德州扒雞。另外，又買了一個德州西瓜。這德州扒雞，聞名遐邇，口味鮮鹹香嫩，肉嫩骨酥，拿筷子夾住，稍微抖抖，即骨脫肉爛，故又名脫骨扒雞。而德州西瓜，在北五省，也是叫得出字號。

各樣菜色，隨即一一端上酒缸木蓋，唯有那西瓜，卻是挑好了之後，先不送來，得裝進木桶，扔進井裡，讓井內涼水浸泡。待酒足菜飽之後，再將西瓜自井裡撈上來，切開了吃，涼透脾胃，特別受用。

趙一刀茹素，就吃花生、豆干、素餃等，其他葷菜，由胡延海、儲幼寧爺兒倆飽餐一頓。

三人邊吃邊聊，胡延海就慫恿趙一刀，講講當初入行學藝之事。趙一刀說，這都是陳年往事，說過多次，胡延海早知，何必再問。胡延海則說，他雖知此事甚詳，但儲幼寧從未聽過，就要趙一刀趁著酒勁，再講講當年。

趙一刀喝了口燒刀子，夾起一筷子滷豆干，放進嘴裡嚼著道：「好吧，小娃娃，就看在這老頭面上，我再講講我這一輩子刀頭舔血的勾當。這話，得從五百年前講起了，那時候，還是前明，明太祖有個兒子，叫朱棣，是為燕王。這人，身邊有五位貼身衛士，五兄弟，姓姜。這姜家五兄弟，專給燕王幹些殺人勾當，替燕王剷除異己。後來，明太祖死了，把皇位傳給孫子。」

「燕王不安分，後來作亂，把侄子皇帝殺了，自己當上了皇帝，這就是明成祖。他當皇帝之後，姜家五兄弟還給他辦事，專門替他砍人頭。這姜家五虎，在刑部掛名當差，職位叫執事。這就是求個好聽，執事，執什麼事？執的還是砍人頭的事。在那之後，就有了規矩，把行刑劊子手都稱為執事。就這樣，一代一代往下傳，京裡刑部執事，都是姜家五虎後代弟子。等年代一久，自然也收外姓人。但可有一樣，五百年之後，這執事還是師徒制，不是你要當執事，就能當執事，那得有人引薦，有師父收你，你先當徒弟，練上不知多少年工夫，等你師父說，你成了，你才能上場出紅差。」

儲幼寧問道：「趙老爺子，什麼叫紅差？」

趙一刀道：「你聽不懂嗎，砍人頭會流血，所以，劊子手上法場砍人頭，就叫出紅差。」

胡延海道：「繼續說，我都聽多少次了，還想再聽，你這故事，百聽不厭。」

趙一刀道：「我是德州本鄉本土人，自小家窮，沒能力讀書，起小自懂事起，就幫著家裡，下地去幹活兒。十六歲那年，因故惹上了麻煩，地痞混混放話，要廢我一隻招子。於是，我趕緊逃離老家，去北京投靠熟人。」

儲幼寧又問道：「趙老爺子，什麼叫招子？」

胡延海代為答道：「江湖話，就是眼睛。」

趙一刀接著道：「到了北京，兩眼漆黑，誰也不認識，要找的熟人，也沒找到，不曉得搬到哪兒去了。沒法子，肚子餓，得找活兒幹。於是，就搖煤球，當了煤黑子。小娃娃，你又要問，什麼是煤黑子，我先說了，就是搖煤球小徒弟，身上被煤染得漆黑，叫煤黑子。搖煤球，苦啊。把碎煤塊與黏黃土攪混了，然後放進笸籮裡搖，搖成一個一個圓煤球。」

「沒法子，大字不識一個，在北京人生地不熟，能幹什麼呢？有天，正搖著煤球，有個勁裝打扮武生模樣漢子路過，見我還有一膀子力氣，就問我，願不願意到刑部當執事？我那年紀，啥都不懂，一聽刑部，心裡就害怕，又聽什麼執事，更是不懂，當時就懵了，呆在那兒，不知該怎麼答？那人就說，管吃管住，吃得飽，有床睡，身上乾淨。我這就聽懂了，當場點頭，就跟了去。」

「這武生模樣漢子，叫姜勇，就是當年姜家五虎後代，當時就是個刑部執事，也就是北京城砍人頭劊子手。他帶我回家，姜家大院，在北京南城，那兒窮人多。北京嘛，說是東富西貴南貧北賤，說是東城富人多，西城貴人多，南城窮人多，北城低賤行業人多。這話，到底是真是假，我在北京多年，總也說不清楚。有些人銅牙鐵齒，硬說就是這樣，另有人說，這純屬胡說八道。不管這話是真是假，光說那姜家大院，位於南城，裡頭住著的，全是姜家後代。」

「那天，進了姜家大院，姜勇把我安頓了，給我洗浴換衣裳，又喊來剃頭挑子，把我頭臉也剃乾淨了。之後，讓我吃飯，那頓飯可吃得真飽，之前當煤黑子，從未真正吃飽。等吃飽了，姜勇帶我進前堂，拜見一個老爺爺，要我跪著給老頭磕了仨頭。那老太爺叫姜衛提，都七老八十了，還是腰板挺直，精神健旺得很。老頭叫我站起身子，把我從頭打量到腳。打量完了，也沒說什麼，就說，好，好，好，然後說，打從那天起，他就是我師父，姜勇就是我師叔。之後，就要姜勇領著我出去，要我明天起學藝。」

「學啥藝？我壓根兒不知。不過，那光景，讓我吃飽，給我地方住，給我乾淨衣服穿，要我學啥藝，我都幹。第二天，一大早，天還沒全亮，就有人來喊醒我，帶我到後頭院子去。小娃娃，你知道去幹啥？去劈豆腐！」

「姜家大院後頭有個小房子，我進去，姜勇師叔等在那兒，他交給我一把厚背大砍刀，然後，指著矮木桌上擺著的一塊豆腐，告訴我，要我劈豆腐。劈豆腐，有學問，得把大砍刀反過來，刀背貼著我右手臂，我右手掌倒握著刀柄，刀刃朝外，刀頭在我手肘上頭。然後，要我卯著腰，彎著身子，半蹲著腿，用右手去推那刀，讓刀刃去劈豆腐，把豆腐劈成薄片。」

「我第一天練功夫，哪成？一刀推過去，把豆腐劈歪了，斜著劈下去，把一塊豆腐斜劈成兩半。當然不成，就要我把劈壞豆腐拿掉，甩在一邊桶子裡，另外再從旁邊豆腐盤裡，拿出一塊豆腐，擺在木桌上，重新用我右手肘，推著大砍刀，去片豆腐。那一天，我前後片了二十幾塊豆腐，都沒弄好。那二十幾塊破豆腐，就成了我那天糧食，整整吃了一天破豆腐。」

儲幼寧問道：「趙老爺子，真想不透，砍人頭與劈豆腐，有什麼關係？」

趙一刀吃了個素餃，喝了口燒刀子道：「關係可大了，你別打岔，接著聽我往下講。我這樣天天劈豆腐，日子久了，自然有長進，能把一塊豆腐，用厚背大砍刀片出五片。姜勇過來瞧瞧，說是還不行，要能把一塊豆腐，劈成十張薄片，這才能過關。就這樣，劈豆腐，吃豆腐，又過了幾個月，成了，能把一塊豆腐，劈出十張薄片。」

「可這還不夠，姜勇師叔又給出新題目。他拿木匠墨斗，在豆腐邊上拉黑線，一塊豆腐邊邊，能拉出十條黑線。他說，繼續用刀劈豆腐，這次，看著黑線劈。照著黑線，把豆腐劈成薄片。這手功夫，又練了幾個月。那時，每頓飯當然還是有其他吃食，但頓頓都少不了豆腐，鬧得我這輩子剩下時間裡，再也不吃豆腐。幾個月後，厚背大砍刀推出去，已經能照著墨線劈豆腐片。」

「這還不成，姜勇還有其他花樣，他在畫了黑線豆腐上，擺三個制錢。我拿刀推豆腐，豆腐不能癱，制錢不能掉。這手功夫，又練幾個月，總算練到拿刀照著墨線劈豆腐，豆腐上三個制錢穩穩不動。到這時，我在北京南城姜家大院，已然待了一年多，每天淨是練劈豆腐。那時，就我一個半大小子，天天在後院小屋裡，練劈豆腐，沒其他徒弟練這個。姜勇則是經常出紅差，每次出紅差，一大早，就把自己打扮結棍，一句話不說，氣虎虎地，抱著大砍刀，旋風一般，走出大院，趕去法場。」

「後來，姜勇告訴我，當刑部執事規矩多，上法場出紅差，規矩更多。總之，出紅差之前，要自己把殺氣灌滿，不能講話，否則會洩氣，要把自己弄得怒氣沖沖，上了場就砍人，這才不會手軟。他說，他路過搖煤球那塊地，就見我這搖煤球小利吧，動作麻俐，眼帶殺氣，就知道我是吃砍人頭這碗飯的料。所以，後來他帶我進姜家大院，給姜衛提瞧瞧，姜老太爺根本不必問話，只要看著我，就曉得我幹得下這差使。對啦，講給你聽，這小利吧，北京土話，就是小徒弟。」

講到這兒，趙一刀突然岔了氣，咳個不停。胡延海道：「趙老頭，先別講了，歇會子，把剩下幾個餃子吃了，再往下說。」

趙一刀猛咳良久，這才緩過氣來，吃幾口素餃子，接著往下擺顯：「學藝，學了一年多，淨學大刀劈豆腐。一年多，學劈豆腐，總算學完。不過，這還不算完，還有新玩意兒要學？你知這新玩意兒是啥嗎？」

儲幼寧道：「趙老爺子，我不知道。」

趙一刀說：「要猴，每天和隻猢猻猴子作伴，就是摸猴腦袋。猴腦袋後頭，有幾節頸骨，姜勇說，要我摸猴腦袋後頭頸骨第一節骨，與第二節骨之間骨縫，那骨縫，正是兩節骨頭連接之處。那地方，俗稱算盤珠兒。刀子從這兒切進去，碰不著骨頭，就是把骨縫之間筋肉切斷，腦袋就掉下來。姜勇說，砍頭，不是砍頭，而是拿刀推頭，像推豆腐一樣。他說，兩節骨頭之間那算盤珠兒下頭，就是骨縫，就是下刀之處。姜勇說，猴腦袋和人腦袋差相彷彿，猴兒後腦勺和人後腦勺差不多，所以，要摸熟了猴腦袋。」

「我天天玩猴兒，抱著猴兒摸後腦勺，硬是摸了一個月，這才算完。摸完了猴兒後腦勺，姜勇說，要我到街上去，哪兒人多，就往哪兒走。邊走，邊瞧著前邊人後腦勺，找尋那算盤珠子。我上街，哪兒人多，就去哪兒，前門外、大柵欄、天橋，我都去，專在人群後走，邊走，就邊細細瞧著前面各色人等後腦勺，看看哪兒下刀最好。」

「這樣，連著幾天，天天上街，找人多地方轉悠去，盯著人後腦勺瞧，琢磨怎麼下刀。這下子，可壞了，這就弄出了個壞毛病，我從街上回來，進了姜家大院，碰見人，總想著這人後腦袋瓜子長得是個啥模樣兒，總想著要是砍這人腦袋，得從哪地方下刀。我當時都嚇壞了，心想，怎麼有這毛病，於是，就一五一十告訴了姜勇師叔。姜勇說，這正常，每個刑部執事，學藝當中，都會這樣，過一陣子，就會過去。」

「果然，又過了幾天，這毛病就漸漸消退。在那之後，我要動念，才會琢磨人後腦勺，倘若不動念就不會瞎想。等這時程過了，姜勇就說，要我上法場見習，跟著師兄當幫手，去法場幫著刑部執事師兄砍死囚腦袋。這時候，距我進姜家大院習藝，已滿兩年。那天一大早，姜勇給我備了全套行頭，跟著師兄上法場。那師兄名字，現在忘了，他比我早一年習藝，這時已經可以獨當一面，拿刀砍人頭了。至於我，去刑場幫忙，就是幫著把死囚辮子揪緊，把脖子扯直，好讓師兄下刀。」

說到這兒，趙一刀有點喘，喘了兩口氣，清清喉嚨，清出一口膿痰，呸地一聲，吐在地上，接著往下講：「那天，三九隆冬，雖沒下雪，地上可是結了霜。一大早，到了宣武門外菜市口刑場，我才聽人說，今天問斬的是個大學士。那可是大學士哪！多大的學問，多大的官兒，卻上了法場。師兄私底下講，說是這大學士運氣差，當進士會考監試，結果，跑出大弊案。本來，咸豐皇上顧念他是老臣，沒打算斬他，但不知鬧什麼黨爭，官場上鬥得厲害，軍機處都說，不斬這人，沒法子敉平政潮風波。因而，咸豐皇上淌著淚批了軍機處折子，把個大學士，推到宣武門外菜市口問斬。」

「師兄那天說，他曉得這大學士吃了冤枉，所以，要好好伺候他老人家升天。師兄說，他要拿出本事，一刀推過去，割斷喉管，但前頭留著點皮肉，讓頭不掉下來，留個全屍，免於身首異處，也算是師兄一點心意。」

「後來，來了個後檔車，車上一個白鬍子老頭，背後插著個標，寫的什麼欽命要犯。這監斬的，說是這大學士官場死對頭，是個刑部侍郎，那天得意洋洋，沒多大工夫，就把執法令牌給扔了下來，師兄就動刀。我在旁看著，身上直發抖，第一次上法場，斬的就是個白鬍子大學士，心裡不是滋味。師兄動刀前，還小聲對那白鬍子老頭說，刑部執事某某某，在此伺候他老人家升天。那老頭，挺沉得住氣，跪在那兒，轉了轉身子，對準了紫禁城，恭恭敬敬，磕了三個頭，說是永祝皇上政躬康泰。」

「接著，白鬍子老頭挺直了腰，回頭對師兄說，別讓我拉他辮子，他自己挺直腰桿，挺直脖子。於是，師兄使個眼色，我就退到旁邊。這時候，就見老頭閉著眼，淚珠子撲簌簌往下掉。我那師兄，咳，我怎麼忘了這師兄名字。我那師兄，眼睛也紅了，就差沒掉淚。我站得近，看得真切，師兄手腳都發抖。師兄邊抖，邊抬起右手臂，刀背靠著手臂，呼地一下，往前就推。勁頭大了，沒留得住全屍，腦袋掉了。」

「白鬍子老頭腦袋砍掉了，屍身還直挺挺跪著，屍腔子裡，咕嘟咕嘟由脖子往外冒血，瞧熱鬧的，轟地一下都聚過來，人人手裡拿著個掰開的饅頭，都要來蘸大學士鮮血，護軍兵丁攔都攔不住。我師兄發了瘋一般，站在屍身旁，把大砍刀舉得高高的，失心瘋一般喊著：『哪個敢過來，哪個挨老子刀子。哪個敢過來，老子跟他拚了。』其實，刑部執事只負責砍人頭，人頭落地之後，就不關劊子手什麼事。每次砍人頭，砍完了，都有圍觀人群舉著掰開饅頭蘸人血，劊子手根本不管。那次不一樣，我師兄發了狂，拚命守在大學士屍腔旁，護著屍身，不許人群靠近。」

聽到此處，儲幼寧道：「趙老爺子，沒想到，當劊子手還有這麼多疙瘩事情。我原本以為，就是上法場，一刀把死囚腦袋砍下來，一刀斬訖，如此而已。沒想到，當劊子手的，竟會與死囚同聲同氣，殺人手軟。」

趙一刀道：「沒錯，那師兄犯了刑部執事大忌。那天回到姜家大院前，師兄就去大酒缸打了三斤白乾，打從中午起，就把自己關在房裡喝悶酒。等天色黑了，就聽見他在房裡又吼又叫，亂砸物件。這事，讓老太爺姜衛提知曉，喊姜勇去問，姜勇一五一十說了。姜老太爺聽了，嘆了口氣，說是我那師兄沒法再幹了，這行飯沒法子再吃下去了。就第二天吧，姜勇派人，把我師兄送走了。我問姜勇，把師兄送哪兒去了？姜勇不說，只說是送出北京，去外地討生活了。」

「事後，姜勇特別拿師兄事情告誡我，說是當刑部執事，就是砍人頭，至於砍的是誰的頭，不關咱們刑部執事的事，上頭自有人判定。總之，層層公事批下來，說這人死定了，要上法場，咱們就去菜市口，把這人腦袋砍下來。其他事情，都別想，國有國法，家有家規，國法說這人得死，咱們就照著刑部執事家規，拿刀把這人腦袋給砍了。」

胡延海道：「趙老頭，別滴滴答答，沒完沒了講那些道理了。就單說你後來親自上場，第一次砍人頭之事。」

趙一刀接著道：「師兄送走後，就剩我出紅差了。幾個月後，又有紅差，這次，師叔姜勇陪著我上法場，當我助手，替我把死囚辮子拉直。到了菜市口，這才知道，今天要砍三顆人頭，說是姦夫淫婦外帶淫媒，串通了毒殺本家親夫、親夫爹娘，共是三屍命案。這姦夫、淫婦、淫媒共三人，害死了三人，因而，砍三顆人頭，一命抵一命。這都是姦夫、淫婦、淫媒，三個壞東西，砍了也不為過。因而，我那時心裡沒門檻，想都不想，就知道，這三人應該償命。」

「可真的到了時辰，砍頭令牌批下來了，我卻兩手發抖，眼看著就對不準這三人後腦勺那算盤珠子。師叔姜勇在旁看了，曉得我不濟事，二話不說，從我手裡接過刀子，要我當助手，去拉辮子。之後，呼呼呼，姜師叔一點不含糊，連砍三顆腦袋。那天回去，我就覺得顏面無光，覺得丟人，但姜師叔也沒說什麼。」

胡延海笑道：「你個沒用的東西，都練了多少回了，看了多少回了，上去之後還是發抖，真不中用啊！」

趙一刀笑罵回道：「死老頭，你去試試。那人和你沒冤沒仇，之前見都沒見過，現在就綁在那兒，跪在那兒，等你拿刀去把腦袋切下來，你幹得下手？」

胡延海道：「別抬槓，別把話題岔開了，接著講，讓這小兄弟聽聽，開開他眼界。」

趙一刀道：「又過一個多月，宣武門外菜市口又有紅差，還是我應承。之前幾天，師父姜衛提把師叔和我叫去，師父耳提面命，要我這回得想方設法，讓自己殺氣纏身，到了法場上，氣呼呼砍人頭。師父又告訴師叔，給我購置全新行頭。後來，姜勇師叔給我購置了新鞋、新襪、一身土黃色緊身褲褂，外帶一方黃綢子布，緊緊把頭包著，瞧上去說有多精神，就有多精神。」

「那時，姜家大院又收了三位師弟，出紅差那天，師叔領頭，我跟著，三個師弟在後頭，五人氣虎虎往法場走。我們一夥人，出了姜家大院，朝西走。先走豬市口大街，接著走騾馬市大街。那騾馬市大街走到底，就是菜市口法場。」

「走到半道，就在騾馬市大街，路過一家飯館子門口，樓上忽地一下，潑下來一大盆髒水，弄得我新鞋、新襪、新衣、新頭巾，溼答答全是髒水。我當時火就上來了，打算衝上去，找潑水小子算帳。師叔拉著我，說是出紅差要緊，不能誤了時辰，等砍完了人頭，再回來算帳。」

「我一肚皮火氣，心裡就想著待會兒怎麼揍這潑水小子。到了法場，等了一柱香工夫，死囚後檔車來了。我一看那死囚，心裡火氣更大了。曉得那天要砍誰嗎？竟然是幾個月前，師兄砍白髮老頭大學士時，那監斬刑部侍郎。這真是天可憐見，老天有眼，天網恢恢，疏而不漏啊！我後來才聽說，咸豐皇上砍了白髮老頭大學士後，心裡不安，覺得事有蹊蹺，為何底下諸軍機大臣，人人齊了心，非要弄死這白髮老頭大學士不可。因而，咸豐皇上祕密另外簡派欽差大員，暗中密查，這才發現，小小刑部侍郎在底下興風作浪，整個軍機處，所有軍機大臣，全被這傢伙矇了。軍機大臣全都被矇，連帶皇帝老兒，也被矇在裡面。咸豐皇上這份火啊，不打一處來，當即火速處置，也把這刑部侍郎，給綁到菜市口來了。」

「我一看這傢伙，就想到幾個月前，我當師兄助手，砍白髮皤皤大學士情景。也想到師兄那天舉著大砍刀，威嚇圍觀百姓，不准百姓過來蘸人血饅頭。哈哈，真是現世報啊，當時監斬，今天被斬，不過幾個月時間。可見，天理昭彰，不是不報，時候未到，時候一到，腦袋就掉。那天，站在法場上，我愈咂吧，心裡愈不是味道，火氣也愈大。等監斬官把執法令牌扔下來，我二話不說，手起刀落，一傢伙就把這刑部侍郎腦袋給切了。砍完刑部侍郎，心裡火氣還是飽漲不消，就又氣虎虎地，跟著師叔，帶著三個師弟，怒氣沖沖，回騾馬市大街那飯館，等衝上二樓去，我就懵了。」

儲幼寧問道：「趙老爺子，您見到啥，讓你懵了？」

胡延海道：「哈哈，這兒最精彩，你且聽老傢伙往下說。」

趙一刀道：「我衝到二樓，正打算痛揍潑水小子，哪知道，上了二樓一看，房裡正中，擺了張供桌，桌上供著祖師爺姜家五虎牌位。供桌後牆上，卻又釘上囍幛，上頭寫著我名字，說是恭喜我出紅差大功告成。供桌兩邊，則是紅燭高照，一派喜氣。就見師父姜衛提站在房中，身邊還有姜家大院其他師叔，大家都笑咪咪的。姜師父要我跪倒，給祖師爺姜家五虎牌位磕頭。」

「等我把頭磕完了，站起身來，師父姜衛提捧出一柄嶄新厚背大砍刀，刀上還包著紅綢子。師父說，上午那盆髒水，是他要其他師叔潑的，為的是讓我怒火燒心，上了法場，殺氣騰騰，砍起人頭就順當了。那把刀，算是我出師禮物。我這故事，講到這兒，就算講完了。」

就在這當口，賣西瓜小販，送來之前所買西瓜。那西瓜，才從水井裡撈起，溼淋淋，滴滴答答往下掉井水。西瓜販子把瓜送來，在大酒缸厚木板上，墊了塊麻布片，把西瓜擱在麻布片上，拿刀切瓜，切成一片一片。

三人捻著西瓜片，往嘴裡送。這西瓜經井水浸泡，內裡凍得冰涼，吃起來格外爽口。邊吃，胡延海邊打趣道：「趙老頭，瞧瞧你，把個砍人頭行當，說得多難受，多痛苦。我看，你乾脆改行，去賣西瓜算了。這西瓜嘛，長得和人頭差不多，人頭，也就是個人肉西瓜。你瞧，人家西瓜販子拿刀切西瓜，可是一點不含糊，一點不拖泥帶水，也不須事前把自己灌得殺氣騰騰，先得讓自己怒火攻心，這才能上場砍人頭。」

趙一刀回罵道：「你懂個屁，砍西瓜怎能與砍人頭比，根本比都沒得比。」

儲幼寧又問道：「這裡頭，有件事，想問趙老爺子。您住在姜家大院，吃住都在那兒，他們還送你新行頭，送你大砍刀，他們哪來的銀子？」

趙一刀還沒答腔，胡延海倒先接口答道：「你這傻孩子，既然是刑部執事，自然有月俸，朝廷給錢哪！」

趙一刀道：「是啊，我順利砍了刑部侍郎人頭，就算出師，姜家就報呈刑部，由我頂了我師兄職位，每月按例關餉。至於月俸有多少，說真的，我壓根不知道。姜家大院是這樣，他們管你吃，管你住，管你學藝，管你過日子，但也管你薪餉。有多少薪餉，我不知道，都是姜家大院領了去，但每個月給我二兩銀子。我貧苦出身，現在能有姜家大院住，有師父、師叔，還有其他人，日子過得倒也快活。我只管砍人頭，其他事在所不問，師父、師叔對我也公道，沒啥好抱怨的。」

儲幼寧又問：「那麼，趙老爺子，後來為何離開北京，回到德州？」

趙一刀道：「孩子，你還年輕，你不曉得，人都會老。早上起來之後，你對著銅鏡洗臉；晚上睡覺之前，你也對著銅鏡洗臉。洗著，洗著，洗了幾年，你瞧瞧，銅鏡裡那人，皮也皺了，肉也鬆了，年紀也大了。這時候，就得回老家了。我在北京幹刑部執事，有二十多年了吧，後來，師父姜衛提死了，師叔姜勇也老了，砍不動了，也告老不幹，搬離姜家大院。姜家後人當家主事，我覺得自己也該走了，於是，離開了北京，回到德州。」

「我有北京刑部執事身分，到德州這樣小地方，自然容易出頭，於是，在德州重操舊業，還是幹著砍人頭差使。這差使，當了大半輩子，也算快活，但可有一樣，娶媳婦難。誰家都不願意把黃花閨女，許配給拿刀砍人頭的劊子手，故而我至今孤寡，無妻無後。」

胡延海道：「趙老頭，你也可以啦，在北京刑部掛名當執事，富、貴、貧、賤、威、武，六樣裡頭，你占了個威字，夠威風的啦！」

儲幼寧聽得一頭霧水問道：「老爺子，您說啥，我愈聽愈糊塗。」

胡延海道：「孩子，北京朝廷，皇上底下，就是軍機處。軍機處底下，有內閣。內閣裡，一共是六個部，給皇上辦事。這六個部，就是吏、戶、禮、兵、刑、工。這六個部，剛好把富、貴、貧、賤、威、武，各占一樣。」

「哪，吏部掌管天下官員升遷貶抑，地位尊貴，占了個貴字；戶部管國家度支，所有銀錢進出都歸戶部管，占了個富字；禮部最窮，沒油水，占了個貧字；兵部管天下兵馬軍力，國家武備盡在兵部掌中，占了個武字；刑部掌天下刑罰，關人、殺人全是刑部執掌，可是威風凜凜啊，就占了個威字；至於工部嘛，整天和各路工匠打交道，爬上爬下幹苦活兒，最是低微，就占了個賤字。」

「咱們趙一刀在北京刑部掛名當執事，在菜市口砍了不知道多少腦袋，那還不威風啊？」

講到這兒，酒喝殘了，菜吃盡了，西瓜啃完了，人也飽了，天色也黑了，胡延海開發酒錢、菜錢，三人抬腳邁步，儲、胡二人送趙一刀回家。送完趙一刀，儲、胡二人，往回走，回順德鏢局。回鏢局路上，儲幼寧問胡延海：「老爺子，您昨天說，今天派人去打聽白鵬飛下落。這事現下如何了？」

胡延海道：「孩子，我昨天說，今天會派人去打聽，就是會派人去打聽。今天一早，你還沒起，我就已經找了人，派出去打聽白鵬飛下落了。你別急，跑得了和尚，跑不了廟，薛鳳培在德州地面，也算叫得出字號，他小妾之弟，下落不難追查。明天，應該就會有消息。」

回到順德鏢局後方院中之院，兩人皆乏，夜飯也不吃，就各自睡倒。

第十八章：鑽門戶蔡家婆子探問內情，說故事金牙秀才歪批古書

次日一大早，爺兒倆俱都起身，鏢行小徒弟送上早點，兩人邊吃邊講。

胡延海道：「有個婆子，姓蔡，就叫她蔡婆子。這人，專門走街串巷，在官宦人家、商賈豪宅穿門過戶，專往後院女眷那兒鑽。她是個女婆子，當然門禁管不著她，她就賣些什麼胭脂花粉、頭繩汗巾之類閨閣用品，給這些官宦、大戶人家女眷。她不單如此，還兼而牽皮拉線、穿針引路，幹些下九流勾當。反正，這婆子不是什麼好人，但人面熟，官宦大戶人家那些個狗屁倒灶，亂七八糟事體，她最清楚。」

「昨天，我許她十兩銀子，要她給我打聽清楚，這薛鳳培家裡是怎麼回事？薛某小妾白氏弟弟白鵬飛，現在下落何處？我限她一天時間，她今天應該就會來覆命。」

儲幼寧道：「倘若她不來呢？」

胡延海道：「那就沒有十兩銀子了。孩子，你放心，這人今天一定會來，這種人，張家長，李家短，最會搬弄是非，要是不嚼舌根，就會要了她的命。待會兒她來，你我俱要板起面孔，對這種人不能好聲好氣講話。你要給她一點顏色，她就能開染坊，你講兩句人話，她就能順著好話棍兒往上爬，

爬到你頭上。」

「還有，這種人啊，讓她知道的事情愈少愈好，我壓根沒說你是誰，更沒告訴她，我為何要問白鵬飛下落。就是簡單明瞭告訴她，去打聽白鵬飛下落。她只知道這麼多，其他事情，她一概不曉得，更不知道，白鵬飛與畢楚龍在山寨逞兇之事。」

儲幼寧為報閻桐春之仇，心中急切，想早早得知白鵬飛下落。偏偏，那蔡婆子卻始終沒露臉。他枯候整個上午，面現焦慮之色，胡延海則是氣定神閒，絲毫不急。午飯之後，胡延海還歇息了小半個時辰。胡延海午休醒來後，走出居所，到鏢局前廳，見儲幼寧還坐著枯候，乃道：「孩子，別急，差不多了，估計她待會兒就到。」

直到申末時辰，太陽都西斜了，蔡婆子才姍姍然而來。這婆子，年約五旬，一臉脂粉，皮鬆肉皺，兩頰俱是贅肉，把兩個眼珠子都擠成了縫，嘴巴卻是笑意盎然，進了鏢局就衝胡延海道：「喲，胡大鏢頭，這可是看您的面子，我這兩天啊，鑽進鑽出的，差點沒把薛鳳培家門檻都踏平了，這才打探出您要的消息。嘿嘿嘿，這謝金，您今兒個可得多給點。」

聽蔡婆子說，打聽到了訊息，儲幼寧臉現期盼之色，卻見胡延海面無表情，拿眼睛看著他，他這才想到之前胡延海所說，要板起面孔，不能好聲好氣說話。於是，就收起了面容，冷淡以對，悶聲不響，讓胡延海去對付。胡延海語氣平淡，緩慢對蔡婆子言道：「妳說說，打聽到了什麼訊息。」

蔡婆子道：「您不知道啊，那薛鳳培從南邊回來之後，到了老家，規矩可大了，門禁管得嚴，家裡女眷不讓出去，外頭人更不讓進女眷屋裡。我昨天去，說是要帶針線、鴨蛋粉給他家女眷挑挑，也被門房擋駕，說是薛老爺有話，不准外人入內。後來，我等在薛家牆外轉角處，瞅著他家跑上房老媽子出來門口倒馬桶，我塞了五十文錢給這老媽子，這才請這老媽子帶話進去，說是我有最時興針線、胭脂水粉等等閨閣用品，打算讓他家如夫人白氏挑挑。」

「後來，老媽子又出來傳話，說是二太太要蔡奶奶進屋說話，門房這才放我進去。哎呀，這薛老頭，可太缺德了，他現下無官可當，守著那幾箱銀子過日子，可把大家苛扣死了。我說啊，我到他家後院去，一看啊，那還像話嗎？」

蔡婆子講得起勁，講到這兒，還要滴滴答答往下拉扯，猛然，胡延海撈了過來道：「別說廢話，撿要緊的講，就說，白氏小妾她弟弟，白鵬飛，現下上哪兒去了？」

蔡婆子道：「哎喲，我說胡大鏢頭啊，你可得讓我把話說完啊。我要把話說完，才能把事情說得全，您才能知道那白鵬飛現在在幹啥。要不然，光告訴你白鵬飛現在在哪兒，也沒多大用處。」

胡延海聞言，不再作聲，依舊臉色平板，面無表情，往下聽著蔡婆子吱喊說事。蔡婆子接著道：「我和那白氏素昧生平，照理說，原是不好套話，但這薛鳳培把家裡管得像個刑部大牢似的，家眷皆不透風，每天關在後院裡，悶都悶死了。不單二太太如此，大太太亦然，要是兩位太太彼此和睦共處，好歹多個說話的人。偏偏，大太太與二太太白氏互不往來，各有各的丫頭僕婦，各住各的屋，於是乎，弄得兩人連個講話對象都沒有。那薛鳳培，丟了差使，心裡焦慮，眼下找人在京裡想辦法鑽門路，火氣大，脾氣急，對兩位太太很是不好。」

「因而，我到了內院女眷住處和白氏攀談，她大概太久沒人講話了，竟拿我這生人當姊姊，咿哩哇啦，倒豆子一般，昨天說了一下午事。末了，她要我今天再去，還要和我說事。這樣也好，我多聽點，多套點話，回來這兒，多向您胡大鏢頭回稟。於是，今天上午，我又去了薛宅，頭回生，二回熟，門房也認出是我，就放我進去了。昨天下午，加上今天早上，還著實把事情問出了結果，全鬚全尾，一點不漏。」

胡延海抓住蔡婆子這話碴子，趕忙插進去言道：「好啦，前因後果交代已畢，妳就快講正事吧！」

蔡婆子道：「是啊，是啊，快講正事啊，人老了，廢話也多，繞來繞去，繞得您二位爺兒們心頭火起，可又不敢燒出來，怕把我給得罪了，寧可不要十兩銀子，撅著屁股回家去了，兩位爺兒啥個糗都聽不著了。」

聽蔡婆子這番編派，胡延海這回學了乖，悶不作聲，免得那婆子順著話碴子往上爬，上頭上臉，攪得難看。蔡婆子看胡延海不吭氣，曉得胡延海服低認輸，也就不為已甚，說起了正經話：「說起來，這也要怪薛鳳培，他一個大男人，敢做不敢當，既然娶了白氏為妾，就不該聽大奶奶話，從南邊返鄉時，分水陸兩條途徑走。他帶著大奶奶，走運河水路，順風順水，平靜無事，卻要二奶奶帶著弟弟白鵬飛，還有一個山西人，綽號過山虎，哎，這山西人過山虎姓名，我現在想不起來。」

「反正，就是她弟弟和老西兒兩人，帶著幾個家人，保著二奶奶走陸路，翻山越嶺，風塵僕僕，趕回德州。二奶奶說，他們在臨沂過山時，被山賊攔著，白家兄弟帶著洋人短槍，一傢伙斃了十幾個山賊，那寨主頭頭，則是被老西兒使雙刀砍死了。回到德州，見到了薛鳳培，二奶奶得意洋洋，把臨沂山上殺賊之事給說了，沒想到，薛老爺當場翻臉，抽了二奶奶一頓，還要她弟弟白鵬飛滾蛋。」

聽到這兒，胡延海插嘴問道：「為何薛某要將他小妾臭揍一頓？」

蔡婆子道：「是啊，我當時聽了這話，也問二奶奶，為何白家兄弟殺退了山賊，二奶奶卻遭老爺痛打，還要白家兄弟滾蛋？二奶奶說，薛老爺講，白家兄弟殺山賊時，大搖大擺，說了大實話，說他姓白，叫白鵬飛，綽號玉面小專諸，前面車上坐的是他姊姊白氏。白家兄弟當時又說，他姊夫是清江浦漕運衙門裡漕運郎中薛鳳培，現下，他和他姊姊，從清江浦，走陸路回山東德州老家。」

「就這幾句話，把人、事、時、物、地，全給招了。二奶奶說，那時薛老爺一面拿鞭子抽她，一面罵著，說是白家兄弟腦袋浸了水，把自己那點匪號抖露出來也就算了，還饒上了薛老爺，把清江浦漕運總督衙門、薛老爺官職與姓名、山東德州薛老爺老家，全給招了。薛老爺一面抽二奶奶，一面罵道，說是這樣子大實話洩了底，眼下說不定仇人已經到了家門口了。」

蔡婆子說到這兒，胡延海看著儲幼寧，悄然使個眼色，那意思是說：「薛某人說得沒錯，仇人儲幼寧已經尋到德州，到了薛鳳培家門口了。」

蔡婆子接著道：「二奶奶說，薛老爺講，辦刑案講究兇手與兇器，他要這兩樣東西馬上弄乾淨，要白家兄弟把短槍交出來，然後，要白家兄弟滾蛋，滾得愈遠愈好。」

儲幼寧原本一直板著臉，不言不語，這時忍不住講了句話：「那洋短槍哪兒來的？」

蔡婆子皮裡陽秋，似笑非笑道：「喲，小爺，我當您是啞巴，不會講話哪，淨拿個死魚眼睛盯著我瞧。現下，竟然會講話啦，稀奇，稀奇。」

儲、胡二人隱忍不發，免得招來更難聽言語。蔡婆子見二人不作聲，就接著往下道：「那柄短洋槍，二奶奶說，那是他兄弟在清江浦時，在賭場裡和漕運總督衙門軍爺對賭贏來的。說是漕運總督衙門有個軍械庫，裡頭各式洋槍都有，管軍械庫的軍爺，上賭場，和白家兄弟砸上了，兩人對賭。結果，白家兄弟贏了，軍爺就帶白家兄弟，去了軍械庫，開了庫房，要白家兄弟自己挑把短洋槍，附帶十二顆子藥。」

「白老爺抽過二奶奶之後，第二天，把二奶奶弟弟，白家兄弟喊來，要他把槍交出來，白家兄弟只好交槍。至於子藥呢，說是全用光了，殺了十二個山賊。」

聽到這兒，儲幼寧面現悲憤之色，胡延海見狀，拿眼睛凝視儲幼寧，儲幼寧曉得那意思，面色轉為平靜。

二人就聽蔡婆子道：「薛老爺把那短洋槍拿走，說是要找人尋個地方，埋在地底下。拿走了短洋槍，薛老爺又對白家兄弟說，兇器埋了之後，就剩兇手，也得消失，要白家兄弟走得愈遠愈好。白家兄弟去找二奶奶，兩人抱頭痛哭了一回，都說薛老爺無情，容不下二奶奶家人。二奶奶說，她跟了薛老爺之前，是戲班子裡唱小曲的，她當年戲班子裡，有個師兄，現下在北京賣藝，專唱山東鐵板快書，就要白家兄弟前去北京，投靠她這師兄。」

「好啦，胡大鏢頭，這就是全本薛家二奶奶和她娘家兄弟白鵬飛故事。我不知您為啥打聽這事情，我也不想問，就算我問，我料您也不肯講。咱這是看錢辦事，現下，事情給您辦好了，您付錢吧，十兩銀子。」

胡延海早已在掌中捏了一張十兩銀子銀票，這時拿出來，打發了蔡婆子。那婆子拿了銀票，一搖三擺，往鏢局大門口走去，邊走，邊念念叨叨道：「哎呀，年頭苦哇，銀子不好賺啊，都跑了兩天，跑進跑出，腳都跑斷了，把話問出來，這才得十兩銀子，夠幹啥啊？算啦，算啦，好歹賺了十兩，總比撞了空心大老倌，一文錢都撈不到要好。」

蔡婆子走後，天色暗了下來，胡、儲二人回到後頭院中院，掌上了燈，下人送上鏢局廚房所做大鍋飯來，兩人邊吃邊合計對策。

胡延海道：「孩子，看樣子，你得跑一趟北京了。」

儲幼寧道：「給閻夫子報仇，天涯海角，在所不辭。胡老爺子，您在北京還有熟人嗎？」

胡延海道：「要是前幾年，趙一刀幾個師弟還在，可以請趙老頭子寫封短信，託個人情。現下，他那幾位師弟應該也退了。趙老頭在北京幾十年，就是住在姜家大院，幹著砍人頭差使，其他事情，人地兩不熟，東西南北，只知道個大概。因而，他也幫不上忙。至於我，對北京更是不熟，只聽過趙老頭講述北京南城諸事，說是唱戲的多，天橋一帶更是戲班子雲集。」

「剛才蔡婆子說了，那白鵬飛去北京，是投靠他姊姊白氏早年戲班唱戲時師兄，那師兄專唱山東鐵板快書。這樣好了，你去北京，到南城，找家客棧住下，先在天橋一帶轉悠，慢慢尋訪，總會有收穫。」

儲幼寧道：「揚州那兒，只知道我到德州，現如今我又去北京，揚州家人不知道。我想，寫封信，煩請您給找家民信局，寄回揚州老家。」

胡延海道：「朝廷剛設了郵政局，你要不要試試郵局衙門？」

儲幼寧道：「民信局年代久，應該比較靠得住。郵局衙門剛起始，未知可不可靠。」

自明代以迄清代，民間普遍設有民信局，執掌書信與包裹傳遞，功能齊全，口碑卓著。然到光緒年間，西風東漸，清廷模仿歐西各國成立官辦郵局，這時郵局體制已粲然大備，與民間民信局角逐競爭。然而，官辦郵局畢竟成立未久，信譽口碑尚待建立，因而，儲幼寧選民信局而棄郵局。

次日起，儲幼寧即著手準備進京。趁天光明亮之際，他在胡延海居處，請人送來文房四寶，磨得了濃稠墨汁，提起毛筆，用力於宣紙上寫起家書。儲幼寧少讀詩書，肚子裡文墨有限，但仍通文字，寫字認字俱無問題。因而，寫起信來，平鋪直敘，以文字講大白話，先給金家父子寫信，交代別後種種，完整交代諸般細節，並告知即日將離德州，往北京查訪白鵬飛。給劉小雲信，則頗難下筆。畢竟，這是書信，而非耳鬢廝磨，不宜寫私密話。而不寫私密話，即顯不出情意綿長。

又要對金家父子詳盡敘事，又要對劉小雲斟酌字句，這兩封信，寫得儲幼寧抓耳撓腮，自日上三竿，寫到日影西斜，竟是寫了一整個白天，連午飯都顧不上吃。胡延海一旁看了，也沒可奈何，無忙可幫。好不容易，夜飯之前，兩封信總算寫成。

又過幾天，所有應辦應備之事，已悉數了結。這天上午，儲幼寧打點行李，離開鏢局，往運河碼頭而去，胡延海隨行送別。途中，胡延海特別交代：「孩子，北京不比其他地方，八百年帝都，人傑地靈，能人異士，在所多有。尤其，俗話說得好，說是京油子，衛嘴子，講的是天津衛百姓個個能說，而北京百姓則是處世油滑。你到了那兒，凡事要多用心思，多交朋友，少樹對頭，找到白鵬飛，一刀殺了，給你義父報仇，然後趕緊回揚州去。」

一陣叮嚀，儲幼寧都聽在耳裡。相逢短短幾日，儲幼寧對這半瞎老鏢師，卻是頗有眷戀之情。到了碼頭，兩人分手，儲幼寧雇船，由德州北上，到大運河頂點天津。之後，由天津走陸路，搭車進了北京。

到北京後，儲幼寧遵照胡延海叮嚀，特別到南城，找了家客棧暫時住下。初到北京，儲幼寧人生地不熟，北京人說話京腔京調，風土人情也與山東、江蘇大異其趣。他剛到北京，到南城，找到這家客棧，才扛著行李走入，就聽見櫃檯後頭管事夥計高聲喊道：「哎呀，老沒見您了，您好久沒來了。

您這一向可好，咱們掌櫃的還常叨念著您啊！」

初聞此言，儲幼寧以為，這櫃檯後頭管事夥計，是對儲幼寧身後人講話。但他轉頭一看，自己身後無人，那管事夥計明明是衝著自己講話。儲幼寧心想，他初到北京，東西南北都鬧不清楚，毫無親朋故舊，為何那客棧老闆會老念著自己？這想頭，怎麼想，都想不透，於是，乾脆不想，租了間房，要了熱水、毛巾，把頭臉整理乾淨。之後，離開客棧，至澡堂子洗浴、打理辮子。進了澡堂子，眾夥計也衝他道：「爺，您好，您老沒來了，咱們掌櫃的，老惦記著您哪！」至此，儲幼寧才明白，這是北京商家生意技倆，任誰上門，夥計都是如此招呼。

出澡堂子前，向澡堂夥計問明白了，認定方向走，紫禁南城邊，有個大廟般建築，叫天壇。天壇西邊一帶，就是天橋。儲幼寧信步行去，到了地頭，大出意料，亦大開眼界。儲幼寧自記事以來，八歲前長於臨沂城裡，八歲至十五歲在山寨生活，十五歲之後，則在揚州金阿根家裡。揚州並非小地方，位處長江下游，水陸兩路碼頭俱都發達，歌台舞榭、餐館戲院、節慶廟會，亦都熱鬧可觀。但與天橋相較，揚州遊藝規模，實在難望北京項背。

儲幼寧逛天橋，眼裡所見，耳中所聞，俱是新鮮熱辣之事，令他心神為之昂然。這兒，茶館酒樓林立，攤販走卒遍地，這頭有鳥市，那頭有魚市，各色藝人更是在所多有。天橋左近，僅是廟宇即達十餘所，定期輪番推廟會，遊人如織，摩肩接踵，端的是熱鬧非凡。儲幼寧一處處逛過去，到處都聽聞笙管笛簫之聲，吆喝叫賣之詞，這兒是舞獅，那兒是耍中幡，再過去是摔跤。至於撂地擺攤雜耍唱戲之流，更是多到數之不盡。

到這兒，才逛不久，儲幼寧即覺腹鳴如鼓，路邊各色攤食，美味飄香，不禁食指大動，吃將過去。什麼燒賣、蘿蔔絲餅、燙麵餃、豆腐腦，甜鹹兼備，水陸並陳，吃得直打飽嗝，這才止住，繼續信步往下游逛。

走著，走著，來到一處空曠之地，擺攤賣藝者頗多，有敲鑼擊鼓打把式賣大力丸者，有披紙紮戲服唱京劇者，有信口雌黃說笑話者。最奇特，最古怪，觀者最眾者，卻是個書生攤位。這書生，頭臉整齊，天氣已熱，還穿綴補釘長衫。那長衫雖有補釘，卻頗潔淨，穿在身上，毫無落拓之相。這書生頂奇特之處，在於嘴裡門牙，上下各一，鑲了兩顆大金牙。

因這兩顆金牙，令這書生望之雖無落拓之相，卻難免予人滑稽之感。既是書生，又鑲金牙，兩事抵觸不睦，顯得格外引人矚目。

這書生，也不說話，就是蹲在地上，身邊放個石灰袋子，右手三個指頭，上頭戴著套子，用這三指，用手抓石灰，緩緩撒在地上，撒出來的，卻是字體。這手寫字功夫，儲幼寧在臨沂、揚州俱未見過，今日在北京天橋得見，蔚為奇觀，止步佇立，擠在人群裡，凝神靜觀。

那書生拿手指撒石灰，所寫石灰字，寫的是顏體行書，字體剛勁有力，盡得顏真卿書法真髓。但再定眼細看，這字寫的卻不是高雅詩詞歌賦，卻是三尺豎童出入私塾所讀三字經。這顏體行書，寫的是三字經頭二十四個字：「人之初，性本善，性相近，習相遠。苟不教，性乃遷，教之道，貴以專」。

以顏體剛勁行書，竟寫蒙童三字經經文，這與書生長相一樣，也是兩事抵觸不睦，顯得格外引人矚目。

書生蹲在地上，撒石灰，慢慢寫好這二十四字。寫完，站起身來，抱拳作揖，自左向右，又由右向左，對圍觀者行禮。禮畢，仰頭望天，高聲念了一首七言絕句定場詩：「山上青松山下花，花笑青松不如它，有朝一日嚴霜降——」。讀到此處，書生雙掌用力互擊，啪地一聲，接著慢慢拖著尾音，繼續緩緩念出最後一句：「只見青松不見花。」

書生仰頭看天，抑揚頓挫，念完四句定場詩，隨即轉頭團團環視圍觀者一圈道：「天也不早了，人也不少了，在下金牙書生鄧士京，今兒個伺候諸位看倌一段歪批三字經。」

此話才畢，圍觀眾人一陣哄然。有人道：「歪批啊，前頭地面上，那說相聲的魯定中，最會歪批三國，把個三國演義，歪講亂批，挺逗趣了。現下，這金牙秀才也要歪批，還批的是三字經，這可有意思了。」

就聽金牙秀才道：「這三字經，是為小綱鑒，這裡頭，三綱五常，天文地理，尊師敬祖，經史子集，為人處世，一切大道理，全都在內。三尺豎子初入塾館，必讀此書。這其中道理，諸位看倌早已爛熟於胸。在下撂地賣藝，耍嘴皮子博各位一笑，自不會正經八百，講這三字經博大精深正路道理。今日，在下插科打諢，胡編亂引，就這聖人經典三字經，當個引子，講幾段笑話，博諸位開心。」

說罷，繼續言道：「這三字經，照著理路正面講，是小綱鑒。但換個想法，卻是本好小說。今日，就講這小說起頭楔子。這楔子，共二十四字，一起頭，主人翁就出場。這主人翁，名叫人之初，是個苦命孩兒。他親生爹爹姓善，他出生後，名叫善之初，但他生下沒多久，他親生爹爹就亡故了，他娘拖帶個孩兒，孤兒寡母的，沒法子過活。於是，他娘改嫁，嫁給個姓人的。」

「所以說，人之初這孩子，本來不姓人，而姓善，跟著他娘改嫁，嫁給了姓人的，他這才改了姓，也姓人，這就是『人之初，性本善』。」

講到這兒，圍觀者已轟然笑成一團。儲幼寧幼年少讀詩書，但這三字經，卻是跟著閻桐春學過的，也早知三字經本義。現如今，聽這金牙秀才這般歪批，儲幼寧覺得滑稽，亦隨著圍觀者笑成一團。

趁著笑意，金牙秀才接著往下講：「這人之初，隨他娘改嫁之後，當了拖油瓶，心裡自卑，不好交朋友，朋友很少。只有個隔壁鄰居孩子，姓相，與他交情頗好，兩人走得挺近乎。故而，三字經說，有個姓相的小傢伙，和他走得近，交情好，這就是『性相近』。」

「另外有個鄰居，這家姓習，習家有個孩子，常和人之初過不去，兩人見了面就打，交情很差，兩人愈走愈遠。所以說，姓習的小傢伙，和人之初愈走愈遠，走不到一處，這就是『習相遠』。」

說到此處，眾人笑聲更大，笑意更濃，都說這金牙秀才有兩下子，竟能把三字經如此歪講，果真講成苦命孤兒小說。

金牙秀才接著往下歪批三字經：「這苟不教，性乃遷，講的是人之初這孩子，養小狗，卻沒養好，結果，和小狗鬧彆扭的事。人之初這孩子，見別人家養狗，他也要養狗。養就養吧，就養了條狗。但這狗，卻是個啞巴狗，怎麼樣都不肯叫，所以，這就是『苟不教』。」

「至於這性乃遷呢，講的是人之初把狗送人的事。蓋因人之初養的這狗，死都不肯叫喚，是隻啞巴狗，人之初就很不樂意，不想再養這狗。剛好，有一天，人之初有個朋友，這朋友姓乃。這姓乃的朋友，這天到人之初家玩，見這狗可愛，就和這狗玩，一人一狗，玩耍痛快，歡得很。人之初見了，就說，這狗不叫喚，是個啞巴狗，你要喜歡，你就牽走吧。所以說，人之初姓乃的朋友，就把這隻狗給牽走了，這就叫『性乃遷』。」

「可是呢，這狗可惡，在人之初家不叫，是條啞巴狗。但這狗到了姓乃的朋友家，卻是轉了性子，又吼又叫。這事情，讓人之初給知道了，所以，就是『教之道』。」

「人之初曉得，他以前養那狗，在他家不叫，到了姓乃的朋友家，卻是大叫特叫，因而心裡憤怒，就到乃家去。到了乃家，人之初叫門，姓乃的朋友來開門，一開門，那狗就站在門裡頭，吼叫不停。人之初見了，心中大怒，就在地上，撿起一塊磚頭，對那狗就砸。古人學問大，不直接寫砸，而寫貴。這貴字，就是砸的意思。所以，人之初拿磚塊砸狗，就是『貴以專』。」

講到這兒，金牙秀才收了聲，眾人卻鼓譟，又喊又叫，說是有意思，還要再來一段。金牙秀才彎腰，從地上拾起一個笸籮，繞著眾人走一圈道：「眾位老爺，賞幾個小錢吧！」於是，眾人紛紛掏錢，這個兩大枚，那個一大枚，一圈轉下來，也斂得了三十多枚銅錢。這當中，儲幼寧也隨俗，掏了兩大枚，扔入笸籮當中。

眾人扔了銅錢，俱都不走，慫恿金牙秀才再說一段。這回，金牙秀才又蹲下去，又是拿右手三根指頭，撮著石灰粉，在三字經二十四個字旁，又寫了四個字：「趙錢孫李」。

圍觀眾人轟然道：「這可好，剛才講了三字經，這回，換成百家姓了。」

金牙秀才道：「三字經，百家姓，俱是豎子入塾啟蒙讀物，但凡那學識字的，沒有不讀這兩本小書的。剛才，講過了三字經，現在，回頭講百家姓。」

「這百家姓，頭四個字，趙錢孫李。各位，就這四個字，簡單吧？無須天賦異稟，但凡是尋常孩子，上頭教書先生念兩次，下頭蒙童跟著讀兩次，也就記住了。但偏偏就有那異常愚笨魯鈍孩子，卻是怎麼也學不會。有這麼個私塾，教書先生姓趙，教著一班七、八個孩子。群兒當中，有個小三子，卻是笨到姥姥家，這趙錢孫李四個字，趙夫子顛來倒去，怎麼教，別的孩子都會了，獨獨這小三子，就是不會。」

「趙夫子沒輒了，這天，把小三子叫到跟前，對小三子說，我沒法子好好教你，我得歪著講，繞著彎兒，用比喻之法，大約能把你教會。這樣啊，百家姓前四個字，趙錢孫李，第一個字是趙，你就想著，就是我趙老師；第二個字，錢，就是你到這兒來上學，得交學錢，不交學錢，不能上學；孫呢，你下了課，和其他孩子打架，你打不過，就髒言髒語罵人，罵那孩子是你孫子；李呢，你罵那孩子，連罵兩句，前一句，罵他是孫子，後一句呢，就罵他，說以後你不理他了。」

「就這麼歪講，講了兩遍。趙夫子問小三子，學會沒有，小三子說，他學會了。於是，趙夫子就問小三子，這百家姓，起頭四個字是啥？」

「小三子就說，趙老師，向我要學錢，他是我孫子，我根本不理他。」

說罷，圍觀諸人又是一陣爆笑，都說金牙秀才這笑話真損，接連把三字經、百家姓，都消遣在裡面了。這一回，金牙秀才講完了百家姓，沒拿笸籮斂錢，而是又蹲了下去，又拿石灰粉寫了煤、炭、矮、射四個字，並且，字體放大，寫在地上，十分醒目。

寫完，金牙秀才站起，直了身子，問眾人道：「請教諸位，這四個字該怎麼讀？」

眾人七嘴八舌，說是第一個讀音為煤，第二字為讀音炭，第三字是讀音矮，第四字是讀音射。

眾人講完，金牙秀才大搖其頭道：「非也，非也，各位，都弄錯了。這第一個字，讀音應該是炭，第二個字讀音應該是煤，第三個字讀音應該是射，第四個字則讀音應該是矮。」

眾人大奇，都等著瞧金牙秀才賣什麼關子。

金牙秀才慢條斯理道：「各位瞧瞧，第一個字，是『煤』。這字，左邊是個火，右邊上頭，是個甘，下頭，則是個木。各位想想，把乾的木頭，放到火裡去烤，烤出來的東西，不是該讀成『炭』嗎？」

「再說第二個字，這字是『炭』。這字，上頭是個山，下頭是個灰。各位想想，鑽到山底下去，從山底下，挖出來的灰泥，不就是『煤』嗎？」

「至於這『矮』字，各位瞧瞧，這字左邊，是個矢，右邊是個委。這矢就是箭，而委，則是委託、擺放之意。各位想想，把事物擺在箭上，不就是將這事物射出去嗎？因而，這字讀音應該是『射』。」

「最後，再說說這『射』字。這字，左邊是個身，右邊是個寸。各位想想，一個人的身子，只有一寸高，這人是不是很矮，所以，這字應讀成『矮』。」

眾人聽罷，又是一陣轟然，都說這金牙秀才雖是胡謅，卻也謅得有理。

第十九章：挨石彈花子幫眾右膝齊廢，擲銅錢花花閻王甘拜下風

就在這時，遠處人群驀然散開，四處流竄，金牙秀才這兒圍觀眾人，也隨之一哄而散。儲幼寧正納悶，究竟發生何事，就見金牙秀才面露驚懼之色，見眾人皆走，就剩儲幼寧還杵在攤前，乃連忙出言示警：「看倌，您快走吧，別惹事上身。來人不好惹，誰也惹不起。」

此時，就見遠處兩個身影，一搖三擺，手腳大幅搖晃，一副囂張跋扈模樣兒。儲幼寧大小惡戰無數場，壓根不把此類地痞流氓放在眼裡，兩腿扎了根，站定不動，存心看好戲。金牙秀才見狀，嘆了口氣，不再言語。儲幼寧定睛望去，這兩人衣著一模一樣，都是腳踏軍皮靴，下身也是軍褲，上身卻只穿皮背心，背心不繫，就敞著胸膛。

兩人臉上，鼻翅底下，各都塗上一抹深褐色粉末。儲幼寧曉得，那是鼻菸，不使菸斗，不用火具，不用嘴吸，更不冒煙，而是將菸草研磨成粉，用時，拿手撮出，放在鼻子底下，用力吸入。此二人，張牙舞爪，臉上刻意抹了這鼻菸，以示狂傲。兩人辮子更是一絕，竟然插入粗鐵絲，將長髮緊緊包覆鐵絲，編成辮子。如此，辮子可塑為各式形式，可上翹，可下垂，可向左平舉翹起，可向後平舉翹起，可向右平舉翹起。

此時，這二人，左邊那個，辮子盤在頭上，繞了兩圈，辮梢向上豎起，活脫脫像隻蛇盤在腦袋上。右邊那個，則是辮子雖下垂，但末段向上翹起。

二人所穿軍靴，後跟鞋掌俱都釘上鋼片，走起路來喀喀作響，引人矚目。兩人雙掌中指，俱都戴上鋼環戒指，每只戒指上端，伸起兩根尖牙。如此，出拳襲人，中指戒指上兩根尖牙，能插入對手肌膚，進而勾爛皮肉。

眼看著，這兩人一路踢踢躂躂，走到金牙秀才地攤前，辮梢盤頭那人，衝金牙秀才罵道：「死秀才，你個挨千刀的，昨日該給例錢，你卻躲懶沒給，連攤子都沒開。」

金牙秀才趕忙陪笑道：「流爺，杜爺，這不是昨天身子不舒爽，歇息一天，例錢，今天給您。」說罷彎身，打算撿起笸籮，自笸籮裡撿取銅錢。詎料，這人不待金牙秀才取得笸籮，即出腳猛踹，將笸籮踢翻，銅錢滿地亂滾。金牙秀才趕忙以手四處兜攏、撿拾銅錢。此時，這人起腿就踢，將金牙秀才踢了個觔斗，踢完又罵：「你這叫給臉不要臉，都像你這樣，該給錢不給錢，找個理由胡搪亂矇，咱們花子幫還要不要在天橋混世哪？」

儲幼寧一旁看著，心裡納悶：「這北京城，八百年帝都，天子腳下，該是有王法之地。怎麼，就在天壇旁，竟有地痞如此作惡。我自十五歲上，殺了秦善北之後，至今十幾年，雖武技傍身，總是時刻壓抑，不敢招人耳目。先是顧忌著閻夫子，後是顧忌著金爹爹與金哥哥。現如今，到北京來，尋找白鵬飛復仇，一不在山東臨沂，二不在江蘇揚州，我又孤身獨個，不怕牽累旁人，何不出頭動手，打出名號？這兒窮苦人多，想必常受欺負，如替此輩出頭，必能掙得友情，有助找尋白鵬飛。」

尋念至此，儲幼寧毫不猶豫，倏然踏步進身，欺近頭頂盤辮、罵得正起勁那人。那人根本沒提防，即便提防，亦是無用。就見儲幼寧刷地一下，將那人辮子自頭頂扯下，使勁塞入那人嘴中。那人就覺得嘴中突然塞進一物，繼而劇痛不已，痛得他哇哇大叫。原來，儲幼寧將這人辮子塞入嘴中，辮子裡夾以鐵絲，鐵絲尖銳，戳入這人口中，一路往上，穿破上顎，插入鼻中。

鮮血自這人口鼻湧出，但僅為皮肉傷，死不了人，因而，這人叫得中氣十足。旁邊那辮子下垂翹起地痞，見狀趕忙過來，對著儲幼寧舉腳就踢，儲幼寧輕易閃過，欺近這人，又是抓起辮尾，這一回，不插入口中，而是自上而下，插入這人右肩。這一插，入肉一寸有餘，卻不見血，那人也是痛得直跳。猛跳幾下，這人背後軍褲口袋，掉出一物。

這東西，約三寸長，是個打磨精緻樹岔子，下頭一根粗木桿，上頭分岔，為兩根較細木桿。兩根較細木桿上頭，各有一條橡膠皮。橡膠皮後頭，則是塊四方小皮革。儲幼寧一看就想起，這東西叫彈弓，他幼年時，在臨沂豐記糧行，夥計曾給他與他兩個哥哥，大哥儲仰歸、二哥儲仰寧，各做了一個小彈弓，三兄弟撒歡，齊去溪邊樹下打麻雀。

儲幼寧撿起彈弓，又見這人軍褲後頭口袋，鼓起一大塊，顯現內中裝有事物。這人此時還痛得直跳，儲幼寧就自這人軍褲後口袋，抽出這事物，原來是個小皮袋，用手隔著皮袋摸摸，裡頭約有十餘枚圓滾滾事物。儲幼寧撥開口袋往裡瞧，都是渾圓小石子。儲幼寧拿著彈弓與彈袋道：「這兩樣東西，小爺我收了，你們要有本事，回去把你們大師父、二師父、大師兄、二師兄，全給找過來，我一併料理了。小爺我行不改姓，坐不改名，姓儲名幼寧，江湖上人稱玉面小專諸。」

這幾句江湖話，說得匪裡匪氣，大違儲幼寧本性，但他刻意如此，期望就此打出名號。他心想，那白鵬飛胡吹大氣，說自己是玉面小專諸，他也不知，這玉面小專諸是何意思，反正金阿根說過，這名號是小五義裡白芸生所用。他想，白芸生相貌俊朗，武藝高強，這名號絕對不會錯，與其給白鵬飛那賊子用，不如自己也用了。最起碼，在北京城用用。並且，倘若這玉面小專諸稱號，傳到白鵬飛耳裡，對方定然不服，要來討個公道，要是那樣，踏破鐵鞋無覓處，得來全不費工夫，立即能為閻桐春報仇。

這時，兩個地痞緩過氣來，一個撝著嘴，一個扶著肩，俱是罵罵咧咧，不依不饒，要儲幼寧有種別走，他們就去找兄弟，把這場子討回來。對此，儲幼寧也是匪裡匪氣回道：「小爺等著你們！」

金牙秀才與笸籮俱被踢翻在地，這時已然爬起，並將滿地銅錢一一撿拾，放返笸籮中。金牙秀才站起身來道：「儲爺，可了不得了。這兩個殺千刀的，嘴裡插鐵絲那位，叫大流子，肩上插鐵絲那個，則叫二柱子，俱是花子幫狠角色。這花子幫，就是這天橋地面天王老子，誰也惹不起，您將他二人打傷了，他二人必不善罷甘休，這是回去搬救兵了。我現下就把攤子收了，今天不做生意了，明天打探打探風頭，要是風頭不好，我也得暫時走避，沒法再在天橋討生活了。」

儲幼寧一聽，更是納悶：「天子腳下，竟有如此之事？這花子幫，是個什麼來頭？」

金牙秀才尚未答話，就過來個人，對二人道：「這是怎麼了，竟有能人把那兩位瘟神給打趴了。」

金牙秀才忙拉著儲幼寧，對那人道：「魯爺，這位小英雄叫儲幼寧，人稱玉面小專諸。」說罷，衝著儲幼寧道：「儲爺，這位爺兒叫魯定中，在那頭擺攤位，有時說評書劉公案，有時說單口相聲。魯爺可不像我，我這秀才是假的，肚子裡沒貨，純粹出來矇事混銀子。人家魯爺，可是真讀過書，把這劉公案說得活靈活現，學問可大了。」

魯定中道：「金牙秀才，別耍貧嘴了。對了，儲爺，您幾時到的，您瞧起來面生，以前沒來過吧？」

儲幼寧道：「我打南邊來，不瞞您說，我到北京，是專為尋找謀害義父仇人。我哪是什麼玉面小專諸，這是適才故意托大，唬騙那倆地痞，好讓名號傳出去，看能否誘我仇人出頭。適才秀才兄講到，這倆混混是什麼花子幫狠角色，我正說呢，這北京城，八百年帝都，天子腳下地方，怎麼就有什麼花子幫作亂？」

魯定中道：「儲爺您不知道，北京城雖是天子皇城，卻是五行八作，林子大了，什麼鳥都有。人多，品流雜，就難管，官面上照顧不過來，就得靠江湖人物幫著管。這北京地面，由巡城御史與九門提督管治安，兩邊都各有一撥人，管著地面治安。但饒是如此，還是顧不過來，於是，就有了花子幫。這花子幫，人多勢眾，雖說名為花子幫，但卻不是叫化子，更不是丐幫。」

「這花子幫，到底是啥來歷，我也不甚清楚，只知道總瓢霸子叫蓋喚天，底下有幾百號徒眾，專門在南城一帶混世。南城這兒，底層人多，事情也多，巡城御史並九門提督這些衙門，顧不過來，就靠花子幫維持秩序。」

儲幼寧聞言大奇道：「維持秩序，我適才親眼見到，這什麼大流子、二柱子，到這兒欺負人，踢了金牙秀才，這叫維持秩序？」

魯定中道：「儲爺您別急，聽我慢慢說。這花子幫，當然不是好東西，但巡城御史與九門提督說了，南城地面難管，可以偷矇拐騙扒，但不許搶，不許奪，更不許出人命。花子幫就捧著這規矩，在南城橫行霸道，欺負善良，但也壓著其他人等，不許搶奪，不許殺人。南城這一片，窮苦人家太多，人窮志就短，志短就作案。天橋熱鬧，逛街人多，在慣犯眼裡，這些逛街找樂子人等，全是偷矇拐騙扒肥羊。而花子幫，就管著這些慣犯，不許搶，不許殺。」

「另方面，花子幫也向偷矇拐騙扒慣犯抽成，分潤贓款贓物，更向地面上藝人、小攤、小館子收取例錢。橫豎，他們是兩面光，兩頭收錢，霸住南城地盤，自己獨吃，但也穩住南城地面，給上頭官面一個交代。這例錢，多寡因人、因攤、因店而異，但都是五天一收。昨天秀才兒身子不適，沒來擺攤，沒繳例錢。本來，今天補繳即是，沒想到，大流子與二柱子不知吃錯了啥藥，竟然逞兇。現如今，二人帶傷，必然回去搬救兵，依我之見，儲爺雖是英雄好漢，但好漢也不吃眼前虧，還是暫時避避好了。」

這話才說完，儲幼寧還沒接碴，就見遠處人影綽綽，腳步雜沓，一幫人往這兒快步而來。儲幼寧歪著頭，問魯定中道：「魯兄，再說一次，沒人命，就沒關係是嗎？」

魯定中道：「是的，儲爺，這是南城規矩，不許搶奪，不許鬧人命，至於江湖人物鬥毆，只要不出人命，該管衙門也懶得過問。不過，儲爺，您想清楚了，犯得著與這幫人放對嗎？」

儲幼寧不再言語，屏氣凝神，定睛看著這幫人漸行漸近。當頭兩人，就是大流子與二柱子。兩人嘴裡、肩上鐵絲，已然拔出不見，大流子臉上鮮血已擦掉，但沒擦乾淨，嘴角鼻側尚有血漬殘留。二柱子則是歪斜著肩膀，顯然傷口疼痛。這兩人，比手畫腳，指著儲幼寧，對身旁一個長相猙獰大漢說話。那人，手裡抓著一把單刀，邊走邊揮，不斷拿刀在身前比劃，殺氣騰騰，衝著儲幼寧怒目而視。

儲幼寧緩緩拿起彈弓，又緩緩拿起皮袋，交到金牙秀才手中，要金牙秀才捧著皮袋。繼而，儲幼寧暴起發難，迅如奔雷，飛快連番射出圓石子。

幾年前，在高郵客棧後院柴房，儲幼寧殺了葛大侉子，救了劉小雲，並與金秀明合力，拽劉小雲翻牆逃跑。翻牆落地後，遇惡犬擋道，儲幼寧撿石子，投擲斃狗。當時，儲幼寧想都不想，隨手抄起一枚包子大小石塊，看準了黑狗四腳移動態勢，照著狗腦袋右後方半尺之處，猛力砸出。那狗見石塊飛來，四腳使力，向後跳躍，以避來石。詎料，狗腳跳躍方位，早在儲幼寧意料中，因而，那黑色肥狗向後一躍，剛好以頭就石，石塊砸中狗腦袋，狗子哀號一聲，立刻暈死過去。

現下，儲幼寧亦是如法炮製，一時之間，精準估量十餘名花子幫徒眾移動步伐，連珠炮一般，左手執彈弓，右手不斷自金牙秀才所捧皮袋中，抓取小圓石，納入彈弓，往前射出。一輪猛射，全對準了飛奔而來花子幫徒眾右腿膝蓋。就見十餘名花子幫徒眾，劈里啪啦，全都膝蓋被小圓石重擊，悉數倒地，翻滾哀號。

雙方距離不遠，彈弓力猛勁強，擊中膝蓋後，膝蓋頂髕骨隨即崩裂。這髕骨最是要緊，一旦崩裂，無法修補復原，這十餘名花子幫徒眾，此後終身殘廢，全都右腿報廢，成了瘸子。這裡頭，大流子與二柱子最是倒楣，之前已被鐵絲戳嘴插肩，如今再度送上門來，把個右腿膝蓋給報廢了。

這亦是儲幼寧學武以來，首度痛下殺手。之前，他所殺之人，必有該殺之事，殺之不冤。那日在鎮江金山寶塔下，他折傘骨，只傷金冠淫徒右手手掌。至於金冠淫徒手掌受傷後，四處亂揮，繼而帶出銀冠淫徒左眼珠之事，則非他預先算計之中，純屬意外。

這一回，大不相同，儲幼寧是刻意痛下殺手，一出手，就廢了十餘名花子幫右腿膝蓋，這幫人此後終身瘸腿殘廢。今時不同往日，之前儲幼寧殺人，事後心中總有戰慄，內疚之感糾纏不去。這一回，到北京，儲幼寧大有轉變，適才大講江湖語言，以「小爺」自居，還自稱玉面小專諸，現下，則是廢去十餘名花子幫幫眾右腿膝蓋。

這番猛打，瞬間而為，金牙秀才並魯定中，一旁看得目瞪口呆。魯定中道：「儲爺，壞了，二流子身旁那耍刀惡漢，坐花子幫第三把交椅，人稱花花太歲，名叫管漢超。在他之上，還有大師兄，人稱花花閻王，姓張名超。再上頭，則是幫主，人稱總瓢霸子，姓蓋名喚天。儲爺，這下子，您要有準備，會會張超與蓋喚天。」

不遠之處，那十餘名花子幫徒眾，依舊呼天搶地，大聲喊痛，慢慢掙扎站起，尋摸可供扶持之物，一跛一跛，慢慢離去。那二師兄，花花太歲管漢超，橫行多年，不想今天被儲幼寧廢了膝蓋，羞憤之餘，朝這兒大聲喊道：「是好漢，就別走，看我們幫主、大師兄，怎麼收拾你！」

儲幼寧似笑非笑，作拱手作別狀，高聲回道：「隨時候教，別說什麼大師兄、幫主，就是天王老子來，一樣殺得你們屁滾尿流，求爺爺，告奶奶，少屁股沒毛，沒地方可躲。」

此時，四面八方，擺攤藝人漸漸聚了過來，七嘴八舌，打聽事情原委。金牙秀才加油添醋，大講儲幼寧神勇傷敵之事，眾人或豎大拇指，或擊掌，或喝采，都稱儲幼寧為大英雄，盛讚儲幼寧替眾人出了窩囊氣。

天色已擦黑，依儲幼寧意思，就要回客棧，吃飯休息。但眾人不依，定要儲幼寧隨他們去居住之處，盛情款待。金牙秀才道：「儲爺，我們都是低賤之輩，住永定門城外雞毛店。然而，我輩雖低賤，但人窮志不窮，今日儲爺替咱們天橋藝人出氣，打跑了花子幫，要是您不嫌棄，我們幾位，想請儲爺光臨住處，一起喝兩杯，儲爺意下以為如何？」

儲幼寧才到北京，人生地不熟，就靠擺顯武技，重創花子幫三當家以下十餘人，勾得諸天橋藝人相約，眼看著就能交成朋友，有助於熟地面，尋仇人，當然欣然同意，願意前往。於是，眾藝人收拾吃飯傢伙，搬的搬，扛的扛，抱的抱，一行人迤邐往南行去。行走不遠，即到北京南面城牆，在此，穿永定門，過護城河，即至北京城外。

北京城規矩，夜裡二更天，四面城門皆盡封死，直到次日五更天，這才重啟城門。儲幼寧隨眾人到永定門外，見城外景致又與城內大相逕庭，一派鄉野風貌，人煙遠不如城內稠密。就見護城河邊，一幢接一幢，一連十餘座矮屋，土坏牆，單片瓦，屋簷上俱都掛著個笊籬。這笊籬，原是撈麵器具，拿著笊籬，可自麵鍋裡，將麵條撈出鍋。如今，護城河邊一連十餘座矮屋，屋簷下俱都掛著笊籬，儲幼寧見狀，深覺詭異，乃問諸於魯定中：「魯爺，這是怎麼回事？怎麼麵鍋裡笊籬，跑到屋簷下去了？」

魯定中笑笑答道：「儲爺，一個地方一個規矩，天南地北，風土人情各有不同。這北京城外，窮苦人多，這幫窮人，多的是外鄉人，在北京無房無地，每日裡卻在北京城內討生活。於是，城外之地，就跑出了這些個卑微小店，收容各路窮朋友，給個遮風避雨地方，晚上能睡上一頓平安覺。這類旅店，稱之為雞毛店。凡雞毛店，必在屋簷下，掛根笊籬，以為標記。至於，為何會有此標記，我就不甚明白了。總之，這裡頭總有個什麼陳穀子爛芝麻老媽媽論。」

儲幼寧問道：「雞毛店？是指店小房微，有如雞毛般輕賤？還是店中真有雞毛？」

魯定中道：「這雞毛店，就是因店中雞毛多而聞名。我、金牙秀才，還有幾位一起在天橋賣藝朋友，俱都住在這家雞毛店裡。」

言畢，指著眼前一家客棧道：「我們幾位，就窩居在此，房錢按日而付，每人每日制錢五大枚。

五枚制錢而能安睡一晚，也只有城外雞毛店，才有此價碼。」

說罷，儲幼寧已隨金牙秀才、魯定中走進雞毛店。這家雞毛店客棧，外頭掛著招牌，上書「長生客棧」。儲幼寧隨二人走進屋裡，但覺汗臭蒸騰，酸不可聞。這時，天氣已然轉熱，這雞毛店窗子卻未支起，故而房內氣味難聞。魯定中與金牙秀才，慢條斯理，將幾個窗戶支了起來，氣息流通，味道這才稍好。儲幼寧就見這房內，地面既沒鋪木板，也未敷洋灰，更無絲毫桌椅櫥櫃，也就是塊平整泥地，當中留著一條窄窄泥土通道，通道兩邊地面，則是鋪滿雞毛，是為通鋪。

夜裡，人睡雞毛地板之上，地氣潮溼，一見可知，睡久了必染風溼之症。儲幼寧抬頭，見屋頂掛著個大軟木框子，框子上織滿雞毛。魯定中亦抬頭，指著那軟木框子道：「天冷時，大夥兒分兩邊躺下，齊頭不齊腳，睡妥當了，就把這軟木框子放下，剛好蓋在大夥兒身上，人人都有雞毛蓋著，再冷的天，都睡得溫暖踏實。當然，大夥兒都是窮人，就沒法講什麼男女分房了，只能以這屋中小土道為界，一頭睡男客，一頭睡女客。」

講到這兒，就聽見外頭金牙秀才喊道：「各位爺兒們，鍋子弄得了，燒酒備妥了，都出來吧，大夥兒吃他個溝滿壕平。」

儲幼寧隨魯定中走出房外，就見雞毛店外空地上，吊起了兩盞氣死風燈。地上，擺了七、八個破蒲團，當中，則是個小爐子，燒得正旺，爐子上則坐了個鍋子。鍋子裡，咕嘟咕嘟滾著湯汁，湯汁裡百物翻騰，有白菜梆子、滾刀肉塊、斷截粉條、蘿蔔塊、爛魚頭、破豆腐、雞架子、還有兩個螃蟹殼。物件雖雜，卻是菜香撲鼻，儲幼寧聞得腹鳴如鼓，魯定中一旁聽了大樂道：「沒想到，這破地方百鳥歸巢鍋，也能把少俠肚子裡饞蟲，給勾了起來。」

儲幼寧聞言奇道：「啥，啥是百鳥歸巢鍋？這鍋怎麼有這雅緻名字？鍋裡頭沒見到鳥啊？」

金牙秀才走過來，右手平伸，做個肅客入座手勢，三人就各自撿個蒲團，坐了下去。之後，陸續也來了若干男女，皆是之前儲幼寧在天橋所見藝人。金牙秀才接著儲幼寧話碴子道：「百鳥歸巢鍋，名字文雅，哈哈，少俠，您這是過獎了。就因為這鍋出身貧賤，因而，這才給安個高貴文雅名兒。您知道嗎？為何叫百鳥歸巢？這是說，這鍋子裡頭所有物件，均非花錢購入，是討要而來。」

「先說這爐火，燒火之煤，是積攢了多少天，才攢出這批煤核，今天這頓火鍋，一次用上了。我知道您要問，啥是煤核？不等您問，我先說。北京上下人等，自紫禁城皇上到胡同裡小戶人家，都使煤燒火做飯。街面上，專有煤黑子，拿煤粉與黃土攪和得了，搖成球狀，曬乾，成了煤球。這煤球入爐，燒完了，就成灰燼，於是，得清爐子，把煤灰倒掉，才能裝進新煤球，繼續燒火做飯。」

「全北京城，街頭巷尾，到處堆得有煤灰。把煤灰扒開，仔細摸尋，還是能摸尋出個把尚未燒盡細碎煤球小塊兒。這東西，就是煤核。貧苦孩子天天蹲在街上，扒煤灰，摸尋煤核。煤核蒐集得了，聚到一處，能賣點小錢。今天這百鳥歸巢鍋，就是用累積多日煤核，一次燒盡，燒出這滿鍋滾湯。而湯裡頭各種物件，您瞧，沒有白菜葉子，只有白菜梆子，這東西，是菜市場廢棄之物。菜販子為了賣好價錢，只留嫩葉，這菜葉老梆子，就撕扯下來，扔於地上。人丟我撿，於是，老白菜梆子就入了這鍋。」

「通北京城，大飯莊子，小飯館子，那可海去了。每天午晚兩頓，大飯莊子、小飯館子，都有那殘羹剩菜，扔到廚房後頭桶裡。這些個殘羹剩菜，沒餿，沒臭，還能吃。在剩菜桶裡挑挑揀揀，就能盤出什麼爛魚頭啦、雞架子啦等等物件。您瞧，今天鍋裡，竟還有兩螃蟹殼，一併拿來燉湯，添加滋味。而菜場裡，除了白菜老梆子之外，還有硬蘿蔔塊。人家都說，蘿蔔賽梨，蘿蔔鮮嫩多汁，賽似大梨，但也有那硬蘿蔔塊，沒人要買，菜販子只好扔了。於是，咱們就撿來，丟進鍋裡，燉他老半天，照樣燉爛。」

「還有些物件，比方說，這粉條。吃燉鍋子，非得放粉條不可。在各路南貨店，都賣得有粉條。這粉條，又乾又脆，搬移之際，稍微不慎，就會折斷。這樣，賣相難看，店家只好扔了。老規矩，你丟，我就撿，你不要了，我不花銀子銅板，撿回來，照樣入鍋。因為這鍋裡各宗物件，全是撿拾、討要而來，來路七零八落，哪兒來的都有，卻全都匯入一鍋，因而，我給取了這名字，就叫百鳥歸巢鍋。」

儲幼寧聽金牙秀才說了這一大套，這才明白，這就是揚州人所說叫化子鍋。初始，儲幼寧心裡有點犯噁，但繼而一想，在家靠父母，出外靠朋友，大家齊聚，席地而坐，大口喝湯，大塊吃蘿蔔，自有一番江湖豪氣，況且自己腹中的確飢餓，因而，拋掉雜念，專心一志，吃起了這百鳥歸巢鍋。除百鳥歸巢鍋外，這頓夜飯另備了幾盤玉米麵窩頭。此物乾澀，搭配火鍋正好。此外，就是破酒壺裡，裝著幾斤烈酒。

邊吃，魯定中並金牙秀才兩人，邊指著火鍋邊其餘人等，一一說予儲幼寧。眾人或舉著湯碗，或擎著酒杯，一一向儲幼寧致意，張口少俠，閉口英雄，聽在儲幼寧耳裡，雖未酒醉，卻有點醺醺然，昏陶陶。人多口雜，競相奉承，儲幼寧沒法一一記下各該人等姓名。這裡頭，有對父女，父名韓福年，女名韓燕媛，擺攤賣藝，父彈弦子，女唱大鼓書，儲幼寧卻是記得清楚。蓋因那韓燕媛唱大鼓書出身，這門藝業，除了琴師掌琴，女子一手敲響板，一手抓鼓槌子敲鼓外，頂要緊的，是女子唱腔與眼神。

這韓燕媛，唱慣大鼓書，講起話來，有韻有調，儲幼寧聽在耳裡，分外動聽。而韓燕媛講起話來，更是眼波流轉，眉目帶情。儲幼寧聽韓燕媛說話，看韓燕媛眼神，竟有些發癡。金牙秀才見狀，忙推了儲幼寧一把道：「少俠，吃飯。」說罷，遞過個黃澄澄玉米麵窩頭。

眾人正吃喝樂著，不防有人已站在近處，高聲喝道：「好啊，吃慶功宴啊，你們這撥臭賣藝的，還把咱們花子幫放在眼裡嗎？」

眾人抬頭，就見一人站在雞毛店店招下。這人高身量，寬肩頭，膀闊腰圓，渾身緊湊，雙臂更是肌肉墳起。就見他圓睜雙眼，使勁瞪著席地而坐諸人。魯定中見狀，輕聲對儲幼寧道：「壞了，這人是花子幫大師兄張超，綽號花花閻王，在花子幫裡坐第二把交椅，號稱花子幫大師兄。少俠，可要小心謹慎，這人手底下有本事，花子幫地盤，有很大一塊，是這人所打下江山。」

儲幼寧微笑低聲道：「別怕呢，有我。」這話才說完，就見對過韓燕媛眼波流轉，對自己嫣然一笑，於是，趕忙收神攝魄，抬頭望著張超道：「尊駕到這兒來，想必是為我而來。適才在天橋，實在是貴幫大流子、二柱子傷人在先。」說罷，用手一指金牙秀才道：「我恰好路過，見這位秀才先生受辱，這才略為出手，稍稍教訓大流子、二柱子。尊駕應知，他二人就是受了點輕傷，不損筋骨，不壞性命。」

「後來，貴幫三當家的，率十餘人衝鋒而來，殺氣騰騰，我制敵機先，用彈弓亂射，雖壞諸人腿腳，但也留得其性命。要知道，當其時，三當家並所率諸人，喊打喊殺，若非我適時出手，現下這夜飯，大夥兒就吃不成了。那光景，我不壞花子幫諸人膝蓋，花子幫諸人必要壞我膝蓋，我那是拚搏性命，不能怪我下手狠。」

儲幼寧一番說詞，講得也在理上，張超聽在耳裡，頓覺落了下風，因而，踏上幾步，走近諸人，站定腳步，怒目圓睜，痛斥儲幼寧道：「你別強詞奪理，要曉得，那十幾位兄弟，膝蓋頭皆盡崩裂，成了跛足殘廢，日後難在江湖行走，這奇恥大辱，都要從你身上……哎喲，燙死我了！」

這張超罵得正起勁，驀然間，嘴裡突然多了塊東西。這東西燒燙難耐，當場燙破張超舌頭並嘴唇。張超猛喊一聲，用力吐出，將物件吐於地上，定眼一看，是一塊滾刀肥豬肉，不禁大怒，對儲幼寧怒目而視，眼看著，就要拔刀上前。

此時，就見韓燕媛施施然站起，沉腰屈腿，對張超道了一個萬福，繼而緩緩說道：「張爺息怒，您是知道的，北京城裡，准許鬥毆，但不能出人命。這兒，雖是北京城外，歸順天府下頭大興縣管，但總是京城附郭，也還算是天子腳下。張爺要是拔刀砍人，這就出了命案，這樣，大興縣、順天府，就得動真格的，一路查辦下去，於貴幫並無好處。」說完，又道一個萬福，施施然坐下。

張超經韓燕媛這番搶白，臉色漲紅，怒氣更盛。在此關頭，儲幼寧站起身來，兩手抱拳道：「張爺請了，剛才是小的不該，小小把戲，捉弄張爺，在此恕罪。」說罷，又是一鞠躬。

原來，儲幼寧心中念頭輪番轉折，飛快思量全局，才決定如此。儲幼寧心想，之前在天橋，出手制裁大流子、二柱子、二師兄花花太歲管漢超並所率十餘幫徒，是為爭取天橋藝人，結為友人，俾襄助尋找仇人白鵬飛。如今，天橋藝人已尊己為少俠，目的已成，無須再與花子幫多結樑子，因而，就此講了這幾句落場勢話語，搭個階梯，讓張超可順勢下台。

這花花閻王張超，也非莽撞匹夫，心裡通透，曉得儲幼寧這是刻意搭個台子，好讓他下。他轉念一想，適才他口頭聲討儲幼寧之際，儲幼寧扔了個滾刀肥肉到他嘴裡，他毫無所知，就著了道兒。倘若扔來的不是肥肉，而是袖箭，他早被箭穿喉而亡。倘若扔的是飛蝗石，縱使他逃得性命，也勢必被敲掉滿嘴牙齒，一嘴鮮血，成了無牙閻王。

走念至此，張超也洩了火氣，緩緩言道：「敝幫幫主，總瓢霸子蓋喚天，命在下到此，邀約玉面小專諸儲幼寧，明日上午辰時，在永定門南二里地張家塘子，比武定高下。咱們幫裡十幾口人，十幾條腿，不能就這樣算了。」

魯定中見機快，站起身來，對張超道：「二幫主，如不嫌棄，坐下來，一起吃點，再談談，再談談。」

儲幼寧道：「這會兒工夫，已近二更。適才，這幾位朋友告訴我，時辰一到二更天，北京城所有城門都得閉關上鎖，要得等到明天一大早五更天，這才能重啟。我今天初會這些個朋友，大夥兒熱情招待，勢必待到二更天以後。如此一來，今夜無法回城內客棧，只能在這雞毛店隨便對付一宿。等明日清早，必定精神不濟，準備不足，如何應付貴幫幫主挑戰？可否懇請二當家，替兄弟求個情，將與貴幫幫主會面時日，推遲一天，咱們後天上午辰時，再會貴幫幫主。」

張超聞言道：「明天也好，後天也罷，沒個準數，不一定非要哪天。但你要改時辰，得拿出點本事。咱們比擲銅錢，你要贏了我，我就告知幫主，建請幫主推遲一日。要是你輸了，說不得，就是明日上午辰時。」

這張超，自幼即在賭場廝混，諸般賭技，俱是高人一等。而其擲銅錢技倆，更是起小練起，向來是傲視同儕，自信極高。他見儲幼寧武技高明，遠在自己之上，但又想殺殺儲幼寧威風，挫挫儲幼寧銳氣，就想到擲銅錢，想以此賽局，壓倒儲幼寧，把場子討回來。他壓根不知道，儲幼寧天賦異稟，精於測算遠近，精於捏拿勁道，找儲幼寧比擲銅錢，簡直是拿自己腦袋，往石頭上砸。

儲幼寧聽聞張超所言，不禁莞爾而笑：「好啊，就擲銅錢，皇天后土，天地良心，我可以對天起誓，我這輩子，見過人擲銅錢，但自己從未與人競比擲銅錢。」

他這話，可是大實話，他確是從來不曾與人賽過擲銅錢。眾人見他這樣講，又見張超提議比擲銅錢，都曉得這下子壞了。明擺著，就擲銅錢而言，張超成竹在胸，而儲幼寧則是不識之無。

自此，張超面色轉怒為喜，向前邁了幾步，拿腳在地上劃出條直線。之後，又向前邁了約十步，又拿腳劃一直線。張超走回，對儲幼寧道：「人站此線之外，兩腳不得觸線，更不得出線。往彼線擲銅錢，誰能擲得較貼近彼線，誰就是贏家。連擲五銅錢，分出輸贏。」

儲幼寧氣定神閒道：「不必擲五枚銅錢，就擲一枚，一枚定輸贏。」

張超道：「也好，就擲一枚銅錢。願賭服輸，屆時你輸了，別無二話，就是明日上午辰時，與我幫幫主比武。」

儲幼寧道：「反之亦然，倘若二幫主輸了，也是願賭服輸，別無二話，改成後日上午辰時，與貴幫幫主比武。」

張超心中篤定，心想，自己自幼即與群兒擲銅錢為戲，在這門技巧上，下了幾十年功夫。而對手這小子，什麼皇天后土，什麼天地良心，發誓說以前沒擲過銅錢，因而，自己信手擲擲，都能勝過儲幼寧這雛兒。

張超對儲幼寧道：「你沒擲過銅錢，你先擲。」

儲幼寧道：「不，二幫主，您是客，您先擲。」

於是，張超自懷中摸出一枚銅錢，拈在手中。這枚銅錢，他自幼使慣了，每遇與人比試擲銅錢，必然掏出這枚銅錢。只見他站在線後，上身虛俯，略略向前傾身，右手由下而上，劃出老大半個圓弧，將那枚銅錢擲扔出去。銅錢高高甩起，往上拋擲，繼而越過頂點，往下墜落。落地後，又向前撲騰跳動數下，最後靜靜躺於彼端線前半寸處，距那線極近，彷彿觸手可及。

眾人見張超擲出銅錢，距彼端線僅半寸，驚呼連連，就見韓燕媛睜大一雙妙目，眼波流轉，盯著儲幼寧道：「怎麼辦？人家擲得那樣近，你要輸了怎麼辦？還是趕緊走吧，趁著離二更天還有點時間，趕緊在永定門閉門前，回到城內客棧，趕緊睡一覺，明天一大早再趕過來赴會。」

儲幼寧默然不語，僅微微笑了笑，轉頭對金牙秀才道：「秀才老兄，有銅錢嗎？借一文使使。」

金牙秀才掏一枚銅錢，交予儲幼寧右手。就見儲幼寧不慌不忙，斜側著身子站立，兩腳跨大步張開，穩穩站定，繼而上身向右前方傾斜，右手捏著銅錢，向右後方延伸而去。繼而，儲幼寧右手自右向左，貼著地面，將銅錢甩出。儲幼寧這不是擲銅錢，而是使出擲扁平石片打水漂技法，拿銅錢當扁石，向地面甩去。那銅錢離手後，貼著地面向前飛去，隨即觸地，旋又彈起。彈起後，又落地；又彈起，又落地。

這銅錢，有如扁平石片在水面飛行，打出水漂，前後彈跳兩次，觸地三次。第三次觸地後，即靜止不動，躺在彼端線上。

儲幼寧這一手，讓餘人大開眼界，花子幫二當家花花閻王張超當場目瞪口呆，瞠目結舌，說不出話來。眾天橋藝人則爆出歡愉喝采。這當中，韓燕媛喝采聲尤其響亮。儲幼寧又勝一場，立刻趨前，拱手對張超道：「二當家的，承讓了，我這是瞎貓碰到死老鼠，僥倖險勝，當不得真。」

張超這才曉得，今天遇上武技大高手，對方技法高不可測，自己再比下去，只會愈弄愈糟。因而，也藉著儲幼寧幾句話，順勢下台道：「誠如儲兄所言，願賭服輸，我的確落敗，大丈夫言而有信，我這趁著關城門前回去，稟報幫主，比武之日，推遲一天。」

說罷，張超拱手告辭，迅速轉身離去。

第二十章：見燕媛復仇少俠心猿意馬，揍混混玉面專諸下落得悉

張超走後，百鳥歸巢鍋旁愈發熱鬧，眾人都向儲幼寧敬酒。儲幼寧酒量平平，在揚州也少飲酒，今天在這兒，禁不住眾人奉承，稍微喝了點。喝過之後，工夫不大，酒意湧上來，面膛轉為紫紅。眾天橋藝人哄然而飲，你一言，我一語，都說儲幼寧下午在天橋，先打跑大流子、二柱子，繼而擊退花花太歲管漢超，已連贏兩場。現如今，還在雞毛店外，往花花閻王張超嘴裡，塞了塊滾燙肥豬肉，甩銅錢又贏了張超，再贏兩場。一連四場，打得花子幫屁滾尿流，這後天比武，定然是大挫總瓢霸子蓋喚天威風。

儲幼寧人醉心不醉，只是喝得酒意上頭，面紅耳赤，心裡倒清楚得很，沒犯糊塗。魯定中與金牙秀才連問他師承、門派、家世、過往緣由，他一概客氣閃躲，沒個準答案，只一再說，到北京來，不為別的，就是為了找白鵬飛，給義父報仇。又說，經過打聽，白鵬飛從德州跑到北京來，投靠山東鐵板快書藝人。

魯定中道：「這北京城作藝的，也分多少種。比方說，我和秀才兄，這是說，靠說混飯吃。我或說劉公案，或說單口相聲；秀才兄則是撒石灰字，不定說什麼題目。至於山東鐵板快書，那是唱，像

是韓姑娘唱大鼓書，也是唱。當然啦，許多時候，說者也唱，唱者也說。以相聲而言，講究說、學、逗、唱這四大部門，但畢竟以說為主，以唱為輔。反過來，唱大鼓書、唱京劇等等藝人，有時候也得說。」

「總之，說與唱雖偶爾混同，但基本上是兩個行當。我和秀才兄，對山東鐵板快書，不是那樣熟稔。這方面事情，您得問韓家父女。」

說罷，用手指指對面坐著的韓福年與韓燕媛。韓福年外貌清瞿，戴頂瓜皮帽，眼眶凹陷，顴骨突起，神氣黯然，一望即知，有阿芙蓉癖。韓燕媛則是新鮮熱辣，輕巧伶俐，言語生動。

韓燕媛見魯定中指著自己，乃接著道：「山東鐵板快書，只講一個故事，專講武松，故而又稱為武老二。其他，也有什麼大實話、柿子筐等小題目，但很少，主要就是說武松。這玩意兒，沒在外頭撂地擺攤唱，幾乎都是走街串巷，到飯館、茶館等地去唱。儲爺如有興致，哪天跟著我們，四處走串去。我和我爹，白天都在天橋擺攤唱，偶爾，天黑上燈後，也去飯館子、茶館、茶園子裡唱。」

「等儲爺了結與花子幫糾葛，如不嫌棄，儲爺可與我父女倆，一起走街串巷，各處走走去，把您這玉面小專諸名號，四處張揚張揚，說不定，就能把您那殺父對頭，給勾了出來。」

這韓燕媛，年歲雖不大，也就是二十出頭，但久走江湖，場面見多，言語老辣，總是得理不饒人。適才張超正打算拔刀動手，就是韓燕媛拿「北京不許出人命」這話，堵死張超念頭。金牙秀才見韓燕媛對儲幼寧如此說話，不禁一旁敲起邊鼓：「哎喲喝，儲爺，您這面子可大了去了，我認識韓姑娘不是一天兩天的事了，但從沒見過她這樣對個爺兒們講話。韓姑娘開金口邀您走江湖，您可得務必賞光啊！」

這話說出來，儲幼寧心裡一蕩，幸而酒已上臉，面膛已然紫紅，否則，靦腆之色必然外露。韓燕媛則道：「呸，呸，呸，你個金牙秀才，金牙嘴裡也吐不出象牙，人家儲爺是世家之後，我們豈能高攀？我只是單講報仇，單講走街串巷勾出仇人，你別胡編派，扯到哪兒去了你？」

儲幼寧見二人愈扯愈遠，心中忌怕兩人往下亂扯，於是岔開話題：「想請教魯爺，這花子幫到底是正？亦或是邪？」

魯定中道：「這話，實在難答。要說正嘛，儲爺，您也見到了，大流子、二柱子，要打就打，要踢就踢，對金牙秀才那般折辱。咱們在天橋作藝，收入本來就菲薄，還要向這幫人繳例錢，這不是欺負老實人嗎？」

「要說邪嘛，若不是花子幫鎮著，這南城地面，肯定汙七八糟，不成章法。光靠九門提督、巡城御史這兩個衙門，根本壓不住陣腳，就算花子幫不向咱們收例錢，自有其他江湖人物，還是向咱們收例錢。橫豎，咱們這些小人物，在天橋討生活，就總得向什麼人繳例錢，不是花子幫也會是其他幫。九九歸一，咱們用最簡單話講，花子幫固然可惡，但要沒了花子幫，咱們生活大約更難過。」

儲幼寧又問：「那麼，這花子幫幫主總瓢霸子蓋喚天，是個什麼來頭？」

魯定中道：「這人，最早在京劇班子裡唱大花臉。這大花臉又叫黑頭，或叫銅鎚，聲量得雄偉，唱起來彷彿洪鐘大呂，鏗鏘有勁，中氣深而足。他可是個異數，不但唱黑頭銅鎚，還能扮武生。這可罕見哪，唱黑頭銅鎚與唱武生，那壓根是兩碼事，但蓋喚天就是有本事，兩樣都唱得好。後來，倒了嗓子，沒法再唱，就出來混世，他有武生底子，武技高明。那年直隸發大水，饑民湧進北京，官面上一時照顧不過來，饑民鼓譟，正好被他碰上，他想方設法，這頭和官府衙門打交道，那頭就與饑民講道理。」

「到了後來，兩邊說成，官府開倉賑濟災民，災民則聽他調度，靜受安撫。事情完了之後，九門提督衙門並巡城御史衙門，就要他接著維持這批人，別讓這批災民鬧事。一來兩去，就把事情談妥了，官面上許他拉幫結派，並劃南城這塊地給他，由他維持地面安定。因而，他就成了花子幫幫主，人嘛，我沒打過交道，但聽人言，說他還算講理，不曾濫殺無辜。」

眾人談談講講，鍋子吃殘，燒酒喝乾，也就散了。此時，天色已過二更，城門已關，儲幼寧無處可去，只能四面遊走，到處看看。走到雞毛店長生客棧，就見屋外點著油燈，燈光搖曳晃動，燈旁或蹲或坐，圍著一圈人在那兒賭錢。儲幼寧又走近幾步，居高臨下，站著俯視這賭局。就見一隻破碗裡頭，六枚骰子滴溜溜轉。

他瞧不明白這賭局，正想轉身離開，就有賭徒衝著他道：「儲爺，怕您看不明白，給您說說，這叫趕羊。六枚骰子，扔進碗裡，倘若三枚骰子點數都同，那麼，就把剩下三枚骰子點數加起來，就是總點數。比總點數大小，可定輸贏。照理說，只點一盞油燈，到屋裡耍錢去，看得較清楚，但店家不教進，說是房裡屋頂、地上，全是雞毛，一碰火就燃，因而，燈不讓進屋，只好在這兒賭。」

儲幼寧笑笑，再細看諸賭徒所下賭資，竟是制錢高疊，每一手輸贏，賭資進出可達百餘枚銅錢。見此光景，儲幼寧心想：「難怪此輩藝人清苦度日，難以翻身。十賭九輸，這般賭下去，白日賣藝所賺銅錢，夜裡擲擲骰子，就全都沒了。」

嘆了口氣，正要挪步走開之際，就聽見背後銀鈴一般聲音道：「儲爺，您也瞧賭，想賭嗎？」不必回頭，儲幼寧就曉得，這是韓燕媛。儲幼寧轉身道：「喔，是韓姑娘，還沒睡嗎？令尊怎麼不見了？」

韓燕媛也嘆了口氣道：「唉，實話對您說，其實他不是我爹，我倆就是名義上父女，其實各不相干，相依為命久了，也成了家人。他癮頭大，白天從煙館淘弄了點煙土渣子，現在在那頭大樹底下解癮。等過足了癮，自會進茅屋，把個批片兒一蓋，就糊塗過去，直到明天一清早。對了，我和他不住這雞毛店，你瞧，那兒不遠處，有座小茅屋，我和他就住那兒。」

「他也是個苦命人，過去我和他同在一個戲班子，大難來時，兩人合成一處逃難，到北京來，他操琴，我唱書，擰成一股，就成了父女家人。」

兩人邊說，邊往適才圍爐吃鍋子之處行去。此時，這地方已收拾乾淨，鍋子、爐子俱已拿走，但蒲團還在，兩人就坐於蒲團上，就著頂上月光，兩人清談。

儲幼寧道：「好像這兒每位藝人，都各自有苦水，日子過得挺艱難。」

韓燕媛道：「要說艱難嘛，也的確艱難，但每天有地方可睡，有批片兒可蓋，偶爾有百鳥歸巢鍋可吃，大夥兒相互扶持，也算可以了。」

儲幼寧道：「對了，妳兩次提到這批片兒，是怎麼個物件？」

韓燕媛笑道：「哈哈，都忘了，儲爺是世家出身，難怪沒聽過這批片兒。這東西嘛，又稱厤花片，就是什麼破布頭啊、爛棉花啊，有什麼就抓什麼，抓到一起，鋪展開來，拿針縫上。縫得了，就是一片被子般東西，長不過膝，寬可蓋肩，像眼下這種將熱未熱，下半夜還涼的天氣，晚上睡覺，蓋這批片兒正好。」

儲幼寧窘道：「韓姑娘別一口一個世家弟子喊我，我也是一路撲騰，苦過來的。」

這時，儲幼寧酒意已退，臉色回復，思緒清明，卻不知怎地，就想和韓燕媛講話。於是，他一五一十，詳詳細細，將自己自小到大，由山東臨沂，一路講到進入北京，足足講了小半個時辰。這當中，韓燕媛悶不吭聲，一路往下聽，只在儲幼寧講到高郵客棧，與金秀明搭救劉小雲時，插嘴說了句：「啊，您後來一定娶了這位姑娘當夫人。」

待儲幼寧講完身世，韓燕媛沒多搭腔，只反問道：「儲爺，您的身世說完了，想聽我的身世嗎？」

儲幼寧自然想聽，於是，韓燕媛道：「我年歲和你一般大，生於關外錦州，我爺爺本是膠東煙台人，幼年時碰到大旱，沒法活了，因而闖關東，和老鄉逃到錦州，當扛長活兒苦力，賤人賤命，一口氣活著而已。我爹也是賤人賤命，和我爺爺一樣，也是扛長活兒維生，錦州醬菜園多，他就在醬菜園裡當長工。我娘生我那天，落了個血崩，我活下來，我娘可就沒了，故而我是個生來就沒娘的孩子，你說命苦不命苦？」

儲幼寧聞言嘆道：「咳，江湖兒女江湖命，你我都差不多，都是自小就沒了親娘，但你還有爹，我連爹都沒了。」

韓燕媛道：「有爹，和沒爹一樣，我爹連自己都難養活，更何況還拖著我。我六歲上，我爹就將我賣給戲班子，賣契上，寫的是學戲，戲班子管吃管住，還管教戲，期限六年零二節，也就是滿六年後，過了端午、中秋兩節，就還我自由身。我爹哄我，說是去戲班子，日子比跟著他好過。」

儲幼寧道：「後來呢？」

韓燕媛道：「後來啊，就是當使喚丫頭用。才六歲哪，懂得什麼？六歲的孩子就得起早睡晚，給戲班子幹活兒。等師兄師姐有點閒空，這才教我點戲。十二歲上，滿了六年，眼看著再滿兩節就可以脫離戲班。這時，就有男人欺負我，我抵死不從，挨了頓打，我豁出了命，也拚命打還回去，保得清白。我不知那男人哪來的，但戲班主脫不了干係。在那之後，有師姐妹陪著，我解手、盥洗才更衣。其他時候，衣不解帶，甚至晚上睡覺，無論多熱，我都穿三層衣物。」

「好不容易，熬過了端午，也熬過了中秋，屆滿六年又兩節，戲班只好放我走，因我爹手裡有賣契，戲班要不放我走，怕我爹去鬧。我回家，六年沒見爹，卻是見了比不見還糟。我爹扛長活兒，把腰給折了，臥病在床，生不如死。我才十二，戲班裡學了點玩意兒，只好出去，拋頭露臉，在茶樓、酒肆、飯館、戲園子裡，求爺爺告奶奶，請大爺大娘們點齣戲碼，由我給清唱一段。」

「為了生活，我邊唱邊學，也學了幾齣戲。唱戲地方，好人固然有，邪人也多，豺狼虎豹，在所多有，我得處處提防，護著自己。久而久之，就練出潑辣一路性子，反正嘛，破罐子破摔，沒多大指望，走一步算一步。」

「就這樣，老天爺還是和低賤人等過不去，流竄走唱日子，大概就過了兩年，大旱來了，老天不下雨，莊稼都枯了，大家沒飯吃，盜賊四起，官府也壓不住。我爹沒挺住大旱，那年夏天亡故，我賣了家裡全部家當，才給我爹買了副薄板子棺木，找塊地葬了。就此，孤孓一身，還是得咬緊了牙，想法兒活下去。正好，戲班子裡有對夫妻，唱大鼓書的，女人拍板打鼓唱，男人彈弦子。那女的大旱裡得了時疫，一命嗚呼，就剩男的，於是，我和那男人一拍即合，搭夥逃難，逃到北京，唱大鼓書活命。」

儲幼寧聽聞韓燕媛這一大套，詫異此女命運竟然如此悽苦，面上流露關愛之色，韓燕媛見了，心裡大感暖意，接著言道：「我這名字，韓燕媛，就是入關後，另外所取。我本姓關，小名二媛，而我那琴師則是姓韓。我們彼此清白，就認了父女，他本名即為韓福年。這人對我不錯，我倆相依為命，就像父女。但他有個毛病，鴉片煙癮大，把個人都剋住了，每天得弄點鴉片渣土過癮，否則，沒法往下過。為了這個，話也不講，臉上瞧著永遠一個木頭樣，只有彈起弦子時，才有點生氣。」

「呵，說了這一大套，儲爺聽了，可別覺膩。」

儲幼寧少讀詩書，但跟著閻桐春，有樣學樣，肚子裡記著不少閻桐春所曾吟誦辭句。此時，驀然間，儲幼寧想起了與閻桐春搭船，自徐州往揚州途中，閻桐春吟嘆之詞，對韓燕媛道：「唉，相逢何必曾相識，同是天涯淪落人！妳我初識，卻各自把身家故事全給交代清楚了。我身世背景，等閒不向旁人吐露。想必，妳亦是如此。今夜一場清談，竟是彼此交心，這也是緣分一場啊！」

詎料，韓燕媛聞言卻道：「儲爺，您只說對一半，我們這是有緣沒分。」

儲幼寧聞言，初初是一愣，隨即明瞭韓燕媛話中之意。蓋因儲幼寧已娶劉小雲在先，縱使如今與韓燕媛相遇，兩人有緣，但卻無論如何，不能有夫妻名分。

話講到此處，兩方都微感些許尷尬，韓燕媛乃道：「儲爺，時候不早了，您找個地方歇著去吧，今天先迷糊一下，待明日一早，城門開了，回到城裡客棧，再好好補睡一覺。我這也該走了，明天白天，還要進城賣藝呢。」

說罷，兩人拱手而別。儲幼寧回至長生客棧，往屋裡探頭，地上隔著中間走道，男左女右，左右兩邊已兀自睡了不少人，金牙秀才並魯定中，亦都在內。儲幼寧雖非富家出身，但無論在沂州府豐記糧行，或在山寨，抑或揚州金家，均有乾淨床鋪可睡。現如今，這雞毛店汗臭蒸薰，入鼻欲嘔，實在無法久待，只好邁步出屋，又回到適才與韓燕媛談話之地，隨手拉扯幾個蒲團，併做一處，歪身倒了下去。

雖是躺下，卻難入睡，蟲鳴蛙叫徹夜不息，蚊蚋嗡然，吵了一整夜，儲幼寧疲困難耐卻無法入睡，心中有點後悔。後悔到這荒郊野外過夜，無法回城內客棧，上床睡安穩覺。好不容易，拖到四更天末，還不到五更天，天色依舊漆黑，儲幼寧就霍然起身，也不驚動諸天橋藝人，獨自往北行去。行至永定門外，見城門前已擠滿鄉下人，或挑或擔，籮筐裡裝著蔬果農作，等著進城，趕早至市集叫賣。

等候未久，永定城城門開啟，眾人一湧而入。進了城門，儲幼寧隨即回到南城客棧，等不及沐浴盥洗，和衣倒床就睡。這一覺，睡到午後未時才醒。睡飽之後，趕忙出門，先找家飯舖吃飽喝足，繼而上澡堂子沐浴盥洗。等弄乾淨了，已是申時，他沒準地方去，哪兒都可去，就信步閒逛。逛著逛著，彷彿有人勾著，走來走去，就又走到了天橋。

到了天橋，他沒去金牙秀才那攤位，也沒去魯定中那兒，就是邊走邊找。後來，總算在個敞篷茶園，尋著了韓福年、韓燕媛父女二人。這茶園，上頭搭了個鉛皮棚子，可遮風避雨兼擋陽光，四面卻是敞著，只拿繩子虛虛圍住。場中，擺了十餘張桌子，桌旁各有幾把椅子，茶博士提溜著大茶壺，往陶土大茶碗或白瓷小茶杯裡沏茶。茶園子裡，並有串街小販，兜售花生、瓜子、梨桃水果、蜜餞小吃等等。

茶園子前頭當間，擺個長桌，桌上鋪絨布，桌後站一男人，桌旁又站一男人，兩人插科打諢，正講著葷段子對口相聲。茶園子前邊角落裡，坐著韓福年並韓燕媛，兩人顯係等在這兒，待相聲結束後，接著獻藝。

儲幼寧進了茶園子，撿個空桌子坐下，自有茶博士過來招呼，擺上大茶碗，又擺了兩個白瓷小茶杯，倒了滿滿一碗沫子茶。茶水滾燙，倒入大茶碗，得再從大茶碗裡，慢慢倒進小瓷杯裡，才能細細啜飲。儲幼寧往韓家父女那兒望去，拿眼神打招呼。韓燕媛豎起手指，指指台上那兩人，再指指門口；然後指指自己與韓福年，又指指台上。那意思是說，等台上這倆人說完相聲，就會離去，屆時，就輪到韓家父女唱大鼓書。

儲幼寧心神不寧，坐那兒喝茶聽對口相聲，卻老跟不上，總有點心猿意馬，有意無意，拿眼睛去看韓燕媛。就見韓燕媛也正望著自己，四眼對望，彼此嫣然一笑，彷彿一切盡在不言中。一會兒工夫，台上那對口相聲說完，下台一鞠躬，又拿著笸籮，環著茶園子，斂了一回錢，然後才離去。繼而，換韓家父女上。

自儲幼寧見韓福年以來，這清瞿老者精神不振，兩眼無神，但此刻上了台，彈起弦子，卻是精神抖擻，人琴合一，極為專注。韓燕媛則是唱腔平平，不甚出色，但眼神、體態則極有可觀之處。只見她忽而抬頭揚臉，忽而側目低視，左手夾板，右手鼓槌，不住擊打。所唱者，則是段三國故事。

絲竹曲藝，本非儲幼寧所長，亦未自幼耳濡目染，因而，這大鼓書聽在耳裡，並無所感，只因那是韓燕媛所唱，因而才定定坐著。儲幼寧在茶園子裡聽大鼓書，與其說聽，毋寧說是看，就是定眼瞧著韓燕媛。

年輕人心性本就不定，自離揚州以來，經歷水路旅程至德州、德州比武、德州問斬、德州旅程至北京、昨日天橋一戰、昨夜永定門南較量，儲幼寧心中，揚州與揚州諸人，已漸行漸遠。稍早，他一大早摸黑，在永定門等候門開之際，也曾想起此行目的，想起閻桐春，想起揚州，想起金家諸人，想起劉小雲。他自十五歲上，由閻桐春送至揚州之後，即未再見過閻桐春，此次千里奔波，係為閻桐春報仇，但他極力回想，卻已記不起閻桐春相貌音容。金家父子，印象自是鮮活熱辣，而劉小雲，卻有點印象模糊。

之前，他午後睡醒，飽吃一頓，赴澡堂子洗澡。在澡堂池子浸泡之際，他細細回想，覺得高郵客棧後院，托舉劉小雲上牆，就註定了他與劉小雲姻緣。在那之後，金家上下，尤其是金媽媽莫氏，極力撮合，把兩人送入洞房。論本性，劉小雲溫柔淑雅，對自己甚體貼，無可挑剔。但現在碰到韓燕媛，感覺卻格外不同。劉小雲像溫香軟玉，韓燕媛卻是熱情如火。他與劉小雲情意雖濃，但話語不多，分手之後，思念不多。而韓燕媛，他昨日才初見，今日不知不覺，兩腿就又走回南城天橋茶園子。

想來想去，後來想到，自己人在北京，不在揚州，先且不想揚州，把北京之事辦好。正想到此處，剛回過神來，就聽見隔著兩張桌子，有人喝倒采，喊出「通，通，通」之聲，接著叫囂調笑道：「別唱了，別唱這正經八百三國故事，給爺兒們唱個葷的，唱個十八摸。」

台上韓燕媛柳眉一豎，杏核眼圓睜，怒聲回道：「兩位請自重，這兒還有其他朋友想安靜聽書。兩位不想聽，抬腿請便，別在這兒打攪旁人聽書。」

儲幼寧側身看去，和自己隔著兩張桌子，一對年輕男人，髮辮當中插根鐵絲，把辮子翹成蠍子尾巴狀，臉上俱都抹了鼻菸粉。儲幼寧心想，這作派，與昨天天橋所見大流子、二柱子一模一樣，大約京城裡地痞混混都作興這打扮。

韓燕媛義正詞嚴一番回罵，壓根起不了作用，兩個混混臉上笑意更濃，彷彿是愈扶愈醉，沒完沒了。儲幼寧心中不解，昨夜魯定中曾言及，南城地面有花子幫維持，閒雜人等不敢鬧事，怎麼今天就跑出這兩個雜碎？為此，他低聲問身旁茶客道：「打攪您哪，我是外地人，初到北京，昨日逛過天橋，今日再來。昨日逛天橋時，曾聽人說，天橋地面有花子幫維持，沒人敢鬧事。怎麼，今天到這兒來，卻見這兩個寶貨鬧事？」

身旁那茶客回道：「這位爺兒，您不知道啊？昨天下午，有位小爺，名號叫什麼玉面小專諸，把花子幫三當家以降，十幾號人全給廢了，膝蓋骨都砸碎了，花子幫因而元氣大傷。這事今天傳遍九城，其他地方混混曉得花子幫斷了翅膀，因而今天就到南城地面踩盤子。這地盤嘛，先到先拿，先占為王，這兩人大約是踩盤子、打地盤而來，以後想在這茶園子混世。」

聽這人言語，儲幼寧這才曉得，昨日天橋一戰，一波彈弓猛擊，竟然在南城地面，如此餘緒震盪。當即，也不多想，就捻起兩顆杏仁，向側面兩名混混扔去。兩枚杏仁落在那二人腦袋上，兩人轉臉，找尋杏仁來處。儲幼寧站起身來，臉衝兩名地痞，話音卻是聲震屋瓦：「小爺我叫儲幼寧，江湖上人稱玉面小專諸，昨天花子幫徒眾惹毛了小爺，一頓彈子，把他們膝蓋全廢了。但，可有一樣，我和花子幫並無冤讎，如今花子幫受挫，我得替花子幫維持地面，旁人要是想撿便宜，搶花子幫地盤，可得過我這一關。」

這幾句話，說得虎虎生風，儲幼寧轉頭往前瞧，就見韓福年還是眼皮下垂，沒啥表情，而韓燕媛則是一臉嘉許之色，看得儲幼寧心裡不禁暗暗得意。兩個混混初聞儲幼寧之言，呆了一下，繼而，其中一人道：「他娘的，這可邪門了，怎麼南邊來的，都愛取這綽號，前幾天已經出了個玉面小專諸，現如今，又來了個玉面小專諸。」

另一人則衝著儲幼寧回罵道：「滾你媽的鹹鴨蛋，爺兒們在此逍遙取樂，你小子閃一邊去，省得爺兒們動手，封了你嘴，折了你腿。」

這話才罵完，就見白呼呼一團事物，衝自己門面而來，這人當即往一旁閃去。偏偏，這閃躲方位，早被儲幼寧料中，扔出去那破白瓷茶杯，砰然砸中這人嘴巴。那人哀鳴一聲，嘴巴冒血，白花花碎片往下墜落。這些碎片，有白瓷茶杯，也有牙齒。這人疼彎了腰，另外那混混，見狀就往儲幼寧這兒衝，儲幼寧又是一茶杯砸過去。這回，砸中那人膝蓋，瓷杯粉碎，那人倒地，亦是哀號不已。

所幸者，瓷杯不比石塊，昨日下午拿石塊砸花子幫，眾幫徒膝蓋全都報廢；今日下午拿瓷杯砸混混膝蓋，瓷杯碎裂，那混混只是膝蓋受傷，日後仍能痊癒，不至報廢。饒是如此，那人已經倒地，抱著膝蓋，疼得汗珠子往下冒，臉皮疼得皺成一堆，彷彿包子似的。

經儲幼寧這麼一攪和，韓家父女停了大鼓書，茶博士趕忙撿拾滿地碎片，茶園子東主也遊走棚內，安撫諸茶客，說是江湖人物打鬧，不殃及善良無辜，待會兒就沒事。儲幼寧連擊兩混混，這二人被打，害怕儲幼寧再下殺手，一個摀著嘴，手指縫裡還往外滴血，另一個摀著膝蓋，一瘸一拐，兩人趕緊離開。儲幼寧跟著二人，到了茶園子外頭，喝令二人住腳。

那摀著膝蓋的，低聲下氣道：「您老聖明，我倆有眼不識泰山，冒犯您老，您老高抬貴手，當我們倆是個屁，把我們放了吧。」

那摀著嘴的，幾顆門牙均被儲幼寧擲茶杯打落，講起話來不成腔調，也是嗚嗚哎哎，向儲幼寧討饒。儲幼寧想到，秦善北到山寨訛詐、陳潤三生剮活驢、葛大侉子強逼劉小雲、唐世豪霸占崇明島漁場，這幫人都說什麼「狼行天下吃肉，狗行天下吃屎，人生在世就是如此，弱肉強食，有本事欺負沒本事」等等言語，當時，自己不甚了解，為何此類惡人，竟有如此囂張論調。如今，他卻覺得，心有戚戚焉。

昨日下午，先是痛打大流子、二柱子，繼而臭揍花子幫三當家以下十餘人，晚間又打跑花子幫二當家。現下，則是將這倆混混，打得鞠躬哈腰，不斷求饒。原本，無論花子幫抑或眼前這倆寶貨，哪個不是趾高氣昂，吃定善良？等挨了揍，這才沒了氣燄，夾著尾巴往外逃。要是他儲幼寧無武技傍身，抑或雖有武技，但技不如人，豈不是換成他受宰割？換成他哀哀告饒。想到此處，他愈發覺得，對惡人不能心軟，不能輕饒惡人。

這時，就聽見茶園子裡，弦子、夾板、大鼓，音律復又揚起，儲幼寧曉得，裡頭業已回復平靜，韓燕媛繼續唱起了大鼓書。他踏上一步，衝兩個混混道：「你們剛才說什麼？說南邊來的，都喜歡拿玉面小專諸當名號。剛才是誰說了這話？你們實話實說，否則別怪我無情，說，你們在哪兒，見過其他人用這玉面小專諸名號？」

那搗著膝蓋的混混答道：「爺，那話是我說的。上個月，在王廣福斜街一間堂子裡，見到個唱武老二快書的，這人身邊，有個跟班，十分匪氣。當時，兩邊話不投機，那人自己撂話，說是打從南邊來，在北京混世，號稱玉面小專諸。」

儲幼寧又問：「後來呢？你們打架沒有？」

搗著膝蓋混混答道：「當時，兩邊話不投機，我們和這小子約架，要他到外頭，和咱們見個高下。那傢伙也橫，當即就往外衝，那唱快書的，想拉，沒拉住。我們也跟著出去，兩方面轉到條小胡同裡，說僵了，正要卯架，就來了九門提督衙門巡城兵丁。這架，打不成了，各自收手。在那之後，就再沒見過這小子。」

儲幼寧道：「今天，小爺我心情好，就饒了你們倆。你們出去，把話傳開，說是玉面小專諸儲幼寧在此，其他人等不許到南城地面鬧事。花子幫管不到的，我幫著管。我昨天破了花子幫，今天轉而幫花子幫，小爺我喜怒無常，昨天打，今天幫。你們外地混混，全給我招子放亮點，要再敢來鬧事，全把你狗腿打折了。」

倆混混見儲幼寧不再追究，連忙告饒又告退，一個摀著嘴往下滴血，一個摀著膝蓋又瘸又拐，趕忙走了。

儲幼寧翻身又回茶園子，茶園子主人並茶博士，趕忙過來看座，讓儲幼寧坐於當中，又急忙沏茶。這回，沖上來的，就不是茶滷子兌水所沖沫子茶，而是上好茶葉所泡綠茵茵好茶，喝起來芳香撲鼻。儲幼寧又想到「狼行天下吃肉，狗行天下吃屎」，他打跑了地痞混混，在茶園子待遇馬上升級，位子掉換到中央，熱茶也成了茵陳好茶。

不單茶園子東主、夥計態度不同，滿園子茶客亦是態度謙卑，對儲幼寧俱帶敬畏之色。此時，韓家父女唱完大鼓書，收拾琴、板、鼓等傢伙，正打算離去。儲幼寧見韓燕媛拿眼瞧著自己，趕忙起身，延請父女二人入座。茶園規矩，江湖藝人不得升座，與茶客並肩談話。但儲幼寧才顯了本事，自然威風不同，茶園東主趕忙使眼色，要茶博士過來，給韓家父女看座。

照世俗規矩，單個女子不時興大庭廣眾，與孤身男子談話。但韓燕媛係走江湖賣藝女子，自又與一般女子不同，茶園子諸茶客見怪不怪，各自依舊喝茶，不以為意。台上，換了個節目，上去個麻皮面男子，說單口相聲。

台下，茶博士倒了熱茶予韓家父女。沾儲幼寧光，倒上來的，又是好茶。韓福年下了台，又是木然不語，眼神呆滯。儲幼寧只對韓燕媛道：「剛才沒嚇著妳吧？」

韓燕媛作嗔道：「連砸兩個白瓷杯，把人打得一個滿嘴鮮血，一個滿地打滾，還問嚇不嚇人。儲爺您可真是風光啊，昨天打了花子幫，今天又教訓倆地痞。我看啊，明天九門提督衙門，就得找你，封你個淨街都督官號，這北京南城，全都歸你管啦！」

儲幼寧曉得，韓燕媛這是故意如此，因他見韓燕媛眼神，就知韓亦是高興。因而，儲幼寧續道：「時辰不早了，天色馬上就黑了，咱們找個地方，三人一起吃晚飯吧！」

韓燕媛正色道：「儲爺，您明天一大早還有正事呢，今天別在外頭瞎晃啦，趕緊回去，好好休息。明天上午，不定要怎麼應付花子幫總瓢霸子蓋喚天呢。對了，今天在這兒，砸了人家兩個瓷杯，人家又給你換座，換茶，連我們父女倆，也跟著沾光，坐在這兒。別忘了還人家這人情，要是不還，那不是和花子幫那些人一樣？」

經韓燕媛這麼一提醒，儲幼寧立即醒悟道：「是了，謝謝姑娘提醒，待會兒我寬給茶資。對了，還有件事，這王廣福斜街在哪兒，姑娘知道嗎？」

聽他這麼一問，韓燕媛瞠目不語，身旁老頭韓福年倒是開了口：「王廣福斜街，就在天橋北邊不遠之處，從這兒過去，走路不要小半個時辰，就能走到。那地方，靠著前門外大柵欄，裡頭全是妓院，你問這幹麼？」

之前那兩混混說事，提到與白鵬飛在王廣福斜街堂子裡照過面。當時，兩混混沒說，那堂子，就是妓院，儲幼寧沒來過北京，不曉得堂子就是妓院，以為是大飯莊或小飯館。要是他曉得堂子為妓院，不至如此冒昧，問道於韓燕媛。因而，他聽老頭韓福年這番言語，大感困窘，有點結巴言道：「那什麼，那就是，那是剛才問了話，被我打那二人，那二人，那二人說，曾在王廣福斜街，斜街，斜街那什麼堂子裡，見過有人自稱玉面小專諸。我猜，那人就是殺我義父仇人。」

老頭韓福年接著道：「等你明天上午，料理了蓋喚天這檔事，如沒丟性命，我父女二人，自會領你去那地方。」

儲幼寧寬給碎銀子，開發了茶資。出了客棧，雙方就此作別，臨分手前，儲幼寧特意瞧了瞧韓燕媛臉色，見這姑娘也朝自己看了看，眼裡既是期許，也是關注，心裡頓時覺得發暖，就此拱手而別。回到客棧，儲幼寧喊來店夥，要店家廚房裡下一碗雜菜湯麵片兒，稀里呼嚕吃下肚子，算是夜飯。之後，則是收束心神，在床上盤腿而坐，演練閻桐春所授吐納之術，調勻氣息，平靜心緒。隨即，早早上床，擺平了睡覺。

昨夜沒睡好，今晨回客棧補覺，白天起得晚，因而，躺了下去，一時三刻間，難以入睡，不免胡思亂想。想著明天與蓋喚天交手，想著八歲那年見養父儲懷遠自盡，想著閻桐春，想著金家上下。最後，自然又想到劉小雲與韓燕媛，總覺得兩人均不真切，劉小雲已面目模糊，而韓燕媛則若即若離。念頭紛亂，睏意漸湧，這才睡著。

第二十一章：進樹林幫主少俠握手言和，偷寶物西藏喇嘛中仙人跳

這一覺，睡得舒坦，睡得飽足，直睡到卯時才醒。儘管天色未亮，外頭街面上已然人來人往，市面早已熱鬧。儲幼寧匆匆喝了碗豆漿，吃了片油炸麵餅，算是交代了早飯。繼而，往南而行，過永定門，出了北京城，到了雞毛店，眾天橋藝人俱已等候多時，眾人簇著儲幼寧繼續往南走，走約二里地，到了張家塘子。此處又較永定門外雞毛店那塊地面更加荒郊野外，人煙更稀，確是個比武好地方。

這地方，路邊有片樹林，樹林裡卻別有洞天，有塊空地，外頭瞧不真切，拿來比武鬥毆，正是合適。之前，約好了辰時比武，此刻時候尚早，眾人在路旁站住歇息，等候蓋喚天。就見樹林裡轉出兩人，眾人轉頭瞧去，發現一人就是張超，另一人，眾人尚是初見。這人較張超更為高壯，紫黑臉膛，濃眉大眼，頦下刮得青裡透亮，一根鬍渣子沒有，身穿短打裝束，腰裡別著一把小砍刀。那砍刀，較尋常厚背大砍刀不同，刀不算長，背不算厚，刀身輕盈，刀刃閃閃，綻放精光。

這人眼神端凝，望之不怒而威，眾人知曉，這人必然就是蓋喚天。只見張超點手，拿手指著儲幼寧，對蓋喚天道：「幫主，就是這點子，廢了老三並同其他十幾位弟兄膝蓋。幫主，這點子手下有點

硬本事，須得小心在意。」

蓋喚天拱手，朝眾人道：「諸位請了，請到林子內說話。」

眾人跟著蓋、張二人，進了林子，卻不見其他花子幫幫眾。蓋喚天對眾人道：「沒見其他花子幫兄弟，奇怪吧？諸位一定以為，我今日必然率剩餘兄弟，傾巢而出，和仇人算帳。其實，帶人不帶人，沒啥差別。如果管用，一人足以克敵致勝；如果不管用，帶再多人，也是白饒，肉包子打狗，有去無回。」

儲幼寧不待蓋喚天多說，跨上兩步，拱手言道：「這位，想必就是蓋幫主，敝人即是儲幼寧。重創貴幫幫眾者，即是在下。在此，有話對幫主言明，前天出手，純係保命。先是擊打大流子、二柱子兩人，那是為了保這位金牙秀才之命。」

說到這兒，儲幼寧拿手一指金牙秀才，繼續言道：「當其時，這位秀才兄被貴幫兩位兄弟踢打，性命危在旦夕，我為搭救秀才兄這才出手，傷及貴幫這兩人。嗣後，此二人又引來貴幫三當家花花太歲管漢超，率十餘人強襲而來。那光景，不是你死，就是我亡，我別無選擇，只好下辣手，重創十餘人。我與貴幫並無宿怨，對貴幫地盤更無非分之想，純然只係救人性命，兼而自保己命，這才出手制裁。」

蓋喚天神情沉穩，用手一指韓福年、韓燕媛，緩慢問道：「昨日下午，這兩位在南城茶園唱戲，惹出事端，那又是怎麼回事？你為何假冒花子幫名義出手？」

儲幼寧正色力爭道：「蓋幫主，您所聽不實，我昨日絕未假冒花子幫名義行事，敝人雖不才，既無名號，也無地盤，但絕非冒名頂替之輩，更不會冒用貴幫名號。實情是，那兩人趁貴幫人手不足之際，到南城踩盤子，意圖侵占花子幫地盤。我出手教訓二人，並非替花子幫護地盤，亦非藉此向花子幫賣交情，討幫主好。實話實說，我這是為了這批天橋賣藝朋友。」

「貴幫管事，南城地面平靜，我這幫朋友才能安穩賣藝，有口平靜飯吃。倘若外來混混砸花子幫的場，我這幫朋友就沒安靜日子過。我這是為了這幫賣藝朋友，這才托大，說什麼我替花子幫維持地面，旁人要是想撿便宜，搶花子幫地盤，可得過我這一關云云。這話，的確說得托大，但並無搶奪花子幫名頭之意。」

蓋喚天聞言不語，張超亦無言語。三日之內，儲幼寧多次與花子幫交手，先是辣手制敵，意在收服天橋藝人人心，炮製交情，好方便打探白鵬飛下落。繼而下手容情，則意在免於多樹花子幫死敵。他前天對張超，今日對蓋喚天，話語多帶禮數，又皆講在道理上，而蓋喚天、張超亦非粗鄙莽夫，因而，二人聽聞儲幼寧所言，一時沉吟不語。

蓋喚天稍事思索，隨即言道：「這檔事，不能就此算了。約了比武，就得比比。既是比武，生死有命，旁人不得插手，亦不得異議。張超，今日我若死於非命，花子幫連番重挫，難以為繼，你不必勉強，回去就要弟兄們散了吧。」

說罷，緩緩抽出腰間薄刃單刀，抖抖刀頭，衝儲幼寧道：「你別托大，看你沒帶兵器，就向打把式賣藝的，借柄兵器用用。」

隨來藝人中有賣大力丸者，此輩賣起大力丸，先是又說又講，講講說說，沒完沒了，圍觀眾人等得不耐煩了，紛紛起鬨，這才拿著兵刃，練一套招數。為此，北京百姓就有句歇後語：「天橋的把式，光說不練」。

儲幼寧走向賣大力丸漢子，唱個諾道：「大哥，借您那棗木短棍使使。」

儲幼寧幾年來歷經大小惡戰，心裡早對江湖人物功夫有底，曉得以自己能耐，除非是洋槍洋炮，否則，一般武人無論使何種兵器，耍何種拳腳，都不是他對手。但今天這場子，他不願托大，他聽魯定中幾次說起花子幫，曉得這幫江湖人物，並非無惡不作匪類，因而，心存善了之念，想與花子幫言和。故而蓋喚天要他去借兵器，他就依蓋喚天言語，借了根短棍。

這短棍，其實並不短，約有三尺長，豎於地面，高可及腰，長度約與單刀差堪彷彿，但比齊眉棍短。儲幼寧拿著短棍，走回場中，距蓋喚天約五步之處站定，雙手握住棍尾，棍頭朝地，躬身拱手為禮。蓋喚天則左手握拳，右手持刀伸出，擺了個鳳凰單展翅架式說道：「小心了，我在戲班子裡學武生出身，這路刀法靈巧古怪，說得上是金雞亂點頭，勾魂帶鎖喉，刀勢一出，就不回收，直到刀頭舔血，這才回手。」

說罷，刀頭倏然前伸，彷彿巨蟒吐信，忽伸忽縮，忽左忽右，忽上忽下，變幻莫測。尤其，一般刀法，執刀手臂前伸劈砍之後，必然往後拉回，蓄勢再往前伸劈砍。蓋喚天這路刀法不一樣，執刀手臂伸出之後，即不再拉回，而是釘著對手吞吐變換，即便稍有回縮，亦只是幾寸而已，隨即又吐出。

這路刀法使出，眾天橋藝人看在眼裡，無不驚呼連連。這裡頭，頗有人以打把勢賣藝維生，雖說耍的是花拳繡腿，但畢竟有點武學根柢，因而，看了蓋喚天刀法，都曉得蓋喚天武藝出眾，刀法凌厲。

但在儲幼寧眼裡，這刀法卻是破綻處處，他只要拿短棍隨意一點，就能將刀盪開，繼而再一擊，即能敲中蓋喚天手背，蓋勢必抓不住刀把，單刀落地，當場輸了。儲幼寧心存和念，不求勝，只求化解，因而，蓋喚天刀如金雞啄米，儲幼寧則是棍如靈蛇遊走，只守不攻。蓋喚天薄刃刀無論如何劈砍撩撥，儲幼寧總是拿棍頭輕輕點觸刀身，每一刀均被棍頭盪開。

儲幼寧自八歲上，碰上人倫巨變，罹患肝鬱之症，致使耳目突增靈敏，進而習武以來，屢次與人對陣過招，都是瞬間取勝，從未一來一往，對打不息。這次與蓋喚天交手，算是破了生平記錄，兩人兵器叮叮噹噹，觸碰不已，旁觀諸人就見蓋喚天薄刃刀舞出閃閃白幕，儲幼寧短棍則是黃影處處，兩人進退騙避，彷佛事前套好招數，煞是好看。

約一盞茶工夫，兩人還是僵持不下，蓋喚天那刀法，已然走過兩趟。眼看著，第二趟刀法即將使盡，還是無尺寸之功，絲毫未有進展。蓋喚天心裡詫異，心想自己起小在戲班子練武，這套刀法浸淫數十年，早已人刀合一，變幻莫測，現如今，自己催動全身勁道，全力搶攻，對手這年輕人，卻是好整以暇，見招拆招，自己怎麼拿刀劈砍過去，對方就怎麼使棍側擊刀身，盪開刀刃，旁人看不真切，他可是心裡清楚。

因而，待刀法使過兩趟之際，蓋喚天驀然收手，罷住刀勢。儲幼寧見機即快，他見蓋喚天收手，立刻收回短棍，右腿屈膝，單腿跪倒，雙手握棍，高舉兩手過頭，拱手言道：「謝幫主不殺之恩！今日交手，始知幫主刀法天下無敵。」

蓋喚天嘆了口氣道：「唷，這真是英雄出少年啊！你們且都出去，我要單獨與這位少年英雄談話。」

儲幼寧起身，對諸天橋藝人道：「謝謝諸位捧場，現下我已認輸，要與蓋幫主獨處，聆聽幫主教誨。各位朋友，可別為我耽誤了生活，天橋那兒場子，還是得照應。各位，就此散了吧！」

順手，儲幼寧把那短棍還給賣大力丸那人。諸人見狀，俱都認為蓋嗅天技高一著，儲幼寧已認輸，而蓋嗅天亦已饒了儲幼寧，這樑子就此揭過。於是，眾天橋藝人三三兩兩，也就散去。那花子幫二當家張超，也遵幫主囑咐，退到樹林外。林內，就剩蓋嗅天與儲幼寧。

蓋嗅天道：「小英雄，旁人不曉得，我倒是心裡清楚，適才你一味退讓，只守不攻。你如反擊，我早已單刀脫手，敗於當場。你這是給我留顏面，我不能不知好歹。這比武，是你贏了。前幾天那事情，花子幫認栽。」

儲幼寧一聽，蓋嗅天言語當中，還是夾刀夾棍，怨氣還在，竟而有「認栽」之語。這怨氣要是不去，以後還有後患，自己到北京為的是找尋白鵬飛，沒必要和花子幫再結冤仇。因而，他又單膝跪地，兩手高舉過頭，抱拳言道：「幫主言重，如同前言，我傷貴幫多人，確是但求自保，並無他意，一不為奪貴幫地盤，二不為搶貴幫鋒頭，我到北京非為闖蕩名號，而係尋找殺我義父仇人，如大仇得報，即回揚州。」

蓋嗅天睜圓雙眼，使力瞪著儲幼寧道：「此話當真？」

儲幼寧道：「千真萬確，我義父在山東臨沂為奸人所殺，這奸人已潛逃至北京，據說依傍山東鐵板快書藝人。我這次到京，就為此事。」

蓋嗅天伸手，使力拉起儲幼寧道：「既是如此，我當助你一臂之力。今後，你別再叫幫主，如你願意，我倆以兄弟相稱。」

儲幼寧道：「是，大哥。今日一會，始知花子幫並非為非作歹之輩。如時光能倒流重來，回到前日，我下手前，當會深思，不至下重手廢人膝蓋。」

蓋喚天道：「江湖走道，本來就是刀頭舔血勾當，不是傷人，就是為人所傷。一來這批人行事衝動暴戾，二來也怪他們學藝不精，落得這下場，其實不怪兄弟你。這批人，我已各給川資，要他們離開北京，各自回家，休生養息，另謀生路。江湖事，江湖了，江湖人物江湖命，就是這麼回事。」

「兄弟，你到北京，為的是尋找仇人。照理說，花子幫人手多，地面上消息也靈通，應該幫忙，也幫得上忙。然而，唉，兄弟你有所不知，我如今被步軍統領衙門並南城兵馬司兩邊擠兌，逼得我一佛出世，二佛涅盤，心情低劣。故而前天聽得兄弟砸了幫內眾人膝蓋，當時就暴怒，心想，官面上已經逼得我喘不過氣來，現在又來個外路人，也砸花子幫場子，這才約你比武打架。」

儲幼寧道：「大哥，那兩官府職司何事？為何逼迫大哥？大哥莫急，但凡用得上我的地方，小弟一定盡力。」

蓋喚天道：「你沒聽天橋那幫藝人說嗎？花子幫就是給兩個官府衙門當鷹犬，一個是步軍統領衙門，俗稱九門提督衙門，管事的，是步軍統領，俗稱九門提督；另一個，則是督察院。督察院裡頭，有百來號監察御史，這裡頭，選出幾個御史，專管北京城地面治安，叫巡城御史。這巡城御史底下，又在各城設有兵馬司。因而，一個步軍統領衙門，一個南城兵馬司，左右夾攻，把花子幫掐得死死的，讓我喘都喘不過氣來。」

「咳，別說了。這也不是說話地方，我在天橋左近先農壇那兒，有個四合院，到我那兒說話吧。」

說罷，兩人出了林子。蓋喚天交代張超，趕緊向其他幫眾傳話，就說花子幫與儲幼寧過節，已然揭過，雙方已化敵為友，幫眾莫再追打儲幼寧。儲幼寧對張超，亦是禮數週到。前天夜裡，雞毛店較量，張超已知儲幼寧能耐，如今儲幼寧又禮數周到，張超不為已甚，內心也與儲幼寧和解。就見張超對蓋喚天拱手躬身，對儲幼寧點點頭，轉身而去。

這頭，蓋喚天與儲幼寧並肩往北而行，路過雞毛店，進了永定門，到了先農壇。蓋喚天領路，兩人進了條胡同，裡頭有座四合院，是為蓋喚天住處。這四合院，蓋喚天住正房，兩邊廂房，各有其他幫眾同住，張超亦住於此。

進了正房，兩人落座，僕役送上茶點，鞠躬退去。這二人，一早起身，趕赴比武，此時腹中俱飢，一口茶，一口點心，先猛吃一陣，這才抹抹嘴談話。兩人先道身世，儲幼寧先講，他略去十五歲之前種種，只說自己自幼家逢巨變，父母雙亡，由義父閻桐春帶上山寨撫養，並由義父傳授武藝。之後，一路往下講，講到此次進京尋找仇家。

繼而，蓋喚天講述自己身世，其說法，與之前魯定中對儲幼寧所言，差相彷彿，大致相同。總之，這人出身梨園行，兼唱銅鎚花臉與武生，自幼習武，後來倒嗓，出來混世，調和災民與官府，於是當了花子幫主，替兩衙門維持南城地面治安。

對於花子幫，蓋喚天頗有苦水：「兄弟，你想想，出來混世當幫徒的，能有好性情嗎？如是善類，就不至拋頭露臉，入幫當夥計。我帶這幫牛鬼蛇神，既指望此輩辦事，又害怕此輩惹事。對這批傢伙，不威不能服眾，但光威無恩，也壓不住場面。這裡頭，學問大了，幸好我還有點本事，鎮得住這批傢伙。然而，帶這批牛鬼蛇神已夠我傷腦筋，現如今，衙門也來湊熱鬧，把我當公差使，出了大案，竟然給我期限，要我剋期破案，你說氣不氣人？」

儲幼寧道：「什麼，官府衙門有案自己不破，竟然指望江湖幫會替官面辦事，拿江湖人當官差使？大哥，這是怎麼回事？」

蓋喚天道：「這還不只一樁案子，現下，步軍統領衙門與南城兵馬司各有一案架在我頭上，指著我找出幕後人犯。」

儲幼寧道：「大哥，說來聽聽，先說這九門提督衙門案件。要是有用得到我地方，我一定效力。」

蓋喚天一拍膝蓋道：「說起這案，還真氣人。早都說定了，我這花子幫，就管南城地面，但這案子，卻是西城之事，原本跟我花子幫八竿子打不著，但步軍統領衙門硬說，我花字幫人多勢眾，方便打探消息，硬訛著花子幫，要花子幫去破西城大案。」

於是，蓋喚天就細說從頭，講起了這件奇案。這案子，發生至今一個月，並涉及藏傳佛教，亦即西藏喇嘛。這喇嘛，叫貢葛寧波切，原在西藏拉薩布達拉宮任職，因不滿生活清苦，又聽人說北京喇嘛廟多，如雍和宮、白塔寺，俱有喇嘛在內安身立命。此外，高官顯貴、富商巨賈之家，每逢婚喪喜慶，也總請喇嘛主持儀式，進項挺好。這貢葛寧波切遠在西藏拉薩，卻心儀北京，因而，一不做，二不休，就盜取布達拉宮稀貴法器香木金剛杵，擅離職守，遁往北京。

金剛杵，原是喇嘛教法器，一般均為金屬所鑄，貴者為黃金金剛杵，其他，亦有銀、銅、鐵等金剛杵。而這香木金剛杵，卻是以西藏雪山稀世香木所打造。一般香木，如檀香等，擱置三年五載，香氣必然衰頹減弱，最終消失殆盡。這西藏雪山稀世香木卻是愈陳愈香，經久不衰。這尊香木金剛杵，已有五百年之久，卻依然香氣撲鼻，置於廟堂之內，未久即滿室生香。

貢葛寧波切盜得香木金剛杵後，拿三層綢布裹住，又置於牛皮袋中，妥為保藏，貼身帶著。一路上，貢葛寧波切靠做法事斂銀錢，倒也順風順水，直抵北京。到北京後，人生地不熟，乃四處打探，八方鑽營，打算找對門路，送上這香木金剛杵，換取一勞永逸，續留北京，在大喇嘛廟混世。

西藏喇嘛與中土和尚不同，中土和尚一律禁葷茹素，而西藏喇嘛卻可食肉。這貢葛寧波切，不可一日無肉，一日三餐，無肉不歡。西藏生活清苦，難以頓頓有肉，貢葛寧波切這才起意，盜取寶物，遁往北京。到北京後，經過打聽，得知西城缸瓦市大街，有一館子，名為砂鍋居，以全豬宴聞名，因而，貢葛寧波切特為選定西城客棧為落腳處，隔三差五，輒往砂鍋居，大快朵頤。

這砂鍋居，由來甚久，相傳乾隆年間，有一親王嗜食豬肉，延請高廚每日宰殺肥豬一條，供應王爺所需。然而，王爺食量再恢弘，亦無法食盡整條肥豬，剩餘之物，則賞予王府侍衛。王府侍衛日日食豬肉，亦覺疲憊，因而，想出一兩全齊美主意。這主意，即是在王府圍牆，開上兩扇窗子，窗子外，搭起棚子，擺上桌椅。

窗內，王府侍衛並廚子、雜役，隔牆烹煮各式豬肉菜式，透窗傳遞至隔牆食棚。如此，做起了生意，一來二去，時間一久，就成了正規營生，並以砂鍋居為名號。

此說是否為真，因年代久遠，無人能知。但砂鍋居的確名聲在外，日宰肥豬一條，所有菜式，全在豬身上尋找。究其滋味，則是滷大油多，碗闊菜粗，館子內更充斥一股子臟器油腥味，非一般詩書人家所愛，高官富戶更少涉足，僅有靠體力活兒謀生之輩對此趨之若鶩。這藏僧貢葛寧波切，卻是專好滷大油多肉塊，吃過砂鍋居後，興頭極大，三天兩頭光顧。未久，即與店內東夥熟稔，每次來吃飯，總會勾留，閒扯極久。

這砂鍋居對面，隔著缸瓦市大街，有戶宅院，門首垂着簾子，常有位少婦站在簾後看街上熱鬧。

隔簾花影，嬌聲鶯轉，時間一久，那喇嘛也注意上了。自砂鍋居望對面，中間隔著缸瓦市大街，那頭還有個簾子，簾後之人僅見身形窈窕，倩影約綽，卻不見廬山真面目。三來兩去，這喇嘛前途尚未謀幹清楚，竟又起色心，老想著砂鍋居對過那宅院大門簾後女人，因而，去砂鍋居，去得更勤了。

這日上午，喇嘛又去砂鍋居，先是閒坐，與店夥閒扯。喇嘛指著對過宅院問：「那是誰家宅子，起造如此宏偉？」夥計答曰，對過那宅子裡僕婦，偶爾過來，買點熟菜送回家去，聽僕婦言，宅子裡住著驍騎營都統眷屬。這驍騎營，是皇上禁衛軍，養著八旗、蒙古、漢軍精銳，拱衛京師。驍旗營都統，統帥京城裡驍騎營官兵，位高權重，常住營裡，另把家眷放在這兒。

喇嘛聽了，才曉得簾後那身形窈窕、倩影約綽女子，就是驍騎營都統夫人，心裡不禁更是痲癢難耐。於是，嫌砂鍋居隔著缸瓦市大街，距離那宅院太遠，老想走近點，近觀驍騎營都統夫人容貌。

那天中午，喇嘛在砂鍋居草草吃了中飯，飯後仍舊不去，依舊坐著，等候對過宅院大門簾子後出現倩影。午後未久，就見簾子後頭人影綽綽，這貢葛寧波切曉得，那女人站在簾後看大街熱鬧。就在此時，大街那頭，搖搖晃晃，來了個走路小販，背著個木頭紅櫃子，櫃子後頭夾著柄切肉刀，邊走，邊吆喝：「燻魚兒，炸麵筋，來喲！燻魚兒，炸麵筋，來喲！」

這燻魚小販，也是北京一景。說是說賣燻魚，其實，一年四季，只有少數天數，打開紅櫃子蓋，裡頭擺得有燻魚。其他時候，燻魚小販叫賣燻魚，打開紅櫃子，裡頭擺著的，卻是燻滷豬頭肉、豬肝。那天，就見這賣燻魚小販，背著紅木頭櫃子，沿著缸瓦市大街那頭，慢慢行走而來，眼看著，即將走過砂鍋居對面那宅院大門。

喇嘛貢葛寧波切見狀，一個挺身，就出了砂鍋居大門，直奔過街，到了對過那宅院大門口站定，喊住那賣燻魚的，開了燻魚小販那紅木頭櫃子，挑揀豬頭肉。這喇嘛哪是要買燻魚小販豬頭肉，他這是抓著機會，要親睹那簾後少婦芳容。他與賣燻魚小販所站之地，正在那宅院大門口，一步之遙，就是簾子，簾子後頭，緊貼著就是那少婦。

此時，這喇嘛賊眉鼠眼，嘴上對賣燻魚小販扯東道西，說是這塊豬頭肉太大，那塊豬肝沒燻好，滴滴答答，沒完沒了，眼珠子卻是滴溜溜朝簾子後頭緊盯著瞧。隱隱約約，就見那少婦柳葉眉，鵝蛋臉，臉上施了胭脂，朱唇殷紅，一手扶著門框，另一手捏著條手絹，往臉上不住按抹擦汗。喇嘛瞧在眼裡，魂都飛了，心思轉得飛快，就想弄個什麼法子，在少婦門前多待會兒。

驀然間，喇嘛見小販腰際懸了個籤筒，裡頭擺了十幾根細竹籤，乃問小販，是否能抽籤賭大小。這賣燻魚行業，小販都帶籤筒，與人對賭，小販贏了拿錢，輸了賠燻豬頭肉。當下，喇嘛也不買燻豬頭肉了，硬磨著小販解下籤筒，兩人耍耍。這喇嘛，此時一心一意，要引簾後少婦注意，因而，與燻魚小販抽籤對賭時，話語格外俏皮，手腳格外麻俐，搖頭晃腦，得意非凡。然其手氣卻是極背，連抽幾籤，點數都不甚高明，都被小販贏了銅錢。

這一切，均看在簾後少婦眼裡，喇嘛每輸一注，簾後少婦就報以嘆息。這嘆息聲，聲聲皆入喇嘛耳中，喇嘛聽了，心裡格外受用。心裡愈是受用，嘴上愈是硬氣，不依不饒，揪著小販繼續往下賭。卻不知那天這喇嘛犯了什麼沖，老天爺挑定了他作對，之後，還是每注籤都輸，一路輸，輸脫了底，身上銀錢一點不剩。

末了，燻魚小販耀武揚威，收了籤筒，裹了銅錢，蓋了紅櫃子，揚長而去。喇嘛貢葛寧波切失魂落魄，慢慢挪步，蹭回砂鍋居。貢葛寧波切回到砂鍋居，深怕店夥瞧見他賭輸之事，臉色難看，訕訕然找話扯著。此時，就見對過大宅院門簾掀開，裡頭出來個小丫鬟，快步過了缸瓦市大街，進了砂鍋居，手腳極快，將個小木盒塞進喇嘛手中，隨即回身，飛奔過街，進了大宅院前門。

這時，早過午後，砂鍋居裡並無其他食客，店夥無事可幹，聚攏一塊兒，正賭著牌九，無人注意喇嘛動靜，更無人瞧見對過小丫頭送小木盒之事。這貢葛寧波切手裡捏著小木盒，心中竊喜，也不言語，就悄然離開，朝客棧走。回到客棧，悄然開了那小木盒子，見裡頭鋪著潔淨白布，上頭鋪著十來片燻豬頭肉、十來片燻豬肝，噴著陣陣香氣。

那盒蓋上，則沾了張細白手絹，上頭用毛筆，簡單寫了幾個字：見君抽籤失利，於心不忍，附上妾身整治燻肉數片，祝君大快朵頤。

這喇嘛，生於西藏，長於西藏，又以喇嘛為業，整日裡讀藏文，念藏經，中土語言，能說不能看，這細白手絹上文字，他全然不識。然而，怯人有怯智，他拿剪刀，把手絹上每個字全剪下來，剪成小方塊，一字一方塊。他又在小方塊後頭，寫上數字，繼而拿小方塊，讓客棧裡外人等瞧，一人只瞧一字。

約莫半個時辰，他找不同人，將這不同字全都認出，拿話語告訴他。他聽了，用筆在方塊背後，寫上藏文。如此這般，回到房裡，按數字順序，將所有藏文重看一次，曉得意思，不禁雀躍三尺，色心大盛，頓時覺得摘花有望。

自此，貢葛寧波切往砂鍋居，去得更勤，幾乎每日必去。此時，他亦找人，經手走通內務府道路，以香木金剛杵為價，進雍和宮任正職喇嘛。因而，他內心包袱卸去，心頭頓感輕揚，把那心思都放在砂鍋居對門那少婦身上。他每日中午進砂鍋居吃午飯，飯後續留砂鍋居，無事閒坐，靜候那燻魚小販，於午後一搖三擺，慢慢行來。

待燻魚小販行於砂鍋居對過宅院時，貢葛寧波切隨即過街，截下小販，拉小販抽籤對賭。此時，大宅院裡，驍騎營都統夫人，必然隱身於門簾之後觀賭。時日一長，燻魚小販與貢葛寧波切對賭時，那少婦還隔著簾子與二人對話，所講話語都圍著抽籤打轉。到了後來，兩人對賭時，宅院大門裡走出小丫鬟，當著燻魚小販之面，拿物件贈予喇嘛，喇嘛也笑笑收下。

待回客棧後，喇嘛打開小丫鬟所贈物件，裡頭必是各色吃食小點，並都附上字條。喇嘛有計較，早已去大柵欄書店買了本藏文、漢文字典，不必再求人問字，自己翻查字典，即曉得字條所言。那言語，不外是問候、關愛、祝福之語。

又過幾日，藉燻魚對賭，再由小丫鬟居間引介，喇嘛與少婦搭上了線，邀約次日上午共遊白塔寺。這白塔寺，是北京城知名喇嘛廟，位於西城，距這缸瓦市大街不遠。雖說共遊，其實還是有所扞格，兩方面得故做不識，彼此貼近而行，但如同末路，更不能彼此搭話。

次日上午，果然，那少婦帶著小丫鬟併同僕婦，搭乘小轎，到了白塔寺。而那喇嘛，也早早等候於寺門口，待少婦入寺後，喇嘛亦步亦趨，在少婦身邊，前後左右兜著轉。儘管彼此不相言語，但這喇嘛終究把這少婦從頭到腳，看了個通透，雖搆不上沉魚落雁，也非閉月羞花，但鳳髻露鬢，淡掃峨眉眼含春，潤如溫玉，柔若細水，櫻桃小嘴不點而赤，望之嬌豔若滴，讓喇嘛看了心癢難耐。

逛白塔寺，兩人初次朝相，雖故做不識，但眼角餘波，仍互觸不已，更是勾動喇嘛魂魄。白塔寺之後，午後燻魚之會依舊不斷，喇嘛愈發勤奮，竟能以漢藏字典為本，拿筆畫畫一般，寫下漢字，密藏於袖，傳諸小丫鬟。所寫漢字，無非稱讚、頌揚、仰慕之類言語。又過幾日，小丫鬟捎帶手絹，傳來訊息，指點喇嘛搬出西城客棧，另覓小宅院獨居。手絹內，並附上銀票一百兩，以挹注喇嘛租屋所需。

喇嘛這時已被戀情沖昏腦袋，聞言暴喜，隨即在西城地面，找獲獨門宅院，並隨即搬出客棧，所有家當亦悉數遷入宅院。繼而，戀姦情熱，雙方約定時日，少婦乘轎至喇嘛住處。

是日，喇嘛在住處撓耳抓腮，等候少婦到來。嗣後，少婦乘轎而至，所有轎夫、丫鬟、僕婦，均留置前院，僅少婦入屋。少婦入屋後，喇嘛猴急，少婦矜持，正在一方手腳毛躁，一方推卻力阻之際，就聽前院有男聲暴吼，自稱驍騎營都統，今日捉姦成雙。繼而，一武將率親兵排闥直入，眾親兵猛虎撲羊一般，把喇嘛綁住。

就聽見那武將拍桌摃椅，少婦啜泣不止，而眾親兵則叫喊，要將喇嘛捆進官府，治個誘姦官眷之罪。喇嘛被人拿住，羞愧無比，心慌意亂，壓根沒心思注意那少婦後來如何，只記得自己不停告罪討饒，卻被那武將連搧嘴巴，而眾親兵則滿屋子亂搜。

鬧了一陣子後，喇嘛回過神來，倏然間宅子內肅然無聲，這才發現，所有人等俱已離開。武將、少婦、親兵、轎夫、丫鬟、僕婦，全都無影無蹤。喇嘛趕緊察看屋內，發現諸物皆在，唯獨那香木金剛杵不見。

這喇嘛急了，剎那間，腦袋清楚了，曉得中了仙人跳。於是，趕忙赴缸瓦市大街，到砂鍋居對面那宅院。到了那兒，只見宅院大門洞開，裡面空空如也，啥都沒有。喇嘛進了宅院，見有雜役在那兒打掃庭院、清理屋宇，就問雜役，這一大家子人哪兒去了？雜役答曰，原住戶一大清早已搬離，眾雜役只是屋主所雇，到此打掃清理，其他一概不知。喇嘛就問屋主住哪兒？雜役也說不知，說是透過中人轉介，到這兒打掃。喇嘛又問，中人在哪兒？雜役講了中人位址，喇嘛趕緊去找。

找到中人，自然問出那宅院屋主地址，又去找宅院屋主。那宅院屋主是個老西兒，名下房產眾多，收租過活。老西兒說，大概兩個月前，有人上門，指明要租砂鍋居對過那宅院。當時，那宅院已經住得有人，但來人願意多出銀兩，說是非住進那宅院不可。因而，宅院屋主老西兒出面，退了原住戶三個月房租，原住戶搬遷，將宅院轉租予新租戶。

新住戶言明，寬給房租，大約就住一個多月，願給一整年房租，但屋主不得過問租客身分、來歷，更不得干涉租客。老西兒樂得有錢可賺，自然全盤允諾。屋主老西兒所知，僅此而已，喇嘛再問，亦問不出所以然。於是，喇嘛轉過頭來，去找內務府。

這喇嘛，走的是內務府路子，已走通此路，上達內務府大臣廣順，就等官面上把文書弄下來，准其赴雍和宮任職，即把香木金剛杵上繳予內務府大臣廣順。如今，出了這事，貢葛寧波切自然奔赴內務府，一五一十，詳述自己中了仙人跳情節。內務府接頭之人，十分把細謹慎，聽聞此事後，冤有頭，債有主，先去查駐京驍騎營，問明白都統住於何處。

這一問，可就問出結果來了。那駐京驍騎營都統，全家連老帶少，所有家眷，全都住於紫禁城北面，景山山麓一大宅院裡，與西城缸瓦市大街，壓根八竿子打不著。內務府把這訊息告知貢葛寧波切，這喇嘛才算死了心，曉得自己真的中了仙人跳。這一鬧，鬧得他有如涼水澆頭，懷裡抱冰，當場委頓，回到客棧，就發了寒熱。

喇嘛死活，不關官面上眾衙門什麼事，大小官兒也不在意那喇嘛有病沒病。然則，香木金剛杵沒了，那可是天大的事。因而，內務府不敢怠慢，下情迅捷上達，內務府大臣廣順知曉此事，亦頗著急，乃找來步軍統領榮祿，私議此事。論品級，步軍統領榮祿雖掌管步軍統領衙門，號稱九門提督，職司京師警衛，權柄重，武力強，但仍遜於內務府大臣廣順。因而，內務府大臣廣順私令步軍統領榮祿，密查本案，找回香木金剛杵。

第二十二章：掌外燴陳三發子身分露餡，定奇謀花子幫主計擒三嫌

蓋喚天嘴不歇停，一口氣將全案來龍去脈，詳述予儲幼寧聽。儲幼寧聽得張口結舌，難以想像，世間竟有如此嚴絲合縫騙局。聽完，稍稍細想，對蓋喚天道：「大哥，依我之見，那燻魚小販有問題，應先查此人。」

蓋喚天嘆了口氣道：「啨，兄弟，你都明白，我久跑江湖，當然也早這樣想，也順著這條線往下查。現下，並非沒法子查清楚，而是官面上要我剋期破案，再過五天，就是期限。屆時，我得找回那香木金剛杵，要是找不回來，整個花子幫就慘了。」

儲幼寧問：「大哥，此話怎說？」

蓋喚天道：「為了逼我早早破案，九門提督榮祿可是把話講得一清二楚。兄弟，這內務府是幹啥的，你知道嗎？」

儲幼寧答道：「不曉得，大哥，願聞其詳。」

蓋喚天道：「這內務府，就是皇上大管家，皇家全部衣食住行，從紫禁城到熱河避暑山莊，凡是皇上、太后、皇妃，所有生活用度全歸內務府管。這麼說吧，內務府就是皇上私用奴才，也總是由

皇上簡派滿族親貴，兼任內務府大臣。現如今，光緒皇上大婚之日，已經訂下。那大婚啊，要花多少銀子？那可是金山銀山，敞開了去花。各個衙門，都死了命，在這裡頭討差使，討得了差使，就放開手腳，胡天胡地，任意花銀子，能五分辦皇差，五分落腰包，就已經不錯了。甚至，還有三、七開之說，亦即三分給皇上辦差，七分大家朋分，落入腰包。」

「像是大婚所用車駕、房舍、屋宇、樓牌、喜棚，俱是由工部經手，所耗銀兩最鉅，內務府上下俱都眼紅，都說該從工部那兒挖點事由過來，由內務府承攬，弄點油水，點綴點綴內務府。」

「然而，這些事情，恩出自上，皇上也作不了主，全由太后老佛爺定奪。老佛爺身邊，天字第一號親信就是李蓮英李公公。因而，內務府大臣廣順已經走了李公公路子，許以香木金剛杵，請李公公在老佛爺面前，替內務府美言幾句。我聽人說，老佛爺每日吃過夜飯，必要在宮裡前後走動，繞彎消食，那時，最是進言好時機，李公公只要揀幾句要緊話講，必能替內務府爭得大婚辦理事項。」

「說起來，那喇嘛貢葛寧波切也是有眼無珠，不知曉這香木金剛杵身價，偷了這麼個寶貝，竟然只拿來換個雍和宮正職喇嘛位子，這真是烏龜吃大麥，糟蹋糧食。那內務府大臣廣順就是識貨的，李蓮英李公公，大約聽人講過，也曉得這香木金剛杵是寶物。」

「現如今，寶物不見了，李蓮英向廣順要，廣順向榮祿要，榮祿就向我要，還限我剋期破案。兄弟，你說，我向哪個去要？你說，我煩不煩？」

儲幼寧問道：「那麼，大哥，您現在查到哪兒了？」

蓋喚天道：「不是說了嘛，那走街串巷賣燻魚的，一定是那幫人裡頭的。我就從這條線查起，兄弟，你要知道，這北京城，五行八作，都有各自規矩，就說這走街串巷賣燻魚吧，小販均是向作坊批進燻豬頭皮，然後下街去賣。不同地段，有不同作坊。不同作坊底下小販子，亦各有走街串巷地盤，個人有個人地段，不能隨便亂串。因而，我派兄弟，去了缸瓦市這一片地面燻魚作坊，問明白了，是有個人，幾個月前到這作坊去，說是要幹走街串巷營生，走賣缸瓦市大街砂鍋居那一片地面。」

「那片地面，本來已經有小販走串。為了這個，新來那人寧願多貼點錢，要燻魚作坊把原來那人調開，讓出這片地，由這人去走賣。但只賣了一個多月，這人就走了。我們幫內弟兄查到，那賣燻魚販子，天津楊村人，尤其，這人右手多了根指頭，作坊內諸人都喊這人小六子，就因這人拇指旁，又多生出一小節指頭。」

「因而，我馬上派人去天津楊村，查這人底細。所派之人還未回來，我又另起爐灶，去查銀票。剛才說了，仙人跳那夥人，寬給銀兩，租下砂鍋居對面宅院，又給喇嘛一百兩，要喇嘛搬離客棧，去租宅院。這兩筆買賣，那夥人全給的是銀票。我派人去錢莊查，倘若銀票是由戶頭裡開出，則可順著戶頭查找。然而，兩張銀票都是用現銀兌換，拿現銀買銀票，如此一來，就斷了線，查不下去。」

儲幼寧問道：「那麼，派去天津楊村之人，現下是否已返北京？」

蓋喚天道：「前幾天，你在天橋出手教訓幫內那幾個不成材傢伙之際，正好派去天津之人返來，我正聽回報。打探清楚了，楊村的確有個人，右手多出一小節指頭，姓張，當地人稱張六子。離奇的是，這張六子，多年前已離鄉，到北京任職，而任職之地，竟然就是內務府。」

儲幼寧驚道：「大哥，這可奇了，那喇嘛走的就是內務府路子，願拿香木金剛杵，換取雍和宮喇嘛正職。這香木金剛杵遲早要呈送內務府，為何內務府還要串通了人，弄個仙人跳陷阱，把香木金剛杵盜走？難道說，內務府大臣策劃此事？」

蓋喚天道：「不會，內務府大臣廣順不會這樣幹，理由很簡單，他只要弄個雍和宮喇嘛位子，給這貢葛寧波切，香木金剛杵就可到手。他要弄個雍和宮正職喇嘛位子，易如反掌。亦即，他可輕而易舉，拿到這香木金剛杵，沒必要另外費周折，去弄這仙人跳。」

說到這兒，蓋喚天長嘆一聲：「唉，先別說這些了。對了，兄弟，你今天就留在這兒，我叫廚房添個菜，你先吃中飯。晚飯嘛，我立刻派人去砂鍋居，請他們下午派人過來，弄兩大桌外燴；派另一撥人，去天橋，把住雞毛店那批賣藝的，全給請來。此外，我也另請些江湖朋友，大家認識認識，樂和樂和。等過了今天，明兒個起，兄弟你得幫著我查案。」

「這砂鍋居，講起來，外頭名聲不怎麼樣，都說砂鍋居菜式粗略，滷大油多，味道羶氣難聞，讓人瞧了就吃不下。這話，也有道理，也沒道理。說這話有道理，是你上砂鍋居點菜，送上來的菜，的確如此，滷大油多，味道羶氣。說這話不對，是砂鍋居倘若用上了心，認真弄幾道菜，那還是適口充腸，美味無比。今天，我就要他們好好弄了炸鹿尾、炒肝兒，晚上你吃吃，應不至失望。」

隨後，兩人吃了中飯。兩人清晨即起，午飯後俱感疲倦，各自歇息，都睡了頓結棍午覺。這一覺，兩人睡到申時之後，這才醒來。未久，砂鍋居派了廚師、夥計等十餘人，將各色葷素食材搬進四合院當中空地，架起案板、灶台，升火舉炊，烹煮外燴。這兩桌菜，還是砂鍋居一貫路子，全在豬身上找材料。未久，一盤盤、一碗碗、一盆盆菜式，逐一端上桌來。兩罈黃酒亦敲開了泥封，倒入碗中，每人一份。

這會兒工夫，諸天橋藝人也陸續到來，圍著大桌入座。儲幼寧心有所想，就是惦記著韓家父女，後來，瞧見韓福年帶著韓燕媛到來，這才放下心思。兩張大桌，式樣十分古怪，竟是方桌，而非圓桌。這兩張桌子，是蓋喚天宅院裡自備，並非砂鍋居所攜來。一般，方桌有稜有角，無論住家抑或館子，均是小桌。至於大桌，則必為圓桌，可以滾動，攜行便利，又無稜角，便於人多擠坐。

獨獨這蓋喚天宅院裡，卻擺了兩張巨大方桌，備感突兀。這兩張桌，每張桌可坐十二人。亦即，方桌四邊，每邊三人，一桌十二人。這張大方桌，坐了蓋喚天、張超、其他兩位花子幫骨幹、儲幼寧、金牙秀才、魯定中、韓家父女，並有幾位蓋喚天江湖舊友。另一桌，則坐了其他天橋藝人，以及花子幫眾人。眾人如此擠坐方桌，皆覺十分古怪，也十分新鮮。

眾人坐定，蓋喚天說了個開場白，不外是走江湖就為交朋友，今日得與少年英才儲幼寧結交，格外欣喜云云。之後，諸人東拉西扯，信口閒談。第一道菜上桌，眾人據案大嚼之際，魯定中對蓋喚天道：「幫主，我有一事不明，想在幫主台前領教。」

蓋喚天道：「不客氣，有話請講。」

魯定中道：「請問幫主，今日幫主賞飯，這桌子卻有點古怪，應用圓桌，卻用方桌，是何道理？」

蓋喚天道：「是啊，就算你不問，我也會說個分明。要知道，綠林幫會人物，請客向來就是如此，一概用方桌，沒人用圓桌。這檔規矩也不曉得誰定的，總之，多少年來就是這樣，凡是在外混幫會的，自家吃飯無所謂，如是請客，那麼必定是方桌，沒人用圓桌。我想，要是用了圓桌，就等於壞了規矩。混綠林的，江湖規矩最是重要，沒規矩，不足以成方圓。為了守規矩，我這才找木匠，訂製了這兩張大方桌子，擺在家裡，如請客人，必用這方桌。」

這時，就見金牙秀才伸長了手，隔著幾人，遞給儲幼寧一個信封，並道：「少俠，今天在天橋，先是接到蓋幫主邀約吃夜飯。繼而，您所住那客棧派了夥計，到天橋找您，說是揚州有快信，要趕緊交給您。我想，反正晚上在幫主這兒吃夜飯，一定能碰到您，因而，斗膽就收了這封信，現在轉交給您。」

儲幼寧收過那信，見是黃色信封，摸起來內裡有張薄紙。於是，當眾拆開信封，抽出那薄紙，卻不是信紙，而是張電報紙，上頭只有寥寥幾句話：「寧兒，離家月餘，家中諸人、諸事俱都安好。又，小雲已懷有身孕。尋仇之事了結後，速歸揚州。」電文末了，署名為金阿根。

儲幼寧看電文之際，蓋喚天因坐他隔壁，偏著臉，亦隨之看了電文。儲幼寧看完電文，將電報紙塞入信封中，就聽蓋喚天道：「老弟，恭喜啊，你媳婦兒懷孕了，等你報了仇，回到揚州，就當爹了。」說罷，眾人皆衝儲幼寧賀喜，儲幼寧抬頭，見對面韓燕媛似嗔似笑，衝著他直撇嘴。

蓋喚天心細，之前見那電文署名旁，尚有時間，那時間恰為三天前，因而大感詫異道：「這可奇了，剛才瞥見那短信，竟是三天前所寫。揚州到北京，幾千里之遙，就算兵部八百里加急軍情，從揚州到北京，每跑一百里，在驛站換人換馬，日夜兼程趕路，一天跑八百里，也要跑足五天。要到第六天，才能把加急軍情送到北京。現如今竟如此快，前天寫，今天就收到。未知，這是啥道理？」

莫看韓福年為阿芙蓉癖所苦，整天沒精打采，少言寡語，但其見識卻頗高明。這時，他接著蓋喚天話碴子道：「這是電報緣故，揚州對面，隔著長江，就是鎮江。鎮江有電報局，少俠親人一大早，從揚州過江，到了鎮江，進電報局，寫了這短短信箋。之後，繳了銀子，電報局就把這文字，轉成明碼，拍發電報，給天津電報局。這電報，瞬間即到，那邊鎮江拍了電報，這邊天津馬上收到。」

「然後，天津電報局，依著明碼簿，把明碼轉成文字，寫成這張電報單子。繼而，送交郵政局，一天一夜，就能到北京。這麼著，今天下午，這電報就到了客棧。」

說著，眾人你一言，我一語，七嘴八舌，都說世道人心已變，舊事物、舊規矩、舊體制，都被洋玩意兒取代。講到這兒，儲幼寧提起白鵬飛以洋槍狙殺十二名山寨人等之事。諸天橋藝人，皆張口結舌，詫異不已。此輩皆表示，曉得洋槍厲害，聽過洋槍威力，但難以想像，短短幾寸一個鐵器，既沒開鋒，也沒刃口，霎時間就取了十二人性命，端的是當者披靡，所向無敵。

席間，蓋喚天又要張超簡要講述喇嘛貢葛寧波切中仙人跳、失了香木金剛杵、九門提督限花子幫剋期破案之事。張超講完，蓋喚天對眾人拱手道：「花花轎子人人抬，這追查喇嘛中仙人跳之事，說起來，也非什麼花花轎子，但還是需要各位幫忙。各位在天橋賣藝餬口，眼皮子雜，每日都見各路閒雜人等，倘若見了什麼線索，懇請各位，轉報地面上花子幫徒眾，他們自會轉告於我。尤其，這裡頭扯上個走街串巷賣燻魚販子，這人姓張，右手多根指頭，人稱張六子，請諸位特別留心。」

說罷，蓋喚天一舉酒碗，對兩桌人等道：「我先乾一碗，算是謝過各位。」

此時，兩桌各送上來一大盤油炸之物，片片灌腸，煎得油酥焦脆，放進嘴裡，頗為可口。蓋喚天對儲幼寧道：「兄弟，這就是炸鹿尾，北京有名小吃，你嘗嘗。這道菜，是個鬼黏手菜，那意思是說，東西好吃，你一吃再吃，三吃四吃，一旦吃上，沒完沒了，好似鬼抓住你手，黏著你手，不斷往嘴裡送這東西。」

儲幼寧道：「大哥，這東西端得是好吃，但明明是豬腸子，為何叫鹿尾？」

蓋喚天道：「滿人入關前，在關外苦寒之地討生活，大山大水，山高水深，山裡野味多，故而有炸鹿尾這道菜，貨真價實，炸的就是鹿尾巴。等入關之後，關內不比關外，哪來那樣多野鹿？沒了野鹿，這菜還是要傳承，因而，改了內容，名字還是炸鹿尾，其實改成炸豬腸。不過，這炸豬腸還是很講究，有名堂在裡頭。」

講這此處，蓋喚天招手，要砂鍋居外燴大師傅過來，講解這炸鹿尾奧妙之處。那大師傅道：「這道菜，先得把肥豬腸洗乾淨，那是洗得真乾淨，一點肥油都不能留在腸管子裡。另外，又拿洋白麵、紅麴，加上丁香、豆蔻等南洋香料，搗碎攪勻了，加高湯，調製成糊。之後，把這糊灌進乾淨大腸裡，先拿水煮，煮熟了，拿刀切成片。片好之後，濾乾水漬，下鍋，用豬油煎，煎得焦脆，裝盤，澆上鹽水、蒜汁。」

儲幼寧吃這炸鹿尾，吃得接二連三，欲罷不能，這才體會到蓋喚天所謂「鬼黏手」滋味。炸鹿尾之後，又上一道菜，大海碗裡，黏呼呼，稠兮兮，勾了極濃芡汁，燙得直冒煙，內中有何事物，則看不真切。蓋喚天道：「兄弟，吃吃這道菜，這可是砂鍋居名菜，炒肝兒，吃點，好吃得很。」

儲幼寧又不解道：「大哥，這更古怪了，剛才菜名為炸鹿尾，結果，是油煎豬腸片。這菜嘛，叫炒肝，既不炒，也不見肝，這根本就是燉菜嘛！」

蓋喚天邊做手勢，要儲幼寧拿大湯勺，將這勾芡燉菜自大海碗裡舀出，放進自己身前小碗，邊笑著道：「哈哈，老弟，你這是外地怯人講怯話，這炒肝兒，是道地北京小吃，拿豬腸碎塊，摻雜豬肝碎塊，加了芡粉與高湯，燉煮出來。臨吃前，撒進碎蒜末。哪，像老弟這樣，拿個小湯勺子，往碗裡頭舀，舀出來，送進嘴裡，這就是外地人。」

儲幼寧問道：「那麼，該如何吃才道地？」

蓋喚天指著金牙秀才等人，對儲幼寧道：「你瞧瞧，旁人是怎麼吃的？」

儲幼寧就見天橋諸藝人，既不使筷子，也不使湯勺，就是拿手端著小碗，以碗就口，稀里呼嚕，將濃稠芡汁外帶碎豬腸塊、碎豬肝塊、碎大蒜粒，吸入口中。人人吃得滿頭大汗，一臉滿足。

這頓夜飯，讓儲幼寧對北京飲食又有新體認，曉得天下之大，無奇不有。炸鹿尾沒有鹿尾巴，炒肝兒卻是勾芡燉豬腸、豬肝，算是長了見識。這頓夜飯，他有意無意，時時拿眼光掃過韓燕媛，韓燕媛也知曉儲幼寧看著她，但韓燕媛眼神卻是看不出端倪。這頓飯，吃得儲幼寧有點不是滋味，心裡暗暗怪著金牙秀才，不識眼色高低，硬是當著眾人把家書電報遞給了他。

前兩天，在永定門外雞毛店那兒吃百鳥歸巢鍋，邊吃，邊與韓燕媛眉來眼去，心裡甜孜孜地。現下，在先農壇蓋喚天宅院吃砂鍋居大菜，韓燕媛卻不怎麼理睬他，讓他頗覺無趣。

夜飯散席後，蓋喚天派人去客棧取回儲幼寧行李，並開發了房錢。自這天晚上起，儲幼寧就在蓋喚天這宅院裡落腳，住於此地。

當夜，儲幼寧入房歇息前，蓋喚天拍著他肩膀道：「兄弟，明天起來，咱們一起辦事去，香木金剛杵那檔事，已經有了眉目，今天你先好好睡一覺，明天咱們再細談。」

一夜無話，次日上午，兩人睡醒，廚房送上早點，兩人對坐而食。蓋喚天道：「兄弟，還記得吧？昨天晚上，我要砂鍋居那廚子過來，講述炸鹿尾烹調之道？那廚子，就是這香木金剛杵仙人跳案起始人，就是從這人開始，找了那幫人，一齊羅織仙人跳黑網，誘得那喇嘛往裡跳。」

儲幼寧驚道：「大哥，怎會如此？那廚子昨天看上去還好端端地，怎麼就是仙人跳起始人？又，既然他是起始人，您昨天為何又要張超師兄，公然講述什麼燻魚販子，什麼張六子，這豈不是打草驚蛇？」

蓋喚天道：「沒什麼，就是要打草驚蛇，然後，蛇跑了，才能順著這蛇，找到蛇窩。」

「兄弟，你年紀輕，世面見得不夠多，眼界不夠寬，心思不夠密，弄不過那些鬼魅魍魎。你想想，就算燻魚販子與宅門內女人勾串，那又是誰給這些人通風報信，說是有這麼根香木金剛杵？有這麼個西藏喇嘛？這一切，都與砂鍋居有關。想也知道，這一定是喇嘛三天兩頭上砂鍋居吃飯，時間久了，和砂鍋居上下人等閒扯，嘴巴鬆，講了香木金剛杵之事。」

「砂鍋居裡頭，有人曉得這事，才把訊息傳出去，勾來這幫人，一齊聯手作法，織出這張仙人跳黑網，引得那喇嘛往裡頭跳。對了，順帶說一聲，你大概不曉得，前幾天，那叫什麼貢葛寧波切的喇嘛，已在護城河那兒投河自盡了。這起仙人跳案，不單單盜走香木金剛杵，還逼死了這喇嘛。這喇嘛，也是糊里糊塗，放著西藏乾淨日子不過，跑到北京來，蹚這渾水，把命都給弄丟了。」

儲幼寧驚道：「啥，怎麼這樣想不開，留得青山在，不怕沒柴燒，為何尋短了？」

蓋喚天道：「不尋短，又待怎地？你想，他大老遠從西藏跑來，大字不識一個，就指望著靠那根香木金剛杵，給自己在雍和宮或白塔寺謀個喇嘛差使。現如今，東西丟了，內務府那兒，不見寶物不認帳，沒了寶物，當然，他這雍和宮正職喇嘛差使也沒了指望。他跑出來，身上銀兩有限，三天兩頭吃砂鍋居，又住在客棧裡，哪兒都要花錢。估計，這是錢花得差不多了，又丟了寶物，連帶差使也飛了，一時想不開，這就跳河死了。」

儲幼寧道：「那麼，這案子就不只是竊盜了，還扯上了人命。」

蓋喚天道：「哈，自內務府到步軍統領衙門，誰在乎那喇嘛性命？喇嘛是生是死，他們壓根不管，他們就是在乎那香木金剛杵。喇嘛死不死，一點影響也無。」

蓋喚天接著道：「一起始，我就留意砂鍋居上下，但委實難查。那砂鍋居，從店東到廚子，到夥計，到雜役，十幾二十口人，我這花子幫又不是衙門，總不能把人都傳來問話。因而，怎麼查，都是狗咬烏龜，不知從何下手。所以，這才改了方向，改從西城燻魚作坊下手，果然，查到張六子，接著派人去天津楊村，盤張六子底細。當時，我特別交代手下，到楊村時，特別問問，有沒有楊村子弟，在砂鍋居討生活。」

「這道理很簡單，既然燻魚小販張六子是仙人跳裡頭角色，那麼，他可能與砂鍋居有牽連。而牽連關係，有可能即是同鄉。照啊！我這想法，還真是高瞻遠矚。果然，我所派之人，除了查出張六子在內務府供職外，更查出有個叫陳三發子的傢伙，在砂鍋居當廚子。這陳三發子，就是昨夜你所見那外燴廚子。」

儲幼寧道：「那麼，大哥，咱們接下來怎麼走？」

蓋喚天道：「我已派人盯著這陳三發子。幹這類事情，事成之後，照規矩，涉事人等都避免見面，免得一旦事發，有一個被抓，就一個勾著一個，所有人等全被一鍋端。因而，喇嘛被劫後，這砂鍋居廚子陳三發子，應是不再與仙人跳其他人等往來。但昨夜，先是張超講了這案子，繼而我又說已查到燻魚小販張六子。那陳三發子在旁聽了，心中當然栗六，今天一定去找張六子，警示張六子小心。因而，我已派人，從昨夜起，就盯住陳三發子。現下，咱們就靜候手下來報。」

吃過早飯，張超也從廂房過來，三人一起等候回報。約巳時左右，花子幫探子趕回，向三人稟告陳三發子行蹤。

果然不出蓋喚天所料，昨夜蓋喚天宅院外燴差使完了之後，廚師陳三發子三步併作兩步，急急忙忙，雇了車，去了八大胡同。

這八大胡同，是為北京知名煙花柳巷，距天橋頗近，位在豬市口大街以北。這八條胡同，由西往東依次為：百順胡同、胭脂胡同、韓家潭、陝西巷、石頭胡同、王廣福斜街、朱家胡同、李紗帽胡同。其實，北京南城大柵欄一帶，大小妓院近百家，各條胡同裡都有，只因這八條胡同裡妓院品級較高，因而聞名。

然而，同是八大胡同，品流仍有高低之分。嫖客口碑，公推陝西巷、胭脂胡同、百順胡同、韓家胡同等四條胡同，當中鶯鶯燕燕多屬南方佳麗，品味較高。其他四條胡同，姑娘多為北地胭脂，容貌雖佳，談吐卻嫌俗，不似南方佳麗雅緻。

花子幫探子，共有數人，昨晚跟著陳三發子，一路跟到八大胡同這兒，進了陝西巷。就見陳三發子在陝西巷下車，進了怡紅院。這八大胡同，位於南城，係屬花子幫地盤，因而，花子幫諸探子跟進怡紅院，招手要龜奴外出講話。花子幫探子向龜奴打探，陳三發子到此，找尋何人？所為何事？

龜奴哪敢開罪花子幫，自是從實作答，說是陳三發子到此，找的是張六子。而這張六子，數日前莫名暴富，每日內務府公事了結之後，都到八大胡同盤桓，揮金如土，十足散財童子一個，樂得各家妓院姑娘們都拿這人當大爺。尤其，這張六子格外鍾意怡紅院姑娘寶琴，昨夜就宿於寶琴屋內。因而，陳三發子到怡紅院，就是進寶琴屋，找張六子。

諸探子得報後，連忙撥出一人，連夜急速趕回先農壇蓋喚天住處，稟報上情。當時，儲幼寧已入房安睡，僅由蓋喚天聽取稟報，並召喚人手，預作布置，準備今天拿人。

現下，又有探子回報，說是昨夜陳三發子亦在怡紅院留宿。

探子報完，蓋喚天對儲幼寧道：「兄弟，咱們動身吧，幫我拿人去！」

儲幼寧問道：「去哪兒拿人？怎麼拿人？」

蓋喚天道：「跟著我走即是，這幫人，不是弄了個仙人跳嗎？我今天也弄個傻子賣獃，讓他們鑽去。走，路上告訴你。」

蓋喚天囑咐張超，留守宅院，預作布置。之後，蓋喚天攜同儲幼寧，兩人安步當車，慢慢朝八大胡同方向走去，走了約大半個時辰，就見前邊晃晃悠悠，來了輛牛車。拉車黃牛挺壯碩，車子是個有頂棚車，車內隱隱約約傳來呼盧喝雉聲，顯然車內有人賭錢。蓋喚天待這牛車行至身邊，一拉儲幼寧，兩人手腳俐落，掀開車尾布帘，跨入車中，就見四人蹲踞車內，圍著個大海碗，碗內骰子滴溜溜轉。

車內四人，儲幼寧認出，一人為昨夜砂鍋居外燴廚子陳三發子，另一人則與陳三發子共用賭資，顯係一路。再看這人右手，多出一節手指，這人想必即為張六子。其他兩人，一人短小精幹，另一人則狀似憨厚迷糊，身前壘了一整疊銀票。這兩人，見了蓋喚天，當即恭順喊道：「幫主！」

陳三發子昨夜才見過蓋喚天，如今在牛車內見到，已至為詫異，再聽聞身邊兩名賭伴喊蓋喚天幫主，更是張口結舌，不知為何蓋喚天會在此現身。蓋喚天朝儲幼寧點點頭道：「兄弟，把這兩個拿下。」

儲幼寧聞言，隨即伸出右手，張開手掌，迅捷往陳三發子、張六子腦後拍去，兩人各中一掌，陳、張二人隨即失去知覺，倒於牛車內。人之後腦，最是脆弱，如遭撞擊，輕則昏迷不醒，重則丟失性命。故而儲幼寧出手之際，力道捏拿精準，也就是讓二人暫時昏厥，不至傷及二人神智。

這牛拉棚車不能算小，但裝了六人，其中兩人還昏倒擺平，因而，車內頓覺擁擠，加上四面密閉，氣流不通，眾人都覺得氣悶。蓋喚天對眾人道：「都忍忍，待會兒到了先農壇那兒，進了宅院，大家下車就沒事了。」

隨即，他要那短小精幹幫眾，講述誘騙陳、張二人上車始末。原來，蓋喚天可謂足智多謀，精於運籌帷幄，昨夜派人盯著陳三發子，尋至陝西巷怡紅院，自龜奴處套明訊息，立即回報蓋喚天。蓋喚天得報後，預為布置，弄了個傻子賣獃騙局，讓陳、張二人鑽進去。今天上午，陳張二人在怡紅院吃過早點，陳三發子惦記著砂鍋居還有活兒等著幹，因而，匆匆離開怡紅院。至於張六子，依舊沉淪溫柔鄉，復回寶琴房間待著。

陳三發子離了怡紅院，才走出陝西巷口，就見路邊站著兩人，拉扯不休。

其中一人，貌似獃傻，口出湖南土腔，說自己為湖南財主，賣了地，換了大把銀票，聽說京城裡豪客多，他懷裡揣了大把銀票，要找人對賭；另一人，則是短小精幹，不斷哄騙那傻子財主，說是可以找人，弄成賭局，與這傻子財主賭錢。陳三發子也沒多想，就要招手雇車，趕回砂鍋居。這時，那短小精幹之人，一把將陳三發子攔住，說是這兒有筆橫財，一個人發不了，要陳三發子幫忙，有財大家一起發。

這短小精幹者，特別把那傻子財主，往陳三發子身邊推。推過來，又拿手撥撥傻子財主衣襟，讓陳三發子往裡頭看，陳三發子果真見到那傻財主衣內，揣著大把銀票。財帛動人心，陳三發子見了銀票，就把回砂鍋居上工之事扔到了爪哇國去，也拉著傻子財主，說是自己會賭，身上有錢，要和傻子賭錢。誰知道，那傻子也有計較，說是他懂，賭錢要四人一起賭，不能這樣，三人賭。

陳三發子則說，賭錢兩人可賭，三人可賭，五人也可賭，不必非要四人。但那傻子財主鐵齒鋼唇，說是非要四人一齊賭，否則就要另換地方，另找人去賭。這時，陳三發子腦袋發熱，要傻子再等等，他去找第四個賭客。說罷，翻身便走，回了怡紅院，闖進寶琴房間，拉起張六子，說是門口就有橫財等著去發，趕緊起來，宰肥羊、摟銀子要緊，別躲懶了。

張六子也被陳三發子把心思說活絡，於是起身，跟著陳三發子，到了胡同外頭，見著傻子財主與短小精幹傢伙。傻子財主倒有猹智，說是得先瞧瞧諸人身上是否帶得有銀兩或銀票，免得贏不了錢。那短小精幹傢伙，從懷裡掏出幾塊碎銀子，不多，也就是十幾兩左右。倒是張六子，從懷裡掏掏摸摸，竟然掏出一整疊銀票。陳三發子見狀，小聲咕噥責備張六子，說是張六子太招搖了，上頭交代過，拿了銀子不可招搖，不可亂花云云。

之後，這夥人三言兩語就講定，四人拿骰子對賭。陳三發子有主意，說是可以回怡紅院，就在怡紅院找個房間，四人開賭。詎料，那傻子財主卻說，他今早請人照著黃曆，算過賭運吉凶，說是得找輛朝西走棚車，在棚車上，邊行邊賭，這才會賭運大發。

陳、張二人，就惦記著騙傻子銀票，聽傻子財主胡言亂語，說什麼要找輛車，在車上邊走邊賭，也不多想，盡都信了。偏巧，這時就來了輛黃牛拉大車，車夫跨於前座上，身邊放了個大海碗，碗裡擱著四枚骰子。陳三發子想都不想，就招手把車給攔下，拿了車夫海碗與骰子，四人鑽進棚車裡，就此呼盧喝雉，賭了起來。然而，一旦賭上了，傻子卻不傻了，賭得門道極精，三家烤肉一家香，贏了其他三人不少銀子。

正賭得熱鬧之際，蓋喚天並儲幼寧上車，傻子財主與短小精幹傢伙，立時收起嘻笑嘴臉，正色喊幫主。陳、張二人見狀，覺得苗頭不對，還來不及幹啥，就被儲幼寧拿掌拍在後腦勺上，兩人皆告昏厥。

牛車走到先農壇左近，進了胡同，拉進蓋嗅天宅院，自有張超等幫眾接著。蓋嗅天體恤手下，要車夫、短小精幹傢伙、傻子財主等三名手下，趕緊至大廚房找補中飯，吃過飯，找地方睡覺去。扮傻子財主那手下，從懷裡掏出所有銀票，交予大師兄張超。這筆錢，是為幫中公款，暫時挪用，給這人當道具，去矇張、陳二人。

至於張六子並陳三發子，則各自抬往不同房間。進了房間，置於椅上，拿麻繩綁死了，一盆冷水澆下去，人就都醒了。

蓋嗅天與大師兄張超，兩人輪流審此二人。先是蓋嗅天審陳三發子，張超審張六子。之後，換成蓋嗅天審張六子，張超審陳三發子。而儲幼寧，則是隨著蓋嗅天，兩邊輪著看。原本，蓋嗅天估算，二人應會狡辯抵賴，得費幾個時辰，必要時得動刑，讓兩人皮肉吃苦，二人才願招供。詎料，這二人均是膿包，冷水澆醒之後，才威嚇幾句，兩人就渾身癱軟，直求饒命，問啥招啥，把二人所知內情，全給招了。

果真，就如蓋嗅天所估，事情起源，就是喇嘛貢葛寧波切管不住自己嘴巴，屢赴砂鍋居吃飯，飯後不走，與店內人等閒扯。扯來扯去，就擺顯自己能耐，說是這趟到北京，帶了什麼香木金剛杵，打算進貢宮內能人，掙個正職喇嘛幹幹。店內諸人，聽了就聽了，聽完就算，獨獨廚子陳三發子聽過之後，往心裡去，暗暗記下喇嘛所言。

陳三發子與張六子，俱是天津楊村生、楊村長，自小一起長大，成家後，又都把家中妻小留於楊村，孤身至北京討生活。因而，兩人平常就有往來。這天，陳三發子下工後，到了張六子住處，兩人閒扯，扯來扯去，就扯到這喇嘛獻寶之事。

兩人一合計，俱都認為，那香木金剛杵，有點名堂，應很值錢，但到底有多值錢，有多稀貴，兩人卻是心裡沒底。心裡沒底，沒關係，找人問去。於是，二人斷斷續續去了大柵欄、琉璃廠、雍和宮、白塔寺等地，問珠寶首飾店，問古董珍玩店，問喇嘛廟裡大小喇嘛，這才打聽清楚，曉得這香木金剛杵，是件稀世珍寶，要是弄到手，下半輩子就不愁吃穿了。

然而，一個是砂鍋居廚子，一個是內務府雜役，兩人本事再大也編不出騙局，糊弄那西藏喇嘛。因而，兩人久經商量，決定另請能人，由高人出頭，指揮調度，號令諸人。張六子，在內務府任職，多少年傳下來的規矩，內務府都是旗人天下，漢人插足不進。內務府雜役，稱為包衣，算是天子家奴。然而，病駱駝也比肥馬大，內務府包衣雖是皇上奴隸，但到外頭去，可一點都不奴，地位還挺好。內務府，在包衣上頭，則是包衣佐領。佐領人數亦多，等於是包衣首領。

漢人要想進內務府，只有一個辦法，就是抬旗，亦即，將漢人身分轉換為漢軍旗，也算是八旗之一了。這張六子，既非旗人亦非漢軍，純粹只因為年代不同，時機轉變，內務府規矩也變了，准許少量漢人入內當差。因而，張六子才能進入內務府當差。

陳三發子與張六子商議盜竊喇嘛貢葛寧波切香木金剛杵之事，商議到後來，決議由張六子去內務府，將此事告知其上司內務府包衣佐領剛健，由剛健出頭，籌集人手並資金，弄出整套法子，眾人聯手，扳倒貢葛寧波切。

幾番審問，總算將這仙人跳來龍去脈，給弄清楚了。然而，頂頂要緊之事，香木金剛杵下落卻一問三不知。這也難怪，最後一日，那假驍騎營都統衙進貢葛寧波切宅院，綁住喇嘛，大肆搜索之際，這張六子與陳三發子，俱都不在場。這齣仙人跳，張六子扮燻魚小販，陳三發子則僅是起始牽線，香木金剛杵下落，兩人實際涉入有限，所知也有限。

因而，要追香木金剛杵下落，非得尋獲那妙齡少婦不可。原本，蓋喚天自忖，還要耗費相當工夫才能找到此女。詎料，踏破鐵鞋無覓處，得來全不費工夫，他僅隨口問問張六子，是否曉得那門簾後妙齡少婦為何人，張六子竟然答曰，那女人叫綠珠，是李紗帽胡同內瀟湘館紅牌姑娘。張六子還槓上開花，無問而自答，說是這綠珠為了這仙人跳，自己掏腰包，拿銀子倒貼瀟湘館，好讓瀟湘館讓她摘牌，暫時偃旗息鼓，離開瀟湘館，為期數月。

現下，仙人跳大功告成，香木金剛杵到手，西藏喇嘛貢葛寧波切又已跳河自盡，因而，這仙人跳一干人等，俱都從總提調內務府包衣佐領剛健處，領得酬金。張六子那份，一百兩；陳三發子通風報信，也是一百兩；綠珠挑大樑，又自掏腰包倒貼瀟湘館，因而，分得五百兩。其他，像是小丫鬟、僕婦、車夫等，俱都尋自八大胡同各家妓院，也都有賞。現下，綠珠已銷假，返回李紗帽胡同瀟湘館掛牌，復行視事，各路火山孝子，繼續踴躍報效。

這天，蓋喚天、張超兩人，審張六子、陳三發子，連審幾個時辰，審到天色全暗，掌上了燈，這才算完。此時，眾人皆餓，於是，要大廚房開上夜飯，眾人飽餐一頓。自然，也讓張六子、陳三發子飽餐。蓋喚天拿不定主意，究竟該如何處置此二人，只交代張超，依舊將這二人各自關在不同屋裡，多派人手，徹夜看守。

這夜，蓋喚天命手下探子前往李紗帽胡同，入瀟湘館，找出龜奴，問明各掛牌姑娘主力恩客姓名。瀟湘館龜奴心裡狐疑，表面卻不敢不從，畢竟，這八大胡同位於南城，是為花子幫地盤，龜奴哪敢開罪花子幫幫徒。這探子所問，不僅綠珠恩客姓名，而係所有掛牌姑娘恩客姓名，因而，龜奴無從得知，花子幫要挑哪位姑娘下手，自然無從事前警告。

探子意在綠珠恩客，其他姑娘恩客僅為障眼而已。子夜前，探子回到先農壇蓋喚天宅院，將所問得綠珠恩客姓名，稟報蓋喚天。

次日，蓋喚天告知儲幼寧並張超，謂已探知綠珠恩客名單，今夜將把綠珠綁至此處。

蓋喚天道：「方法簡單，就是假冒恩客之名，寫張局票，派人拉車送到瀟湘館，拉出綠珠，拉至此處。至於細節，咱們再商量商量。」

原來，無論北京抑或上海，妓女不但在妓院操持營生，也應恩客之邀外出應酬，稱為「出局」。或酒肆，或飯館，張三李四，豬朋狗友，聚齊應酬，往往向酒肆、飯館取來「局票」，寫上各自相好妓女姓名，派人送至妓院，邀出妓女，送上車，拉至飯館或酒肆。

這「局票」，為酒肆或飯館所印。食客至酒肆或飯館，如欲叫妓女出局，則填寫票局，寫上自己姓名、妓女姓名。局票送至妓院後，妓女出局，而局票則留於妓院，俾便日後向嫖客結清帳目。

花子幫在南城混世，要取得南城各酒肆、飯館局票，自是易如反掌。這天傍晚，蓋喚天派手下持先農壇附近飯館局票，寫上綠珠恩客姓名，拉車至李紗帽胡同瀟湘館，將局票交予龜奴，喚出綠珠。隨即，那花子幫車夫告知龜奴，說是主子今日手頭較寬鬆，綠珠出局之資，主子付現銀。於是，車夫支付現銀，取回局票，拉車而去。如此，不留痕跡，日後綠珠失蹤，妓院也無從追查，就算追查那被冒名恩客，亦是枉然。

車夫拉了綠珠，拉到先農壇左近，也不去那飯館，逕自就將綠珠拉到蓋喚天宅院，待綠珠發現異狀已來不及。綠珠入甕，時辰尚早，蓋喚天、張超、儲幼寧，三人共審綠珠，訊問標的，即為香木金剛杵下落。

這綠珠，所知又比之前張六子、陳三發子要詳盡。她招供，內務府包衣佐領剛健本來就是她恩客，兩人來往已久。幾個月前，剛健找她，告知仙人跳之事，要她摘牌子息影，並由剛健出資貼補瀟湘館。之後，她隻身住進砂鍋居對面那宅院，宅院裡所用僕婦、小丫鬟、雜役等等，俱都是剛健從其他妓院找來。她在那宅院裡過日子，前後月餘，與僕婦、小丫鬟、雜役也都熟稔。

但除此之外，她並不認識這仙人跳騙局其他同案人。譬如那走街串巷燻魚小販，她曉得那也是仙人跳局內人，但僅及於此，兩人只是隔著簾子演戲，哄騙喇嘛貢葛寧波切，並無其他來往，亦不知此人身分，更不知曉砂鍋居內也有內應。亦即，綠珠並不認識陳三發子及張六子。

最後一日，剛健事前告知綠珠，帶著丫鬟、僕婦至喇嘛所租獨門宅院，進入後，將僕婦、丫鬟、車夫等置於院中，獨自進房，勾誘喇嘛，但與喇嘛虛與委蛇，欲迎還拒，等候假冒驍騎營都統上門。待假都統抵達，捆綁喇嘛後，即離開喇嘛宅院，不必理會其他所有人，逕自回瀟湘館。事後，剛健派人，到瀟湘館，見著綠珠，致贈銀票，整齣仙人跳大戲，就此落幕。

審到此處，蓋喚天等三人明白，又進了死胡同，撞了懸崖壁，還是死路一條，問不出結果，那香木金剛杵下落，依舊杳如黃鶴。

離開留置綠珠那屋，回到蓋喚天所住正房，蓋喚天對儲幼寧並張超道：「這剛健，真乃高人啊！他布置這仙人跳，勾串如此多人共同犯案，卻又把這幫人彼此割離，互不聯絡。這幫人，僅就仙人跳之事彼此往來，其他私事卻一概不知。看來，要探知香木金剛杵，還得找到那假驍騎營都統。」

數日前，蓋喚天要儲幼寧幫忙拿人，但迄今為止，儲幼寧僅在牛車內拍了陳三發子、張六子兩掌，還沒幫其他忙。此時，他驀然福至心靈，對蓋喚天並張超道：「車夫，找車夫。那日假驍騎營都統率人至喇嘛宅院，必得坐車，否則，要是走路，一行人穿戴驍騎營官兵服飾，風火雷電在西城大街招搖過市，必引人耳目。得坐車，行動才較迅速、隱密。」

「坐車，必有車夫拉車。聽完陳三發子、張六子、綠珠所言，可知這剛健行事老辣，他隔開仙人跳局內諸人，盡量只讓諸人參與各自部分，不讓諸人曉得其他人身分。因而，這車夫，應該就是街面上所招雇，而非他熟識之人。街面上招雇車夫，亦不知此事真相，還以為，真是驍騎營都統抓姦。」

儲幼寧愈說愈高亢，繼續言道：「大哥、二哥，花子幫人多勢眾，只要派出人手，海海篩問南城、西城車夫，必有所獲。倘若問不出結果，就擴大範疇，四面八方，去問車夫，必有結果。」

蓋喚天聞言，用力一拍雙腿，大聲叫道：「照啊，就這麼辦。兄弟，你這回可幫上忙了。有道是，三個臭皮匠，勝過諸葛亮，這話還真有道理。」

張超道：「幫主，還有個棘手難題。這屋裡關的三個點子怎麼處理？總不能都放了吧？要是放了，等於放虎歸山，他們必去告知剛健，要那樣，以後麻煩大了。」

蓋喚天沉吟片刻，握拳答道：「這三人，都送到步軍統領衙門去。榮祿讓我難過，我也給他個小鞋穿。」

次日上午，蓋喚天吩咐手下準備一輛棚子車，裝上陳三發子、張六子、綠珠等三人。這三人，俱是綁得結棍，並拿布條裹住核桃，塞進嘴裡，以防喊叫。蓋喚天親自押車，帶著儲幼寧去了步軍統領衙門。到了衙門門口，早有值班官兒接獲訊息，出來接著。蓋喚天簡要告知那官兒，說是此三人為治安要犯，須謹慎分開關押，並上報步軍統領榮祿，榮大人自會曉得三人所涉案由。」

回到先農壇四合院，蓋喚天調兵遣將，由花子幫大小頭目分率大量人手，四面八方，摸尋那日拉載假驍騎營都統車夫。

分派已畢，就等回報。蓋喚天對儲幼寧道：「忙了兩天，現在總算能稍微歇息，走，咱們到城南天橋那一片地面逛逛去，瞧瞧那些賣藝傢伙。」

第二十三章：逛天橋花子幫主麻醉拔牙，戰樹林盛京三霸兩死一傷

蓋喚天雖為花子幫幫主，但鮮少在南城地面露面出巡。南城地面之事，自有張超、管漢超、並其他大小頭目代為照管。此次，卻是蓋喚天主動提起，要到南城天橋一帶視事，張超自是帶著大小嘍囉隨侍在側。蓋喚天卻不答應，要張超等人別跟，該幹啥，各自幹啥去。張超自然不敢大意，雖離開蓋喚天、儲幼寧身邊，卻是遠遠跟著，不敢遠離。

儲幼寧心裡納悶，不知蓋喚天今日為何要赴天橋地面巡走。到了天橋地面，蓋喚天卻非信步漫遊，而係快步向前，直直朝個修牙、補牙、拔牙攤子走去。

天橋小攤，種類頗雜，其中不少以醫藥為業，譬如賣大力丸、白鳳丸、梨糖膏、琵琶膏等等。其中最引人入勝者，首推治牙攤。此輩中人，亦是江湖郎中，花樣極多。治牙攤攤主，常擺琉璃瓶數樽，內置尖猛動物大牙，說這是虎牙，那是獅牙，這是狼牙，那是鱷魚牙。究竟是何種動物之牙，人言言殊，就有人說那些都是野豬牙、狐狸牙冒充。究竟如何，真偽難辨。

每有人因牙痛上門，攤主輒掰開牙疼之人嘴巴，拿器具在內一陣搗弄，掏出活蟲一隻，說是這蟲在牙內作怪，因而牙疼。現下，牙蟲已去，這牙以後不會再疼。究竟有效抑或無效，當事人冷暖自

知，外人亦不明瞭。

蓋喚天到了天橋，直奔治牙攤，張超等手下遠遠看著，都不明所以，儲幼寧亦不知原因。就見蓋喚天到了攤前，攤主見有客光臨，鼓如簧之舌，大吹法螺：「天也不早咧，人也不少咧，這位先生，您兩眼無神，嘴大似個門，必然是上牙傷風，下牙打擺子，渾身不帶勁。牙痛不是病，痛起來要人命，您得上咱這兒來，給您掏掏牙蟲，敗敗牙火。」

法螺吹到這兒，就見張超遠遠虎目怒視，朝這兒直瞪眼。那牙攤主不識蓋喚天，卻是認得張超，更曉得張超身邊眾花子幫嘍囉。牙攤攤主望著遠處張超手勢，雖仍不明所以，但能猜得出眼前這位來客絕非等閒。因而，收起嘻皮笑臉，謹慎應對。

這會兒工夫，蓋喚天才說了實話：「店家，你說你能治牙疼。哪，你瞧瞧，我上頭左邊最後頭那牙，近日每遇吃飯，咬著就疼，飯都難吃下去，這是怎麼回事？給想個辦法，治治這病牙。」

牙攤攤主換了副嘴臉，面色恭謹，對蓋喚天道：「這位爺兒們，您把金嘴張張，讓小的瞧瞧。」

蓋喚天張嘴，那攤主拿個小鐵棒伸進蓋喚天嘴裡，衝著上頭左邊最後頭那牙，稍微輕敲，蓋喚天當即疼得齜牙咧嘴。攤主又拿手指，伸進蓋喚天嘴裡，捏著那病牙搖了搖，接著道：「大爺，您這牙都兩頭晃悠，保不住了。今兒個，我幫您把這病牙取下來，取出這病牙之後，您這牙疼就此去了，您吃飯就不再鬧牙疼。」

蓋喚天道：「把牙取出來？牙種在嘴裡，硬拔出來，豈不疼得要死？」

攤主道：「實話對您老實說，要是一般病號，咱們就是拿絲線把病牙纏死了，接著，用力一拔，就將病牙硬拔出來。當然，硬拔那一瞬間，是挺疼的。但您老是貴客，咱們對貴客，有對貴客的規矩。先跟您稟報清楚，待會兒，我會用一點點洋藥。這洋藥，可貴重了，是從東交民巷洋人使館區那兒，想辦法淘換出來的。」

「這洋藥，可不能多用，更不能濃稠。因而，小的事前已經拿西洋火酒，把這洋藥給稀釋了，效力只剩一點點。待會兒，您準備好了，請您在這長板凳上躺下，小的我拿塊洋布，倒點洋藥，放在您口鼻上頭。您聞了洋藥，就會有點迷迷糊糊，那時，小的就把您那病牙，給取下來，您還是會有點疼，但不要緊，就疼那麼一會兒工夫。」

儲幼寧立於一旁，一聽那牙攤攤主所言，就想起當年在揚州，金秀明自揚州洋人巷弄出了一琉璃瓶「歌羅芳」迷藥，還用這迷藥迷倒活驢，用鋼釘插入驢腦，結果那驢性命。如今，這牙攤攤主言道，從東交民巷使館區淘換到洋藥，儲幼寧曉得，這必定又是「歌羅芳」。只是，攤主自言，這洋藥已用洋火酒沖淡，效力大減，不能把人迷倒，只能讓人有點迷糊。

蓋喚天倒是初聞此種事物，乃對那攤主道：「男子漢大丈夫，拔個牙算個什麼毬事，你別用洋藥，直接拔了就是。」

那攤主以為蓋喚天嫌貴，乃對蓋喚天道：「這位爺，哪兒不是交朋友的地方呢？今天，小的我就交了您這朋友，我這洋藥，併同取牙，全是免費報效，只要爺兒您覺得划算，四處給我揚名聲，八方給我攬客人，我就感激不盡了。」

蓋喚天一聽，就曉得這攤主弄擰了他意思，當下也不多言，就道：「好吧，你就來吧，該怎麼著，就怎麼著。」

於是，那攤主取出極細黑絲線，要蓋喚天張嘴，拿絲線在蓋喚天那病牙上，一圈又一圈，綁了個結結實實。那絲線極長，在蓋喚天嘴外拖了一長條。繼而，攤主拿根木棍，把長條絲線一圈又一圈，緊緊纏死在木棍上，並對蓋喚天道：「大爺，您就躺在這長板凳上吧。」

蓋喚天依言躺下，眼睛眨巴眨巴，瞧瞧攤主，又瞧瞧儲幼寧，又瞧瞧上天，等著攤主拔牙。那攤主，不慌不忙，自攤位底下，取出個琉璃瓶，又拿了塊洋棉布。那洋棉布，色澤雪白，質地柔軟，但纖維粗略，原係東交民巷洋人醫院用來覆蓋傷口之用。就見那攤主將琉璃瓶蓋旋開，小心翼翼，拿洋棉布蓋住瓶口，稍稍傾斜琉璃瓶，讓瓶內水液浸潤那洋棉布。

繼而，攤主旋緊瓶蓋，將琉璃瓶放回原位，接著，將那溼棉布覆於蓋喚天口鼻上，對蓋喚天道：「大爺，您用力吸氣。」

蓋喚天用力吸幾口氣後，就見他眼皮合攏，嘴裡咿哩嗚嚕，似講話，非講話，似睡著，非睡著，也就是迷迷糊糊。這當口，攤主扔了洋棉布，右手拉著木棍，繃緊了絲線，運足了力氣，使勁猛扯，就聽見蓋喚天啊呀一聲，那病牙已被牙攤主硬生生扯出。這一拉，讓蓋喚天疼醒，立時坐起，瞠目瞪著那攤主，有點糊裡糊塗，有點莫名其妙，但瞬間即轉醒，腦袋左右猛搖幾下，然後道：「啊，我剛才還真是小睡一下，你就趁這工夫把牙拔了。好樣的，嘴裡有點疼，但也還好，就流點血，也沒關係。」

說罷，呸，呸，呸，往地上噴著帶血吐沫。那牙攤攤主，又拿出塊新洋白棉布，要蓋喚天緊緊咬住，說是要咬小半個時辰，才能吐掉。弄完這事，蓋喚天掏出一百多銅錢要賞攤主，那攤主卻死也不肯收，繞來繞去，還是那句話，要蓋喚天替他傳名聲即已足夠。蓋喚天見攤主不收，就轉頭朝遠處花子幫眾人比個手勢，然後帶著儲幼寧離開。

花子幫幫主跑到天橋地面，找牙攤子拔牙，看在幫眾眼裡，頓覺新鮮，張超以下，眾人皆面帶笑意，一群人湧向那牙攤。張超對攤主說，剛才那人，是花子幫幫主蓋喚天，幸而這攤主手藝高明，沒出差錯，現下奉幫主指示，支付銅錢一百枚，攤主非收不可。

待那攤主收下一百枚銅錢後，張超又從攤主手中，取回五枚銅錢道：「這五文錢，就算你這攤子今日給花子幫的例錢。」

蓋喚天拔掉病牙，想到今後可順順當當，吃安穩飯，心中不禁大樂，拉著儲幼寧上臂，兩人信步而行。邊走，蓋喚天邊道：「不知道，今天那姓韓父女，在哪塊地頭賣藝？」

儲幼寧聞言，頓時尷尬道：「大哥，您要找那姓韓的父女幹麼？」

蓋喚天道：「兄弟，你道行太淺，啥事都瞞不過哥哥我，你就是武藝功夫比我強，其他都得多學著點。你那點心思，哪能瞞得過我？那天在我宅院裡吃外燴，你和那姓韓的小妞兒眉來眼去的，我全瞧在眼裡，須瞞不了我。你收了家信，說你媳婦兒懷了孩子，那姓韓的妞兒面上好似嗔怒，其實那不礙事。要知道，能在這南城地面闖江湖，走動賣唱，那性子就不是一般小家碧玉，人家根本不會在乎你有沒有媳婦兒，也不在乎你媳婦兒有沒有身孕。」

「這江湖兒女嘛，就是敢愛敢恨，她看上你，怎麼樣都跟著你；你要惱了她，她和你沒完，天涯海角都追殺到底。因而，兄弟，你得想清楚，要愛不要愛，腦袋可不能含糊。這路一走下去，就回不了頭。江湖兒女，她看上了你，願意跟你，你如收了她，就是一輩子的事，黏得上，斷不了，就是這麼回事。」

聽蓋喚天此言，儲幼寧不禁心中羞愧，彷彿赤身裸體，為蓋喚天看透，只能訕訕而笑。蓋喚天拍拍儲幼寧肩膀道：「兄弟，別害臊，哥哥我這是肺腑之言，你我不打不相識，如今結識，你又幫我拿人，時候雖短，已親如兄弟。正因親如兄弟，我這才沒忌沒諱，有話直說，請勿見怪。」

儲幼寧還是心虛，但既然蓋喚天已如此掏心換肺，只好亦跟著言道：「多謝大哥關愛，這事情讓大哥操心了。」

兩人談談講講，邊談邊走，就聽見絲竹之聲漸盛。走過轉角，果然，就見韓福年、韓燕媛父女倆，一個拉琴，一個敲板打鼓，站在路邊開唱，一旁圍了二、三十人，俱都聚精會神，跟著琴韻鼓點搖頭擺首，樂在其中。

韓燕媛眼尖，邊唱，邊就見到蓋喚天、儲幼寧二人，連使不同眼色，招呼二人。對蓋喚天，她恭謹點頭；對儲幼寧，則是眼波帶俏，嫵媚多姿。眼神轉換自然，絲毫不羞不怯，不怕蓋喚天見她對儲幼寧拋媚眼。

儲幼寧見狀，頓時想到蓋喚天之前所言「江湖兒女，敢愛敢恨」，心中不禁又是快慰，又是憂懼。蓋、儲二人站定了腳跟，釘在當場，聽著韓家父女唱大鼓書，韓燕媛與儲幼寧則是眉來眼去，樂此不疲。

就在此時，就聽見有人高聲言道：「好啊，這小娘兒們唱得好，看倌也多，光這檔大鼓書，每天就該抽五十大枚。」

蓋喚天、儲幼寧放眼望去，來了四人。其中三人，長相並裝束皆奇特，皆是軀幹偉岸，滿臉短髭，上身皆穿著獸皮背心。時節已是初夏，天氣燥熱，三人還穿著獸皮衣，格外顯眼。三人當中，一人拿著把鋸齒大刀，也沒刀鞘，就拿在手上，旁人見了，無不閃躲，生怕被這怪刀擦上了，立刻就是血光之災；第二人，腰間跨著一把倭刀，刀在鞘中，刀鞘華麗，繡滿金線；第三人，則是手持兩把短槍，槍頭閃閃生輝。

這北京城內並無兵器禁令，不禁江湖人物隨身攜帶兵刃武器。然而，這畢竟是天子腳下京城，街面繁華熱鬧，熙來攘往，人流雜沓，卻少見兵器，因而，這三位莽漢衣著顯眼之外，身上各帶兵器，愈發與眾不同。

至於第四人，即為適才發話之人，則穿著紫禁城護軍官服，應是護軍校尉之類軍官。

護軍校尉點手，對著韓家父女指指點點，撇著京腔，一說再說，說這攤位該收多少例錢。其他三位身穿獸皮壯漢，則是口操關外口音，亦跟著附和。拿鋸齒刀那人道：「好啊，這北京真是好地方，油多水足，咱們三兄弟早該離開盛京，到北京地面闖蕩。憑咱們三兄弟身手，早就把那什麼叫化子幫打趴了。」

那護軍笑道：「哈哈，大哥，您老記不住，那是花子幫，不是叫化子幫。這幫人，倒也兵多將廣，聽說背後還有九門提督、巡城御史撐腰。不過沒關係，咱們先剷平了花子幫，我再託護軍上頭朋友，給步軍統領衙門、御史督察院說去，就說盛京三霸取花子幫而代之，咱們照樣給這倆衙門辦事，收這例錢，大家發財。」

這四人高談闊論，毫不把旁人放在眼裡，就有不少圍觀之人，怕惹事上身，悄然離去。這四人言語，韓燕媛也聽得分明。她邊唱，邊覺得要出事，不斷拿眼瞧著蓋喚天與儲幼寧。就見蓋喚天臉色大變，用力吐出嘴中所含那拔牙後所塞洋棉布，大喝一聲：「都給我住嘴，你們是混哪兒的？竟敢到咱們花子幫地盤上撒野？」

那四人初聞蓋喚天暴喝，俱都嚇了一跳，但隨即回過神來，八隻眼睛盯著蓋、儲二人瞧著。這當口，張超亦帶著手下，踢踢踏踏，趕了過來。其餘眾人，眼看著要出事，哄然散去，走遠了之後，止住腳步，遠遠站著，往這兒瞧熱鬧。韓家父女則是收了傢伙，夾攏了鼓、琴、板，縮於一旁。按理說，二人應該即刻閃躲，但韓燕媛一顆芳心，可可地擺在儲幼寧身上，因而退而不走，也在旁瞧著。

蓋喚天是老江湖，剛才聽四人言語，就曉得這是禁宮護軍勾結外地江湖人物，到南城來踩盤子，探探虛實，打算取代花子幫，成了南城土地神。因而，他一開口就是江湖言語，兩手一拱道：「在下花子幫掌門，江湖上人稱總瓢霸子，姓蓋名喚天。身邊這人，叫儲幼寧，並非我幫內人物，但與我情同兄弟。那邊站著那位，是敝幫二當家，江湖上人稱花花閻王，姓張名超。請教諸位名號？」

那穿官服護軍校尉道：「好啊，竟然碰上花子幫當家的了，這倒省了我們麻煩。我叫肅庭，護軍營校尉。這三位英雄，親兄弟三人，剛從奉天盛京來，拿鋸齒刀這位是老大，叫德布。跨東洋刀那位，是老二，叫德庫。使雙槍的，是老三，叫德富。光聽姓名，你就知道，咱們四人，都是旗人。」

「咱們旗人，在朝廷裡，有個內務府。內務府下頭，包衣眾多，含著護軍營、驍騎營、前鋒營三支部隊，都由內務府大臣廣順廣大人管著。實話對你說了，你們花子幫在這南城地面，吃香喝辣已好幾年，好日子都讓你們過完了。我曉得，你們這是受九門提督榮祿榮大人，還有巡城御史並南城兵馬司所託，代管地面治安。」

「你過初一，我過十五，你花子幫也過了幾年好日子，現如今，盛京三霸到了，人家手下了得，功夫遠勝於你，你們也該抬抬屁股，把這南城地面給讓出來了。」

這一大套話說完，德布不耐煩，大剌剌言道：「肅老哥，別跟他囉嗦，來來來，手下見真章。大爺我今天不砍了你腦袋，我就不叫德布。」

說罷，把鋸齒刀呼地一聲，豎了起來，就要與蓋喚天放對。護軍校尉肅庭趕忙拉住道：「德大哥，且慢，把刀放下。這兒不是關外，這兒是北京南城，天子腳下，不能隨便這樣動傢伙。咱們得約時間，和這幫人打一架。」

於是，一來一往，你一言，我一語，兩方面約定，明天一大早，老地方，還是在永定門外，雞毛店南邊二里地張家塘子，雙方比武定高下。

約架已畢，肅庭等四人大搖大擺離去，剩下花子幫諸人留在當地。儲幼寧終究放不下韓燕媛，邁步走到韓燕媛身邊道：「沒受到驚嚇吧？」

韓燕媛眼露歡喜之色道：「怎麼又要去張家塘子比武拚命？唉，這亂世啊，想吃口太平飯都嘎嘎乎其難。這幫當官的，怎麼就這麼橫行霸道，不給旁人留點餘地？明天上午，你又要跟著蓋幫主去張家塘子？你得小心啊！」

兩人略談幾句，儲幼寧就隨蓋喚天離去。花子幫眾人回到先農壇蓋喚天住處，就見之前派出打探車夫訊息小頭目，帶著個車夫，已經等在庭院之內。那小頭目見蓋喚天歸家，立即上前，躬身稟報道：「幫主，小的今日在正陽門旁，遇見一車夫，向他打探是否載過驍騎營都統，到西城喇嘛住處捉姦？那車夫說，他聽另一車夫講過此事。因而，小的又摸尋半日，終於找到這拉車車夫。」

隨即，這小頭目轉頭對車夫道：「諾，這就是我們幫主。幫主有話問你，你照實說就是，說實話，沒有麻煩，待會兒賞你點車錢。」

那車夫聞言，衝蓋叫天躬身道：「幫主，您老人家好，我姓郭，人都叫我郭六，在南城、西城一帶拉車。」

蓋喚天今日屢碰大事，心境起伏不斷。先是去天橋拔了牙，去了心腹大患，心境喜樂。繼而遇上對頭，護軍校尉肅庭帶了盛京三霸，要挑了花子幫門戶，心境灰暗。這會兒工夫，卻又來了車夫，那假驍騎營都統身分即刻就將揭曉，因而，心境又轉樂。

蓋喚天和顏悅色，溫言溫語，對那車夫郭六道：「別怕，別急，慢慢來，慢慢想，先想清楚，把你記得的，一五一十，全鬚全尾，都說出來。」

郭六眼珠子翻了翻，用力回想，然後道：「那天早上，我在西單那兒，靠牆杵著，等人招車。就見有個隨從模樣下人走了過來，指著遠處一個武官，說那是驍騎營都統，今天要雇車，去弄家務事。我抬頭一看，那哪是什麼驍騎營都統，那人不認識我，但我曉得他，他是看守紫禁城護軍校尉，名叫肅庭……。」

郭六才講到這兒，就見蓋喚天呼地一下，猛然站起身來，雙手握拳，高聲問道：「再說一次，那人叫什麼名字？」

蓋喚天失態，嚇著了車夫郭六，郭六噤口不語，睜大了眼睛，不曉得該怎麼接碴。一旁，張超拉了蓋喚天一把道：「幫主，幫主，別嚇著了他，慢慢聽，慢慢聽。」

蓋喚天心中激動，用力吸兩口氣，放鬆了臉皮，放鬆了拳頭，對郭六道：「沒事，沒事，別怕，別怕，再說，再說。」

郭六驚魂甫定，接著言道：「那天上午，肅庭手下把我攔在當地，也不上車，說是要等等，要再攔下幾輛車，然後一起走。後來，車攔齊了，眾人上車，肅庭就坐我這車。肅庭告訴我，他是驍騎營都統，要到附近一條胡同裡。又說，寬給車資，要我別問，就把車拉進一家宅院去，進去之後，別走，等著他完事。幾輛車到了那宅院，我這車把肅庭拉了進去，那地方，院子不夠大，其他車子擠不進來，就停在宅院外頭牆邊。」

「我這車進了院子，肅庭下車。那院子裡，還停了一輛車，並站著些個僕婦、丫鬟、車夫等等。」

「肅庭對院子裡那些丫鬟、僕婦、車夫揮揮手，這些人就散了，那輛車也拉走了。接著，肅庭帶著那群隨從，衝進屋裡去，我在外頭院子裡，聽不真切，只聽得乒乒乓乓，裡頭打成一團，高喊捉姦。那屋裡吵成一團，聽見肅庭罵人，聽見另一個男的哀求告饒，聽見一個女的哭個不休。」

「再往後，裡頭出來個女人，衣服有點亂，頭也不抬，腳步很快，衝過庭院，出了大門，就沒了影子。又過了一盞茶工夫，就見肅庭出來，其他隨從也出來。肅庭手裡，抱著個軟牛皮袋子，然後，眾人都上車，囑咐我們拉回西單上車地。他們在那兒上車，也在那兒下車，下車後，給了我們雙倍車資，要我們別講這事兒。」

「以上，就是那天經過梗概。我拉車多年，東城、西城、南城，到處轉悠，地面都熟，人也見多了。這肅庭，常在大柵欄一帶喝酒聽戲，坐過我車，我曉得他，是護軍營校尉，他卻不認得我。幫主，我就知道這麼多了。」

聽完車夫所說，蓋喚天要張超，給車夫五十枚制錢，並囑咐車夫別提這事。

車夫走後，蓋喚天拉著儲幼寧與張超，到正房屋內商議事情。

蓋喚天搓著兩手，繞室而走，對張、儲二人道：「這可真是巧了啊，兩檔事併一檔事辦。看來，那香木金剛杵是這肅庭取走。肅庭是護軍校尉，護軍又歸內務府管，而這檔事正主，卻又是內務府大臣廣順。是廣順壓著榮祿要這香木金剛杵，而榮祿又壓著我，才鬧得花子幫上下不寧。現如今，事情擺明了，就是內務府出了家賊，串通護軍，刁走了這金剛杵。內務府家務事，卻讓咱們花子幫雞犬不寧。要逮住肅庭，才能問出香木金剛杵下落。」

「偏偏，這肅庭現在又勾著關外什麼盛京三霸，來踢咱們花子幫的館。明天一大早，到南城外比武，非得把這四人收拾了不可。張超，明天你先上，然後我接著上。儲兄弟，倘若張超與我不行了，你得替我們報仇。」

儲幼寧道：「大哥，二哥，明天兩位哥哥一旁給我掠陣，我一人就可以把他們四人拿下。要死要傷，就憑大哥一句話。大哥，上回在天橋打了貴幫二柱子，從他身上取出彈弓。後來，又用這彈弓，打傷貴幫二師兄花花太歲管漢超以下十餘人。那彈弓，現下就擱在我房間裡。今天，趁著時間還早，趕緊要幫內弟兄，幫我弄一袋圓石子，我明天一陣彈子，定能將此四人打趴。」

蓋喚天正色道：「兄弟，你武藝出眾，我與張超都親身領教過，有兄弟出馬，三招兩式，定能擊倒四人。不過，在江湖上混世沒這麼簡單，真要兄弟出面打退四人，我和張超，這就算驢糞球抹了臉，以後再也沒顏面行走江湖。花子幫地盤，得靠自己掙來，靠自己保住。沒得說的，明天就是張超與我上陣。」

「還有，兄弟，有句話，當哥哥的得說在前頭。明日比武，你就是一旁掠陣，張超和我不行了，你再出手，替我倆報仇。在此之外，你就是一旁看著，替我們掠陣，切勿暗中出手襄助，別在一旁偷扔暗器，偷偷出手助拳。這幾句話，兄弟你可記住了？」

儲幼寧聞言，面色凝重，微微點頭，表示曉得。

一夜無話，次日一大清早，天色才微微亮起，蓋喚天、張超即已紮束妥當，帶上儲幼寧，三人手裡抓著煎餅果子，邊走邊吃，往南行去。行走不遠，出永定門，過護城河，經雞毛店，繼續往南走。雞毛店這兒，眾天橋藝人早聽韓燕媛轉述，亦是齊聚等候，見蓋喚天等三人走來，即隨附於後，跟著南行。

蓋喚天見眾藝人跟著，暫時止步，回身朝眾藝人拱拱手，繼而轉身，繼續往南而行。邊走，蓋喚天邊想，世事難料，花子幫以南城為地盤，遍向商戶、酒肆、茶館、妓院、天橋藝人收取例錢。如今，關外盛京三霸上門踢館，邀約比武，眾天橋藝人卻跟著花子幫幫主前往赴約，這江湖義氣，將來必當回報。隨即，蓋喚天又想到，事情之所以如此變幻，還是因儲幼寧緣故。若無儲幼寧，今日花子幫主與盛京三霸比武，天橋藝人不會追隨捧場。

眾人到得張家塘子，就見肅庭並盛京三霸，已然站於樹林入口，並對眾人招手。隨即，所有人等均入樹林。蓋喚天開宗明義道：「今日比武，生死各安天命，不得異議。這兒，除張超與我，其他人等，均非花子幫，僅是來看熱鬧，幫個人場，無論勝負，均與餘人無關。」

說罷，伸手一指張超道：「這是花子幫二當家張超，他先下場，在諸位台前領教幾招。」

張超向前幾步，走到場中，刷地一下，抽出厚背大砍刀，擺了個夜戰八方藏刀式。

肅庭笑岑岑，指著三霸老大德布道：「老布啊，人家是二當家下場，咱們就派大哥出馬，這算是上駟對下駟，你算是贏定了。」

德布抱著鋸齒刀進場，盯著張超瞧了會兒，驀然間，這刀由下向上，斜挑而出。張超反應亦快，見德布鋸齒大刀往上挑，立即縱身後移，閃過德布這刀，隨後揮刀反擊，兩人緊緊鬥在一處。儲幼寧一旁看了，頓覺雙方刀法、手法、腳法均有諸多破綻。

譬如，一起始，德布鋸齒刀由下往上挑，張超不該縱身後移，而該稍微偏斜身子，避過這刀，隨即欺近，拿大砍刀由上往下劈。如此，德布鋸齒刀已挑起在外，不及回防，張超大砍刀必然由上而下，在德布臉上切開一長條口子。這樣一刀，雖不致命，但德布臉上必帶長條傷口，血流滿面，眼睛都被血汁淹沒，兩眼睜不開，自然也就敗了。

照儲幼寧見識，一起始，張超就能一招制伏德布，一刀就把德布砍傷，無法再戰。但張超無此能耐，只好與德布殺在一起，彼此苦鬥不休。儲幼寧年紀漸長，見識亦大有長進。要是在幾年前，他必然心中大奇，奇怪為何張超不閃身欺近，反而縱身後移。如今，他已明瞭，只有他有此種洞燭機先能耐，這是他幼年罹染肝鬱之症所附帶產生天賦，旁人無此本事。

想到此處，就見場上二人均已帶傷，彼此殺紅了眼，早非比武，而係生死搏命，兩人都往死裡砍殺，非欲置對方於死地不可。張超坐花子幫第二把交椅，武藝確有可觀之處，加上年輕氣盛，進退騰避之間，精氣神十足。此時，他左手上臂被德布鋸齒刀拉開了個口子，血肉模糊，鮮血往下淌。另方面，德布左腿也挨了張超一刀，亦是鮮血往下滴落。

二人雖同受傷，但傷勢頗有不同。張超使厚背大砍刀，刀刃雖利，一刀劃下去，也就是一道口子。德布則不然，他使鋸齒大刀，刀刃凹凸，猶如鋸子，一旦劃中對手，刀鋒順勢往下一拉，傷處就如被鋸子鋸過，爛成一團。因而，兩人雖都受傷，張超傷勢卻是遠較德布傷勢嚴重。

這兩人殺紅了眼，每出一招，口中均是大聲呼喝。兩人鬥了約一盞茶工夫，已是渾身浴血，面貌猙獰，有如鬼魅。張超腰部又中一刀，肌肉翻起，血流如注；德布則是右脅被張超一刀砍中，右臂難以抬舉，只好把鋸齒刀交予左手，繼續纏鬥。

圍觀眾人，均是目不轉睛，盯著二人，儲幼寧偶爾轉頭望望韓燕媛，卻見韓燕媛也直勾勾望著自己，微微搖頭。那意思，似乎意在阻止儲幼寧出頭冒險。蓋喚天則是右手緊握腰際薄刃小砍刀刀柄，萬一張超不支，他就拔刀出手。

霍然間，就見銀光一閃，盛京三霸老二德庫已拔出東瀛倭刀，劈向蓋喚天。這一刀，來勢輕盈，卻迅如奔馬，蓋喚天措手不及，斜身一避，隨即起腳，踹向德庫手臂。剎那間，就見蓋喚天左手上臂拉開了條口子，鮮血湧出，而德庫則是兩手被踢，倭刀脫手。蓋喚天見機亦極快，右手拔出腰際小砍刀，一刀緊似一刀，猛劈德庫，令德庫緩不出氣來重拾倭刀。

蓋喚天邊劈砍，嘴裡邊痛罵道：「要臉不要？胡吹大氣，說什麼關外盛京三霸，約了比武，卻不講江湖規矩，趁人不備偷襲，這算什麼東西！」

一旁，肅庭張嘴回罵：「偷襲又怎樣，今兒個就是要了你們倆性命，明天起，南城就是盛京三霸接下了，花子幫滾你的鹹鴨蛋。咱們不但偷襲，還要以多勝少。老三，你也該上了。」

話才說完，三霸老三德富雙手一揚，兩枝短槍在手，加入戰局，圍著蓋喚天出手。蓋喚天只好轉身，接著德富這兩枝短槍，那頭，德庫總算喘了口氣，騰出手來，撿起倭刀，挺身而上，與德富合戰蓋喚天。

如此，林子裡空地分兩對廝殺。那邊，張超與德布繼續鏖戰，雙方都沒能耐將對手一刀砍死，兩方面都不斷再受刀傷，傷口愈來愈多，血汁愈流愈多，兩人身邊地面，都滴滿鮮血。

這邊，德庫並德富，二戰一，兩槍一刀，圍攻蓋喚天。蓋喚天一把薄刃小砍刀，力敵一把倭刀、兩柄短槍，依舊有攻有守。

就這樣，兩邊惡戰不休，時候一長，儲幼寧看出端倪，形勢很明顯，德庫與德富攻少守多，就是個拖字訣，與蓋喚天這樣不勝不敗拖下去。蓋喚天畢竟年紀較大，這樣拖下去，時候一久，蓋喚天必然氣虛力衰。屆時，德庫、德富兩人，再下殺手。解決蓋喚天後，再轉過頭來，加入德布，除掉張超。

他愈看愈急，就想出手。蓋喚天何等人物，他邊與德庫、德富過招，邊注意張超並圍觀餘人，他見儲幼寧眼神憂慮，曉得儲幼寧就要出手，乃張口喊道：「這是花子幫與盛京三霸過節，任誰都不得出手相助，否則，花子幫不但不領情，還要事後算帳。」

聽蓋喚天如此吼叫，儲幼寧只好束手不動，心中念頭卻是轉個不停，心想，怎麼弄個法子，既能解蓋喚天、張超之危，又不讓蓋喚天怪罪。驀然間，他眼角瞥見肅庭站於一旁，沒事人兒一般，在那兒好整以暇，束手觀戰。他拿眼睛瞧著韓燕媛，四目相對，他又輕動下顎，指向肅庭。那意思是說，要動手拿肅庭。韓燕媛會意，輕輕點頭，贊同此法。

儲幼寧抽個冷子，突然衝向肅庭。儲幼寧並非武人，亦未修習任何門派武術，也就是仗著眼明手快，精於估算，至於其行動之速遲快慢，與一般平民無異。因而，他衝向肅庭，雖盡力而為，速度卻非迅猛，無法令對方措手不及。因而，肅庭見他衝來，早就拔出腰刀，橫於身前，防著儲幼寧近身。

好個儲幼寧，衝近肅庭身前，卻止住衝勢，不往肅庭刀口上撞去。

儲幼寧煞住衝勢，隨即左手握拳，往肅庭持刀右手臂彎輕擊。這手臂彎，連接上臂與下臂，猶如腿上膝部關節，只要受衝擊就彎曲傾頹。腿上膝部關節，即便輕微衝擊，都會屈膝跪倒。而手臂臂彎略受衝擊，上臂手掌就不聽使喚，換移位置。儲幼寧拿左拳輕擊肅庭右手臂彎，肅庭上臂隨即回擊自家胸口。

上手臂，手掌握刀，刀刃朝外，刀背朝內。臂彎受衝擊，上手臂往回撞，手掌所握刀亦隨著往後衝，刀背擊中胸口。儲幼寧就這一拳，即讓肅庭胸口挨了自己所持單刀刀背一擊，疼得他大喊一聲。繼而，儲幼寧伸出右手，抓住肅庭左手食指，用力往上猛折。這一折，把肅庭疼得哭爹喊娘，右手單刀隨即扔在地上，他身軀隨即委頓，跪於地上，左手還是被儲幼寧死死拗著。

儲幼寧這一招，算是用上了孫子兵法第二計「圍魏救趙」，痛打肅庭，分盛京三霸之心，解蓋喚天並張超之危。

圍觀諸人見狀，俱都叫好，有人鼓掌，有人呼喝。儲幼寧好整以暇，站著施法，簡簡單單，就是右手死死拗折肅庭左手食指。那肅庭，疼得頭冒冷汗，顏面通紅，淚珠都滾了出來，嘴裡不閒著，一口一個「小爺」喊著。儲幼寧轉頭，往韓燕媛瞧去，就見韓燕媛面帶得意之色，也微笑以對。

沒幾下子，肅庭就癱軟在地，猶如一攤爛泥，猶不停喊著：「小爺，小爺，您行行好，放了我吧。小爺，有話好講，有話好講。別，別，別，疼啊，疼啊，放手啊。德家兄弟，別再打了，我這手快廢了，快過來救我啊。救命啊，救命啊，救命啊！」

那邊廂，德布與張超已經鬥得精疲力竭，兩人皆是砍一刀，休息一陣子，喘幾口氣。繼而勉力支撐，又互砍一刀，再分開喘氣。這邊廂，德庫與德富已然占了上風，卻被肅庭吵得六神無主，無心再戰。因而，兩人互使眼神，雙雙往後跳出，對蓋喚天道：「且先饒了你，我兄弟倆要先料理了那野小子，待會兒再回來宰了你。」

說罷，這兩兄弟，德庫兩手擎著倭刀，德富則是兩手各提一枝短銀槍，捨了蓋喚天，朝儲幼寧走去。儲幼寧見二人丟了蓋喚天，朝自己走來，當下，也鬆手放了肅庭，繼而，兩手往後腰一摸，左手抓著彈弓，右手捻著一顆圓石子，慢條斯理，將小圓石子放進彈弓後頭小皮片，小皮片夾緊了圓石子。儲幼寧左手抓彈弓柄，右手拉彈弓小皮片，將彈弓兩條橡皮帶子拉扯緊繃，對著德庫就射。

這拿倭刀、持雙槍兩兄弟，邊往儲幼寧方向走，邊就見儲幼寧拿彈弓、裝彈子、拉彈弓，心裡早有準備。待儲幼寧對準德庫，射出彈子，德富即高聲喊道：「老二，小心，他拿彈弓打你。」

德庫當然曉得，於是立刻閃躍躲開。儲幼寧次次如此，每次投擲石塊或發射彈弓，早就將對手閃躲方位精確計算，因而，這德庫不躲還好，這一躲，剛好把右腿膝蓋往彈子上送。就聽見啪地一聲，德庫右腿膝蓋髕骨就此碎裂。德庫當場慘叫一聲，隨即跪倒，跪下之際，右手倭刀支撐於地，刀刃衝內。德庫膝軟跪倒之際，上身前傾，鬼使神差，往刀刃撞去，這上半身自肩膀至小腹，就被自家倭刀劃了個口子。這口子，長達一尺有餘，深可及寸，鮮血立時湧出，雖未傷及臟器，但血如泉湧，情況不妙。

就在德庫右膝碎裂、彎身跪倒、倭刀自劃之際，儲幼寧第二枚彈子又咻然而至。這一回，打中德富右腿膝蓋，也是啪地一聲，髕骨碎裂，德富跪地，一如德庫。只不過，德富跪地時雖也以銀槍撐地，但沒傷到自身。

蓋喚天才喘幾口氣，就見儲幼寧已然廢掉德庫、德富兩兄弟，心裡不禁又羞愧，又佩服。羞愧自己忝為花子幫主，奮力苦戰，卻收拾不下兩兄弟，佩服儲幼寧三招兩式就收服了肅庭，廢掉了德庫、德富。

蓋喚天轉頭一看，德布與張超二人，已然罷鬥，兩人都倒臥在地，渾身是血。蓋喚天趕忙過去，就見張超氣喘吁吁，氣息卻是愈來愈微弱。張超身邊不遠處，德布亦是如此。此二人，捨命苦鬥，兩人都身中多刀，刀刀均深入肌膚，雖無致命刀傷，但傷口太多，流血不止，鬥到後來，兩人俱已是油盡燈枯，命在旦夕。

張超氣若遊絲，進氣少，出氣多，對著蓋喚天，張口欲言，卻說不出話來。蓋喚天傾身，拿耳朵貼進張超嘴唇，就聽張超微聲說道：「幫主，我對得起花子幫了，我老家還有老娘，幫主您請幫著照護。」

就這幾句話，說完，張超腦袋一歪，就此去了。那頭，德布也是人事不知，轉眼就要亡故，卻無人照管，因兩個弟弟自身難保，沒法子過來瞧瞧大哥。老二德庫膝蓋被廢，上半身又拖了個一尺多長口子，血流不止，此時一條命已去了八成，也是失了知覺，躺在那兒直叨氣。德富，膝蓋碎裂，已疼得分不清東西南北，就是躺在地上，輾轉哀號，壓根沒顧得上他兩個哥哥。

這一場惡戰，花子幫死了二當家。至於盛京三霸，離了奉天老家，進關闖天下，才到北京，就碰上這張家塘子樹林惡戰，老大、老二皆亡，老三右腿膝蓋報銷，終身殘廢。這場惡戰，保住了南城花子幫地盤，鏟掉了盛京三霸，外帶俘獲護軍校尉肅庭。

諸觀戰天橋藝人，早有人將賣藝所用蘆蓆、布棚，捲捆成堆，暗暗攜帶至此，俾便萬一花子幫有人身亡，用來裹屍。此時，就有人將蘆蓆、布棚取出，慢慢展開。諸人又在樹林當中，草草掘了三個淺坑。

圍觀藝人中，有個走方郎中大夫，此時取出針線，拿個啣枚，要蓋喚天咬住那啣枚，由走方郎中拿出針線，縫合蓋喚天左上臂傷口。

儲幼寧連敗德庫、德富，一死一重傷，事後心中仍是戰慄，趕忙走向韓燕媛，兩人伸手用力一握，一切盡在一握中。歷經這場惡戰，兩人有同經生死之感，情愫又往深處進了一程。

儲幼寧問韓燕媛：「為何要把張二當家草草葬於此地？為何不把張超屍身運回南城，在花子幫地盤，給張超辦喪事？」

韓燕媛答道：「你不知道，多少年的規矩，北京城只能仰面而出，不能仰面而進，城內有人亡故，可以運出城去葬了。城外有人亡故，卻不能將屍身運回城內，多少年規矩就是這樣。因而，今天得先草草葬了張二當家，之後再回來重做法事。」

蓋喚天歷經苦戰，又被針線縫了傷口，近乎虛脫，卻還是苦苦支撐，扶起張超屍身，由眾人抬起，放上蘆席，將之捲起，抬往墳坑，就此埋了。而德布、德庫屍身，亦是如此，放上蘆席或布棚，捲起之後，置入墳坑埋了。

剩下來，德富並肅庭已然失神，兩眼呆滯，彷彿視而不見，呆若木雞。蓋喚天向藝人要過一根齊眉棍，先兩手抓住德富肩頭，用力搖晃，將德富搖得回魂，繼而將齊眉棍交予德富道：「你們三兄弟，今兒個死了倆，就剩你一個，腿上帶傷，右腿報廢了，一輩子都站不直。你聽著，你們三兄弟橫行霸道，樹敵必多，仇人遍地。現如今，你成了殘廢，要讓仇人知道了，必定取你性命。」

「光是取你性命倒也罷了，就怕你對頭報仇，心狠手辣，把你逮住了，羞辱你、折磨你，讓你求生不得，求死不能。你聽見沒有？你下半輩子算是完了，別想其他的，就拿著這根棍子，慢慢走吧，走多遠算多遠，磕頭討飯也好，沿街托缽也好，想方設法，慢慢活下去吧。別再弄其他想頭了，你沒有想頭可弄，你連走道都有問題，更別提其他的。就我說的，要飯去吧！」

德富驀然間死了兩個哥哥，自己又成了殘廢，渾渾噩噩，還沒回過神來，就拄著這齊眉棍，一拐一拐走了，兩支銀色短槍也甩在地上，沒再拾起。

送走德富，蓋喚天轉過頭來，要眾人扶起肅庭，靠著棵樹幹，讓肅庭坐直了，拿繩子捆在樹幹上。捆完了肅庭，蓋喚天兩手抱拳，團團轉了一圈，對眾天橋藝人道：「各位朋友，今日隆情高義，到此助拳，我蓋喚天銘感五內，永世不忘。自今而後，花子幫待各位如衣食父母，諸位但得有用得上花子幫的地方，花子幫萬死不辭。在此，蓋喚天還有他事，要與這人結算清楚，因而，蓋某人在此謝過諸位，請諸位各自回城。」

第二十四章：審肅庭仙人跳案水落石出，盜香木洋人迷藥再建奇功

眾人走後，蓋喚天審肅庭，追問香木金剛杵下落。肅庭也膿包，連威嚇、嚇唬都省了，就一五一十把實話給說了。他說，這事情的確是內務府包衣佐領剛健主使，剛健布置縝密，所用諸人，互不聯絡，互不認識。用人時，臨時通知，交代明確，扮演啥角色，說啥話，幹啥事，全都說清楚。沒叫說的話，沒叫幹的事，就別說，別幹。

剛健頭天找他，給他一套驍騎營都統官服，要他第二天一大早，穿上這官服去西單，自有旁人等著他扮演隨從。也會有人喊來車子，要他搭車，率眾人到喇嘛所住宅院。到了地頭，先要院子裡僕婦、丫鬟、車夫離開，繼而率人衝進去。進去就打，說是捉姦成雙，把喇嘛綁起來，威嚇嚇唬，要屋內那少婦趕緊走，接著搜屋子，什麼都不要，就要一座香木金剛杵。

果然，肅庭搜到那金剛杵，趕忙搭原車，回到西單原地。眾人在此一哄而散，各走各路，肅庭則是直接拿著香木金剛杵，另外招輛車去了剛健家。剛健家位於東城十條胡同，離西單頗遠，這剛健搭車到了東城十條胡同，面見剛健，交出香木金剛杵，得了兩百兩銀票。剛健囑咐他，不得對旁人說起此事。

肅庭從實交代香木金剛杵下落，至此，內務府包衣佐領剛健，就成了追查對象。儲幼寧看著蓋喚天道：「大哥，這點子怎麼弄？要不要還是送去步軍統領衙門？像前天陳三發子、張六子、綠珠等三人那樣？」

肅庭聞言大驚道：「別，別，求求兩位爺兒們了，別把我送九門提督衙門。兩位爺不曉得，前天您送進去那三人，當天晚上就弄死了。榮祿榮大人下的命令，也不曉得使了什麼法子，那三人就弄死了，連夜抬了出去，找地方埋了。兩位爺要是把我也送去那兒，我活不過今天晚上。」

儲幼寧並蓋喚天，聽了這話，也是猛嚇一跳。蓋喚天對肅庭道：「你別胡說，你如何就知道，什麼有三個人連夜弄死之事？」

肅庭道：「實話對兩位爺說，一個多月前，就有朋友給我通訊息，說是關外有江湖朋友，盛京三霸，要到北京闖地盤，要我給陪著。我那朋友，和我一樣，都是護軍校尉。昨天一大早，我去朋友那兒，接這盛京三霸。我那朋友，在東直門當差，每天夜裡二更天，把城門封了，要到一大清早五更天，這才開門。盛京三霸到了北京，就住我朋友家，我一大早，天亮後，去我朋友家接盛京三霸。」「我朋友那時散值回家，正與盛京三霸吃早點，我到了，一起吃，順便聊聊。我朋友說，前一天夜裡，都快三更天了，城門早關了，就有步軍統領衙門官差來叫門，說是運三具屍首出城。我當時一聽，就曉得這裡頭有黑事。當即，我朋友開了城門，讓官差把屍首運出去，然後又關上城門。」

儲幼寧問道：「你怎麼知道，官差送屍首出城，就有黑事？」

肅庭道：「小爺，要知道，凡是外地木頭進北京城，都走東直門。因而，東直門外頭，磚瓦廠特別多。燒磚瓦得用窯，窯裡燒木頭。因為東直門專門進木頭，取材方便，東直門外就特別多磚瓦窯。

當時我就知道，這一定是步軍統領衙門把人弄死了，連夜送出去，找家磚瓦廠，把屍首放進窯裡，連著木頭，一起燒了，全成了灰，啥證據都沒了。」

蓋喚天問道：「你怎知道，那三具屍首，就是陳三發子、張六子、綠珠等三人？」

肅庭道：「我原本不知，但聽我朋友說，官差送屍首出城門時，曾經提到，這三人白天才送進步軍統領衙門大牢，夜裡就一齊暴斃，所以才連夜送出城去。又說，死屍是兩男一女。剛才聽兩位爺兒們說，前天白日，曾送了陳三發子、張六子、綠珠等三人去那衙門，因而，我就曉得，這三人在牢裡遭了毒手。」

「兩位爺兒們，您把我放了吧，千萬別送我去九門提督衙門。現如今，盛京三霸死的死，殘的殘，我已沒法子對我朋友交代，這護軍校尉，也幹不下去了。而香木金剛杵那檔事，擺明了是個黑窟窿，誰沾著了，誰就沒命。現如今，盛京三霸加上香木金剛杵，我連捅兩件婁子，這北京城，壓根沒法再待下去了。二位爺把我放了吧，我這就趕緊回家，收拾東西，帶了細軟，即刻出京，我得逃命去了。」

儲幼寧看著蓋喚天道：「大哥，您說呢？」

蓋喚天沉吟半晌，對肅庭道：「就因為小子你引來這三人，今日一戰，害得我花子幫失了二當家。我對你苦大仇深，殺了你都不為過。但念你如今走投無路，我也不為已甚，算了，就此放過了你。但你要給我一句話，真的就此遠走高飛，你要再讓我見到，我非取你小命不可。」

肅庭身子綁在樹上，沒法子叩頭如搗蒜，只好點頭如搗蒜，聲帶哽咽道：「幫主，您怎說怎好，我確實沒法子在北京城再混下去了。我再待著，不用等您動手，內務府、步軍統領這些衙門，就會殺我滅口。」

就此，蓋喚天給肅庭解了繩子。肅庭鬆了綁，略微活動兩下，就一腳高，一腳低，往北邊永定門而去。蓋喚天與儲幼寧，則是慢慢也往回走。蓋喚天對儲幼寧道：「兄弟，今日要不是你，我必然死於林中，花子幫就此也散了。我與張超，和那三人，殺成兩堆，不讓外人幫忙。你沒殺進來幫忙，卻把德庫、德富兩人引出去，殺了一人，廢了一人，真是我花子幫救命恩人。」

儲幼寧道：「大哥，休再提起此事。就算不認識大哥，就算沒結識花子幫，像盛京三霸這種惡漢，叫我碰上了，我也會出手制裁。現如今，香木金剛杵這案子，應該辦得差不多了，就等大哥幫忙，幫幫我，在北京城人海裡篩找白鵬飛了。」

蓋喚天道：「沒得說的，尋找白鵬飛這檔事，就落在咱花子幫身上。待會兒進了城，你先去天橋，瞧瞧那唱大鼓書的妞兒去，我得到步軍統領衙門，回報香木金剛杵案情，要他們動公事，找內務府包衣佐領剛健要東西去。」

儲幼寧道：「大哥，找白鵬飛，還真是要仰賴您花子幫。您瞧，我才到北京，得學的事情還多著哪。比方說，之前就聽人講過，步軍統領衙門，又稱九門提督衙門。步軍統領，就是九門提督。但還是不習慣，每次聽人講這兩不同名稱，心裡總要想想，這才轉得過來。」

蓋喚天道：「沒事，久了就習慣了。」

二人說說講講，就進了永定門，儲幼寧去了天橋，蓋喚天則去步軍統領衙門。

儲幼寧到了天橋，先去金牙秀才、魯定中等人攤位捧場，與諸人寒暄，略略講述放走肅庭之事。繼而，則是找尋韓燕媛賣藝之處。後來找到，韓家父女今日在一小戲園子外頭轉角之處，擺攤唱大鼓書。

儲幼寧站定了，也不言語，就是潛心定氣，用心聽著韓燕媛唱腔。邊聽，他邊心想，買點什麼東西，待會兒送給韓燕媛壓壓飢。轉頭一看，就見不遠之處有個攤子，顧客川流不息，生意挺熱，顯然賣的是好東西。因而，移步過去，一瞧發現，賣的是一塊塊紅豔豔小甜點。他問身邊旁人這才曉得，這叫酸梅糕，吃進嘴裡，猶如喝了酸梅湯。

於是，就掏錢買了一盒。這東西，價錢可不便宜，一盒裡頭，九小塊酸梅糕，索價一百五十枚銅錢。儲幼寧買了酸梅糕，提溜在手裡，又走回原處，韓燕媛已唱罷一齣大鼓書，放了夾板、鼓槌，坐著暫歇。儲幼寧過去，獻上酸梅糕盒子，韓燕媛兩眼一亮，驚喜道：「許老頭的酸梅糕，這可貴了，但也好吃，你怎麼曉得我愛吃這個？」

儲幼寧哪知道韓燕媛愛吃這個？他這只是碰巧，心裡想買小點心送韓，碰巧就瞧見這酸梅糕攤子。因而，他淺笑不語，心裡卻十分受用。

儲幼寧與韓燕媛是怎麼回事，老頭韓福年早就瞧在眼裡。這人心靈剔透，暢曉人情世故，歷經生活折磨，早已絲毫不帶煙火氣，每天就是白天唱戲，唱完戲往煙館弄點煙土渣子，晚上回住處，過過大煙癮，一天就此揭過。韓燕媛對儲幼寧如何，儲幼寧對韓燕媛如何，他瞧在眼裡，毫無意見。眼下，儲幼寧送來酸梅糕，他也跟著分享。

韓福年難得開口，今天吃了酸梅糕，卻講了不少：「這許老頭，據說以前在宮內餑餑房當過差，不知為何離開了餑餑房。有人說，那是犯了過失，給攆出來了。他自己說，宮內差使不好當，自己離開，到外頭討生活。你們瞧瞧，他雖非旗人，卻有旗人作派，永遠衣履整潔。毛藍布衫兒，洗得都褪色泛白，穿在身上，依舊是平平整整。」

「他這酸梅糕，擺在盒子裡，都是用油光紙墊底。這盒子，則是用硬紙板所做。你們瞧瞧，這盒子外頭，還糊著淺黃色暗紋紙，上頭貼著一張朱蓋白的紅紙簽兒，遠看就像一本書。這手功夫，細膩別緻，人家點心舖子才有這心思，而許老頭只是個擺攤的，卻也有這品級。」

韓福年邊說，邊拿起一塊酸梅糕，要儲幼寧、韓燕媛細看。韓福年道：「你們看，這酸梅糕底下，有花紋。做酸梅糕得放進模子裡。許老頭那酸梅糕模子，是宮裡造辦處巧手工匠所雕刻，飛禽走獸，花鳥魚蟲，意態生動，栩栩如生。他那攤子除了賣酸梅糕，還賣冰糖子，有圍棋大小，鵝黃透明，甘沁寧香，也是宮裡傳出來的做法。」

儲幼寧聞言，二話不說，邁腿就走，復又回到許老頭攤子那兒，擠著進去，買了盒冰糖子。等回到韓燕媛這兒，父女倆又唱上了。於是，儲幼寧又站定了腳跟，提著一盒冰糖子，用心聽著韓燕媛唱大鼓書。韓家父女今天生意挺好，兩人攤位這兒，圍了一圈人潮。聽著，聽著，儲幼寧就見人潮對面位置，有幾人瞧著他，對著他指指點點。

儲幼寧從對方眼神，可得知自己到北京沒多久，已然在天橋地面，闖出了名聲。那幾人，一定是認出他面容，曉得他之前曾在天橋地面大戰花子幫。當時，他打退大流子、二柱子時，曾刻意大言夸夸，講話匪裡匪氣，自報名號，還自稱小爺，為的就是打出名聲，好找尋白鵬飛。如今，不過短短十天不到工夫，不但打出了名號，還經歷了多場惡戰。回想起來，江湖多事，自己人在江湖，不能置身事外，只能跟著江湖轉。

想到這兒，他瞧瞧韓燕媛，想想自己，又想想韓燕媛，心裡就不禁浮出「江湖兒女」四字。那揚州城金家宅院，以及金家宅院裡劉小雲，似乎離自己愈來愈遠。

這天稍後，他待韓燕媛唱完，請韓家父女下了回館子，吃得肚皮圓滾，這才與韓家父女分手，回到先農壇蓋喚天宅院。進了正房，就見蓋喚天眉頭深鎖，一臉愁容，指指椅子，要他坐下說話。

儲幼寧坐下，問蓋喚天道：「大哥，出了什麼事，你怎麼臉色如此難看？」

蓋喚天道：「唉，事情壞了。兄弟，你知道嗎？我去了步軍統領衙門，平常回報事情，都是由值班校尉接談。今天不一樣，我到了那兒，值班校尉說，榮祿榮大人有話交代，說是如果我去了，要我直接去見榮大人。」

儲幼寧問道：「那麼，榮大人怎麼說？」

蓋喚天道：「一進去，榮大人就把我痛罵一通，說江湖事江湖了，陳三發子等三人，我不該送到步軍統領衙門去。他把話揭明白了說，說是香木金剛杵一事，就是內務府大臣廣順私務，裡頭有什麼疙瘩，他不知道，他也不想知道。榮大人說，這整件事，也就是要咱們花子幫私底下去弄，別扯上官面。他說，那天花子幫送進去三人，都讓他弄走了。」

儲幼寧道：「什麼弄走了？是弄死了！」

蓋喚天道：「榮大人當然不會說，他把人弄死了。他還說，就算曉得香木金剛杵在剛健那兒，還是得由我們花子幫取來，交給榮大人，榮大人再轉呈給內務府廣順廣大人。反正，他們就是不願意沾這骯髒事，髒事都由咱們江湖人物去弄，弄得了，好處就由他們衙門裡官大爺們沾。他娘的，氣死人，咱們就這麼命賤！」

儲幼寧道：「大哥，別這麼急，小心急壞了身子。他不是要我們去取金剛杵嗎？咱們就一起去幹這事。大哥，有我在，火裡來，火裡去；水裡來，水裡去，我一路陪著大哥，刀山油鍋一路闖過去。」

「不是說，剛健家住東城十條胡同嗎？大哥，您趕緊派人到那地頭去踩踩盤子，到底是個什麼樣子，咱們得先弄清楚。看樣子，官面上就是拿這事情，架在大哥脖子上，有功您沒分，有過就讓您背。這塊豬骨頭，不管怎麼樣，咱們都得吞下去。大哥，您花子幫那麼一大家子人都指著您過活，這關卡，您無論如何，都得挺過去。」

蓋喚天道：「兄弟，有你的，不過是幾天時間，就見你長了見識，講起話來，道理一套一套的。好，就依你的，我馬上派人去東城，查查十條胡同剛健家動靜。」

隨即，蓋喚天安排人手，一撥人去東城，到十條胡同探摸剛健宅院底細。另撥人去和尚寺院、道士宮觀、喇嘛廟宇、槓夫行、香燭紙錢店、棺材舖等地方奔波，準備喪葬所需，及早出城，安葬張超。

次日一大清早，蓋喚天獨自帶著銀票出城，去了張超老家，安排撫卹。午後，蓋喚天回到城裡先農壇宅院，找來儲幼寧，聽取手下探子稟告，了解東城十條胡同剛健宅邸布置。

探子回報，說是剛健宅子分前後院，兩邊各有兩名武師護院，排班輪值。兩名武師白天值班，前後院各一。兩名武師夜間值班，也是前後院各一。

探子走後，蓋喚天與儲幼寧閉門商議對策。蓋喚天開宗明義道：「兄弟，短短幾日內，花子幫連折損兩員幹將，先是二師兄花花太歲管漢超有眼無珠，為兄弟所廢。繼而大師兄花花閻王張超，與盛京強徒德布對陣雙亡。現下，花子幫除了我，簡直沒人了，下頭那些人頂不住大事。兄弟，哥哥我可否說句話？」

儲幼寧聽蓋喚天如此說話，心裡隱隱約約，已曉得是怎麼回事，心裡覺得十分為難，但表面上，仍得裝作不知，客氣回應道：「大哥，有話請講，不必客套。」

蓋喚天道：「兄弟心地正派，行事光明磊落，可否幫哥哥一個忙？就入了我花子幫，接替張超，出任二當家？」

儲幼寧一聽，果然如其所料，只好小心翼翼，正色言道：「大哥，香木金剛杵這檔事，就如我剛才所言，火裡來，火裡去；水裡來，水裡去，我一路陪著大哥，刀山油鍋一路闖過去。但此事了了後，我得求大哥，助我查找白鵬飛，報他殺我義父之仇。報仇大事一了，我就得回揚州去，我這趟出來，臨走前，乾爹有交代，要我報仇大事一了，就趕緊回揚州。更何況，我內人劉小雲已然懷了身孕，我不能長久在外。」

蓋喚天聽儲幼寧如此說，乃接碴道：「是了，這事本來就強兄弟所難。兄弟肯與我共赴香木金剛杵之難，已屬難得，我本不該有非分之想，要兄弟你入花子幫。」

儲幼寧聽蓋喚天言語，似有似無，火著芥蒂，心裡覺得不妥，但又不知如何化解。因而，當下心中暗暗決定，赴東城十條胡同盜取香木金剛杵時，要格外出死力，讓蓋喚天見情，消弭他不願入花子幫芥蒂。

繼而，二人商議如何盜取香木金剛杵。決定撿日不如撞日，就在今日夜裡子時動手。當下，又派花子幫探子，守在剛健宅邸外頭轉角處，監視進出，確認剛健回府。到了子夜，蓋喚天併同儲幼寧，入剛健宅院盜取金剛杵。

至於盜取方法，蓋喚天對儲幼寧道：「兄弟，哥哥我教你一點江湖道上規矩。這通北京城裡，所有看家護院武師與樑上盜匪，彼此互有規矩。咱們今天夜裡，就先照這規矩來，之後再出奇招，放倒護院武師。」

儲幼寧奇道：「大哥，護院武師就是護著東家平安，怎能與盜賊互有規矩？」

蓋喚天道：「這你就不知道了，我問你，你前幾天不是說過嗎，你幼年時，在山東臨沂左近山上寨子裡，與山賊一同過日子。你說過，那山賊雖劫道，但不傷人，與鏢局趟子手、官府衙門，都有規矩，大家各走各路，平安無事。一樣道理，北京城裡看家護院武師與樑上賊子，也有規矩。」

「這規矩，就是不得落地。盜賊夜裡穿房過戶，無論是在房頂還是牆上，只要是路過，只要是不落地，看家護院武師就不會動手。比方說，盜賊要劫張三家，先上了房，路過李四家，就算李四家護院武師瞧見了，只要那盜賊沒落地，李四家護院武師就不會動手拿賊。」

「甚至，依照江湖規矩，那賊只要待在房上，還可以向李四家護院武師要口水喝，或者摘李四家院子裡樹上果子，這都可以。然而，只要一落地，就是壞了規矩，武師必然翻臉，動手拿賊。咱們就用這規矩，到了東城十條胡同，先上房，到了剛健家屋頂，假意路過，和他家前後院兩武師閒扯，然後，出其不意，放倒這倆武師。」

儲幼寧道：「大哥，我要如何助你，拿下這兩名武師？」

蓋喚天道：「走，咱們上天橋去。到了天橋，你就知道了。」

於是，二人走出先農壇宅院，去了天橋。到了天橋地面，蓋喚天又是毫不猶豫，邁步直行，又去了那拔牙攤子。那牙攤攤主，上回給蓋喚天拔牙，只知道此人來頭大，還不曉得這就是花子幫幫主。

這回，牙攤攤主可曉得蓋喚天是幫主，見蓋喚天直盯盯朝自己直奔而來，心想，可別是拔牙拔出問題，幫主那牙肉窟窿潰爛流膿，找他來算帳了。

因而，兩腿哆嗦，牙關顫抖，話都說不俐落，結結巴巴道：「幫，幫，幫主，您，您，您，您老人家，找，找，找我，有何事？」

蓋喚天也不多言語，右手伸過去，手掌張開，上頭是一塊碎銀子，直接了當道：「這兒是半兩銀子，買你那瓶兌了洋火酒的洋麻藥。另外，再給我一個一模一樣空瓶子。」

那牙攤攤主聽明白了，這才動作麻俐，迅捷自攤位底下，摸出一瓶裝著汁液琉璃瓶。另外，又摸摸叨叨，揀選出個空瓶，交給蓋喚天道：「幫主，東西您老人家拿去，銀子我可不敢要。」

蓋喚天取回兩樽琉璃瓶，二話不說，扔了銀子就走，那攤主也不敢追趕，就由著蓋喚天去了。

回家路上，蓋喚天對儲幼寧，如此如此，這般這般，傳授機宜，告知儲幼寧，午夜到了剛健宅院，該如何行事。末了，兩人又回到蓋喚天宅院，蓋喚天吩咐廚房，快快送上夜飯。吃過夜飯後，蓋喚天要儲幼寧先回房歇著，養足了精神，晚上好辦事。

儲幼寧回到房裡，閉目養神，並未深睡，卻是迷迷糊糊，似睡非睡，想著離開揚州後，自德州而北京，一路惡鬥，傷敵、斃敵，對自己身手更有自信。也想到揚州金家，想著劉小雲現下懷著自己骨肉，未知肚子大或不大，然必定受著乾婆婆莫氏照拂。又想著韓燕媛，確信自己喜歡韓燕媛，遠甚於劉小雲。但劉小雲有金家上下庇護，他與劉小雲拜過堂，劉小雲是他正堂妻子，對他也百依百順，但他與劉小雲連夫妻默契都無，更別提心心相印，深切契合。

他與韓燕媛相識不過十餘日，卻已是心心相印，深切契合。但韓是個走江湖賣藝女子，每日裡拋頭露臉，掙扎求活，自己又沒法給韓燕媛安定日子過，總不能不顧揚州金家上下，甩手扔了劉小雲，逕自與韓燕媛在北京成親。尤其，自己在外，靠的是金阿根銀錢支撐。離開揚州時，金阿根給了他銀票與現銀，夠他在外尋找仇家。

倘若銀票、銀子使盡，儘可打電報向金阿根再要。一旦斷絕揚州關係，在北京另娶韓燕媛，金阿根必定不會再有銀錢支撐，他腹中文墨有限，肩不能挑，手不能提，也就是武藝高強，長於打人殺人，如何能維生？

想來想去，沒個頭緒，迷迷糊糊間，就聽見房外蓋喚天喊他，說是時候已到，兩人該出門了。

兩人俱穿了黑色緊身衣褲，褲腳與袖口，都用細帶繫緊，又都帶了汗帕，用來蒙臉。花子幫眾早準備了一輛驢車，車上一包包都是菜蔬並水果。儲、蓋二人搭這驢車悄然而行，到了東城十條胡同，悄然下車。這驢車，滿載蔬果，停在轉角之處，花子幫探子早等在當地，低聲稟報蓋喚天，說是已經指認清楚，剛健下午即已回家，此後即未再出門。

此時時辰已晚，路上人煙稀少，但月明星亮，人站在街角，地上都能拉出月亮人影。蓋、儲二人，拿汗帕把臉上鼻口蒙了，就剩眼睛與額頭露在外頭。花子幫探子躬身彎腰，合攏兩手，儲幼寧踏入其中，探子兩手往上送，儲幼寧兩手攀牆使力，兩腿則藉著探子推力，順利上了牆頭。蓋喚天亦如法炮製，也上了牆頭。兩人上牆，探子離去，回到驢車與車夫並坐，悄然靜候兩人歸去。

兩人沿著牆頭，慢慢由前院往後院行去。才上牆不久，就見前院樹蔭下跑出一名武師。此人身上也是勁裝結束，手裡拿著根蠟桿長槍，槍頭直指牆上儲、蓋二人，並輕聲呼喚另名武師。未久，後院武師拿著單刀，亦來到前院。兩名武師，早在蓋喚天、儲幼寧計算中，並不意外。詎料，牆邊小屋此時開了門，又走出兩名武師。此二人，為日班武師，此時已交班，理應入睡，但時節已入初夏，北京天氣漸轉燥熱，此二人睡不著，正在屋裡用扇子搧著，想待會兒搧涼了，這才上床睡覺。

如今，聽見外頭有響動，二人亦出來，發現牆頭有人，立刻進屋，取出兵器，一個拿雙刀，另一個拿齊眉棍。四名護院武師，俱都站在前院牆下，兵器指著牆上蓋、儲二人。

蓋喚天不慌不忙，放低身子，索性兩手一撐，就此坐在牆上，並要儲幼寧也坐下。兩人坐定後，蓋喚天對下頭四人拱拱手道：「辛苦，辛苦，四位師傅辛苦了。在下與這位小兄弟，蒙上了面，自是不欲外人瞧見我倆真面目。實話實說，咱們這也是沒辦法了，這才夜裡出來找家富戶，借點銀子使，不傷人命，不淫婦女，就是借點銀子。」

「府上有四位師傅在，咱們倆再膽大妄為，也不敢落地，不敢壞了規矩。這麼著，現下星月明亮，我倆也不好繼續往前走，暫且就在這牆上待著，等著烏雲蔽月，這才繼續前行。請問，有菸麼？」

那持單刀武師似乎從沒見過夜賊，見蓋、儲二人待在牆上，不落下地面，言語就活絡得多，此人言道：「要抽菸？旱菸桿行嗎？」

蓋喚天道：「當然成，也就是肚子裡菸蟲作怪，好歹有點菸壓下去，把菸蟲給掐了。」

那持單刀武師，自身上抽出旱菸桿，又掏出菸葉，裝進旱菸桿前端菸鍋子。裝滿了，拿打火石打著了火捻，拿火捻把菸點燃，再滅了火捻，把旱菸桿遞給蓋喚天。

蓋喚天接過旱菸桿，叭噠叭噠，使勁抽了起來，抽了十幾口，就把一鍋菸絲抽完，將旱菸桿遞回那單刀師傅。蓋喚天隨即從腰際小布囊，掏出個小木盒，往下遞給那單刀武師道：「謝謝兄弟你這鍋菸，沒什麼好東西回報，這洋玩意兒，送你玩玩。」

說罷，把小木盒遞給單刀武師。那單刀武師好奇，開了小木盒，就見裡面躺了十餘根小木棍，長約兩寸有餘。小木棍頂端，有團圓乎乎，小石頭似的物件，乃用手去摸，又硬又粗糙。牆頭上，蓋喚天低聲道：「別，千萬別用手去摸，小心著火。這玩意兒，是洋人所用，人稱自來火，只要拿那小圓頭，在硬物上摩擦，那小木棍就會生火，既不用打火石，又不用火捻子。」

聽蓋喚天如此說，四名武師都面帶奇色。那單刀武師將手中所持小木棍圓頭，在牆上輕輕一劃，就聽見嘶地一聲，冒出火苗。那人受驚嚇，手一鬆，那小木棍落於地上，火苗就此熄了。

蓋喚天輕輕笑道：「呵呵，別怕，別怕，下回再點燃那小棍子，可拿緊了，別扔掉。再有，得小心風，初初點燃時，得避著風，待火苗燒著了小木棍，就不怕熄掉了。」

一來一往，兩邊竟然聊上了。護院武師問兩人，為何成了樑上盜賊？蓋喚天並儲幼寧自有一套說詞，蓋喚天還加油添醋，亂扯盜賊行規，唬得四名武師一愣一愣。

末了，蓋喚天對儲幼寧使個眼色，儲幼寧緩緩自身邊百寶囊掏出個小琉璃樽，對地上四人言道：「剛才我大哥送了各位一盒洋人自來火。小弟這兒，亦有孝敬。」

這琉璃樽，即為之前蓋喚天向牙攤攤主所要空琉璃瓶。此刻，琉璃瓶內，已裝了汁液。

儲幼寧指著這琉璃樽道：「這瓶裡，裝的是法蘭西香精，有柑橘異香。在此，我將這異香汁液，倒在白洋棉布上給各位聞聞。但可有一樣，四位師傅待會兒拿了白洋棉布，先別聞，要等四人俱都拿到了，這才一齊放在鼻頭上，用力猛嗅。

「為啥要一齊用力猛嗅呢？這裡頭有個道理。要是拿單刀大哥先聞，他是過癮了，但餘香飄出，其他三位師傅也稍微聞到。之後，其他三位師傅再嗅聞時，這鼻腔感應之力就打了折扣，聞出來味道，可就不純了。」

說罷，掏出四片白洋棉布擺在腿上，又旋開小琉璃樽瓶蓋，將四片白洋棉布，依序堵住瓶口，把瓶子略微傾斜，將瓶內汁液浸溼了四片白洋棉布，遞給四名武師。

四名武師倒也聽話，先拿到之人，不急著拿鼻子去嗅聞。待四人皆拿到白洋棉布，這才一齊舉手，把白洋棉布放到口鼻之上，使力嗅聞。牆上頭，儲幼寧催促道：「使力聞，用力嗅，這才能體會異香。」

四名武師死命聞嗅，但覺柑橘異香撲鼻，就算真把個柑橘剖開，捏擠成汁，亦無如此芬芳。四名武師聞過法蘭西柑橘香精，無不大奇。儲幼寧慢慢遞下那柑橘香精琉璃瓶道：「一點點小意思，這瓶小東西，送給四位師傅。四位師傅可另尋小瓶，將這法蘭西香精分了。」

說罷，儲幼寧又從百寶囊掏出個琉璃樽，接著對四人道：「剛才那是法蘭西柑橘香精，現在這瓶，則是羅剎國百花齊放香精。這香精，集羅剎國四季花朵，歷時五年才能釀成。現下，再分給四位師傅嗅聞。這回，更須注意，待會兒我將這羅剎國百花齊放香精遞下去之前，各位得深深吸口氣，然後把氣閉住，千萬不可事先偷聞，否則必將大損鼻腔嗅聞之力。」

「待四位師傅皆取得白洋棉布之後，這才將閉住之氣用力吐出。吐盡氣息後，將白洋棉布貼緊口鼻，使勁拚命嗅聞，則可盡享羅剎國百花齊放香味。」

四名武師聞言，皆盡大喜，心想今日這倆過境賊實在大方，先贈法蘭西柑橘香精，現在又有羅剎國百花齊放香精。因而，全都遵照儲幼寧指示，大吸一口氣，之後閉氣，分別接過白洋棉布，繼而使勁吐盡胸腹氣息。最後，四人齊將白洋棉布緊貼鼻口，一齊使出吃奶力氣，猛嗅那白洋棉布。就聽見咚，咚，咚，咚四聲，四人吸了混入西洋火酒歌羅芳，盡數倒地不起。

第二十五章：捉剛健金剛寶杵終究到手，戰武師老少二俠俱皆受傷

蓋、儲二人隨即落地，儘管二人不知剛健寢室，但宅院格局就是那樣，主人夫婦必然是住於上房。於是，二人悄然直奔上房，進了屋裡，正巧今夜月明星亮，即便燈火全無，勉力仍可依稀辨識上房之內景物。儲幼寧早就又準備一份洋白棉布，浸溼兌了火酒歌羅芳，猛然壓住剛健身旁女人口鼻，那女子猛然驚醒，但猛喘幾下，又告昏睡。

蓋喚天拔出匕首，抵住剛健脖子，將剛健搖醒。剛健睜眼，見個人頭，臉上蒙著黑布，自己脖子上架著匕首，曉得家裡來了賊。又轉念想到，家裡養著四名護院武師，卻擋不住眼前兩賊，自己還是乖乖就範為是。

蓋喚天啞著嗓子，低聲問道：「不要別的，就要香木金剛杵。要嘛，你自己交出來。要嘛，我和我夥計把你廢了，慢慢搜過去，還是搜得到。你給句話，到底想怎樣？」

這會兒，剛健腦袋清楚了，對儲、蓋二人道：「東西就在床底下，明天就得交出去。你們倆大概活得不耐煩了，敢來搶這東西，也不先問問，這東西的主兒是誰？」

儲幼寧伸手，拿指頭朝剛健喉頭輕戳一下，剛健嗓子就啞了。戳過剛健，儲幼寧小聲威嚇道：

「小爺我，就是這金剛杵正主，你脖子裡講話發聲那片肉已被我戳傷，或許過兩天就好，也許過兩年才好，也許，這輩子都好不了。不管以後好不好，眼下這會兒工夫，你嗓子卻是啞定了。你要再叫，小爺我捏扁你那發聲肉片，你馬上就成啞巴，你信不信？」

儲幼寧輕輕一戳，剛健嗓子即已啞掉，剛健心中大驚，著實被嚇著，因而不敢再亂講話。

蓋喚天將匕首交予儲幼寧，由儲幼寧拿匕首，抵住剛健脖子，隨即，蓋喚天矮下身子，伏在地上，探身鑽進床底，順手一拖，就拖出個布袋。蓋喚天站起身來，一頭一臉灰絮，那布袋也是灰絮裹繞。蓋喚天拿手把顏面灰絮抹乾淨，打開布袋，掏出裡頭物件，立即聞到一股芬香之氣。這東西，錯不了，香木金剛杵。

總算拿到了這物件，蓋喚天接過儲幼寧手中匕首，抵著床上剛健脖子問道：「我問你，這東西正主是誰？」

剛健倔強，不肯作答。蓋喚天看著儲幼寧，拿下巴衝著剛健一點，哼了聲。儲幼寧依言而做，再度豎起手指，往剛健喉頭又輕戳一下，如此，剛健聲音更加嘶啞，幾乎發不出聲來。繼而，儲幼寧抓起剛健右手，使出之前對付肅庭老招數，抓住剛健食指，用力往上扳起，拗得剛健啊啊驚叫，卻是發不出聲音，疼得滿頭冒汗。

蓋喚天語氣平靜，一字一字慢慢說道：「為了這香木金剛杵，已經死了一個喇嘛、一個廚子、一個內務府包衣、一個堂子姑娘，跑了個護軍校尉。你別管我是誰，你不知道最好，你要知道了，你也惹不起我。我只問你，你適才說，這東西，明天就得交出去，交給正主。我就問你，這正主是誰？」

剛健再倔，倔不過儲幼寧拗指神功，疼得剛健受不了，只好招供：「別拗，別拗，我說，我說。」

儲幼寧聞言，不再強拗，放鬆剛健手指，但放鬆而不放開，還是抓著。剛健疼得喘息不已，邊喘邊說：「慎刑司，聽過慎刑司吧？內務府底下，衙門眾多，裡頭有個慎刑司，專門管執行家法。一般百姓犯了事，送一般衙門。大臣犯了事，也有刑部管著。唯獨這旗人，要是犯了事，上頭主子一句話，就送慎刑司。」

「這衙門，雖叫慎刑司，但用起刑來，可是一點也不謹慎。進去之後，最起碼，都是一頓板子打屁股。至於更嚴厲的，各式各樣，稀奇古怪刑罰，讓人聽了慎刑司，就頭皮發麻。」

「我身旁這女人，是我最喜愛側室。為了她，我可是花了不少銀子，這才弄進宅子來。她有個姊姊在宮裡當差，有個相好對食，在皇帝所住宮殿當差，侍候西太后老佛爺。這老佛爺，脾氣陰晴不定，有時候看起來還好，有說有笑的，但不定什麼時候，說翻臉就翻臉，天威難測，左右宮女、公公，哎呀，別打我。」

剛健才說到這兒，蓋喚天一掌拍上了剛健腦袋：「你別給我滿山跑馬，東繞西繞，淨講怪話，講點我聽得懂的話。」

剛健委屈問道：「這位爺，您哪兒聽不懂？」

儲幼寧道：「我聽了也怪，什麼叫相好對食，伺候老佛爺？」

剛健道：「是了，兩位不是旗人，更不是宮裡旗人，自然不知這是怎麼回事。是這樣的，宮裡有太監公公，也有宮女。一般說，宮女入宮後，除非討喜，深得上頭賞識，後來才會替宮女指婚。也就是替宮女指定侍衛啊，指定護軍校尉啊，還是指定什麼人，讓宮女嫁出去，這才能離宮。否則，宮女入了宮，就是一輩子的事，進去之後，很難再出宮。」

「至於太監公公，入宮後，已經去了命根子，早就不男不女，也就是只能在宮內待著，沒法子出宮另謀生路。和尚、尼姑、道士、喇嘛都可以還俗，唯有這太監，一旦去勢，就註定當公公，一日當公公，終生當公公。」

「宮女是女人，太監雖去勢，但好歹還算男人。正常男人、女人，結為夫婦，有男女之實，好生過日子。在宮裡，也有太監、宮女暗中當了夫婦，沒名分，沒儀式，更沒男女之實，也就是偷偷摸摸地，攏做一堆，談談心、同進退。因為既無夫妻之實，更無夫妻之名，頂多就是面對面，一起吃頓飯，因而，這樣宮女、太監關係，就叫對食。」

聽到這兒，儲幼寧、蓋喚天總算懂。儲幼寧道：「再往下說，你這女人姊姊，在宮裡當宮女，有個太監老公，兩人是對食關係，然後呢？」

剛健道：「那太監，在儲秀宮當差，本來挺紅，受老佛爺喜愛，每天都在老佛爺跟前伺候。小半年前，隆冬大雪天，老佛爺一早起身，大約起床氣還沒順，繃著臉，身邊大小太監、宮女，俱都戒慎恐懼。眾人都曉得，老佛爺這臉色，最易於拿底下人出氣，只要走錯一步路，說錯一句話，就會遭重譴。」

「偏偏，我這女人她姊姊那對食公公，那天走背運，老佛爺也沒指著哪個宮女、太監問話，只是泛泛問著眾人，說是今日天氣如何?旁人都閉嘴不言，唯有那對食公公接了碴，說這天氣生冷生冷的。」

「這話，也不知哪兒錯了，反正，激得老佛爺大怒，當場一個嘴巴搧過去，發了瘋一般，要大總管李蓮英李公公，把這對食太監拖出去，拖到儲秀宮外頭，打死為止。李蓮英李公公，也是曉事之人，曉得不能由著老佛爺怒氣，真弄出人命。因而，一面轉頭扮黑臉，要其他太監，將這對食太監拖出去，拿細毛竹片一頓猛抽，抽得那對食太監，在宮前雪地裡，哀號打滾。另一面，李總管拿好話哄老佛爺，算是把這事情揭過。」

「老佛爺雖不追究這事，這對食公公卻不能就此放了，免得下次老佛爺見著了，氣又不打一處來，又要這人性命。因而，李總管就要慎刑司管這事，把這對食公公弄到慎刑司關了起來。那慎刑司日子，可不是好過的。宮裡頭，我這女人姊姊，那對食宮女和那對食公公朝夕相處，幾年之間，有如家人，兩人恩情不比夫妻差。因而，這對食宮女四處想辦法，也來找她妹妹。她妹妹就找我，我一個內務府包衣佐領，對慎刑司能有多少辦法？」

「這都幾個月過去，天都轉熱了，那對食公公還關在慎刑司裡。就這關口，內務府一個包衣，叫張六子來找我，說是有個門路，能弄到寶物。後來，如此這般，我調集銀兩、人手，幹了這一票買賣，把這寶物弄來。本來，我明天就要把這東西送走，託內務府信得過的朋友，走宮裡門路，將寶物送給宮內大總管李蓮英李公公。」

「李公公畢竟是老佛爺面前紅人，只要李公公願意幫忙，總能找機會進言，要老佛爺點頭答應，把那對食公公從慎刑司牢房裡放出來，仍舊回到宮裡當差，和對食宮女團圓。」

這一套話說完，聽得儲幼寧與蓋喚天面面相覷，二人心裡均想到：「這李蓮英，實在本事通天。內務府大臣廣順要這香木金剛杵，為的是拿進宮裡，孝敬李蓮英，好讓李蓮英在慈禧老佛爺面前，替內務府講話，把皇帝大婚工程，從工部那兒挖出一部分，轉由內務府承攬，好從中撈取油水。內務府包衣佐領剛健把這東西弄到手，也是為了孝敬李蓮英大總管，好讓李總管在老佛爺面前，替對食公公美言，把對食太監從慎刑司牢裡放出來，重回宮裡當差。」

二人想到這兒，蓋喚天罵了聲粗口：「去他大爺的，咱們忙和半天，死傷這麼些個兄弟，竟然全是為了宮裡太監大總管。兄弟，把那東西拿出來，把這點子給矇了。」

儲幼寧聞言，拿洋白棉布，沾了洋火酒摻歌羅芳，壓在剛健口鼻之上，剛健略吸幾口氣，就昏厥過去。

蓋、儲二人躡手躡腳，帶著香木金剛杵，走出剛健寢居，到了院子，蓋喚天低聲說道：「別上牆了，慢慢打開前門，咱們從大門出去。」

兩人藉著月亮光，一步一蹭，慢慢往大門口挪，蓋喚天在前，儲幼寧在後。才走到院落當間，儲幼寧就覺得右腿下部猛然生疼，聽見後方有人大喊：「鉤著了！」

儲幼寧低頭再瞧，就見一根竹竿，竿頭套著個鐵鉤，鉤子插進自己小腿肚。正瞧著，就覺得站立不穩，隨即摔倒。蓋喚天聞聲回頭，就見儲幼寧身後站著一個胖子，光著膀子，手中提根竹竿，竹竿頭插進儲幼寧腿肚子裡。蓋喚天立即抽刀，回身奔向拿竹竿胖子，那胖子見蓋喚天持刀奔來，趕忙撒手。

蓋喚天矮身蹲下，一手拿刀在身前虛晃，防著有人攻過來，另一手則抓住竹竿，順著鉤勢，慢慢把鉤子從儲幼寧腿肚子上取下來。儲幼寧出道以來，戰無不勝，攻無不克，今夜初遭毒手，首次負傷。鉤子拔出後，血水順著往下流，儲幼寧翻身坐起，伸手接過竹竿，拿在手裡，竿頭朝上，也防著其他人攻過來。

月光下，人影綽綽，定眼瞧去，共有六人。其中四人，即為之前已遭迷倒護院武師，手裡皆拿兵器，單刀、雙刀、齊眉棍、蠟桿槍，俱都不斷晃動，對著蓋、儲二人。剩下二人，一個是光膀子胖子，手中沒兵器，另一人個頭矮小精瘦，兩手各拿一把大菜刀。

蓋喚天緩緩站起身子，點手指著那光膀子胖子道：「你是個屠戶！」

光膀子胖子道：「你倒精覺機靈，光憑一根鉤竿子，就知道老爺我是幹啥的。」

蓋喚天道：「你不是好人，一般屠戶，鉤竿子不開鋒。殺豬前，如豬逃竄，拿鉤竿子把豬鉤回來。不開鋒，鉤竿子一樣能把豬鉤回來，豬不受傷。你這鉤竿子，卻是開了鋒，拿去鉤豬，鉤一隻，傷一隻。豬臨宰前，還受你一鉤竿子，徒增皮肉之痛。」

光膀子胖子道：「少廢話，開鋒不開鋒，壓根一樣，反正都要挨刀宰掉，受不受傷，全都一樣。你少悲天憫人了，今天你們倆死定了。也不看看這是誰的地頭，竟然敢來撒野，假冒過路盜賊，拿迷藥把四位護院師傅給迷倒了。天可憐見，要不是廚子老卜夜裡尿急，出來解手，今天這宅院裡上下人等，全都吃了你倆悶虧。」

那瘦廚子老卜，揮舞手中兩把菜刀道：「我出來撒尿，見四位師傅一齊睡倒在地，就知道事情蹊蹺，拿水澆醒四位師傅。怕進去傷了我家主人，因而在外頭等著你倆。現下，一個受傷倒地，就剩你一把薄刃刀，怎敵得住我們六人。我們也懶得將你拿下，轉送官府，咱們今晚就結果你二人性命，明天裝到麻袋裡，放進內務府水肥車，拉到城外埋了。我說，胖子，你好一陣子沒到我這兒作客過夜，這次才來，夜裡就碰上這好戲碼，還開了紅盤，把這點子腿給開了口子。待會兒，給你個機會，讓你來個滿堂彩。」

蓋喚天聞言，低頭對儲幼寧道：「兄弟，生死關頭，打起精神。不是我們死，就是他們亡，待會兒下手不能容情，這六人全得上西天。」

儲幼寧右腿開花，血流不止，趕緊放下手中鉤竿子，在破褲腿上撕下一片布疋，用力綁住傷口，庶幾免於流血而亡。包好傷口，儲幼寧兩手重行舉起那鉤竿子，竿頭朝上。此時，廚子老卜將手中兩把大菜刀交給胖子屠戶，屠戶兩手執刀，走了過來。蓋喚天正要敵住屠戶，護著儲幼寧，卻見兩名武師各持蠟桿槍、雙刀，衝了過來。

蓋喚天頗感遲疑，不曉得該先擋住哪方面。此時，就聽地上儲幼寧道：「大哥，你對付護院的，這胖子交給我。」

蓋喚天曉得，儲幼寧身負奇技，剛才只是不小心著了道，被胖子偷襲得手，現下有個準備，不致吃虧，於是，跨出步，接下蠟桿槍與雙刀。而單刀與齊眉棍，則一旁瞧著，給雙刀與蠟桿槍掠陣。

儲幼寧坐於地上，朝上舉著鉤竿子，不好使力，因此，心中有了計較。這屠戶，手持兩把大菜刀，一步一步過來，堪堪走到儲幼寧身前，就舉起菜刀，打算自上而下，兩刀同劈，砍在儲幼寧腦袋上頭。好個儲幼寧，卻突然收回鉤竿子，竿頭放低，順著地面，朝屠戶小腿伸去。鉤竿子長，菜刀短，屠戶菜刀還沒近儲幼寧身邊，儲幼寧鉤竿子，已然戳向屠戶下盤。屠戶趕忙移位閃躲，卻早在儲幼寧算計之中，就見儲幼寧鉤竿子伸出去，旋即大力往回拖。

這一拖，就聽見光膀子屠戶殺豬一般哀號：「哎呀，鉤著了，痛死我啦，痛死我啦！」

適才屠戶用鉤竿子鉤儲幼寧，準頭不夠，勁道不強，也就是稍微鉤中，就被蓋喚天趕至，奪走鉤竿子。而現下儲幼寧使鉤竿子，可是認位神準，勁道十足，鉤中之後，猛力回拖，就見光膀子屠戶小腿整個鉤爛，肉都翻成好幾條。那鉤竿子剛把胖子腿肉鉤爛時，肉色白白，旋即瞬間肉色轉紅，繼而鮮血猛然湧出。

那邊廂，齊眉棍武師與單刀武師，見屠戶遭了儲幼寧毒手，俱各舉兵器，邁步衝了過來。這會兒工夫，儲幼寧總算緩過手來，扔掉鉤竿子，趕緊從屁股後頭腰際，摸出彈弓。形勢緊迫，儲幼寧沒工夫再拿出皮袋子，繼而從皮袋子當中取出圓石子，只能用手摸地，摸著什麼，就是什麼。手貼地掃過去，就摸到個果核，核身硬實，兩頭尖尖，似棗核，似橄欖核，也似其他果核。儲幼寧想都不想，抓起果核，放進彈弓皮片，捏緊了，拉滿了橡皮弓，往單刀武師右手虎口就射。

啪地一下，那武師右手虎口被果核射中，果核去勢強勁，擊中後，虎口爆裂，單刀落地。那武師，手上虎口爆裂，腳步卻依舊不歇，去勢不止，往儲幼寧這兒衝來。那單刀落地時，也是順勢往前飛。儲幼寧鬆了彈弓，斜身往前略滾一滾，手伸出去，就接住那落地單刀，順勢反手一砍，就砍在這單刀脫手武師腳背上，砍得那武師腳背骨頭碎裂，鮮血冒出，已然無法站直，只能仆倒在地。

就在此際，齊眉棍武師趕到，舉起齊眉棍，劈頭就打。儲幼寧早看得真切，待那棍子落下之際，略一偏身，閃過棍頭，隨即，右手單刀順著棍身往上滑去。

使棍武師來不及撒手，就覺手掌一涼，兩根手指頭俱被削去了上半截。手指被削，武師連連呼痛，只好鬆手，手鬆棍落，齊眉棍倒了下去。儲幼寧亦鬆手，拋掉單刀，順手接過齊眉棍，對準了那武師下巴頦，輕輕往上一點。這一點，正點中那武師下巴最底處，那武師剛好張嘴呼痛，被這齊眉棍一點，把嘴巴頂回去合住，於是，兩排牙齒上下夾攻，就把中間舌頭給咬了個鮮血淋漓。手指被削，舌頭被咬，這武師委頓在地，受傷不淺。

三招兩式，儲幼寧就擺平光膀子屠戶、使單刀武師、使齊眉棍武師。那頭，蓋喚天愈戰愈勇，以一敵二，一把大砍刀，上下飛舞，攻多守少，把蠟桿槍與雙刀鬧得手忙腳亂，招架乏力。一旁，廚子老卜見狀，曉得事情要糟，趕忙扭身就走，奔到牆角，扯起喉嚨，厲聲喊道：「有賊啊！有賊啊！出人命啦！隔壁看家護院的，快過來幫忙啊！」

沒等他繼續嘶吼，儲幼寧拾起地上棗木齊眉棍，右手抓住棍身中段，抬手平舉，棍頭向前，用力向前扔出。就見那齊眉棍直直飛向老卜後背，噗地一下，棍尖砸中廚子老卜背脊梁龍骨。儲幼寧力道平平，齊眉棍去勢不快，但認位精準，不偏不倚，棍頭前端就敲中老卜龍骨，就聽一聲脆響，龍骨當場斷裂，老卜哼也不哼，就癱軟在地。

這背脊龍骨，最是人身重要之地，一旦折損，輕則全身癱軟，永世不得翻身，重則一命嗚呼。廚子老卜受這一下，已然昏死過去，至於是癱瘓還是畢命，已無關輕重。橫豎，這人已被儲幼寧廢掉。

原本，對方六人，一起頭，就傷了儲幼寧右小腿，形勢一片大好，胖子屠戶與廚子老卜興致盎然，等著看好戲，瞧著四名武師細細收拾儲幼寧並蓋喚天。詎料，不過三招兩式，就告豬羊變色，六人裡頭，趴下四人，只剩下蠟桿槍與雙刀，左支右絀，被蓋喚天纏住，脫不了身。

這時，就見牆頭上冒出兩個人頭，俱是黑帕包頭，朝這兒瞧著。隨即，這兩人都攀上了牆，坐在牆上，居高臨下，審視剛健宅子前院。蠟桿槍與雙刀，這時猶與蓋喚天遊鬥，蠟桿槍瞥見牆上兩人，乃高聲喊道：「魯家兄弟，我們這兒來賊了，快下牆，過來幫忙。大家一個窩裡的，咱們這兒四個護院的，已然垮了兩個，我們倆也快頂不住了。你們快下來幫忙，要不然，等下這兩賊滅了這兒，就上你們那兒去了！」

蓋喚天接碴道：「不關旁人的事，我和我兄弟與剛健有過節，今天晚上到這兒來，一不偷，二不搶，只為的是把老帳算清楚，與旁人無涉。待我把這倆廢物料理了，我和我兄弟翻身就走，絕不打擾府上。」

牆上二人，乃隔壁府邸護院武師，聽見剛健宅院裡乒刃乒乓作響，加上廚子老卜高聲呼號，因此上牆，探查實情。如今，曉得僅是尋仇報復，非關偷搶竊盜，自家免於麻煩，自然束手旁觀。就見左首武師道：「譚老二，有道是人人自掃門前雪，莫管他人瓦上霜。你是你家老爺豢養，給你老爺看家護院，現下你家老爺對頭殺上門來，自然得由你出頭，替你家老爺出頭料理，這裡頭，不關我們什麼事。」

說罷，這武師扭頭，對另一名武師使個眼色，兩人自牆那頭溜了下去。隔壁魯姓武師兄弟縮頭不管，這頭，譚老二絕了指望，曉得只能靠自己，得殺退蓋喚天，才能逃得性命。因而，抖擻精神，全神貫注，把蠟桿槍抖出碗大的花兒，對雙刀武師厲聲喊道：「老鮑，寡婦死兒子，沒指望了，就剩你我倆，要活命，就得把這老賊砍躺下了，咱們和他拚了！」

人若不怕死，老天爺亦無可奈何，譚、鮑兩武師，見己方躺下四人，隔牆魯氏兄弟又束手不助，為了保命，竟把鬥志給激了上來，兩人接力，連環進步，竟把蓋喚天鬧得手忙腳亂，瞬間落了下風。雙方又過數招，蓋喚天左手上臂中招，被譚老二槍尖挑中，戳出長長一條口子。蓋喚天這左上臂，之前在密林中與盛京三霸老二德庫對陣時，已被德庫東瀛倭刀切出一條口子，現在，又被譚老二槍尖拉出另一條口子。

這兩道傷口，斜斜交錯，前傷未癒，後傷又至，疼得蓋喚天齜牙咧嘴，右手大砍刀頓時威力大滅。譚老二見蓋喚天中招，對鮑雙刀使個眼色，兩人加緊圍攻，眼看著，蓋喚天屈居下風，命在旦夕。

儲幼寧右小腿受傷，傷勢不重，並已紮束傷口，但血流不少，精神漸差。他受傷之後，接連放倒單刀、齊眉棍武師、光膀子屠戶、廚子老卜，這時就覺得腦袋漸漸沉重，神智雖仍清楚，但感應漸趨遲鈍。

眼見譚、鮑兩武師突然振奮，蓋喚天漸落下風，儲幼寧拚死力，凝聚最後一點精力，往前奮力爬行，一手撿起彈弓，另一手順著地面摸索過去，啥也沒摸到，地上只有一層浮土。撿到籃子裡的，就是菜，儲幼寧沒得挑選，只好撮土為丸，搓出一個泥丸，放進彈弓，使出最後一丁點力道，相準了譚老二兩眼，將泥丸噴出。

彈弓射出泥丸後，儲幼寧兩眼一黑，就此昏死過去。

第二十六章：扎臂彎響屁大爺輸血救人，掏糞坑金毛神甫以蛆療傷

也不知過了多長時辰，儲幼寧漸漸有了知覺，曉得自己躺在床上，但渾身乏力。他慢慢睜開兩眼，眼前卻是朦朧迷離，瞧不真切。眨眨眼睛，定神再瞧，就見眼前不遠處，竟是個人腦袋，這人也睜大眼睛，從上往下，俯著身子，定眼瞧著他。這人，一頭一臉金毛、金髮、金眉、金落腮鬍，兩隻綠眼珠子，一動不動，緊盯著儲幼寧瞧。

儲幼寧慢慢回過神來，稍微轉頭，發現這是蓋喚天先農壇宅院，自己原先所住房間。這時，就聽見這金毛洋人，衝著外頭喊道：「醒了，醒了，我就說嘛，輸血管用，我這比利時洋鬼子血，救活了這大清朝少爺。這少爺，在床上躺了三天，終於醒了過來，我這比利時洋鬼子，還是有點本事。」

話才說完，就見蓋喚天進屋，左手臂上，裹著厚厚洋白布，包住傷口。蓋喚天一臉喜色，走進屋來，衝著金毛洋人喊道：「響屁大爺，沒得說的，一大罈子十斤裝二鍋頭，已經跟著你名頭，記在你名下，管你喝個夠。你先出去會兒，我和這位儲爺說說話，我剛才已派人去南來順，要這館子今天晚上送一桌涮羊肉過來，有吃有喝，包你醉得躺下。」

金毛洋人樂呵呵道：「醉得躺下，醉得躺下，躺下之後，我夢裡和天父聊天去。」

洋人走後，蓋喚天坐在床沿，伸出右手，輕輕置於儲幼寧肩頭道：「兄弟，你三番兩次出手，搭救老哥哥我性命，那天晚上在剛健宅院，要不是你拚死射了那一彈弓泥丸，老哥哥我現在已經伸腿瞪眼，在閻王老爺那兒蹲著等投胎了。」

儲幼寧張口，想問自己昏厥多長時候，卻是有心無力，都張了口，卻底氣空虛，氣若遊絲，費了半天勁卻說不出話來。蓋喚天見狀，連忙用手輕拍儲幼寧肩頭道：「別說話，別說話，讓我說，把這幾天事情講明白。你在這床上，已然躺了三日三夜。整整三天，你渾不知事，毫無知覺，連睡三天，至今才醒。」

原來，那天夜裡在剛健宅院，儲幼寧拚著最後一點餘力，拿彈弓對準了使蠟桿槍武師譚二雙眼，射出一顆泥丸。但因儲幼寧流血過多，元氣大為斲喪，準頭與力道兩皆不足，泥丸射出後，後勁不足，尚未觸及譚二即告下墜。當場，蓋喚天瞧出門道，趁著泥丸下墜之際，豎直大砍刀，橫向猛揮，拿大砍刀刀身猛砸那泥丸。泥丸半空中被大砍刀砸中，立時崩裂，化作無數泥渣，四方炸射，蓋喚天、使蠟桿槍武師譚二、使雙刀武師鮑某，三人顏面皆被泥渣掃中。

蓋喚天早有準備，拿大砍刀橫劈泥丸時，緊閉雙眼，待泥丸崩裂後，這才睜眼，就見譚、鮑二人眼睛皆已進沙，目不能視，只好盲目亂揮蠟桿槍與雙刀。於是，蓋喚天矮身伏低，大砍刀貼著地面砍過去，接連砍斷譚、鮑二人腳踝筋脈，二人頓時腿軟摔倒，再也無法站起。

此役，儲幼寧、蓋喚天聯手，連敗對方六人。光膀子胖屠戶，腿部被鉤竿子鉤爛，失血過多，已然活不成；廚子老卜，背脊樑龍骨折斷，此時已斷氣；單刀武師腳背骨碎裂，廢去一腳，性命無礙；齊眉棍武師兩根手指被削，舌尖被上下兩排牙齒咬爛，算是輕傷，亦是性命無礙；蠟桿槍武師譚二、雙刀武師鮑某，各有一腿腳踝筋脈切斷，此後成了跛足瘸子，但性命沒丟。

總計，一場惡戰，對方六人，二死四傷。而蓋喚天與儲幼寧二人，亦受重傷。儲幼寧小腿肌肉為鉤竿子插入，拉出長口子，這本是皮肉之傷，性命無虞，但傷處流血不止，雖撕布縷裹住，但之後接連惡戰，導致血流過多，終至昏厥。所幸者，蓋喚天左臂兩度受傷之餘，失血不似儲幼寧嚴重，因而，砍斷譚、鮑兩名武師腳踝筋脈之後，蓋喚天拚出死力，以右手緊抓儲幼寧頸項衣領，一步一頓，走一步，停一步，慢慢把儲幼寧拖到剛健宅院大門口。

邊拖，邊回頭，深怕受傷較輕武師追隨於後。幸好，對手眾人懾於儲幼寧神威，不敢尾隨而來。蓋喚天開了大門，出了宅院，把儲幼寧放在地上，舉步維艱，挪蹭到轉角處，招手喚來守候驢車上車夫與探子，合力將儲幼寧抬上驢車。隨即，車夫與探子也將蓋喚天扶上驢車。

此時，時辰早過三更，街面上人煙絕跡，就這一輛驢車，行隻影單，由東四地面往西南方向走，回到先農壇蓋喚天宅院。驢車上裝滿菜蔬鮮果，倘若遇上九門提督衙門兵丁，見是運送早市蔬果，可免盤問。幸好，一路行來，順風順水，未遇官府衙門差役兵丁。

驢車上，儲幼寧兩眼緊密，面如金紙，蓋因失血過多，已是命在旦夕。蓋喚天雖未昏厥，亦是體弱氣虛，渾身彷彿要散了架子。車上，蓋喚天指示探子，天亮後，儘速趕去城南大柵欄一帶，尋覓比利時神甫響屁爺，告知花子幫幫主身受重傷，有請響屁爺親到蓋府，搭救性命。

這響屁爺，為天主教耶穌會教士，比利時人，姓氏為「皮耶」，名字為「尚」。按西洋規矩，名字在前，姓氏在後，此人姓名即為「尚皮耶」。此人在北京多年，講得一口京腔京調京片子，生性詼諧，語多滑稽，久而久之，北京父老取其姓名諧音，俱稱其為「響屁爺」。

這人自幼皈依天主教，在教廷習藝，成為天主教神甫。當其時，天主教勢大，常與泰西各強國結合，滿世界推銷教義，滿世界建教堂。因而，大清國哲人早有警世銘言：「佛教乘著大象，自西而東，由天竺國走向中土，宣揚佛法，廣建寺廟；基督教與天主教，則是乘著砲彈，自西而東，飛向中土，遍地炸彈開花，到處建教堂。」

而天主教各修會神甫，除神學外，亦精通各類科學，這饗屁爺，當年在教廷求學受業，即鑽研醫術並土木建築之學，尤其精通外科手術。待其學成之後，即由教廷派至中土，入北京，一方面宣揚天主教教義，拉人入教，二方面則督造西什庫教堂。

康熙年間，天主教教會即在北京蠶池口興建天主教教堂。至道光年間，教案頻傳，道光皇帝下令，查封蠶池口天主教堂。二次英法聯軍，攻入北京，戰後，朝廷歸還教堂土地。同治年間，天主教會起造蠶池口新教堂。沒過幾年，到了光緒年間，朝廷整修西苑三海，決定收回蠶池口天主堂地面。因而，清廷另外在西什庫撥出地皮，出資供天主教會興建天主堂。

這饗屁爺，自幼兼修神學、醫學、土木建築三大學問，早被教廷派到北京，宣傳教義，拓展教眾。此時，又兼上新差使，督造西什庫天主堂。天主教神甫，終身不婚，少了男女之事，心神更能專注旁務，因而，這饗屁爺在北京，滿城亂串，到處傳教。這人生性詼諧，學識豐沛，醫術精湛，又好與人交，因而在北京人面廣、交情深，三教九流，五行八作，沒有他不認識的。

這金毛洋人，整日騎著洋馬兒，於北京城四面轉悠，見人扯淡，遇事伸手，人面愈發熟稔。那洋馬兒，前後兩輪，輪圈裹以膠皮，皮內有囊，囊內有氣，饗屁爺騎在洋馬兒上，騎起來迅如奔馬，轉眼不見人影。這人學問高，本事大，人面熟，但就是貪杯，見了酒就沒命，喝起來沒完。天主教神甫，絕了男女之事，只好在菸酒上找樂子，只要不誤事，教廷也不禁止。

花子幫向來在南城地面，替步軍統領衙門並南城兵馬司管事，而響屁爺又常在天橋、大柵欄一帶走動，拉人入教，與花子幫人眾自然熟稔。一年前某日，花子幫幫主蓋喚天腹痛如絞，疼得滿地打滾，如是者一日一夜。幫眾趕忙赴前門外大柵欄同仁堂老店抓藥，巧遇響屁爺，響屁爺見花子幫眾神色倉皇，乃問緣由。得悉幫主蓋喚天右腹絞痛逾日，翻身就上洋馬兒，風馳電掣，騎回西什庫北堂，拿了醫療器械，復又騎上洋馬兒，風馳電掣，到了先農壇蓋喚天宅院。

響屁爺進了蓋喚天房間，就見蓋喚天已然疼得一佛出世，二佛涅盤，豆大汗珠往下淌，兩眼無神，嘴大似門，吁吁吁，直叨氣，眼看著，就要不成了。因而，響屁爺二話不說，就拿洋白布浸透了濃烈歌羅芳迷藥，蒙上蓋喚天鼻口，把蓋幫主深深迷倒。隨後，響屁爺掏出短俏利刃，衝著蓋喚天右下腹就割，幫眾一旁看著，俱都大驚，但一來幫主十成命已經去了九成，只好死馬當活馬醫，二來響屁爺素來為善，如此刀割幫主小腹，必然有其道理，因此，眾幫眾一旁看著，並未阻止。

就見響屁爺手起刀落，割開蓋幫主小腹，拉開口子，立即有腐臭惡氣噴出，顯見幫主臟腑已爛。繼而，響屁爺又割又掏，又沖又洗，割掉一段爛腸子，又把腹腔以淨水沖洗。末了，把傷口拿針線縫上。之後，蓋喚天整整修養逾月，這才痊癒如初。

蓋喚天對儲幼寧敘說響屁爺來歷，一路講下來，講到此處，稍微頓了頓，繼而對儲幼寧言道：

「兄弟，你說說，我這花子幫幫主，當得也夠窩囊，淨讓人救命。去年，鬧肚子，裡頭臟器都爛了，早晚是個死，誰知道，碰到救命神仙，來了個響屁爺，把命給救了。今年，先是永定門外密林，繼而剛健宅院，兩度蒙兄弟救命。我看，我這幫主，當得也夠窩囊。」

儲幼寧神智清楚，就是氣虛體弱，只能搖頭苦笑，說不出話來。那意思，就是要蓋喚天別再提救命之事。蓋喚天當然曉得，嘆了口氣，接著往下說響屁爺此番救命之事：「那天夜裡，我倆窩在運菜驢車裡，回到先農壇，半道上，我要底下人去南城一帶尋覓響屁爺。也是咱們命不該絕，響屁爺本來那天要出城，督促天主堂石材進城，但他酒癮發了，出城辦事前先到大柵欄，找大酒缸小舖喝兩盅解癮。那天，他還沒來得及喝，就被花子幫手底下人找到。」

「你曉不曉得，你這條命，是怎麼撿回來的？那時，你流血太甚，已然不省人事，眼看著就要不成了。那響屁爺，趕回天主堂，拿了套器械來，他先三下兩下，拿針帶線，把你腿上傷口縫死。繼而，又拿根細針，插進他自己臂彎。那針後頭，連著根皮管，皮管後頭連著個琉璃瓶。然後，他手掌忽而聚攏成拳，忽而張開成掌，又張又縮，一會兒拳，一會兒掌，就有鮮血，打從他手臂裡，順著針頭、皮管，流進琉璃瓶裡。」

「隨即，他拔出針頭，拿棉花球，浸透了西洋火酒，再拿濕棉球擦針頭。擦完了，就把針插進你臂彎裡，然後，要花子幫派個人，把琉璃瓶高高舉起。那琉璃瓶高高舉起之後，裡頭鮮血就流入你臂彎裡。前後，他一共從自己臂彎裡，淘弄出三瓶子血，全打進兄弟你臂彎。等第三瓶血打完，你臉上才出現血色。」

「等他弄完了，兄弟你臉色轉紅，有了血色，那響屁爺臉上卻是慘白慘白，他站都站不直，嘴裡直喊著要喝奶酪。幾碗奶酪下肚，響屁爺才緩過氣來，接著搗弄我左臂傷口。」

說到這兒，蓋喚天拿右手，指指左臂，接著說道：「我這左膀子，先被德庫砍了一刀，又被譚老二戳了一槍，傷上加傷，前傷未癒，後傷又至。那響屁爺瞧著，都把腦袋搖得波浪鼓似的，說我這膀子傷難搞，要是弄不好，得把膀子給鋸了。」

儲幼寧聞言，雖氣虛不能言語，卻也面露驚詫之色，詫異蓋喚天左臂傷勢竟然如此嚴重。蓋喚天見狀，又輕拍儲幼寧肩頭道：「沒事，沒事，這比利時金毛洋鬼子，本事大，竟然從茅屎坑裡，給我找到了治病保命良方。」

原來，那日永定門外密林之戰，蓋喚天被德庫東洋倭刀傷了左臂，事後，由天橋賣藝走方郎中，拿針線把傷口縫合，就此了事。之後，蓋喚天忙著香木金剛杵之事，也不在意左臂傷口。那傷口，紅腫不退，也不甚痛，還有點麻癢，他也不在意。待東城剛健宅院夜戰，蓋喚天右臂又被槍戳，新舊兩傷攪成一堆，血肉模糊，疼痛難當。

響屁爺那日倒蹬完儲幼寧傷勢，喝了奶酪，歇息片刻，再過來處置蓋喚天臂傷，卻大皺眉頭，口中連說不好，說是蓋喚天臂上舊傷由走方郎中胡亂縫合，已然感染腐爛，整片肌膚全成了灌膿爛肉，非得把爛肉刮除乾淨，這才能敷藥治療。這刮肉療傷，光靠手術刀具還不夠用，還得其他精密器械，響屁爺手中無此器械，教堂裡也沒這玩意兒。

倘若不刮淨腐肉，蓋喚天這左臂，就算廢了。這還不打緊，更要命的是，腐肉愈積愈多，往上延伸，蔓延不止，終究會把命送掉。防制之道，唯有斷絕腐肉通路，亦即，剁掉左臂。正在無可如何之際，響屁爺福至心靈，想出妙計，派花子幫小嘍囉，左手拿碗、右手持勺，進了茅房，趴在糞坑上，拿勺子朝糞汁攪和，專撿肥白大蛆，挑進碗裡。

時刻不長，這花子幫小嘍囉一身臭烘烘，出了茅房，向響屁爺覆命。響屁爺親自動手，拿清水將碗中肥蛆悉數洗淨，繼而拿把鑷子，將肥白大蛆，一隻一隻，置於蓋喚天左臂傷口上。蓋喚天一世英武，闖蕩江湖，刀裡來，槍裡去，兇殺鬥毆，不當回事，受傷流血，眉頭不皺，這時，見群蛆在自己臂膀上爬動，卻是驚呼連連，面露懼怕之色。

響屁爺卻是好整以暇，一旁喝著老酒，面露欣喜之色。邊喝酒，響屁爺邊吹噓，說是蓋喚天命大，幸好碰見了他這比利時神甫，有上帝老爺庇佑，茅房糞坑裡出仙丹，蓋喚天這條手臂，算是保住了。

原來，那蛆蟲嗜食腐肉，幾十條大白蛆同時開工，幾個時辰，就把蓋喚天左臂上爛肉啃食乾淨，比西洋精密器械弄得還要乾淨。待響屁爺喝了幾盅老酒，幾十條蛆蟲已將蓋喚天左臂上腐肉啃食殆盡，露出紅嫩鮮肉。於是，響屁爺又拿鑷子將蛆蟲一條條挑下，復又放進碗裡，要幫眾把蓋府廚子找來，如此如此，這般這般，交代一番。

聽到這兒，儲幼寧躺在床上，兩唇奮力開闔，似是有話要說。於是，蓋喚天俯身，把耳朵湊進儲幼寧嘴邊，就聽儲幼寧蚊子般嗡嗡問道：「蛆咬你，疼嗎？」

蓋喚天道：「不疼，不疼，肥蛆吃爛肉，一丁點都不疼，那感覺，難說得緊，說不上來，反正很妙，好像誰給我撓癢癢。等爛肉吃完了，那群鬼蛆，就開始吃我鮮肉，這時候，就疼了，趕緊要響屁爺，把蛆給起下來。拿掉蛆蟲，響屁爺拿針穿線，把我傷口給縫好。縫得了，又是抹火酒，又是撒藥粉，反正一大套，弄完了，這才拿洋白布把傷口裹上。哪，你瞧瞧，現在我這左臂，就是這德行。」

「這洋人使的洋辦法，還真是管用。響屁爺說，他那縫線不是普通絲線，而是取羔羊腸衣，刮掉油脂，刮掉外皮，就取裡頭那層膜，曬乾了再處理，弄成了線，專門用來縫傷口。這洋酒鬼說，這線縫下去，等傷口好了，線與傷口肉長成一處，黏合不分，無須再把線拆下。」

蓋喚天足足講了小半個時辰，才把儲幼寧昏迷三日以來，大小事務講述清楚。儲幼寧氣虛體弱，提不起勁說話，但內心清楚，思慮靈光，稍微體察，就覺得自己頭臉乾淨，身子清爽，不沾不黏，更無體味。要知道，昏迷三晝夜，就算不吃不喝，不起不動，這大熱天裡，也必然淌汗出油，積垢裹身，鬚長齒臭。更何況，這裡頭還有排泄便溺之事，除非定時清理，否則，必然渾身邋遢，髒兮兮，臭烘烘。

現如今，自己在床上躺了三日三夜，醒來之後，卻覺得通體潔淨，不酸不臭，口中生津，毫無遲滯腐臭氣息，這當中，必有緣由。想到這兒，他眨眼張嘴，蓋喚天又傾身附耳，聽儲幼寧言語。儲幼寧低聲耳語道：「這三天，誰幫我清洗身子？」

蓋喚天聞言，站直了身子，略略皺了皺眉頭，微微嘆了口氣，語重心長道：「兄弟，你要問誰幫你清洗身子，顯見你都察覺了，在床上躺了三天，身子乾淨，絲毫沒有汗膩油漬。要說這種事，沒哪個爺兒們幹得來，老哥哥我，和小兄弟你，可說是換命的交情，我能為你挨刀，為你送命，但我沒本事幫你洗臉、揩身、擦背、把屎把尿。實話對你說吧，這都是韓姑娘，是她衣不解帶，在這兒伺候你三天三夜。」

「就在你醒來之前，響屁爺說，你病情大有好轉，就快醒了，韓姑娘這才回房歇息去了。對了，韓姑娘現在就住在我這兒。」

聽蓋喚天如此言道，儲幼寧心中百感交集。其實，他隱約已有預感，知曉這事必然與韓燕媛有關，只不過，竟想不到，韓燕媛住進了蓋喚天先農壇宅院，專心一志，侍奉自己達三日夜。若是劉小雲，亦會如此，但劉小雲與他是結髮夫妻，事屬同命鴛鴦，有鶼鰈之情，理當如此。韓燕媛則不同，兩人既無夫妻之名，也無夫妻之實，更無口頭盟約，也談不上山盟海誓，竟如此盡心盡力呵護，令儲幼寧心中五味雜陳，感慨萬千。

尤其，若照世俗準繩，韓燕媛給儲幼寧揩臉抹身，修面潔齒，把屎把尿，等於已有肌膚之親，兩人日後如不結為夫婦，有辱姑娘清譽。當年在高郵客棧後院，柴房裡出了命案，葛大侉子殺了劉五，儲幼寧殺了葛大侉子，儲幼寧、金秀明、劉小雲，三人翻牆逃命。金秀明跨坐牆頭，兩手抓緊劉小雲雙手，往上拉；儲幼寧則站於牆下，以手舉起劉小雲身子，繼而往上推。就為了這個，算是有了肌膚之親，劉小雲即以心相許，金家上下亦以此為因頭，後來促成兩人結為夫婦。

照劉小雲那事，只是舉舉身子，推推下盤，就結為夫婦，那麼，眼下韓燕媛如此這般，又揩又抹，又擦又拭，豈不是要拜十次堂？當十世夫妻？倘不拜堂，不當夫妻，事情傳出去，於韓燕媛名聲大有妨礙。想到這兒，儲幼寧心中不禁抽痛，又瞧著蓋喚天，兩唇開闔。蓋喚天傾身附耳，就聽儲幼寧道：「韓姑娘怎麼說？我在揚州已有妻小，不能在北京再置外室。她這樣對我，豈不是有礙名聲？我欠她太多，真不曉得該如何回報。」

蓋喚天聞言，站直了身子，正色言道：「兄弟，這就是你見識淺短了。你武藝出眾，天下無敵，我花子幫上下，連帶我這花子幫主，欠你多少條人命。花子幫上下，命都是你救回來的。但講到闖蕩江湖，不是我說你，兄弟你還是個嫩雛兒，還不太懂江湖規矩，更不明白江湖中人，心中所想。」

「像韓姑娘這樣的人，套句文話，這叫歷經滄海難為水，除卻巫山不是雲。咱們江湖人，個個背後都有段傷心往事，韓姑娘過往如何，我並不清楚，但擺明了她必然是自幼掙扎長大，場面見得多，人世閱歷俱都豐富。這樣的人，活得乾脆俐落，自己走自家路，旁人閒言閒語，早就置之度外。你說的那些疙疙瘩瘩屁事，她根本不看在眼裡。」

「你也別管以後了，就現在，就你在北京這時日，好好對人家韓姑娘，這就得了，至於以後事情，以後再說。咱們跑江湖的，哪管得著天長地久，把眼前日子過磁實了，比什麼都重要。不單韓姑娘如此，她名義上爹爹，拉琴老頭韓福年也住在我這兒，照樣過日子，也不曾擋著韓姑娘照顧你。至於揚州那兒，你有家，有老婆，老婆肚子裡又有了孩子，你千萬不能甩手不管，有了新人，忘了家小。」

蓋喚天劈里啪啦講了一大套，儲幼寧聽在耳裡，覺得蓋喚天這套話，理路不清，夾纏糾葛，說了等於沒說。驀然間，儲幼寧想起，自到北京以來，惡戰連連，皆是為了香木金剛杵，如今，這金剛杵已然取回，事情了結，也該辦辦他此行正事，撈尋殺師仇人白鵬飛。據此，他問蓋喚天，香木金剛杵是否交了出去？

蓋喚天道：「不急，這事幹得隱密，榮大人那裡並不知曉。之前，榮大人限我五天破案，後來，我一邊查案，一邊派人與九門提督衙門接頭，稟報案情進度，說是事情順手，但得寬限幾天。因而，此事不急，過兩天，等你我傷勢好多了，我再去九門提督衙門，把這金剛杵面交榮大人。」

蓋喚天接著又道：「那天晚上，咱們大鬧剛健宅院。第二天，我派人去踩盤子探風聲，說是死傷六人都暗中處理掉了，剛健沒聲張，更沒報官。反正他內務府人手多，偷偷摸摸把兩具屍首運出去，也非難事。至於四名傷者，反正是多給銀兩，遣回老家養傷。這事情，咱們幹得神不知鬼不覺，就算剛健隔壁宅邸，兩個姓魯武師知曉此事，也不敢多嘴，免得惹禍上身。」

二人談至此處，門外花子幫手下高聲稟報，說是南來順來人已經到了院裡，擺開傢伙，煽起了鍋子，涮羊肉已準備妥當。於是，蓋喚天要兩名手下將儲幼寧扶起，左右兩邊各一人，架著儲幼寧，慢慢行至院中。夏日天長，此時天光尚在，就見院中擺置大桌一張，足以容納十餘人。桌子當中，擱著個大紫銅火鍋。這紫銅火鍋碩大無朋，當中煙囪就有三尺高，此時炭火已熾，煙囪裡呼呼冒著煙氣。

照理說，北京父老食必當令，一年當中，什麼節氣吃什麼食物，規矩嚴明，不能亂了套，否則必遭老北京譏為「外鄉老趕」。譬如這涮羊肉，就是隆冬季節天寒地凍之際，才大行其道。但響屁爺是比利時神甫，哪管什麼老北京規矩，他極愛涮羊肉，夏季三伏天，天蒸地烤，熱得人渾身冒汗，北京人都吃涼麵、喝酸梅湯，獨有響屁爺卻還是要吃涮羊肉。

蓋喚天曉得響屁爺這習性，因而，特為要南來順破個例，仲夏三伏天，把個紫銅大火鍋給掇拾乾淨，備妥醬油、高醋、豆腐乳、韭菜醬、大蔥、芝麻油等醬料。至於羊肉，人家隆冬吃涮羊肉，羊肉凍成一大塊，拿利刀切得菲薄，食客用筷子夾一片薄羊肉，在鍋裡滾湯稍微拖一下，隨即撈出而食。眼下卻是夏天，沒有凍羊肉塊，只好拿新鮮羊肉充數，館子裡大師傅拿刀盡量切薄，但因肉軟，切出來羊肉片不似隆冬季節那般菲薄。

至於菜蔬，冬天裡吃涮羊肉，鍋裡擱大白菜，如今是仲夏，大白菜缺貨，只好有什麼菜就用什麼菜，將就對付著吃。橫豎，響屁爺是洋人，這吃涮鍋子規矩他也不全懂，也就是個半吊子。因而，南來順辦這炎夏涮羊肉鍋，也是半吊子涮羊肉，好歹有個樣子就是。

眾人到齊，韓燕媛與韓福年亦現身，兩人坐於儲幼寧對面。儲幼寧見韓燕媛，想到這三日韓盡心盡力呵護自己，不禁靦腆，不曉得該如何啟齒致謝。倒是韓燕媛落落大方，隔著煙霧蒸騰火鍋，對儲幼寧道：「醒了啊！你在床上躺了三天，人事不知，這洋神甫給你輸了三瓶血，你還是不醒，眾人都為你擔心。蓋幫主說，你是花子幫救命恩人，好人有好報，一定會醒。今日下午，洋神甫說，你就快醒了，果真就醒了。這洋神甫，還真有點本事。怎麼樣？好多了吧？」

儲幼寧氣虛體弱，壓根沒力氣說話，歪坐椅上，只能笑笑致意。他想到下午蓋喚天所言，這韓燕媛真是江湖奇女子，拿得起，放得下，照護三天，擦揩拂拭，等於已有肌膚之親，卻無法得個名分。要在其他女子，必然眉宇間隱約會有哀怨之氣，這韓燕媛卻是爽朗依舊，毫無扭捏之態。

香木金剛杵之事，有了正果；儲幼寧鬼門關前轉了一圈，畢竟救了回來；蓋喚天左手一度有斷臂求生之危，眼下已轉危為安。諸事皆順，蓋喚天心頭壓力盡去，心情特別昂揚，將幾名經常隨侍幫眾也喊上桌子，十幾人鬨然而飲，滿頭大汗，渾身溼透，大吃涮羊肉。

正吃喝著，蓋宅廚子端了個小盤子，裡頭擺著數十條黃澄澄事物，呈了上來交給蓋喚天。蓋喚天不明此物是啥，就問廚子道：「這是何物？拿給我做啥？」

廚子默然不語，響屁爺卻接碴道：「沒事，沒事，蓋幫主，這是我要廚子所做。這可是好東西啊，這叫油炸金肉芽，先用酒糟泡過，再下鍋油炸。炸完了起鍋，又酥又脆，徹頭徹尾酒糟香，好味道直撲鼻。您是幫主，膀子又受了傷，這油炸金肉芽專補臂傷，旁人用不著，這位儲少爺，傷在腿上，也用不著。幫主，您一個人把這盤油炸金肉芽全給吃了。」

蓋喚天拿筷子夾起一條金肉芽，放進嘴裡，果然是又香又脆，酒糟味撲鼻。於是，拿肉芽搭配燒酒，一口肉芽，一口酒，三兩下，就將盤中油炸金肉芽食盡。

吃完之後，蓋喚天咂咂嘴，對響屁爺道：「你這金毛洋鬼子，有點門道，竟能指點我廚子，做出如此美味。講講個中細節，讓我知曉，下次好指點我廚子，再給我多做點。這肉芽，到底是豬身上哪個部位？」

響屁爺大笑道：「蓋幫主，這玩意兒並非出自豬身上，這玩意兒，您府上茅房糞坑裡多得是。前幾天，這群肉芽吃了您手臂上爛肉，現在，您報了仇，把他們都吃進肚子裡去了。」

說罷，響屁爺大笑，蓋喚天則是起身，奔至院落牆角，對著樹根，嘔聲連連，把一肚子酒菜，全給吐在地上。眾人見狀，無不高聲喧笑，吵成一團。

這比利時神甫響屁爺，吃飯不忘傳教。這人傳教，也是因材施教，對什麼人，講什麼話。他見桌上眾人皆是江湖人物，就對眾人道：「你們華夏中土，有本小說，叫封神榜，裡頭各路神仙爭相鬥法，殺來打去，好看得緊。你們可不曉得，我們天主教，有本書，比封神榜還精彩。這書叫聖經，分上下兩集，上集叫舊約聖經，下集叫新約聖經。」

「那舊約聖經裡，也是大鬥法故事，那打殺場面比封神榜精彩多了。咱們上帝爺法力最高，天下無敵，專會懲治歹人，救助善人。各位要是有空，可到教堂去，有神甫給各位講故事，介紹這西洋封神榜，讓各位曉得，信奉上帝爺能潔淨心靈，保庇一家老小。」

這話說到這兒，桌上一個花子幫夥計接碴道：「是啊，我老家在天津，那兒洋教多，吃洋教飯教眾也多。我聽人說，有個三尺娃兒，在村裡打架，本來都被壓下去，挨揍挨定了，可這小子嘴裡突然念起了洋咒語，說是天父加天兄，助他快反攻。之後，這小子有如神助，把村裡其他孩子全打趴了。這信洋教，好處多啊，遇上事情，和人打官司，進了衙門，官老爺都怕洋人，都偏教眾，信教的，總是贏過不信教的。」

說說講講，天色暗了下來，院落裡點起了氣死風燈。燈火閃爍，忽明忽暗，儲幼寧隔著冒煙火鍋，看著韓燕媛豔容如花，心裡說不出的無奈，只怨自己早早就在揚州結了親。

《江湖無招　卷一：鬱成神技》完　待續

江湖無招

卷一：鬱成神技

作　　者：王駿
責任編輯：王君宇
協力編輯：林宛萱
校　　對：楊修
責任企劃：劉凱瑛
副總編輯：林毓瑜
總 編 輯：董成瑜
發 行 人：裴偉

裝幀設計：朱疋
內頁排版：宸遠彩藝

出　　版：鏡文學股份有限公司
11070 台北市信義區東興路 45 號 4 樓
電　　話：02-6633-3500
傳　　真：02-6633-3544
讀者服務信箱：MF.Publication@mirrorfiction.com

總 經 銷：大和書報圖書股份有限公司
242 新北市新莊區五工五路 2 號
電　　話：02-8990-2588
傳　　真：02-2299-7900

印　　刷：漾格科技股份有限公司
出版日期：2019 年 11 月 初版一刷
I S B N：978-986-97820-5-0
定　　價：420 元

國家圖書館出版品預行編目 (CIP) 資料

江湖無招　卷一：鬱成神技 / 王駿著. --
初版. -- 台北市 : 鏡文學, 2019.11
面 ; 14.8×21 公分 . -- (鏡小說 ; 22)
ISBN 978-986-97820-5-0(平裝)

863.57　　108015165